BASTEI LÜBBE

DONALD HAMILTON

Karibisches Inferno

Ins Deutsche übertragen
von Jörn Ingwersen

Polit-Thriller

BASTEI
LÜBBE

BASTEI-LÜBBE-TASCHENBUCH
Allgemeine Reihe
Band 13 260

Erste Auflage: Juli 1990

Deutsche Lizenzausgabe 1990
Bastei-Verlag Gustav H. Lübbe GmbH & Co., Bergisch Gladbach
Originaltitel: The Demolishers
Lektorat: René Strien/Uwe Anton
Titelillustration: Gilles Veron
Umschlaggestaltung: Media Team, Hamburg
Satz: VID Verlags- und Industriedrucke GmbH & Co. KG,
Villingen-Schwenningen
Druck und Verarbeitung:
Brodard & Taupin, La Flèche, Frankreich
Printed in France
ISBN 3-404-13260-2

Der Preis dieses Bandes versteht sich einschließlich der gesetzlichen Mehrwertsteuer.

1

Mac saß wie gewöhnlich an seinem Schreibtisch, das helle Fenster war gleich hinter ihm. Das machte es schwer, seinen Gesichtsausdruck zu erkennen, was auch der Sinn der Sache war. Doch ich nahm an, daß die Anweisungen, die er mir gerade gegeben hatte, seiner Ansicht nach nicht zur Diskussion standen, obwohl wir uns beide darüber im klaren waren, daß die Anweisungen, die in diesem Büro gegeben wurden, nach gewöhnlichen Maßstäben gemessen einigermaßen fragwürdig waren.

Ich sagte: »Nein, Sir.«

Sofort legte er seine Stirn in Falten. »Was?«

Ich sagte: »Nein, Sir, ich werde Herman Heinrich Bultman nicht jagen. Wenn man sich um ihn kümmern muß, dann soll das die CIA tun. Denen gehört der Junge. Oder gehörte. Und nachts wachen sie noch immer schwitzend auf und fragen sich, ob er irgend jemandem erzählt hat, von wem er für die Kubamission angeheuert wurde, die ihn den linken Fuß gekostet hat.« Ich verzog das Gesicht. »Bultman war ein Dummkopf, daß er sich da hat reinziehen lassen. Er ist nicht der erste in diesem Job, den man damit reingelegt hat, sich an den ›Bart‹ ranzuwagen, um zu zeigen, daß er der Beste war. Daß er schaffen konnte, was bei allen anderen fehlgeschlagen war. Natürlich war auch das Geld eine Überlegung. Aber er hätte wissen sollen, daß er – ob er es schaffte oder nicht, und da er, wie sich herausstellte, es nicht schaffte, ganz besonders – von diesen öffentlichskeitsscheuen Leuten unten in Langley hinterher zum Schweigen gebracht werden würde. Nur daß sich herausstellte, daß sie dem Job nicht ganz gewachsen waren und es deshalb auf uns abgewälzt haben.«

Mac machte eine ungeduldige Geste. »Das ist eine uralte Geschichte, Eric.« In diesem Büro, und solange ich meinen Beruf ausübe, bin ich Eric, obwohl ich auch andere Namen benutze. Im normalen Leben als Zivilist – wenn auch nur wenig davon übrig ist – kennt man mich als Matthew Helm.

Mac fuhr fort: »Das fehlgeschlagene Attentat auf Castros Leben ist längst vergangen und vergessen. Es hat keinen Einfluß auf unsere gegenwärtige . . .«

Ich schüttelte schnell den Kopf. »Die Jungs und Mädchen unten in Virginia vergessen nicht so schnell, Sir. Bei denen hat Bultman immer noch verschissen, und sie wollen ihm andauernd ans Leder. Na ja, für die hab ich ihn unten in Costa Verde verfolgt und hatte Glück. Ich hab ihn ausgetrickst, ausgezählt und schneller gezogen als er. Ich hab ihn schwören lassen, daß er zum Thema Kuba den Mund hält. Man hatte mir gesagt, ich sollte ihn zum Schweigen bringen, stimmt's?« Ich grinste. »Ich schätze, das war nicht ganz das, was sie im Sinn gehabt hatten, aber ich brauchte Bultmans Hilfe bei einem anderen Projekt, wie Sie sich erinnern werden. Tatsächlich scheint der Kraut, was man sonst auch über ihn sagen mag, ein Mann zu sein, der Wort hält. Sein Versprechen hat sich als so verläßlich erwiesen wie eine Kugel im Kopf. Jetzt haben sie uns einen neuen, wichtigeren Grund genannt, diesen Herrn Bultman zu eliminieren. Ich persönlich glaube, daß sie immer neue Gründe finden werden, ihn auszulöschen, bis sie den Job erledigt haben. Berichtigung: Bis sie jemand anderen finden, der den Job für sie erledigt. Wie wir. Aber ich nicht, Sir. Der Grund, den sie diesmal haben, ist nicht gut genug. Ich möchte damit nichts zu tun haben, vielen Dank.«

Theoretisch sind unsere Wünsche oder Nicht-Wünsche in diesem Büro ziemlich irrelevant, aber ich arbeite lange genug für ihn und habe mir einen gewissen Spielraum verdient.

Mac sagte: »Sie nehmen große Rücksicht auf einen Mann, der ein bezahlter Attentäter, ein gekaufter Killer ist.«

Ich sagte: »Ich habe bei Gelegenheit getötet. Sie sollten das wissen. Sie haben mich losgeschickt. Und jetzt wollen Sie mich wieder losschicken. Und dafür, daß ich es tue, wenn ich es tue, bezahlt mir die amerikanische Regierung ein gutes Gehalt. Natürlich nicht, was ich eigentlich wert bin, aber ziemlich gut. Was bin ich also? Lassen Sie uns hier nicht leichtfertig von gekauften Killern reden, Sir. Außerdem hat sich Bultman aus den Killerkriegen zurückgezogen.«

»Hatte sich zurückgezogen.«

»Nun, es ist eigentlich nicht sein alter Job. Und wer hat ihn wieder aktiviert, wenn man es so nennen will? Und wie haben sie es gemacht? Wenn Menschen auf so dumme und arrogante Weise bösartig sein wollen, dann verdienen sie das, was sie bekommen, selbst wenn es ein professioneller Mörder bei der Arbeit ist.«

Mac sprach ohne Ausdruck in der Stimme: »Sie sind der einzige von unseren Leuten, der Gelegenheit hatte, das Objekt in Aktion und aus der Nähe zu beobachten. Die Erfolgschancen eines anderen Agenten, selbst Überlebenschancen, wären erheblich geringer als Ihre.«

»Sie brauchen überhaupt niemanden zu schicken, Sir«, entgegnete ich. »Sagen Sie ihnen, sie sollen ihren lausigen Job nehmen und ihn wieder über den Potomac schießen, wo er hingehört.«

»Wir sind nicht dazu da, Leuten zu sagen, daß sie ihre lausigen Jobs nehmen und sich sonstwohin stecken sollen, Eric. Die lausigen Jobs sind genau das, wozu diese Organisation aufgebaut wurde. Die Jobs, die allen anderen zu lausig sind.«

Unser Geschäft wird von den Leuten, die wissen, was wir tun, als Konterattentat bezeichnet, aber von denen gibt es nicht viele. Wenn, mit anderen Worten, andere Geheimdienste den Messerstechern, Heckenschützen und Bombenlegern nicht mehr gewachsen sind, dann wenden sie sich an uns.

»Was Sie sagen, gilt auch umgekehrt«, fuhr ich fort. »Ich hatte Gelegenheit, Herman zu beobachten, aber er hatte auch Gelegenheit, mich zu beobachten. Der Mann hat nur einen Fuß aus Fleisch und Blut, doch als ich ihn zuletzt gesehen habe, kam er mit dem Metallfuß gut zurecht. Ich habe so eine Ahnung, als hätte er bei diesem unglückseligen Unternehmen andere Verletzungen erlitten, von denen wir nichts wissen, sonst wäre er nicht so aus dem Geschäft gegangen. Aber ganz egal, verkrüppelt oder unversehrt, krank oder gesund, er ist der alte Wolf vom Gipfel des Berges, wie der CIA auf rüde Weise feststellen mußte. Und ich werde wegen dieser Leute nicht wieder mit ihm aneinandergeraten, und auch nicht für einen Haufen karibischer Inselmänner, die nicht mehr Verstand haben, als sich einen im Grunde unpolitischen Menschen wie Bultman zum Feind zu machen, indem sie das einzige tun, bei dem er an die Decke geht, sturer Kraut, der er ist. Diese uniformierten Latinos mit ihren lässigen Maschinenpistolen sind immer ein bißchen schießwütig, aber diesmal haben sie sich selbst übertroffen und mit dem Teufel gespielt.«

»Es gab gute, medizinische Gründe für die Regelungen, die in Bultmans Fall getroffen wurden, wenn auch die Durchsetzung möglicherweise etwas willkürlich gewesen sein mag.« Er sah mich fragend über den Tisch hinweg an. »Also ist es der Hund.«

Ich sagte: »Sie haben verdammt recht. Es ist der Hund, Sir.«

Mac sprach mit Bedacht: »Die Insel Gobernador – heutzutage der souveräne Staat Gobernador – ist ein wichtiges Bindeglied in unserem karibischen Verteidigungssystem. Egal, wie Ihre Meinung dazu sein mag: Die Regierung der Vereinigten Staaten hält sie für wichtiger als einen ältlichen deutschen Schäferhund.« Als ich nichts sagte, fuhr Mac ausdruckslos fort: »Wußten Sie, daß der deutsche Schäferhund nicht deutsch ist und niemals Schafe gehütet hat? Ursprünglich kam er als Wolfshund in dieses Land. Er hat unter dieser Bezeichnung nur wenige Käufer gefunden, also gab man ihm ziemlich willkürlich und falsch einen neuen Namen, um die Ware attraktiver klingen zu lassen. Viele Exemplare haben sich ihre wilden Anlagen erhalten.«

Ich sagte: »Sicher. Es gibt immer modische Höllenhunde. Eine Zeitlang war es der Dobermannpinscher. Dann wurde der Pitbull das Hundemonster des Jahres. Augenblicklich, glaube ich, ist der Rottweiler die Bestie an der Spitze der Friß-mich-Liste. Ich warte nur auf den Tag, an dem sie den Mörderpekinesen entdecken. Egal, das Temperament von Bultmans Köter ist hier unerheblich. Er hat niemanden gebissen, er war einfach nur da, eine ältliche deutsche Schäferhündin namens Marlene, nach der Dietrich. Es wirft ein interessantes Licht auf den harten Burschen Bultman, daß er sein Haustier nach einem

Filmstar aus alten Zeiten benannt hat. Und egal, was die amerikanische Regierung glauben mag: Herman Bultman hält die lausige Insel für absolut entbehrlich, und ich kann es ihm nicht übelnehmen. Unter ähnlichen Umständen würde ich selbst auch Hilfe suchen, um sie ins Meer zu versenken. Im Augenblick hat er Hilfe in der regierungsfeindlichen Bewegung gefunden und sich Einfluß verschafft.«

»Sie werden gefährlich sentimental, Eric.« Mac räusperte sich und hielt seinen Ärger unter Kontrolle. Unbarmherzig fuhr er mit seinen Anweisungen fort, als hätte es von meiner Seite keinen Einwand gegeben. »Gobernador besteht aus zwei Inseln. Isla del Norte ist ein ziemlich kahler Felsen, dünn besiedelt. Auf ihm gibt es wichtige US-Militäranlagen von einigermaßen geheimer Art – und so geheim, daß wir nicht wissen müssen, um was es sich handelt, oder zumindest hat man uns das wie üblich gesagt. Die Regierung des neuerdings unabhängigen Staates hat uns langfristige Pachtverträge zugestanden. Aber wenn sie gestürzt werden sollte, könnten diese Pachtverträge – und würden es wahrscheinlich auch – von denen, die als nächste die Macht übernähmen, aufgehoben werden, und die wären zumindest antiamerikanisch, wenn nicht aktiv prokommunistisch.« Er legte eine Pause ein. Als ich keinen Kommentar abgab, sagte er: »Isla del Sur ist fruchtbar und ziemlich dicht besiedelt. Auf ihr findet sich oben in den Bergen die Hauptstadt Santa Isabella und unten an der Küste der wichtigtste Hafen Puerto del Sol, wo Ihr Freund seinen Ärger hatte.«

»Zum Teufel, er ist nicht mein Freund«, sagte ich. »Nur weil ich mit seinen gegenwärtigen Motiven sympathisiere, bedeutet das nicht, das ich ihn mag. Er ist ein kalter, gewissenloser Schweinehund, und jeder, der dumm genug ist, ihn an seinem einzigen wunden Punkt zu treffen . . .«

»Ich bin sicher, daß die Hafenbehörden sanfter mit ihm umgegangen wären, wenn sie gewußt hätten, mit wem sie es zu tun haben, Eric.« Macs Stimme klang scharf. »Unglücklicherweise ist der Name Bultman in der Karibik kein alltägliches Wort.«

»Wenn die Gerüchte, die ich gehört habe, zutreffen, wird er es bald sein«, sagte ich.

Mac zuckte zusammen. »Ja, das ist das Problem, mit dem wir versuchen, fertig zu werden.«

Ich fuhr fort: »Manche lernen es nie, daß sie bei ihrem ewigen Herumschubsen von Leuten irgendwann an jemanden geraten, der es sich nicht gefallen läßt. Er explodiert ihnen mitten im Gesicht und zerstört sie und die Landschaft um sie herum. Und sie – die übrig geblieben sind – werden schreien, wie sehr man sie mißverstanden und mißhandelt hat und warum ihnen nicht jemand *gesagt* hat, wie gefährlich der Bursche war, damit sie nett zu ihm sein konnten. Es scheint ihnen nie in den Sinn gekommen zu sein, daß es eine einfache Antwort gibt: Sei einfach zu allen nett.« Ich verzog das Gesicht. »Mit Bultman haben sie ein erstklassiges Exemplar eines Zerstörers getroffen, und jetzt, wo sie ihn scharf gemacht haben, sollen wir seine Explosion verhindern? Wie optimistisch kann man eigentlich sein?«

Mac ignorierte diesen Ausflug in die Philosophie, wenn man es so nennen wollte. Steif fuhr er fort: »Ich will darauf hinaus, daß wir ein persönliches Interesse an der gegenwärtigen Regierung der Islas Gobernador haben. Wir wollen sie weder durch ein weniger freundliches Regime ersetzt haben noch ein dampfendes Loch im Ozean vorfinden. Offensichtlich ist Bultman jetzt eifrig damit beschäftigt, einen bunten Haufen von Terroristen und Revolutionären zusammenzustellen, die außer den üblichen Protestmorden und -entführungen und den zufälligen Bombenattentaten allein niemals irgendwas zustande gebracht hätten. Aber der Mann hat einige militärische Erfahrungen, wie Sie wissen, und man hat ihm erlaubt, die Rekrutierung und sein Training auf einer benachbarten Insel durchzuführen, die daran interessiert ist, Unruhen auf Gobernador zu schüren. Unter diesem Schutz formiert Bultman eine disziplinierte, schlagfertige Truppe, die für die Stabilität der Region eine ernste Bedrohung darstellen könnte.«

»Er ist genau der richtige Mann dafür«, sagte ich. »Er ist kein einsamer Wolf wie ich. Das eine Mal, als ich ihn mit paramilitärischer Hilfe überlistet habe, war eine absolute Ausnahme. Aber Bultman hat seine Operationen wie Kommandounternehmen mit der Genauigkeit eines Uhrwerks durchgeführt, mit viel Kraftaufwand, selbst wenn sein Ziel nur ein einzelner war.« Ich holte tief Luft. »Sehen Sie, Sir, es hat keinen Sinn, diese Antikommunisten-Schiene mit mir zu fahren. Ich habe schon zu viele Missionen durchgeführt, die mir als die letzte, schwache Hoffnung der Demokratie verkauft worden sind. Ich glaube, ich habe einige Male bewiesen, daß ich so patriotisch bin wie jeder andere, aber Sie können mir nicht erzählen, daß ein paar Antennen oder sonstwas auf einem karibischen Felsen unsere nationale Existenz oder Nicht-Existenz bedeuten sollen.«

Mac beobachtete mich kalt. »Ich werde Sie nicht beleidigen, indem ich annehme, Sie hätten Angst, diese Mission zu übernehmen, aber ich finde Ihre Begründung wenig überzeugend.«

»Das kommt, weil Sie kein Hundefreund sind, Sir«, sagte ich.

»Das will ich hoffen«, sagte er. »Ebensowenig bin ich Katzenfreund oder Frettchenfreund oder Affenfreund oder Wellensittichfreund oder ein Freund kleiner, weißer Mäuse. Ich hätte gedacht, daß Sie in Ihrem Alter von diesem kindischen Haustierquatsch geheilt wären.«

»Das Alter hat nichts damit zu tun«, sagte ich. »Ein Hund kann für einen älteren Menschen genausoviel bedeuten wie für ein Kind, vielleicht mehr. Und meine Einstellung schlecht zu machen ändert nichts. Ich bin mit Jagdhunden aufgewachsen, und Sie wissen das. Sie werden sich vielleicht sogar an einige Aufträge erinnern, bei denen meine Vertrautheit mit Hunden ziemlich nützlich war. Tatsache ist, daß ich kürzlich von einer Spritztour nach Skandinavien einen Welpen mitgebracht habe. Im Moment ist er in einem Ausbildungslager in Texas, und ich hoffe, ich kann ihn bald mit auf Entenjagd nehmen – und dabei rausfinden, was für einen Retriever mir meine Verwandten in Svenska aufgehalst haben. Und selbst wenn ich wenig Zeit gehabt habe, mit ihm vertraut zu werden, rate ich jedem, ihm kein Haar zu krümmen, denn meine Reaktion wäre genau die gleiche wie Bultmans.« Ich starrte ihn über den Schreibtisch hinweg an. »Sie werden das nie verstehen, Sir. Sie haben mir mal erzählt, Sie wären so erzogen worden, Angst vor Ihnen zu haben. Und daß es Ihnen große Schwierigkeiten bereitet hat, als Sie unsere Methoden im Umgang mit Angriffs- und Wachhunden revidieren mußten.«

Mac sagte trocken: »Um ehrlich zu sein, ich habe die gleiche Einstellung wie der verstorbene W. C. Fields: Jeder, der Hunde haßt, kann kein schlechter Mensch sein. Eine leichte Übertreibung, aber ziemlich nah dran.«

»Soweit ich mich erinnere, hat Fields auch Kinder mit einbezogen.«

Mac schenkte dem keine Beachtung und sah mich mit zweifelndem Blick an. »Sie können nicht allen Ernstes diese Mission ablehnen, nur weil das Zielobjekt ein Hundeliebhaber ist.« Als ich nicht darauf reagierte, fuhr er scharf fort: »Niemand verlangt von Ihnen, daß Sie *Hunde* verletzen, Eric! Man hat Sie nur angewiesen, sich um einen gefährlichen Mann zu kümmern . . .«

»Einen gefährlichen Mann, der es – verkrüppelt und vielleicht nicht mehr wohlauf – aufgegeben hat, gefährlich zu sein«, sagte ich. »Okay, lassen Sie es uns alles rausholen, inklusive der Dinge, die Sie nicht erwähnt haben. Bultman hat an Bord seines Schiffes gewohnt, einer Zehn-Meter-Schaluppe, und keiner Fliege was zu Leide getan – heutzutage weiß man ja nie, wer so alles auf einem Boot lebt. Er ist bei leichtem Seegang durch die Karibik gesegelt, allein, von seiner alten Wolfshündin abgesehen. Er ist in die Randzone eines Orkans geraten, sein Schiff hat einigen Schaden genommen, und er hat sich in den nächstgelegenen Hafen geschleppt, der zufällig zu einem Inselstaat gehört, auf dem es keine Tollwut gibt und der hofft, diesen Zustand aufrecht zu erhalten, indem er sämtliche fremden Hundearten aussperrt. Ihr gutes Recht. Aber es gibt außerdem eine alte Tradition, Schiffen in Not Zuflucht zu gewähren.«

»Nur weil ein arroganter Beamter über seine Befehle hinaus gehandelt hat . . .«

»Wir wissen nicht, wie seine Befehle gelautet haben«, sagte ich. »*Jetzt* behauptet man, er hätte über sie hinaus gehandelt, jetzt, wo die Scheiße zum Himmel stinkt. Aber das ist die Umgangsform aller Regierungen. Allerdings würden vernünftigere Länder mit ähnlichen Anti-Tollwut-Gesetzen den Hund unter ähnlichen Umständen einfach in Quarantäne stecken. Nicht die Islas Gobernador. Diese Clowns haben Bultman nicht mal die Chance gegeben, mit dem beschädigten Schiff und seinem vierbeinigen Gefährten wieder in See zu stechen. Sie haben die alte Schäferhündin einfach an Land gezerrt und direkt unter den Augen ihres Besitzers erschossen.« Ich holte tief Luft. »Und Herman Heinrich Bultman hat sich beherrscht und *si, señor*, gesagt und *por favor, señor.* Er ist da rausgekommen, ohne jemanden umzubringen, und ich weiß genau, warum. Er wollte nicht nur die wenigen, die er kriegen konnte, wenn er sich eine der Maschinenpistolen schnappen und den Pier mit ein paar wohlgezielten Salven leeren würde. Plötzlich hatten sie ihm einen neuen Lebenssinn gegeben, etwas Interessantes, was er in seinem Ruhestand anfangen konnte. Jetzt wird er alles anwenden, was er in seinen Jahren als Söldner und Profikiller gelernt hat, um eine letzte, wirkungsvolle Bultman-Operation durchzuführen: Nicht nur die schießwütigen Beamten auslöschen, die den Job durchgeführt haben, sondern die lausige Regierung, die sie dafür eingesetzt hat.«

»Ich kann natürlich nicht gutheißen, was passiert ist«, sagte Mac nach einem Augenblick, »aber der Gedanke, daß der Tod eines Tieres auf irgendeine Weise diese Art von blutiger Revolte rechtfertigt, die dieser Mann plant . . .«

Ich seufzte. »Ich wußte, wir würden am Ende zu der Schließlich-ist-es-doch-nur-ein-Tier-Platte kommen, Sir. Aber Bultman tut es nicht für eine ältliche Hündin, die sowieso bald eines natürlichen Todes gestorben wäre. Er tut es für sein *Recht*, eine ältliche Hündin zu halten, und sie, wenn die Zeit reif ist, friedlich mit ihrem alten grauen Kopf auf seinem Schoß sterben zu lassen.«

»Wirklich rührend, Eric, aber . . .«

Ich sagte: »Ich werde ihn nicht jagen, Sir. Ich sage nicht, das, was er tut, wäre gerechtfertigt. Wie Sie schon gesagt haben, war es nur ein Tier, und eine Menge Menschen werden dafür sterben. Aber ich kann ihn nicht jagen, weil ich – wie ich schon gesagt habe – auf genau die gleiche Art und Weise reagiert hätte, wenn es mein Hund gewesen wäre. Wie kann ich also einen Mann dafür jagen? Als Kind hab ich draußen im Westen gelernt, daß man, wenn man das Pferd oder den Hund eines Mannes mißhandelt, für das, was danach passiert, selbst verantwortlich ist. Es ist an der Zeit, daß diese Leute es auch lernen, und ich werde Bultman nicht davon abhalten, sie in ihrer Erziehung voranzubringen. Wenn Sie meinen Abschied wollen, dann liegt er auf Ihrem Schreibtisch, sobald eines der Mädchen ihn abtippen kann . . .«

2

Als ich ein Junge war, waren Labrador Retriever immer schwarz. Ich war mir darüber im klaren, daß gelbe und schokoladenfarbige zulässige Variationen waren, aber ich kann mich nicht erinnern, einen von diesen ausgefallenen Hunden gesehen zu haben. Heutzutage bemüht sich jeder Hundezüchter um etwas Neues und anderes. Der gelbe Neufundländer wurde aus der Bedeutungslosigkeit hervorgeholt und ist jetzt dabei, den schwarzen in den Hintergrund zu drängen.

Der Welpe, den mir meine schwedischen Verwandten gegeben hatten, auf deren Bauernhof ich im vorangegangenen Frühling gewohnt hatte, lag in der Farbe zwischen einem hellen Rotgold auf dem Rücken und einem rötlichen Weiß auf dem Bauch. Er war der größte junge Labrador, den ich jemals gesehen hatte. Mit achtzehn Monaten wog er mehr als fünfzig Kilo, mit enormen Pfoten und einem Kopf wie ein Bär. Seine Begrüßung war umwerfend, als würde man von einem Grizzly zugerichtet, aber das machte mir nichts aus. Ich meine, es zeigte, daß er sich an mich erinnerte, und – verdammt – man nimmt die Liebe, die man bekommt. Es gibt nicht viele Menschen, die darauf aus sind, mich an sich zu drücken und zu küssen.

»Ein bißchen gewachsen, was?« sagte Bert Hapgood grinsend. Er war ein hagerer, dunkler Mann in Jeans und Jeansjacke. »Aus, Kleiner, aus. Ich sollte dir etwas extra berechnen, Matt, für das Futter, das er verdrückt. Morgen früh kannst du eine oder zwei Enten schießen und sehen, was er gelernt hat . . .«

Bert und seine hübsche, brünette Frau Doreen hatten, was man als kombiniertes Unternehmen bezeichnen könnte. Sie hatten ihr Hundeheim, und das ganze Jahr über betreuten und bildeten sie Hunde aus. Aber außerdem hatten sie Boote, mit denen sie in der entsprechenden Saison Leute zum Fischen brachten, und sie hatten eine beachtliche Fläche von Sumpfland gepachtet, in dem sie im Herbst und frühen Winter von ihrem einfachen Jagdhaus an der Küste des Golfs von Mexiko aus Jagden unter Anleitung veranstalteten. Es war ein abgeschrägtes Gebäude auf Stelzen, damit Sturmfluten keinen Schaden anrichten konnten und darunter hinwegspülten, wie bei den Strandhäusern, an denen ich auf meinem Weg dorthin vorbeigefahren war. Von meinem Zimmer aus, spartanisch, aber immer noch komfortabel genug, konnte ich die Brandung hören, bis ich mit dem Gedanken an die morgendliche Jagd einschlief.

Verglichen mit einigen nächtlichen Gedanken, die ich gehabt hatte, war es eine Verbesserung. Ich sagte mir immer wieder, daß ich länger in dem Geschäft überlebt hatte als die meisten und daß es nur vernünftig gewesen war, aufzuhören, bevor mich die Statistiken über meinen Beruf einholten. Aber es wäre mir lieber gewesen, es wäre auf freundlichere Art und Weise vor sich gegangen. Ich beruhigte mich damit, daß es lächerlich war, sentimentale oder bedauernde Gedanken an Mac zu verschwenden. Da konnte man ebensogut bei einem öffentlichen Scharfrichter gefühlsduselig werden. Trotzdem hatten wir einen Haufen Jahre über zusammengearbeitet . . . Aber in dieser Nacht in Texas dachte ich nur an Enten, Hunde und Gewehre und schlief in Rekordzeit ein.

Am Morgen luden wir nach einem herzhaften Frühstück den Hund in eine Kiste auf der Ladefläche von Berts vierradgetriebenem Pickup und fuhren über den Highway nach Osten, wobei uns eine weitere Wagenladung von Jägern folgte. Es war ein klarer Morgen, mit leichtem Wind und einem Himmel, der sich im Osten schon aufhellte. Die Straße folgte dem Golf. Ansehnliche Wellen brachen sich am Strand zu unserer Rechten. Zur Linken erstreckte sich ein endloses Sumpfgebiet, in das Bert nach einer Weile einbog. Er folgte einem überwucherten Uferdamm, an dessen Ende ein morastiger Teich lag. Auf der gegenüberliegenden Seite des Teiches konnte ich im heller werdenden Licht eine Deckung für die Entenjagd erkennen, vor der zwei Dutzend Lockvögel schwammen.

»Es ist tiefer, als es aussieht. Du wirst den Hund brauchen, um rauszuholen, was du da reinfallen läßt«, sagte Bert und führte mich an den Rand. »Deshalb hab ich dir diese Stelle gegeben, damit du ein bißchen Wasserarbeit sehen kannst. Erwarte nicht von ihm, daß er ruhig bleibt, wenn das Gewehr losgeht. Das haben wir noch nicht verlangt. Ich wollte ihn erst richtig aufmerksam haben. So gegen neun hol ich dich wieder ab. Da fliegen sie normalerweise nicht mehr. Viel Glück.«

Der Hund, den wir freigelassen hatten, als wir ausgestiegen waren, schwamm schon selig im Teich, worüber ich mich freute. Sie sollen Wasserhunde sein, aber nicht alle von ihnen wissen das. Ich rief ihn zurück, als Bert wegfuhr, um sich um seine anderen Kunden zu kümmern. Nach dem üblichen Ritual, sich direkt vor mir zu schütteln, folgte mir der tropfnasse Bursche um den Teich herum zu der Deckung, die aus mehreren Fässern bestand, die man in den Schlamm eingelassen hatte und die zwischen Schilf und Unterholz verborgen waren. Ich kletterte in das linke Faß, das strategisch am besten postiert zu sein schien. Es war einigermaßen trocken und hatte einen bequemen Sitz. Ich lud meine Schrotflinte, eine alte Remington Automatic, die ich schon seit Jahren besaß. Ich pfiff den Hund heran und ließ ihn neben mir auf einer hölzernen Plattform sitzen, die auf Wasserhöhe lag und für diesen Zweck gebaut worden war.

Wenn man bedachte, wo er geboren war, schien es seltsam, daß sein Name Happy war. Die Schweden nahmen ihre Hundenamen offenbar gern aus der englischen Sprache, wenn man nach dem Drei-Generationen-Stammbaum urteilte, den ich bekommen hatte und auf dem hübsch Champions der einen oder anderen Art verteilt waren – ich wußte nicht, was die europäischen Titel bedeuteten, aber sie sahen sehr eindrucksvoll aus. Wir saßen da und beobachteten, wie der Sumpf erwachte, als die Sonne aufging. Der schilfreiche Ausblick wandelte sich allmählich vom Grau der Morgendämmerung zum Gold des Tageslichts. Weit entfernt wurden einige Schüsse abgefeuert. Der Hund erstarrte und stierte auf eine einzelne Ente, die offensichtlich die Gesellschaft der freundlich wirkenden Lockvögel suchte.

Es war eine Krickente, eine kleine, aber ich war an diesem Morgen nicht wählerisch. Ich wollte nur meinen Hund bei der Arbeit sehen. Ich wartete auf einen einfachen Schuß aus der Nähe. Als ich mich schließlich aufrichtete, flatterte sie, als sie gerade ihren Flügelschlag schwächer werden ließ, dicht über die Lockenten nach links hinweg. Ich wartete, um Berts nachgemachte Enten nicht kaputtzumachen, und feuerte. Das Schießen mit dem Gewehr ist eine exakte Wissenschaft. Das mit der Schrotflinte ist die instinktive Kunst, ein schnell fliegendes Ziel mit einem sich bewegenden Gewehrlauf vom Himmel zu holen. Der Schuß fühlte sich gut an und war gut.

Bei dem Knall und dem daraus resultierenden Klatschen hinter den Lockenten schoß Happy wie eine Rakete hervor und ließ das Wasser in alle Richtungen spritzen. Er stürmte hinaus, schwamm kraftvoll – kein Paddeln junger Hunde mit gehobenem Kopf – und kam mit einem farbenprächtigen, kleinen Krickenterich im Maul zurück. Er lieferte vorschriftsmäßig ab. Es ist immer etwas Besonderes an dem ersten Vogel, den einem ein neuer, junger Hund bringt, ich kraulte seine Ohren und sagte ihm, was für ein großartiger Apportierhund er sei.

Es war lange her, daß ich einen Hund besessen hatte, und ich war mir gar nicht darüber im klaren gewesen, wie sehr ich es vermißt hatte. Aber als ich den Hund lobte, flüsterte mir der Instinkt, den ich in Jahren des Überlebens in einem Geschäft des Nicht-Überlebens entwickelt hatte, ins Ohr, daß es für mich zu früh war, mich zu entspannen und mich als normalen, hundeliebenden Privatmenschen zu betrachten. Ich war noch nicht mit ihnen fertig, den Todbringern, den Killern, die ich mein ganzes Leben lang gejagt hatte, nicht, weil ich sie so sehr haßte, sondern weil irgend jemand sie jagen mußte und man einen anderen Jäger brauchte, um den Job zu machen. Sie waren immer noch irgendwo da draußen, und ich behielt lieber alles im Auge, was mir etwas wert war, selbst einen Hund, denn sie konnten überall zuschlagen . . .

Ich lenkte meine Gedanken wieder auf die Enten zurück, aber es war zu spät: Zwei Spießenten kamen niedrig über die Deckung geflogen und verschwanden, bevor ich auf den Beinen war und mein Gewehr an die Schulter bekam. Kaum hatte ich mich wieder gesetzt, als sich ein gemischter Pulk von Enten zwischen die Lockvögel stürzte. Als ich aufstand, flatterten sie in alle Richtungen. Der Himmel schien voll von ihnen zu sein. Ich suchte mir eine aus, die das beste Ziel abgab, traf sie und sah sie fallen. Happy machte sich sofort über sie her, ein gelber Blitz, der aus der Deckung heraus explodierte. Ich schwenkte auf eine andere ein und verfehlte sie, korrigierte aber meine Zieleinstellung und ließ sie in den Sumpf hinter uns fallen.

Plötzlich war der Himmel wieder leer. Ich lud nach und wartete darauf, daß mir der Hund die Ente brachte, die im Wasser gelandet war, ein Löffelenterich mit einem überdimensionalen Schnabel, sehr prunkvoll und hübsch; aber gewöhnlich schmecken sie etwas fischig. Happy war jedenfalls stolz darauf, und darauf kam es heute an. Er hatte die zweite nicht fallen sehen, aber er folgte mir dorthin und machte sich willig an die Arbeit, indem er suchte, wohin ich zeigte. Bald nahm er die Witterung auf und holte den Vogel aus dem hohen Schilf hervor, eine hübsche Spießente, bis dahin die beste Ente des

Tages. Dann rechtzeitig zurück in die Deckung, um den nächsten Luftangriff abzuwehren . . .

Als Berts Transporter auftauchte, saß ich auf dem Uferdamm an der äußeren Seite des Teiches, wo es mehr oder weniger trocken war. Ich rupfte meine Enten, während mir Happy immer wieder sagte, daß noch Vögel am Himmel flogen, und warum wir sie denn nicht herunterschossen? Er verstand nichts von Jagdgesetzen und vollen Taschen.

»Sieht so aus, als wär alles klargegangen«, sagte Bert, als er auf mich zukam. »Irgendwelche Probleme?«

»Ja, dieser blöde Hund weiß nicht, wann man aufhören muß«, sagte ich. Ich grinste, kraulte dem Hund die Ohren und versuchte, ihn davon abzuhalten, mir auf den Schoß zu klettern. »Nein, keine Probleme. Er hat sich prima gehalten.«

»Ich habe mir etwas Gedanken gemacht, als du ihn hierher gebracht hast«, sagte Bert. »Wir hatten so einige gelbe Labradors, die nicht gerade viel Jagdinstinkt in sich hatten, wenn du weißt, was ich meine. Verglichen mit den üblichen schwarzen. Aber der hier macht sich ziemlich gut. Gib uns noch etwas Zeit, ihm Benehmen beizubringen, und du hast einen echten Retriever.«

Als wir im hellen Morgensonnenlicht zum Haus fuhren, parkte ein großer Wagen an der Treppe zur Veranda, die drei Seiten des erhöhten Gebäudes umschloß. Bert sah ihn sich neugierig an.

»Mietwagen vom Flughafen«, sagte er. »Aber wir erwarten keine . . . Doreen?«

Seine Frau kam die hölzernen Stufen hinab; sie sah in ihren Jeans und dem karierten Hemd schlank und patent aus. Sie reagierte nicht auf die unterschwellige Frage ihres Mannes, sondern kam direkt auf mich zu.

»Du hast Besuch, Matt«, sagte sie. »Sie warten im Wohnzimmer auf dich.«

»Besuch?«

Instinktiv öffnete ich den Reißverschluß der Gewehrhülle in meiner Hand und langte nach Patronen in der Tasche meines

Jagdmantels. Wenn sich jemand die Mühe gemacht hatte, mich hier aufzuspüren, zog ich es vor, ihm nicht unbewaffnet gegenüberzutreten. Eine Entenladung ist auf kurze Entfernung genauso gut wie grober Schrot.

Doreen lachte auf seltsame und angespannte Weise. »O nein, du wirst kein Gewehr brauchen, Matt. So was ist es nicht. Aber . . . aber ich fürchte, du mußt dich auf eine schlechte Nachricht gefaßt machen. Es tut mir leid.«

Ich sah sie einen Moment lang an, aber sie wollte es mir offensichtlich nicht erklären. Also ging ich an ihr vorbei, die Treppe hinauf und um die Veranda herum zur Vordertür. Der Blick über das Meer war von hier oben großartig, abgesehen von einigen Ölbohrinseln, aber im Augenblick stand mir der Sinn nicht nach dem Ausblick. Ich schob die Tür zurück, trat ein und schloß sie hinter mir, ein bißchen behindert von der verpackten Schrotflinte.

Von den beiden Frauen, die nebeneinander auf dem Sofa saßen, war es die kleinere, die die Aufmerksamkeit eines normalen Mannes zuerst erregt hätte. Im Grunde ein hübsches Mädchen, und ziemlich jung, aber im Moment sah sie furchtbar mitgenommen aus. Bei dem Blick, mit dem ich sie ansah, bemerkte ich eine Armbinde, einen Kopfverband und einige häßliche Prellungen im Gesicht. Aber ich hatte die Frau neben ihr schon erkannt und konnte mich nicht länger um die Bestandsaufnahme kümmern. Zum Teufel mit dem entstellten Kind. Ich war kein normaler Mann. Ich war ein Ex-Mann, der seiner ehemaligen Frau gegenüberstand. Sie erhob sich, als ich durch den Raum auf sie zuging.

»Hallo, Beth«, sagte ich.

»Matt.« Sie schluckte. »Ich . . . ich kann es nicht sagen, Matt. Es ist einfacher, wenn du es liest. Hier.«

Sie hielt mir eine Seite hin, die aus der Zeitung herausgerissen und so gefaltet war, daß eine bestimmte Geschichte zu sehen war. Ich klemmte mir die Schrotflinte unter den Arm, nahm die Zeitung und studierte sie argwöhnisch. Auf den ersten Blick war es nur ein weiterer terroristischer Zwischenfall. Eine Bombe war in ein kleines Restaurant namens *La Mariposa* in West Palm Beach in Florida geworfen worden. Ich las weiter und kam zu dem Kleingedruckten: *Getötet wurden bei der Detonation . . . Ernesto Bustamente, West Palm Beach, Fla; Simon Greenberg und Rosa Greenberg, New York, N.Y.; Matthew Helm, jr., Old Saybrook, Conn . . .*«

Mac wäre stolz auf mich gewesen. Meine erster Gedanke war, daß mein ältester Junge tot war, ermordet von einem Haufen terroristischer Verbrecher, während mir mein Instinkt sagte, ich sollte sorgfältig einen verdammten Hund im Auge behalten.

3

Ich blickte von der Zeitung zu der Frau, die ich einmal geheiratet hatte. Sie hatte sich nicht sehr verändert. Sie besaß immer noch dieses frische, gesunde, beinah jungenhafte Aussehen eines netten Mädchens aus New England. Nur ein bißchen größer als der Durchschnitt und hellbraunes Haar, das noch immer keine Spur grau war. Ihre Figur im blauen Tweed war immer noch schlank und jugendlich, und ihre Beine in den Nylonstrümpfen immer noch wohlgeformt. Ihre blauen Schuhe hatten flache Absätze. Die Farbe ihres teuren Kostüms und der dazu passende Kaschmirpullover verstärkten das Blau ihrer Augen. Es lag etwas Entschlossenes und Hypnotisches in dem Blick, mit dem sie mich ansah. Ich hatte das Gefühl, sie war im Augenblick psychisch in keinem besonders gefestigten Zustand. Aber wer war das schließlich schon?

Sie war natürlich nicht mehr meine Frau. Ihr Name war jetzt Logan, und das war er schon seit mehr Jahren, als ich mich erinnern konnte, Mrs. Lawrence Logan, aber immer noch hatten wir etwas Einzigartiges gemeinsam: die Erinnerung an ein kleines Kind in einer Wiege, unser erstes. Es waren noch zwei danach gekommen, und wir waren schließlich gegen das Elterndasein abgehärtet, aber das erste ist das Aufregendste, besonders wenn man so jung ist, wie wir es waren. Man weiß nichts davon, keiner weiß etwas, trotz all der Babybücher, die man gelesen hat. Man hat Angst, es zu fest zu halten und es zu zerbrechen, oder nicht fest genug und es fallen zu lassen. Man kann nicht glauben, daß es wirklich lebt. Man wartet darauf, daß es jeden Moment aufhört zu atmen . . .

»Bring sie um«, sagte Beth ganz sanft und betrachtete mich mit diesem entschlossenen, blauäugigen Blick. »Das tust du doch, oder nicht, Matt? Deswegen habe ich dich verlassen, als ich das schließlich über dich erfahren habe, vor all den Jahren. Ich war . . . damals eine ziemlich sanftmütige Person. Aber jetzt bin ich zurückgekommen, und ich bitte dich, sie für mich zu finden und umzubringen. Für uns. Für . . . für Matthew. Bring sie alle um!«

Dann vergrub sie ihr Gesicht in den Händen und fing an zu weinen. Sie taumelte gefährlich, und ich dachte, sie würde gleich zusammenbrechen. Ich machte einen Satz, aber das Mädchen erreichte sie zuerst, führte sie zum Sofa zurück und sah zu mir auf.

»Würde es Ihnen etwas ausmachen, die Schußwaffe wegzustellen, Mr. Helm?« fragte sie leise. »Waffen machen mich ganz nervös.«

»Ja, Ma'am«, sagte ich, zog den Reißverschluß zu und stellte die Schrotflinte in die Ecke. Dann ging ich zu der kleinen Bar auf der anderen Seite des Zimmers und fand drei Gläser und meine Privatflasche. Die Hapgoods hatten keine Schanklizenz. Man brachte seinen eigenen Schnaps mit. Sie gaben nur das dazu, mit dem oder aus dem man ihn trinken wollte. Ich brachte zwei Gläser zum Sofa, stellte eins für Beth auf den Tisch und gab dem Mädchen das andere, obwohl ich mir, was die moralische Frage betraf, nicht ganz sicher war. Sie war wirklich ziemlich jung. »Es ist nur Scotch da«, sagte ich.

»Danke«, sagte das verunstaltete Mädchen und hielt noch immer einen Arm um Beth gelegt. »Ich bin übrigens Ihre Schwiegertochter, Mr. Helm. Wir haben Ihnen damals Anzeigen und Einladungen geschickt, wie Sie sich vielleicht erinnern, vor zwei Jahren.«

»Ich erinnere mich«, sagte ich. »Ihr wart beide noch auf dem College.«

»Ist das der Grund, warum Sie nicht gekommen sind, weil Sie dagegen waren?«

Ich schüttelte den Kopf. »Ein Mann mit meinem Beruf tut besser daran, sich von öffentlichen Feierlichkeiten fernzuhalten, die seine Kinder betreffen. Es gab noch andere Gründe, warum ich dachte, die Zeremonie würde besser ohne mich auskommen. Ich dachte nicht, daß man einen abwesenden Daddy vermissen würde.«

»Sie haben sich getäuscht«, sagte sie steif. »Aber ich glaube, wir haben uns bei Ihnen für das Geschenk und den Scheck ordentlich bedankt.«

»Das habt ihr«, sagte ich. Ich sah sie einen Moment lang an. »Dann bist du also Cassandra. Cassandra Varek, wenn ich mich recht erinnere. Cassie oder Sandra?«

»Sandra. Ich würde auch auf Sandy reagieren, wenn Sie laut genug schreien.« Wir waren beide damit beschäftigt gewesen, uns kennenzulernen. Jetzt sah das Mädchen Beth an, die zu schluchzen aufgehört hatte und in ihrer Handtasche nach einem Taschentuch suchte. »Wo ist hier eine Toilette?« fragte mich Sandra.

»Durch die Türen da und rechts den Flur entlang.« Aber als sie Beth aufgeholfen hatte und sie in diese Richtung führen wollte, sagte ich: »Warte mal. Warum bringst du sie nicht auf mein Zimmer? Da gibt es ein kleines Bad, und wenn sie will, kann sie sich auf dem Bett ausruhen. Durch die Haustür und links die Veranda entlang. Hier ist der Schlüssel. Die Nummer steht drauf.«

Als das Mädchen allein zurückkam, lehnte ich an die Bar und nippte an dem Drink, den ich mir gemixt hatte, obwohl ich ihn eigentlich gar nicht wollte. Ich bin kein Morgentrinker. Aber es kam mir so vor, als sollte es so sein, eine Geste, die getan werden mußte. Wenn man einen schweren, tragischen Schock bekommt, dann nimmt man einen steifen Drink, oder? Sandra machte einen Umweg, um ihr Glas zu holen, kam zu mir und sah mich an.

»Elizabeth geht es bald wieder besser. Sie hat nur alles zurückgehalten, und es war ein langer Flug.«

»Sicher.«

»Sie meint es natürlich nicht so. Was sie zu Ihnen gesagt hat. Sie ist eigentlich kein rachsüchtiger Mensch.«

Ich sah sie mir aufmerksam an, versuchte abzuschätzen, wie sie aussah, wenn sie kein wandelndes Katastrophengebiet war, dieses Mädchen, das mein Sohn geheiratet hatte. Sie war kleiner als Beth, kräftig und dunkel, mit sehr kurz geschnittenem, schwarzen Haar. Vielleicht hatte sie sich, nachdem ein wesentlicher Teil abrasiert worden war, um eine Behandlung der Kopfverletzung zu ermöglichen, entschlossen, es ganz abzuschneiden und dann wieder wachsen zu lassen. Die mit Heftpflaster verklebte Stelle über ihrem rechten Ohr war ganz beträchtlich.

Sie hatte ein ziemlich breites, dunkles Gesicht, mit einer Stupsnase, vollen Lippen und dicken Augenbrauen, die noch nie eine Pinzette kennengelernt hatten. Es war ein gutes, starkes Gesicht, auf junge und hitzige Art und Weise sehr attraktiv. Ich hätte es nicht für das Gesicht eines Mädchens gehalten, das sich vor Waffen fürchtete und ihren Feinden vergab, aber beim Thema Mädchen habe ich mich früher schon geirrt. Ihre Augen waren braun, und um das rechte sah man eine häßliche Verfärbung. Außerdem hatte sie auf der Seite des Kinns eine Prellung. Die Armbinde, die mir schon vorher aufgefallen war, stützte ihren rechten Arm. An beiden Händen hatte sie kleine Verbände. Sie trug einen geschneiderten, grauen Hosenanzug mit einer schwarzen Bluse, die am Hals offen war. Unter ihrer Hose konnte ich die Andeutung einer Bandage um den rechten Oberschenkel sehen. Mir war schon aufgefallen, daß sie dieses Bein ein bißchen schonte.

Sie war sich meines prüfenden Blickes natürlich bewußt, und ausdruckslos sagte sie: »Siebenundzwanzig Stiche im Bein. Eine ganze Menge mehr am Kopf, aber ich glaube, sie machen da oben aus kosmetischen Gründen kleinere Stiche. Knickbruch des Speichenknochens, das ist der kleinere im Unterarm. Meine Hände sind ziemlich schlimm zerschnitten, wie Sie sehen können. Meine Knie sehen aus wie Hamburger. Natürlich hab ich praktisch am ganzen Körper blaue Flecken, die stellenweise schön grün werden. Meine Ohren haben erst vor zwei Tagen aufgehört, von der Detonation zu summen. Befriedigt das Ihre Neugier?«

»Es ist ein Wunder, daß man dich aus dem Krankenhaus entlassen hat«, sagte ich. »Der Flug von Washington kann für dich keine ausgesprochene Freude gewesen sein.«

Sie zuckte mit den Schultern. »Ich bin hart. Ich mag keine Krankenhäuser. Woher wußten Sie, daß wir aus Washington gekommen sind?«

»Es ist der einzige Ort, wo ihr erfahren konntet, wo ich zu finden bin. Auch wenn ich mich da nicht mehr zurückmelde, hat mein ehemaliger Chef Möglichkeiten, auf dem laufenden zu bleiben. Aber er hätte euch diese Adresse nicht am Telefon gegeben. Ich hätte nicht gedacht, daß er sie euch überhaupt geben würde.«

»Elizabeth hat gesagt, sie wäre ihm schon mal begegnet, Ihrem Boß, vor vielen Jahren, als Sie gerade geschieden wurden. Er hatte sich damals mit ihr in Verbindung gesetzt und versucht, sie dazu zu überreden, Sie nicht zu verlassen.«

Ich sagte: »Mein Ex-Boß bitte. Mein ehemaliger Chef. Ich habe vor zwei Wochen gekündigt.«

»Das hat er uns erzählt, aber trotzdem hat er Elizabeth kommen lassen, um der alten Zeiten willen, schätze ich.« Sandra hob die Schultern. »Ich bin mitgegangen, weil sie noch ein bißchen wacklig ist – und natürlich hatte ich auch ein persönliches Interesse. Er ist ein höflicher und freundlicher Mann, aber ich würde ihn nicht wütend auf mich machen wollen. Ich glaube eigentlich nicht, daß er ein besonders liebenswürdiger Mann ist.«

Ich lachte. »Wir sind kein liebenswürdiger Verein. Meine humanitären Impulse kann man kaum als dominant bezeichnen. Was hat er gesagt?«

»Er wollte wissen, warum Elizabeth Sie sucht. Als sie es ihm erzählt hat, war er sehr verständnisvoll und hat ihr diese Adresse gegeben. Er sagte, Sie wären wahrscheinlich hier, denn die Wasservogelsaison würde heute losgehen, und Sie hätten einen Jagdhund, den Sie ausprobieren wollten.« Das Mädchen lachte kurz und sah mich an. »Was ist es, Mr. Helm? Eine Art von Zwang, daß Sie nicht aufhören können, auf Lebewesen zu schießen?«

Es hat niemals Sinn, mit ihnen zu streiten, wenn sie einem so kommen, egal ob jung oder alt. »Gewohnheitssache, nehme ich an«, sagte ich. »Aber nenn mich lieber Matt und hör endlich auf, mich zu siezen. Die ganze Förmlichkeit paßt nicht zu deiner Mißbilligung von derart hoher Gesinnung.«

Sie sagte: »Vielleicht ist meine Mißbilligung gar nicht von so hoher Gesinnung . . . Matt. Vielleicht ist es mir eigentlich egal, was . . . du schießt. Vielleicht versuche ich dir das Leben aus anderen Gründen schwer zu machen.«

»Aus welchen Gründen zum Beispiel?«

Sie leckte sich die Lippen. »Vielleicht erinnere ich mich an einen sehr netten Jungen, einen Jungen, den du möglicherweise sogar gemocht hättest, wenn du dir die Mühe gemacht hättest, ihn kennenzulernen. Ein Junge, dem es gefallen hätte, einen Vater zu haben, selbst einen ausgefallenen Daddy wie dich. Aber du warst nie da. Oh, gelegentlich kamen Briefe und Geschenke, wenn Geschenke angebracht waren, und dann und wann ein Scheck, aber niemals ein lebendiger Mensch, nicht mal zu seiner Hochzeit, nicht mal zu seiner Abschlußfeier.«

Ich sagte: »Ich habe dir meine Gründe genannt. Und Larry Logan ist ein ziemlich guter Ersatzvater. Ich hab ihn mir angesehen.«

Sandra schüttelte den Kopf. »Elizabeths Mann ist schwer in Ordnung, und er hat getan, was er konnte, um die Vaterstelle auszufüllen, aber ein Stiefvater ist nicht dasselbe, selbst wenn er die Kinder seiner neuen Frau formell adoptiert und ihnen seinen Namen gegeben hat. Wenn du gestorben wärst und Elizabeth hätte neu geheiratet, das wäre erträglich gewesen. Aber zu wissen, daß du noch da warst, irgendwo, und dich nicht mit deinem eigenen Sohn abgeben wolltest, mit keinem deiner Kinder . . .« Sie holte tief Luft. »Das hat uns natürlich am College zusammengebracht, Matthew und mich. Das hatten wir gemeinsam. Mein Daddy war in vielerlei Hinsicht wie du. Meine Mutter ist gestorben, als ich noch sehr jung war, und er konnte sich auch nicht damit abgeben, Vater zu sein. Also hat er mich an Schwestern und Gouvernanten und Internate abgeschoben und kein einziges Mal . . . ach, zum Teufel damit. Tut mir leid. Ich wollte dir nicht meine freudlose Kindheit aufdrängen.«

»Wußte Beth, wie Matthew das gesehen hat?«

Sandra verzog das Gesicht. »Du meinst: Hat sie ihn dazu gebracht, hat sie ihre Kinder absichtlich gegen ihren Vater aufgebracht, wie so viele geschiedene Frauen? Nein, natürlich nicht, dafür ist sie viel zu nett. Eigentlich hat sie dich in all den Jahren heftig verteidigt und deinen Kindern erzählt, wie sehr du damit beschäftigt warst, die Welt für die Demokratie zu retten oder irgend so was. Und daß du sie sowieso nicht besuchen konntest, selbst wenn du Zeit gehabt hättest, weil du fürchten mußtest, daß jemand, der dich nicht mochte, sagen wir mal jemand, den du in Erfüllung deiner Pflichten verletzt hast, einen Anschlag auf deine Familie verüben könnte, wenn er wüßte, daß es sie gibt. Die Platte, die du gerade bei mir abgespielt hast. Ich finde nicht, daß es eine besonders plausible Entschuldigung dafür ist, daß Sie Ihre Kinder vernachlässigt haben, Mr. Helm . . . Matt, und sie fanden das auch nicht. Es wäre vielleicht sogar besser gewesen, wenn du ehrlich gewesen wärst und ihnen gesagt hättest, daß sie dich nicht interessieren, so, wie mein Daddy es getan hat. Ich konnte mich jedenfalls damit trösten, nicht von einem Heuchler abzustammen.«

»Ist das der Grund, warum Matthew seinen Namen wieder in Helm geändert hat?«

»Ja«, sagte sie, »er wollte zeigen, daß er immer noch dein Sohn war, auch wenn du ihn praktisch verstoßen und Larry dazu gebracht hattest, ihn zu adoptieren und einen kleinen Logan aus ihm zu machen. Ich kann es ihm nicht verübeln. Ich nehme an, er wollte dir zeigen, daß es einen anderen Matthew Helm *gab*, ob es dir gefiel oder nicht, und daß er deinen lächerlichen Vorwand, ihn zu schützen, indem du ihm einen neuen Namen gegeben und dich von ihm ferngehalten hast, durchschaute, wo du doch eigentlich deine Hände von ihm und dem Rest deiner Sprößlinge reingewaschen hast!«

Ich betrachtete sie einen Moment lang. »Glaubst du das, Sandra? Jetzt?«

»Natürlich tu ich das! Was meinst du mit ›jetzt‹? Was hat sich geändert?«

»Sieh in den Spiegel«, sagte ich. »Ich würde sagen, es hat ein paar Veränderungen gegeben, oder nicht?«

»Ich verstehe nicht, was du . . .«

»Benutz dein Hirn, kleines Mädchen!« sagte ich scharf. »Wenn du eins hast. Da bist du, zusammengenäht wie Frankensteins Braut, und da ist Matthew, tot, und du nennst meine Vorsichtsmaßnahmen lächerlich?« Sie wollte etwas sagen, aber ich sprach trotzdem weiter. »Du wirfst mir vor, daß ich meine Kinder nicht oft genug besucht habe. Ich werfe mir vor, daß ich sie zu oft besucht habe. Weißt du, ich habe sie gelegentlich besucht. Vielleicht hätte ich mir nicht mal diese wenigen Besuche erlauben sollen.«

Schockiert sagte sie: »Du kannst doch nicht glauben . . . Aber das ist verrückt!«

»Na ja, vielleicht hätte es unter diesen Umständen keinen Unterschied gemacht«, sagte ich. »Das muß ich erst rausfinden.«

»Jetzt sprichst du in Rätseln«, sagte sie böse. »Und du kannst doch nicht ernstlich glauben, daß . . . daß jemand ein ganzes Restaurant in die Luft gesprengt und außer deinem Sohn fünf weitere Menschen getötet und ein ganzes Dutzend – mich eingeschlossen – ins Krankenhaus gebracht hat, nur weil jemand sauer auf dich ist! Das ist . . . das ist *paranoid*!«

»Ich habe den größten Teil meines Lebens in einem paranoiden Beruf verbracht. Du kannst von mir nicht erwarten, daß ich mich über Nacht ändere.«

»Aber wir *wissen*, wer für diese Bombe verantwortlich ist!« protestierte sie. »Es steht da in dem Zeitungsausschnitt, den Sie gerade gelesen haben. Eine Terroristenbande, die sich ›*Caribbean Legion of Liberty*‹, Karibische Freiheitslegion, nennt. Die CLL. Warum stehen die alle auf diese idiotischen Akronyme?

Sie sind gegen jede amerikanische, imperialistische Herrschaft über diese kleinen Inselstaaten da unten. Zum Teufel mit der Monroe-Doktrin, oder wie auch immer. Im Augenblick interessieren sie sich besonders für ein Land namens Gobernador, das gerade erst vor kurzem seine Unabhängigkeit bekommen hat – aber sie behaupten, es wäre noch nicht wirklich unabhängig. Sie sagen, wir hätten ihm nur geholfen, die Freiheit von seinen vorherigen, imperialistischen Unterdrückern zu bekommen, damit wir es für unsere Raketenbasen oder Bodenstationen oder was auch immer wir da unten besitzen übernehmen können. Sie wollen das gegenwärtige Regime ersetzen, von dem sie behaupten, es wäre eine Marionettenregierung, die von Washington kontrolliert würde, während eine wahre Volksrepublik der Islas Gobernador . . . Jedenfalls war der Bombenanschlag in West Palm Beach offensichtlich ein politischer Protest gegen die amerikanische Außenpolitik durch eine anerkannte Bande von internationalen Terroristen. Sie haben das auch schon sonstwo gemacht. Es kann unmöglich ein persönlicher Angriff gegen dich gewesen sein.«

»Ach nein?« fragte ich. »Selbst wenn der Bombenanschlag das Werk einer echten Terroristenbande war, wer hat sie dann auf dieses spezielle, kleine Restaurant angesetzt? Wer hat jemals von einem billigen Laden namens *La Mariposa,* der Schmetterling, gehört? Die Strände von Palm Beach sind voll von Zielen, die politisch mehr Sinn machen. Und warum überhaupt West Palm Beach? Warum die Bombe nicht in Miami legen, einer Großstadt, und die lausigen *Americanos* richtig aufrütteln? Die Liste der Opfer weist keine wichtigen Leute auf, die erklären könnten, warum gerade dieses Lokal ihre explosive Aufmerksamkeit auf sich gezogen hat. Keine Botschafter oder Berater des Präsidenten oder Senatoren oder Kongreßabgeordnete, nicht mal irgendwelche Generäle oder Admirale. Nur ein Haufen gewöhnlicher Bürger. Ein paar Einheimische, ein paar Touristen. Und Matthew Helm jr. . . . Was habt ihr zwei überhaupt in Florida gemacht?«

Sie schnitt eine Grimasse. »Wir haben meinem Daddy dabei zugesehen, wie er ein neues Flittchen geheiratet hat, unter den wehenden Palmen im vier Hektar großen Garten hinter seinem gemütlichen, kleinen Zwanzig-Zimmer-Landhaus in Palm Beach. Es zieht mich immer wieder an, das bescheidene Heim meiner Kindheit, mit seinen schwachen Erinnerungen an griesgrämige Bodyguards, knurrende Wachhunde und den Alarm, den ich auf meine neugierige, kindliche Art mehrmals ausgelöst habe. Es ist ein Wunder, daß ich dabei nicht erschossen wurde.«

»Ich verstehe. Du hast dir also eine neue Stiefmutter zugelegt.«

Sie schnitt eine Grimasse. »Von denen hat es eine ganze Parade gegeben. Die züchtigen Bräute halten bei ihm nur zwei oder drei Jahre, vielleicht fünf, und dann zahlt er sie entsprechend seinem Standard-Ehekontrakt aus – er hat die Anwälte einen unanfechtbaren Vertrag aufsetzen lassen, nachdem ihn ein schlaues Weib schwer betrogen hatte, als ich noch ein kleines Mädchen war, und manchmal benutzt er Zeitverträge. Aber ich schätze, er bevorzugt Sex zu Hause. Früher oder später findet er immer wieder eine andere, die ihn heiratet. Ich hol sie langsam ein. Sie sehen jedesmal jünger aus. Oder vielleicht bleiben sie gleich alt, und ich werde einfach älter. Na ja, ich schätze, diese ist bald dreißig, obwohl sie es nicht zugeben würde. Sie ist sehr nett zu mir. Sind sie am Anfang alle.« Das Mädchen zuckte mit den Schultern. »Jedenfalls mußten Matthew und ich aus diesem Irrenhaus am Meer verschwinden, also hatten wir beschlossen, uns von all dem hochzeitlichen Frohsinn fortzuschleichen und in einem kleinen, ruhigen Restaurant zusammen zu essen . . . Ruhig!« Sie machte eine seltsame Bewegung mit den Schultern. »Soviel zu dieser einmaligen Idee.«

»Ja«, sagte ich. »Und ich frage mich immer noch, wie es passieren konnte, daß diese politischen Wirrköpfe für ihre politische Demonstration ›zufällig‹ ein obskures Eßlokal auswählen konnten, in dem ›zufällig‹ mein Sohn mit seiner Frau zu Mittag ißt.«

»Und ich glaube immer noch, daß du Paranoiaprobleme hast. Ich schlage einen Besuch beim Seelenklempner vor.«

Sie war ein irritierendes Mädchen, und im Augenblick sah sie einfach höllisch aus, aber ich fing an, einigen Respekt für sie aufzubringen. Sie hatte genug Schneid, nicht rumzusitzen und ihr armes, kleines, angeschlagenes und verwitwetes Ich zu bemitleiden, und mir gefiel, was sie sagte, was sie dachte, trotz meines Alters und des Verhältnisses zwischen uns, woraus es auch bestehen mochte, jetzt, wo Matthew tot war.

»Mal sehen«, sagte ich. »Aber wie dem auch sei, versteh ich dich richtig, daß du auf seiten dieser edlen karibischen Patrioten bist und versuchst, mich davon abzuhalten, sie zu jagen, indem du mir erzählst, daß Beth *eigentlich* nicht will, daß sie umkommen, ungeachtet der Tatsache, daß sie ein paar tausend Kilometer weit gereist ist, um mir das zu sagen?« Ich beobachtete sie genau. »Soll ich das so verstehen, daß du nicht möchtest, daß ihnen ein Haar auf ihren hübschen, kleinen Köpfen gekrümmt wird?«

»Das habe ich nicht gesagt!« Sie schüttelte energisch den Kopf und zuckte zusammen, als diese Geste sie an ihre Verletzungen erinnerte. »Ich hasse sie«, fuhr sie wutentbrannt fort. »Natürlich hasse ich sie! Ich habe ihrer lausigen, kleinen Insel nie etwas getan, wo immer sie auch liegen mag, und Matthew genausowenig. Und jetzt ist er tot, und mir bleibt der Rest meines Lebens, mich an diesen entsetzlichen Moment zu erinnern, diese dunklen, haßerfüllten Gesichter draußen vor dem Restaurant und das Bersten der Scheiben und sein ganzes Gewicht auf mir, als er mich vom Stuhl geworfen und mich mit seinem Körper geschützt hat. Und dann dieses entsetzliche Geräusch wie das Ende der Welt, und alles brach über uns zusammen. Und . . . und danach durch zerbrochenes Glas und Schutt und verschüttetes Essen und kaputte Teller zu kriechen, die Kleider zerrissen, meine Kopfhaut hing mir in die Augen und meine Arme funktionierten nicht richtig, und ich war voller Blut, mein eigenes Blut, Matthews Blut. Da hab ich mir die Hände und Knie so zerschnitten, aber ich hab es gar nicht gemerkt. Ich hab versucht, jemanden zu finden, der ihm helfen konnte . . . Ja, ich hasse sie! Ja, ich will, daß sie geschnappt und bestraft werden. Aber nach dem Gesetz von den ordentlichen Behörden, nicht von dir!«

»Geschnappt ist geschnappt. Bestraft ist bestraft«, sagte ich.

»Nein, das ist es nicht, und du weißt es genau! Das Gesetz ist eine Sache, und private Rache, private Gewalt ist etwas vollkommen anderes, etwas, von dem es auf dieser Welt schon zuviel gibt und das wir loswerden müssen, wenn wir jemals in Frieden leben wollen.«

Wenn sie anfangen, von einem Leben in Frieden zu reden, unter den gegenwärtigen Bedingungen auf der Welt, verliere ich vollkommen den Draht. Im Tagträumen bin ich nicht so gut.

»Glaubst du, Matthew hätte gewollt, daß seine Mörder davonkommen?« fragte ich. Als sie mich scharf ansah, sagte ich: »Das ist keine theoretische Frage. Du hast doch schon so diplomatisch darauf hingewiesen, daß ich meinen Sohn nicht besonders gut gekannt habe. War er so ein Junge, der die andere Wange hingehalten hat?«

Sie zögerte. »Es tut mir leid, wenn . . . Ich wollte dich wirklich nicht verletzen.«

Ich lächelte kurz. »Hast du auch nicht.«

»Schon gut, ich glaube doch. Ja, Matthew war ein gewaltloser Mensch. Das war eine weitere Sache, die wir gemeinsam hatten. Ich schätze, wir haben beide gegen unsere Macho-Eltern rebelliert. Du mit deiner schmutzigen Regierungsarbeit, mein Daddy mit seinem . . . Na, egal. Aber sogar in seinem Privatleben hat er immer auf Tiere geschossen, genau wie du. Überall Pistolen und Gewehre und Schrotflinten. Selbst Larry Logan ist nicht immer der friedliche Gentlemanrancher, der er zu sein scheint, wie du wahrscheinlich weißt, und sein Haus ist nicht gerade waffenlos, obwohl er sie Elizabeth zuliebe einigermaßen verborgen hält.« Sandra runzelte die Stirn. »Ich weiß nicht, warum sie nicht einfach zu ihrem jetzigen Mann gegangen ist, als sie diese fixe Idee von der Rache bekommen hat. Larry mochte Matthew sehr gern, und ich hab das Gefühl, daß er immer noch ein ziemlich harter Mann sein kann, wenn er auf den Gedanken kommt. Es hätte ihr den ganzen Ärger erspart, dich aufzuspüren.«

Ich sagte: »Du denkst nicht nach. Wenn sie diesen Mann liebt, wird sie ihn dann mit hineinziehen wollen, damit er seine Hände mit Blut befleckt? Auch wenn er seine Stiefvaterpflichten ernst genommen hat, war es doch nicht wirklich sein Sohn, der getötet worden ist.«

»Ich schätze, das macht Sinn, wenn in diesem irrsinnigen Durcheinander überhaupt irgendwas Sinn ergibt.« Sandra schüttelte trübsinnig den Kopf. »Jedenfalls, um deine ursprüngliche Frage zu beantworten, ja, Matthew hätte sicher lieber gewollt, daß seine Mörder davonkommen, als daß seine Mutter den Rest ihres Lebens im Bewußtsein eines blutigen Rachefeldzugs verbringt, den sie in Gang gebracht hat, als sie nicht mehr normal und sanftmütig, nicht mehr sie selbst war.«

»Beths Bewußtsein tut nichts zur Sache«, sagte ich. »Was passieren wird, unterliegt nicht mehr ihrer Verantwortung.«

»Was meinst du damit?«

»Ich bin nicht ganz der wilde Mann, für den mich mein Sohn offenbar gehalten hat, nach dem zu urteilen, was du mir erzählt hast.« Grimmig sah ich das Mädchen an. »Ich laufe weder rum und töte Leute, nur weil ich genauso irre bin wie sie, selbst wenn ich einen sehr guten Grund habe, wie die Ermordung meines Sohnes. Noch schnappe ich mir eine Kanone und fang an rumzuballern, nur weil mich eine Dame darum gebeten hat, die ich einmal sehr gemocht habe. Es gibt nur einen Menschen, von dem ich eine solche Anweisung entgegennehmen würde, und für den arbeite ich nicht mehr. Wenigstens glaube ich das.«

Sandra holte tief Luft. »Dann wirst du es also nicht tun?«

»Das hab ich nicht gesagt. Die Botschaft, die ich vermitteln möchte, heißt, daß ich – außer, was Enten und andere Jungvögel betrifft – aus persönlichen Gründen keine Waffen in die Hand nehme.«

»Das versteh ich nicht. Welche anderen Gründe könnte es geben . . .?«

Macs Timing war gut. Ist es immer. Die Flurtür öffnete sich, und Doreen Hapgood winkte mich heran. »Da ist ein Anruf für dich aus Washington. Du kannst ihn in meinem Büro entgegennehmen.«

»Entschuldige mich einen Moment, Sandra.« Ich ließ mir Zeit, zum Telefon zu gehen. Ließ ihn ein bißchen warten. Ich nahm den Hörer auf und sagte: »Eric hier.«

Die Stimme, die antwortete, war die richtige. Ich hatte nie bezweifelt, daß sie es wäre. »Inzwischen haben Sie wohl mit den Damen gesprochen, die ich Ihnen geschickt habe«, sagte Mac.

»Ja, Sir.«

»Mein aufrichtiges Beileid.«

»Ja, Sir.«

»Mrs. Logan hat mich darüber informiert, wo Ihre anderen beiden Kinder leben. Ich habe mir die Freiheit genommen, sie beschatten zu lassen, diskret, nur als Vorsichtsmaßnahme.«

Ich hatte daran gedacht. Ich war froh, daß es jemanden gab, der in den gleichen häßlichen, paranoiden Bahnen dachte wie ich. Es war nett von ihm, ungefragt Vorkehrungen für den Schutz der Kinder zu treffen. Am meisten Angst macht er mir immer, wenn er nett ist.

»Danke, Sir«, sagte ich.

»Sie haben bestimmte Fragen, nehme ich an.«

»Ja, Sir.«

»Das dachte ich mir schon. Und ich habe keine Antworten. Die müssen wir woanders finden. Aber davon werden Sie sich sicher selbst überzeugen wollen. Wenn Sie sofort nach Houston fahren, können Sie einen Zwei-Uhr-Flug erreichen, der Sie heute abend nach Washington bringt. Man hat Reservierungen für Sie arrangiert. Es wird ein Wagen bereitstehen, der Sie hierher bringt. Der Fahrer wird sich auf die übliche Weise zu erkennen geben.«

»Ja, Sir«, sagte ich. Und die Leitung war tot.

4

Der Wagen vom Geheimdienst setzte mich wie üblich vier Blocks vor dem Büro ab. Falls man nicht vorübergehend verkrüppelt ist, was in diesem Geschäft vorkommt, hält man nicht direkt vor der Tür, wenn man einer Vorladung folgt. Zuviel Verkehr ist unerwünscht. Weiterhin ermöglicht einem ein kurzer Marsch einige Routineüberprüfungen, damit man wenigstens die offensichtlichsten Wanzen abschütteln kann, die an einem festkleben, oder die Kammerjäger mit dem DDT losschicken, wenn es wünschenswert scheint.

Der Fahrer kümmerte sich um meinen Koffer, so daß ich nichts tragen mußte. Es war eine angenehme Herbstnacht, gut zum Laufen. Ich hatte nichts dagegen, nach dem Flug die Beine auszustrecken. Allerdings war es ein schlecht beleuchteter Stadtteil, und als Zivilperson war ich den Problemen aus dem Weg gegangen, im Flugzeug eine Waffe mitzubringen. Daher nahm ich das kleine Gerber-Messer, das ich vor kurzem erstanden hatte, ließ es aufschnappen und hielt es so, daß die hübsche, birnenförmige Klinge nicht das Licht reflektierte. Ich meine, ich fahre nicht ohne Schwimmweste durch wilde Stromschnellen, und ich laufe nicht unbewaffnet durch wilde Straßen in Washington. Ich bin voller Bewunderung für die mutigen Bürger, die das tun. Aber ich bin noch da, und ein paar von ihnen sind es nicht mehr.

Zwei Häuser weiter gibt es einen unverdächtigen Eingang, der einen durch verwinkelte Kellergänge hineinbringt. Aber Mac hatte nicht darauf hingewiesen, daß wir heute abend mit derartigen Sicherheitsmaßnahmen arbeiten sollten. Ich nahm die übliche Seitentür. An keinem der Eingänge gibt es sichtbare Kontrollen, aber ein nicht identifizierter Fremder würde drinnen nicht weit kommen. Nachts ist der Laden immer besser, nett und friedlich. Unten ist nur eine Stammtruppe, und oben sind die Büros leer, bis auf eins, in dem er auf einen wartet, nicht größer als die anderen und nicht besser eingerichtet. Aber bei Nacht sieht man ihn vor dem Hintergrund zugezogener Vorhänge anstelle des verfluchten, hellen Fensters. Im Gebäude ist es fast still, und sogar ein bißchen gemütlich – na ja, wahrscheinlich so gemütlich wie die Höhle des Löwen, wenn man ein Löwe ist –, und manchmal entspannt er sich und nimmt auch einen Drink, wenn man so aussieht, als könnte man einen gebrauchen. Oder wenn er Grund hat, einen zu beruhigen.

Als ich mich mit einem Glas in der Hand in meinen Sessel setzte, kam ein gutaussehendes, dunkles Mädchen in maßgeschneiderten Hosen herein, ging um seinen Schreibtisch herum und legte ein Blatt Papier vor ihm hin. Ihr schwarzes Haar war streng aus dem Gesicht gekämmt, und sie trug ein männlich wirkendes Hemd mit einer Krawatte. Sie sah mich kurz und kühl an, während sie darauf wartete, daß er las, was sie ihm gegeben hatte, und ließ mich wissen, daß sie vom Außenpersonal, selbst altgedientem Außenpersonal, nicht im geringsten beeindruckt war. Jeder Schwachkopf konnte losgehen und Leute erschießen. Was Intelligenz erforderte, war die Arbeit mit den Computern und die Hintergrundorganisation aufrechtzuerhalten, damit, wenn wir da draußen in Schwierigkeiten gerieten, was für gewöhnlich passierte, irgend jemand wußte, welche Knöpfe gedrückt werden mußten, um uns rauszuholen. Das Mädchen senkte den Kopf wieder, als Mac etwas auf das Papier kritzelte und es ihr zurückgab.

»Arbeiten Sie bitte weiter daran«, sagte er. »Versuchen Sie, einen Hinweis darauf zu bekommen, wo wenigstens einer von ihnen sich vorzugsweise versteckt hält, wenn der Druck zu stark wird . . . Oh. Miß Dana Delgado, Mr. Matthew Helm.«

»Ich weiß.« Ihre Stimme war so kalt wie ihr Blick.

Mac wandte sich an mich. »Miß Delgado ist unsere Computerexpertin, die auf karibische Terrororganisationen spezialisiert ist. Sie hat einige interessante Informationen über die administrativen Strukturen der Caribbean Legion of Liberty herausgefunden, und ein paar Namen. Sie versucht, die Besitzer dieser Namen mit Hilfe von deren Gewohnheiten aufzuspüren, die im Computer aufgezeichnet sind . . . Danke, Miß Delgado.«

Wenn wir mit den Büroleuten zu tun haben, verwenden wir nicht unsere Codenamen. Das Mädchen nickte und ging hinaus, ohne mir zu sagen, was für eine große Freude es gewesen sei, mich kennenzulernen. In letzter Zeit schien es, als würde ich nur mit feindseligen Brünetten zusammentreffen, wenn auch der Abschied von meiner Schwiegertochter eigentlich freundlich gewesen war und sie gesagt hatte, sie hoffte, wir würden uns wiedersehen, und wenn ich einmal in Palm Beach wäre, sollte ich einen Abstecher zu dem Zig-Millionen-Dollar-Strandhaus ihres Vaters machen und sie besuchen. Sie würde eine Weile dort bleiben, bis sie ihre Fäden los war und wieder etwas Haar bekommen hatte. Adresse. Telefonnummer. Komm bestimmt.

Dann hatte ich mich eilig von Beth verabschiedet, aber der Schmerz, den wir teilten, hatte nicht die Jahre überwinden können, die wir getrennt waren, und die Tatsache, daß sie die Frau eines anderen Mannes war, zu dessen Ranch in Nevada sie zurückkehrte. Der Abschied von dem jungen Hund war weniger zurückhaltend gewesen. Ehrlich gesagt hatte er mich mit seiner Zuneigung fast überwältigt.

Jetzt sah ich also eine unfreundliche junge Frau aus Macs Büro gehen und kam zu dem Schluß, daß ihr sich entfernendes Hinterteil, wenn auch faszinierend, nicht für ihre Hosen gemacht war. Nicht, daß sie einen übermäßig großen Hintern hatte. Es war ein ziemlich hübscher Po, aber er war zu weiblich, sowohl in Form als auch Bewegung, für etwas, das zumindest meiner altmodischen Meinung nach ein im Grunde maskulines Kleidungsstück ist. Oder vielleicht waren es nur abfällige Gedanken über die Dame, weil ich bei ihr offensichtlich keinen Anklang fand.

»Eric.«

»Ja, Sir.«

Mac beobachtete mich nachdenklich. »Wir sollten lieber erst klar Schiff machen, finden Sie nicht?« sagte er. »Ich glaube, es gibt etwas, das Sie mich gern fragen möchten.«

»Nein, Sir.« Ich schüttelte den Kopf. »Wir arbeiten schon lange zusammen. Sie wissen, was ich denke. Was ich denken muß. Sie wissen, was ich mache, wenn ich Beweise finde, die in diese Richtung deuten. Zwischen uns gibt es nichts, was diskutiert werden müßte.«

»Ich bin anderer Meinung«, sagte er. »Es wird besser sein, wenn es heraus ist. Auf diese Weise kann es keine Mißverständnisse geben.« Er betrachtete mich noch einen Augenblick länger. Als ich mit den Schultern zuckte, fuhr er fort: »Was wir hier haben, ist ein hübscher, beunruhigender Zwischenfall, hab ich recht?«

»Beunruhigend ist ein nettes Wort.«

»Tatsache ist, daß Sie eine Mission abgelehnt haben, die gegen ganz bestimmte Leute gerichtet war. Innerhalb kürzester Zeit haben sich diese Leute für den Tod eines Mitglieds Ihrer Familie verantwortlich gemacht. Als Ergebnis davon könnten Sie jetzt möglicherweise bereit sein, Ihre vorangegangene Entscheidung zu revidieren und den Job anzunehmen, den Sie zurückgewiesen haben, in der Hoffnung auf Rache. Aber Sie können nicht umhin, sich zu fragen, ob jemand es so geplant hat.« Er lächelte dünn. »Jemand wie ich zum Beispiel.«

Ich grinste ihn kurz an. »Sie sind der offensichtliche Kandidat, Sir. Sie kennen mich, Sie wissen von meiner Familie, auch wenn ich sorgfältig vermieden habe, viele Spuren zu hinterlassen, die dahin führen, und Sie haben Kontakt zu seltsamen Stellen. Einen Bombenanschlag zu inszenieren würde Ihnen nicht schwerfallen. Und Sie waren nicht gut auf mich zu sprechen, als ich vor zwei Wochen hier weggegangen bin.«

»Nun, ich muß zugeben, daß Sie sich sehr unvernünftig verhalten haben.«

Ich grinste. »Ich gebe es ja zu, aber lassen Sie uns diesen Streit nicht wieder aufnehmen. Egal, wer vernünftig war und wer nicht, die Tatsache bleibt bestehen, daß ich eine Mission aus Gründen abgelehnt habe, die Sie für ziemlich unangemessen halten, wobei ich sogar soweit gegangen bin, meinen Abschied einzureichen. Für eine lausige deutsche Schäferhündin! Möglicherweise haben Sie gedacht, es wäre an der Zeit, mich zur Vernunft zu bringen und mir den Unterschied zwischen Menschen und Hunden zu zeigen. Abgesehen davon war ich dadurch, daß ich Bultman kenne, der einzige Mann, der eine Chance hatte, die Operation erfolgreich durchzuführen, Ihrer Meinung nach jedenfalls. Vielleicht haben Sie sich eingeredet, daß es das Wohl unseres Landes verlangen würde, drastische Maßnahmen zu ergreifen, um meine Dienste zurückzugewinnen. Sie sind in der Vergangenheit ziemlich hart vorgegangen, damit die Leute tun, was Sie wollen.«

Er nickte schweigend. »Ja, ich hatte erwartet, daß Sie so denken. Und ich will nicht behaupten, daß ich unfähig wäre, das Leben der Familie eines Agenten für das Gelingen einer Mission zu opfern. Ehrlich gesagt würde ich in manchen Situationen von ihm erwarten, daß er dieses Opfer selbst bringt.«

»Natürlich ist das nur eine Möglichkeit«, sagte ich vorsichtig, »aber Sie würden mir nicht glauben, wenn ich behaupte, der Gedanke sei mir noch nie gekommen.«

»Lassen Sie es uns so sagen: Ich wäre enttäuscht von Ihnen. Es würde darauf hindeuten, daß Sie ein Dummkopf sind oder mich für einen halten.«

»Natürlich gibt es da einen Schwachpunkt in meiner Schlußfolgerung. Die Mission, die wir hier vor ein paar Wochen diskutiert haben, betraf nur einen einzigen Mann, Bultman. Soweit ich weiß, gibt es keinen Hinweis darauf, daß er für den Vorfall in West Palm Beach verantwortlich ist, bei dem mein Sohn sterben mußte. Warum sollte ich also – was seine Verfolgung betrifft – meine Meinung ändern?«

Mac schenkte mir wieder sein dürftiges Lächeln. »Vielleicht sollte ich diese Frage nicht beantworten, aber ich werde es tun. Bultman war möglicherweise nicht der Mann, der den Befehl dazu gegeben hat, aber er wird mit Sicherheit diejenigen verteidigen, die es getan und den Anschlag ausgeführt haben. Die Caribbean Legion hat der Armee beträchtliche Unterstützung in Form von Soldaten zukommen lassen, die er auf Hawkins Island versammelt, das zur Zeit Teil des souveränen Staates Montego ist – der Teil, der Gobernador am nächsten liegt.«

»Was ist Montego?«

»Als die Anwesenheit einer bestimmten Kolonialmacht in diesem Meeresgebiet zurückgezogen wurde, teilten sich die betreffenden Inseln in eine Anzahl von antinationalistischen Gruppierungen, von denen Gobernador und Montego diejenigen sind, an denen wir Interesse haben. Nicht, daß wir uns bei normalem Lauf der Dinge in dem letzteren engagieren würden, aber der Präsident von Montego, Alfred Gorman, mißbilligt die Grenzen, die in der Konvention von 1979 gezogen wurden. Er ist der Meinung, daß die Islas Gobernador Montego hätten zuerkannt werden sollen, anstatt ihnen die Unabhängigkeit zu geben. Er unterstützt Bultman in der Hoffnung, daß da drüben eine Revolution die Tore für eine Intervention von Montego öffnen würde, und natürlich kümmert es Bultman nicht besonders, wer die gegenwärtige Regierung von Santa Isabella stürzt, solange es überhaupt irgend jemand tut. Er wird die Hilfe von Präsident Gorman begrüßen, obwohl einige seiner Gefolgsleute eher einen Pakt mit dem Teufel schließen würden. Sie glauben, sie kämpfen, um ihr Land von einem tyrannischen Regime zu befreien. Sie haben kein Interesse daran, es gegen ein anderes einzutauschen. Natürlich sind sie sich nicht darüber im klaren, daß sie in Wahrheit nur kämpfen, um einen toten Hund zu rächen.«

»Ja, Sir«, sagte ich. »Ich persönlich glaube, daß man diese Sache mit der Selbstbestimmung übertrieben hat. Es entstehen schneller neue Länder, als ich sie auf der Karte finden kann.«

Wir redeten um das unangenehme Thema herum. Mac brachte uns wieder dahin zurück. »Wenn irgendein Teil von Bultmans Truppe, die Legion eingeschlossen, bedroht wird, ist Bultman genötigt, auf die Bedrohung einzugehen, oder seine Führungsposition in diesem gewalttätigen Zusammenschluß wird untergraben. Also muß derjenige, der angewiesen wird, Aktionen gegen diese Terroristen zu unternehmen, am Ende mit Bultman zu tun haben. Er hat keine Wahl.«

»Sind solche Aktionen schon befohlen worden?« fragte ich.

»Miß Delgado hat mich darüber informiert, daß die Caribbean Legion of Liberty eine einigermaßen undurchsichtige

Organisation von freiwilligen Hitzköpfen ist, aber von einem Kern gesteuert wird, der sich ›Rat der Dreizehn‹ nennt, weil das die ursprüngliche Anzahl der Mitglieder war, als sich die Bande zusammengefunden hat. Obwohl sie jetzt behaupten, sie könnten eine Mitgliederzahl von Tausenden für sich in Anspruch nehmen und tatsächlich zweihundert aktive Anhänger haben, ist die ursprüngliche Zahl für den leitenden Rat beibehalten worden. Er wird angeführt von einem gewissen *El Martillo*, der Hammer, richtiger Name unbekannt.«

»*El Martillo*«, sagte ich säuerlich. »Sie geben sich gern bedrohliche Namen. Erinnern Sie sich an unser kleines Dschungelproblem unten in Zentralamerika, vor Jahren, mit dem Burschen, der sich selbst *El Fuerte*, der Starke, nannte?«

»Ja, ich erinnere mich«, sagte Mac. Er unterbrach sich kurz und fuhr fort: »Wir sind angewiesen, den Rat der Dreizehn auszulöschen.«

Ich sah ihn einen Moment lang über den Schreibtisch an. Dann stand ich auf und ging zu dem Bücherregal in der Ecke, das, wenn man es öffnete, eine kleine Bar war. Ich schenkte mir noch einen Drink ein.

»Es wäre schön, wenn sie sich endlich entscheiden könnten, verdammt noch mal«, sagte ich, ohne den Kopf zu drehen. »Einmal sollen wir mit diesen glutäugigen Figuren friedlich verhandeln und ihnen den Irrtum ihrer Methoden verdeutlichen, und im nächsten Moment befiehlt man uns, ein blutiges Massaker anzuzetteln und sie allesamt vom Erdboden zu tilgen. Ich hoffe nur, daß die Leute, die diese gewalttätigen Anweisungen ausgegeben haben, lange genug an ihrer harten Einstellung festhalten, um dem armen Kerl den Rücken zu stärken, dessen Verdienst die dreizehn Leichen am Ende sein werden. Wenn man es denn einen Verdienst nennen will. Wahrscheinlicher ist, daß sie nichts mehr mit ihm zu tun haben wollen, sobald das Blut vergossen ist. Es wäre nicht das erste Mal, daß sie kneifen, nachdem sie gnadenlose Befehle ausgegeben haben.«

Mac sagte: »Siebzehn.«

»Was?«

»Es gibt siebzehn numerierte Felder auf der Liste, obwohl wir bisher nur wenige Namen für die Zahlen haben. Miß Delgado tut ihr Bestes, die Leerstellen auszufüllen. Wir sind angewiesen, den Kern dieser Terrororganisation zu zerstören, um zu demonstrieren, daß unser Land solche mörderischen Aktivitäten nicht länger duldet, und jede Gruppierung, die sie gewähren läßt, kann davon ausgehen, ausgelöscht zu werden.«

»Das ist die Direktive von heute«, sagte ich säuerlich. »Und wie wird die Direktive von morgen aussehen?«

Mac ignorierte das und fuhr fort: »Wir sollen alle dreizehn Mitglieder des Rates, inklusive natürlich *El Martillo,* auslöschen. Auf unserer Liste steht er als Nummer Zwei.« Als ich mich rührte, um die naheliegende Frage zu stellen, sagte Mac: »Gedulden Sie sich, wir kommen gleich zur Nummer Eins. Außerdem müssen wir diejenigen identifizieren, ausfindig machen und ausmerzen, die den Bombenanschlag im Restaurant La Mariposa eigentlich ausgeführt haben. Zeugenaussagen deuten darauf hin, daß es drei waren, zwei Männer und eine Frau. Natürlich könnten sie Mitglieder des Rates sein. Wenn ja, dann wird man die Anzahl der Zielobjekte entsprechend berichtigen müssen, da es wenig sinnvoll ist, sie zweimal zu töten, einmal für jede Kategorie, der wir sie zugeteilt haben.« Seine Stimme klang trocken.

»Hat unsere Computerlady irgendwelche Spuren in der Richtung?«

»Noch nicht, aber sie hat noch Hoffnung. Hinzu kommt, daß wir autorisiert sind, ja man uns sogar ermutigt, unbarmherzig mit den anderen Mitgliedern der Bande umzugehen, die den Versuch wagen, einzugreifen. Je mehr, desto besser. Und schließlich sind wir angewiesen, Herman Heinrich Bultman endgültig zu erledigen, weil der Eindruck vorherrscht, daß er letzten Endes die Verantwortung für die Greueltaten trägt, da er Kommandeur der aufrührerischen Truppe ist, mit der sich die Legion kürzlich zusammengeschlossen hat. Um die Wahrheit zu sagen, hat er die Ehre, an der Spitze unserer Liste zu stehen.«

Ich seufzte. »Das hatten wir schon. Sie geben niemals auf,

oder? Wenn ein Grund, den Kraut zu treffen, nicht gut genug ist, kramen Sie einen anderen vor. Ich hasse es, den mörderischen Schweinehund ewig zu verteidigen, aber es ist eine Tatsache, daß zufällige Bombenanschläge nicht sein Stil sind, und er ist noch nie so dumm gewesen, eine Aktion zu gestatten, die der Unterstützung, die seine Invasion hier in den USA erhalten würde, entgegenstehen könnte. Wahrscheinlich haben sich irgendwelche glutäugigen CLL-Figuren, die vielleicht nicht mal Teil von Bultmans paramilitärischer Einheit sind, entschlossen, loszugehen und auf eigene Faust ein bißchen Lärm zu machen. Wenn es tatsächlich die Legion war.« Ich schüttelte den Kopf. »Verdammt, ich bin so rachsüchtig wie alle anderen auch, aber ich möchte mich über die richtigen Kerle hermachen, wenn ich es tue.«

»Ja, ich verlasse mich darauf«, sagte Mac bedächtig.

Ich sprach ohne Ausdruck in der Stimme. »Sie brauchen sich keine Sorgen zu machen, Sir. Ich schnappe Sie mir erst, wenn ich den Beweis habe.«

»Und natürlich wird es mir nichts nützen, Ihnen zu versichern, daß ich absolut nichts mit dem Tod Ihres Sohnes zu tun habe.«

»Natürlich nicht«, sagte ich. »Das würden Sie mir sowieso erzählen. Wir sind hier doch alle furchtbare Lügner. Und wer hat uns beigebracht, niemals etwas zu glauben, was uns jemand erzählt?«

Einen Moment lang betrachtete er mich düster. »Während Sie nach einer Entscheidung suchen, ob Sie mich erschießen sollen oder nicht«, sagte er dann, »würden Sie Ihre Wiedereinstellung akzeptieren und diese Aufgabe für uns übernehmen?«

Es folgte ein kurzes Schweigen. In Wahrheit glaubte ich natürlich nicht wirklich, daß er den Zwischenfall in West Palm Beach inszeniert hatte, nicht, weil er dazu nicht in der Lage gewesen wäre, sondern einfach, weil er klug genug war, zu wissen, daß ich es niemals als einen Akt von zufälligem Terrorismus hinnehmen würde. Dennoch war seine Unbarmherzigkeit sehr wohl belegt, und seine Motive waren oft undurchschaubar, so daß die Möglichkeit eine Möglichkeit blieb, auch wenn wir rüde Wortspiele damit trieben.

»Habe ich eine Wahl?« fragte ich. »Wie soll ich Sie sonst im Auge behalten, Sir? Ich nehme den Job, mit ein paar Vorbehalten.«

»Nennen Sie sie.«

»Erstens werde ich Bultman nicht jagen, aber ich werde nicht zögern, mich um ihn zu kümmern, wenn er mich jagt – vorausgesetzt, ich kann es, denn er ist ziemlich gut.«

Mac lächelte schwach. »Versuchen Sie, Ihr Gesicht zu wahren, indem Sie von Ihrer ursprünglichen Position nicht abrücken, Eric? Also gut, ich akzeptiere diese Einschränkung. Es ist unmöglich, daß dieser Herr Bultman Sie Ihre Aufgabe bis zum Schluß durchführen läßt, ohne zu versuchen, Sie aufzuhalten. Was noch?«

»Es ist möglich, daß die CLL Anspruch auf eine Explosion erhebt, die nicht von ihr war.« Ich beobachtete ihn über den zerkratzten, alten Schreibtisch hinweg. »Wer auch immer mich mit Matthews Tod treffen wollte, hatte die Wahl: Er konnte eine bestehende Terrororganisation in die richtige Richtung lenken, oder, wenn er keine einflußreichen Kontakte zu einem passenden Haufen Wahnsinniger hatte, sein eigenes, kleines Bombenkommando aufbauen und es im nachhinein als das Werk der Legion ausgeben. Diese Irren würden es nicht abstreiten. Die würden sogar den Ausbruch des Mount Saint Helen für sich in Anspruch nehmen, wenn ihnen das jemand abnähme. Und wenn sich herausstellt, daß die CLL tatsächlich unschuldig sein sollte, ist der Deal gestorben.«

»Auch dieses Risiko kann ich eingehen«, sagte Mac. »Unsere Beweise deuten darauf hin, daß sie dafür verantwortlich waren, und ich weiß von keinem anderen, der in letzter Zeit Sprengstoffexperten angeworben hat.«

»Selbst wenn ich mich dabei auf Ihr Wort verlasse, könnte es doch sein, daß Sie nicht die richtigen Leute überprüft haben«, sagte ich.

Er legte seine Stirn in Falten. »Worauf wollen Sie hinaus, Eric?«

»Wir müssen uns darüber im klaren bleiben, daß unsere grundlegende Voraussetzung Unsinn sein kann. Es ist möglich, daß derjenige, der den Bombenanschlag arrangiert hat, überhaupt nicht an mir interessiert war.«

»Natürlich«, entgegnete Mac ungeduldig. »Es hat schon immer die abwegige Möglichkeit bestanden, daß es gar kein direkt politischer Akt war, so unwahrscheinlich es auch klingen mag, und daß der Tod Ihres Sohnes ein vollkommener Zufall war. Solche Dinge passieren. Aber ich bin sehr vorsichtig, was Zufälle in diesem Geschäft betrifft.«

»Das bin ich auch, aber es war noch jemand anders anwesend, den Sie anscheinend übersehen haben.« Ich beugte mich nach vorn, um das leere Glas auf den Schreibtisch zu stellen, und lehnte mich wieder zurück. »Vor zwei Jahren, als ich von einem Auftrag zurückkam und Matthews Hochzeitsanzeige unter der Post fand, die sich in meiner Abwesenheit angesammelt hatte, habe ich mir die Freiheit genommen, unsere Anlage für eine Untersuchung zu benutzen. Die Ergebnisse sind in meiner Akte. Berichtigung: Sie haben getrennte Dossiers über die Familien der Agenten, stimmt's? Also ist das Zeug über das Mädchen wahrscheinlich in Matthews Akte gelandet.«

»Sie meinen die junge Mrs. Helm . . .?«

»Meine Untersuchungen deuteten darauf hin, daß meine zukünftige Schwiegertochter eine ziemlich interessante junge Dame ist. Irgendwie ist sie an der gleichen Universität wie mein Junge gelandet, Northwestern, und hat Journalismus studiert, nachdem sie eine von diesen Fabriken für Damen der Gesellschaft an der Ostküste hinter sich gebracht hat. Sie wissen schon, diese teuren Internate, wo sie einem beibringen, sich die Nase nicht mit der Serviette zu putzen.«

»Northwestern?« sagte Mac. »Ich dachte, jeder, der sich wirklich für Journalismus interessiert, geht an die Universität von Missouri.«

»Sie sind der Zeit hinterher, Sir«, sagte ich. »Missouri ist immer noch an der Spitze, aber heutzutage soll die Northwestern-Journalisten-Schule gleichauf sein. Und für einen jungen Menschen könnte Evanston, Illinois, gleich neben der bunten Metropole Chicago, einige Attraktionen zu bieten haben, die Columbia, Missouri, nicht hat. Um die Wahrheit zu sagen, Matthew ist eigentlich an die Northwestern gegangen, weil sie ihm ein Stipendium angeboten hatten. Das Mädchen ist vielleicht hingegangen, weil ihr Papa es vorgezogen hat, sie in der Nähe von Chicago zu haben, wohin er Verbindungen hatte, die ein Auge auf sie halten konnten.«

»Was für Verbindungen? Wer ist dieses Mädchen überhaupt?«

»Als ich das Zeug gelesen habe, das unsere Leute über sie ausgegraben haben, bin ich auf nichts Unvorteilhaftes über sie gestoßen. Manche jungen Frauen bleiben fast menschlich, obwohl man sie frühzeitig so grausamen Disziplinen wie der Benutzung einer Gabel oder dem Halten einer Teetasse unterworfen hat. Und wenn mein Sohn ein weibliches Reporterküken heiraten wollte, dann war das seine Sache. Ich fand es etwas überstürzt, im ersten Jahr am College zu heiraten, aber selbst wenn ich gewollt hätte, daß sie bis zum Abschluß warten, wäre es ein bißchen spät gewesen, meinen Einfluß als Vater ins Spiel zu bringen. Und wie sich jetzt ergeben hat, nun, ich würde hier nicht in dem Bewußtsein sitzen wollen, daß ich meinen Jungen davon abgehalten habe, zwei glückliche Jahre mit seinem Mädchen zu verbringen, denn das ist alles, was er jemals von ihr haben wird. Wenigstens hatte er seine Heirat und ein paar Monate in einem vernünftigen Job auf dem Gebiet, das er sich selbst ausgesucht hat . . . Na, egal.«

Im Stockwerk unter uns setzte jemand einen Drucker in Gang. Er schickte ein ratterndes Geräusch durch das Gebäude. Ich fragte mich, ob die abweisende Miß Delgado die Knöpfe drückte.

Mac, der sein Bedauern schon geäußert hatte, schien zu glauben, daß kein weiteres Mitgefühl nötig war. Er fragte: »Was ist mit den Eltern?«

»Ja, Sir. Sandras Mutter war offenbar mehr als gesellschaftsfähig, die Tochter eines gewissen Homer Putnam Ganson, der einen Haufen Eisenbahngeld geerbt und was daraus gemacht hat. Unglücklicherweise scheint Sally Ganson ein rebellisches Mädchen gewesen zu sein, die sich einmal zu oft in den Slums rumgetrieben und sich in einen nicht gerade wünschenswerten jungen Mann verliebt hat. Ich nehme an, daß Homer ein Machtwort gesprochen hat und auf diese Weise die Heirat des durchgebrannten Liebespaares unausweichlich war. Es kam zu einer Art Versöhnung, obwohl ich bezweifeln möchte, daß Homer den Schwiegersohn jemals an seine Brust gedrückt hat. Und als der alte Mann starb, ging alles an das junge Paar, inklusive des Anwesens in Palm Beach, wo Sandra in Internaten aufwuchs. Ihre Mutter war inzwischen bei einem Autounfall ums Leben gekommen, den sie ebensogut selbst inszeniert haben könnte, wenn Sie wissen, was ich meine. Ich schätze, es war keine glückliche Familie.«

Mac sagte: »Die Spannung wächst, Eric. Wer war dieser nicht gerade wünschenswerte junge Mann, den die leichtsinnige junge Erbin geheiratet hat?«

»Der Name des Schwiegervaters meines Sohnes ist Varek. Alexander K. Varek. K für Konstantin.«

Mac runzelte die Stirn. »*Sonny* Varek?«

»Genau der«, sagte ich.

Trübe schüttelte er den Kopf. »Das Material muß an einem arbeitsreichen Tag über meinen Schreibtisch gegangen sein. Offenbar habe ich ihm nicht die nötige Aufmerksamkeit gewidmet. Sonst hätte ich mit Sicherheit einen Kommentar zu dem Umstand abgegeben, daß einer meiner Mitarbeiter jetzt per Heirat mit einem hochangesehenen Mitglied des Mobs, oder wie man es heute nennen mag, verwandt ist. Das Syndikat? Ich glaube, Varek hat sich auf Drogen spezialisiert, richtig?«

»Bis zu einem gewissen Grad. Wie die meisten von ihnen hat er eine Menge Sachen laufen. Ich nehme an, er hat sich jetzt zur Ruhe gesetzt, soweit sich diese Knaben zur Ruhe setzen dürfen. Aber Sie sehen, daß seine Aktivitäten in der Vergangenheit, sowohl in den Banden als auch im Schmuggelgeschäft, jemandem ohne weiteres ein Motiv geben könnte, seine

Tochter in die Luft zu sprengen, indem er entweder eine durchgedrehte Organisation wie die CLL benutzt oder ihnen einfach die Schuld zuschiebt, die sie mit Freuden übernehmen.«

5

Die junge Mrs. Cassandra Helm holte mich am Flughafen mit einem Mercedes ab, der drei Blocks lang war. Er hatte einen Chauffeur in Uniform, der, wie mir auffiel, eine kleine Kanone mit Fünf-Zentimeter-Lauf an der rechten Hüfte unter seinem Whipcord-Mantel trug, den er nicht zuknöpfte. Er war ein großer, dunkler Bursche, kleiner als einsdreiundneunzig, aber schwerer als meine hundert Kilo, und er inspizierte mich kalt und sah nichts, weil das Zeug, das ich vom Waffenmeister bezogen hatte, in meinem Koffer war, und das kleine Klappmesser mit dem hypermodernen Plastikgriff war so flach und leicht, daß es sich in meinen Hosentaschen nicht verdächtig machte. Wie ich es durch die Abtaster im Flughafen bringe, ist kein Thema. Wir haben unsere eigenen kleinen Berufsgeheimnisse. Leider funktioniert dieser Trick nicht mit schwererem Zeug wie Waffen.

Sandra hatte mich nicht an der Sperre abgeholt. Sie hatte am Telefon nur das Auto beschrieben und mir gesagt, wo ich es finden konnte. Sie stieg nicht aus, um mich zu begrüßen, aber als ich mich neben ihr auf den Sitz gleiten ließ, schenkte sie mir zur Begrüßung ein Lächeln.

»Ich bin froh, daß du kommen konntest«, sagte sie.

»Es ist nett von dir, daß ich mich so kurzfristig bei dir einquartieren kann«, sagte ich.

Der Chauffeur verstaute mein Gepäck im Kofferraum des Wagens. Er setzte sich hinters Steuer und fuhr ohne Anweisungen los. Zwischen ihm und uns war Glas.

»Bodyguard?« fragte ich.

»Ja. Er wollte nicht, daß ich dich am Flugzeug abhole, hat gesagt, zwischen all den Leuten könnte er mich nicht beschützen. Tut mir leid. Außerdem paßt er auf, daß ich mich wie eine richtige Witwe benehme. Er soll Daddy sämtliche Indiskretionen berichten. Er hat sehr gute Ohren und ein Mikro, das ihm dabei hilft . . . Nicht wahr, Leonard?« Als keine Antwort kam, wiederholte sie. »Nicht wahr, Leonard?«

Eine metallische Stimme antwortete: »Ja, Mrs. Helm.«

Sie grinste und sagte trübsinnig: »Auch ohne Leonard, der unter anderem zum Schutz meines Rufes da ist, hätte ich, so wie ich aussehe, große Probleme, indiskret zu werden, oder? Aber wenigstens kann ich mein rechtes Auge wieder ganz aufmachen.«

Es war wirklich viel besser geworden, seitdem ich sie zum letzten Mal gesehen hatte. Die Verfärbung um das Auge war verschwunden, und die Schwellung war, wie sie gesagt hatte, zurückgegangen. Ihre Hände waren nicht mehr bandagiert, der Kopf auch nicht. Das abrasierte Haar war wieder ein bißchen nachgewachsen, aber die Narbe sah aus wie eine unregelmäßige Furche in einem abgemähten Kornfeld, obwohl natürlich die Farben allesamt nicht stimmten. Mir gefiel ihre Art, daß sie anscheinend keinen Grund sah, den Kopf unter einem Hut oder Schal zu verstecken, und jedem sagte: *Okay, sie mußten mir also den Skalp wieder annähen, und was geht dich das an, Meister?*

Für den Ort Florida, und auch für die Tageszeit, den frühen Nachmittag, war sie in ihrem schwarzen Seidenkleid und schwarzen Nylonstrümpfen zu vornehm gekleidet. Ich kam nicht umhin zu bemerken, daß sie für ein kleines Mädchen äußerst wohlgeformte Beine hatte, mit kräftigen Waden und wunderschönen, schlanken Knöcheln. Hochhackige schwarze Pumps veredelten den Anblick. Obwohl mein Sohn tot war, bekam ich ein schlechtes Gewissen, daß ich die Beine meiner Schwiegertochter bewunderte. Inzest? Sie hielt ein schwarzes Seidentäschchen auf ihrem Schoß. Es war irgend etwas drin, das für eine Puderdose zu groß und sperrig war. Sie hatte ihre Armbinde abgelegt.

»Daddy besteht auf ordnungsgemäße Trauer in der Öffentlichkeit«, sagte sie mit einer Geste auf das schwarze Kleid. »Daddy ist heutzutage sehr auf das Erscheinungbild bedacht. Gott sei Dank hat der Arzt gesagt, ich könnte jetzt die Schiene und die Armbinde weglassen, wenn ich vorsichtig bin. Es war kein richtiger Bruch, wissen Sie, nur eine Art Riß. Das hier ist West Palm Beach, wie Sie wahrscheinlich wissen.« Sie sprach lauter: »Leonard, fahren Sie uns bitte am La Mariposa vorbei.«

Die blecherne Stimme sagte: »Aber Mrs. Helm . . .«

»Die werden nach so langer Zeit wohl kaum mit der nächsten Bombe auf uns warten, oder? Machen Sie schon, bringen Sie uns hin.«

»Ja, Ma'am.«

Es war ein sonniger Tag in Florida, aber abgesehen von den Palmen hätte die Stadt, durch die wir fuhren, auch in jedem anderen Sonnenstaat mit blauem Himmel liegen können. Ich hatte das gleiche, wuchernde Ausbreiten, die geschmacklosen Viertel gesehen, wie sie in ganz New Mexico aus dem Boden schossen, was früher einmal ein schönes Land gewesen ist, als ich dort aufgewachsen bin. Vielleicht war Florida auch einmal so gewesen, damals.

An der holperigen Fahrweise des Mercedes – normalerweie gleiten sie wie Seide – merkte ich, daß der Wagen mehr Gewicht beförderte, als es den Anschein hatte, vermutlich eine Art Panzerung. Die Scheiben waren nicht aus gewöhnlichem Glas, und die Windschutzscheibe brach das Licht auf seltsame Weise. Leonard sprach in sein Mikro, aber auf einer Wellenlänge, die wir nicht empfangen konnten. Ein paar verstohlene Blicke nach hinten ließen mich wissen, daß hinter uns ein Sicherungswagen fuhr. Wahrscheinlich sprach der Fahrer mit ihm. Zuerst konnte ich niemanden entdecken, der uns den Weg bahnte, aber nach einem Dutzend Blocks hatte ich auch ihn im allgemeinen Verkehr gefunden.

Sandra sah mich mit einem bedauernden, kleinen Lächeln an. »Ich hoffe, es macht dir nichts aus, daß ich deine Hand halte, wenn wir da sind. Ich weiß, daß ich es mir noch einmal ansehen muß, sonst komme ich nie richtig darüber weg, aber ich hatte nicht den Mut, es allein zu tun. Genauso wenig, wie ich den Mut hatte, nach Connecticut zurückzufahren und . . . und Matthews Sachen durchzusehen.«

»Old Saybrook, Connecticut. Das liegt am Connecticut River, stimmt's?«

»Ja. Er hat gleich nach dem Abschluß einen Job beim *New Haven Post Courier* bekommen. Und das war der am nächsten gelegene Ort, wo es wirklich schön war. Er mußte 50 Kilometer zur Arbeit fahren, aber durch die Schnellstraße war es nicht so schlimm, denn er hatte ungewöhnliche Arbeitszeiten und verpaßte meistens den Massenandrang morgens und abends. Außerdem gibt es einen Zug. Wir hatten ein kleines Haus am Stadtrand, nicht direkt am Meer, aber günstig zum Strand und zur Slipanlage für das kleine Boot, das wir in der Auffahrt geparkt hatten. Examensgeschenk von Daddy. Wußtest du, daß Matthew in seinem Leben noch nie gesegelt war, bis ich es ihm beigebracht habe?«

»Na, er ist auf Larry Logans Ranch in Nevada aufgewachsen, dem trockensten Staat der Union«, sagte ich. Ich sah sie an. »Dieses Restaurant, zu dem wir fahren . . . Hast du noch darüber nachgedacht, was da passiert ist?«

Sie schüttelte den Kopf. »Nicht, wenn ich es nicht verhindern kann. Manchmal . . . manchmal muß ich es nachts alles noch mal erleben, aber ich glaube, ich habe es bald unter Kontrolle. In letzter Zeit wache ich nicht mehr so oft heulend und schwitzend auf.«

»Vielleicht solltest du zu einem Psychiater gehen.«

»Ich habe gesagt, ich komme drüber weg. Ich brauch keinen Nervenklempner, der meine Seele versaut.«

»Ich bohre nicht gern an einem wunden Punkt, aber . . . du hast gesagt, du hättest draußen vor dem Fenster ein paar dunkle Gesichter gesehen, kurz bevor die Bombe durch die Scheibe kam. Würdest du sie wiedererkennen?«

»O Gott, komm mir nicht damit! Das hab ich von Daddy gehört, und den Cops und einem ganzen Haufen Bundesschnüfflern, ganz zu schweigen von den Reportern der Tages-, Wochen- und Monatspresse und den Schriftstellern. Terrorismus ist die modische Bedrohung des Jahres, besser als Rauchen und Krebs und betrunken Autofahren. Nein, verdammt, ich kann keine Bilder von ihnen zeichnen. Ich kann sie nicht mal beschreiben. Ich könnte sie nicht wiedererkennen, wenn ich sie auf der Straße treffen würde. Wie ich all den Schnüfflern schon gesagt habe: Es sah so aus, als wäre eine Frau dabeigewesen. Sie trug einen Rock, ein völliges Bauernding, wo man doch glauben sollte, sie ziehen ihren Bombenanschlag in Jeans durch, oder? Aber vielleicht hatte sie die Bombe unter diesem langen Rock versteckt. Ansonsten kann ich dir, abgesehen von der Tatsache, daß sie nicht blond und keine Albinos waren, nichts über sie sagen.«

»Was für Bundesschnüffler?« fragte ich.

»O Gott, das weiß ich nicht! Zwei Clowns mit dreiteiligen Anzügen und Krawatten. Und da waren noch ein paar andere Ziviltypen, weniger förmlich, in Sporthemden und Freizeithosen, auch von der Regierung, haben sie gesagt. Ganz zu schweigen von den Cops in Zivil, die immer noch wie Cops aussehen, wenn sie ihre Engelsgewänder und Flügel überziehen, falls Petrus sie durchs Tor läßt, was eher unwahrscheinlich ist. Wer will schon Bullen im Himmel?«

»Scheint so, als ob sie dich richtig rangenommen haben.«

»Eigentlich waren sie hinter Daddy her, zum Teufel mit den unschuldigen, kleinen Terroristen. So, wie sie sich verhalten haben, hätte man denken können, daß es ein Bundes- und Staatsverbrechen ist, wenn deine Tochter und dein Schwiegersohn von einer Bombe in die Luft gesprengt werden.« Sie sah mich an. »Du weißt von Daddy?«

»Ja. Ich habe dich vor eurer Hochzeit überprüft.«

»Ich wußte nicht, ob du es wüßtest oder nicht, als wir drüben in Texas miteinander gesprochen haben.«

Ich grinste. »Du hast dich höllisch abgestrampelt, um drumherum zu reden. Aber wir haben eine gute Abteilung für Nachforschungen. Ich weiß wahrscheinlich Sachen über deinen Daddy, die selbst die Polizei nicht weiß. Wenn Sie das melden, Leonard, sagen Sie Sonny Varek, daß er sich keine Sorgen machen muß. Sein Geschäft ist nicht unsere Sache.«

»Ich werde es ihm mitteilen«, sagte das Mikrofon. »Ich bin sicher, ihm wird ein großer Stein vom Herzen fallen.«

Sandra lachte kurz. »All das behördliche Kommen und Gehen hat nur die Meinung unserer Nachbarn gefestigt, daß wir in ihrem pieksauberen Palm Beach höchst unerwünschte Bewohner sind. Man ist sehr zurückhaltend in dieser hochkarätigen Gemeinschaft drüben auf der Meeresseite des Intracoastal Waterway, der breit genug ist, daß man ihn einen See nennen könnte. Lake Worth. Sie würden sich unserer entledigen, wenn sie könnten. Ich meine, selbst mit all seinem Geld hätte Daddy unser Haus dort nicht kaufen können. Sie hätten ihn irgendwie abgeblockt. Gangster und Nigger müssen draußen bleiben. Aber sie konnten ihn nicht daran hindern, einzuheiraten.« Sie warf mir noch einen scharfen Blick zu. »Da wir gerade vom Heiraten sprechen: Wenn du das alles vor zwei Jahren über mich gewußt hast, warum bist du nicht angestürmt gekommen, um deinen kostbaren Sohn vor diesem scheußlichen Weib zu retten, das er aus der schmierigen Unterwelt raufgezogen hat?«

Ich lachte. »Leuten zu sagen, wen sie nicht heiraten dürfen, ist keine besonders ertragreiche Beschäftigung. Ich habe mir mehr Sorgen darum gemacht, ob ihr Kinder nicht voreilig gewesen seid. Ich hätte es lieber gesehen, wenn ihr gewartet hättet, bis ihr aus der Schule wart. Am Ende hat sich . . .« Ich räusperte mich. »Am Ende hat sich rausgestellt, daß ihr das Richtige getan habt, und ich bin froh, daß ich mich um meine eigenen Angelegenheiten gekümmert habe. Was deine Familie betraf, dachte ich mir, solange dein Paps es ertragen konnte, einen Helm in seiner Familie zu haben, konnte ich es ertragen, eine Varek in meiner zu haben.«

Sie lachte. »Das war sehr tolerant von dir. Daddys Einstellung war so ziemlich genauso. Matthew . . . Matthew sagte, er wüßte, wie sich Romeo und Julia gefühlt haben mußten, zermalmt zwischen den in Fehde liegenden Montagues und Capulets, außer daß ihr beide euch als vernünftiger entpuppt habt, als wir erwartet hatten . . .« Sie schwieg und griff nach meinem Arm, beugte sich nach vorn, um aus dem Fenster des

Wagens zu sehen. »O Gott, da sind wir! Das La Mariposa ist gleich um die nächste Ecke . . . Fahren Sie bitte etwas langsamer, Leonard.«

»Ja, Ma'am.«

Wir bogen in eine enge Seitenstraße mit alten zwei- und dreistöckigen Gebäuden. Ladenfassaden auf Höhe der Straße und darüber Büros. Das Restaurant lag auf der rechten Seite, etwa auf der Mitte des Blocks. Es war nicht schwer zu finden. Grobes Sperrholz, von Latten eingefaßt, bedeckte das große, vordere Fenster. Das Schild, das über der Tür hing, zerkratzt von herumfliegenden Trümmern bei der Explosion, zeigte einen farbenfrohen Schmetterling: La Mariposa. Der einzige Schmetterling, den ich erkennen kann, ist der Chrysippusfalter. Dieser schien ein prunkvoller, entfernter Vetter zu sein. Auf einem schwarzen Pappschild an der Tür stand mit leuchtendroten Buchstaben: GESCHLOSSEN.

Als wir daran vorbeifuhren, holte Sandra lange und zitternd Luft, aber als sie sprach, war ihre Stimme ziemlich gefaßt. »Schade. Sie hatten die besten Enchiladas in der Stadt. Gut, Leonard, Sie können uns jetzt nach Hause bringen.« Sie ließ meinen Arm los und glättete meinen Ärmel. »Tut mir leid. In ein paar Stunden funktioniert der Blutkreislauf bestimmt wieder . . .«

Sie hörte auf. Ein älterer Wagen kam mit quietschenden Reifen um die vor uns liegende Ecke. Dann drehte er uns seine Breitseite zu und versperrte die Straße. Leonard reagierte sofort. Ich spürte, wie der Mercedes einen Satz nach vorn tat und eine scharfe Drehung machte, als er ein Manöver versuchte, das man damals, als ich noch ein Junge war, immer noch Schmugglerwende nannte, obwohl die Schwarzbrenner mit dem Aufheben des Gesetzes größtenteils verschwunden waren. Die Zeiten ändern sich, aber Stoff wird immer noch illegal transportiert, also nennen sie es heutzutage vielleicht Drogenschmugglerwende. Leonard trat fest aufs Gas, um die Hinterräder rotieren und den schweren Wagen in der engen Straße herumschleudern zu lassen. Aber er schaffte es nicht. Irgend etwas durchschlug den oberen Rand der dicken

Windschutzscheibe, trennte den Großteil seines Kopfes ab und verspritzte ihn über das dicke Glas, das uns trennte.

Der Knall der Waffe aus dem Hinterhalt war noch im geschlossenen Wagen laut zu hören. Ich ordnete sie oberhalb der Straße ein, vor uns und zur Rechten. Also nach links raus. Der Mercedes rollte noch, jetzt führerlos. Als er über den Kantstein sprang, schnappte ich mir Sandras Handtasche von ihrem Schoß und warf den Arm um sie. Mit der freien Hand schlug ich auf den Türgriff, warf mich nach draußen und schleppte das Mädchen mit mir. Einen Moment später hörte man wieder einen gewaltigen, widerhallenden Knall, und ein Geschoß schlug in den hinteren Teil des Wagens, in dem wir gesessen hatten. Ich sah das Mündungsfeuer in einem Fenster im zweiten Stock auf Höhe der Straßensperre, auf der gleichen Seite wie das Restaurant.

Ich zerrte das Mädchen auf die Beine, schob sie vorwärts und versuchte, sie auf diese Straßenseite zu schieben, aber sie wehrte sich, weil sie aus irgendeinem Grund zurück zum Wagen wollte. Er war auf dem Gehweg zum Stehen gekommen, das vordere Ende in einer Hausmauer vergraben. Sie würde uns zuviel Zeit kosten, und ich fluchte und warf sie grob zu Boden, als die schwere Waffe feuerte und etwas äußerst Gebieterisches mit einem Krachen die Schallmauer durchbrach, über uns durch die Luft knallte und kreischend vom Straßenpflaster hinter uns abprallte. Noch einmal riß ich das Mädchen nach oben und schlug ihr hart ins Gesicht.

»Laß das sein, Dummchen! Der Eingang da drüben. *Lauf!*«

Sie gehorchte, humpelte ein paar Schritte weit, hatte einen hochhackigen Schuh fast verloren. Dann schleuderte sie den anderen weg, zog ihr enges Kleid hoch und rannte wie ein Reh auf ihren Strümpfen. Unter anderen Umständen hätte ich diesen Anblick faszinierend gefunden, aber die Uhr in meinem Kopf tickte. Zweifellos war es eine einschüssige Waffe, und bisher hatte er fünf Sekunden zum Nachladen gebraucht . . . Wir schafften es in vier, und er schoß nicht wieder auf uns. Wahrscheinlich waren wir zu schnell für ihn gewesen. Jetzt waren wir an einer Stelle, die er nicht erreichen konnte, auf derselben Straßenseite und unter ihm. Kleine Stücke von irgendwelchem Zeug waren herumgeflogen, hatten mich aber nicht getroffen.

»Bist du okay?« fragte ich Sandra, als ich mich neben sie in den Hauseingang drängte und versuchte, mich kleiner zu machen, als ich eigentlich war.

Sie nickte atemlos. Es gab einen weiteren Schuß von der schweren Artillerie und dann von einer kleineren Waffe, beide einschüssig und automatisch. Wir waren mitten in einem richtigen, kleinen Krieg. Ich sah, daß die Kanone im Fenster gerade einen Scheinwerfer und den größten Teil vom Kotflügel des nachfolgenden Wagens herausgeschossen hatte, als dieser hinter uns um die Ecke bog. Aber das Fahrzeug war noch funktionstüchtig. Hastig setzte es aus der Gefahrenzone zurück.

Es hatte zwei Männer zurückgelassen, weit auseinander, einer auf jeder Straßenseite. In der Hocke bewegten sie sich zum Angriff vor, feuerten Maschinenpistolen mit professionellen Drei- und Vier-Schuß-Salven. Einer zielte auf den alten Wagen, der die Straße blockierte und von dem Schüsse gekommen waren. Der andere kümmerte sich um das hochliegende Fenster – aber er schoß seine Kugeln nicht schnell genug ins Ziel. Die schwere Waffe feuerte, das Projektil hob ihn auf und warf ihn nach hinten, daß er auf seinen Schultern landete und mit den Beinen hoch in der Luft strampelte, bevor er schlaff auf den Gehweg fiel. Das ist die dramatische Art, wie sie oft in Filmen sterben, wenn sie erschossen werden, aber ich hatte noch nie gesehen, daß es im wahren Leben passierte, denn richtige Gewehrpatronen und Pistolenkugeln haben nicht solche Kraft. Aber dieses Geschoß hatte sie.

Die Waffe, die der Tote in der Hand gehalten hatte, war auf die Straße gefallen, aber viel zu weit von mir entfernt, als daß ich versuchen konnte, sie zu erreichen. Ich öffnete die Handtasche, die ich festhielt, und nahm die kleine, automatische Pistole heraus, die ich schon früher durch die dünne Seide entdeckt hatte. Ich schloß die Tasche und gab sie in Sandras

Hände, wobei ich bemerkte, daß sie nach unserem Herumstolpern auf der Straße nicht mehr sauber waren.

»Tut mir leid, daß ich dich schlagen mußte. Wir hatten keine Zeit zum Diskutieren«, sagte ich.

Sie ging mit einem schnellen Kopfschütteln über den Vorfall hinweg. »Ich wollte nicht . . . Ich war ganz durcheinander, armer Leonard, und alles ging so schnell, und Daddy hatte gesagt, wir sollten auf jeden Fall im Wagen bleiben, er wäre kugelsicher.«

»Kugelsicher, Scheiße!« sagte ich. »Das ist eine große Fünfzig-Millimeter da oben, wahrscheinlich mit panzerbrechender Munition. Die kann aus einem richtigen Panzerwagen ein Sieb machen, ganz zu schweigen von einer Luxuslimousine, auf die jemand ein bißchen Blech geschweißt hat.« Jetzt hörte man Schüsse am anderen Ende der Straße, jenseits der Sperre. Offensichtlich nahm sich unser Führungswagen den Feind von hinten vor. Eine Kugel schlug in dem Gebäude über uns ein und prallte mit einem fiesen, zitternden, ersterbenden Kreischen ab. »Laß uns abhauen. Die Jungs sollen den Dritten Weltkrieg allein auszufechten. Bist du für noch einen Sprint bereit?«

Es war Schmutz in ihrem Gesicht und an ihren Händen, aber ihr Lächeln war klar und offen. Ich konnte nicht verhindern, daran zu denken, daß mein Sohn sich ein tolles Mädchen ausgesucht zu haben schien. Eine Schande, daß er nicht mehr lebte, um sich seiner Ehe zu erfreuen.

Sie sagte: »Speedy Sandy ist gleich hinter Ihnen, Sir. Oder ein bißchen voraus.«

»Gutes Kind. Bleib auf diesem Gehsteig ganz nah an der Mauer, damit dich die große Kanone nicht erwischt. Lauf zur Hauptstraße, von der wir gekommen sind und bleib auf keinen Fall stehen . . . *Los*!«

Als wir aus unserer Deckung stürmten, merkte ich, wie ich hoffte, daß der übriggebliebene Schütze aus dem nachfolgenden Wagen nicht auf alles schoß, was sich bewegte. Tat er nicht. Als wir in sein Blickfeld kamen, trat er von der Wand weg, um uns Platz zu machen, und gab aus seiner knienden

Position eine lange Salve von Deckungsfeuer ab. Dann waren wir um die Ecke. Da stand der Fahrer mit einer großen Browning-Neun-Millimeter, bereit, alles Feindliche hinter uns auszulöschen. Ich stieß ihm das Mädchen zu.

»Sie gehört dir, bring sie in Sicherheit«, sagte ich.

Sandra keuchte völlig außer Atem: »Matt, wo willst du hin?«

Aber ich rannte schon mit aller Kraft über die breite Straße. Das Gebäude auf der anderen Seite war zwei Stockwerke hoch, und von ein paar Fenstern im zweiten Stock hätte man einen guten Blick die Seitenstraße hinunter, in der das La Mariposa lag. Auf einem stand ordentlich in goldenen Buchstaben: RAMIRO S. SANCHEZ – RECHTSANWALT. Das andere war schäbiger und bemalt: CROWN NUMISMATIK UND PHILATELIE – BRIEFMARKEN UND MÜNZEN. Ich dachte daran, daß es irgendwie umgekehrt war, und daß die Münzen mit der Numismatik zusammengehörten, aber ich hatte keine Zeit für semantische Spitzfindigkeiten. Ich blieb kurz stehen, um mir meine geliehene Waffe anzusehen, und stellte fest, daß sie geladen und schußbereit war, eine Patrone in der Kammer, gesichert. Ich lief zu der Tür zwischen den Schaufenstern, die wahrscheinlich zu den Büros in den oberen Stockwerken führte.

Sie war für Kunden geöffnet. Drinnen führte ein Flur durch das ganze Gebäude bis zu einer Tür an der Rückseite. Vielleicht gab es da einen Parkplatz. Die Beleuchtung war trüb, und es war, als würde man das Licht am Ende eines Tunnels sehen. Ein beleuchtetes Schild auf der linken Seite, etwa auf halbem Weg den Flur entlang, wies auf eine Treppe hin, die rechts hinaufführte. Ich blieb stehen und lauschte, und es war mein Glückstag, was blindes Raten anging. Jemand kam eilig die Treppe hinabgelaufen. Ich bewegte mich vorsichtig voran und wünschte, die Treppe würde auf der anderen Seite liegen. Für einen Rechtshänder ist es schwierig, um eine Ecke auf der rechten Seite zu schießen, ohne sich selbst zur Zielscheibe zu machen. Ich kann linkshändig schießen, wenn ich muß, aber ich wollte mich nicht mit einem Unbekannten messen und dabei meine schwächere Hand benutzen müssen.

Ich setzte darauf, daß ich es nicht mit einem Profi zu tun hatte, und riß den alten Großmaul-Scherz, indem ich bellte: »Jim, du gehst gerade durch und deckst den Hinterausgang. Ich seh mal nach, was oben ist.«

Der Klang meiner Stimme in dem stillen Gebäude war haarsträubend. Ich hörte, wie der Mann – oder die Frau – augenblicklich auf der Treppe stehenblieb. Dann zogen sich die Schritte wieder treppaufwärts in den zweiten Stock zurück. Ich ging hinauf, die Waffe bereit. Es war ein Mann, soweit ich es im trüben Licht des Treppenaufgangs sehen konnte. Lange Haare und Jeans und T-Shirt sind keine verläßlichen Hinweise zur Geschlechterbestimmung mehr. Er merkte, daß ich hinter und unter ihm war und fuhr mit einer Waffe in der Hand herum, was ihn nicht zu einem unschuldigen Anwalt oder Händler seltener Briefmarken machte. Oder Klienten oder Kunden. Hoffte ich. Es ist immer nervenaufreibend, wenn man sie lebend braucht. Man kann es sich nicht leisten, da zu treffen, wo es eine bleibende Wirkung hinterläßt. Man muß einen Treffer landen, der den anderen nur bewegungsunfähig macht, und so ein sehr viel größeres Risiko eingehen, selbst erschossen zu werden. Ich zielte auf die Wade an seinem Bein und feuerte. Er ging sauber zu Boden und verlor seine Waffe, eine ziemliche Erleichterung.

Aber als ich zu ihm kam, war ich mit meiner Schießkunst nicht mehr so zufrieden. Sandras Pistole hatte zu hoch ausgeschlagen, und das Hosenbein des Mannes war schon blutgetränkt. Die Wunde in seinem Schenkel pumpte Unmengen von Blut hervor, und ich nahm an, daß ich die Oberschenkelarterie getroffen hatte. Eilig steckte ich die Automatik und den billigen Revolver weg, den ich von der Treppe aufgesammelt hatte. Ich holte mein Messer hervor und ließ es aufschnappen. Ich drückte den verwundeten Mann gegen die Stufen, auf dem Rücken, und zeigte ihm die bösartige, kleine Klinge.

»Nein«, keuchte er. »Bitte nicht. *Por favor, señor.* Ich bin verwundet, ich blute. Helfen Sie mir!«

Es war ein Mann, gerade eben Mann genug, sich einen

kleinen Oberlippenbart wachsen zu lassen, um seine Männlichkeit zu beweisen: ein hübscher, schlanker, dunkler, verängstigter Junge mit schulterlangem, schwarzem Haar, das gewaschen werden mußte.

»Ich will einen Namen wissen«, sagte ich schroff. »Die Lady in dem Bauernrock mit der Bombe. *Mujer con bomba.* Wie ist ihr Name?« Als er nicht antwortete, legte ich die Klinge gegen seine Wange und schob die Spitze so nah an sein linkes Auge, daß er sehen konnte, wie sie einen Teil von seinem Blickfeld versperrte, verschwommen und schimmernd und drohend. »*La nombre!* Du mußt mir zuerst den Namen sagen. Dann kümmern wir uns um dein Bein. Die Frau, die geholfen hat, das Restaurant auszubomben. Ihren Namen, oder ich stech dir dein beschissenes Auge aus und geb es dir zu fressen. *Digame la nombre de la dama, pronto!* Komm schon, komm schon, sag ihn!«

Er leckte sich die Lippen. »Angel«, flüsterte er schwach. »Der kleine Engel . . .«

Dann starb er. Ich hörte hinter mir ein Geräusch und drehte mich schnell um, aber es waren nur der Fahrer des Begleitwagens mit seiner großen Browning und Sandra, die mit weit aufgerissenen, entsetzten Augen zu mir heraufsah.

6

Der Abtransport wurde zügiger durchgeführt als die Kampfhandlungen. Als wir aus dem Gebäude kamen, fuhr eine Limousine vor. Neben dem Fahrer saß der überlebende Schütze, der unseren Rückzug von dem zusammengeschossenen Mercedes gedeckt hatte. Er sprang heraus, um Sandra die Tür zu öffnen.

»Ich habe Ihre Schuhe geholt, Mrs. Helm. Ich dachte mir, Sie würden sie vielleicht gern zurückhaben«, sagte er mit unbewegtem Gesicht. Er sah in meine Richtung. »Und Ihren Koffer,

Mr. Helm . . . Steigen Sie ein, bitte, alle beide. Richard wird Sie nach Hause bringen. Wir räumen hier auf.«

Dann fuhr Richard uns weg. Sirenen heulten in der Ferne. Nach einer Weile langte Sandra nach ihren schwarzen Pumps auf dem Sitz neben ihr und begann, sie anzuziehen. Sie hörte damit auf, als sie entdeckte, daß sich ihre Strümpfe, die niemals für einen direkten Kontakt mit dem Straßenbelag gedacht gewesen waren, da unten einigermaßen aufgelöst hatten. Ihre Knie traten ebenfalls aus dem von Laufmaschen übersäten Nylon hervor. Sie fing an, sich unters Kleid zu fassen, unbefangen, erhob sich vom Sitz, um die ruinierte Strumpfhose auszuziehen. Dann hielt sie mit einem kurzen, peinlich berührten Blick in meine Richtung inne.

Es war ein seltsamer kurzer Augenblick. Ich wußte, wenn ich einer ihrer Artgenossen gewesen wäre, hätte sie nicht gezögert, sich der Kleidung zu entledigen, die zu Schaden gekommen war. Egal, ob ich mir was dabei dachte. Aber jetzt, als die Aufregung vorbei war, erinnerte sie sich daran, daß ich doppelt so alt war wie sie. Ältere Leute hatten seltsame Ideen. Wir waren gut miteinander ausgekommen. Sie wollte es nicht verderben, indem sie meine Vorstellungen von jungfräulichem Schamgefühl verletzte, worin diese auch bestehen mochten.

Vorsichtig sagte sie: »Ich hoffe, Sie haben keine ernsthaften Einwände gegen Mädchen, die unten-ohne gehen, Matt.«

Ich grinste. »Ich hatte noch nie Vorurteile gegen oben-ohne, was sollte ich also gegen unten-ohne haben?«

Erleichtert wand sie sich aus ihrer Strumpfhose und ließ sie auf den Boden des Wagens fallen. Sie streckte die nackten Füße in ihre Schuhe und glättete ihr Kleid, das schmutzig, aber unbeschädigt war. Sie betrachtete ihren verletzten Arm.

»Na, es scheint so, als hätte ich mir keine neuen Knochenbrüche geholt«, sagte sie trocken. »Aber ich kann mich in letzter Zeit wohl nicht mehr fein anziehen, ohne daß ein Haufen Steine über mir zusammenbricht. Großer Gott, sehen Sie sich meine Knie an. Gerade hab ich mir die Pflaster abgemacht, und schon sind sie wieder völlig aufgeschlagen! Was braucht man noch Terroristen mit einem Schwiegervater, der einem ins

Gesicht schlägt und auf der Straße umhaut?« Sie sah mich kurz an. »Nimm mich bitte nicht ernst. Ich plappere nur so vor mich hin. Nachwirkung, schätze ich. Ich weiß, daß du mir das Leben gerettet hast, und ich habe es dir nicht leicht gemacht. Ist es angemessen, sich zu bedanken?«

»Angemessen, aber unnötig«, sagte ich.

»Ich bin dir dankbar, wirklich. Aber du bist kein besonders netter Mann, stimmt's?«

»Niemand hat dir bisher gesagt, daß ich es wäre, oder? Ich bestimmt nicht.«

»Er war nur ein Junge«, sagte sie.

»Auf dem Land gibt es ein altes Sprichwort: Wenn sie groß genug sind, sind sie alt genug.«

Sie sagte: »Ich glaube nicht, daß das hierhergehört.«

Ich sagte: »Ich verstehe deine Beschwerde nicht. Du bist ein schmächtiges, kleines Mädchen, aber niemand zögert, dich mit einer Bombe in die Luft zu sprengen. Matthew war in mancher Hinsicht selbst nur ein Junge, aber sie haben ihn nicht geschont. Warum sollte ich mir um den Geburtstag von so einem kleinen Gangster Gedanken machen, wenn er vor meiner Nase mit einer Waffe rumwedelt?« Ich räusperte mich. »Was mich betrifft, so ist jeder, der zum Schießen alt genug ist, auch alt genug, erschossen zu werden. Soll ich mich von jemandem mit einer billigen 22er vollpumpen lassen, nur weil in seinem Paß steht, daß er dem Gesetz nach noch nicht trinken darf? Außerdem hab ich auf seinen Unterschenkel gezielt. Mißt du deine Waffen nie ein? Die verfluchte Erbsenpistole trifft auf fünf Meter dreißig Zentimeter zu hoch.«

»Die hat mir Daddy gegeben, als ich gesagt habe, daß ich eine Waffe bei mir haben wollte. Er hat gesagt, ihr größter Vorteil wäre, daß man sie – falls ich jemanden erschießen sollte – nicht zurückverfolgen kann.«

»Größter und einziger Vorteil«, sagte ich. »Willst du das lausige Ding zurückhaben?«

»Nein, aber ich schätze, Daddy wird sie vergraben wollen, jetzt, wo jemand damit getötet wurde.« Sie zögerte. »Ich wollte dir keinen Vorwurf machen, daß du ihn erschossen hast. Er hatte eine Waffe. Es war, was . . . was du hinterher mit ihm gemacht hast, einem sterbenden Jungen, das war ein bißchen schwer zu ertragen.«

»Soll ich ihn umsonst getötet haben? Nur, um meine Haut zu retten?«

»Was meinst du?«

»Er hatte nur noch ein oder zwei Minuten zu leben. Vielleicht gibt es einen Druckpunkt, mit dem man die Blutung eindämmen kann, wenn diese große Beinarterie durchgetrennt ist, aber davon weiß ich nichts. Ich konnte entweder einfach nur dastehen und zusehen, wie er ausblutet, oder was Brauchbares aus ihm rausholen, solange er noch atmete. Um das zu erreichen, mußte ich verhindern, daß er merkte, was mit ihm passiert. Welches Druckmittel kann man bei einem Mann oder selbst bei einem Jungen ansetzen, der weiß, daß er stirbt? Also hab ich ihn hart rangenommen und eingeschüchtert, hab ihn bedroht und ihm Angst gemacht. Und ich hab zwei Worte aus ihm rausbekommen, bevor er dahingegangen ist. Was sie bedeuten – wenn überhaupt irgendwas –, weiß ich im Augenblick noch nicht, aber es hat ihn nicht viel mehr verletzt, als er vorher schon war, oder?« Ich holte eine Brieftasche aus nachgemachtem Krokodilsleder aus meiner Tasche und öffnete sie, um mir den Führerschein anzusehen. Ich las den Namen laut vor: »Antonio Morelos.«

Wir fuhren eine Weile schweigend, dann sagte sie: »Es heißt *el nombre.«*

»Was?«

»Als du ihn eingeschüchtert hast. Dein Spanisch ist lausig. *Nombre* ist männlich. *El nombre,* nicht *la nombre.«*

»Danke, Frau Lehrerin.«

»Was hat er denn gesagt?« fragte sie. »Er war so schwach, daß wir es nicht hören konnten.«

»Dein Daddy wird wahrscheinlich eine nachträgliche Einsatzbesprechung haben wollen«, sagte ich. »Sie werden ihm wohl übers Autotelefon einen vorläufigen Bericht gegeben haben. Laß uns also die Manöverkritik aufsparen, bis wir da sind.«

Sie sah mich scharf an. »Wenn du daran denkst, ihm etwas vorzuenthalten, tu es bitte nicht. Er . . . er wird manchmal sehr grob.«

»Ach, du meine Güte. Sie dürfen mich nicht so erschrecken, Ma'am«, sagte ich.

Ihr Mund wurde schmal. »Nur weil seinen Männern beigebracht worden ist, sich nicht wie die Schläger im Kino zu benehmen, nur weil sie ›Mister‹ und ›Missis‹ und ›bitte‹ sagen, solltest du nicht unterschätzen, wozu sie fähig sind.«

»Was hast du vor?« fragte ich. »Willst du mich dazu bringen, dir zu erzählen, wie wir großen, harten Männer aus Washington solche kleinen Burschen zum Frühstück fressen und die Knochen ausspucken?«

Sie lachte und hörte wieder auf zu lachen. »Ich glaube . . . Ich glaube, ich möchte einfach keine Unstimmigkeiten zwischen den beiden Männern, die noch in meinem Leben sind, nachdem Matthew . . . nachdem ich keinen Mann mehr habe. Bitte leg dich nicht mit Daddy an, wenn du es verhindern kannst, Matt.« Sie sprach schnell weiter, ohne daß ich mich festlegen mußte. »Das war die Brücke über den Lake Worth. Jetzt fahren wir durch Richville-by-the-Sea, gemeinhin bekannt als Palm Beach. Du solltest wirklich deinen Hut abnehmen, um ihnen Respekt zu zollen, wie in der Kirche. Wenn du einen Hut hättest.«

»Sie haben dir das Leben schwer gemacht, als du ein Kind warst, was?«

»Und sie tun es immer noch. Es scheint der Familie meiner Mutter gegenüber nicht fair zu sein, denn eine Hälfte von mir ist ziemlich angesehen. Aber sie benehmen sich, als hätte mein verrufener Daddy mich ganz allein produziert. Für die bin ich eine fiese Varek. Unberührbar.« Sie schnitt ein Gesicht. »Na ja, ich schätze, es ist gut für den Charakter, wenn man lernt, wie es ist, einer verhaßten Minderheit anzugehören, oder nicht?« Nach einer Weile, als der Wagen langsamer geworden war, sagte sie: »Da sind wir, der Eingang zur alten Erbvilla meiner Ahnen.«

Ich sah mir die großen Tore an und stieß einen Pfiff aus. »Nicht schlecht für eine verhaßte Minderheit.«

»Es wurde von meinem Großvater mütterlicherseits gebaut, Homer Granson, in den protzigen, alten Tagen, als die *ricos* von Palm Beach allesamt versucht haben, sich gegenseitig mit ihrem Prunk zu überbieten . . . Wie du sehen kannst, kommen uns die Sicherheitsmaßnahmen schon aus den Ohren raus. Versuch nicht, diese Hunde zu streicheln. Sie jagen Menschen, keine Enten.«

Die verzierten, alten Eisentore wurden elektrisch angetrieben. Sie öffneten sich, ohne daß jemand sie aufschob. Es gab ein Pförtnerhaus mit einer Wache, wahrscheinlich der Mann, der den Knopf gedrückt hatte, um uns hereinzulassen. Ein zweiter stämmiger Kerl stand mit einem Dobermannpinscher an einer kurzen, schnell lösenden Leine daneben. Der Hund war schlank, glänzte und sah gut aus, braun auf schwarz, ein gutes Exemplar seiner Rasse. Man hatte ihm noch nicht befohlen, uns zu hassen.

Wir fuhren weiter auf das Gelände. Die Zufahrt schlängelte sich durch einen Dschungel von blühenden Bäumen und Büschen. Es fiel mir schwer, mich daran zu erinnern, daß Herbst war und man in Texas schon die Erntesaison eröffnet hatte. Mir fiel auf, daß die Pflanzungen nicht ganz so dicht waren, wie sie aussahen. Es gab raffinierte, schmale, getarnte Wege, damit sich die Wachen und Hunde an jeden Eindringling heranschleichen konnten, der die Rundumsicherung durchbrochen hatte. Dann kamen wir ins Freie und sahen einen weiten grünen Rasen, ein monströses Haus und den Atlantischen Ozean.

»Keine besondere Verteidigung seewärts«, sagte ich.

»Mehr als man sehen kann. Man sollte lieber kein Boot anlanden, wenn man nicht eingeladen ist«, sagte Sandra. »Was hältst du von unserer kleinen Strandhütte?«

»Du brauchtest keinen Hochzeitskuchen. Du mußtest dir nur ein Stück davon abschneiden.«

»Ist es nicht gräßlich?« sagte sie. »Aber in letzter Zeit habe ich es lieben gelernt, nach all den Jahren, in denen ich mich darüber lustig gemacht habe. Es hat Charakter, ganz anders als die Glaskästen, die man heutzutage aufstellt . . . Da sind Daddy und meine momentane Stiefmutter. Nummer vier, glaube ich, aber ich könnte in all den Jahren auch eine oder zwei verpaßt haben. Du mußt zugeben, er sucht sich die Schmückendsten aus.«

Der Wagen machte einen weiten Bogen und folgte dem gepflasterten, von Blumenbeeten begrenzten Weg. Der Wagen hielt vor dem Paar, das am Haus wartete. Die Frau war aufsehenerregend, dunkel und schlank und ziemlich groß. Aber ich verschob meine weitere Bewunderung auf später. Mein unmittelbares Interesse galt dem Mann. Er war nicht größer als die Frau: ein klotziger Mann mittleren Alters mit dunkel gebräuntem Gesicht und einem Kopf voll von weißem, drahtigem, kleingelocktem Haar, das als Rahmen für seine groben Züge seltsam unschuldig wirkte. Ich meine, es ist schwer, einen Gangster und Drogenschmuggler mit niedlichen weißen Locken zu akzeptieren, selbst wenn er im Ruhestand ist. Er trat vor, seine Tochter zu begrüßen, als der Fahrer die Tür öffnete, um sie aussteigen zu lassen. Es gab keinen Kuß und keine Umarmung. Sie standen sich wie alte Feinde gegenüber.

»Bist du okay, Sis?«

»Dank Mr. Helm bin ich es«, sagte Sandra.

»Na, du siehst nicht danach aus. Geh, wasch dein Gesicht und zieh dir ein sauberes Kleid an.«

Die Stimme des Mädchens war scharf. »Wenn es dir nicht gefällt, wie ich aussehe, dann sieh mich nicht an. Ich brauche nur ein paar Pflaster und einen steifen Drink. Ich glaube, mein Schwiegervater hier würde auch einen Drink nehmen, wenn du ihn nett fragst . . . Daddy, Mr. Helm. Mr. Helm, Daddy.«

Alexander Varek zögerte und beschloß, nicht seine Fassung zu verlieren. Es lag der Hauch einer Herausforderung in der Art und Weise, wie er mir seine Hand entgegenhielt. Ich nehme an, er hatte gelegentlich sittenstrenge Bürger kennengelernt, die sich geweigert hatten, die Hand des berüchtigten Sonny Varek zu schütteln. Und ich war ein Regierungsangestellter, von dem ein so abgedroschener Ausdruck des Mißfallens zu erwarten war. Egal. Herumzulaufen und Leute zu mißbilligen war ein blödsinniges Spiel, und ich hatte schon blutigere Hände als seine geschüttelt. Der Griff war ein bißchen fester, als er sein mußte, aber wenigstens war es nicht diese Macho-Knochenbrecher-Vorstellung, nur ein richtiger, männlicher Händedruck zwischen angeheirateten Verwandten.

»Ich schätze, nach dem, was Sis sagt, bin ich Ihnen was schuldig«, sagte er.

»Lassen Sie uns noch nicht das Ergebnis zusammenzählen«, erwiderte ich. »Was ist mit der Polizei? Brauchen wir einen Anruf von Washington an die örtliche Polizei?«

Er beobachtete mich einen Moment lang, offensichtlich überrascht von meiner kooperativen Haltung. Dann schüttelte er den Kopf. »Das ist schon arrangiert. Die Bullen werden wegen eines toten Terroristenpunks, der Teil einer Falle war, die nicht funktioniert hat, nicht schlecht schlafen. Sie bereuen nur, daß sie ihn nicht vor Ihnen erwischt haben.« Varek lächelte dünn. »Und sie werden ganz bestimmt auch nicht in ihr Bier heulen, weil ich zwei von meinen Jungs verloren habe. Hauptsache, wir wischen das Blut auf und halten nicht ehrbare Steuerzahler die ganze Nacht mit der Schießerei wach . . .«

»Alex, willst du mir diesen netten, großen Mann nicht vorstellen?«

Es war die Stiefmutter. Wie Sandra gesagt hatte, ging sie stark auf die dreißig zu, kämpfte aber auf dem Weg dorthin gegen jeden Schritt an. Ihre straffe Figur stellte sie in enganliegenden, schwarzen Hosen und einer hauchdünnen, weißen Bluse zur Schau, die dafür gedacht war, die hübsche Spitzenunterwäsche zu zeigen, die sie darunter trug – das Wort, das mir dabei in den Sinn kommt, nicht unbedingt korrekt, heißt Mieder – und die festen Brüste, die diese kaum verhüllte. Das schwarze Haar war elegant aus dem reizenden, ovalen Gesicht gestrichen und wurde am Hinterkopf auf spanische Art von einem Kamm gehalten. Sie hatte einen vollen, roten Mund und große, dunkle Augen, hervorgehoben von kunstvoll aufgetragenem Make-up. Die Wimpern schienen drei Zentimeter lang zu sein. Auch ihre Nägel waren sehr lang und sehr rot. Und ihre Schuhe hatten acht Zentimeter hohe Absätze. Diese brachten sie auf eine passende Höhe für einen Mann meiner Größe. Ich nehme nicht an, daß dies ihre Absicht war. Typen wie Varek besitzen gern große Mädchen, die Aufmerksamkeit erregen und die sie zur Schau stellen können.

Sie erinnerte mich an jemanden. Ich brauchte einen Moment, um die Erinnerung aufzuspüren, dann hatte ich es: unsere kühle Computerlady Dana Delgado, auch eine große und schlanke Brünette, die schwer beleidigt gewesen wäre, wenn sie gewußt hätte, daß ich sie mit dieser übertriebenen Sexbombe verglich. Der Name der neuesten Mrs. Varek war Rosalia, aber ich bekam die großzügige Erlaubnis, sie Lia zu nennen.

»Haben Sie Cassandra wirklich das Leben gerettet?« hauchte sie. »Sie müssen sehr mutig sein, Mr. Helm.

»Matt, bitte.«

»War es sehr schrecklich, Matt?«

»Es ist nie witzig, wenn auf einen geschossen wird, Lia. Man lernt zu rennen wie der Teufel.« Ich warf Sandra einen Blick zu. »Wir waren beide ziemlich schnell auf der kurzen Strecke, oder was meinst du, Sandy?«

Die neue Ehefrau war nicht gerade begeistert davon, daß ich die Stieftochter auf so freundliche Weise in das Gespräch mit einbezog und andeutete, daß zwischen uns die besondere Beziehung zweier Menschen bestand, die gemeinsam dem Tod ins Gesicht gesehen hatten. Allerdings war sie klug genug, dem Mädchen einen Blick voller Sympathie zuzuwerfen.

»Oh, meine Liebe, es muß furchtbar gewesen sein! Und du hast dir wieder deine armen Knie aufgeschlagen. Komm und laß mich dir etwas darauf tun.«

»Mein Gott, mir geht's gut!« sagte das Mädchen gereizt. »Es ist nur ein kleiner Kratzer. So, wie manche Leute reagieren, sollte man glauben, ich wäre voll Dreck und würde verbluten! Laß mich in Ruhe!«

»Na, Sandy kann ja tun, was sie will«, sagte ich, »aber ich persönlich würde mich gern ein bißchen waschen, bevor ich den Drink nehme, der vorhin erwähnt wurde . . .«

7

Später, als hinter den Fenstern die Nacht aufkam, machte ich mich auf den Weg zum Waffenzimmer, wie man mich angewiesen hatte. Von einem Smoking war die Rede gewesen, aber meiner fütterte in Washington die Motten. Ich trug Freizeithosen und mein Sportsakko mit einem sauberen, weißen Hemd und dunkler Krawatte. Das hübsche, spanische Dienstmädchen mit Namen Maria, das mir auch das Gästezimmer im zweiten Stock gezeigt hatte, wo schon mein Koffer auf mich wartete, hatte mich auf das Waffenzimmer hingewiesen, als wir daran vorbeigegangen waren. Aber das Haus war riesig, und als ich versuchte, den Weg zurück zu finden, bog ich irgendwo falsch ab und verlief mich. Sie hätten mir vielleicht die Hunde hinterhergeschickt, wenn ich nicht auf einem Flur mit Sandra zusammengestoßen wäre. Sie war frisch gewaschen und trug ein langes grünes Seidenkleid mit hohem Kragen und langen Ärmeln. Es war ein eher schlichtes Kleid, und irgendwie paßte es gut zu ihren abgeschnittenen Haaren, denn es hob hervor, was für eine attraktive junge Dame sie war, selbst geschoren und geschunden.

»Es ist gut, daß du fast einen Kopf größer bist als Daddy, sonst hättest du seinen Ersatzsmoking anziehen müssen«, sagte sie. Sie lachte ein bißchen scharf. »Was wollen wir wetten, daß alle anderen in Palm Beach in Shorts und Sporthosen und Badeanzügen zum Essen gehen. Nur die bösen Vareks dinieren in aller Förmlichkeit.«

»Ich finde es irgendwie nett, sich zum Essen umzuziehen«, sagte ich. »Ich hätte meinen Tuxedo mitgebracht, wenn du mich vorgewarnt hättest. Ich glaube, ich weiß noch, wie man so eine Krawatte bindet.«

»Na ja, ich finde es albern«, sagte sie. »Hast du dich verlaufen oder was? Wir sollten kleine Pläne ausgeben, wie im Holiday Inn. Hier entlang.«

Von außen war das Haus klassisches Palm Beach: Ziegel und Stuck und Türme und Rundbögen und Verandas. Die Räume, durch die sie mich führte, waren hell und luftig, mit hohen Decken und kunstvoll gearbeiteten Möbeln. Der Raum, den wir schließlich betraten, hatte dagegen dunkel furnierte Wände, die voller Waffen und Tierköpfe waren. Es gab keinen Teppich und keine Läufer auf dem Parkettboden, nur ein Tigerfell und ein Bärenfell, beide vollständig mit Köpfen. Der Bär, ein Alaska-Braunbär, war ein gutes Exemplar, mehr als zehn Quadratfuß groß, so wie die Trophäenjäger rechnen. Der Elchkopf über dem Kamin war ebenfalls eine Jagdbeute, sieben Enden auf jeder Seite und äußerst massiv. Und der Maultierhirsch, der das daneben hängende Geweih getragen hatte, mußte so groß wie ein kleines Pferd gewesen sein. Die exotischeren Dinge wie den Tiger konnte ich nicht beurteilen. Ich habe noch nie wegen der Trophäen gejagt, aber wenn es einem Jäger gefällt, außer dem Fleisch auch das Fell und den Kopf mitzunehmen, dann kann ich nichts dagegen haben. Eigentlich zollt er dem Tier, das er tötet, mehr Respekt, und er verwertet es umfassender als ein Mann wie ich, der an der Jagd und den Steaks interessiert ist.

Als wir eintraten, stand Varek neben dem Kamin, in einer schwarzen Smokingjacke mit einem Rüschenhemd und schwarzer Krawatte, die nicht von der Sorte zum Festklemmen war. Ich fand es rührend, wie er sich um Achtbarkeit bemühte. Na ja, wir haben alle unsere Träume. Ein kleiner Mann in weißem Sakko wartete neben der Bar in der Ecke. Sein Auftreten war respektvoll und unauffällig, aber man sah eine Ausbuchtung unter seiner linken Armbeuge.

»Ich hoffe, man hat es Ihnen oben gemütlich gemacht«, sagte Varek. »Sagen Sie Philip, was Sie wollen. Du auch, Sis. Setzen Sie sich und machen Sie es sich bequem.«

»Ich würde mich gern erst etwas umsehen, wenn Sie nichts dagegen haben«, sagte ich, nachdem ich mich für einen Wodka

Martini entschieden hatte, eine Wahl, der sich Sandra anschloß.

Es gibt ein bestimmtes Protokoll, das zu beachten ist, sobald man einen solchen Raum betritt, wenn man selbst schon gejagt hat. Es wird von einem erwartet, daß man sich interessiert verhält. Um die Wahrheit zu sagen, ich war auch interessiert. Er hatte eine Menge gutes Zeug, und ich ging an den Wänden entlang und prüfte die ausgestellten Stücke.

»Ich bin ein großer Freund von guten Gewehren. Ich will nicht behaupten, daß ich sie alle auf der Jagd geschossen habe. Manche habe ich gekauft, um sie mir nur anzusehen. Zur Großwildjagd habe ich meistens diese 300er Weatherby Magnum benutzt, außer für die richtig großen Sachen natürlich . . . Gott, es ist lange her, daß ich draußen im Gelände war. Sis sagt, Sie haben unten in Texas gute Entenreviere. Und einen neuen Hund, hat sie gesagt. Einen hübschen, gelben Lab, hat sie gesagt. Aus Schweden, hat sie gesagt. Warum Schweden?«

Er bemühte sich sehr, der wohlwollende Gastgeber zu sein. Auch wenn unsere Hintergründe uns zu natürlichen Feinden machten, sollte ich doch merken, daß er kein Gangster aus einem Comic war. Und ich muß zugeben, daß ich immer etwas für Männer mit Waffen und Trophäen an den Wänden übrig habe, solange sie sie nicht auf Auktionen gekauft haben, um einem die getürkte Rolle eines Naturburschen vorzuspielen. Vielleicht liebe ich sie nicht gerade, aber zumindest habe ich etwas mit ihnen gemeinsam. Was mehr ist, als man von den zartbesaiteten Leuten sagen kann, die beim Anblick einer Waffe in Ohnmacht fallen.

»Der Welpe war ein Geschenk von ein paar Verwandten«, sagte ich. »Meine Familie ist im ganzen Land verstreut.«

»Ein Svenska-Junge, ja?«

»Genau.« Ich war versucht, ihn nach seiner Herkunft zu fragen, aber ein Varek mit dem Mittelnamen Konstantin mußte seine Wurzeln einfach irgendwo in Mitteleuropa haben. Und ich wollte mich nicht auf eine lange und unwichtige Diskussion über Genealogie einlassen. Ich sagte: »Es gibt nur eine Sache, die mich an diesem Zimmer stört, Mr. Varek.«

»Alex, nennen Sie mich Alex. Was stört Sie, Matt?«

»Ihre Tochter.«

Plötzlich runzelte er die Stirn. »Was meinen Sie? Was ist mit Sis?«

»Wie kann sie es ertragen?« fragte ich ihn. Ohne in die Richtung des Mädchens zu sehen, war ich mir darüber im klaren, daß sie mich fragend ansah. »Ich meine, als wir uns in Texas getroffen haben, hat sie großartig inszeniert, wie sie sich bei Waffen vor Angst in die Hosen macht. Ich mußte sogar meine Schrotflinte aus ihrem Blickfeld nehmen, damit sie ihr keine Angst einjagt – eine lausige, kleine Remington 100, verpackt in einem stabilen Lederetui. Aber sehen Sie sich das Mädchen jetzt an, vollkommen umgeben von unverhüllten Feuerwaffen, so entspannt und glücklich, wie man nur sein kann! Und sehen Sie mal, was sie heute nachmittag bei sich hatte!« Ich holte die automatische Pistole aus meiner Tasche, legte sie auf den Kaminsims neben ihm und die billige 22er daneben. »Möglicherweise möchten Sie die beiden verschwinden lassen. Der Revolver hat dem Jungen gehört, den ich erschossen habe, und er könnte heiß sein. Und die Automatik hat einige Beweisstücke hinterlassen, wie eine Kugel und eine leere Patronenhülse. Aber es ist etwas merkwürdig, so ein Ding in der Handtasche einer jungen Dame zu finden, die schreckliche Angst vor Waffen hat, oder was würden Sie sagen?«

Der kleine Mann namens Philip war nervös geworden, als ich die Waffen herausgeholt hatte. Jetzt entspannte er sich und kam mit zwei langstieligen Gläsern auf einem Tablett heran. Sandra nahm eines davon und probierte anerkennend. Ich bekam das andere. Varek wollte etwas sagen, aber sie unterbrach ihn.

»Du übertreibst, Matt«, sagte sie. »Ich habe nie gesagt, daß ich mir bei Waffen vor Angst in die Hose mache.«

»Okay, du hast gesagt, daß sie dich furchtbar nervös machen. Außerdem hast du angedeutet, daß du kein Verständnis für die Jagd und all die Formen des Schießens hast. Das war in Texas. Aber hier in Florida hast du, da du offenbar geglaubt hast, irgendwie in Gefahr zu sein, deinen Daddy gebeten, dir eine Waffe zu geben, die du in der Handtasche bei dir tragen kannst. Nicht gerade das Verhalten einer jungen Dame, die Feuerwaffen und alle dazugehörigen Aktivitäten verabscheut. Welche Absicht steckte also hinter der Ich-hasse-Waffen-Masche, die du mir vorgemacht hast?«

»Wer haßt Waffen?« Das war die verführerische Mrs. Varek, die mit einem Holzteller voll winziger, farbenprächtiger Sandwiches eintrat. »Niemand in diesem Haus haßt Waffen. Das würden sie nicht wagen. Hier sind ein paar Poo-Poos für euch. Das ist Hawaiianisch für Horsd'œuvres, Matt. Aber lassen Sie sich nicht den Appetit verderben. Wir essen heute ein bißchen früher, denn es war ein wüster Tag, und junge Leute werden doch hungrig, wenn sie sich aufregen.« Sie lächelte Sandra liebevoll an. »Ich weiß nicht, wie du in Mexiko überleben würdest, meine Liebe, die essen nie vor neun oder zehn Uhr . . . Philip, würden Sie mir bitte einen Margarita in die Küche bringen?«

»Ja, Ma'am.«

Wir warteten höflich, bis sie das Zimmer verlassen hatte. Sie trug etwas Zartes und Weißes, das an einer anderen Frau jungfräulich gewirkt hätte, aber nicht an Lia Varek. Ihr Mann winkte mich zu einem tiefen Sessel aus rotem Leder, wie der, in dem Sandra versunken war. Er setzte sich neben mich, aber es war Sandra, die zuerst sprach.

»Du mußt wissen, Matt, daß meine vorherige Stiefmutter Barbie – wie die Puppe – sich im großen Stil um die Inneneinrichtung gekümmert hat – na ja, du hast das Haus gesehen. Und Lia, das arme Mädchen, hat das Gefühl, sie brauchte ebenfalls ein Spezialgebiet, und sie hat das Kochen gewählt, auch wenn sie kaum der Tante-Jemima-Typ ist. Sie bringt die Küchenhilfen um den Verstand.«

Varek sagte sanft: »Komm, Sis. Sei nett.« Er warf mir einen Blick zu. »Sie hatten ein Problem, Matt.«

»Zwei Probleme, Alex«, sagte ich. »Zusätzlich zu dem Problem, warum mir meine Schwiegertochter mit ihrer Angst vor Waffen was vorgemacht hat, gibt es das Problem, woher sie eigentlich wußte, daß sie heute in Gefahr war – genug in

Gefahr, um sich eine Waffe einzustecken und in einem kugelsicheren Wagen herumzufahren.« Ich sah von einem zum anderen. »Man könnte auf die Idee kommen, daß ihr gewußt habt, daß man uns in der kleinen Straße bei dem Restaurant La Mariposa erwartete, zu dem Sandra uns hatte fahren lassen. Irgend jemand könnte sogar die wilde Vermutung äußern, daß wir der Köder für eine Art Falle waren, oder eine Gegenfalle, die Sie dort geplant hatten. Wenn ja, dann schätze ich, hatten die Gegner mit der schweren Kanone eine Überraschung für Sie bereit. Offensichtlich hatten Sie das nicht erwartet.«

Sandra leckte sich über die Lippen. »Worauf willst du hinaus?«

Ich grinste. »Ich glaube, was ich in meinem lausigen Spanisch eigentlich sagen will, ist: *Dispongamos la mierda, amigos*. Ich hoffe, ich habe diesmal das richtige Geschlecht erwischt, Frau Lehrerin. Mit anderen Worten, laßt uns mit der Scheiße aufhören.«

Es folgte ein Moment des Schweigens, während ich das ferne Klirren von Porzellan und das Klappern von Silber hörte, als der Tisch in einem Eßzimmer gedeckt wurde, das nicht allzu weit weg war. Philip glitt leise aus dem Zimmer, ein Tablett mit einem einzelnen, langstieligen Glas darauf.

Sandra sagte steif: »Ich glaube nicht, daß das ein richtiger spanischer Satz ist, Matt.«

Ich sagte: »Verdammt, es ist nicht mal ein richtiger englischer Satz. Um ehrlich zu sein, ist er wirklich sehr unanständig.« Ich schüttelte den Kopf und sah sie an. »Wie ich gerade in zwei Sprachen gesagt habe: Laßt uns mit dem Blödsinn aufhören. Du bist nicht nur mit Beth nach Washington gefahren, um ihre Hand zu halten. Du wolltest ihr die wilde Idee austreiben, mich zu finden und zur Rache an ihrem toten Sohn loszuschicken, stimmt's? Und weil du es ihr nicht ausreden konntest, bist du mitgekommen und hast mich mit diesem gewaltlosen, gesetzestreuen, waffenhassenden Schauspiel bearbeitet und versucht, mich trotz ihres Drängens vom Kriegspfad abzuhalten.«

Sie leckte sich wieder die Lippen. »Na und, ist das nicht

genau das, was ich dir gesagt habe? Warum ist das so schrecklich?«

»Ich sage nicht, daß es schrecklich ist. Ich sage nur, daß das Motiv, das du mir gegeben hast, ein Haufen Scheiße ist. Du hast nicht versucht, mich vom Pfad der Rache abzubringen, weil du so ein süßes und friedliches und gesetzestreues Mädchen bist. Du hast versucht, mich davon abzuhalten, diese Terroristen zu verfolgen, weil du selbst hinter ihnen her warst.«

»Das macht keinen Sinn, Matt. Warum sollte ich etwas dagegen haben, daß du mir hilfst, wenn ich ihren Tod wollte?«

»Weil du schon alle Hilfe hattest, die du brauchtest«, sagte ich. »Du hast einen Daddy, dessen mörderische Mittel ziemlich weitreichend sind, nach den Nachforschungen zu urteilen, die ich vor zwei Jahren angestellt habe. Ich habe den Verdacht, daß er sich einverstanden erklärt hat, dir diese Mittel unter einer Bedingung zur Verfügung zu stellen: Du solltest dafür sorgen, daß ich mich nicht einmische.« Ich warf Varek einen Blick zu. »Daddy hat vielleicht das Gesetz dieser Stadt in der Tasche, aber das gilt nicht für unsere Regierung. Ich glaube, Daddy ist furchtbar allergisch dagegen, das FBI im Nacken zu haben, wenn er für dich Leute umbringt. Stimmt's, Alex?«

»Sie sagen es, Matt«, sagte Varek.

Ich nickte und wandte mich wieder dem Mädchen zu. »Also, weil du mir was vorgespielt hast, habe ich dir auch was vorgespielt, damit du glücklich warst, solange ich mir über die Lage klar wurde: Ich habe dir gesagt, ich wäre nicht wirklich der wilde Mann, für den man mich hält, und daß ich niemals davon träumen würde, meine Waffe aus persönlichen Gründen zu benutzen. Aber können wir jetzt nicht den ganzen Quatsch vergessen und zugeben, daß sich in diesem Zimmer kein einziger versöhnlicher Mensch befindet? Ich bin hier, weil mein Sohn getötet wurde. Sandra, du bist hier, weil dein Mann getötet wurde. Dein Daddy ist hier, weil seine Tochter verletzt wurde und er es sich in seiner Position nicht leisten kann, Leute damit durchkommen zu lassen, seine Familienmitglieder in die Luft zu sprengen. Irgend jemand könnte glauben, er wird auf seine alten Tage weich. Sehen wir den Tatsachen ins Gesicht: Wir sind allesamt niederträchtige, bösartige, gewalttätige, rachsüchtige Leute, wir alle drei, und unser gemeinsames Ziel ist es, die Scheißkerle so schmerzhaft wie möglich zu vernichten. Und da dies der Fall ist, würde es da nicht Sinn machen, daß wir zusammenarbeiten, anstatt uns gegenseitig sentimentale Scharaden vorzuspielen . . .«

Es klopfte an der Tür. Sie öffnete sich, und herein kam das junge Mädchen in dem Operettenkostüm eines Dienstmädchens, Maria, die mir das Gästezimmer gezeigt hatte.

Sie sprach Varek an: »Señora Varek sagt, ich möchte Ihnen mitteilen, daß das Essen aufgetragen wird, Señor.«

»Wir sind in einer Minute da, Maria. Schließen Sie die Tür.« Als das geschehen war, wandte er sich mir zu. »Was schlagen Sie also vor?«

»Ich habe eine Liste von siebzehn Namen«, sagte ich. »Oder ich werde sie haben, wenn unser Computergirl ihre Sache richtig macht. Ich bin nicht gierig. Ich muß nicht sehen, wie sie sterben. Ich muß nur wissen, daß sie tot sind. Nehmen Sie sich so viele, wie Sie wollen. Ich überlege mir, wie ich mit dem Rest umgehe, persönlich oder sonstwie. Wie wär's damit?«

Die Tür öffnete sich abrupt und brachte Lia Varek ins Zimmer, die ungeduldig aussah. »Die Suppe wird kalt«, sagte sie streng. »Ihr könnt eure ungemein wichtigen Angelegenheiten bei Tisch besprechen. Es ist sehr unhöflich, eure Gastgeberin warten zu lassen.«

»Ja, Ma'am«, sagte Varek demütig. Er grinste mich an, als wir aufstanden, um ihr zu folgen. »Wie man so sagt: Man kann nicht mit ihnen leben, aber auch nicht ohne sie.«

»Und du bist der lebende Beweis dafür, Daddy«, sagte seine Tochter, aber ihre Stimme klang nicht so scharf, wie sie hätte sein können.

8

Das Eßzimmer war beeindruckend, mit hoher Decke und sehr feierlich. Ein großer, kristallener Kronleuchter schwebte über dem prächtig gedeckten Tisch, einem, den man erweitern konnte, indem man in der Mitte zusätzliche Ausziehplatten einfügte. Selbst jetzt, so klein wie möglich, war er für uns vier noch immer zu groß. Der Lord und die Lady des Hauses saßen an den Enden, und die Varek-Erbin und der Ehrengast, ich, saßen sich in der Mitte gegenüber, und trotzdem brauchten wir fast Walkie-Talkies, um uns zu unterhalten. Ich fragte mich, mit wem die Vareks dieses Eßzimmer zu festlichen Anlässen füllten, wenn der Tisch ganz ausgezogen war, unbeliebt, wie sie hier in Palm Beach zu sein schienen. Lia, zu meiner Linken, schien meine Gedanken lesen zu können.

»Da draußen auf dem Rasen haben wir geheiratet, Matt«, sagte sie, »direkt am Ozean. Zuerst war es für ein Waisenkind aus Key West ziemlich überwältigend, aber Alex hat es mir sehr schön gemacht, denn ich hatte niemanden aus meiner Familie, der sehen konnte, wie ich geheiratet habe. Wir hatten unser Hochzeitsfrühstück hier drinnen, aber dieser Tisch war nicht groß genug für alle. Alex mußte auf der Veranda extra zusätzliche Tische aufstellen lassen. All seine Freunde und die Familie und die Geschäftspartner sind gekommen, aus dem ganzen Land, und Sandra natürlich . . . und Ihr Matthew.« Ein Schauer durchfuhr sie. »Es ist so schrecklich, was ihm passiert ist. Er war so ein süßer und höflicher Junge. Wir vermissen ihn so sehr.«

Das war kein Thema, über das ich sprechen wollte. »Danke«, sagte ich. »Ich bin froh, daß er einen guten Eindruck gemacht hat, aber das Verdienst kann ich nicht für mich in Anspruch nehmen. Nach den ersten Jahren hatte ich mit seiner Erziehung nichts mehr zu tun.«

»Nun, es sind die ersten paar Jahre, die zählen, oder?« sagte Lia.

Ich aß meine Suppe und dachte darüber nach, daß es

ziemlich nett von Alexander Varek gewesen war, eine derart große Inszenierung von seiner fünften Hochzeit zu machen, angenommen, daß Sandras Zählung korrekt gewesen war und sie eine richtige und vier Stiefmütter gehabt hatte. Man hätte erwarten können, daß Varek die Dame zu diesem Zeitpunkt seiner Heiratskarriere einfach ins Standesamt zerren würde, wenn er den Drang danach hatte . . .

»Siebzehn!«

Das war Sandra, die mich über den großen Tisch hinweg ansah. Sie hatte offensichtlich über dem gebrütet, was ich im Waffenzimmer gesagt hatte.

Lia runzelte die Stirn. »Wovon redest du, Liebes?«

Die jüngere Frau sagte scharf: »Er hat eine kleine Liste, siebzehn Namen. Und man wird keinen von ihnen vermissen. Die kann keiner mehr vermissen.«

»Ja, Liebes, wir alle kennen Gilbert und Sullivan. Das ist aus *Der Mikado,* stimmt's?« Lia sah sie fragend an, verwirrt. »Was für eine Liste?«

Sandra riß ihren Kopf in meine Richtung. »Frag den Obersten Scharfrichter da drüben!«

Varek sprach mit einem Blick auf das Dienstmädchen, das die Suppenschalen entfernte. »Vielleicht wäre es besser, diese Diskussion bis nach dem Essen zu verschieben.«

»Nein«, sagte ich. »Es ist kein Geheimnis, daß wir hinter ihnen her sind. Wenn sie keine eigenen Methoden haben, es rauszufinden, und ich glaube, die haben sie, drehen wir einen Fernsehspot und sagen es ihnen. Sie sollen den Druck spüren, Alex. Sie sollen wissen, daß sie tot sind, oder es sein werden, sobald wir dazu kommen.«

»Wir?«

Ich zuckte mit den Schultern. »Mit Ihnen oder ohne Sie, ich werde es tun.«

Lia sagte: »Wenn ihr von diesen bösen Leuten redet, die die Bombe geworfen haben, dann verdienen sie alles, was ihnen zustößt! Wenn ich einen Knopf drücken und sie alle damit töten könnte, ich würde es tun!«

Ich lachte. »Leider ist es nicht so einfach. Die CLL, die

Caribbean Legion of Liberty, behauptet, sie hätte um die zweitausend Mitglieder. Unseren Informationen nach haben sie ein paar Hundert. Es ist kaum machbar, sie alle aufzuspüren und zu eliminieren, also hat man in Washington beschlossen, sich mit dem leitenden Rat und ein paar Irrläufern zufriedenzugeben. Wie Sandra schon gesagt hat, sind wir auf siebzehn gekommen.« Ich sah zu dem Mädchen auf der anderen Seite des Tisches. »Aber jetzt scheint sie das Gefühl zu haben, das wäre übertrieben. Offensichtlich war ihr Schauspiel der Gewaltlosigkeit in Texas doch nicht nur ein Schauspiel. Wie sieht's aus, Sandy?«

Sandra schüttelte schnell den Kopf. »Hack nicht auf mir rum, Matt. Ich . . . Ich hab noch nie mit so was zu tun gehabt. Ich hatte es mir nicht richtig vorgestellt . . . Wenn ich eine konkrete Zahl höre, kommt es mir irgendwie grausamer und realer vor.« Sie schluckte, aber als sie wieder sprach, war ihre Stimme wieder härter geworden. »Es geht schon. Ich entschuldige mich für das sentimentale Gejammer. Siebzehn von den lausigen Scheißkerlen ist vollkommen in Ordnung. Mach achtzehn draus, wenn du willst!«

»Das hab ich wahrscheinlich schon«, sagte ich. »Es ist unwahrscheinlich, daß der Junge heute nachmittag so wichtig war, daß er auf unserer Liste steht, also müssen wir ihn dazuzählen. Außerdem bin ich autorisiert, jeden von ihnen auszuschalten, der sich einzumischen versucht. Und ich betrachte eine Waffe, die auf mich gerichtet ist, als eine Art Einmischung.«

Varek rührte sich. »Die Jungs würden gern wissen, wer Ihnen gesagt hat, daß er da sein würde. Sie haben gesagt, Sie wären direkt in das Gebäude gegangen, als hätten Sie Vorabinformationen gehabt. Wenn man bedenkt, daß Sie nicht wissen konnten, daß Sie überhaupt in die Nähe des Ladens kommen würden, fanden es die Jungs ein bißchen komisch, wenn Sie wissen, was ich meine.«

»Zum Teufel, sie hätten es selbst rausfinden können«, sagte ich. »Da der Hinterhalt in der Seitenstraße gelegt war, mußte es einen Posten an der Hauptstraße geben, um den Mann mit dem

Wagen zum Blockieren der Straße und den Mann mit der Kanone wissen zu lassen, wann wir uns näherten. Und die wahrscheinlichste Stelle – wenn sie es geschafft hatten, sie benutzen zu können – war eins von den Fenstern mit Blick auf die T-förmige Kreuzung, von dem aus der Posten beide Straßen überblicken konnte. Natürlich gab es die Möglichkeit, daß keins der beiden Büros zur Verfügung gestanden hatte und sie ihn woanders postieren mußten. Wenn ja, hätte ich mein Spiel verloren, und mein Manöver wäre umsonst gewesen.«

»War es aber nicht.« Varek winkte dem Dienstmädchen, sein Weinglas nachzufüllen. »Erzählen Sie uns von der schweren Artillerie. Was für eine Haubitze hatten die in dem Fenster aufgebaut? Die Jungs haben gesagt, das Ding hätte die Panzerung und das kugelsichere Glas glatt durchschossen, als wäre es Käse gewesen.«

»Ich muß ein bißchen raten«, sagte ich. »Ich habe nur die Mündung da oben gesehen. Aber natürlich habe ich die Resultate gesehen und geprüft, wie lange der Bursche zum Nachladen gebraucht hat. Ich würde sagen, wir haben es mit einem überdimensionalen und etwas schwerfälligen Gewehr zu tun, wahrscheinlich auf einem dreibeinigen Gestell. Zumindest konnte ich an der Mündung einen Zweifuß sehen. Und selbst wenn man es anheben und ruhig halten könnte, sagen wir, wenn man sich in dem Fenster hinknien würde, dann könnte niemand mit so einem Ding an der Schulter schießen. Es würde einen bis in alle Ewigkeit zurückschleudern. Ich würde sagen, sie haben Maschinengewehrmunition vom Kaliber 50 mit panzersprengenden Kugeln verwendet.«

»Wo würde man so eine Waffe kaufen?« fragte Lia.

»Man müßte sie wahrscheinlich bauen«, sagte ich. »Das Rohr und die Munition kann man aus Militärbeständen bekommen, wenn man weiß, wo man suchen und wem man auf die Füße treten muß. Ein cleverer Waffenschmied könnte so eine Aktion ohne allzu große Schwierigkeiten auf die Beine stellen. Ich glaube, ich kann mich erinnern, daß vor einigen Jahren jemand ein paar ähnliche Waffen für eine Revolte gemacht hat, eine Art Panzerabwehrkanone für arme Leute«, sagte ich und schnitt eine Grimasse. »Ich möchte kein zerlumpter *campesino* sein, der auf der Straße liegt und mit dem Ding einen Schuß nach dem anderen auf einen Regierungspanzer abgibt, der in meine Richtung gerasselt kommt. Richtige Panzer haben eine Panzerung, die man nicht durchschlagen kann. Jedenfalls haben diese AP-Projektile das angeblich kugelsichere Zeug an Ihrem Familien-Mercedes ziemlich fertiggemacht. Vielleicht sollten Sie ihn zur Rückerstattung wieder hinbringen.«

»Wir hatten nicht erwartet, daß sie mit so etwas darauf schießen würden«, sagte Varek.

»Was die Frage aufbringt: Warum haben Sie erwartet, daß man darauf schießen würde? Oder um es anders auszudrükken, woher wußten die, daß wir dorthin kommen würden, um auf uns schießen zu lassen? Sie waren bereit und haben uns erwartet, mit genau den richtigen Gerätschaften.« Es folgte eine kurze Stille. Ich sah Varek einen Augenblick lang an und wandte mich Sandra zu. »Vielleicht sollte ich euch sagen, warum ich eigentlich hergekommen bin«, fuhr ich fort. »Ich wollte euch bitten, uns auf eine etwas riskante Weise zu helfen.«

Sandra warf schnell einen Blick in Richtung ihres Vaters, bevor sie mit mir sprach. »Auf was für eine riskante Weise, Matt?«

Ich sprach vorsichtig: »Mein Chef und ich hatten eine sehr schlaue Idee. Da gab es eine junge Dame, die bei dem Bombenanschlag dabei gewesen ist und die Attentäter tatsächlich gesehen hat. Natürlich hat sie behauptet, sie hätte nur einen flüchtigen Blick durch das Restaurantsfenster auf sie werfen können, bevor ihr die Welt um die Ohren flog, und sie würde sie niemals erkennen, wenn sie sie wiedersehen sollte – aber das würde man normalerweise sagen, um sich zu schützen. Wenn sie zugegeben hätte, daß sie in der Lage war, sie zu identifizieren, hätte sie bis zu ihrem hübschen Hintern in Cops und FBI-Leuten und Staatsanwälten gesteckt, und sie hätte wahrscheinlich der großen Gefahr gegenübergestanden, daß die Leute, die sie identifizieren konnte, versuchen würden, sie zum Schweigen zu bringen.«

Sandra leckte sich die Lippen. »Sprich weiter.«

»Unserer Computerlady fehlen immer noch Namen, mit denen sie arbeiten kann«, sagte ich. »Sie braucht mehr Informationen. Es schien einen möglichen Weg zu bieten, ein paar von diesen Fanatikern aus dem Unterholz ins Freie zu locken, wo wir sie fangen und ausquetschen können. Die Idee war, daß ich hierherkomme, um dich zu beschützen, mit aller Unterstützung, die ich dafür brauche – mit deiner Erlaubnis natürlich –, während mein Chef durch einige seiner Unterweltkontakte die Nachricht verbreiten läßt, daß die junge Witwe, die den Bombenanschlag auf das Mariposa überlebt hat, trotz ihrer Dementi eine Regierungszeugin sei, die, wenn die Zeit gekommen ist, die Schuldigen mit Sicherheit identifizieren würde. Das sollte den Eindruck vermitteln, es wäre besser, wenn du nicht lange genug lebst, um vor Gericht auszusagen.« Ich lächelte Sandra an. »Aber ich werde nach Washington melden müssen, daß wir mit unserer schlauen Idee einfach zu langsam waren. Du und dein Daddy, ihr habt mich auf genau die gleiche Art als Köder benutzt. Darum ging das alles heute nachmittag, oder?«

Sie leckte sich die Lippen. »Ja, und ich fühle mich schrecklich, weil wir dich dem ausgesetzt haben . . . Der Wagen sollte die Sache hundertprozentig sicher machen, oder ich hätte dir zumindest sagen sollen, was wir vorhatten.«

»Vergiß es. Man hat schon früher auf mich geschossen«, sagte ich. »Hast du dir das selbst ausgedacht, oder war die Idee von deinem Papi?«

Varek sprach eilig dazwischen: »Sie hatte die Idee. Ich dachte, es wäre zu riskant, aber sie hat darauf bestanden, es zu versuchen, also habe ich ihr zur Sicherheit die kugelsichere Kiste gegeben.« Er schnitt ein Gesicht. »Der Kahn sollte gegen die Art von Waffen, die so eine Bande wahrscheinlich benutzen würde, sicher sein. Und wir haben unsere Pläne absichtlich zu ihnen durchsickern lassen. Um sie aus dem Unterholz zu locken, wie Sie es genannt haben. Ich habe selbst ein paar Verbindungen. Ich habe sie mit der falschen Information über Sis und ihr fotografisches Gedächtnis präpariert, um ihr

Interesse zu wecken. Ziemlich bald . . .« Er sah sich im Zimmer um, aber das Dienstmädchen war im Augenblick in der Küche. »Ziemlich bald hat eines der Mädchen, die hier arbeiten, plötzlich und ohne einen guten Grund gekündigt. Wir nahmen an, daß jemand Druck auf sie ausgeübt und dazu gebracht hat, auszuziehen und einen Spitzel für ihre Stellung zu empfehlen, prima. Natürlich haben wir das neue Mädchen strikt allein gelassen und sie immer im Auge behalten, während wir überlegt haben, mit welchen Informationen wir sie füttern wollten.«

Sandra sagte: »Es war nicht schwer. Jeder im Haus wußte, daß ich schlimme Alpträume hatte nach . . . nach dem Bombenanschlag. Ich tat einfach so, als hätten sie wieder angefangen, immer über das La Mariposa. Ich hab wieder und wieder gesagt, ich wollte zu keinem Nervenklempner, ich müßte nicht dahingehen, ich müßte mich dem nur stellen, wieder zurück zu dem lausigen Laden gehen und ihn mir genau ansehen und dann aus meinen Gedanken verbannen. Ich brächte nur einfach nicht den Mut auf, es zu tun, nach dem, was da passiert war. Aber heute morgen habe ich plötzlich beim Frühstück verkündet, daß ich schließlich doch mutig sein und auf dem Rückweg vom Flughafen die lausige Pilgerfahrt machen wollte. Natürlich habe ich gewartet, bis Bernadette den Kaffee eingeschenkt hat. Daddy sagt, sie ist gleich danach rausgegangen.«

»Sie hat vom Haus aus ihren Freund angerufen. Nur Schmusibusi-Zeugs, aber irgendwo muß da ein ein spezielles Wort gewesen sein«, sagte Varek. Danach hat sie immer wieder auf ihre Armbanduhr gesehen. Nach fünfundvierzig Minuten ist sie aus dem Haus gegangen und zu Fuß durch ein Seitentor verschwunden. Die Jungs waren angewiesen, nicht einzugreifen. Ein junger Bursche mit einem Firmentransporter kam vorbei: 1-A-SANITÄR-INSTALLATIONEN. Sie sind zurück nach West Palm gefahren und haben an einer Tankstelle gehalten. Sie haben das Münztelefon benutzt. Sie sind zum Freeway in Richtung Süden gefahren. Sie haben die Ausfahrt am Flughafen von Miami genommen. Die Jungs haben sie an den Straßenrand gedrängt. Sie hatten Flugtickets nach San Juan, Puerto Rico. Dahin fährt man normalerweise, wenn man auf die Islas Gobernador will, oder auf das nahegelegene Montego, wo irgendsoeine minderbemittelte Invasionsarmee trainiert wird, diesem Freund zufolge.«

Ich sagte: »Ja, wir haben davon gehört. Dahin wollten die beiden fahren?«

Varek schüttelte den Kopf. »Sie hatten keine Reservierungen über San Juan hinaus. Man muß auf eine kleinere Fluglinie wechseln, um zu den winzigen Inseln zu kommen. Aber es gab nichts, was darauf hinwies, daß sie es vorhatten. Die Jungs hatten den Eindruck, als wollten sie zu einem CLL-Versteck direkt in San Juan. Es würde für eine Terrorgruppe Sinn machen, regionale Hauptquartiere zu haben, wie etwa in einer großen Stadt mit guten Flugverbindungen, die für ihre momentanen Operationen günstig gelegen wären. Aber weder Bernadette noch ihr Freund hatten eine Adresse. Man hatte ihnen gesagt, sie sollten abhauen, wenn es soweit war, und irgendwie nach San Juan gehen. Am Flughafen würde sie jemand abholen und sich von da aus um sie kümmern.«

»Wo ist das Liebespärchen jetzt?«

Varek sah mich kalt an. »Fragen Sie nicht. Sonst sage ich es Ihnen.«

Sandra war schockiert. »Daddy!«

»Man hat sie bei uns eingeschleust, Sis. Sie hat dich heute in die Falle am La Mariposa gelockt. Sie hat es zugegeben. Sie hat gesagt, es täte ihr leid, sie mochte dich eigentlich, aber für die großen Veränderungen in der Geschichte sei ein Leben nicht wichtig. Jedenfalls, so wie sie war, nachdem die Jungs sie eine Zeitlang bearbeitet hatten, ist sie jetzt besser dran, da, wo sie ist, gemeinsam mit ihrem Liebsten.« Er sah seine Tochter fragend an. »Ich habe dir gesagt, daß es hart wird.«

Das Mädchen schüttelte sich. »In Ordnung. Ich nehme an, daß es in Ordnung ist. Ich muß nur versuchen, daran zu denken, wie . . . wie es nach der Explosion im La Mariposa ausgesehen hat.«

»Was ist mit dem Hinterhalt?« fragte ich. »Haben Sie da einen erwischt?«

Varek schüttelte seinen Kopf. »Wir hatten einen phantastischen Umklammerungsangriff, wie man beim Militär sagt, voll ausgearbeitet, aber als die Feldartillerie auf Sie angesetzt wurde, bekamen alle den Befehl, zu schießen und direkt reinzuplatzen, damit die beschäftigt waren und Sie in Deckung gehen konnten. Die Jungs haben fünf von ihnen gezählt, den Mann an der großen Kanone eingeschlossen. Einer wurde schwer getroffen – er mußte weggetragen werden – und zwei andere hat es wahrscheinlich erwischt, aber was Informationen betrifft, war das Ergebnis gleich Null, es sei denn, der Junge hat Ihnen was erzählt.«

»Er hat mir was erzählt«, sagte ich. »Wieviel es wert ist, werde ich erst wissen, wenn es in den Computer gepflanzt und begossen ist, damit man sieht, ob es wächst.« Ich sah ihm fest in die Augen. »Aber die große Frage haben wir immer noch nicht geklärt. Sie wollten nicht, daß ich diesen Job mache. Sie haben sich darum bemüht, daß Sandy mich davon abbringt, aber ich bin hier. Sind Sie bereit, mit einem lausigen G-Man zusammenzuarbeiten?« Ich griff in meine Tasche, holte ein gefaltetes Blatt Papier heraus und gab es dem Dienstmädchen, damit sie es ihm um den Tisch herum brachte. »Erkennen Sie diese Telefonnummer?«

Varek runzelte die Stirn. »Vorwahl 305. Das ist hier ganz in der Nähe.«

»Ein Penthouse in Miami Beach. Hundert Kilometer von hier. Ein Anruf könnte nicht schaden.«

Er zögerte. Dann stand er auf und verließ das Eßzimmer.

Lia sah mich neugierig an und fragte: »Wer ist in Miami Beach, Matt?«

»Ein Mann, mit dessen Namen ich nicht hausieren gehe, wenn ich nicht muß«, sagte ich. »Falls Alex ihn nennen möchte, wenn er wiederkommt, ist das seine Sache.«

Sie schnitt ein Gesicht. »Ich habe nur Konversation betrieben. Ich habe nicht geschnüffelt. Wie wär's mit noch etwas Dessert?«

»Danke, es ist köstlich.«

Ehrlich gesagt war es eine Art fruchtiger, verrührter Mischmasch, und ich bin schon seit Urzeiten ein alter Eiscremefan, obwohl ich mich auch mit einem Stück Kuchen abfinde, wenn ich muß. Dann kam Varek zurück.

Er setzte sich und trank aus seinem Weinglas. »Wie hat ein Mann wie Sie jemals Verbindung zu Giuseppe Velo bekommen?«

»Ich habe ihm mal einen Gefallen getan, eher aus Versehen, im Rahmen meiner Arbeit.«

Varek runzelte die Stirn. »Zum Teufel, es muß zwanzig Jahre her sein, daß Seppi sich von seinen New Yorker Geschäften zurückgezogen hat und hierher gezogen ist. Er muß inzwischen verdammt alt sein.«

»Ich weiß nicht, wie alt er ist«, sagte ich, »aber er sieht ziemlich hochbetagt aus, wie eine Echse, die gestorben und in der Sonne ausgetrocknet ist. Aber er ist immer noch auf dem laufenden, ein bißchen jedenfalls.«

»Ich weiß. Jeder weiß es. Er sagt . . . Aber das spielt keine Rolle. Sie haben gewußt, was er sagen würde, sonst hätten Sie mich ihn nicht anrufen lassen. Was machen wir also als nächstes?«

9

Das Telefon war kunstvoll gearbeitet, mit einer Tastatur, einigen geheimnisvollen Extraknöpfen und einem Lautsprecher zusätzlich zu dem üblichen Hörer. Es mußte auch irgendwo ein Mikro sein, denn man konnte sowohl hineinsprechen als auch dem zuhören, was herauskam. Philip mußte mir die Schalter erklären, bis er glaubte, daß ich dem Ding gewachsen sei. Er war dabei sehr höflich, mit vielen ›Sirs‹.

Ich hatte um ein Lautsprechertelefon gebeten, damit alle Anwesenden beide Seiten des bevorstehenden Gesprächs hören konnten. Eine Geste des Vertrauens. Keine Tricks. Keine geheimen Botschaften. Nichts im Ärmel. Nennt mich kurz ›den redlichen Helm‹. Ich drückte die Tasten für die Direktwahl, und beinah sofort war Macs Stimme zu hören.

»Ja?«

»Matt hier«, sagte ich und benutzte meinen richtigen Namen und nicht den Code, unser Signal, daß das Gespräch nicht unter uns blieb. Na, man kann es mit Ehrlichkeit und Offenheit auch übertreiben.

»Ja, Matt?«

Ich sagte: »Es hat einige Aktivitäten hier unten in Palm Beach gegeben – eigentlich drüben in West Palm – aber ich liefere meinen vollständigen Bericht nach. Im Augenblick würde ich gern mit Miß Delgado sprechen, wenn das möglich ist.«

»Ich glaube, sie hat das Büro schon vor mehreren Stunden verlassen, aber sie steht auf Abruf. Einen Moment.«

Es überraschte mich nicht, daß die Lady nach Hause gegangen war, denn auf meiner Armbanduhr war es fast acht. Mac braucht natürlich niemals Essen oder Schlaf, soweit man es bisher beobachten konnte, ein Beweismittel zur Stützung der Theorie, die in unserer kleinen Agentur sehr verbreitet ist: daß es sich nämlich bei ihm nicht wirklich um einen Menschen handelt. Beweismittel dagegen: die Tatsache, daß er drüben im Westen eine Lady hat, eine ziemlich erfolgreiche Geschäftsfrau, mit der er gelegentlich seine Zeit verbringt. Allerdings läßt er diese Beziehung keinen Einfluß auf die Organisation nehmen, auch wenn das sicher nicht leicht zu arrangieren ist.

Wir waren vom Eßtisch aufgestanden und für einen Kaffee ins Waffenzimmer zurückgekehrt, weil unsere Gastgeberin meinte, es wäre für eine so kleine Gesellschaft wie die unsere gemütlicher als das enorme, unpersönliche Wohnzimmer. Während wir darauf warteten, daß Macs Stimme die Lautsprecher ein weiteres Mal erbeben ließ, kam sie in Begleitung eines Dienstmädchens mit einem Tablett herein, das auf ihre Anweisung hin auf dem niedrigen Tisch neben dem Sofa aus rotem Leder abgestellt wurde. Lia ließ sich anmutig hinter dem Tablett nieder.

»Matt? Normal oder entkoffeiniert?«

»Ich möchte nur einen kleinen Brandy, wenn es geht.«

»Das wird gehen«, sagte Lia, »aber im Augenblick sind wir mit dem Kaffee beschäftigt, mein Lieber. Sandra, du nimmst entkoffeinierten, stimmt's?«

Instinktiv begann sich das Mädchen wieder dagegen zu wehren, daß man sie vor richtigem Kaffee beschützte, als wäre sie ein kleines Kind, aber sie merkte es selbst.

»Ja, Lia«, sagte sie. »Wir wollen doch nicht die Entwicklung meines kümmerlichen Wachstums hemmen, oder?«

Als das Dienstmädchen die dampfende Tasse durch den Raum trug, wurde der Lautsprecher wieder lebendig.

»Fangen Sie an, Miß Delgado.« Das war Macs Stimme.

Ich hörte, wie Lia sagte: »Das wäre dann alles, Maria.«

Das Dienstmädchen gab Sandra die Tasse, ging hinaus und schloß die Tür hinter sich.

Eine weitere Stimme, weiblich, kam aus dem Lautsprecher: »Delgado hier.«

Es kam mir unnatürlich vor, ein Telefongespräch zu führen, ohne mir etwas ans Gesicht zu halten, aber ich sprach zu dem elektronischen Wunderwerk auf dem Tisch. »Hier ist Helm. Haben Sie Bildschirm und Tastatur griffbereit?«

»Ich bin in meinem Apartment, Mr. Helm, aber ich habe ein Computer-Terminal hier, ja. Haben Sie Informationen für mich? Eine Sekunde . . . In Ordnung, fangen Sie an.«

Ich sagte: »Zu Ihrer Information: Bei diesem Gespräch anwesend sind Mr. und Mrs. Alexander Varek und Mr. Vareks Tochter, Mrs. Cassandra Helm. Es würde mich nicht überraschen, wenn man uns außerdem aufzeichnen würde. Wie steht's damit, Alex?«

Varek sagte: »Die Jungs nehmen sämtliche Telefongespräche im Haus auf, wenn man ihnen nicht sagt, daß sie aus der Leitung gehen sollen. Möchten Sie, daß ich es ihnen sage?«

Ich sagte: »Zum Teufel, nein, sollen sie doch ruhig was zu hören bekommen. Jedenfalls würden wir gern Daten zu einigen Namen und Adressen bekommen . . . Warum bringen Sie nicht den Stein ins Rollen und erzählen Miß Delgado von dem Dienstmädchen, das man bei Ihnen eingeschleust hat?«

Varek zuckte mit den Schultern. »Wie Sie wollen. Ihr Name war Bernadette Saiz. Ihr Liebhaber war Ronnie Juan Jackson.«

»Haben Sie es verstanden?« fragte ich ins Telefon. »Bernadette Saiz. Ronnie Juan Jackson.«

»Ich hab's gehört.« Es gab eine kurze Pause, bevor Miß Delgado wieder sprach. »Tut mir leid, wir haben keine Daten zu diesen Namen.«

Ich sagte: »Na ja, dann speichern Sie sie ab oder machen Sie ein Sternchen dran, oder was Sie sonst tun, um anzuzeigen, daß sie nicht mehr unter uns sind. Sie haben geholfen, einen Anschlag der CLL vorzubereiten, aber es hat nicht funktioniert, und sie konnten nicht abhauen.«

»Geben Sie mir bitte die Details. Wir wissen nie, welche Informationen nützlich werden könnten.«

»Mr. Varek wird es Ihnen erzählen.«

Während er erklärte, wie es kam, daß sie das Mädchen eingestellt hatten, gab mir Sandra ein großes, rundes Glas in die Hand. An seinem Boden rollte ein Spritzer Brandy umher. Sehr hohes Glas, aber ich muß zugeben, daß ich weniger Glas und mehr Schnaps bevorzuge. Ich neige dazu, mich an dem starken Zeug zu verschlucken, wenn ich versuche, es geziert aus einem dieser großen Schwenker zu nippen. Ich hörte, wie Varek dem Mikrofon erklärte, wie wenig er von Bernadette und ihrem Freund erfahren hatte.

»Könnte ich den Namen der vorherigen Angestellten bekommen, bitte?« fragte der Lautsprecher. »Die gekündigt und Saiz empfohlen hatte.«

»Ernestine Jaramillo.«

»Jaramillo mit einem *J?*«

»Genau«, sagte Varek. Er sprach es Charamijo aus, auf spanische Art.

»Weiter.«

»Das ist alles, was ich weiß«, sagte Varek. »Außer, daß sie auf dem Weg nach Puerto Rico waren, als wir sie aufgehalten haben. Matt?«

Ich sagte: »Okay, ich übernehme. Miß Delgado?«

»Ja?«

»Mr. Vareks Leute hatten den Eindruck, als hätte man den beiden irgendwo in San Juan einen Unterschlupf zugesagt, aber offenbar hatte man ihnen keine Adresse gegeben. Sie waren davon ausgegangen, daß man sich bei ihrer Ankunft um sie kümmern würde.«

Dana Delgados Stimme sagte: »Es gibt Hinweise darauf, daß die Legion von einer Basis in San Juan aus operiert, die sowohl für Gobernador als auch Montego günstig gelegen ist. Es wird gerade untersucht. Noch mehr?«

Ich sagte: »Antonio Morelos.«

Es entstand eine Pause. »Keine Daten . . . Warten Sie. Morelos? Jung?«

»Er war weit unter zwanzig und wird nicht mehr älter werden.«

»Ich verstehe.« Die Stimme war nüchtern. »Ein weiteres Sternchen, Mr. Helm?«

»Genau. Warum haben Sie nach dem Alter gefragt?«

»Wir haben keinen Antonio Morelos, aber wir haben einen Dominic Morelos. Der ist auf unserer Hauptliste. Mitglied der Caribbean Legion of Liberty, Mitglied des Rates der Dreizehn. Ein Hinweis auf einen namenlosen Bruder in der Akte.«

»Geben Sie mir Dominic, bitte.«

»Dreiunddreißig, einsfünfundsiebzig, hundertfünf. Stämmiger, muskulöser Typ. Haare schwarz und mittellang, nach letzten Angaben. Großer *Bandido*-Bart. Augen braun. Kleine Narbe an der linken Kinnseite. Nägel der linken Hand fehlen oder sind verformt. Soweit wir wissen, hat man Morelos als Gast der gegenwärtigen Regierung von Gobernador, unserem großen, demokratischen Verbündeten in dieser Inselregion, mit Hilfe einer Zange einer Befragung unterzogen. Primitiv, brutal und offenbar nutzlos. Soweit wir wissen, kam die Information nicht heraus. Morelos scheint sich selbst als ein Geschenk an die Frauen zu betrachten, und einige Frauen scheinen ihm zuzustimmen. Die Akte zeigt ein beachtliches Militärtraining. Unbewaffneter Kampf, Experte. Stichwaffen, Experte. Schußwaffen, Mittelmaß. Es wird empfohlen, daß Sie sich Morelos auf großem Abstand halten, wenn Sie mit ihm zu tun haben. Lassen Sie ihn nicht nah herankommen.«

»Ja, Ma'am«, sagte ich.

»Ich weiß, Sie sind alle Supermänner da draußen auf dem Schlachtfeld. Sie brauchen keinen Rat. Unbestätigte Berichte schreiben Morelos fünf Morde zu, zwei mit bloßen Händen. Außerdem . . .« Sie unterbrach sich abrupt.

»Außerdem was?«

»Es ist streng geheim, Mr. Helm.«

»In Washington ist alles streng geheim, der Standort der öffentlichen Klos eingeschlossen.« Ich zwinkerte Varek zu. »Wir sind hier alles gute, vertraute Freunde, also schießen Sie los.«

»Also gut. Die Verantwortung liegt bei Ihnen. Aber ich werde melden müssen, daß die Information auf Ihren Wunsch hin offengelegt wurde.«

Ich fing an, mich über ihre muffige, bürokratische Art zu ärgern. Da entdeckte ich einen amüsierten Unterton in ihrer Stimme und merkte, daß sie, da sie erriet, was ich zu erreichen versuchte, unser Publikum bewußt mit der Tatsache beeindruckte, daß es in Regierungsgeheimnisse eingeweiht wurde. Schlaues Mädchen.

»Tun Sie das«, sagte ich ausdruckslos.

Miß Dana Delgado räusperte sich in Washington, tausendsechshundert Kilometer nördlich. »Wir sind vor kurzem, gerade erst vor kurzem, auf Hinweise gestoßen, die darauf hindeuten, daß Dominic Morelos tatsächlich der geheimnisvolle Vorsitzende des dreizehnköpfigen Rates der Legion sein könnte.«

»Sie meinen den Burschen, der sich selbst *El Martillo*, der Hammer, nennt oder genannt wird.«

»Es ist nur eine unbestätigte Meldung.«

»Eine unbestätigte Meldung ist besser als überhaupt keine. Noch mehr über Morelos, eine Heimatadresse oder so was?«

»Bei der letzten Standortbestimmung hatten wir ihn in San Felipe geortet, einem kleinen Dorf am westlichen Ende von

Hawkins Island, der Hauptinsel des souveränen Staates Montego. Nebenbei bemerkt fühle ich mich verpflichtet, darauf hinzuweisen, Mr. Helm, daß, falls Antonio Morelos Dominics jüngerer Bruder war, und Sie derjenige sind, der Antonio getötet hat . . .«

»Bin ich.«

»Da wird *El Martillo,* falls er *El Martillo* ist, Sie nicht besonders mögen. Sie sollten im Verlauf der Mission von Zeit zu Zeit sicherstellen, wer wen jagt.«

»Der Gedanke ist mir auch schon gekommen, aber trotzdem vielen Dank, Ma'am.«

»Ich weiß, ich weiß, Sie sind vollkommen kugelsicher und unsterblich da draußen. Ich entschuldige mich dafür, daß ich Ihre Zeit mit meinen dummen Vorschlägen verschwende. Noch was?«

»Ein Problem noch, aber zuerst gebe ich Ihnen lieber die Details von Antonios Ableben für Ihren hungrigen Computer.« Ich erzählte ihr, wie es zu der Schießerei gekommen war, und fuhr fort: »Als ich ihn getroffen hatte, habe ich versucht, aus ihm den Namen der Frau herauszubekommen, die zur Zeit des Bombenanschlags draußen vor dem La Mariposa gesehen wurde. Ich dachte mir, die Chancen wären gut, daß er etwas darüber wußte, wenn er so eng mit ihnen zusammenarbeitete, und bei jeder Befragung ist es besser, nach einem bestimmten Namen zu fragen. Ich dachte mir, wenn wir die Identität der Bombenlady kennen, können wir uns wahrscheinlich von da aus zu den Namen ihrer beiden Begleiter vorarbeiten und vielleicht sogar einen Hinweis auf diejenigen bekommen, die die drei mit dem Feuerwerk losgeschickt haben. Allerdings hat sich Antonio gesträubt, doch kurz bevor er starb, hat er etwas von einem Engel gesagt. Einem kleinen Engel. Kann Ihr Computer den aufspüren?«

»Eine Minute.« Gleich darauf kam Miß Delgados Stimme zurück. »Die Akte Morelos enthält einen Hinweis – unter einer Reihe von anderen Frauen – auf eine gewisse Angelita Johansen. Ein kleines blondes Mädchen, dem das Privileg zuteil wurde, eine Nacht in Dominics Hotelzimmer zu verbringen. Im Privateer Hotel, Morganville, Montego.«

»Morganville nach Sir Henry Morgan. Hawkins Island nach Sir John Hawkins. Diese alten englischen Kapitäne sind viel rumgekommen, obwohl ich noch nie gehört habe, daß Hawkins in der Gegend gesegelt ist. Aber wenn lokale Legenden Leif Eriksson nach Cape Cod verlegen, dann schätze ich, können sie Sir John Hawkins auch nach Montego verfrachten.« Ich runzelte nachdenklich die Stirn, eine vergebliche Geste, da sie es nicht sehen konnte. »Haben Sie nicht gesagt, Morelos würde von einem Ort namens San Felipe aus operieren?«

»Ja, aber nach unseren Informationen hatte er außerdem ein Zimmer in der hundert Kilometer entfernten Hauptstadt. Es kommen immer neue Daten über Morelos herein, aber es scheint, als wäre er in dieser Gegend nur gewesen, um die Fortschritte der aus etwa achtzig Männern bestehenden Legionstruppe zu verfolgen und vielleicht zu beaufsichtigen, die zusammen mit Heinrich Bultmans inzwischen über vierhundert Mann starker Einheit trainiert. Allerdings fährt er regelmäßig nach Morganville, wahrscheinlich wegen CLL-Angelegenheiten, wenngleich er es auch geschafft hat, diese mit privaten Vergnügungen zu verbinden. Gewöhnlich ist er dorthin gefahren, um Leute vom Flugzeug abzuholen.«

»Leute wie Angelita Johansen?«

»Nicht ganz. Die meisten von ihnen waren neue Rekruten für die Invasionstruppen. Aber Señor Morelos verbrachte seine Nächte im Privateer Hotel selten allein. Offensichtlich hat er, während er die Finger von den ortsansässigen Ladies ließ, um nicht Feindschaft von seiten der Bewohner Montegos zu schüren, ziemlich erfolgreich unter den weiblichen Touristen geräubert. Angelita Johansen kam wohl mit dem Flugzeug nach Morganville, aber mit einer organisierten Touristengruppe. Am Abend nach ihrer Ankunft trennte sie sich von ihrer Gruppe und kam allein auf Erkundung in die Hotelbar. Morelos hat sich auf sie gestürzt. Unser Informant gibt an, daß der Kontakt, nach dem, was er erfahren hat, ohne allzuviele Fragen zu stellen, rein zufällig war. Die Einheimischen bewundern Morelos' sexuelle Heldentaten offenbar. Es gefällt ihnen zuzusehen, wie er sich an seine abendliche Beute heranpirscht. Es scheint der lokale Zuschauersport zu sein, es werden sogar Wetten abgeschlossen. Offenbar sah die kleine Johansen so fein und damenhaft aus, daß ein ganzer Haufen Geld sagte, sie würde ihn zurückweisen, aber am Ende gab sie – wie die meisten seiner Zielobjekte – Morelos' Charme nach. Bezeichnenderweise sah sie am Morgen, als sie wieder zu ihren Freunden zurückkehrte, ziemlich mitgenommen aus, sichtlich angeschlagen und zerknittert, aber sie strahlte auf sehr unfeine und wenig damenhafte Weise. Der allgemeine Konsens war, daß eine kleine *gringa*-Schullehrerin – in Wahrheit arbeitet sie in einem Architektenbüro – mit dem Gefühl nach Hause fuhr, vom Reisebüro etwas bekommen zu haben, das sein Geld wert gewesen war.«

»Aber Sie haben gesagt, sie wäre eine Blondine«, sagte ich mit einem Blick auf Sandra. »Unsere Zeugin des Bombenanschlags erklärt definitiv, daß die Täter weder blond noch Albinos waren.«

Das Lautsprechertelefon sagte: »Es gibt Dinge wie Hüte und Schals, ganz zu schweigen von Perücken.«

Ich sprach mit Sandra: »Wie ist es damit, Sandy?«

Das Mädchen zögerte und zuckte mit den Schultern. »Das ist natürlich möglich. Ich glaube kaum, daß ich einen Hut oder Schal übersehen hätte, aber ich habe wirklich nur einen Blick auf sie werfen können, und ich hätte es nicht bemerkt, wenn all das schwarze Haar nicht echt war.«

»Haben Sie das gehört, Miß Delgado?« sagte ich ins Telefon. »Angelita ist also im Rennen. Sie haben keine anderen Engel, klein oder groß, in Ihrem Comp?«

»In Moment keinen.«

»Na, sie könnte unser Mädchen sein. Es wäre ein höllischer Zufall, wenn sie es nicht wäre. Dominic schläft mit ihr unten in Montego, Antonio stirbt hier in Florida mit ihrem Namen auf den Lippen – vorausgesetzt, er meinte den gleichen kleinen

Engel .« Ich runzelte die Stirn. »Haben wir eine Heimatadresse von dieser Lady?«

»Gleich bei Ihnen in der Nähe, zwischen Palm Beach und Lauderdale. Pompano Beach. Wollen Sie die Straße und Hausnummer?«

»Bitte.«

Sie gab sie mir, und ich sagte: »Prima. Dann lassen Sie Angelita jetzt fallen.«

»Sie fallenlassen?«

Ich sagte: »Wir werden die Sache von einer anderen Seite her angehen, und ich möchte nicht, daß sie gewarnt wird, weil zu viele Leute nach ihr fragen. Lassen Sie Angelita fallen, aber graben Sie weiter im Schmutz von Morelos herum und lassen Sie mich wissen, wenn Sie auf weitere fette Würmer gestoßen sind. Okay?«

»Instruktion vermerkt.«

Ich fragte: »Noch etwas, das ich wissen sollte?«

»Ich habe die Namen von verschiedenen Leuten, wahrscheinlich alle Mitglieder der Legion, zwei wahrscheinlich außerdem Mitglieder des Rates. Wollen Sie die?«

»Lesen Sie sie vor, mit Adressen, wenn es welche gibt. Irgend jemand hier könnte sie vielleicht wiedererkennen.«

Es waren ein Dutzend Namen, sowohl spanische als auch englische. Die Ratsmitglieder, unbestätigt, waren Arthur Galvez und Howard Koenig. Die Adressen waren alle aus der Kategorie ›wurde-angeblich-gesehen-in‹ und ›wohnt-Gerüchten-zufolge-bei‹. Ich beobachtete meine Begleiter, während Miß Delgado ihre Liste vorlas, aber es gab keine sichtbaren Reaktionen. Nach dem letzten Namen schüttelte Varek den Kopf: negativ.

Ich sagte: »Hier haben keine Glocken geläutet, Miß Delgado. Was ist mit der Information, um die ich Sie gebeten hatte, über die Leute, die mit den bisherigen explosiven Zwischenfällen zu tun hatten, die man der CLL zuschreibt?«

»Ein Kurier ist mit dem Material unterwegs, ziemlich vollständig. Es war alles in den offiziellen Akten oder in den

Zeitungen, kein Problem. Sie wissen, wie Sie Kontakt aufnehmen und die Unterlagen bekommen können.«

»Genau. Ich glaube, das war's. Tut mir leid, daß ich Sie zu Hause belästigt habe.«

»Kein Problem. Aber ich habe ein schlechtes Gefühl bei diesem Dominic, Mr. Helm. Passen Sie auf, was hinter Ihrem Rücken passiert.«

Wenn man die feindselige Einstellung mir gegenüber bedachte, die sie früher geäußert hatte, war ich überrascht, daß sie so große Anteilnahme für einen lausigen Außendienstmitarbeiter zeigte, aber vielleicht würde es auf ihre professionelle Kompetenz zurückfallen, wenn ich getötet wurde, während ich nach ihren Informationen handelte.

»Das tu ich immer«, sagte ich.

Die Leitung war tot. Ich drückte den Knopf, den Philip mir gezeigt hatte und der Lautsprecher und Mikro abschaltete und das ganze phantastische Gerät wieder in ein gewöhnliches Telefon verwandelte. Sandra kam mit dem Brandy herüber und goß ein wenig in meinen leeren Schwenker. Sie ging weiter, um das Glas ihres Vaters nachzufüllen.

Varek rührte sich. »Sie bohren also auch in alten Geschichten herum? Explosive Zwischenfälle! Bürokratische Augenwischerei. Warum nennen Sie eine Sprengung nicht eine Sprengung?« Er schlürfte seinen Brandy und fragte beiläufig: »Auf wieviele andere sind Sie gestoßen, außer dem in La Mariposa?«

Ich sagte: »Bisher erst zwei, die definitiv das Werk der Caribbean Legion of Liberty sind, obwohl sie behauptet haben, sie wären auch für zwei weitere verantwortlich, von denen wir glauben, daß sie von anderen Irren verübt wurden. Einer von den definitiven war oben in Newport, Rhode Island, der andere war unten in San Juan. Vielleicht ist da unten jemand zu nahe an ihre momentane Basis geraten und mußte ausgeschaltet werden. Ich dachte mir, ich prüfe beide Explosionen nach, rede mit einigen Überlebenden und finde heraus, ob sie mir ein bißchen mehr über die Bande sagen können.« Ich zögerte und stand auf. »Nun, es wird spät, und ich muß noch ein bißchen nachdenken. Ich hoffe, Sie haben nichts dagegen, wenn ich noch ein paar Anrufe von dem Telefon in meinem Zimmer erledige. Sandra sollte mir lieber den Weg zeigen, damit ich mich nicht wieder verlaufe.«

10

Das Gästezimmer, in dem man mich untergebracht hatte, hieß das ›Blaue Zimmer‹. Eigentlich war es eine Suite mit einem großen, hellen Schlafzimmer, einem kleinen, dunklen Wohnzimmer und einem ansehnlichen Badezimmer mit einer hellblauen Wanne, die so groß war, daß man darin schwimmen konnte. Manchmal fragt man sich, ob es die Sache wert ist, ehrlich zu sein. Die Gauner scheinen mehr Spaß zu haben, oder zumindest mehr Geld. Es gab kunstvolle, altmodische Tapeten, die mich an welche erinnerten, die ich in einem alten Landhaus gesehen hatte, in dem ich drüben in Europa gewohnt hatte, aber die waren alt und schäbig gewesen. Diese waren neu und makellos, mit einem Muster aus hellblauen Blumen. Die Schlafzimmermöbel waren genauso hell, hübsch und ziemlich spindeldürr, aber Vareks vorherige Frau, die Inneneinrichtungslady namens Barbie, wie die Puppe, hatte erlaubt, einen wuchtigen, verstellbaren Sessel vor dem großen Farbfernseher aufstellen zu lassen, der das kleine Wohnzimmer beherrschte.

Sandra drückte auf die Fernbedienung und beobachtete das Bild, das sich auf zufriedenstellende Weise auf dem Schirm formte. Sie prüfte den Ton, in Ordnung, und schaltete den Apparat wieder aus.

»Wenn du etwas brauchst«, sagte sie, »drückst du auf diesen Knopf, und Maria kommt.«

»Klingt gut«, sagte ich. »Ein Mann weiß nie, wenn er mitten in der Nacht eine Maria braucht.«

Sandra grinste. »Ich schätze, dieser Satz kam nicht genauso raus wie beabsichtigt. Aber Maria würde dir vielleicht gefällig sein.« Wir gingen zurück in das große Schlafzimmer, und sie sah mich neugierig an. »Matt?«

»Ja?«

»Ich glaube nicht, daß dein Orientierungssinn so schlecht ist, wie du sagst. Du hättest dieses Zimmer auch ohne Führer finden können.«

Ich nickte. »Ich wollte mit dir allein sprechen, weil ich dich um einen Gefallen bitten möchte. Ich kümmere mich um den letzten explosiven Zwischenfall zuerst. Sprengung, nach der Terminologie von deinem Daddy. Das ist Newport, Rhode Island. Ich möchte, daß du mitkommst.«

Sie betrachtete mich einen Augenblick lang. »Warum?«

Ich zuckte mit den Schultern. »Na, ich könnte sagen, wegen deiner Sicherheit. Bestimmte Leute mögen dich noch immer nicht. Es gibt keinen Grund zur Annahme, sie hätten aufgegeben, nur weil sie heute nachmittag versagt haben. Ich könnte sagen, daß ich meiner Fähigkeit, dich zu beschützen, mehr vertraue als der von deinem Daddy.«

Sie lächelte schwach. »Was könntest du sonst noch sagen, Matt?«

»Daß ich sie erwischen will. Wir wollen sie alle erwischen, oder?« Als sie nickte, fuhr ich fort: »Im Moment haben wir immer noch nicht genügend Informationen, um sie aufzuspüren. Wir haben eine bessere Chance, wenn wir sie dazu bringen, zu uns zu kommen. Obwohl sie inzwischen wahrscheinlich wissen, daß man mich zum Chefbluthund auf ihrer Fährte ernannt hat, würden sie vielleicht keinen richtigen Versuch starten, mich zu eliminieren, wenn ich allein fahre. Wenn du allerdings bei mir wärst, dann müßte der Köder unwiderstehlich sein.

Sie schnitt eine Grimasse. »Sandy, das Opferlamm. Oder nur der Sündenbock?«

»Ich werde uns von ein paar guten Leuten sichern lassen«, entgegnete ich, »aber ich will gar nicht erst versuchen, dir zu erzählen, es wäre kein Risiko damit verbunden.«

»Risiko?« Sandra lachte kurz auf. »Ich gehe hier auch ein ziemliches Risiko ein, oder? Ich meine, wenn sie wirklich hartnäckig dabei bleiben, mir das Maul zu stopfen. Und Daddys Leute haben keine allzu gute Figur gemacht, als sie mich beim La Mariposa beschützen wollten. Ich vergesse nicht, daß zwei von ihnen bei dem Versuch getötet wurden, aber ich wäre genauso tot, wenn du nicht gewesen wärst. Jedenfalls muß ich immer noch etwas mit dem Haus in Connecticut anstellen, das gleich nebenan von Rhode Island liegt. Old Saybrook ist nur ein kurzes Stück von Newport entfernt.« Sie lachte. »In Ordnung, du hast mich überredet.«

»Ich treffe die Vorbereitungen und sage dir morgen früh Bescheid. Danke.«

»Klar.« Sie ging zur Tür, blieb stehen und sprach, ohne sich umzusehen. »Als ich dich den Obersten Scharfrichter nannte . . .«

»Ja?«

»Du warst es gar nicht, auf den ich wütend war«, sagte sie und wandte sich zu mir um. »Ich glaube, ich war es selbst. Ich bin im Augenblick so verdammt durcheinander, daß ich gar nicht mehr richtig weiß, was ich denke. Ich hasse sie, natürlich hasse ich sie, aber die Vorstellung, siebzehn Leute zu töten, egal, welche siebzehn Leute . . . Und die Zahl ist jetzt schon auf zwanzig gestiegen, oder?« Ihre siebzehn und Antonio Morelos, und Bernadette und ihr Freund. »Wenn wir damit fertig sind, werden wir einen ziemlich großen Haufen Leichen haben, Matt.«

»Du solltest daran denken, daß die Verlustliste, die du gerade runtergerasselt hast, ein bißchen einseitig ist«, sagte ich. »Du zählst nur ihre Toten, tatsächliche und potentielle. Was ist mit unseren?«

Sie sah mich fragend an. »Was meinst du?«

»Sechs Leute sind in West Palm Beach gestorben«, erklärte ich. »Zwei bei der Explosion in Newport. Weitere fünf in San Juan, darunter ein paar kleine Kinder. Das macht dreizehn Leute, von denen wir wissen. In die Luft gesprengt von diesen Wahnsinnigen, nur um zu zeigen, wie verrückt sie sind. Und das schließt die Verletzten nicht mit ein. Wer weiß, wie viele sie beim nächsten Mal töten und verkrüppeln werden, wenn wir zulassen, daß es ein nächstes Mal gibt?«

»Ich weiß«, sagte sie. »Ich weiß, daß man sie aufhalten muß. Deshalb gehe ich mit dir, um zu helfen, wenn ich kann. Erwarte nur keine rachsüchtige Wildkatze an deiner Seite. Es würde Matthew nicht zurückbringen. Ich hätte absolut keine Skrupel, ich würde sie allesamt persönlich ausmerzen, aber nichts kann ihn zurückbringen. Gute Nacht, Matt.«

Dann war ich allein. Ich hörte, wie ihre Schritte den Flur entlang leiser wurden und aufhörten. Ich hörte, wie sie eine Tür öffnete und hinter sich schloß. Die Vorstellung, daß sie am anderen Ende des Flures schlief, war mir nicht sehr angenehm, und die Tatsache, daß dem so war, ärgerte mich. Ich meine, sie war ein gutes Kind, sicher, aber ich sollte mich eigentlich nicht für gute Kinder interessieren, nicht einmal für böse. Verdammt, zwar war sie kurz verheiratet gewesen, aber sie war doch fast noch ein Teenie.

Ich holte tief Luft und ging hinüber, um meinen Koffer auszupacken. Ich warf meinen Pyjama auf das große Bett – ein Himmelbett mit einem Baldachin, immerhin – und sah mir die Waffen an, die ich in Washington bekommen hatte. Zweifellos hatte Varek Leute, die einen verschlossenen Koffer öffnen konnten, ohne Spuren zu hinterlassen, aber ich fand keine Anzeichen dafür, daß sich jemand an meinen Sachen zu schaffen gemacht hatte.

Ich stieg in meinen Pyjama – gelbbraun mit braunen Verzierungen, wenn es jemanden interessiert – und betrachtete das Bett, aber es war immer noch zu früh, und ich wußte, ich war noch nicht entspannt genug, um schlafen zu können. Außerdem waren da noch diese Anrufe, die ich machen mußte. Ich griff nach dem blauen Telefon neben der Lampe auf dem spindeldürren Nachttischchen und dachte an Vareks Jungs, die alle Anrufe aus dem Haus überwachten. Zum Teufel mit ihnen. Sollten sie doch zuhören. Keine Geheimnisse zwischen Freunden und Verbündeten, oder?

Ich wählte die Nummer, bekam eine männliche Stimme an

den Apparat und unterzog mich der obligatorischen Identifikationsprozedur.

Ich sagte: »Diese Nummer ist jetzt kompromittiert. Beim nächsten Mal werde ich das erste Ausweichverfahren benutzen.«

»Verstanden.«

Ich sagte: »Auslöschen auf Befehl: Arthur Galvez, Howard Koenig. Washington hat einige Daten. Fragen Sie nach Delgado. Finden Sie die Männer, lassen Sie sie diskret beschatten, stellen Sie fest, ob die beiden Sie zu irgend jemand anderem führen. Bei jedem Kontakt, den Sie bemerken, geben Sie die Information an die Delgado weiter. Zusätzliche Einsatzkräfte stehen, wenn nötig, zur Verfügung. Seien Sie bereit, sie jederzeit auszuschalten, aber warten Sie auf Anweisung. Wiederholen.«

Der Mann am anderen Ende der Leitung, dessen Kodename Louis war, las mir die Instruktionen vor und stellte die Schlußfrage. Ich bejahte, und die Leitung war tot. Dann rief ich eine andere Nummer an und unterzog mich einer ähnlichen Identifizierungsroutine mit einem Mann, der den Decknamen Trask verwendete und bei dieser Postkutschenfahrt als Gewehrschütze zur Sicherung eingeteilt war. Ich sagte ihm, was ich brauchte, und er sagte, er würde es mir so schnell wie möglich zukommen lassen.

»Wir werden zu zweit sein«, sagte ich. »Ich werde versuchen, uns zusammenzuhalten, damit du dein Team nicht aufteilen mußt, wenn ihr uns sichert, aber wenn wir uns trennen sollten, dann tu dein Bestes.«

»Ich verstehe, aber denk dran, daß ich keine Armee habe, mit der ich arbeite. Wenn wir uns auf einen konzentrieren, wer hat die Priorität?«

»Schützt das Mädchen. Ich kann mich besser um mich selbst kümmern als sie. Es ist sowieso wahrscheinlicher, daß sie hinter ihr her sind, wenn sie die Wahl haben. Ach ja, Trask . . .«

»Was?«

»Wenn es hart auf hart kommt, ist niemand unentbehrlich.

Wenn du eine gute Gelegenheit hast, nutze sie, egal wie. Wir spielen mit niemandem das Geiselspiel, und auch nicht *für* irgend jemanden.«

»Ja, ich verstehe die Instruktionen.« Seine Stimme klang förmlich. Niemand mußte ihm sagen, daß er *kein* sentimentaler Esel sein sollte. »Trask aus.«

Es war immer noch zu früh, um ins Bett zu gehen, also sah ich mir das Unterhaltungszentrum an. Der Sessel war prima, sehr komfortabel, nachdem ich herausbekommen hatte, wie die Schalter funktionierten. Der Fernseher arbeitete perfekt, wie Sandra schon festgestellt hatte, aber abgesehen von einer ha-ha-komischen Situationskomödie und einer vollkommen unglaubwürdigen Polizeistory schien es im Äther nichts als Rock 'n' Roll zu geben. Na, es konnte mir nicht schaden, ein bißchen mehr über die jüngere Generation und ihren Musikgeschmack zu erfahren, auch wenn sich das Zeug für mich im allgemeinen wie ein Haufen Krach anhört, der nirgendwohin führt, und gegenüber diesem vermeintlich komischen Slapstick-Blödsinn, der ihn für gewöhnlich auf dem Bildschirm begleitet, mutet eine Wiederholung der ›Three Stooges‹ wie ein Shakespeare-Festival an . . . Ich sagte mir, daß wir mit unserer Mission ein bißchen vorankämen. Mit Howard Koenig und Arthur Galvez, dazu Dominic Morelos, hatten wir drei Namen von dreizehn aus dem Rat, womit noch zehn übrigblieben. Dann war da Angelita Johansen. Das war ein Name von dreien, die direkt mit dem Bombenanschlag auf das La Mariposa in Verbindung standen. Wir konnten hoffen, daß sie uns, gefangen und ordentlich befragt, zu den anderen beiden führen würde.

Varek hatte angeboten, sich um sie zu kümmern, und ich hatte zugestimmt, als täte ich ihm einen Gefallen. Ehrlich gesagt, wenn das Angebot nicht von ihm gekommen wäre, hätte ich es vorgeschlagen. Das Zeitalter der Ritterlichkeit war vorbei. Vareks Schläger würden wahrscheinlich nicht besonders nett zu der kleinen Angelita sein, nicht netter, als sie zu Bernadette Saiz gewesen waren. Aber es gab für mich keinen Grund, mir um das Leben einer jungen Frau Gedanken zu machen, die dabei geholfen hatte, meinen Sohn zu ermorden. Oder?

Ich saß eine Weile da und dachte über die Ereignisse des Tages nach, die eingegangenen Informationen und die vorgenommenen Aktionen. Schließlich hatte ich genug von den zuckenden Figuren auf dem Bildschirm, schaltete den Apparat aus und ging zu Bett. Dann versuchte ich, eine Gitarre zu stimmen, aber die Saiten rissen ständig. Sandy sagte mir immer wieder, daß ich sie zu sehr spannte, aber wie sollte ich mit einer lockeren Saite die richtige Stimmung bekommen? Plötzlich – hellwach – merkte ich, daß das knackende Geräusch, auf dem mein Traum basiert hatte, das Einrasten des Schlosses war, als jemand, der ins Zimmer geschlichen kam, die Tür sanft hinter sich verschlossen hatte.

Ich öffnete vorsichtig die Augen, gerade weit genug, um durch die schmalen Lider zu sehen, aber nicht weit genug, hoffte ich, um einen glänzenden Augapfel zu zeigen. Glücklicherweise lag ich auf meiner linken Seite der Tür zugewandt. Die Vorhänge waren zugezogen, aber ich konnte da drüben eine weiße Gestalt sehen. Ein intelligenter Mörder würde bei Nacht wohl kaum weiß tragen, aber man kann sich nicht darauf verlassen, daß alle Attentäter schlau sind. Ich ließ meine Hand am Bein zu dem Knöchelhalfter hinabgleiten, in dem ich eine sehr kleine 25er Automatik hatte, nicht der bequemste Schlafgefährte, den man sich vorstellen kann, aber wenn man das traditionelle Versteck unter dem Kopfkissen benutzt, muß man die Waffe zurücklassen, wenn man eilig aus dem Bett stürzt.

Mein ungebetener Gast machte ein paar Schritte in meine Richtung und blieb stehen, um ein gespenstisch weißes Kleidungsstück mit einem seidigen Flüstern zu Boden gleiten zu lassen, und behielt ein anderes an. Wenn ich nicht längst das Geschlecht des Eindringlings erraten hatte, hätte mir das Parfüm, das mich erreichte, den Hinweis gegeben – jemand hatte sich für diesen Besuch hübsch gemacht und eingeduftet. Ich erinnerte mich daran, daß Männer gestorben waren, weil sie parfümierten Damen vertraut hatten, aber ich glaubte zu wissen, was vor sich ging, und steckte die kleine Pistole zurück in ihren Halfter. Danach wollte ich mich aufsetzen und die Nachttischlampe anmachen, aber ich brauchte einen Moment, um die Automatik zu sichern. Sie lassen sich leichter aus dem Halfter nehmen als wieder hineinstecken. Als ich damit fertig war, hatte ich Gesellschaft im Bett.

Einen Moment lang gab es ein kurzes Handgemenge. Ich weiß nicht, was meine unerwartete Bettgefährtin vorhatte, außer, daß es definitiv nicht feindselig war. Ich versuchte, nach dem Lichtschalter zu greifen und die Situation zu erleuchten. Ich berührte einen warmen, satinbedeckten Körper und erkannte eine angenehm geformte Brust. Ich widerstand der Versuchung, sie näher zu untersuchen, obwohl man mich ermutigte, mir sogar dabei half, es zu tun.

»Sandy, um Himmelswillen, hör auf!« sagte ich. »Zum Teufel, was glaubst du denn, wer du bist, Mata Hari die Jüngere?«

Ich befreite mich, griff erneut nach der Lampe und spürte, wie eine Haarlocke meine Hand streifte . . . Haar? Das Mädchen, an das ich gedacht hatte, war ziemlich geschoren, als ich es das letzte Mal gesehen hatte. Ich setzte mich abrupt auf und fand schließlich den Schalter. Ich hatte für einen kurzen Augenblick den Gedanken, daß Sandra mir das hübsche Dienstmädchen, Maria, geschickt hatte, als eine Art mädchenhaften Scherz oder Test, aber im plötzlichen Schein der Lampe sah ich Lia Varek, die träge zu mir heraufächelte, das dicke, schwarze Haar auf dem Kopfkissen ausgebreitet.

11

Der Frühstücksraum war eigentlich eine gläserne Veranda mit Blick auf eine friedliche, sonnenbeschienene Szenerie: Rasen, Strand und Ozean. Es gab einen weißen Metalltisch mit einer Glasplatte, umgeben von vier weißen Metallstühlen mit farbigen Kissen auf den Sitzen. Auf zwei Liegestühlen mit ähnlichem Design konnte man sich in einem Winkel am anderen Ende des Raumes nach dem Essen zurücklehnen, umgeben von genug Topfpflanzen, viele davon in der Blüte, um ein Gewächshaus zu füllen. Irgendwie, wenn auch eher beiläufig, verglichen mit dem formellen Eßzimmer, in dem wir am Abend vorher gegessen hatten, strahlte der Raum die Botschaft aus, daß es immer noch ein Haus der High Society war, unendlich viel vornehmer als eine gewöhnliche Veranda mit gewöhnlichen Verandamöbeln.

Der Barmann vom Abend zuvor, Philip, schob mit seiner weißen Jacke und der automatischen Pistole neben der Tür Wache. Maria, in ihrer adretten Dienstmädchenuniform mit krausenbesetzter Schürze, betätigte sich an einer Wärmeplatte in einer Ecke als Gastgeberin. Offenbar würden die Speisen aufgrund der Größe des Hauses kalt werden, wenn sie einzeln den ganzen Weg von der Küche hierhergetragen würden. Sie mußten hergebracht und warmgehalten werden, um den Frühstückenden umgehend serviert zu werden.

»Ah, da sind Sie ja, Matt«, sagte Lia Varek. »Haben Sie gut geschlafen?«

Ihr Gesichtsausdruck war über jeden Tadel erhaben. Die Dame des Hauses erkundigte sich freundlich nach der Gesundheit und dem Wohlbefinden eines Gastes. Sie saß mit Sandra an dem Glastisch. Beide waren offensichtlich gerade bedient worden. Das jüngere Mädchen trug Jeans und ein blaues T-Shirt, ihre Stiefmutter ein scharlachrotes Sonnenkleid, nur ein Futteral aus einer Art leinenähnlichem Material, das von schmalen Schulterträgern gehalten wurde, mit kleinen Knoten befestigt. Es war nicht leicht, die Tatsache zu übersehen, daß sich die Knoten, wenn man die Träger zart zwischen Daumen und Zeigefinger beider Hände nahm und sanft daran zog, lösen würden und wahrscheinlich ein paar interessante Dinge passieren würden.

»Sehr gut, danke«, sagte ich ebenso freundlich. »Ihr Gästezimmer ist sehr komfortabel. Ich habe ausgezeichnet geschlafen.«

»Setzen Sie sich und sagen Sie Philip, was Sie trinken

wollen«, sagte Lia. Sie warf einen Blick auf die winzige Uhr an ihrem Handgelenk. »Es ist erst neun, und Alex schläft lange. Es wird noch eine Weile dauern, bis er runterkommt. Sagen Sie Maria, was Sie essen wollen. Schinken mit Rührei, oder Haferflocken mit Milch. Toast oder warme Brötchen. Und wenn Sie Ihre Eier gern anders haben wollen, könnte auch das geregelt werden.«

»Rührei ist genau richtig. Mit Schinken«, sagte ich und setzte mich. »Es ist zu früh für einen Drink. Orangensaft, wenn es geht. Toast. Schwarzen Kaffee . . .«

Sandra gab ein seltsames, kurzes Geräusch von sich, warf ihre Serviette weg und lief aus dem Zimmer, wobei ihre hochhackigen Schuhe auf dem gefliesten Boden klapperten. Hohe Absätze und schäbige Blue Jeans scheinen mir noch immer eine seltsame Kombination zu sein, aber ich beschwere mich nicht. Vom männlichen Standpunkt aus betrachtet, jedenfalls von meinem, ist es ein weitaus besserer Anblick als Turn- oder Joggingschuhe.

Lia sah ihr nachdenklich hinterher. »Was ist nur mit dem Kind los?« fragte sie.

»Hören Sie auf, Lia«, sagte ich. »Sie ist kein Kind mehr. Sie war verheiratet, sie weiß alles über die Bienen und die Blumen, und sie schläft nur zwei Türen vom Blauen Zimmer, wie Sie es nennen, entfernt. Außerdem ist sie eine sehr aufmerksame junge Dame.«

»Neugierig wäre das richtige Wort«, sagte Lia ein bißchen verbittert.

Ich zuckte mit den Achseln. »Wie auch immer.« Ich beugte mich vor und berührte ihre Schulter. »Diese Knoten gefallen dir, stimmt's?«

Lia schenkte mir ein schläfriges Lächeln, das nicht das Lächeln einer Gastgeberin war, die mit einem Gast des Hauses Konversation betrieb. »Die waren heute nacht sehr praktisch, nicht wahr, Darling?«

Als ich in der letzten Nacht mit der Waffe in der Hand zurück ins Bett kam, nachdem ich die Schlafzimmertür und den Flur überprüft hatte, lag sie noch immer da und lächelte mich an, in diesem schimmernden Satinnachthemd, das die gleichen verknoteten Träger hatte. Ich nahm das Negligé, das sie auf den Boden hatte fallen lassen und legte es über den Stuhl daneben. Ordentlich. Ich betrachtete sie eher grimmig und dachte an den Umstand, daß die Tür keinen Riegel hatte und die Schlüssel, die einmal für das altmodische Schloß existiert haben mochten, verschwunden oder entfernt worden waren – einer der Gründe, warum ich überhaupt mit einer Waffe ins Bett gegangen war. Irgendwie setzte ich nicht gerade alles Vertrauen dieser Welt in Sonny Vareks Gastfreundschaft.

»Sie sind schön«, sagte ich zu der Lady in meinem Bett. »Sie sind exquisit begehrenswert, oder begehrenswert exquisit, aber ich frage mich, an welchem Punkt der Geschichte Ihr Mann mit der 44er Maggie ins Zimmer gestürmt kommt, die ich an der Wand im Waffenzimmer gesehen habe, um sich auf das ungeschriebene Gesetz zu berufen. Bumm! Er mag prinzipiell keine Geheimdienstleute. Ich könnte mir vorstellen, daß er einem Geheimdienstmann gegenüber, den er mit seiner brandneuen Ehefrau im Bett erwischt, nur um so mehr Vorurteile hat.«

Lia lachte und klopfte neben sich aufs Bett. »Entspann dich, Darling. Steh nicht so finster da. Du benimmst dich wirklich albern und naiv.«

»Wobei naiv?«

»Alex und mir. Du tust so, als wäre ich eine ehrbare, würdige, ältere Dame mit einem langweiligen, arbeitsamen Ehemann in einem Halbgeschoßbungalow am Stadtrand, mit zweieinhalb Kindern, oder was gerade der Durchschnitt ist, die hinten im Haus die Hölle losmachen.«

»Ich weiß nicht, wie es um Ihre Ehrbarkeit steht«, sagte ich, »aber Ihr Mann ist nicht langweilig. Er hat auch eine Waffe. Mehrere Waffen. Kein Mann mit einer Waffe ist wirklich langweilig.«

Sie warf einen Blick auf die kleine Automatik, die ich noch immer in der Hand hielt. »Du irrst dich, mein Lieber. Ich finde dich im Moment sehr langweilig, mit Waffe oder ohne. Ich lege meine hübscheste Reizwäsche und mein teuerstes Parfüm an, und der Mann steht einfach nur da! Das mindeste, was du tun kannst, ist, dich hinzusetzen, die Kanone wegzulegen und zuzuhören . . . Na ja gut, halt sie fest, wenn du mußt, aber häng nicht über mir wie eine Gewitterwolke. So ist es besser.« Sie lächelte wieder. »Ich glaube, du verstehst meine Stellung in diesem Haushalt einfach nicht, Matt.«

Ich schnitt eine Grimasse. »Erzählen Sie mir nur noch, daß Sie hier sind, um Ihre ehelichen Pflichten zu erfüllen.«

Sie lachte und sagte gerissen: »Würdest du eher glauben, daß ich hier bin, weil Frauen, sogar verheiratete Frauen, auf natürliche Weise von deinem Bett angezogen werden?«

Ich zuckte mit den Schultern. »Merkwürdigerweise scheint es von Zeit zu Zeit tatsächlich so zu sein. Aus dem einen oder anderen Grund.« Ich schüttelte den Kopf. »Und meistens sind diese Gründe ziemlich mörderisch, Süße. Nein, ich mache mir nicht vor, daß ich so faszinierend bin. Nein, ich glaube nicht, daß Ihr kleines Herz geklopft hat, als Sie mich gesehen haben. Ich habe mal einen Mann in meiner Branche gekannt, der sich für unwiderstehlich hielt. Einmal. Er ist nicht mehr unter uns. Im Gegensatz zu ihm mache ich nicht meine natürliche Anziehungskraft dafür verantwortlich, wenn sich mir die Ladies an den Hals werfen. Ich frage mich nur, in welcher Hand das Messer ist, und wer sich von hinten an mich anschleicht, während meine Aufmerksamkeit auf so angenehme Weise in eine andere Richtung gelenkt wird.«

Lia betrachtete mich ernst. »Du mußt verstehen, daß Alex und ich eine Abmachung getroffen haben. Am Ende einer nicht festgelegten Zeitspanne wird er sich, wenn er mich nicht mehr interessant findet, von mir scheiden lassen, wie er es mit seinen anderen Frauen getan hat, und mir dafür im Gegenzug eine beträchtliche Summe Geld geben, genug, daß ich für den Rest meines Lebens einigermaßen komfortabel leben kann. Warum er findet, daß die Ehe ein Teil der Abmachung sein muß, weiß ich nicht, aber alle Männer haben eigentümliche Ideen, wenn es um Frauen geht.«

»Ich würde sagen, daß er, da er in einem verrufenen Geschäft arbeitet, den Drang spürt, in anderer Hinsicht hyperseriös sein zu müssen«, sagte ich. »Wie sich zum Essen umzuziehen und sein Mädchen zu heiraten.«

Sie zuckte mit den Schultern. »Vielleicht. Und ich habe gegen einen Ehering bestimmt nichts einzuwenden. Ich habe zu viele Jahre ohne einen verbracht. Rechtmäßig verheiratet zu sein ist eine angenehme Veränderung.«

Mir fiel auf, daß ich heute nacht viel über Sandras Stiefmutter erfuhr, und sie konnte auch Dinge über mich erfahren, aber das Fräulein Gouvernante hätte wohl kaum die Umstände gutheißen können, unter denen wir uns so gut kennenlernten, Hausgast und Gastgeberin, mehr oder weniger auf einem zerwühlten Bett.

Ich sagte: »Um die Wahrheit zu sagen, hat mir Sandra vom Standard-Ehevertrag ihres Vaters erzählt.«

»Ich bezweifele, daß das Kind das Kleingedruckte in diesem Vertrag kennt«, sagte sie bitter. »Das ungeschriebene Kleingedruckte, sollen wir es so nennen? Alex hat sehr deutlich gesagt, wie meine Pflichten aussehen, ich soll natürlich sein Bett mit ihm teilen, wenn er es will. Ich soll ihm ein angenehmes Zuhause schaffen, jederzeit wohlwollend und schmückend sein, aber besonders, wenn wir Gäste haben. Ich soll mich mit seiner Tochter anfreunden, wenn er auch zugegeben hat, daß das vielleicht unmöglich ist.« Lia zögerte und wandte ihren Blick von mir ab, sprach zu den Fenstern mit den zugezogenen Vorhängen. »Es gibt noch eine Klausel, die nicht direkt niedergeschrieben, aber von beiden Vertragspartnern vorausgesetzt wurde. Ich bezweifle, daß meine Stieftochter sich darüber im klaren ist. Von Zeit zu Zeit muß ich für Alex eine Aufgabe erfüllen, die ich schon vor unserer Heirat für ihn erfüllt habe. Eine attraktive Frau kann für einen Mann in Alex' Position sehr nützlich sein, in geschäftlicher Hinsicht. Wenn du verstehst, was ich meine, Darling.«

Ich sah sie scharf an. Ich schätze, ich war ein bißchen schockiert. »Bei bestimmten indianischen Stämmen hat der Gastgeber den Ehrengast mit einem Teepee versorgt«, sagte ich, »um ihn trockenzuhalten, und mit einer Frau, die ihn warmhalten soll. Gastfreundschaft.«

Sie schüttelte ihren Kopf. »Wohl kaum, blaßhäutiger Fremder. Deinem Wohlbefinden gilt das geringste Interesse meines Mannes. Er macht sich nur um deine Verläßlichkeit Sorgen. Natürlich hat ihm der alte Seppi Velo gesagt, daß man dir trauen kann. Er hat gesagt, daß deine Behörde sich bestimmt nicht um Drogen kümmert, aber Alex kann nicht glauben, daß es überhaupt irgendeinen Teil der Regierung gibt, der nicht wie wild hinter Drogen her ist.«

»Mein Chef sagt, er wird nicht seine oder unsere Zeit mit dem Versuch vergeuden, die Niagarafälle mit einem Teelöffel aufzuhalten.« Ich sah sie neugierig an. »Machen Ihnen die Geschäfte Ihres Mannes gar nichts aus, kein bißchen?«

Lia lachte rauh. »Hast du eine Ahnung, wo ich aufgewachsen bin, mein Lieber? Glücklicherweise hat ein Mann gemerkt, daß man mich waschen kann, damit ich einigermaßen präsentabel aussehe. Er hat nach passendem, weiblichen Material gesucht. Er ließ mich durch eine harte Schule gehen. Man brachte mir bei, Kleider richtig zu tragen, vernünftiges Englisch zu sprechen, anziehend auf Männer zu wirken. Unwichtig, wie man es mir beigebracht hat.« Ihre Stimme klang bitter. »Wenn ich von den schrecklichen Leiden dieser armen Gefangenen bei der Gehirnwäsche höre, kann ich nur immer wieder lachen. Und wenn du glaubst, daß ich mit meiner Herkunft mich mit einem kleinen, weißen Gift belaste, das der Mann schmuggelt, der mir das alles gegeben hat, der sich sogar herabläßt, mich gelegentlich wie ein menschliches Wesen fühlen zu lassen, dann bist du sogar noch naiver, als ich dachte. Er zwingt ihnen die Sachen nicht auf, oder? Wenn sie langsam Selbstmord begehen oder eine plötzliche Überdosis nehmen wollen, dann ist das ihre Sache. Warum sollte ich mir Sorgen um sie machen? Die haben sich auch nie Sorgen um mich gemacht.«

Ich hob die Schultern. »Sicher. Ich bin auch nicht so drauf aus, Menschen vor sich selbst zu retten.«

»Außerdem gibt es noch andere Sachen als Drogen«, sagte sie. »Alex fragt sich, ob ihr vielleicht an so einer Art Vollzugs-Masche arbeitet, die Sorte, auf die das FBI heute so scharf ist. Du könntest den Umstand, daß seine Tochter deinen Sohn geheiratet hat, dafür benutzen, um sein Vertrauen zu gewinnen, während du eigentlich irgendeiner anderen Regierungsbehörde aushilfst, die schon seit Jahren hinter ihm her ist. Die würden ihn immer noch gern für etwas festnageln, irgendwas, obwohl er sich zur Ruhe gesetzt hat.« Sie lachte kurz. »Er glaubt, du warst ein bißchen zu gut, um wahr zu sein, Matt. Daß du all diese Informationen übers Telefon hast hören lassen, daß du sogar deinem Computergirl befohlen hast, die Sicherheitsbestimmungen zu durchbrechen. Um ihn unterschwellig auf diese bombenwütige Blondine und ihre beiden Freunden zu lenken. Alex fragt sich, wer im Gebüsch hockt, um ihn mit der qualmenden Kanone in der Hand zu schnappen, wenn er sich um die drei kümmert, was du offensichtlich von ihm willst.«

Sie saß jetzt neben mir. Während das zarte Negligé, das sie abgelegt hatte, ein ziemlich kunstvolles Kleidungsstück war, wirkte das Nachthemd sehr schlicht, glatt und schmucklos, wie ein einfacher, langer Satinunterrock, der ihre Arme und Schultern frei ließ, sie aber ansonsten sanft und schimmernd bedeckte. Ich fragte mich, wie sie gewußt hatte, daß ich unmittelbare Nackheit nicht sehr attraktiv fand. Ich mag es, wenn die Enthüllungen nach und nach passieren. Nun, sie war offensichtlich eine erfahrene Frau. Außerdem war sie wunderschön. Ich bemerkte, daß sie heute nacht kein Make-up trug, was mir gut gefiel. Sie sah ohne besser aus, weicher und weniger künstlich.

»Ihr großzügiger Mann hat Sie also zu mir ins Bett geschickt, damit Sie mich dumm und dämlich bumsen und rausfinden, was für einer ich bin und was ich vorhabe«, sagte ich grob. »Aber warum erzählen Sie mir das alles?«

Sie warf mir einen Seitenblick zu. »Du würdest mir nicht glauben, wenn ich sagen würde, daß ich mich unsterblich in dich verliebt hätte. Oder?« Sie zögerte. »Ich hatte gehofft, daß du, wenn du aus tiefem Schlaf erwachst, ganz bei der Sache bist, wenn du weißt, was ich meine, bevor du merkst, was passiert. Aber du hast mich mit jemandem verwechselt, jemand, mit dem du nicht ins Bett gehen wolltest. Ich finde das sehr interessant und wirklich süß von dir, mein Lieber. Aber es ließ mir keinen anderen Weg als diesen, und ich bin mir nicht ganz sicher, was ich als nächstes tun soll. Was macht Sie denn an, Mr. Helm?« Ihre Stimme war ausdruckslos, aber die Worte kamen schnell heraus. »Reize ich Sie mit einem verrutschten Träger oder steige ich gleich ganz aus meinem Nachthemd? Ich versichere Ihnen, ich bin sehr gut darin, anmutig aus meinen Kleidern zu steigen, und ich habe einen sehr schönen Körper und keine Krankheiten und einige sehr spezielle Fähigkeiten. Wer fängt an zu bieten für dieses gesunde, siebenundzwanzigjährige Weib, einssiebzig, fünfundsechzig Kilo, sauber, attraktiv und gut trainiert in den Künsten der Liebe . . .?« Ihr zwanghaftes Geplapper hörte auf. Nach einer etwas längeren Stille schniefte sie und sagte: »Holen Sie mir bitte ein Kleenex. Nein, es ist egal, ich nehm das Laken.«

Sie fing an, sich die Augen abzutupfen. Abrupt stieß sie einen keuchenden Seufzer aus und vergrub ihr Gesicht in einer Handvoll weißem Perkalstoff, kauerte dort und weinte furchtbar. Nach kurzer Zeit beugte ich mich zu ihr herüber und legte einen Arm um sie. Hilflos wandte sie sich mir zu und klammerte sich an mich, weinte an der Schulter meiner Pyjamajacke, aber plötzlich grub sie ihre Nägel in meinen Rücken, hob ihr nasses Gesicht und starrte mich an.

»Zum – zum Teufel mit dir!« keuchte sie. »Sitzt da so sauber und überlegen! Läßt mich so billig und schmutzig fühlen! Was gibt dir das Recht dazu? Du bist nur ein Söldner unter vielen, nicht besser als die, die Alex bezahlt! Du verkaufst dein Können mit der Waffe. Ich verkaufe mein Können mit was anderem, wo ist der Unterschied? Wir sind alle Huren . . . halt mich fest, verdammt! Ich weiß nicht, wie . . . Es kommt mir vor, als würde ich innerlich zerspringen! Halt mich, bitte halt mich!«

Ich legte die Pistole beiseite, damit ich die Sache richtig machen konnte, und sagte mir, daß dies die sentimentale Art und Weise war, auf die erfahrene Agenten den Tod fanden. Aber nichts passierte. Na ja, zuerst habe ich sie nur im Arm gehalten, ihr Haar gestreichelt und sie ausweinen lassen. Es dauerte einige Zeit, bis mir die Tatsache mehr als bewußt wurde, daß sich einer der Träger ihres Nachthemds gelöst hatte. Ich entdeckte, daß Mitgefühl für ihre Verzweiflung nicht länger meine hauptsächliche Reaktion war. Ich schien eine Menge Frau in meinen Armen zu halten, und sehr wenig Kleidung.

Ihre Schluchzer waren zu einem gelegentlichen Schluckauf geworden. Dann hörte ich ein plötzliches, ersticktes, kleines Lachen, aber es bedeutete keine Mißbilligung. »Ah«, flüsterte sie, »der reine Sir Galahad bist du offenbar nicht, Darling. Wie wär's mit Lancelot, der hinter König Arthurs Rücken mit Guinevere rumgemacht hat . . .? Hier, warum bin ich nur halbnackt?«

Gemeinsam hatten wir den anderen kleinen Knoten überwältigt. Von da an hatte die Natur ihren atemlosen Lauf genommen, mit einiger fachmännischer Anleitung ihrerseits . . .

Ich wurde von energischerem Klappern hoher Absätze auf den Verandafliesen aus meiner faszinierenden Träumerei gerissen. Ich stellte fest, daß ich mich an meinen Rühreiern gütlich tat, während mir meine Gastgeberin bei einer zweiten Tasse Kaffee Gesellschaft leistete. Unser Gespräch war nach dieser einen verstohlenen Anspielung zu den Halterungen ihres Kleides sehr freundlich gewesen, mit kaum irgendwelchen Doppeldeutigkeiten. Jetzt beobachteten wir, wie Sandra zurückkam. Ohne uns anzusehen, trug sie ihr kaltes Frühstück hinüber zu Maria, die es durch einen neuen Teller mit einer warmen Portion ersetzte. Sandra kam zu uns zurückmarschiert und nahm ihren alten Platz am Tisch ein. Mechanisch fing sie zu essen an. Als sie schließlich sprach, war es, als hätte sie das Zimmer nie verlassen.

»Fahren wir immer noch nach New England, Matt?« fragte sie. »Hast du unseren Flug schon gebucht?«

»Wir fliegen nicht«, sagte ich. »Der Ärger mit den Waffen im Flugzeug könnte mit sich bringen, daß ich am Ende keine Kanone habe, wenn ich sie am meisten brauche, und außerdem ist das Fahren unserem Zweck sowieso am dienlichsten. Ich lasse meinen Wagen von Washington herbringen. Ich hoffe, Sie können mich hier ertragen, bis er kommt.«

»Natürlich sind Sie uns willkommen, solange Sie bleiben wollen, Matt«, sagte Lia.

Ich hörte, wie Sandra hastig einatmete, aber egal, welche scharfe Bemerkung sie auch machen wollte, sie unterdrückte sie. Es war deutlich, daß sie mit dem Entschluß zurückgekommen war, nett zu sein.

»Das sind über zweitausend Kilometer, Matt«, sagte sie, »eher zweitausendfünfhundert.« Als ich schwieg, zuckte sie mit den Schultern. »Na gut, aber was ist an deinem Wagen so Besonderes?«

»Washington ist bereit, seinen Agenten normale Fortbewegungsmittel zur Verfügung zu stellen, aber du solltest sie schreien hören, wenn jemand einen Sportwagen verlangt.« Ich schnitt eine Grimasse. »Ich möchte, daß wir einen kleinen Vorteil haben, wenn sie auf dem Highway hinter uns her sind. Etwas einigermaßen schnelles und bewegliches. Mein alter Mazda RX-7 ist zwar nicht das heißeste Gerät auf der Straße, aber man kommt damit voran.«

Sandra zögerte. »Wenn du gegen einen Vorschlag nichts einzuwenden hast . . .«

»Schlag vor.«

»Ich habe etwas schnelleres als deinen RX-7, und wir müssen nicht darauf warten, weil er hier in der Garage steht. Ein Porsche 911. Zweihundert PS. Mit Rückenwind schafft er über zweihundertvierzig. Daddy hat ihn mir zur Hochzeit geschenkt.«

»Ich dachte, du hast ein Segelboot zur Hochzeit bekommen?«

»Das war zum Schulabschluß.«

Ich sah sie mir einen Moment lang an. »Dein Hochzeitsgeschenk könnte ein paar Beulen kriegen. Oder vielleicht sogar ein paar Einschußlöcher.«

Sie grinste. »Daddy wollte mir sowieso einen neuen kaufen, wenn der Aschenbecher voll ist.«

12

Der Porsche war blau mit schwarzen Polstern. Richard, der momentane Familienchauffeur, der uns aus dem Hinterhalt am La Mariposa nach Hause gefahren hatte, holte ihn für uns aus der Garage. Heute trug er Uniform. Ich fragte mich, ob er den Ersatz-Whipcordanzug des verblichenen Leonard geerbt oder er sich über Nacht einen eigenen hatte zusammenschustern lassen. Bevor er die Koffer verstaute, gab er dem Wagen mit einem Poliertuch den letzten Schliff. Der Porsche glänzte wie ein Juwel, aber der Wagen war nicht so auffällig, wie ich ihn als Geschenk eines Gangsters für seine einzige Tochter erwartet hatte. Die Farbe war gedämpft, und es gab fast keinen Chrom. Ein weiterer Beweis für Vareks Achtbarkeit.

Der Wagen hatte elektrische Fenster, elektrisches Sonnendach, Stereo- und Klimaanlage, und die Sitze paßten sich auf einen Knopfdruck – oder zwei oder drei – den Eigenheiten der Anatomie eines jeden an. Es war eine ziemliche Veränderung zu dem letzten Porsche, den ich gefahren hatte, vor Jahren, einem ziemlich lauten und ruppigen kleinen Biest, aber er hatte hinten noch immer den gleichen Motor. Nach einer kurzen Einweisung gab mir Sandra ein paar Schlüssel. Für die Reise hat sie ein lockeres, blaues Hemd über ihr T-Shirt gezogen.

»Die behältst du lieber, es sind Ersatzschlüssel«, sagte sie. »Und es ist auch besser, wenn du fährst, wenigstens am Anfang, damit du ein Gefühl dafür hast, wenn die Lage ernst wird.«

»Es ist besser, wenn ich fahre, Punkt«, sagte ich. »Wir wissen nicht, wie oder wo sie uns auflauern, und ich kenne ein paar nützliche Manöver, defensiv und aggressiv, die du nicht kennst.«

»Aber es ist *mein* Wagen!« Dann lachte sie über ihr eigenes, kindisches Wesen. »Na schön. Das macht Sinn, schätze ich. Vielleicht lerne ich etwas, wenn ich dir zusehe. Daddy sagt, du sollst ein ziemlich heißer Fahrer sein.«

Ich hob meine Augenbrauen. »Eine Übertreibung, gelinde gesagt. Wie kommt er darauf?«

Sie lachte. »Daddy hat seine eigenen Quellen, genau wie du. Offenbar bist du ein paarmal in verschiedenen Teilen des Landes mit der Organisation aneinandergeraten. Die vergleichen ihre Aufzeichnungen, weißt du.«

Ich sah sie einen Augenblick lang an. Die Jeans und das sperrige Hemd ließen sie robust und nicht besonders feminin aussehen, aber wir fuhren auch nicht in die Flitterwochen.

»Hast du eine dabei?« fragte ich. »Wenn nicht, hole ich lieber noch einen Ersatz aus meinen Koffer.«

»Eine dabei? Oh, du meinst eine Waffe. Ja, ich hab mir von Philip eine besorgen lassen.« Sie klopfte auf die große Handtasche, die sie bei sich hatte. »Sie ist hier drin.«

»Ich hoffe, sie schießt gerader als die letzte, die du hattest.«

»Ich habe sie heute morgen auf unserer Schießbahn ausprobiert. Sie ist okay.« Sie lachte kurz. »Nach dem Hollywood-Standard ist es der wahre Test für einen Bösewicht, wenn er eine Schießbahn in seinem Haus hat, stimmt's? Wenn ein reicher Mann Tennis mag und sich ein paar Courts auf seinem Grund setzt, okay. Wenn er Golf mag, kümmert sich niemand darum, daß er ein paar Riesen für einen Golfplatz hinlegt, und natürlich haben alle Swimming-pools. Aber wenn der Mann zufällig gern schießt und ein paar schalldichte Anlagen installiert, um seine Nachbarn nicht zu stören, muß er nach den Filmen zu urteilen ein mörderischer Schurke sein, der sich in seinen Mordpraktiken übt . . . Oh, da kommt Daddy, um uns zu verabschieden. Und Lia auch, wie nett.«

Es war nicht die angenehmste Abschiedsszene, der ich jemals beigewohnt hatte. Ich gab dem stämmigen, weißhaarigen Herrn, mit dessen Frau ich geschlafen hatte, und der Lady selbst freundlich die Hand. Sie tätschelte meine Rechte und hielt sie fest.

»Wir waren so froh, Sie bei uns zu haben, Matt«, sagte sie. »Nicht wahr, Alex?«

Seine Augen waren absolut ausdruckslos, aber ich hatte den Eindruck, daß er, obwohl er seine Frau auf ihre mitternächtliche Mission geschickt hatte, den Mann, zu dem er sie geschickt hatte, nicht unbedingt mögen mußte. Nicht, daß wir vorher Busenfreunde gewesen wären.

»Sicher«, sagte er. »Kommen Sie jederzeit wieder.«

»Na, und passen Sie gut auf unser kleines Mädchen auf«, sagte Lia.

Sie drückte meine Finger leicht, bevor sie sie losließ. Sie lächelte, fand offensichtlich irgendeinen perversen Gefallen an diesem direkten Zusammentreffen zweier Männer, die sich beide ihrer Gunst erfreuten. Ich hatte so eine Ahnung, daß sie, anstatt über die schreckliche Erniedrigung zu jammern, die er ihr zufügte, indem er sie zu einem anderen Mann ins Bett schickte, ihren Mann bestrafte, indem sie ihm vorspielte, daß sie jede Minute davon genossen und nichts gegen einen Wiederholungsauftrag einzuwenden hätte. Sandra gab ihrem Vater ein Küßchen auf die Wange, wandte sich ab und ignorierte ihre Stiefmutter.

»Komm, Matt, wir machen uns besser auf den Weg.«

Ich folgte ihr zum Wagen, half ihr hinein und ging auf die andere Seite, um mich hinters Lenkrad zu klemmen. Ich merkte, daß der kleine Karren ausgefallener war, als er aussah. Die Polster waren aus reinem Leder. Der Sitz war für einen Mann meiner Größe nicht richtig eingestellt. Ich spielte mit den Hebeln und Köpfen herum, bis ich bequem saß, dann fuhr ich uns die gewundene Auffahrt hinunter. Im Spiegel konnte ich sehen, wie Lia in ihrem Sommerkleid im Sonnenschein stand und uns zum Abschied hinterherwinkte. Ich konnte auch ihren Mann sehen. Er winkte nicht.

Die Eisentore öffneten sich und ließen uns hinaus. Ich muß sagen, daß ich erleichtert aufatmete, als wir Homer Gansons Anwesen hinter uns ließen. Mir fiel ein, daß ich meinem Gastgeber und meiner Gastgeberin nicht für ihre Gastfreundschaft gedankt hatte, wofür man ihnen eigentlich dankte. Na ja, Lia hätte sich das nicht gefragt. Sie hätte es gewußt.

»Wenigstens bist du mutig«, sagte Sandra schließlich. Ihre Stimme klang kalt.

»Ein echter Löwe, das bin ich«, sagte ich. »Aber wie kommst du jetzt darauf?«

»Ich habe dir gesagt, daß Daddy ein gefährlicher Mann ist. In seinem eigenen Haus mit seiner Frau ins Bett zu gehen . . .! Dazu braucht man richtigen Mut, auf etwas hinterlistige Art.«

»Da wir gerade von Hinterlist reden: Es scheint, als ob du durch Schlüssellöcher spionierst, kleines Mädchen.«

Sie funkelte mich an. »Fang *du* nicht mit der Kleine-Mädchen-Masche an! Natürlich hab ich spioniert. Na ja, gelauscht, lange genug, um rauszufinden, wen du bei dir hast. Mein Timing war prima. Ich habe ihre Gott-bin-ich-lausig-Szene mitbekommen.« Sandra lachte höhnisch. »Du überraschst mich. Ein erfahrener Mann wie du fällt auf so ein tränenrühriges Schauspiel rein!«

»Wenn eine normalerweise schwer angemalte Frau ohne Make-up zu einem erfahrenen Mann wie mir kommt«, sagte ich, »dann merkt er, daß sie davon ausgeht, ziemlich bald mitleiderregend weinen zu müssen und hinterher nicht mit einem verschmierten Gesicht dastehen will.«

Sandra starrte mich schockiert an. »Du meinst, du wußtest . . .«

»Süße, du hast zu viele Schmalzromane über süße, sensible und perfekte Leidenschaft gelesen«, sagte ich. »Das hier war eine strikt geschäftliche Transaktion unter Profis, aber wer mag schon plump dabei sein? Ich fand, sie hat ihren Job doch elegant gelöst, sich in meine tröstenden Arme zu werfen, damit der Rest auf natürliche Weise folgen kann, oder nicht?« Ich zögerte, aber das Kind mußte irgendwann erwachsen werden. »Übrigens war es ein dreiseitiger Deal. Dein Vater war einer der beteiligten Profis«, sagte ich.

Sie runzelte die Stirn. »Du meinst, er weiß, daß sie letzte Nacht bei dir war?«

»Ich meine, er hat sie geschickt«, sagte ich.

»Du bist verrückt! Selbst . . . selbst Daddy würde so was nicht tun!«

»Ach du meine Güte!« sagte ich. »Sie gibt doch selbst zu, daß er sie in erster Linie angeheuert hat, bestimmte Dinge rauszufinden, die er über bestimmte Leute wissen mußte – na ja, bestimmte männliche Leute – mit denen er zu tun hatte. Oder um sie auf bestimmte Weise zu beeinflussen. Erst als er sie eine Zeitlang so eingesetzt und näher kennengelernt hatte, kam er zum Schluß – weil es eine Zeit zwischen zwei Frauen war –, daß er sie gern genug hatte, um sie auf ein wenig bleibenderer Basis bei sich zu behalten. Aber das bedeutete keineswegs, daß er nicht die Absicht hatte, sie in ihrer alten Eigenschaft einzusetzen, wenn die Situation es erforderte.« Ich zuckte mit den Schultern. »Ich glaube nicht, daß es ihr was ausmacht, wenn ich es dir erzähle. Sie war absolut offen damit.«

Sandra leckte sich die Lippen. »Ich finde das entsetzlich!«

»Deine Reaktion bleibt dir selbst überlassen. In meiner Branche und der deines Vaters ist das eine ziemliche Routineangelegenheit. Aber sei ruhig geschockt, wenn du dich dann besser fühlst.«

»So kaltblütig!« flüsterte sie.

»Ja, ich muß zugeben, daß ich Sex gern ein bißchen mit romantischen Empfindungen umgebe, wenn ich kann«, sagte ich. »So macht es mehr Spaß. Aber wie gesagt: Das hier war rein geschäftlich. Ich mußte es schaffen, daß dein Daddy mir vertraut, und die einzige Möglichkeit, das hinzukriegen . . .«

»War, mit seiner Frau zu schlafen? Das ist übergeschnappt, das ist absolut pervers!«

»Sieh mal«, sagte ich geduldig, »wenn ich sie zurückgewiesen, sie einfach aus dem Bett gestoßen hätte, dann hätte dein Vater gedacht, ich müsse einer von diesen Regierungsfreaks mit hohen Prinzipien sein, die es nicht vertragen können, sich zu verunreinigen, indem sie die Frau eines Kriminellen vögeln, den sie in die Falle locken und festnehmen wollen. Jetzt hat er einigermaßen überzeugende Beweise, daß ich nicht einer von diesen feinen, ehrenhaften Bundesagenten bin, die ihn schon seit Jahren festnageln wollen. Er hat sogar ein bißchen gegen mich in der Hand. Zumindest kann er mich verstehen. Ich bin kein durchsichtiger, selbstgerechter Vollzugsarsch im dreiteiligen Anzug. Ich bin nur ein ganz normaler diebischer, lasziver

Bursche, der alles stiehlt, was unbewacht rumliegt, Frauen eingeschlossen. Okay. Er kennt mich jetzt. Vielleicht traut er mir jetzt sogar so weit, daß er glaubt, was ich ihm erzähle – na, was ich Lia erzählt habe, damit sie es später an ihn weitergibt. Du wirst mich ja gehört haben.«

Sandra schüttelte schnell den Kopf. »Ich habe nur den Anfang zum Teil mitbekommen, ich bin nicht bis zur Hauptsache geblieben. Bäh! Ich habe euch alles Schlechte gewünscht und bin wieder in mein Zimmer gelaufen!«

Absichtlich sagte ich: »Eigentlich war es ziemlich nett. Sie ist eine hübsche, sexy Lady . . .«

»Lady!«

Ich hatte langsam genug von ihrem kindischen Verhalten. »Worauf zum Teufel bist du eigentlich so stolz, du kleiner Fisch«, sagte ich. »Du sitzt da, erzogen mit dreckigem Bandengeld, segelst ein Boot, das von dreckigem Gangstergeld gekauft worden ist, fährst ein Auto, das mit dreckigem Drogengeld bezahlt wurde, fühlst dich einer Frau überlegen, die ihren Weg mit ihren eigenen Talenten gehen mußte . . .«

»Talente! Das ist ein neues Wort dafür, *Talente!*« Sandras Stimme klang erstickt. Sie räusperte sich und sprach in einem anderen Tonfall weiter: »Du kreuzt die U.S.1 vor uns und fährst nach Norden, bis du auf den Florida Turnpike in Richtung Westen triffst. Der biegt irgendwo bei Fort Pierce nach Nordwesten ab. Da wechseln wir auf die I-85, die uns bis rauf nach New England bringt.«

»Verstanden.«

Kurze Zeit fuhren wir schweigend. Ich folgte den Turnpike-Schildern zur Auffahrt. Bald rollten wir mit vorsichtigen vierundsechzig Meilen auf dem Interstate nordwärts. Ich wollte es niemandem schwermachen, freundlich oder feindlich gesonnen, uns zu folgen, und ich wollte keinen Ärger mit der Polizei haben. Gewöhnlich geben sie einem zehn Meilen Spielraum über der Idiotengrenze, sogar mit einem Sportwagen.

»Matt.«

»Ja.«

»Es tut mir leid.«

Ich sah sie an. »Es sollte uns beiden leid tun. Ich hätte das über das Geld von deinem Dad nicht sagen sollen.«

Sie schüttelte schnell den Kopf. »Ich bin selbst schuld. Ich hab mich wie ein desillusionierter, kleiner Kindskopf benommen. Daddy kann für sich selbst sorgen, und es geht mich nichts an, mit wem du schläfst. Es ist nicht so, als wäre sie meine richtige Mutter. Und du hast vollkommen recht mit Daddys Geld. Es stört mich schon seit Jahren, aber ich hatte nie den Mut, es abzulehnen. Weshalb finde ich mich also großartig?« Sie lächelte mich zittrig an. »War die Entschuldigung gut genug? Wenn du Sack und Asche willst, sag es nur. Es ist das Kleine-Schwester-Syndrom, weißt du.«

Ich runzelte die Stirn und sah den Highway sanft auf mich zukommen. Die Florida Freeways führen einen durch grüne Landschaften im Inland, wo man sehen kann, daß es früher ein hübscher Staat gewesen sein muß, bevor sie ihn am Rand mit all den beschissenen Eigentumswohnungen überladen haben.

»Willst du damit sagen«, fragte ich, »daß ich mich nicht daneben benehmen soll, weil du in mir deinen ehrenhaften und makellosen großen Bruder sehen willst?«

»Nein, das ist nicht genau, was ich sagen wollte.« Ihre Stimme war bewußt ausdruckslos. »Es ist eine altbekannte Tatsache«, fuhr sie fort, »daß ein Mann, der seine Frau nach einer glücklichen Ehe verliert, sehr dazu neigt, sich, wenn möglich, einfach umzudrehen und ihre kleine Schwester zu heiraten. Das macht Sinn. Er sucht etwas, das dem wundervollen Mädchen, das er verloren hat, so ähnlich wie möglich ist. Na ja, Matthews kleiner Bruder war nicht zur Hand, und er ist sowieso ein bißchen jung für mich, und es war kein wundervoller älterer Bruder verfügbar. Aber Matthew hatte so was wie . . . so was wie einen faszinierenden Daddy. Einen großen, unheimlich und romantisch wirkenden Mann von Typ Geheimagent. Ein älterer Mann, klar, aber keineswegs alt.«

»Danke für die Schmeicheleien«, sagte ich trocken. »Aber Sandy . . .«

»Halt den Mund und laß mich ausreden!« schnauzte sie mich an. »Normalerweise lausche ich nicht an Schlafzimmertüren.

Ich . . . ich schleiche mich nicht in meinem aufreizendsten Nachthemd den Flur runter, um zu *lauschen,* verdammt! Verstehst du?« Als ich nicht anwortete, sagte sie barsch: »Bei dir haben sie letzte Nacht wirklich Schlange gestanden, was? Lia und ich, und vielleicht hat unsere hübsche, kleine Maria in *ihrem* besten Negligé auf der Treppe gewartet! Was ist das für eine seltsame Macht, die Sie auf Frauen ausüben, Mr. Helm?« Sie schluckte trocken und sprach weiter: »Jedenfalls, als ich auf Zehenspitzen da ankam, atemlos und ängstlich, und mich fragte, wie ich so was Verrücktes und Schamloses tun konnte . . . als ich zu deiner Tür kam, hörte ich drinnen Stimmen. Lias Stimme! Lias theatralisches Schluchzen! Es war, als hätte man mir einen Eimer mit Eiswasser über den Kopf gegossen. Ich wollte eigentlich nicht lauschen, aber ich konnte mich zuerst gar nicht bewegen. Dann bin ich geflohen, sehr glücklich darüber, daß ich die Tür nicht geöffnet und mich zum völligen Idioten gemacht hatte.«

Es schien mir besser zu sein, sie nicht in Verlegenheit zu bringen, indem ich sie ansah, also konzentrierte ich mich darauf, einen langen Sattelschlepper zu überholen. Der kleine Sportwagen hielt die Spur wunderbar, aber da vorn nur unsere Koffer die Reifen an den Boden preßten, die für die Lenkung verantwortlich waren, war er ein bißchen windempfindlicher als mein alter frontgetriebener Mazda, wenn er auch eine bessere Beschleunigung hatte. Sandra rührte sich neben mir.

»Jetzt weißt du es also. Sag nichts. Ich meine, erzähl mir bloß, was Lia für Daddy bei dir rausfinden sollte.«

Ich zögerte, aber es war nicht meine Aufgabe, ihr zu sagen, daß sie ein albernes Mädchen war, das sich in einen älteren Mann verknallt hatte, und es schien so, als hätte die letzte Nacht sie ohnehin von ihrer geistigen Umnachtung geheilt.

»Es ist sehr einfach«, sagte ich. »Es gibt eine Menge Gefühlsmenschen in diesem Land. Selbst jetzt, wo der Terrorismus so unbeliebt ist, daß die Leute militärische Aktionen dagegen unterstützen, würden wir einige heftige Gegenreaktionen ernten, wenn bekannt würde, daß ein Regierungsagent wie ich mit dem Befehl losgeschickt wurde, das Ableben von siebzehn oder mehr Leuten zu arrangieren, ganz egal, was für gewissenlose Mörder sie auch sein mögen. Denk an deine eigene entsetzte Reaktion. Es scheint in Ordnung zu sein, sie mit militärischem Bum-Bum allesamt in die Luft zu jagen – Männer, Frauen, Kinder, Schuldige und Unschuldige zusammen, aber wenn man sich seine Terroristenziele sorgfältig aussucht und sie sauber einen nach dem anderen in den Kopf schießt, wird es als zu brutal empfunden, als daß man Worte dafür finden könnte, und es ist möglich, daß man dafür eins auf die Finger bekommt. Das ist zumindest die vorherrschende Meinung in Washington.«

»Aber du jagst all diese Leute, ohne Rücksicht auf Verluste. Stimmt's?«

Ich antwortete nicht direkt. »Das ist die Situation, soweit sie *staatliche* Aktionen betrifft«, sagte ich. »Aber es gibt hier eine doppelte Moral. Wenn ein *einzelner* zurückschlägt – selbst, wenn er dabei ziemlich gewissenlos vorgeht –, vergibt man ihm für gewöhnlich, wie diesem Burschen in der New Yorker U-Bahn, der ein paar Tage lang der populärste Mann im ganzen Land war. Bei Gott, jemand hatte denen am Ende doch noch den Spieß umgedreht! Da haben wir also deinen Dad. Sein Schwiegersohn wurde bei einem Bombenanschlag von Terroristen getötet, seine Tochter gräßlich verletzt – und sie lassen die arme, junge Witwe nicht in Ruhe, damit ihr Herz und ihr Körper heilen kann! Aus Angst, entdeckt zu werden, sind sie immer noch hinter ihr her! Kann man diesem liebenden Vater vorwerfen, daß er die bombenwerfenden Scheißkerle aufspürt und sie angemessen bestraft, selbst wenn sein Ruf nicht so sein mag, wie er sein könnte? Zum Teufel, man könnte Sonny Varek zur Abwechslung mal als Helden feiern!«

Sandra warf ihm einen scharfen Blick zu. »Ich verstehe. Du bittest Daddy, das auszubaden . . .«

»Nicht ausbaden«, sagte ich. »Erstens, wie ich schon erklärt habe, wird sich in diesen antiterroristischen Zeiten niemand allzusehr über das beschweren, was ein Privatmann tut, um seine Tochter vor einem Haufen bombengeiler Fanatiker zu retten. Und zweitens, wenn er wirklich ein bißchen Ärger mit dem Gesetz bekommt, decken wir ihn bis zum Schluß. Na ja, das habe ich Lia alles in der letzten Nacht erklärt.«

»Muß ja eine erstaunliche kleine postkoitale Unterhaltung gewesen sein«, sagte Sandra trocken. »Aber warum mußte die Mitteilung durch Lia weitergegeben werden? Warum hast du es Daddy nicht selbst gesagt, als du am Abend mit ihm gesprochen hast?«

»Da hätte er mir nicht geglaubt«, sagte ich. »Er war zu mißtrauisch mir gegenüber. Er dachte, ich würde irgendeine Masche abziehen oder ihm eine Falle stellen, indem ich unsere vage Bekanntschaft ausnutze, um meinen Regierungskollegen auszuhelfen. Aber ich hoffe, daß er, da wir jetzt eine Lady gemeinsam haben, seine Lady, meine Motive akzeptiert, auch wenn er mich nicht ausstehen kann. Jetzt kann er glauben, daß ich ein gewissenloser, berechnender Scheißer bin, der nur nach einer hinterhältigen Möglichkeit sucht, andere Leute seine schmutzige Arbeit machen zu lassen. Und er wird es wahrscheinlich tun, weil er über die Explosion genauso wütend ist wie ich, jetzt, wo ich ihm versichert habe, daß die Decke nicht über ihm zusammenbricht, wenn er es tut. Die offizielle Decke.« Ich sah in den Rückspiegel. »Übrigens haben wir achtern Gesellschaft.«

Sie wollte den Kopf drehen, beherrschte sich aber. »Deine Leute?«

»Na ja, die sind auch irgendwo dahinten. Sie decken uns nur locker mit der Anweisung, außer Sichtweite zu bleiben und das Spiel nicht zu verderben. Unsere Reserve sozusagen. Aber diese kastanienbraune Limousine hinter uns, ich glaube, ein Chrysler, der gehört nicht zu uns. Er scheint auch nicht vom CLL-Widerstand zu sein. Jedenfalls glaube ich nicht, daß sie mit so offener Beschattung arbeiten. Die schlagen einfach zu und rennen weg.«

»Offene Beschattung, was ist das?«

»Das heißt, daß man nicht zu verbergen versucht, daß man dem Objekt oder den Objekten folgt. Man läßt sie wissen, daß sie verfolgt werden. Es soll sie nervös machen.«

Sie schnitt eine Grimasse. »Ein großer Erfolg. Ich bin nervös.«

Ich grinste. »Freu dich, wenn sie unmittelbare Aktionen planten, sie würden sich nicht so zeigen. Sie arbeiten langsam auf etwas hin. Mit denen werden wir uns bald ein bißchen amüsieren, aber zuerst geben wir unseren Beschützern die Möglichkeit, sie zu sehen und entsprechende Vorkehrungen zu treffen.«

»Ich hoffe, sie sind gut. Die Vorkehrungen, meine ich.« Nach einem Augenblick fuhr Sandra fort: »Matt, du fährst doch nicht wirklich nur nach Newport, um Informationen über den alten Bombenanschlag zu bekommen, oder? Du suchst noch jemanden wie meinen Daddy, der wütend genug ist, dir deine Arbeit abzunehmen. Deine Exekutionen auszuführen. Stimmt's?«

»Schlaues Kind«, sagte ich.

»Matt, laß mich mitkommen.«

»Du bist auf meine Einladung hier«, sagte ich. »Du sitzt direkt neben mir und fährst mit diskreten neun Meilen über der lausigen Geschwindigkeitsbegrenzung in Richtung Norden.«

»Ich meine, die ganze Zeit über, wenn du Nachforschungen über diese Leute anstellst. Ich möchte sehen . . .« Sie räusperte sich. »Ich muß rausfinden, wie andere Leute mit so einem schmerzlichen Verlust umgehen, Leute, die mehr Zeit hatten als ich, damit fertig zu werden.«

»Ich hatte nicht vor, dich allein zu lassen«, sagte ich. »Aber wir sollten über die Grundregeln sprechen. Ist deine Waffe geladen?«

»Ja, aber noch nicht in der Kammer. Philip hat gesagt, daß es bei einer . . . einer Automatik mit verdecktem Schlaghammer nicht sicher ist, einen Schuß im Rohr zu haben – seine Worte –, weil Sicherungen nicht besonders verläßlich sind. Er hat gesagt, nur, wenn ich Ärger erwarte, soll ich den Schlitten einmal zurückziehen und sichern. Und wenn die Gefahr wieder vorbei ist, soll ich die Patrone wieder ins Magazin bringen. Er hat mir gezeigt, wie das geht.«

»Hört sich so an, als ob Philip sein Geschäft versteht«, sagte ich.

»Was Waffen angeht, verstehen Daddys Jungs ihre Geschäfte.«

»Okay, ich werde dir sagen, wann du eine Patrone in die Kammer laden und wann du schießen sollst. Mach dich nicht selbständig. Und wenn ich dir sage, daß du auf jemanden schießen sollst, dann erschießt du ihn. Keine von diesen Kinoschießkünsten, in die Schulter oder ins Bein treffen oder, Gott schütze uns, den Leuten die Kanonen aus der Hand schießen! Man schießt ihnen die Waffen aus der Hand, und sie haben danach immer noch einen vollständigen Satz funktionstüchtiger Finger. Himmel! Vergiß diesen Unsinn. Ziel auf die Brust, oder wenn er vielleicht zu viele dicke Sachen an hat, knall ihm den Kopf ab, damit er lernt, die Leute nicht mehr mit diesem lausigen Körperpanzer reinzulegen.« Ich sah zu ihr hinüber. »Hörst du mir noch zu, oder soll ich dich in Connecticut rauslassen, damit du dich ein bißchen um die Hausarbeit kümmern kannst?«

Sie lächelte schwach. »So leicht kannst du mich bestimmt nicht abschrecken.«

Ich grinste. »Na gut, laß uns ein bißchen mit unserem Schatten spielen und mal sehen, wie gut dein Zauberbuggy wirklich ist. Schnall deinen Memmengurt um und halt dich fest.«

Ich klickte meinen eigenen Gurt ein. Es war ein Vergnügen, einen Gang runterzuschalten, auf dem Gas zu stehen und zu spüren, wie der Porsche mit dem ganzen Gewicht seines Heckmotors die Arbeit aufnahm, die Reifen in festem Kontakt zum Straßenbelag, anders als diese neumodischen Fronttriebler, bei denen die Antriebsräder abheben und durchdrehen, wenn man zu schnell beschleunigt. Wir waren auf hundertsechzig, bis der Fahrer hinter uns aufwachte und aufzuschließen versuchte, aber wir waren nicht im Land der Limousinen, und es waren entweder die Pferdestärken oder seine Nerven, die bei hundertneunzig aufgaben. Eine Abfahrt passierten wir fast zu schnell, um sie sehen zu können. Ich bremste ein bißchen ab und suchte eine andere.

»Feigling!« rief Sandra über das Gebrüll hinweg. »Oh,

nicht langsamer werden, ganz ausfahren. Fahr, Mann, *fahr!*«

Sie lachte vor Aufregung. Ich grinste sie an, trat so fest auf die Bremse, daß wir gegen die Gurte geworfen wurden, schnitt einem donnernden Sattelschlepper den Weg ab, verlor beinah die Kontrolle, als der Wagen hart ausbrach, um die Ausfahrt zu schaffen – das ganze Gewicht im Heck neigt dazu, auszubrechen, wenn man es übertreibt. Das ist als Übersteuern bekannt, und ich liebe es, weil es bei einem Heckmotorwagen berechenbar ist. Was ich nicht ausstehen kann, sind Autos, die voll seltsamer Überraschungen sind und manchmal am einen und manchmal am anderen Ende ausbrechen.

Als wir den Interstate Highway verlassen hatten, bog ich auf den kleinen Straßen darunter ein paarmal schnell ab. Dann hielt ich an einem kleinen Laden an der Straße und kaufte uns beiden einen Kaffee, schwarz für mich, Milch und Zucker für sie.

»Wenn dich das Cholesterin nicht umbringt, dann lassen die Kohlehydrate deine Zähne verrotten«, sagte ich.

»Nach heute morgen zu urteilen, werde ich nicht so lange leben, daß ich mir Sorgen darum machen müßte«, sagte sie glücklich.

13

Savannah, Georgia, liegt knapp sechshundertfünfzig Kilometer nördlich von Palm Beach, Florida. Das ist keine großartige Tagesleistung, aber da kommt man an, wenn man nach einem späten Start zurückhaltend fährt. Es ist eine hübsche alte Stadt, wie die meisten hübschen alten Städte heutzutage begraben in einer nicht so hübschen neuen Stadt. Wenn man sich allerdings zu den angenehmeren Vierteln in Flußnähe durchkämpft, kann man sich vorstellen, wie Savannah vor dem vernichtenden

Konflikt ausgesehen hat, von dem man mir in meiner Kindheit beigebracht hat, ihn den ›Sezessionskrieg‹ zu nennen.

Es gibt dort eine Menge malerischer alter baumumsäumter Straßen. Ich konnte keine spanische Vergangenheit entdecken, aber Savannah wäre ein guter Ort dafür. Die schattigen Durchgangsstraßen führen als Einbahnstraßen um eine Reihe von wunderschönen, kleinen Parks, die einen aus dem Konzept bringen, wenn man irgendwohin will. Wollte ich eigentlich nicht. Das heißt, wir hatten eine Reservierung in einem Motel unten am Fluß, aber ich hatte es nicht so eilig, dorthin zu kommen. Zuerst wollte ich feststellen, wie viele Läuse man uns auf dem Weg in den Pelz gesetzt hatte.

»Du hättest an diesem letzten Platz geradeaus fahren sollen.«

Sandra hatte eine skizzenhafte kleine Stadtkarte in der Ecke einer größeren Rand-McNally-Staatenkarte aufgeschlagen. Sie navigierte gewissenhaft. Ich hob meinen Kopf ruckartig zum Rückspiegel.

»Er hat es getan«, sagte ich. »Der Knabe in dem kleinen, grünen Ford. Er hat den richtigen Weg genommen und hat uns fahren lassen. Aber Wagen Nummer Zwei ist aufgerückt, um ihn zu ersetzen. Dieser runtergekommene Nissan mit Vierradantrieb.«

Sandra sah mich kurz und erstaunt an. »Ich dachte, wir wären sie los!«

»Waren wir auch«, sagte ich, »aber sie hatten uns wieder, als wir zurück auf die I-95 gefahren sind.«

»War das nicht ein bißchen blöd?« fragte sie auf ihre direkte Art. »Ich meine, ohne respektlos wirken zu wollen, Mr. Helm, Sir, aber wir hätten auf den kleinen Nebenstraßen bleiben können, wo sie uns nicht finden konnten, oder?«

»Zum Teufel, wenn wir sie ständig abschütteln, könnten wir doch ihre armen kleinen Gefühle verletzen.« Ich grinste. »Du verstehst nicht, wie dieses Spiel gespielt wird. Die Züge sind alle festgelegt, wie die Standarderöffnungen beim Schach. Zuerst lassen sie uns offen beschatten, um ihr Interesse zu zeigen und meine Reaktion zu prüfen. Zweitens: Ich verliere sie, um zu zeigen, daß ich plötzlich entdeckt habe, Überraschung, Überraschung, daß wir verfolgt werden, und daß es mir nicht gefällt. Drittens: Mit einem vollständigem Team – nicht nur einem lausigen, verdächtigen Chrysler – sammeln sie uns wieder ein, um zu zeigen, daß sie es ernst meinen und darauf scheißen, ob es mir gefällt oder nicht.«

»Aber wer sind sie?«

»Ich könnte jetzt nur ein paar Vermutungen verlauten lassen.« Ich zuckte mit den Schultern. »Leute, die mich nicht mögen? Man sollte es kaum glauben, ein süßer Kerl wie ich, aber es gibt ein paar. Leute, die dich nicht mögen? Leute, die deinen Dad nicht mögen. Oder alle möglichen Kombinationen davon. Bis wir mehr darüber wissen, fahren wir einfach mit den Standardzügen fort. Bist du sauber?«

Sie war von der Frage etwas verblüfft. »Na ja, ich hab heute morgen geduscht, wenn du das . . . Oh!« Sie sah mich entrüstet an. »Das ist eine lausige Frage, Matt!«

»Ich bitte die junge Dame in aller Form um Verzeihung«, sagte ich. »Ihr Vater hat mit dem Zeug gedealt, aber es ist mir nicht gestattet zu fragen, ob sie ein kleines bißchen davon in Gepäck oder Handtasche oder Kleidung verstaut hat. Oder in ihrem Wagen. Entschuldigen Sie bitte, Ma'am.«

»Vielleicht war das ein bißchen zimperlich von mir«, sagte Sandra steif, »aber ich habe noch nie im Leben . . . Daddy hätte mich mit einem Baseballschläger verprügelt, wenn ich bei irgend jemandem nur einen Zug von seiner alten Zigarette genommen hätte, von so einer Zigarette.« Dann schüttelte sie schnell den Kopf. »Nein, ich will dich nicht anlügen. Ich war neugierig. Ich wollte wissen, was an dem ganzen Aufstand dran war. Ich nehme an, alle Kinder wollen das. Also habe ich es am College ein paarmal probiert, verschiedene Sachen, die mir Leute angeboten haben, aber ich mochte dieses Außer-Kontrolle-Gefühl nicht, das ich davon bekommen habe.« Sie verzog das Gesicht. »Diese offizielle Propaganda, daß man einmal schnieft und ein Leben lang abhängig ist, das ist ein Haufen Scheiße. Ich hatte danach keine Probleme, es abzulehnen. Der soziale Druck war viel schlimmer als der biologische, wenn du weißt, was ich meine.«

»Zu meiner Zeit war das kein großes Problem, jeder machte sich viel mehr Sorgen um Schnaps, aber ich verstehe, worauf du hinaus willst.«

Mit Entschlossenheit sagte sie: »Allerdings war es ziemlich schwer, Cassandra Varek zu sein, ohne das Risiko einzugehen. Mein ganzes Leben hat mich immer wieder irgendein Scheißer mit einem Abzeichen ausgeguckt und schikaniert, in der Hoffnung, mir was anhängen zu können, wie Drogen, damit er es gegen Daddy verwenden konnte. Ich wollte diese Scheißkerle nicht glücklich machen, indem ich mich auf diese Weise schnappen ließ.«

»Wenn dich also jetzt jemand filzt und triumphierend einen kleinen Plastikbeutel voll mit weißem Zeug entdeckt, kann ich ihn mit gutem Recht dafür wegpusten, daß er es dir untergeschoben hat?« fragte ich ausdruckslos. »Ich würde keinen ehrbaren Vollzugsbeamten unrechtmäßig exekutieren, weil du zu schüchtern bist, zuzugeben, daß du doch ein bißchen Glückspuder versteckt hast – ausschließlich für medizinische Notfälle natürlich?«

Sie sah mich scharf an. »Glaubst du, das sind solche Leute? Die sind erst glücklich, wenn Daddy tot ist, und dann werden sie ihn ausgraben, um sicherzugehen, daß er nichts in seinem Sarg mitgenommen hat!«

»Um deinen armen, geplagten Vater müssen wir uns keine Sorgen machen. Er hat schon eine ganze Reihe von Jahren durchgehalten. Der Punkt ist, daß ich nicht weiß, wer hinter uns ist, aber die Leute, die du erwähnt hast, sind sicher eine Möglichkeit, und wir sollten auf sie vorbereitet sein.«

Das Mädchen neben mir holte Luft. »Ich weiß nicht, wie ich dich überzeugen kann, Matt. Du darfst mich gern durchsuchen, wenn du willst.« Als ich nicht reagierte, räusperte sie sich und sagte: »Ich schätze, es hört sich in dieser zynischen Zeit albern an, von einem Ehrenwort zu sprechen – obwohl ich eigentlich nicht einsehen kann, warum – aber ich kann nur sagen, ich gebe dir mein Ehrenwort, daß ich keine unerlaubten Substanzen in meinem Besitz habe.«

»Das hört sich für mich nicht albern an, und dein Ehrenwort

genügt mir völlig.« Ich spürte, wie sie sich neben mir entspannte, und sprach weiter: »Nun, es ist offensichtlich, daß unsere nicht identifizierten Freunde diesmal unbedingt ihre Muskeln spielen lassen wollen, indem sie mindestens drei Wagen brauchen, um uns zu beschatten. Wir lassen sie in dem Glauben, daß wir angemessen beeindruckt sind. Jetzt sag mir, wie wir die Bay Street finden, und wir fahren zum Motel, um rauszufinden, was sie als Zugabe geplant haben.«

Sie leckte über ihre Lippen. »Was werden die wohl tun, Matt?«

»Wenn es der Verein ist, für den ich ihn halte – wir ihn halten –, werden sie wahrscheinlich ziemlich ruppig vorgehen. Kannst du dich zusammennehmen, wenn die Lage unangenehm wird?«

Sie nickte. »Ja, ich glaube schon.«

»Okay, wir spielen, was kommt«, sagte ich. »Behalt deine Waffe, aber benutze sie nicht, kein Schuß in der Kammer, so ein Spiel ist es im Moment nicht. Sie werden uns wahrscheinlich reizen wollen, damit wir ihnen eine Entschuldigung geben, uns richtig rumzuschubsen. Gib sie ihnen nicht. Laß sie das Spiel machen und tu, was sie dir sagen, egal, wie fies sie sind. Die Situation ist unter Kontrolle, und alles wird gut, wenn wir den Dingen ihren Lauf lasen.«

Unser Unterschlupf für diese erste Nacht außerhalb von Palm Beach war ein altmodisch aussehendes Gästehaus, nur einen halben Block vom Fluß entfernt, was nicht bedeutete, daß es tatsächlich alt war. Da unten, wo die Stadt entlang der Ufer restauriert worden ist, sind sie alle so gebaut, daß sie altmodisch aussehen. Unsere Zimmer lagen auf der Rückseite, Erdgeschoß, hatte man uns gesagt. Die Verbindungstür, auf die man uns hingewiesen hatte, gab der Lady hinter dem Tresen einige interessante Ideen über böse Männer, die, nicht mehr ganz jung, Spaß daran haben, Kinderwiegen auszurauben. Zum Teufel mit ihr.

Ich nahm die Schlüssel, und wir fuhren herum, um auf einem der gekennzeichneten Stellplätze vor den Türen mit den richtigen Zahlen zu parken. Sie warteten nicht darauf, daß ich den Schlüssel benutzte, den ich hervorgeholt hatte. Plötzlich fielen sie wie ein Bienenschwarm aus allen Richtungen über uns her. Ich tat, als wäre ich zu überrascht, um mich zu verteidigen, und ich war froh, daß Sandra ihre Handtasche kampflos aufgab.

»Rein da, alle beide!«

Es war ein großer, gutaussehender, blonder Mann in weißen Designer Jeans und einem gewirkten blauen Sporthemd. Stahlblaue Augen, jedenfalls hoffte er es ganz offensichtlich. Kurze Haare, die mir ein bißchen Angst machten. Früher war es so, daß langes Haar ein Ausdruck für Rebellion und Nonkonformismus war, aber die Rebellen und Nonkonformisten taten nie jemandem besonders weh. Sie wollten nur in Ruhe gelassen werden, um ihr langhaariges Ding durchzuziehen. Jetzt trägt es jeder einigermaßen lang, abgesehen von einigen wenigen, und es sind diese Kurzhaarigen, die ihre Rebellion vorbringen. Ordentlich geschoren, eine selbstgerechte Minderheit in einer verwahrlosten, unmoralischen Welt, und sie wollen ihre kurzgeschorenen Ansprüche von Ordnung und Moral jedem anderen aufzwängen, egal, wer dabei Schaden nimmt.

Blondie sagte: »Sie brauchen gar nicht erst davon zu träumen, sich zu wehren, Helm. Wir wissen alles über Sie, und Sie machen uns kein bißchen Angst. Wir haben Sie voll im Griff. Eine falsche Bewegung, und Sie sind weg. Rein da!«

Jemand hatte schon mit dem Schlüssel, den man mir weggenommen hatte, die Tür geöffnet. Jemand anders gab Sandra einen Stoß, daß sie ins Zimmer taumelte, aber sie ließen mich aus eigener Kraft hineingehen. Es schienen eine Menge bedrohlicher Waffen da zu sein, aber es scheinen einem immer mehr zu sein, wenn sie auf einen gerichtet sind. Beim Zählen kam ich auf vier.

»Durchsucht sie!« sagte Blondie und trat die Tür hinter sich zu.

Ich sah, wie Sandra mit den Zähnen knirschte, als ein Mann sie abtastete, ein bißchen intimer als nötig. Ein anderer holte die Pistole aus ihrer Handtasche, einen alten 380er Colt. Inzwischen war es eine Art Museumsstück, aber es war zu seiner Zeit eine ausreichend gute Waffe gewesen, wenn man keine wirklich kräftige Kanone brauchte. Man bezeichnet sie als 380er ACP, für Automatic Colt Pisol, außerdem ist sie bekannt als 9 mm Kurz, um sie von der 9 mm Luger Parabellum zu unterscheiden, ein viel heißeres Geschoß.

Ein dritter Mann schaffte es, den stupsnasigen Revolver zu finden, den ich in meinem Hosenbund getragen hatte, damit er ihn fand. Wäre ich ohne Waffen angetroffen worden, hätten sich alle Sorgen gemacht. Andererseits war es mir nicht ratsam erschienen, die Jungs mit Exotika wie Ärmelpistolen, Knöchelhalftern, Schrittschützern oder Nackenmessern zu verwirren. Sie waren anständige, einfältige, College-gebildete Regierungsschläger in Jeans und mehr oder weniger schlampigen Hemden. Zwei von ihnen hatten sogar ein oder zwei Tage das Rasieren ausfallen lassen, damit niemand erraten konnte, daß ihre Gehaltsschecks von Uncle Sam unterzeichnet waren – aber die Waffen waren allesamt die gleichen, gewöhnliche 38er Special wie meine, außer, daß ihre Zehn-Zentimeter-Läufe hatten und meine einen Fünf-Zentimeter-Lauf. Soweit zu den Truppen. Blondie war ausgefallener. Er hielt eine schwere, rostfreie 357er. Na, ich hätte wetten können, daß er einer von den Magnum-Jungs war. Es war schade, daß sie ihn keine 44er mit sich herumschleppen ließen, damit er richtig Krach machen konnte.

»Da rüber, alle beide!« schnauzte er und wedelte mit dem großen Revolver zu einer leeren Wand hinüber. Als er uns ordnungsgemäß aufgestellt hatte, kam er nach vorn. »Jetzt lassen Sie uns das Ganze offiziell machen. Ich bin hier der Verantwortliche. Ich bin Senior Special Agent – *der* Senior Special Agent – von der ›President's Tasks Force for Illicit Substances‹, der PIFIS. Für den Fall, daß man Sie noch nicht offiziell darüber informiert hat, Helm, teile ich Ihnen mit, daß unsere Befugnisse die aller anderen Regierungsbehörden, Ihre eingeschlossen, aufhebt. Washington will eine Endlösung für das schlimme Drogenproblem, und man hat uns Handlungsvollmacht gegeben, damit wir uns darum kümmern, ganz egal, welche Kosten oder Konsequenzen es mit sich bringt.«

Ich dachte daran, daß eine Endlösung alles gewesen war, was Hitler jemals gewollt hatte, aber das sagte ich nicht. Es war eine Nacht der Zurückhaltung in Savannah, Georgia.

Statt dessen sagte ich freundlich: »Haben Sie einen Namen, Mr. PIFIS?«

»Tallman«, sagte er. »Robert Tallman.«

»Na, das paßt ja«, sagte ich, obwohl er eigentlich gar nicht so groß war. Ich war mindestens drei Zentimeter größer als er, dafür war er breiter und schwerer. Ich redete weiter: »Wenn Sie diese aufhebende Handlungsvollmacht haben, warum dann die ganze Aufregung? Wir sind beide auf der gleichen Seite, der Regierungsseite. Sie hätten nur zu fragen brauchen.«

»Vielleicht.« Tallmans Stimme war scharf. »Und vielleicht auch nicht. Eine Sache, die wir hier rausfinden wollen, ist, warum Sie immer noch im Staatsdienst sind.«

»Warum sollte ich es nicht sein?«

»Nachdem Ihr Sohn in die Varek-Familie eingeheiratet hat und es sicher ist, daß sich Sonny Varek mit den Banden aus Chicago zusammengetan hat? Wir suchen nach den undichten Stellen in hohen Staatsämtern, und Ihr geheimniskrämerischer Chef und seine kleine Dienststelle sind schon viel zu lange wie heilige Kühe behandelt worden. Das Freundlichste, was man sagen könnte, wäre, daß Sicherheitsbestimmungen in Ihrem Laden ziemlich locker gehandhabt werden müssen, wenn Sie da noch arbeiten dürfen, ein Mann, der durch Heirat mit einer bekannten Persönlichkeit aus der Unterwelt verwandt ist, ein Mann, der gemütlich mit Sonny Varek trinkt, die Nacht in seinem Haus verbringt und mit seiner Frau schläft, vielleicht sogar mit seinem Kind, oder wofür ist diese Verbindungstür da?« Robert Tallman verzog voller Ekel das Gesicht. »Mein Gott, bei der Vorstellung, mit irgendeiner von diesem Varek-Weiberabschaum ins Bett zu gehen, müßte sich jedem anständigen Mann der Magen umdrehen, und wenn mein Junge jemals das Balg eines Drogendealers auch nur im Blick hätte, würde ich ihn auf der Stelle abknallen.« Er drehte sich um, als ein Mann, der das Zimmer verlassen hatte, wieder hereinkam. Tallman fragte: »Was gefunden?«

»Nicht im Wagen.« Der Mann war klein, schlank und dunkel, mit scharfgeschnittenen, braunen Augenbrauen und schmalen, langfingrigen, weißen Händen. Er war so stolz auf diese Hände, daß er sie sorgfältig maniküren ließ – sein einziger Anspruch auf Schönheit vielleicht –, wenn er auch in anderer Hinsicht nicht besonders wählerisch zu sein schien. Er schränkte seine erste Aussage ein. »Wenigstens konnten wir nichts finden, ohne die Karre zu demolieren, Mr. Tallman.«

Tallman zuckte mit den Schultern. »Vielleicht kommen wir noch dazu, wenn wir hier drinnen Erfolg haben. Es muß irgendwo sein. Sie würde nicht ohne fahren, keine kleine Schlampe, die in dieser dekadenten Familie aufgewachsen ist. Ein paar Millionen unverdiente Dollars auf Mamas Seite, und Sie wissen, wie diese Damen der Gesellschaft sind. Und wir kennen auch Papa, nicht wahr? Sie können mir nicht erzählen, daß sie nichts nimmt. Überprüfen Sie ihren Koffer. Seinen auch, er könnte es für sie eingepackt haben. Vielleicht denkt er, wir sind bei seinem Ruf und seinem Regierungsausweis zu sehr vor Angst erstarrt, um da nachzusehen . . . gehen Sie schon, Vance, gehen Sie, Sie sollen doch der Experte sein. Wie Sie sich anstellen, könnte man glauben, Sie hätten vorher noch ein Gepäckstück durchsucht.« Tallman sah mich scharf an. »Haben Sie was gesagt, Helm?«

»Kein Wort«, sagte ich. »Das ist Ihre Show. Kein Kommentar.«

»Was, keine Drohung von staatlichen Repressalien, keine Versprechen tödlicher Vergeltung? Clint Eastwood müßte sich Ihrer schämen! Wollen Sie mir gar nicht erzählen, daß ihr großer, starker Papi mir sämtliche Paten mit ihren kleinen Maschinenpistolen auf den Hals hetzen wird?«

Sandra sah sich hilfsuchend nach mir um, fand keine Hilfe und schwieg den Anweisungen entsprechend. Gutes Mädchen. Wahrscheinlich war Tallman gar nicht unbedingt der Angeber, zu dem er sich machte. Wie gesagt hoffte er wahrscheinlich, uns zu irgendeiner wilden Aktion anzustacheln, damit er seine Handlungsvollmacht geltend machen und vielleicht ›Widerstand gegen die Staatsgewalt‹ auf den Bericht schreiben konnte.

»Nichts in den Koffern, abgesehen davon, daß er 'ne Menge Ersatzwaffen dabei hat«, meldete der kleine Mann namens Vance. »Jedenfalls, wenn es da ist, kann ich es nicht finden, ohne ein Messer zu benutzen. Und sie waren nicht vor uns hier drin, also können sie es auch nicht zur Sicherheit in einen Sessel oder so reingestopft haben.«

Ich spürte, daß sie jetzt alle etwas nervös wurden. Zwei von ihnen hielten uns aus verschiedenen Winkeln in Schach, während Tallman direkt vor uns mit gespielter Gleichgültigkeit seine schimmernde Magnum hielt. Es war deutlich, daß die große Szene bevorstand, und ich hatte schon eine Vorstellung, wie sie aussehen würde. Ich hoffte, daß es für das Mädchen nicht allzu quälend wurde.

»Letzte Chance, Miß Varek«, sagte Tallman. »Oh, entschuldigen Sie, Mrs. Helm, wollte ich sagen. Erzählen Sie uns, wo wir es finden, und wir werden nicht auf eine Leibesvisitation zurückgreifen müssen. Äußerst erniedrigend.«

Sandra warf mir einen weiteren, fragenden Blick zu, aber ich half ihr nicht. Sie fing an zu sprechen, hielt an sich und schüttelte ihren Kopf. Tallman schnaubte wütend.

»Also gut, du kleine Nutte, wenn du es so haben willst. Zieh sie aus, Vance! Schneid ihr die Sachen auseinander, wenn sie sich widersetzt.«

Sandra beobachtete mich immer noch, ließ die Hände zu den Knöpfen ihres Hemds gleiten und dachte ganz offensichtlich, daß sie sich, wenn es schon passieren mußte, lieber selbst auszog. Ich schüttelte ganz leicht den Kopf. Sie ließ die Arme fallen und stand still, während der kleine Mann mit den schmalen weißen Händen ihr Hemd und ihre Hose aufknöpfte und den Reißverschluß der Jeans herunterzog. Dann zog er ihr das Hemd aus und das T-Shirt über den Kopf.

Er bestand darauf, beide Kleidungsstücke sorgfältig zu untersuchen, ließ sie warten, nackt bis zu den Hüften. Man mußte es dem Mädchen hoch anrechnen. Sie machte keine albernen, altjüngferlichen Versuche, sich zu bedecken. Sie hielt nicht einmal ihre offene Hose fest. Sie stand einfach da. Vance warf die Hemden auf das nächste Bett und drehte sich wieder zu ihr um und machte deutlich, daß er, wie jeder Mann im Raum, mich eingeschlossen, sehr wohl registriert hatte, daß sie eine gut entwickelte junge Dame war. Er pikte auf sondierende Weise mit dem Zeigerfinger an beide Brüste.

»Hübsch«, sagte er. »Sehr hübsch, und alles echt. Ich hatte mal eine Lady, auch so eine Dame der Gesellschaft, die ein kleines bißchen Plastik so geschickt hinzugefügt hatte, daß man es vom Hinsehen kaum erkennen konnte. Innen natürlich hohl. Sah im Pulli eine Zeitlang richtig gut aus, aber jetzt ist sie wieder bei der kleinsten BH-Größe angekommen und schwitzt hinter Gittern. Zieh die Schuhe aus, Süße, laß die Hosen fallen und steig raus.«

Sandra fügte sich, das Gesicht ohne Ausdruck. Sie trug einen weißen Nylon-Slip und keine Strümpfe oder Strumpfhosen. Für ein Mädchen, das vor kurzem verletzt und im Krankenhaus gewesen war und nicht viel Gelegenheit gehabt hatte, sich am Strand zu erholen, war sie schön braun, aber die zwölf Zentimeter lange Narbe an ihrem Oberschenkel hatte noch nicht genug Zeit gehabt zu verblassen. Sie war rot und sah auf der weichen, braunen Haut böse aus. Nachdem er die Jeans untersucht hatte und beiseite geworfen hatte, nahm Vance die hochhackigen, weißen Schuhe auf.

»Ich glaube nicht, daß diese Absätze schon mal ab waren«, sagte er nach einiger Überlegung. »Na, die können wir uns später ansehen, wenn wir müssen. Komm ein bißchen von der Wand weg, Kleine, damit wir die Unterhosen runterkriegen . . . Ah, was haben wir denn da?«

Er hatte seine Hand unten an ihrem Rücken, um sie in die Mitte des Raumes zu ziehen. Dann riß er ihr mit beiden Händen das letzte Kleidungsstück von den Hüften. Wieder griff er hinter sie, mit der rechten Hand, um nach etwas zu greifen, dann zog er fest daran. Wir hörten das zischende Geräusch eines Klebestreifens, der von menschlicher Haut gerissen wird, dann zeigte Vance triumphierend seine Trophäe und warf sie Tallman zu. Es war ein breiter Streifen von fleischfarbenem Band, an dessen Klebeseite ein kleines, flaches, weißes Päckchen befestigt war.

Als ich Sandra anblickte, sah ich den Schock nicht, den ich auf ihrem Gesicht erwartet hatte. Statt dessen wirkte sie auf sarkastische Weise amüsiert. Sie beobachtete Tallman, als er seinen – na ja, Vances Fund – untersuchte wie jemand, der sich ein sehr schlechtes Theaterstück ansieht. Dann blinzelte sie mir zu. Es war, wie ich erkannte, ein Zeichen der Zuversicht und des Vertrauens. Sie sagte mir, wir haben diese Clowns so weit gebracht, sich die Blöße zu geben, und es hat keinen Spaß gemacht. Jetzt laß uns ihnen den Rest geben, bitte. Und zwar richtig.

Aber ihre Stimme war schüchtern, als sie mit Tallman sprach. »Bitte, ist es in Ordnung, wenn ich meine Sachen wieder anziehe?«

Der blonde Mann sah auf. »Im Augenblick können Sie Ihre eigenen Sachen wieder anziehen, aber später haben wir ein paar andere für Sie, nicht so modisch, aber hübsch und haltbar, vom Staat gestellt. Jeder schleicht leisetreterisch um Sonny Varek, seine Hure von Frau und sein minderjähriges Töchterchen herum, aber ich werde sie allesamt dahin bringen, wohin sie gehören, angefangen bei dir, Schwester. Es sei denn . . .«

»Es sei denn was?« fragte Sandra schnell.

»Es sei denn, du kannst deinen Freund hier davon überzeugen, uns auszuhelfen.«

Mir war klar, daß Mac diesen Mann mit Sicherheit nicht mögen würde. Mac reagiert ausgesprochen voreingenommen, wenn seine Agenten von irgend jemand anderem als ihm selbst genötigt werden. Aber was noch wichtiger ist, er kann keine Leute ausstehen, die das Wort ›überzeugen‹ benutzen, wann sie ›überreden‹ meinen.

Ich fragte: »Ihnen wie aushelfen?«

»Sie haben einen guten Stand bei Varek«, sagte Tallman schroff. »Ihr Sohn hat seine Tochter geheiratet, und gerade erst haben Sie ihr Leben gerettet. Ich mache einen Deal mit Ihnen: Sie arbeiten mit uns zusammen, um diesen schleimigen

Scheißkerl festzunageln, und wir vergessen Ihr Sicherheitsproblem. Und wenn die kleine Nutte Ihnen was bedeutet – die Frau Ihres verstorbenen Sohnes –, lassen wir sie auch gehen. Sie ist nicht wichtig. Varek ist es. Andernfalls hat sie einen Haufen Jahre im Knast vor sich. Wir haben ihr Zeug in der Hand, und glauben Sie nicht, daß es vor Gericht nicht genügen würde, selbst wenn sie ›abgekartetes Spiel‹ schreit. Die Leute haben diese Man-hat-mich-reingelegt-Masche schon zu oft gehört. Die haben die Schnauze voll davon, mit ansehen zu müssen, wie sich Kriminelle und ihre Verwandten und Bekannten der gerichtlichen Spitzfindigkeiten frei bedienen. Sie werden sich die Beweisstücke in einem Kokainfall, in dem die Angeklagte ihr ganzes Leben lang von dem Geld aus Drogen- uind Bandengeschäften in Luxus gelebt hat, nicht besonders genau ansehen . . .« Er unterbrach sich, als das Telefon klingelte. »Nehmen Sie ab, Helm. Aber vorsichtig!«

Ich schüttelte den Kopf. »Zeitverschwendung. Da ist keiner am Apparat. Das sind nur meine Kollegen draußen, die mir sagen wollen, daß ich noch genau fünf Minuten habe, um mir zu überlegen, wie ich mir das Mädchen schnappen und unter das Bett rollen kann, bevor sie die Türen eintreten und anfangen zu schießen.«

14

Das Telefon hörte auf zu klingeln, und es war ganz still im Zimmer. Einen Moment später lachte Tallman verächtlich auf. Er ging zur Tür, die in Sandras Zimmer führte, das sie bis jetzt noch gar nicht zu Gesicht bekommen hatte. Er klopfte auf eine bestimmte Art und Weise. Internationaler Morsecode. Sanft für einen Punkt, hart für einen Strich. Punkt –*Strich* – Punkt. R T für Robert Tallman. Herzig.

»Sie bluffen, Helm. Ich habe Leute, die beide Türen zu diesem Zimmer bewachen.«

Ich schüttelte den Kopf. »Nicht mehr, sonst hätte dieses Telefon nicht geklingelt.«

Wir warteten. Es kam keine Antwort auf sein Klopfzeichen. Tallmans Gesicht war rot vor Wut, als er sich zu mir umdrehte.

»Wenn Ihre Bande von Geheimkillern Agenten der amerikanischen Regierung angegriffen hat, werden Sie es bereuen!«

»Sagte der Mann, der mit einem großen Revolver auf einen Agenten der amerikanischen Regierung zielte«, sagte ich trocken. »Verdammt, mit einer einzigen Ausnahme sind wir hier allesamt FBI-Leute, Mr. Tallman. Vielleicht erinnern Sie sich daran, daß der Präsident eine ganze Menge Operationen genehmigt. Sie haben vergessen zu fragen, wer meine Operation genehmigt hat.«

»Operation?« sagte er höhnisch. »Was für eine Operation könnten Sie denn leiten, während Sie sich mit dieser kleinen Gangsternutte in der Gegend rumtreiben?«

»Die zufällig meine Schwiegertochter ist, wie Sie selbst gerade bemerkt haben, und ich habe langsam genug davon, daß man schlecht von ihr spricht«, sagte ich. »Aber egal. Tatsache ist, daß Sie und ich unsere Handlungsbefugnis aus der gleichen Quelle erhalten haben, dem Weißen Haus. Wir sind beide angewiesen, vordringlich unsere Missionen auszuführen und rücksichtslos mit jedem Widerstand und jeder Störung umzugehen, auf die wir stoßen. Richtig? Unglücklicherweise koordiniert das Weiße Haus diese Sachen nicht immer besonders sorgfältig. Die Befugnisse, die man mir gegeben hat, sind genauso weitreichend wie die, die Sie anscheinend bekommen haben. Offensichtlich gibt es keinen Apparat, der einen Konflikt zwischen zwei vordringlichen Operationen entscheiden kann, also werden wir es unter uns ausmachen müssen. Ich würde sagen, die Entscheidung, zu der wir kommen, wird zum größten Teil davon abhängen, wer von uns am Ball ist, stimmt's?« Er wollte etwas sagen, aber ich redete gleich weiter: »Haben Sie Westernromane gelesen, Mr. Tallman?«

Er erlaubte sich, verwirrt zu sein. »Ich würde meine Zeit nicht mit diesem melodramatischen Mist vergeuden, und so, wie sie heutzutage von Pornografie besudelt sind, sollte man sie in den Buchläden verbieten.«

Ich hatte gar nicht gewußt, daß Westernromane pornografisch geworden waren. Es war eine interessante Vorstellung. Ich würde mir ein oder zwei Exemplare besorgen müssen, um rauszufinden, was man auf dem Rücken eines Pferdes alles zustandebringen konnte.

»Das ist wirklich schade«, sagte ich. »Dann sind Sie nie auf diese wunderbare alte Zeile gestoßen, die man früher auf die Umschläge geschrieben hat: *Kein Mann ist größer als die Kugel aus einer 45er*. Wie groß sind Sie, Tallman?«

Er lachte verächtlich. »Versuchen Sie nicht, mir Angst zu machen, Helm.«

Ich sagte: »Der alte 45er Colt ist heute fast veraltet. Lassen Sie uns also statt dessen von den 9-mm-Luger-Patronen sprechen, wenn sie mit einem Schnitt von etwa achthundert Schuß in der Minute aus einer UZI-Maschinenpistole abgefeuert werden. Ich glaube, das ist die Waffe, mit dem unser Killerteam da draußen ausgerüstet ist, und ich schätze, daß sie mindestens vier davon haben. Plus weitere gemischte Waffen. Sind Sie besser?«

»Mann, Sie müssen verrückt sein«, sagte er. »Sie können doch nicht wirklich drohen, mit Waffengewalt gegen . . .«

»Gegen wen?« fragte ich liebenswürdig. »Sie verstehen die Situation nicht, Mann. Meine Leute da draußen wissen nicht, was Sie für lautere Charaktere sind, allesamt persönliche Kumpels vom Präsidenten. Die operieren aufgrund eines ernsten Mißverständnisses. Die denken, Sie sind ein Haufen politischer Fanatiker, die sich Caribbean Legion of Liberty nennen und Mrs. Helm und mich nicht besonders mögen. Sie haben gestern einen Anschlag auf uns verübt. Heute haben wir ihnen eine Falle gestellt und hoffen, daß sie noch in der Stimmung sind. Die Lady und ich sind der Köder. Na, jemand hat den Köder angenommen. Sie. Jetzt schließt sich die Falle, und meine Freunde da draußen können nicht wissen, daß sie anstelle von einer Bande schäbiger Terroristenbastarden ein Quartett von reinrassigen Heroinhunden geschnappt haben. Und lassen Sie mich daran erinnern, daß wir nicht im Geschäft der Festnahmen tätig sind. Wenn Sie einen Terroristen festnehmen, ernten Sie nur noch mehr Terrorismus, wenn seine Kameraden ihn zu befreien versuchen. Die Jungs da draußen haben ihre Befehle, und diese Befehle sind sehr einfach: *Vernichten!*«

»Sie lügen!« sagte Tallman schroff. »Sie können mir nicht erzählen, daß Sie sich wissentlich einer Situation ausgesetzt haben, bei der Sie sich und das Mädchen auf Gnade und Ungnade in die Hände von . . .«

»Die haben meinen Mann umgebracht!« Das war Sandra. Sie streifte ihre Schuhe über, wieder vollständig angezogen. Sie sah nicht auf, und ihre Stimme war sehr weich, als sie weitersprach: »Ich kann nicht für Mr. Helm sprechen, auch wenn es sein Sohn war, der gestorben ist, aber ich habe das Gefühl, wenn ich eine angemessene Anzahl von denen in den Tod locken kann, dann ist das alles wert, was mir hinterher zustößt. Ich würde glücklich sterben.« Es war nichts von ihren Bedenken gegenüber dieser Rachemission zu merken, die sie vorher geäußert hatte. Sie war sehr überzeugend.

Ich sah auf meine Uhr. »Entscheiden Sie sich, Tallman. Sie machen es sehr spannend. Wollen Sie eine Schießerei oder nicht? Ich garantiere Ihnen, daß Sie weder genug Waffen noch genug Männer haben. Wenn ich nicht innerhalb der nächsten neunzig Sekunden Mrs. Helm und mich selbst zeige, unversehrt und unbedroht, geht das Feuerwerk los, unwiderruflich. Wollen Sie und Ihre Männer tote Helden sein, die einen Haufen Mitangestellter unserer großartigen Regierung bekämpfen, die dieses Zimmer unter dem Eindruck stürmen, daß Sie gefährliche Aktivisten mit mörderischen Absichten sind? Ich schlage vor, Sie legen diese Magnum weg, befehlen Ihren Truppen, die Kanonen wegzustecken, und lassen mich meine Schwiegertochter zur Eingangstür bringen, wo man uns sehen kann . . .«

Tallman wollte wütend etwas sagen. Er hielt inne, sah sich um, als eine raschelnde Bewegung seine Aufmerksamkeit ablenkte: Der kleine Mann, Vance, hatte seine 38er zurück ins Pistolenhalfter gesteckt. Ohne ihren Chef anzusehen, schlossen sich die beiden anderen an. Ich ging langsam voran, nahm

Sandra beim Arm und führte sie zur Tür. Der Mann, der dort stand, trat zur Seite und ließ uns durch. Als ich nach dem Türknauf griff, war ich mir seiner großen schimmernden 357er hinter mir sehr wohl bewußt. Dann standen wir draußen im vergehenden Sonnenlicht.

Einen Moment lang bewegte sich da draußen gar nichts. Niemand zeigte sich. Die Rückseite des Hotels war jetzt voll von parkenden Autos, die mit den Schnauzen zum Gebäude standen. Fast alle Stellplätze waren belegt. Offenbar lief das Hotel/Motelgeschäft in Savannah ziemlich gut, sogar so spät im Jahr. Ich hatte genug Zeit, mich zu fragen, ob der Telefonanruf ein Zufall gewesen war. Vielleicht hatten die Jungs uns verloren oder waren irgendwie verjagt worden. Dann erhob sich ein Mann hinter der Haube eines kleinen, weißen Pickup-Trucks mit Campingaufbauten, der drei Plätze weiter links geparkt war. Er hielt eine Maschinenpistole, die ich nicht kannte. Na, die bringen ständig neue Dinger raus. Ich hatte den Namen UZI nur benutzt, um Eindruck zu machen. Jeder kennt die UZI.

»*Ciao*, Eric«, sagte er.

»Und *salud y pesetas* für dich, Trask«, sagte ich und vervollständigte unseren netten Entwarnungsblödsinn. Warum ein übergesiedelter Deutscher – sein richtiger Name war Miller, hergeleitet von Müller – eine italienische Begrüßung anbringen sollte, um sie von einem übergesiedelten Schweden mit einer schlecht ausgesprochenen spanischen Redewendung beantworten zu lassen, war so ein kleines Geheimnis, wie man sie in unserer Schmelztiegel-Nation oft beobachten kann. Trask kam vor, um sich zu uns zu gesellen. Ich nahm mir nicht die Zeit, die beiden einander vorzustellen. Ich sagte: »Paß da drinnen ein bißchen auf. Diese heldenhaften Drogenschnüffler werden schrecklich übellaunig, wenn man sie nicht mit dem Respekt behandelt, der ihrem glorreichen Kreuzzug gegen das chemische Übel entspricht. Laß dich nicht von brüderlichen Gefühlen übermannen, nur weil wir alle für Uncle Sam arbeiten.«

»Keine Chance. Ich hatte nie einen Bruder.«

»Versuche nicht, sie zu entwaffnen. Der leitende Mann hat einen schlimmen Fall von Magnumbibbern. Halt sie nur in Schach, aber zögere nicht zu schießen, wenn sie Theater machen. Wir können nichts dafür, wenn Leute in unsere Operationen platzen und dabei getötet werden, oder?«

Trask war ein ziemlich beleibter, blasser Mann, der letzte Mensch auf der Welt, in dem man einen gefährlichen Geheimagenten erkennen würde, und natürlich arbeitete er daran. Seine letzten paar Haare waren schwarz. Er war ein hundert Kilo fähiger Agent auf einem Neunzig-Kilo-Rahmen, trug ein grünes Sporthemd, eine schwarze Windjacke und ausgebeulte schwarze Hosen. Ich wußte, daß er trotz seiner Masse schnell war und gut mit den Nahkampfwaffen und den glänzenden Klingen umgehen konnte, vielleicht besser als ich. Zumindest war ich sicher, daß er es glaubte. Allerdings war ich nachweislich besser mit den Schußwaffen, besonders den langen. Außerdem war ich schon etwas länger dabei, was nicht unbedingt ein Vorteil war, außer, daß es mir die Erfahrung und das höhere Dienstalter einbrachte.

»Warte hier draußen mit der jungen Dame, mein Held«, sagte er. »Laß uns ein oder zwei Minuten, sie einzuwickeln. Ich pfeif dann.«

Als er ging, machte er ein kurzes Handzeichen, und plötzlich tauchten zwei Männer leise aus dem Nichts auf, je einer auf jeder Seite von ihm. Sie näherten sich mit dem üblichen Abstand zur offenen Tür. Als ich Sandra zu einer Stelle führte, an der wir aus der Schußlinie waren und ein paar Autos zum Schutz hatten, bemerkte ich einen zusätzlichen Heckenschützen mit einem Gewehr mit Fernrohr auf dem Dach eines flachen Gebäudes auf der anderen Straßenseite, offenbar einer Art Garage.

»Tut mir leid, daß du das alles durchmachen mußtest«, sagte ich zu dem Mädchen neben mir.

»Ich hoffe, sie wehren sich«, sagte sie. Als ich ihr einen schnellen Blick zuwarf, fuhr sie fort: »Ich hoffe, sie leisten Widerstand, und deine Männer schießen sie nieder, jeden einzelnen von diesen lüsternen Böcken! Aber du warst ja auch keine große Hilfe. Deine Augen sind dir genauso aus dem Kopf gefallen wie den anderen. Was ist los, habt ihr jämmerlichen Hengste noch nie ein nacktes Mädchen gesehen?«

Ich sagte: »Paß auf, es scheint, daß dir deine Gewaltlosigkeit verloren geht.« Einen Augenblick später sagte ich: »Du hast dich prima gehalten.«

»Ja, nicht?« Ihre Stimme klang bitter. »Vielleicht habe ich meine Berufung gefunden. Sandra und ihr Tanz der Sieben Schleier. Oh, sechs Schleier. Fünf Schleier, vier, drei, zwei, eins und zack . . . Was machen die eigentlich da drinnen?«

Dann tauchte Trask im Türrahmen auf und, bei Gott, er steckte sich zwei Finger in den Mund, um einen richtigen Pfiff loszulassen. Ich war neidisch. Ich habe als Kind diese Zwei-Finger-Pfeif-Technik nie gekonnt, und es war nicht so, daß ich es nicht versucht hätte. Inzwischen war es draußen fast dunkel, und als wir wieder ins Zimmer traten, waren alle Lichter an. Die Männer, die uns eben noch gefangengehalten hatten, saßen jetzt. Tallman und Vance in den beiden Sesseln des Zimmers, zwischen denen ein Cocktailtischchen stand, die beiden anderen Männer, noch immer namenlos, saßen auf dem Rand des nächstgelegenen Bettes. Trask ließ sie von zwei fähig aussehenden Männern mit den mir unbekannten Knatterbüchsen in Schach halten. Seine eigene Waffe war auf ihr Ziel gerichtet, als er die Tür schloß und sich dahinter aufstellte.

»Den Anweisungen entsprechend sind sie nicht entwaffnet worden«, sagte er.

»Wenn wir einen von ihnen erschießen müssen«, sagte ich, »wollen wir doch, daß er eine Waffe bei sich hat, oder?«

»Hören Sie, Helm . . .« Das war Tallman.

»Sie haben eine Menge geredet«, sagte ich. »Jetzt lassen Sie es mal jemand anderen versuchen.« Ich sah die vier an. »Es fehlen eine neue Smith & Wesson und ein alter Colt Automatic.«

Einer der Männer auf dem Bett holte ganz vorsichtig meine Waffe hervor und kam auf mein Zeichen hin vor, um sie auf den niedrigen Tisch zu legen. Er nahm wieder Platz neben seinem Kollegen. Vance langte mit Daumen und Zeigefinger in seine Manteltasche und brachte Sandras Automatic hervor. Er beugte sich nach vorn und legte sie neben den Revolver. Ich ging dorthin, steckte meine Waffe ins Halfter und prüfte die 380er ACP – Kammer leer, Magazin voll, okay. Ich stopfte sie in Sandras Handtasche, die auf dem Tisch lag.

»Hören Sie, Helm . . .« sagte Tallman wieder.

»Wir sehen Sie nicht, Tallman«, sagte ich.

»Was?«

»Kein einziger von den Leuten, die ich bei mir habe, wird Sie wiedererkennen«, sagte ich. »Das gilt auch für Mrs. Helm und mich. Sie sind für uns von jetzt an vollkommen fremd. Verstanden?«

»Nein, ich verstehe nicht!« sagte Tallman wütend. »Was meinen Sie damit, Sie werden mich nicht wiedererkennen . . .«

»Sie haben Ihre Chance gehabt«, sagte ich. »Sie sollten jetzt tot sein. Ich will damit sagen, daß Sie es sein werden, wenn Sie noch einmal in eine unserer Operationen platzen. Wir werden Sie nicht wiedererkennen, und wir werden Sie wie feindlich gesonnene Fremde behandeln, was soviel bedeutet wie: Wir werden Sie erschießen.«

Ich sah von einem zum anderen. »Mit anderen Worten: Bleiben Sie uns zum Teufel von jetzt an von der Pelle. Wahrscheinlich haben Sie diesen Teil unserer Mission schon vollkommen versaut. Die Chancen, daß uns die Leute, die wir treffen wollen, über den Weg laufen, sind gleich Null, nachdem Sie unsere kleine Falle haben zuschnappen lassen und jedermann da draußen gezeigt haben, daß wir bereit sind und auf sie warten.«

»Verdammt, Sie können mir keine Befehle geben, Helm. Meine Handlungsbefugnis . . .«

»Lassen Sie uns nicht schon wieder mit diesem Handlungsbefugnis-Quatsch anfangen«, sagte ich. »Ist Ihre Handlungsbefugnis größer als die Kugel aus einer 9-mm-Luger? Denn die werden Sie abkriegen, oder eine 38er Special, oder irgendein anderes, praktisches Kaliber, wenn Sie noch einmal versuchen, sich in meine Angelegenheiten einzumischen.« Ich starrte sie ernst an. »Lassen Sie es mich noch einmal wiederholen, damit es keine Mißverständnisse geben kann. Man hat mir eine klare Direktive gegeben: Wenn mich irgend jemand behindert, während ich meine Befehle ausführe, diesen Terroristenverein zu sprengen, soll ich davon ausgehen, daß er mit meinen Gegnern zusammenarbeitet, und ich soll ihn ebenfalls auslöschen. Das gilt auch für Sie und Ihren Haufen, Tallman.«

Tallman schnaubte. »Das können Sie Washington nicht verkaufen, Helm! Sie können nicht hoffen, daß die glauben, ich und meine Männer würden im Auftrag von . . .«

»Aber Sie tun es doch«, sagte ich. »Sie haben der CLL einen großen Gefallen getan und ihr dabei geholfen, eine Falle zu umgehen, die wir heute abend für sie aufgestellt hatten. Ich werde nicht zulassen, daß es noch mal passiert, und ich habe nicht die Absicht, jedesmal, wenn ich einen bedrohlichen Schatten sehe, mein Leben zu riskieren, weil ich, bevor ich schieße, sicherstellen muß, daß es nicht irgend so ein eifriger Kokainjäger ist, der seine lange Nase irgendwo reinsteckt, wo sie nicht hingehört, anstelle eines gefährlichen bewaffneten politischen Fanatikers. Und ich werde keine guten Agenten verlieren, weil sie zögern müssen, bevor sie ihre Waffen benutzen können, um sich zu überzeugen, daß das Zielobjekt nicht einer von euch Scheißern ist. Wir kennen euch nicht, und wir fegen euch wie jeden anderen Terroristen weg, wenn ihr euch zu Plagegeistern macht.« Ich drehte den Kopf. »Du auch, Trask?«

»Ich sage es weiter.«

Tallman protestierte. »Verflucht nochmal, Helm, ich muß auch meinen Job machen und dieses fiese Geschäft unterbinden . . .«

»Der einzige, der hier fies ist, sind Sie«, sagte ich. »Drohen Sie mir nicht wieder mit Untersuchungen. Ich habe ein Tonband voll mit allem, was heute abend hier passiert ist. Wenn das nicht reicht: Ich habe den Eindruck, als hätten Sie nicht zum ersten Mal versucht, auf so unehrliche Weise Druck auszuüben, um Ihre Ziele zu erreichen. Wir haben ein paar ziemlich gute Ermittler. Sie wollen doch nicht, daß wir die loslassen, um zu sehen, was die über Sie ausgraben können . . . Trask?«

»Ja?«

»Haben wir nicht welche von Tallmans Leuten in unserer Gewalt?«

Trask ging zu der Verbindungstür. Er sagte seinen Namen und gab einen Befehl. Die Tür öffnete sich, und zwei schüchterne Männer marschierten herein, behütet von einer Maschinenpistole in den Händen eines weiteren von Trasks stillen jungen Helden.

»Gib Ihnen ihr Spielzeug zurück und mach sie los«, sagte ich. »Also gut, Tallman, nehmen Sie Ihre Armee und verschwinden Sie endlich von hier.«

Tallman wollte etwas sagen, überlegte es sich aber anders. Seine super-stählernen Augen funkelten mich einen Moment lang mörderisch an, dann machte er eine scharfe Wendung und marschierte aus der Eingangstür des Zimmers hinaus. Seine Männer folgten ihm. Das Apartment wirkte plötzlich, als alle weg waren, viel größer. Trask wies sein eigenes Team an, sich zurückzuziehen.

»Nein, die Scheißer sind vollkommen verrückt und schießwütig«, sagte ich. »Gib ihnen viel Zeit zum Verschwinden. Wir wollen doch keine Wiederholung von Tombstone's O.K. Corral mitten in Savannah.«

»Mit dem werden wir Ärger kriegen, du Held. Er wird nicht auf deine Warnung achten.«

Ich zuckte mit den Schultern. »Seine Wahl«, sagte ich. »Jedenfalls habe ich eine kleine Ablenkung für ihn eingeplant, mit der er sich vielleicht irgendwo anders beschäftigen kann. Hast du das Tonband dabei?«

Trask deutete auf den jungen Mann, der gerade aus dem angrenzenden Zimmer gekommen war. Der nahm eine Cassette aus seiner Tasche und gab sie mir. Ich ließ sie gerade in meine eigene Tasche gleiten, als jemand an die Eingangstür des Zimmers klopfte. Trask ging hinüber, stellte eine Frage und bekam eine Antwort. Er öffnete die Tür einen Spalt weit, vorsichtig.

Die Stimme eines Mannes sagte: »Da ist jemand, der Mr. Helm sprechen möchte. Er sagt, sein Name ist Benison.«

Der Mann, der hereinkam, war sehr hübsch. Er war nicht groß, ein untersetzter Gentleman in den Dreißigern, mit braunem Haar und einem sanften, sonnengebräunten Gesicht. Er trug einen weichen, braunen Anzug, dreiteilig, ein gestärktes, weißes Hemd und eine kastanienbraune Seidenkrawatte. Seine braunen Schuhe waren bis zur Perfektion gewienert. Wenn ich es nicht gewohnt gewesen wäre, nach Waffen zu suchen, hätte ich seine unter dem sorgfältig geschneiderten Anzug niemals gesehen, hoch oben an der rechten Hüfte und ganz nah am Körper.

»Mr. Helm?« sagte er. »Ich habe gesehen, wie sich Tallmans Truppen zurückgezogen aben. Da habe ich gedacht, Sie hätten jetzt vielleicht Zeit für mich.«

»Mr. Tom Benison?« sagte ich. »Haben wir das richtig verstanden? Nicht Mr. Denison?«

Der Mann lächelte dünn. »Thomas Benison ist korrekt. Eine kurze Identifikation wäre angebracht, wenn diese schwerbewaffneten Herren es erlauben.« Als ich nickte, nahm er eine Ledermappe aus seiner Innentasche und reichte sie mir. Ich öffnete sie, warf einen Blick darauf und gab sie ihm zurück. »Der Chef Ihrer Organisation hat den von meiner heute im Laufe des Tages angerufen«, sagte er. »Er hat erzählt, Sie hätten von irgendwo am Highway I-95 angerufen und gesagt, Sie hätten Gesellschaft bekommen, die als Leute identifiziert wurden, die mehr oder weniger zu unserem Berufszweig gehören. Natürlich haben wir keinen Einfluß auf eine Spezialeinheit des Präsidenten, das werden Sie verstehen.«

»Wir haben nicht erwartet, daß Sie sie uns abnehmen. Wir dachten nur, Sie würden vielleicht gern etwas über ihre Operationen wissen.«

Benison lächelte mich noch einmal auf die gleiche zurückhaltende Weise an. »Wir sind, wie gesagt, in der gleichen Branche beschäftigt wie Mr. Tallman, stehen dem gleichen Problem gegenüber, so gut es geht, mit den Mitteln, die man uns zur Verfügung stellt. Ich muß zugeben, daß wir nicht gerade überglücklich darüber sind, wenn wir sehen, wie einige dieser Mittel einem wilden Mann vorgeworfen werden, der mehrmals für etwas diszipliniert wurde, was ein toleranter Mensch überschwengliche Bemühungen um den Gesetzesvollzug nennen würde. Wir sind nicht ganz so tolerant. Wir versuchen, uns an bestimmte gesetzliche Vorgaben zu halten. Wir meinen, daß Drogen eine ernsthafte Bedrohung unserer Gesellschaft darstellen, aber auch ehrgeizige Männer, die sich ein Imperium aufbauen wollen, um sich in Machtpositionen zu etablieren, und die fortwährend diese Macht mißbrauchen.«

»Ich habe hier ein Tonband, das Sie vielleicht interessieren könnte«, sagte ich. »Ich hoffe, es wird Ihnen dabei helfen, Mr. Tallman genug Ärger zu machen, um ihn uns vom Hals zu schaffen.«

Benison nahm das Band und sah es an. »Bei Vorspiegelung falscher Tatsachen werde ich es nicht annehmen«, sagte er. »Wenn wir auch glauben, daß Mr. Tallmans Mätzchen das professionelle Image, das wir der Öffentlichkeit präsentieren möchten, mit einem Makel belegen, so ist es doch für uns kein vordringliches Thema, Ihnen den Mann vom Hals zu schaffen.«

Ich grinste. »Verdammt noch mal, nehmen Sie es. Aber passen Sie auf. Tallman weiß, daß es existiert, und er ist kein Mann, der von Skrupeln geplagt wird.«

Benison nickte. »Ich werde daran denken. Ich habe einige Erfahrung im Umgang mit skrupellosen Menschen. Danke, Mr. Helm. Gute Nacht.«

Wir sahen ihm hinterher. Trask schloß die Tür und sagte: »Ein netter, kleiner Kerl. Solche hab ich schon öfter getroffen. Die sind normalerweise härter, als sie aussehen.«

»Ich glaube, die Lady und ich sind als Köder ziemlich erledigt, jedenfalls für den Augenblick«, sagte ich. »Die ganze Rumrennerei heute abend muß der CLL gezeigt haben, daß wir bereit für sie sind. Entweder geben sie die Sache mit uns völlig auf, worauf wir uns nicht verlassen können, oder sie halten sich zurück und warten auf eine bessere Gelegenheit weiter oben im Norden. Trask, du kannst deine Befehle für den

Augenblick ebensogut fallenlassen. Halte nur das Telefon besetzt und laß uns von jemandem beschatten, der den Porsche im Auge behält. Ich möchte nicht jedesmal nach Bomben suchen müssen, wenn wir einen Kaffee trinken gehen. Leute, die einmal Sprengstoff verwendet haben, neigen dazu, daran hängenzubleiben, genau wie am Heroin.«

»Verstanden. Nur die Ruhe, mein Held.«

Ich beobachtete, wie sie hintereinander aus dem Raum marschierten, und hatte das Gefühl, als wäre eine kleine Dankesrede nicht fehl am Platze gewesen. Allerdings bin ich kein großer Menschenführer, und ich weiß nicht, wie man einem Haufen ausgebildeter Spezialisten sagt, daß sie ihren Job gut machen, ohne dabei gönnerhaft zu klingen. Ich schloß die Tür hinter ihnen und wandte mich dem Mädchen zu, das während der letzten Zeit still am hinteren Ende des Bettes gesessen hatte.

»Okay, jetzt kannst du die Fassung verlieren«, sagte ich.

15

Nördlich von Savannah findet man eine Menge Kiefernwälder. Außerdem findet man eine Menge aufgerissene Freeways – na, die hatten wir ja schon unten in Florida erlebt. Offenbar bricht das gesamte System der Highways auseinander, und man versucht, es wieder zusammenzusetzen, was unzählige einspurige Umleitungen mit sich bringt, die allesamt mit LANGSAM-FAHREN-Schildern gepflastert sind, um sicherzugehen, daß man keine Möglichkeit ausläßt, einen kilometerlangen Verkehrsstau hervorzurufen.

Ich mußte an eine Umleitung denken, in die ich vor Jahren in Frankreich geraten war, als ich versuchte, auf unverdächtige Weise zu reisen; warum, ist egal. Ich machte den Fehler, wie jeder brave, kleine, defensive amerikanische Autofahrer wegen der Baustelle abzubremsen, und zog dabei den Unmut des diensthabenden französischen *gendarme* auf mich. Wie blöd kann man sich anstellen? War ich nicht in der Lage, einfache Logik zu verstehen? Natürlich, Monsieur, wenn die Straße auf die Hälfte ihrer Breite reduziert wird, dann müssen die Autos mit doppelter Geschwindigkeit durchfahren, um die gleichen Verkehrsmassen aufnehmen zu können! *Vite, vite . . .*

»Was ist so komisch?« fragte Sandra, als wir um eine Wasserleitung herumkrochen, die neu gebaut oder erneuert wurde. »Bitte erzähle mir den Witz, Matt. Ich brauche was zum Lachen.«

Unser Verhältnis war seit der letzten Nacht nicht sehr gut gewesen. Offensichtlich hatte sie über die Beleidigungen und Demütigungen nachgebrütet, denen sie ausgesetzt gewesen war, und machte mich dafür verantwortlich, daß ich sie nicht verhindert hatte – oder nicht zumindest nachträglich den Verantwortlichen eine heftige Strafe hatte zukommen lassen. Das Abendessen war ein schweigsames Mahl gewesen, wonach sie sich in ihr Zimmer zurückgezogen hatte, um am Morgen zu einem wortlosen Frühstück, bestehend aus Schinken, Eiern und einem ansehnlichen Packen Pfannkuchen, zu erscheinen. Mein Vater hat mir immer gesagt, ich bräuchte mir um einen kleinen Hund keine Sorgen zu machen, solange er einen guten Hunger hatte.

Als wir uns zentimeterweise durch die letzte Umleitung schoben, sagte ich: »Na ja, die Franzosen haben eine andere Einstellung zu diesen Dingen.« Ich erzählte ihr von meiner Erfahrung und schloß: »Glücklicherweise habe ich die Mission nicht gefährdet, aber es hätte sein können.«

Ich war froh, sie lachen zu hören. »Ich werde nicht fragen, was deine Mission war, aber wir könnten gut ein paar *gendarmes* gebrauchen, die hier ein bißchen Schwung in den Laden bringen. Statt dieser Burschen mit den Leuchtstoffwesten und den roten Fahnen, die einfach nur überglücklich sind, wenn sie das ganze Highwaysystem zum Stillstand bringen können. Matt.«

»Ja, Sandra.«

»Ich will sie töten. Diesen großen Scheißkerl mit den fiesen, blauen Augen und die kleine Ratte mit den neugierigen Fingern.«

»Ich weiß«, sagte ich, »aber der Sinn der ganzen Übung war es, sie uns vom Hals zu schaffen, ohne sie zu töten. Mein Chef hat bei diesem Auftrag in der Öffentlichkeit schon genug Schwierigkeiten in bezug auf Mord, auch ohne daß ich ihm einen Pickup voll verblichener Drogenagenten übergebe, für die er dann eine Erklärung finden muß.«

Sandra verzog ihr Gesicht und sagte: »Du weißt natürlich, daß ich nur große Worte mache. Selbst wenn du mir meine Waffe entsichert und mit einer Kugel im Lauf in die Hand gegeben hättest, wäre ich nicht in der Lage gewesen, abzudrük-ken.« Sie zuckte mit den Schultern. »Sie haben das Band dahin gegeben, wo es am meisten Sinn macht, damit sollte ich zufrieden sein. Ich schätze, ich hab einfach überreagiert. Die kleine Miß Schamgefühl, das bin ich wohl. Dumm! Ich hab also einen Körper, und ein paar Männer haben ihn gesehen, wie furchtbar!« Plötzlich kicherte sie. »Aber du bist wirklich ein unaufrichtiges Monster, oder?«

»Was heißt das?«

»Deine Männer wußten alle ganz genau, wer mit uns in diesem Zimmer war. Die haben keine Sekunde lang geglaubt, daß wir von der Caribbean Legion gefangen gehalten wurden, wie du es Mr. Tallman gesagt hast.«

»Sicher wußten sie es«, sagte ich. »Die haben Tallmans Leute doch überhaupt erst identifiziert, als ich sie hinter uns entdeckt hatte. Aber Tallman hätte gedacht, ich bluffe, wenn er sich darüber im klaren gewesen wäre. Er hätte nicht geglaubt, daß meine Leute angreifen würden, wenn sie wüßten, wen sie angreifen.«

»Hätten sie angegriffen?«

»Verflucht, ja. Trask wäre es egal gewesen. Er nimmt jeden als Gegner an, wenn man es ihm sagt. Es kümmert ihn absolut nicht, ob es der KGB oder die CIA oder irgend jemand dazwischen ist. Seine Jungs sind dafür ausgebildet, an jede Kehle zu springen, auf die sie angesetzt sind, ohne zu zögern.

Bleibt ein Dobermann stehen, um eine blöde Frage zu stellen, wenn er fassen soll?«

Sandra schüttelte sich ein bißchen. »Und sie sehen aus wie nette Jungs – alle außer dem fetten Mann, der sah hart aus. Und du siehst doch auch wie ein netter Mann aus!« Sie warf mir einen Seitenblick zu. »Matt, warum hast du mich eigentlich wirklich mitgenommen?«

Es war ein vollkommener Themenwechsel, und er schien Sandra genauso zu überraschen wie mich.

»Verdammt, das haben wir doch schon vorgestern abend besprochen«, sagte ich. »Du bist der Köder für die Falle.«

»Aber Tallman hat gestern die Falle verdorben, und es kommt mir unwahrscheinlich vor, daß sie so schnell wieder darauf reinfallen. Das hast du doch gestern abend Mr. Tallman erzählt. Aber du hast nichts davon gesagt, daß du mich nach Hause schicken willst. Sicher, du hast irgendwie versprochen, mich mitzunehmen, wenn du diese Leute in Newport befragen willst, aber du veranstaltest doch keine Führungen für junge Damen, und ich würde dich wahrscheinlich aus deinem Versprechen entlassen, wenn du mich nett darum bittest.«

»Vielleicht will ich dich nicht nach Hause schicken, weil ich nicht glaube, daß du zu Hause besonders sicher bist.«

Sie beobachtete mich genau. »Aber warum solltest du dir Gedanken darum machen, Matt? Ich meine, du bist doch nicht im Leibwächtergeschäft, du hast wichtige Arbeit zu erledigen, und zwischen uns gibt es keine richtige Blutsverwandtschaft oder so was. Wenn die mich wieder in die Luft sprengen oder mich niederschießen, was hast du denn eigentlich damit zu tun?«

Ich sah sie an. »Was willst du hören, du kleiner Fisch, eine Erklärung unsterblicher Liebe?«

Sie machte eine ungeduldige Geste. »Bitte hör auf damit. Ich habe schwer den Eindruck, keinen besonders schmeichelhaften Eindruck, daß du keinen Anschlag auf meine . . . Zuneigung oder meinen jungen weißen Körper vorhast, auch wenn du nicht darüber gestanden hast, mich zu beäugen, als du Gelegenheit dazu hattest. Es ist so eine Art lausiger Sinn für

Verantwortung, nicht wahr? Obwohl es absolut keinen Grund dafür gibt, warum du dich für mich verantwortlich fühlen solltest.«

»Da irrst du dich«, sagte ich. Und dann: »O Gott, nicht schon wieder. Noch eine Umleitung.«

Wir schwiegen, während ich den Wagen auf die richtige Spur brachte und sich der Verkehr auf dem Freeway Stoßstange an Stoßstange zu einer weiteren Prozession zwischen den großen roten Plastikhüten versammelte, die den Teil der Straße anzeigten, den wir benutzen durften, während sie den anderen Teil mit Preßlufthämmern totschlugen. Das Fahrzeug vor uns war ein großes Wohnmobil, dessen Rückseite uns wissen ließ, daß es das rollende Zuhause von Dot und Harry aus Duluth war. Außerdem gab es einen Aufkleber, auf dem stand: GOTT RETTE AMERIKA – UND ZWAR MÖGLICHST BALD!

»Wieso irre ich mich?« fragte Sandra. »Ex-Schwiegervater ist kein besonderer Verwandtschaftsgrad. Es gibt keine echte Verpflichtung, Matt.«

»Vielleicht nicht für dich«, sagte ich. »Aber ich habe eine Verpflichtung meinem Sohn gegenüber. Ich habe nicht viel für ihn getan, als er noch gelebt hat. Nach dem, was du mir von ihm erzählt hast, hätte er es nicht gut gefunden, gerächt zu werden. Also tue ich das nur für mich selbst. Aber er hat dich sehr geliebt, und ich kann etwas für ihn tun, von dem ich weiß, daß es ihm gefallen hätte. Ich kann mein Bestes geben, daß du okay bist, daß dich niemand umbringt und daß du alle Hilfe bekommst, die du brauchst, um ein gutes Leben zu führen, auch wenn es ein Leben ohne ihn sein muß. Du bist ein unabhängiges Mädchen, und ich habe es dir vorher nicht gesagt, weil du dich vielleicht geweigert hättest, ein Kindermädchen zu haben, aber ich hoffe sehr, daß du mich als eine Art runtergekommenen Schutzengel akzeptierst, bis die Dinge sich beruhigt haben.«

Einen Moment lang war sie still, und ich konnte nicht sagen, was sie dachte. »Prima Schutz!« murmelte sie schließlich. »Prima Engel! Als erstes brockt er mir einen unfreiwilligen Striptease ein!«

Dann lächelte sie mich an, und ich wußte, daß alles in Ordnung war. Wir brachten die Umleitung hinter uns, und noch ein paar andere Umleitungen, und verbrachten die Nacht in Richmond, Virginia. Am nächsten Tag bahnten wir uns den Weg an Washington, D.C., vorbei und starteten unseren Endlauf um New York herum, indem wir den Garden State Parkway zu einer der oberen Brücken über den Hudson nahmen, und dann nach Südosten abbogen, um zu dem Connecticut Turnpike zu gelangen, der keine echte, gebührenpflichtige Schnellstraße mehr ist. Immer wieder haben die großen Lastwagen ihre Bremsen falsch eingeschätzt und sind in die Wagen geknallt, die an den Gebührenhäuschen aufgereiht standen, und dabei haben sie Menschen getötet. Man sollte glauben, daß sie etwas gegen die Lastwagen tun; statt dessen haben sie die Gebührenhäuschen abgerissen. Wer sagt, wir hätten keine liberale Gesellschaft?

»Old Saybrook voraus«, sagte ich schließlich.

»Was?« Sandra setzte sich neben mir auf und machte die übliche weibliche Geste, sich das Haar zurechtzurücken, obwohl sie immer noch nicht genug Haare hatte, daß sie sich darum Sorgen machen mußte. »Oh, ich muß eingeschlafen sein. Du mußt tot sein nach der ganzen Fahrerei. Old Saybrook?«

»Nächste Ausfahrt.«

»Würde es dir etwas ausmachen, mich am Haus vorbeizufahren? Es ist nicht sehr weit.«

Ich setzte den Blinker und fuhr auf die rechte Fahrbahn. Ein paar Minuten später fuhren wir unter ihrer Anleitung eine schattige Straße entlang – na ja, im Sommer wäre sie schattig gewesen. Wir waren jetzt so weit im Norden, in New England, daß die meisten Blätter von den Bäumen gefallen waren. Die Häuser waren eher klein und lagen ein bißchen abseits der Straßen auf rasenbedeckten Grundstücken. Es gab keine Gehwege.

»Das weiße Haus auf der rechten Seite. Können wir anhalten?«

»Lieber nicht«, sagte ich.

»Ich weiß, es wird spät.«

»Das ist es nicht. Irgend jemand könnte rausgefunden haben, daß es dir gehört. Sie könnten sich überlegt haben, daß du nach dem Rechten sehen möchtest, wenn du in diese Gegend kommst. Sie könnten einen Willkommensgruß für dich vorbereitet haben.«

»Ja, natürlich. Es fällt mir schwer, immer daran zu denken, daß wir im Krieg sind. Danke, daß ich es mir ansehen konnte. Wir . . . Wir waren glücklich hier.« Nach einem Moment räusperte sie sich. »Ich muß jemanden besorgen, der diese Bootsplane festbindet und den Rasen sauberhält.«

Kurz vor dem Abendessen mieteten wir uns in einem großen Fachwerkhotel mit Blick über den Hafen von Newport ein. Wir hatten ein paar Brücken überqueren müssen, um dorthin zu kommen, eine davon ziemlich hoch, denn Rhode Island ist von einer Menge Wasser umgeben, und Newport liegt auf einer großen Insel – die im übrigen denselben Namen trägt wie der Staat. Es gab einen kleinen Jachthafen auf der Seeseite und einen großen Parkplatz landeinwärts. Unsere Zimmer lagen im zweiten Stock mit Blick auf die geparkten Autos.

Während Sandra tat, was Mädchen so tun, bevor sie zum Essen gehen, reservierte ich uns einen Tisch. Dann rief ich die Kontrollnummer an. Zur Abwechslung bekam ich Trask an den Apparat – normalerweise führte ich mein tägliches Gespräch mit der Telefonwache – und erfuhr, daß wir uns einen Floh eingefangen hatten, als wir an dem Haus in Old Saybrook vorbeigefahren waren. Einen menschlichen Floh, bisher nicht identifiziert, in einem grünen, zweitürigen Toyota. Schlaue Leute. Nachdem sie in Savannah von Tallman verjagt worden waren, hatten sie sich überlegt, wohin wir fahren würden, genau, wie ich es mir gedacht hatte. Sie hatten lieber darauf gewartet, daß wir ihnen zu ihnen kommen, als daß sie uns Hunderte von Meilen über den Freeway jagen mußten.

»Prima«, sagte ich. »Ich hatte gehofft, daß sie den Kontakt wiederherstellen würden. Beschatten, aber nicht eingreifen. Da bleiben nicht mehr viele Leute für uns, also konzentriere dich darauf, den Porsche von lauten Geschenken freizuhalten. Ich werde versuchen, ohne Anstandswauwau auszukommen, wenn ich nicht beim Wagen bin. Noch was?«

»Ja. Hast du in letzter Zeit irgendwelche Zeitungen aus Florida gelesen?«

»Nein, warum?«

»Böse Drogenkriege. Zwei Pusher nach Unterweltmanier in Pompano Beach exekutiert, weil sie sich auf falschem Territorium aufgehalten hatten. Zumindest ist das die offizielle Version. In Wahrheit haben die Cops ziemlich sichergestellt, daß die Opfer die beiden Männer sind, die an dem Bombenanschlag von Mariposa beteiligt waren. Sie treiben die Morduntersuchungen nicht besonders energisch voran, auf Anweisung von Washington.«

»Vareks Leute haben die Männer also erwischt. Was ist mit dieser Angela?«

»Es hat nicht ganz so funktioniert, wie es geplant war. Diese Delgado in unserem Büro hatte ein paar neue Informationen. Das Mädchen hat Macht über einen bösen Computer. Sie hatte die beiden Männer genau aufgespürt. Varek sollte sich zurückhalten, um ihrer Komplizin Gelegenheit zu geben, dazuzustoßen, aber ich schätze, er ist ein eher ungeduldiger Typ. Er hat zu früh zugeschlagen und hat nur die Männer erwischt. Er sucht noch immer nach der Blondine. Aber Louis meldet, daß sein Team mit Hilfe von Washington Arthur Galvez und Howard Koenig aufgespürt hat. Die Jungs warten auf den Befehl, sich ranzumachen.«

»Gut so. Es scheint doch, als kämen wir etwas voran . . . Sekunde mal, da ist jemand an der Tür.«

»Das war der Bericht. Paß auf deinen Arsch auf, du Held. Trask out.«

Als ich den Hörer auflegte, hörte ich das Klopfen wieder und merkte, daß es Sandra an der Verbindungstür war. »Komm rein, ich bin gesellschaftsfähig«, sagte ich. »Na ja, so gesellschaftsfähig wie . . . He, was ist los?«

Ich sprang auf und rannte zu ihr. Sie stand ein bißchen unsicher im Türrahmen. Sie trug hochhackige, weiße Sandalen und saubere weiße Hosen, eine angenehme Veränderung zu den abgenutzten Jogging-Schuhen und den schmuddeligen Jeans, in denen sie heute gereist war. Mehr trug sie nicht, nur noch ihren 380er Colt Automatic.

»Ich weiß nicht«, sagte sie. »Ich weiß wirklich nicht, ob ich einen großen Aufstand um nichts mache.«

»Sag schon!«

»Vielleicht ist es eine Überreaktion, aber als ich aus dem Badezimmer kam, hat ein Dienstmädchen Blumen auf die Frisierkommode gestellt. Das verrückte ist, sie sah genauso aus wie . . . ich bin mir fast sicher, daß sie das Mädchen vom Mariposa war . . . Matt!«

Ich schätze, ich habe sie so hart angepackt, daß es ein bißchen weh tat. Ich trat die Tür hinter ihr zu. Ich zerrte sie durchs Zimmer und stieß sie hinter dem hinteren der beiden Betten zu Boden, hielt sie dort fest und legte mich daneben. Nichts passierte.

Sandra wollte den Kopf heben. »Ich schätze, es war wirklich eine Überreaktion. Tut mir leid, daß ich so feige . . .«

Ich riß sie wieder zu Boden, als das Zimmer, das sie gerade verlassen hatte, mit einem tonlosen harten Knall explodierte, der die Verbindungstür wieder aufstieß und ein Bild von der gemeinsamen Wand schüttelte. Etwas weißlicher Rauch wehte durch die offene Tür herein. Ich hielt Sandra so lange, bis ich sicher war, daß sie nicht zusammenbrechen würde, aber Matthew hatte sich ein gutes, unhysterisches Mädchen gesucht.

»Wir sollten ein Hemd für mich finden«, sagte ich. »Sieht so aus, als könnten wir Gesellschaft bekommen.«

16

Er war ziemlich groß, ein schlanker, schneidiger Mann im Tweedanzug, mit einem dünnen, schneidigen Oberlippenbart, den er gern mit dem mittleren Knöchel seines rechten Zeigefingers glattstrich. Genau das tat er gerade.

»Wunderschön«, sagte er. »Einfach wunderschön!«

Na ja, über Geschmack läßt sich streiten. Ich habe schon eine ganze Menge zerstörter Zimmer gesehen, und ich fand an diesem Durcheinander nichts, was es liebenswerter als all die anderen gemacht hätte. Aber das örtliche Bombengenie, dessen Name Colonel Farnham war, betrachtete bewundernd die Löcher in den Wänden und der Decke.

»Beachten Sie die gleichmäßige Streuung«, sagte er. »Eine richtig nette Splitterbombe mit grobem Vierer-Schrot.«

»Tja, was glauben Sie, Colonel?«

Diese Frage kam von dem uniformierten Knaben, der uns den Bombenspezialisten im Tweed gebracht hatte. Er stand an der zerplitterten Flurtür. Hochrangige Polizisten haben das gleiche Aussehen von kugelsicherer Perfektion wie hochrangige Militärs. Man kann sich nicht vorstellen, wie sie diese makellosen, enganliegenden Polizei- oder Soldatenuniformen vollbluten, selbst wenn man davon ausgeht, daß sie menschliches Blut in sich haben. Dieser hier trug alle richtigen Cop-Waffen an den richtigen Stellen, und man wußte, daß man darauf niemals irgendwo Rostflecken oder Staub finden würde. Er war ein untersetzter Mann mit einem quadratischen, braunen Gesicht und dickem, glänzendem, schwarzem Haar – natürlich war keine Strähne am falschen Platz.

Er sprach wieder, als der Mann, den er anredete, nicht sofort antwortete: »Nur eine vorläufige Meinung, Colonel?«

Farnham drehte sich um und sah ihn an. »Natürlich kann ich Ihnen nichts mit Sicherheit sagen, bis ich alle Beweismittel untersucht habe. Aber die Handschrift ist die gleiche, wenn Sie wissen, was ich meine.«

»Die Handschrift?«

»Die Technik. Die Vorgehensweise. Was wir eben manchmal die Handschrift nennen. Ja, die Leute, die dieses Gerät gebaut haben, könnten sehr wohl die sein, die vor ein paar Monaten für die Bombe im Silver Conch Restaurant verantwortlich waren. Das war natürlich ein anderer Typ, extra dafür gebaut, über eine größere Fläche wirksam zu sein, aber genau wie diese hier war sie nicht größer als notwendig, ökonomisch. Normalerweise sind sie auf dem Overkill im großen Stil aus. Sie haben Fünfzig-Megatonnen-Träume, selbst wenn es nur darum geht, ein kleines Hotelzimmer in die Luft zu sprengen.«

Während ich neben Sandra darauf wartete, daß der Übercop zu uns kam, schob ich dazwischen, was ich zu sagen hatte. »Es hat zwei weitere Bombenanschläge gegeben, die Sie interessieren könnten, Colonel. Das Restaurant La Mariposa in West Palm Beach, Florida, und das Howard-Johnson-Restaurant in San Juan, Puerto Rico. Wenn Sie gern noch ein paar Handschriften vergleichen wollen.«

Der uniformierte Mann an der Tür gab ein kurzes, bellendes Gelächter von sich. »Wer würde schon ein Howard-Johnson-Restaurant in die Luft sprengen? Da könnte man ja gleich eine großangelegte Swat-Operation inszenieren, um Yogi-Bär zu erschießen.«

Ich sagte: »Nichtsdestoweniger sind fünf Menschen gestorben, drei davon Kinder.«

Colonel Farnham sagte: »Ich werde die Fälle prüfen, die Sie erwähnt haben. Danke.«

Der glänzende Polizist sagte: »Während sich der Colonel hier drinnen umsieht, können wir vielleicht in das andere Zimmer umziehen und es uns gemütlich machen, während ich mit der jungen Dame ihre Zeugenaussage durchgehe.«

Es war die übliche Polizeivernehmung. Sie wissen nicht, wie man eine einfache Frage stellt, ohne so zu klingen, als ob sie einen des Mordes anklagen. Sandra mußte noch einmal das Dienstmädchen beschreiben: Eine eher kleinwüchsige Frau mit schulterlangem, blondem Haar, die eine graue Baumwolluniform trug, schwarze Nylonstrümpfe und graue Leinenschuhe. Sie hatte eine Vase mit Blumen gebracht. Sie sagte, sie kämen von der Geschäftsleitung. Sie stellte sie auf die Frisierkommode und fummelte ein bißchen daran herum. Sandra hatte so eine unbehagliche Ahnung gehabt, daß sie sie kannte, aber erst, als sich die Tür schloß, erkannte sie, daß sie dieses Dienstmädchen schon einmal gesehen hatte . . .

Der Cop ging es wiederholt mit ihr durch, wie sie es immer machen. Dann war ich ein bißchen dran, größtenteils, um darauf hinzuweisen, daß er hier nicht gern Wölfe aus anderen Höhlen hatte, die in seinem Territorium herumstreichen, auch nicht aus der großen Wolfshöhle Washingtons – natürlich hatten wir die Aufnahme der Personalien schon mit den ersten Beamten durchgeführt, die am Tatort aufgetaucht waren. Schließlich hielt man uns den üblichen Polizeivortrag zu ›Feuerwaffen hinsichtlich ihrer lokalen legalen Aspekte‹ und ›zwischenbehördliche Zusammenarbeit, ein Fall von Gegenseitigkeit‹. Hoffte er. Am Ende steckte er das Notizbuch weg, nahm seine Mütze auf und ging, Name und Rang noch immer unbekannt, nachdem er uns versichert hatte, daß die beschädigten Türen des Zimmers nebenan, besonders die Verbindungstüren, ständig gesichert würden und die ganze Nacht über ein Mann Wache schieben würde.

Sandra schnitt hinter seinem Rücken eine Grimasse. »Bei dem Gedanken wird mir ganz warm«, sagte sie, als sich die Tür schloß. »Daß ein Schweinebulle auf sie aufpaßt, ist genau das, was ein Mädchen braucht, um sanft zu schlafen. Besonders ein Mädchen, das mit dem Namen Varek geboren wurde.«

»Jetzt klingst du genau wie eine Gangstergöre«, sagte ich. Ich beobachtete sie einen Moment lang. »In *dem* Zimmer kannst du nicht schlafen, und sie haben keine anderen zusammenhängenden Zimmer zur Verfügung. Das einzig freie Zimmer in diesem Stock liegt ganz am anderen Ende vom Flur.« Sie grinste. »Könnte es sein, daß du die Aufmerksamkeit auf die Tatsache lenken willst, daß es hier zwei große Betten gibt? Bist du schüchtern damit? Deine Tugend ist vor mir sicher, ehrlich.«

»Um meine Tugend hatte ich mir keine Sorgen gemacht.«

»Oh, prima, der Mann findet mich unwiderstehlich!« Sie lachte und schüttelte den Kopf. »Wenn es mein Ruf ist, um den du besorgt bist: Sonny Vareks Tochter hatte niemals einen Ruf, also vergiß es.« Plötzlich erschauerte sie. »Ich will nicht irgendwo am anderen Ende von einem Flur sein, Matt. Ich will nicht mal nebenan sein. Ich will, daß du auf mich aufpaßt, nicht irgendein lausiger Cop. Und wenn du mich nicht ausführst und ein paar Drinks in mich reinschüttest, und zwar ganz schnell, dann hast du es mit einem Nervenbündel zu tun. Diese Explosion hat mich an zuviele häßliche Dinge erinnert. Wie lange muß ein Mädchen in dieser Gegend eigentlich tapfer und nüchtern sein?«

Wir gingen in ein Restaurant. Newport ist keine große Stadt, und das meiste findet in einem ziemlich kleinen Bereich unten am Wasser statt. In früheren Jahren hatte es eine Menge prunkvoller Feierlichkeiten in den großen Anwesen am Strand gegeben, wo die Millionäre den Sommer verbrachten – im Gegensatz zu den großen Anwesen in Palm Beach, wo sie den Winter verbrachten. Es mußte ein angenehmes Leben gewesen sein, wenn man es hatte führen können. Aber diese Glitzerwelt ist vorbei, und heutzutage ist die Gegend um die Docks die große Attraktion, mit ihren Jachthäfen und Bootsplätzen und den America's Cup-Jachten und Schiffsausrüstern, ganz zu schweigen von ihren kuriosen kleinen Läden und den malerischen Eßlokalen, allesamt in farbenfrohen Fachwerkhäusern, die mich an den renovierten Teil des Flußufers von Savannah erinnerten, abgesehen davon, daß der Stil hier ›Olde New England‹ anstelle von ›Olde South‹ war.

»Irgendwie nett«, war Sandras Urteil. »Matthew und ich wollten immer mal nach Newport fahren, es war so nah, aber wir sind nie dazu gekommen.« Sie schwieg einen Augenblick, dann sprach sie in kräftigem, hellem Ton: »Wo fütterst du mich? Sollte es etwa das ›Silver Conch‹ sein?«

»Ich hasse oberschlaue Bräute«, sagte ich. »Wie bist du bloß darauf gekommen?«

»Wenn es erst vor ein paar Monaten in die Luft gesprengt worden ist, wie der Mann gesagt hat, dann müssen sie es aber ziemlich schnell wieder zusammengeflickt haben.«

Ich sagte: »Es ist nur halb in die Luft geflogen, Sie sind noch nicht ganz fertig damit, den Teil wieder aufzubauen, aber die andere Hälfte ist noch offen. Wir müssen es nur finden.«

Auf direktem Weg lag es nur zwei Blocks weit entfernt, aber wir hatten das Hotel durch den Hinterausgang verlassen, um den Reportern zu entgehen, die möglicherweise in der Hotelhalle herumlungerten. Das warf meine Orientierung aus der Bahn, so daß wir ein bißchen mehr als nötig durch das Gewirr von engen Gassen und Seitenstraßen laufen mußten, bis wir den Weg zum richtigen Pier gefunden hatten. Das Restaurant war ein langes, niedriges, schlichtes, graues Gebäude, das über dem Wasser thronte. Es war erst vor kurzem frisch gestrichen worden, wahrscheinlich, damit der Neubau oder der wiederaufgebaute Teil an der Seeseite zum Rest paßte.

Es gab ein Schild, das eine schimmernde, spiralförmige Seemuschel auf schwarzem Untergrund zeigte. Hübsch, aber ich fragte mich, was eine Schneckenmuschel hier oben in New England machte. Meines Wissens ist es ein Schalentier aus Florida, und es ist so hart, das man mit einem Knüppel darauf einschlagen muß, um es eßbar zu machen, und selbst dann kann es Miesmuscheln und Austern niemals aus dem Geschäft drängen. Jedenfalls nicht, was mich betrifft. Eine Bewegung in der Nähe ließ mich den rechten Arm ausstrekken, um Sandra hinter mich zu schieben, während mir die kleine 25er Ärmelwaffe – ich hatte sie für den Gebrauch am Tage vom Knöchel zum Unterarm gewechselt – in die linke Hand glitt.

»Mr. Helm?« Es war die Stimme einer Frau. »Mr. Matthew Helm? Und Mrs. Cassandra Helm?«

Sie trat aus dem Schatten hervor, eine große Frau in Hosen mit kurzem, dunklem Haar und einer großen Brille. Eine Minikamera mit Motor hing um ihren Hals. Ich glaube, man nennt sie Minikameras, obwohl sie ziemlich gewachsen sind, seitdem ich fotografiert habe. Die Kamera hatte obendrauf eine Blitzvorrichtung. Die sind kleiner geworden. Manche von denen, die wir verwendet haben, als ich ein Junge war und für eine Zeitung gearbeitet habe, waren so groß wie Suchscheinwerfer. Na ja, wie man so sagt: Was man in den Kurven verliert, gewinnt man auf der Geraden.

»Bennington«, sagte sie. »Laurel Bennington von der *Newport Free Press.*«

Sandra nahm meinen Arm und fing an, mich wegzuziehen. »Bitte, wir wollen nicht . . .«

»Warte mal«, sagte ich. »Ich schätze, ein bißchen Reklame wird nicht schaden, wenn du es aushalten kannst, Sandy.«

»Ich glaube schon«, sagte sie, »aber seit dem letzten Mal habe ich genug davon, daß mir diese Dinger immer vor der Nase explodieren, und ständig zucke ich zusammen und denke, ich werde schon wieder in die Luft gesprengt.«

Ich wandte mich zur Seite, damit ich die kleine Automatik wieder in ihre Halterung bringen konnte, ohne Aufmerksamkeit zu erregen. »Ich bin sicher, daß Miß Bennington nicht ohne Vorwarnung Bilder schießt«, sagte ich. »Sie wollen Fotos, Miß Bennington?«

Die große Frau lächelte. Nichts konnte ihr zerfurchtes Gesicht schön machen, aber das Lächeln gab ihr das Aussehen einer netten, klugen Frau, die man vielleicht gern kennenlernte.

»Wir nennen es heutzutage visuelle Aufbereitung«, sagte sie. »Ja, ich hätte gern etwas visuelle Aufbereitung für meine Geschichte über das knappe Entrinnen vor dem Tode, Mr. Helm. Ihr zweites, knappes Entrinnen vor dem Tode, wenn die Polizei es richtig verstanden hat.«

Eigentlich war es natürlich das dritte, wenn man die Panzerabwehrkanone an dem hohen Fenster mitzählte, aber ich sah keinen Grund, sie zu verbessern.

»Lassen Sie uns drinnen reden, wenn wir ein paar Drinks vor uns haben, und vielleicht sogar in uns. Aber warum schießen Sie Ihre visuellen Aufbereitungen nicht gleich hier draußen, wenn es Ihnen nichts ausmacht? Jeder, der den Tagespreis für ein gutes Restaurant bezahlt, sollte seine Mahlzeit in Ruhe genießen dürfen, ohne sich die Verdauung von künstlichem Licht ruinieren zu lassen.«

Als wir nach einer kurzen Fotosession hineingingen – die

Lady wußte, was sie wollte, und fing gleich damit an –, führte man uns sofort zu unserem Tisch, obwohl wir für de Reservierung, die ich bei unserer Ankunft im Hotel telefonisch getroffen hatte, zu spät kamen. Es war ein großer, angenehmer, eher rustikaler Raum mit Holztischen und Stühlen, aber es gab weiße Tischtücher und Servietten. Die Kellner trugen schwarze Anzüge, und neben der Tür gab es ein Schild, das die Herren aufforderte, Jacketts zu tragen. Ich war ihnen weit voraus. Ich trug sogar eine Krawatte. Die jüngere Generation von Männern scheint furchtbare Angst vor Krawatten zu haben, aber mir jagen sie keinen Schrecken ein.

Man setzte uns an einen Tisch für zwei. Das Restaurant war voll, und es war kein größerer Tisch verfügbar, aber man brachte einen zusätzlichen Stuhl für Laurel Bennington, die sagte, sie hätte schon gegessen, danke, aber sie könne wahrscheinlich einen Scotch mit Wasser herunterwürgen. Sandra und ich entschlossen uns beide für Wodka Martinis. Gerührt, keine Oliven.

»Mal sehen, ob ich es richtig verstanden habe, Matt«, sagte Laurel, nachdem wir eine Zeitlang geredet hatten. Wir waren schon so weit, daß wir uns mit den Vornamen anredeten. »Sandra war mit Ihrem Sohn verheiratet, der vor kurzem bei einem Attentat von Terroristen unten in Palm Beach getötet wurde. Und Sie beide sind jetzt hierher nach Newport gekommen, um unser Attentat vom letzten Frühling zu untersuchen. Sie interessieren sich dafür, weil die gleiche Bande, die sich Caribbean Legion of Liberty nennt, den Anschlag verübt hat. Jedenfalls haben sie ihn für sich in Anspruch genommen, wenn das das richtige Wort dafür ist und Sie hoffen, daß dieser Anschlag sie irgendwie zu ihnen führt. Offensichtlich sind die mit Ihnen einer Meinung, sonst würden sie nicht versuchen, Sie aufzuhalten. Habe ich soweit recht?«

»Nicht ganz«, sagte ich. »Ich glaube nicht, daß sie sich Sorgen um den älteren Bombenanschlag im Silver Conch machen, jedenfalls noch nicht. Sie glauben, daß Sandra das Terroristenteam identifizieren kann, das vor kurzem aktiv an dem Anschlag auf das La Mariposa beteiligt gewesen ist. Das war die Sache unten in West Palm.«

»Ja, ich weiß«, sagte Laurel. »Kann sie das denn?«

Ich nickte. »Ehrlich gesagt hat sie bis vor zwei Stunden noch daran gezweifelt, aber dann hat sie in dem falschen Dienstmädchen, das ihr den geladenen Blumentopf ins Zimmer gestellt hat, einen der Bombenwerfer wiedererkannt, die sie gesehen hatte, als ihr Mann, mein Sohn, getötet wurde.«

»Es waren insgesamt drei, oder? Die Frau und zwei Männer?«

»Um die Männer müssen wir uns keine Sorgen machen«, sagte ich. »Die sind unten in Florida bei irgendeinem Drogenstreit getötet worden, gerade erst vor ein oder zwei Tagen. Zumindest scheint die Polizei zu glauben, daß die Identifikation sicher ist.«

Es folgte eine kurze Stille. Sandra sah mich erstaunt an. Ich war noch nicht dazu gekommen, ihr zu erzählen, was ich kurz vor der Explosion am Telefon erfahren hatte. Laurel Bennington sah mich durchtrieben an. Als gute Reporterin wußte sie, daß ich ihr, wenn ich sie nicht anlog, doch vielleicht nicht alles erzählte. Sie versuchte angestrengt, die Dinge zu erraten, die ich zurückhielt.

»Irgendein Drogenstreit«, zitierte sie trocken. »Ist es nicht ein ziemlicher Zufall, daß sie innerhalb weniger Wochen eines gewaltsamen Todes sterben?«

»Gewalttätige Leute sterben eines gewalttätigen Todes.« Ich grinste. »Sandy und ich haben sie nicht gelyncht, wenn Sie das meinen. Als sie getötet wurden, waren wir mehrere hundert Meilen entfernt und fuhren auf der I-95 in Richtung Norden.«

Die Reporterlady war nicht zufrieden. »Aber die Vorstellung ist Ihnen nicht vollkommen widerlich, oder? Was haben Sie vor, falls etwas, das Sie hier erfahren, Sie zu dem Mädchen führt, das diese Bomben gelegt hat, oder zu irgendeinem anderen Mitglied der Terrororganisation, die für den Tod Ihres Sohnes verantwortlich ist? Was wollen Sie tun, wenn Sie sie erwischen? Sie erschießen?«

Ich sah sie mit einem Ausdruck verletzter Unschuld an.

»Sehe ich aus wie Charles Bronson in einem von diesen Schlachtet-die-Schurken-Filmen?«

Sie lächelte nicht. »Um ehrlich zu sein, Matt, das tun Sie ein bißchen. Anderer Körperbau natürlich, aber die gleiche . . . na ja, geistige Einstellung, würde ich sagen. Ich glaube, man könnte wahrscheinlich einen ziemlichen Schrecken bekommen, wenn man Sie in einer dunklen Seitenstraße trifft. Aber für meine sentimentalen Leser halten wir es lieber *einfach.* Die wollen nur von der hinterbliebenen jungen Frau und ihrem einsamen Schwiegervater hören, zwei Unschuldigen, die die Verbrecher aufspüren wollen, die für ihren Schmerz verantwortlich sind, und die sich selbst von Bomben nicht aufhalten lassen. Wenn es Ihnen nichts ausmacht, vertiefe ich das Bild mit noch ein paar Tatsachen.« Sie lehnte sich zurück und holte tief Luft. »Und was kann ich jetzt für Sie tun? Sie haben mir nicht all diese Informationen gegeben, ohne als Gegenwert etwas dafür haben zu wollen. Informationen zum Beispiel?«

Ich lachte. »Sie haben es erraten. Zuerst erzählen Sie uns mal von dem Bombenanschlag, der hier stattgefunden hat. Soweit ich weiß, war es in diesem Raum, am unteren Ende des Ganges hinter der Bar, der Küche und den Toiletten.«

»Das stimmt. Das war der offizielle Speisesaal am anderen Ende des Gebäudes, nur fürs Abendessen geöffnet. Dieses Ende hier war ein eher zwangloser, Saloon-ähnlicher Speiseraum, wo es Mittagessen, Drinks und Abendessen gab. Solange sie renovieren, müssen sie Kompromisse schließen. Tagsüber ist dieser Raum eher salopp, aber zum Abendessen wird er aufgerüscht, wie Sie sehen können.«

»Eklatante Diskriminierung nenne ich das«, sagte ich. »Männer müssen Mäntel tragen, aber Frauen keine Röcke. Wir unterdrückten Männer brauchen eine Erneuerung der Gleichberechtigung.«

Laurel lachte. »Jedenfalls war es ein attraktives Pärchen in den Flitterwochen. Offensichtlich praßten sie herum, bevor sie sich im Stand der Ehe niederließen. Der Junge in karierten Hosen und einem blauen Blazer, das Mädchen in einem flauschigen rosafarbenen Kleid. Herausgeputzt für ein Abendessen in einem teuren Restaurant, ausgewählt nach einem Reiseführer, der aus seiner Manteltasche ragte. Er hatte zwei Pakete aus Läden bei sich, die abends lange geöffnet haben. Das süße kleine blonde Ding war so stolz auf die Ringe an ihrer linken Hand, auch wenn niemand eine Sonnenbrille aufsetzen mußte, um sich vor dem blendenden Glanz des Solitärs zu schützen. Der gutaussehende braungebrannte Bursche war so stolz auf sie. Champagner natürlich. Und noch mehr Champagner. Schließlich das Essen bestellt. Sie mußte gehen. Er mußte gehen. Niemand dachte sich etwas dabei. Das macht der Champagner. Es war ein Tisch für vier. Die Pakete lagen auf einem der freien Stühle. Wumm. Zwei Tote, sieben Verletzte. Niemand weiß, ob sie vor der Explosion durch die Klos verschwunden sind oder mit ihrer Flucht auf den Rauch und das Durcheinander gewartet haben.«

Sandra, die nicht viel gesagt hatte, ergriff schließlich das Wort. »Sie muß ziemliche Nerven haben, wieder nach Newport zurückzukommen. Eine ganze Menge Leute müssen sie gesehen haben, in viel besserem Licht, als ich es unten in West Palm Beach hatte, und da trug sie eine Perücke. Trotzdem habe ich sie erkannt, auch wenn ich eine oder zwei Minuten dafür brauchte.«

»Natürlich, bei uns ist die Aufregung schon im letzten Frühling gewesen«, hob Laurel hervor. »Die Leute vergessen mit der Zeit. Wahrscheinlich verläßt sie sich darauf und bleibt den Orten fern, an denen sie damals gewesen ist.«

»Diese sieben Leute, die verletzt wurden«, sagte ich. »Sind sie darüber weggekommen?«

Laurel dachte einen Moment lang nach. »Ich glaube schon. Natürlich haben sie ein paar Narben behalten. Aber keine scheußlichen Verunstaltungen, keine Krücken oder Rollstühle oder ständigen Krankenhausbetten. Ja, ich würde sagen. sie sind inzwischen alle so ziemlich wieder zum normalen Leben zurückgekehrt – mit ein paar unangenehmen Erinnerungen natürlich. Aber ich habe von keinem gehört, der die Dienste eines Psychiaters in Anspruch genommen hätte.«

»Okay, erzählen Sie uns von den Toten«, sagte ich.

»Pirate Williams hat das meiste der Explosion abbekommen. Er saß an seinem üblichen Tisch am Fenster, den er immer bekommen hat, wenn er kam, um einen von seinen Verkaufsabschlüssen zu feiern. Würden Sie ein gebrauchtes Boot von einem Mann kaufen, der sich selbst ›Pirat‹ nennt? Die Leute taten es, so wie sie gebrauchte Autos von Männern kaufen, die sich selbst ›Betrügerischer Bob‹ oder ›Falscher Freddy‹ nennen.«

»Wo Sie gerade davon sprechen«, sagte ich. »Wissen Sie nicht, daß es keine Gebrauchtwagen mehr gibt? Das sind jetzt Autos mit Vorbesitzern. Und ein Schalldämpfer ist kein Schalldämpfer mehr. Er ist ein Geräuscheunterdrücker. Als Journalistin sollten Sie sprachlich am Ball bleiben, Baby.«

»Ich bin keine Journalistin, ich bin eine lausige Reporterin«, sagte Laurel. »Jedenfalls war der Pirat eins von unseren Originalen. Er sah immer aus, als wäre er gerade nach vier Wochen auf einem Trawler an Land gegangen, komplett mit Backenbart und Gummistiefeln. Er hatte sich eine alte Tweedjacke angezogen, um sich den Regeln zu unterwerfen, als er hierher kam, und es machte ihm absolut nichts aus, wenn die Touristen nach dem malerischen, alten Seebären am Fenster fragten. Auf gewisse Weise ein Schwindler, aber man sagte, er hätte einen ziemlich guten Bootsplatz, und er war ein höllischer Geschäftsmann und liebte es. Er fuhr mit seinem alten Kutter bei jedem Wetter raus und lachte über die Landratten, die sich vor einer lausigen Windstärke acht fürchteten. Er war nicht gerade das, was man einen liebenswerten, warmherzigen Mann nennen würde, aber Newport vermißt ihn.«

»Und das andere Opfer?«

»Na ja, die vermißt man auch. Ebenfalls nicht gerade, was man eine liebenswerte, warmherzige Person nennen würde, aber bei Gott, sie war schön. Linda Anson. Typ ›Campus-Queen‹, wenn Sie wissen, was ich meine.« Laurel räusperte sich. »Wenn wir gerade von scheußlichen Verunstaltungen sprechen: Ich mochte sie nicht, aber man möchte sich auch nicht vorstellen, daß so was einem so hübschen Mädchen passiert. Wahrscheinlich war es besser, daß sie nur noch zwei

Tage gelebt hat, nachdem sie ins Krankenhaus gekommen war. So hätte sie nicht leben wollen. Der Pirat hat überhaupt nicht weitergelebt, er ist praktisch in Stücke gerissen worden.«

»Waren sie zusammen?«

Laurel lachte. »Gott, nein, Linda hätte sich dem alten Williams zu so später Stunde nicht gewidmet. Sie mochte sie jung und gutaussehend und reich. Nicht, daß der Pirat arm gewesen wäre. Dieser Bootsplatz war offenbar ein florierendes Unternehmen, und es schien, als würde das Chartergeschäft mit der *Montauk Maid* gut laufen. Das glaubten die Leute jedenfalls, aber es gab da ein paar Gerüchte . . .«

»Erzählen Sie weiter.«

»Na ja, wenn man etwas vorhat, das ein bißchen zwielichtig ist, dann hat man zwei Möglichkeiten. Man kann sich entweder so ehrbar verhalten, daß niemand Verdacht schöpft, oder man kann rumlaufen und allen erzählen, was für ein elender Betrüger man ist – weil man sich ausrechnet, daß sie sich überlegen werden, daß man niemals so die Aufmerksamkeit auf sich richten würde, wenn man wirklich etwas Illegales vorhätte. Manche Leute fanden, der Pirat hätte seine Piratenrolle übertrieben.«

»Was könnte er zu verbergen haben?«

»Kommen Sie, Matt«, sagte sie ein bißchen ungeduldig. »Ein erfahrener alter Seemann mit einem rechtmäßigen Betrieb am Wasser und einem einigermaßen schnellen Boot, mit dem er zu jeder Zeit rausfährt, nicht immer mit Chartergästen an Bord? Was wollte er da wohl tun, den Sonnenuntergang über Rhode Island bewundern?«

»Hat er jemals Ärger mit der Küstenwache gehabt? Oder mit irgendwelchen Drogenfahndern?«

Laurel schüttelte den Kopf. »Nicht, daß ich wüßte. Vielleicht haben sie ihn als Möglichkeit im Auge behalten; es sollte mich wundern, wenn nicht. Aber es war die Steuerfahndung, die nach seinem Tod alles umgegraben hat. Die sind mit seinen Büchern gar nicht glücklich. Es scheint, als ob der alte Knabe mit seinen Bootsverkäufen gar nicht soviel Gewinn gamacht hat, wie er behauptet hatte, und daß der Bootsplatz eigentlich ein Verlustgeschäft war. Wo kam also das Geld her?«

»Sie würden sagen, er hat ein kleines Geldwaschunternehmen aus dem Ertrag von seinen Schmuggelfahrten unterhalten?«

»Das habe ich nicht gesagt. Das waren Sie.« Sie lachte und griff nach ihrer Kamera. »Noch was, das ich Ihnen erzählen könnte?«

»Verwandte, Freunde, Leute, mit denen ich reden kann?«

»Willimas hatte keine Verwandten, von denen ich wüßte. Der Bootsplatz wurde geschlossen, als er tot war. Niemand ist gekommen, um ihn zu erben oder zu leiten. Wenn Sie also mit der Handvoll Arbeiter reden wollen, die bei ihm angestellt waren, müssen Sie sie aufspüren. Fragen Sie bei den anderen Bootsplätzen und den Jachthäfen nach. Der Pirat hatte keine nennenswerten Freunde.«

»Was ist mit dem Mädchen?«

»Das ist was anderes. Jeder hat sie geliebt, jetzt, wo sie tot ist. Um die Wahrheit zu sagen: Eine ganze Menge von ihnen hat sie geliebt, als sie noch lebte. Miaauu. Sie hat bestimmt nichts anbrennen lassen, aber erwähnen Sie das nicht ihren Eltern gegenüber, wenn Sie mit ihnen sprechen. Die haben sie natürlich als einen makellosen Engel in Erinnerung. Die Adresse steht im Buch, Walter Anson. Was die Männer in ihrem Leben betrifft: Falls Sie Namen brauchen, kann ich Ihnen wahrscheinlich welche geben, wenn Sie mich morgen früh in der Zeitung anrufen. Der, mit dem sie in der Unglücksnacht zusammen war, ist ein typisches Exemplar, gute alte New-England-Familie, gutes altes New-England-Geld und gutaussehend genug, jedes Mädchenherz in sexuelle Zuckungen zu versetzen. Jerome Elliot von den Elliot Manufactering Company Elliots. Er steht auch im Buch, glaub ich.«

»Das reicht.« Ich wechselte das Thema. »Haben die Lokalzeitung und der Fernseher Bekennerbriefe bekommen, nachdem der Laden in die Luft gesprengt wurde?«

»Allerdings. Ein weiterer Sieg für die mutigen Soldaten der Caribbean Legion of Liberty in ihrem heldenhaften Krieg gegen den Yankee-Imperialismus. Klebeumbruch. Die Buchstaben waren aus Zeitungen ausgeschnitten und auf billiges Papier geklebt. Jeder gute Krimileser weiß, daß man die Nachricht dann nicht zurückverfolgen kann, anders als bei Schreibmaschinen oder einer Handschrift.«

Ich nickte noch einmal. Ich wußte das alles schon aus dem Material, das Dana Delgado und unsere Untersuchungsabteilung für mich ausgegraben hatten. Ich wußte gar nicht richtig, wonach ich suchte. Laurel stand auf und zögerte.

»Sehen Sie«, sagte sie. »Wenn es um ein Mädchen mit einem Gesicht wie dem von Linda Anson geht, sollten Sie kein Mädchen mit einem Gesicht wie meinem fragen, denn die Antwort, die Sie bekommen würden, ist sicher von Vorurteilen geprägt. Ehrlich gesagt hatte das Mädchen eine Menge im Kopf und eine wundervolle Ausstrahlung, wenn sie es für nötig erachtete, sie einzuschalten. Gott, fange ich schon wieder damit an! Die böse Bennington! Danke für die Drinks und die Hilfe.«

Als wir beobachteten, wie sie sich ihren Weg durch den überfüllten Raum bahnte, lachte Sandra still in sich hinein. »Würdest du sagen, daß die schöne Campus-Queen der unscheinbaren Reporterlady irgendwann einmal einen Mann weggenommen hat?«

»Klingt wahrscheinlich. Wie wär's mit Kaffee?«

»Warum sollte ich mir meinen netten Glimmer zerstören? Matt?«

»Ja, Sandy?«

»Daddy hat also zwei Drittel von seinem Job erledigt. Oder deinem Job«, sagte sie ein bißchen säuerlich. »Du hast mir nicht erzählt, daß die beiden Männer getötet wurden.«

»Wir hatten ein paar Cops am Hals, falls du dich erinnerst.«

»Dann sind es schon fünf. Bist du glücklich?«

»Hör auf, du kleiner Fisch«, sagte ich. »Du kümmerst dich um dein Gewissen, ich um meins.«

»Das Problem ist, daß es keinen Beweis dafür gibt, daß du eins hast.«

Als wir zum Hotel zurückkehrten, war ein Polizist draußen

auf dem Flur vor dem verwüsteten Zimmer postiert worden, aber ich hatte mehr Vertrauen in die Vorrichtungen, die ich selbst angebracht hatte, als wir gegangen waren. Sie hatten mir verraten, daß niemand mein Zimmer vom Flur aus betreten hatte – oder jetzt unser Zimmer. Drinnen holte Sandra, während ich die Verbindungstür prüfte, die ebenfalls nicht geöffnet worden war, ihre Waffe aus der Handtasche, schob das Magazin nach oben und drückte den Schlitten zurück, damit die Kugel in der Kammer ausgeworfen wurde. Ich hatte sie ihre Waffe schußfertig machen lassen, als wir das Silver Conch verließen, nur für alle Fälle. Sie führte die Patrone wieder oben in das Magazin ein, rammte es in die Kanone hinein und prüfte, ob die Kammer wirklich leer war, bevor sie die Waffe wieder in ihre Handtasche steckte. Na, es war nett, eine junge Dame kennenzulernen, die richtig erzogen war, anstatt gelernt zu haben, beim Anblick einer Schußwaffe graziös in Ohnmacht zu fallen.

»Wer darf zuerst ins Badezimmer?« fragte sie.

»Du«, sagte ich. »Ich muß noch ein paar Anrufe machen.«

Trask war noch verfügbar. Er hatte schon von dem letzten Bombenanschlag gehört. Wir beschlossen, unseren Schutz unter diesen Umständen besser zu erhöhen. Er gab das übliche Stöhnen über fehlendes Personal von sich, aber es hat auch noch nie einen Agenten im Schutzdienst gegeben, der nicht über das Fehlen von Personal gestöhnt hätte. Dann bekam ich Louis an den Apparat.

»Schaltet sie aus«, sagte ich.

»Galvez und Koenig? Die Jungs werden freudestrahlend gehorchen. Sie haben genug davon, die beiden ständig zu beschatten.«

»Die Jungs werden schnell müde. Es waren nur zwei Tage. Aber ihr Martyrium hat ein Ende. Schlagt bei den Zielen zu. Wir hatten hier ein bißchen Ärger. Zum Teufel mit dem schlauen Spielchen. Wir müssen unseren Gegnern zeigen, daß wir nicht Kinder-Football spielen. Wir greifen an, um zu gewinnen.«

Ich legte den Hörer auf. Sandra kam in einem blauen,

seidenen Morgenmantel aus dem Badezimmer, und ich ging hinein. Ich brauchte länger als sie, denn sie hatte ihre tägliche Dusche schon früher genommen. Als ich wieder ins Zimmer zurückkam, saß sie im Schneidersitz auf dem Bett und sah fern. Das Zimmer war voller Rock'n'Roll. Ich betrachtete die Verrenkungen auf dem Bildschirm, bis das Stück zu Ende war, und sie schaltete den Apparat mit der Fernbedienung aus, die an den Tisch zwischen den beiden Betten geschraubt war, damit niemand sie mitnehmen konnte.

»Komisch«, sagte ich. »Die Ansager, die einem für ein paar hundert Dollar alles über Perfectodent-Zahnpasta oder Sweetie Pie-Schokoriegel erzählen, sprechen so deutlich, daß man kein Wort verpassen kann, aber die Damen und Herren, die Tausende, vielleicht Millionen verdienen, indem sie Songs in diese Mikros schreien, können nicht für fünf Pfennig deutlich sprechen. Kann irgend jemand diese Texte verstehen?«

Sandra hatte ihren Morgenmantel abgelegt. Sie trug einen blauen Leinenpyjama, ziemlich zerknittert. Sie sah aus, als wäre sie sechs Jahre alt, außer ihren Augen, die erwachsen und weise waren und genau wußten, warum ich über die Leute im Fernsehen plapperte.

Sie beantwortete meine Frage nicht. Statt dessen sagte sie ruhig: »Du brauchst keine Angst zu haben, Matt. Wenn ich dich vergewaltigen wollte, würde ich mein provozierendes Seidennachthemd tragen, das ich in der Nacht anhatte, als ich mich zu deinem Zimmer schlich und feststellen mußte, daß Lia mir zuvorgekommen war. Aber heute nacht ist deine Tugend vor mir sicher. Schlaf gut.«

Überraschenderweise tat ich das auch.

17

Als ich aufwachte und das Zimmer voller Sonnenlicht war, lag ich eine Weile da und überlegte, ob ich meine Zimmergenossin wachrütteln oder sie noch ein bißchen länger schlafen lassen sollte. Sie löste mein Problem, als sie sich leise auf der anderen Seite aus dem Bett gleiten ließ und auf Zehenspitzen ins Badezimmer schlich, wobei sie sich offenbar größte Mühe gab, mich nicht zu stören. Ich hörte, wie die Tür sanft ins Schloß fiel. Das Klo rauschte. Eine Zahnbürste nahm die Arbeit auf.

Es schien mir eine gute Gelegenheit, aus meinem Pyjama und in T-Shirt, Unterhose und Hose reinzukommen. Ich meine, es war nicht gerade so, als hätten wir die Nacht in den Armen des anderen verbracht, und ich wollte sie nicht in Verlegenheit bringen, oder mich selbst, indem ich irgendeine Andeutung von Intimität aufkommen ließ, wie zum Beispiel meine Hosen vor ihrer Nase zuzumachen. Ich saß auf der Bettkante und zog meine Socken hoch, als das Telefon klingelte. Ich griff danach und hielt es mir ans Ohr.

Eine tiefe Altstimme, die ich erkannte, sagte: »Delgado.«

Sandra erschien im Durchgang zur Ankleidenische. Sie hielt ihren blauen, seidenen Morgenmantel mit einer Hand mehr oder weniger geschlossen. Die Zahnbürste war in der anderen. Sie hatte Zahnpasta auf den Lippen.

»Oh, du bist wach«, sagte sie.

»Es ist für mich.«

»Okay, okay, ich verstehe schon«, sagte Sandra und verschwand.

Ich sprach in den Hörer hinein. »Helm.«

»Kommunique von Louis: ›Zielobjekte ausgeschaltet. Keine Nachwirkungen‹.«

»Schön für Louis. Was noch?«

»Es gibt eine interessante Entwicklung«, sagte die Delgado, »eine mögliche Entwicklung, aber ich würde meinen Bericht gern persönlich abgeben, wenn Sie wach sind und Besuch empfangen.«

Ich erinnerte mich an die kühle, dunkle, feindselige Lady in Macs Büro und beschloß, ihr nicht die Befriedigung zu geben, daß ich die Mein-Gott-wie-sind-Sie-hergekommen-Platte auflegte.

»Jederzeit«, sagte ich. »Ich laß uns noch eine Extrakanne Kaffee raufbringen.«

»Ich habe schon eine, und ein paar Extratassen«, sagte unsere tüchtige Computerlady. »Ich bringe das Tablett mit. Ich bin am anderen Ende des Ganges.«

Ich zog die Socken an, schob die Füße in die Schuhe und durchquerte das Zimmer. Ich sprach mit der verschlossenen Badezimmertür. »Wir bekommen Geschäftsbesuch. Weiblich.«

»Okay, danke.«

Ich überlegte, ob ich Miß Dana Delgado zuliebe ein Hemd anziehen sollte, aber wenn sie nicht wußte, wie ein Mann im Unterhemd aussah, dann wurde es Zeit, daß sie es lernte. Ich war ein dynamischer Agent im Außendienst. Ich mußte mich für die Bürohilfe nicht fein anziehen. Ich hörte Schritte auf dem Gang, ging zur Tür und öffnete sie so, wie es das Handbuch für Krisenmomente vorschreibt, aber es war die richtige Lady, und niemand stand hinter ihr und hielt eine Waffe auf sie gerichtet. Ich ließ sie eintreten und überprüfte den Flur. Abgesehen von einem anderen Polizisten, der das Zimmer nebenan bewachte, war er leer. Nur ein echter Cop konnte diesen Ausdruck grenzenloser Geduld auf seinem Gesicht haben. Ich steckte die 38er Smith and Wesson in meinen Hosenbund, nahm der Delgado das Tablett ab und trug es zum Cocktailtischchen in der Ecke.

»Setzen Sie sich. Wann sind Sie nach Newport gekommen?«

»Spät gestern nacht. Sehr spät gestern nacht. Es war nicht wichtig genug, um Sie deswegen zu wecken.«

Sie sah sich im Zimmer mit den ungemachten Betten um und bemerkte, wie ich hoffte, daß es zwei waren. Nicht, daß mein Sexualleben, oder das von Sandra, sie etwas anginge. Sie war genauso gutaussehend, wie ich sie in Erinnerung hatte, schlank und mittelgroß in weinfarbenen Hosen und einem passenden Pulli mit einem Rollkragen, der sie sportlicher und weniger streng aussehen ließ als das Männerhemd mit der Krawatte, in dem ich sie zuletzt gesehen hatte. Aber sie war immer noch nicht gerade das, was man den ›kuscheligen Typ‹ nennt. Das dunkle Haar war leicht aus dem Gesicht gekämmt, das diskret, aber sorgfältig geschminkt war. Ihr gepflegtes Äußeres erinnerte mich daran, daß ich nicht ganz angezogen war und mich noch nicht rasiert hatte. Die Frau hatte mir vom ersten Tag an einen Minderwertigkeitskomplex verschafft, vielleicht, weil Computer für mich ein Buch mit sieben Siegeln sind. Ich habe immer das Gefühl, daß jeder, der mit diesen Maschinen reden kann, unmöglich mit mir reden kann, jedenfalls nicht in einer Sprache, die ich verstehe.

»Ich glaube, daß es nicht unwichtig ist«, sagte sie, setzte sich und griff nach der Thermoskanne auf dem Tablett. »Wenn es sich so weiterentwickelt, wie ich hoffe, könnte es sehr wichtig werden. Aber es dauert vielleicht noch ein paar Tage, bis ich bestätigen kann. Milch oder Zucker?«

»Schwarz, danke.«

»Was ist mit Mrs. Helm?« Sie warf einen Blick zur Badezimmertür.

»Sandy, möchtest du Kaffee?«

Einen Augenblick später erschien Sandra in ihrem Morgenmantel, aber diesmal war, wie mir auffiel, kein Pyjama darunter. Sie machte es einem leicht, das zu bemerken. Soweit zu peinlichen Andeutungen von Intimität. Sie schenkte mir ein süßes Lächeln.

»Hast du mich gerufen, Liebster?« fragte sie.

»Miß Delgado, Mrs. Helm, und umgekehrt«, sagte ich. »Dana, Sandra, und umgekehrt. Möchtest du Kaffee, Sandy?«

Sandra nickte. »Ja, Schatz. Ich trinke da drinnen und ziehe mich fertig an, während ihr beiden eure geheimen Geschäfte abschließt. Schwarz, bitte. Vielen herzlichen Dank, Miß Delgado.«

Wir beobachteten sie dabei, wie sie mit der Tasse in der Hand ging. Der lose Morgenmantel flatterte um sie herum.

»Ein attraktives Kind, sogar, wenn sie das Haar so trägt«, sagte Dana Delgado.

»Hören Sie auf, Computer-Lady«, sagte ich. »Sie herablassend zu behandeln, nützt Ihnen überhaupt nichts. Und ich habe langsam genug von diesen internen weiblichen Streitereien. Gestern abend mußte ich einer vermutlich intelligenten Reporterin zuhören, die abfällige Bemerkungen über eine tote Schönheit machte, die sie irgendwie gekränkt hatte. Heute morgen habe ich es mit einer normalerweise vernünftigen jungen Dame zu tun, die in einem durchsichtigen Morgenmantel die Femme fatale spielt, nur weil Sie aufgetaucht sind. Und jetzt fahren Sie gehässige Kommentare auf. Bäh!«

Dana Delgado lachte. »Armer Mann, hat er Probleme mit seinen Frauen?«

»Zur Zeit ist keine von ihnen eigentlich meine, Sie eingeschlossen.« Ich sah sie an und fuhr absichtlich fort: »Natürlich bin ich immer für Vorschläge offen.«

»Das glaube ich gern.« Sie lächelte kalt. »Lassen Sie mich nachdenken: Wenn Sie sich beherrscht haben, eine Beziehung zu Ihrer Schwiegertochter aufzunehmen – trotz ihrer aufreizenden Mätzchen und diesem gemütlichen Zimmer hat keiner von Ihnen diesen glückseligen Blick in den Augen –, dann war Ihre letzte bestätigte Eroberung ihre Stiefmutter, habe ich recht? Glauben Sie wirklich, ich möchte in die Fußstapfen – wenn es das richtige Wort ist – eines überteuerten Callgirls treten?«

Ich setzte zu einer scharfen Erwiderung an und hielt an mich. Es war albern, fürsorgliche Gefühle für Lia Varek aufzubringen. Schließlich war es nur eine Art geschäftlicher Transaktion gewesen, auch wenn sie im Bett durchgeführt worden war, und die schöne Lady in Palm Beach mit der zweifelhaften Geschichte wäre die erste, die darüber lachen würde, wenn ich wie ein moderner Galahad zu ihrer Verteidigung herangestürmt käme.

»Na ja, es war nur so eine Idee«, sagte ich.

Miß Delagdo zeigte mir etwas mehr von ihrem scharfkantigen Lächeln. »Oh, geben Sie nicht so schnell auf«, sagte sie. »Wenn sich meine Theorie so weiterentwickelt, wie ich es erwarte, werden wir gemeinsam zu den schönen Inseln der

Karibik reisen, auf Befehl und ziemlich bald. Sie können unterwegs an Ihren Ideen arbeiten. Wenn ich so an Ihren Ruf denke, werden Sie das sicher tun.«

Ich starrte sie an. »Wessen Brainstorming war das denn?« fragte ich.

»Sie freuen sich nicht?«

»Am Computer sind Sie zweifellos phantastisch, Delgado«, sagte ich, »aber das ist hier draußen an vorderster Front keine große Hilfe. Ich trage schon Verantwortung für eine ungeschulte Frau, aber die scheint wenigstens was von Waffen zu verstehen. Sie auch?«

»Nein, aber ich spreche fließend Spanisch. Ihres ist rudimentär, wenn ich mich nicht irre. Außerdem kenne ich mich auf den kleinen Inselstaaten, die wir besuchen wollen, gut aus. Um die Wahrheit zu sagen, ich bin da unten geboren, und soweit ich weiß, sind Sie noch nie dagewesen. Ich habe lokale Kontakte, die uns von Nutzen sein könnten. Ich glaube, selbst, wenn Sie alle Aufgaben übernehmen müssen, die mit Waffen zu tun haben, werde ich Ihnen trotzdem nützlich sein.«

Ich hatte mich in den großen Sessel gesetzt. Ich beugte mich nach vorn und schob meine Kaffeetasse zu ihr hinüber. Sie füllte nach. Dann holte ich tief Luft und lehnte mich zurück, um sie einen Moment lang zu beobachten. Sie war wirklich eine sehr gut aussehende Frau. Sie hatte sogar Verstand, sonst würde sie nicht in ihrer momentanen Stellung für Mac arbeiten. Normalerweise reagieren gutaussehende und intelligente Frauen mir gegenüber nicht abweisend. Es mußte einen Grund geben.

»Wie gut sind Sie bei Entschuldigungen?« fragte ich.

Sie warf mir einen scharfen Blick zu. »Abgeben oder annehmen?«

»Annehmen.«

»Oh, ich akzeptiere sie, wenn sie einigermaßen ehrlich sind.« Einen Augenblick später fragte sie: »Bieten Sie mir eine an?«

»Ja. Einigermaßen ehrlich. Mein Benehmen war verwerflich. Es tut mir leid.«

»Entschuldigung angenommen. Darf man nach dem Grund für dieses verwerfliche Benehmen fragen?«

»Ich bin einer von diesen sensiblen Menschen, die liebend gern geliebt werden wollen und es hassen, gehaßt zu werden.«

Sie lächelte dünn. »Das ist nicht gerade der Ruf, den Sie in unserem Laden haben, Mr. Helm. Sie sollen einer der meistgehaßten Männer des Landes sein, zumindest in bestimmten Unterweltkreisen. Und ich habe noch nie gehört, daß es Ihnen großartig etwas ausgemacht hätte.«

»Ach, das«, sagte ich. »Ein bißchen Haß macht mir in meinem Job nichts aus. Aber wenn mir eine Lady, die ich noch nie vorher getroffen habe und die auf meiner Seite sein sollte, unverhüllte Feindseligkeit entgegenbringt . . . Anfangs dachte ich, es wäre einfach die natürliche Antipathie zwischen Bürovolk und Außendienstleuten, aber es ist stärker als das. Als ich Ihnen gerade eben die Tür aufgemacht habe, war der erste Blick, den Sie mir zugeworfen haben, wie der eisige Wind, der von einem antarktischen Gletscher weht. Mein eigenes Benehmen war wohl eine instinktive Reaktion auf Ihres. Außerdem dachte ich, wenn ich unangenehm genug wäre, könnten Sie vielleicht so wütend werden, daß Sie mir eine Antwort geben. Was haben Sie gegen mich, Miß Delgado?«

»Mein lieber Mann, Sie bilden sich da was ein«, sagte sie ganz ruhig. »Nur weil ich keinen besonderen Respekt für Ihre Talente als Mörder habe.«

»Nein, das zieht nicht!« sagte ich scharf. »Feindseligkeit ist mein Geschäft, Lady. Ich kann sie wittern, wie ein Retriever Enten wittert. Es ist ein Sinn, der mir mehr als einmal das Leben gerettet hat, und er sagt mir, daß Sie Ihr Widerstreben in Wellen von sich geben. Warum? Habe ich einen Freund von Ihnen zu einem Auftrag mitgenommen und verloren? Unwahrscheinlich, denn ich schätze, Sie sind ein Neuzugang, was unsere Behörde betrifft. Ich habe den Eindruck, daß Sie wegen Ihrer Computerkünste und Ihres Spezialwissens für diese spezielle Operation herangezogen wurde. Also ist es nicht sehr wahrscheinlich, daß Sie schon früher ein enges Verhältnis zu einem unserer Mitarbeiter gehabt haben. Habe ich einem

Verwandten oder Liebhaber von Ihnen bei meinem Job Schaden zugefügt? Ich kann mich nicht erinnern, jemals unten auf den Antillen gearbeitet zu haben, aber in Mexiko und auf den Bahamas. Was habe ich Ihnen oder Ihren Leuten also getan?«

Sie leckte sich über die Lippen. »Ich glaube, Sie verwechseln ein Gefühl mit dem anderen. Ich empfinde keinen Haß für Sie.«

»Mit Sicherheit auch keine Liebe.«

»Wie wäre es mit Angst?«

Ich lachte darüber. »Ja, Sie sehen wie ein ängstlicher Mensch aus!«

»Sie verstehen mich nicht«, entgegnete sie. »Wie Sie selbst sagten: Ich wurde wegen meiner speziellen Qualifikationen im Hinblick auf die Leute eingestellt, hinter denen Sie her sind. Ich . . . Ich habe mich zur Verfügung gestellt, weil sie aufgehalten werden müssen. Die Legion muß zerstört werden! Aber ich bin zur Sanftmut erzogen worden, Mr. Helm, und plötzlich stelle ich fest, daß ich mit Männern und sogar Frauen zusammenarbeite, deren Weltsicht so ganz anders ist als die humanitäre Einstellung, die man mir als Mädchen beigebracht hat . . .«

»Sie stellen fest, daß Sie in einer Höhle voll knurrender Wölfe sind, ist es das?«

Sie lächelte leicht. »Ja. Und wer ist, seinem Ruf nach, einer der wildesten unter den älteren Wolfshunden dieses mörderischen Rudels, mit dem ich zusammenarbeiten soll? Können Sie mir einen Vorwurf daraus machen, daß ich Ihnen mit, lassen Sie es uns so sagen, ein wenig Zurückhaltung begegne!«

Ich sah sie grimmig an. »Wenn das ein wenig Zurückhaltung ist, möchte ich nicht in der Nähe sein, wenn Sie jemandem gegenüber wirklich kühl sind, Miß Delgado. Aber gut, lassen Sie uns sagen, meine Entschuldigung und Ihre Erklärung sind beide angenommen. Zurück zum Geschäft. Was für eine große Neuigkeit ist so wichtig, daß Sie sie nicht über Telefon durchgeben konnten, sondern sie extra hierherbringen mußten?«

»Die Caribbean Legion of Liberty plant wahrscheinlich sehr

bald ein Treffen des vollständigen Rates. Finden Sie das interessant?«

Ich pfiff leise. »Ja, allerdings. Wo?«

»Wahrscheinlich in San Juan, Puerto Rico. Sie scheinen da eine Art Kommandoposten zu haben. Ich kann Ihnen die Adresse noch nicht sagen. Ich habe noch nicht alle Daten, aber ständig kommen neue dazu.«

»Der Grund für diese Zusammenkunft?«

»Das weiß ich auch nicht. Vielleicht wollen sie ihren nächsten Anschlag planen. Oder vielleicht sind Sie es, der sie nervös macht. Zwei der drei Leute, die in den Bombenanschlag auf das La Mariposa verwickelt waren, sind neulich umgekommen. Zwei Mitglieder des Rates sind gestern nacht umgekommen. Das ist zu neu, um in meinen Zahlen berücksichtigt zu werden, aber sie könnten sich zusammensetzen, um wirksame Gegenmaßnahmen zu planen. Natürlich rate ich nur.« Sie schüttelte trübsinnig den Kopf. »Ich bin nicht einmal sicher, ob das Treffen stattfindet. Im Augenblick extrapoliere ich es aus äußerst kärglichen Daten. Aber statistisch ist die Möglichkeit so groß, daß ich dachte, Sie würden es vielleicht wissen wollen, damit Sie für alle Fälle ein paar Pläne machen.«

»Pläne, die Sie mit einschließen?«

»Ja. In Washington glaubt man, daß Sie meine Ortskenntnisse brauchen werden.«

Ich zuckte mit den Schultern. »Ehrlich gesagt gibt es nichts, was ich lieber hätte als eine hübsche Reiseführerin, die mir die Sehenswürdigkeiten eines fremden Landes zeigt. Aber Sie werden mit Sandy auskommen müssen. Sie ist die einzige auf unserer Seite, die die bombenwerfende Blondine vom Sehen her kennt, und ich habe private Gründe, aus denen ich ein Auge auf sie halten möchte, bis sich die Lage beruhigt.«

Dana Delgado lächelte schwach. »Das könnte eine interessante *ménage à trois* werden. Also gut, ich verspreche, brav zu sein.«

»Welche Indikatoren deuten auf ein Treffen hin?«

»Mehrere Ratsmitglieder, die ich per Computer aufspüren wollte, sind aus ihren üblichen Schlupfwinkeln verschwunden«, sagte sie. »Zwei von ihnen sind schon in Puerto Rico aufgetaucht. Dominic Morelos wurde auch vor kurzem dort gesehen – na ja, vor einer Woche. Ich hoffe, das Datum und den Treffpunkt ziemlich bald zu haben. Mit dieser Information solltet ihr *lobos* in der Lage sein, sie sauber zu töten.«

Für ein Mädchen, das von sich behauptete, es wäre zur Sanftmut erzogen worden, zeigte sie bei dem Gedanken eine Menge Befriedigung.

18

Von außen her war es ein bescheidenes weißes Fachwerkhaus, das mitten auf dem Rasen unter ein paar hohen Bäumen stand – den großen, der seinen Schatten über den Weg warf, erkannte ich zögernd als Eiche. Sie trugen nur wenige, tote Blätter, was zu dieser Jahreszeit bedeutete, daß jemand gewissenhaft geharkt hatte. Einige der Nachbarrasen waren ziemlich voll davon.

Drinnen war es ein Schrein.

»Kommen Sie rein, kommen Sie rein«, sagte Mrs. Anson. Sie war eine dünne Frau in ihren Sechzigern, mit blauweißem Haar, das sorgsam um ihren Kopf arrangiert war. Sie trug ein geblümtes Baumwollkleid und flache weiße Sandalen, die bequem ausgetreten wirkten und aus denen die verstärkten Zehenspitzen ihrer Strümpfe herausragten. Sie führte uns ins Wohnzimmer. »Sie sind Mr. Helm, der angerufen hat? Und das ist die junge Dame, die mit ihrem . . . Oh, meine Liebe. Ich sehe, Sie haben nicht nur den Verlust zu beklagen. Sie wurden auch selbst schwer verletzt!« Sie betrachtete die Narbe, die beinah von Sandras nachwachsendem Haar verdeckt wurde.

»Es geht mir wieder gut«, sagte Sandra. »Ja, ich bin seine Schwiegertochter.«

»Und diese Teufel wollen Sie nicht in Ruhe lassen? Es genügt noch nicht, was sie Ihnen beim ersten Mal angetan haben?«

Mrs. Anson hob die Stimme und rief die Treppe hinauf. »Sie sind da, Wally. Wally, hast du mich gehört? Sie sind da.«

»Ich komme.«

»Er ist ein bißchen schwerhörig. Sie werden schreien müssen«, sagte Mrs. Anson zu uns. »Oh ja, das ist unsere Belinda. Ist sie nicht wunderschön? Sie mochte gern fotografiert werden. Wir sind dankbar. Es hilft. Es ist so, als wäre sie immer noch bei uns, ein bißchen zumindest. Wir lassen ihr Zimmer oben, wie es war, als sie ans College ging. Danach, wissen Sie, ist sie nach New York gegangen und hat eine Zeitlang ein bißchen als Fotomodell gearbeitet, aber sie war ein gutes Mädchen, und Sie wissen ja, wie die Leute in New York sind. Mit *so* etwas wollte sie nichts zu tun haben, das sage ich Ihnen, also ist sie zurückgekommen und hat den Job bei der Versicherungsgesellschaft bekommen und sich diese kleine Wohnung genommen, obwohl . . . Warum sie die hohe Miete bezahlen wollte – sind die Mieten heutzutage nicht *entsetzlich* hoch – wo sie doch wußte, daß wir so glücklich darüber gewesen wären, wenn sie bei uns zu Hause gewohnt hätte . . . Oh, da bist du ja, Wally. Das sind sie, die Leute, die angerufen haben. Mr. und Mrs. Helm. Ich habe es dir in der Morgenzeitung gezeigt. Sie war mit einem Jungen verheiratet, der . . . ermordet wurde wie unsere Belinda. Und Mr. Helm war der Vater des Jungen. Und sie sind immer noch hinter ihr her. Gestern nacht ist sie beinah wieder umgebracht worden. Ist das nicht schrecklich?«

»Ja, ich habe die Geschichte gelesen.«

Ich brauchte einen Moment, um meine Aufmerksamkeit auf Mr. Walter Anson zu richten. Es fiel mir schwer, meinen Blick von der endlosen Sammlung von Fotos abzuwenden, die an den Wohnzimmerwänden hingen und in teuren Rahmen auf jedem verfügbaren Möbelstück einschließlich des Kaffeetischs, der Beistelltische am Sofa und des Klaviers am anderen Ende des Raumes standen. Sie rangierten zwischen winzigen Amateurschnappschüssen und riesigen professionellen Vergrößerungen und zeigten die Entwicklung der Linda Anson vom krabbelnden Baby in Windeln über ein blondes blauäugiges

Mädchen mit sehr langem glatten Haar und Spangen an den Zähnen zu einem aufsehenerregend hübschen Teenager und weiter zu einer richtigen Schönheit. Ein bißchen zu durchtrieben vielleicht, ein bißchen zu geschickt darin, sich vor der Kamera darzustellen, aber immer noch so schön, daß es schwierig war, nicht hinzusehen.

Ich schüttelte die Hand des eher kleinwüchsigen Mannes, der das Zimmer betreten hatte. »Es ist nett von Ihnen, daß wir herkommen und Sie belästigen durften, Mr. Anson.«

Es war schwer zu erkennen, wie die beiden eine Linda Anson zustandegebracht haben sollten, aber man weiß nie, was diese Gene und Chromosomen anrichten. Trotzdem waren die dünne, einfache Frau und der kleine, kahle Mann nicht gerade diejenigen, die ich als Mutter und Vater ausgewählt hätte, wenn ich eine Schönheit züchten wollte. Er trug ein weißes Hemd, dunkle Hosen, die wie der Teil eines Anzugs aussahen und an den Knien ausgebeult waren, und abgetragene, schwarze Schuhe, die geputzt werden mußten.

Mr. Anson sprach abrupt. »Nein«, sagte er. »Nein, es ist nicht nett von mir. Sie werden hier keine Hilfe finden.«

Mrs. Anson sagte: »Wally, bitte . . .«

»Nein, ich muß reden«, sagte ihr Mann. »Normalerweise hätte ich Sie oder Ihre Schwiegertochter nicht treffen wollen, Mr. Helm, auch wenn Sie den gleichen Schmerz ertragen mußten wie wir. Es ist kein Schmerz, den man teilen kann. Aber ich habe die Zeitung gelesen, und ich weiß, was Sie vorhaben. Ich weiß, weil mir natürlich die gleichen bösen, wütenden Gedanken gekommen sind, gleich nachdem Belinda . . . gleich danach. Ich nehme an, sie kommen jedem in einer solchen Situation. Also habe ich mir gesagt: *Walter, du mußt diese armen, fehlgeleiteten Seelen treffen. Du mußt versuchen, sie vor der Sünde zu retten, vor der du selbst nur durch das Wort Gottes gerettet worden bist.«* Er holte tief Luft und sah zu mir herauf. Seine Augen hinter der Hornbrille waren sehr hell. Schroff fuhr er fort: »Rache ist nicht unsere Sache, Mr. Helm. Suchen Sie selbst nicht danach, und verführen Sie dieses unschuldige junge Mädchen nicht zu einer eitlen Suche nach

Vergeltung, die weder ihr noch Ihnen zusteht. Sie muß von anderwärts kommen. Sie wird kommen, ich versichere es Ihnen, aber es ist nicht an uns, sie zu überbringen. Wir können solche Mächte nicht bezwingen. Überlassen wir sie dem Einen, dem sie gehört . . .«

Draußen, als wir den Weg hinuntergingen, fiel ein einzelnes Blatt von dem großen, überhängenden Baum. Ich trat zur Seite und fing es auf. Eindeutig eine Eiche. Nicht schlecht für einen Mann, der im Land der Pinienkerne aufgewachsen ist. Ich könnte sogar ein Ahornblatt erkennen, wenn man mir ein gutes Exemplar geben würde. Ich legte das Eichenblatt vorsichtig auf einen kleinen Haufen, der zusammengeharkt, aber noch nicht eingesammelt worden war. Auf halbem Weg den Block entlang stand ein junger Mann in Jeans, der an den Scheibenwischern eines winzigen Chevrolets herumfummelte. Er machte eine undeutliche Geste, als er in seinen Wagen stieg, und teilte mir mit, daß es noch immer sicher war, den Porsche zu fahren.

»Puh!« sagte Sandra. »Na, in dem Haus wirst du keine Rekruten finden!«

»Das Problem mit Leuten, die darauf warten, daß Gott den Job für sie übernimmt«, sagte ich, »ist, daß sie am Ende doch Seine Arbeit für Ihn machen müssen.«

»Das ist ziemlich nah an der Blasphemie, Matt.«

»Ich weiß. Ich hab die Sonntagsschule nie zu Ende besucht, und ich schätze, das merkt man. Aber Mr. Anson würde dich nicht ein unschuldiges Mädchen nennen, wenn er dich heute morgen in deinem offen flatternden Morgenmantel gesehen hätte. Und was hattest du mit dem ganzen ›Liebster‹ und ›Schatz‹ vor?«

Sandra kicherte. »Ich hoffe doch, es war dir peinlich, oder? Das war dafür, daß du mir die hübsche Brünette zum Frühstück servierst. Wohin fahren wir als nächstes?«

»Ich dachte mir, wir sehen uns mal Pirate Williams' Bootsplatz an.«

Der ›Flair Marina and Boat Yard‹ des Piraten lag außerhalb der Stadt. Wir mußten ein ganzes Stück weit die Insel hinauffahren, um hinzukommen. In einer kleinen Bucht gelegen und umgeben von Sommerhäusern, war es ein elender Anblick. Irgendwie gibt es nichts, was verlassener aussieht als ein Jachthafen ohne Boote. Na ja, fast ohne Boote. Ein vollgelaufenes hölzernes Ruderboot, das früher einmal grün gestrichen gewesen war, lag an dem schäbigen Pier vertäut, und ein weißer Kabinenkreuzer, zwölf bis vierzehn Meter groß, war am Ende einer der Piers festgemacht. Er hatte Ausleger, so daß man wahrscheinlich Sportfischer dazu sagte. Die Möwen hatten ihn übernommen und ihren Anspruch auf die übliche Weise geltend gemacht. Ansonsten waren die Docks leer und sahen so aus, als würden hungrige Meeresorganismen die Stützpfeiler ziemlich bald aufgefressen haben.

Auf einer Seite stand ein riesiger Bootsschuppen aus Metall für kleinere Boote, die Sorte, die man zu Wasser läßt, wenn man sie braucht und wieder herausholt und auf ein Bord oder ein Gestell setzt, wenn der Besitzer für den Tag genug Boot gefahren ist. Ein überdimensionaler Gabelstapler rostete neben den großen Toren. Ein heruntergekommener Travelift stand neben dem rechteckigen Becken, wo die großen Boote hereingekommen waren, um mit Schlingen herausgeholt zu werden, damit man sie auf den Abstellplatz unter freiem Himmel rollen konnte. Ein paar schäbige Schiffsrümpfe lagerten dort noch immer hinter einem Maschendrahtzaun. Ein niedriges, unbeschriftetes Gebäude war wahrscheinlich die Motorenwerkstatt. Ein anderes war am einen Ende mit BÜRO und am anderen mit BOOTSLADEN gekennzeichnet. Eine einigermaßen vollständige Anlage. Es sah aus, als sei es eine Schande, sie verfallen zu lassen.

»So, wie dieser Zaun aussieht«, sagte Sandra, als wir nebem dem Tor standen, »können wir bestimmt eine Stelle finden, an der wir unten durch kriechen können, falls du dich ein bißchen umsehen willst.«

»Du würdest dir deine hübschen weißen Hosen schmutzig machen«, sagte ich. »Außerdem will ich mich nicht umsehen, ich möchte nur dabei gesehen werden, wie ich mich umsehe.«

»Was heißt das denn?«

Ich langte nach oben, um dem vergilbten Schild über uns,

das einen fröhlichen Halunken von Seeräuber mit schwarzer Augenklappe und Dreispitz zeigte, einen freundlichen Klaps zu geben. Ich ging als erster zum Porsche zurück, der am Rand der Zufahrtsstraße parkte. Der Parkplatz des Jachthafens lag innerhalb des Zaunes.

»Sieh mal, wir sind keine Detektive«, sagte ich, als wir abfuhren. »Wir tun nur so, als würden wir etwas untersuchen, während wir darauf warten, daß unsere Anwesenheit und Laurel Benningtons Geschichte die Dinge hier in Gang bringen.«

»Du meinst, du bist nicht wirklich an Mr. Howard ›Pirat‹ Williams und seinen möglichen Drogenverbindungen interessiert?«

»Ehrlich gesagt, er ist mir schnurzegal. Wie ich schon Freund Tallman gesagt habe: Der Stoff ist nicht mein Geschäft. Oh, ich nehme an, wenn ich über einen neonerleuchtenden Hinweis stolpern würde, könnte ich ihn vielleicht an Tom Benison weiterleiten, den Burschen, der vor ein paar Tagen in Savannah reinkam, nachdem Tallman gegangen war. Er arbeitet für eine richtige Exekutivbehörde, nicht so was wie Tallmans halbgare Höschenjäger. Aber ich würde es nur tun, wenn ich das Gefühl hätte, es stört meine eigene Mission nicht, daß Benisons Leute hier rumschnüffeln. Ehrlich gesagt halte ich den Terrorismus für eine sehr viel größere Bedrohung als Drogen, und ich werde nicht meine Chancen gefährden, die Leute auszulöschen, hinter denen ich her bin, nur damit Benison, oder auch Tallman, ein paar lausige Pusher von der Straße holen. Da, wo die herkommen, gibt es immer noch mehr.«

»Es wird auch mehr Terroristen geben.«

»Vielleicht«, sagte ich, »aber ich bin zynisch genug, um zu glauben, daß der Terrorismus eingedämmt werden kann, wenn wir ihn zu riskant machen, weil man kein Geld damit verdienen kann. Die Menge der Leute heutzutage, die für ein Ziel sterben würden, ob es nun gut oder schlecht ist, ist viel kleiner als die, die ihren Hals für ein gewinnträchtiges Geschäft wie Drogen lang machen.« Ich zuckte mit den Schultern. »Jedenfalls glaube ich nicht, daß wir der CLL wesentlich näher kommen, wenn wir rausfinden, welchen Dreck Pirate Williams am Stecken hat, oder Linda Anson. Es ist nur eine Möglichkeit, sichtbar zu bleiben, während wir darauf warten, daß irgendwas passiert.«

Sandra runzelte die Stirn. »Ich verstehe nicht ganz, was du sagen willst, Matt.«

Ich grinste. »Ich vielleicht auch nicht. Außer, daß wir unsere Prioritäten einhalten müssen. Wir sind hinter der Caribbean Legion of Liberty her, nicht hinter den Lösungen zu einem Haufen lokaler Geheimnisse, real oder eingebildet. Der Computer der Delgado arbeitet an einer vielversprechenden Spur. Wenn ihre Mikrochips das entsprechende Ergebnis für uns haben, möchte ich bereit sein.«

Sandra schnitt eine Grimasse. »Bereit mit einem Sündenbock wie Daddy?«

»Bis jetzt hab ich nichts davon gehört, daß dein Vater durch irgendwas von dem, was er für uns getan hat, in Schwierigkeiten geraten wäre«, entgegnete ich. »Angelita Johansens zwei Kumpane werden als unbetrauerte Opfer des Drogenkriegs in Florida geführt, und es gibt keinen Grund zur Annahme, daß es nicht so bleibt.« Ich warf ihr einen Blick zu. »Übrigens steht das Spiel jetzt sieben zu dreizehn.«

Sie sah mich fragend an. »Spiel?«

»Wir haben doch ausgerechnet, daß sie dreizehn Punkte bei drei Bombenanschlägen gemacht haben, richtig? Ein Toter ist je ein Punkt, Verwundete zählen nicht. Und du hast dein Ergebnis gestern zusammengezählt und hattest fünf. Na, du kannst zwei dazuzählen. Arthur Galvez und Howard Koenig wurden gestern abend auf meinen Befehl hin ausgelöscht.«

Sie setzte an, eine Frage zu stellen, und unterbrach sich. »Oh, das waren die beiden Ratsmitglieder . . .«

»Stimmt. Wir sind also immer noch im Hintertreffen, aber wir holen auf. Und ich habe noch nicht den leisesten Protest von meinem Gewissen gehört, keinen einzigen Gewissensbiß.«

»Was einfach nur beweist, daß es nicht existiert, wie ich dir schon gesagt habe.« Sandra erschauerte. »Es ein Spiel zu nennen, ist abscheulich. Wie diese Leichenzählungen in Vietnam.«

»Wenn sie tot sind, sind sie tot. Das Zählen tut ihnen nicht weh. Und dein Problem ist, daß du die seltsame Vorstellung hast, wir würden von Leuten reden. Wir sind die Leute, Kleine. Das sind die Feinde. Eine vollkommen andere Spezies. Jagdsaison.«

»Das ist eine bequeme Denkungsweise, wenn man dazu fähig ist. Ich bin es nicht.« Sie verzog das Gesicht. »Aber ich kann La Mariposa auch nicht vergessen. Was bin ich denn, schizo?«

»Nein, nur ein normaler Mensch wie jeder andere«, sagte ich. »Aber um deine ursprüngliche Frage zu beantworten: Ja, ich suche nach einem Sündenbock, der den Ball trägt, während ich auf Kollisionskurs laufe. Laß uns rausfinden, ob dieser Sproß aus dem Adel von New England, Jerome Elliot, seinen Zweck erfüllt. Vielleicht empfängt er uns in seinem Büro.«

19

Wir kamen gar nicht soweit, die Büros der Elliot Manufacturing Company zu sehen. Nachdem sie mich mehrere Minuten lang in der Leitung hatte warten lassen, meldete sich die Sekretärin wieder und teilte mir mit, daß Mr. Jerome Elliot jr. uns zum Essen in einem Laden namens ›Chowder Hut‹ treffen würde. Punkt zwölf. Sie sagte nicht, ob er beabsichtigte, die Rechnung zu übernehmen. Wenn er ganz der Vater war, würde er es wahrscheinlich nicht tun. Diese alten Kaufleute und Fabrikanten aus New England waren nicht reich geworden, indem sie neugierige Fremde zum Essen einluden.

Vom Telefon der Tankstelle aus konnte ich sehen, wie sich Sandra liebevoll um den Porsche kümmerte, den Tank auffüllte, die Windschutzscheibe und das Heckfenster putzte und hinten sogar den Motorraum öffnete, um nach dem Öl zu sehen. Sie trug eine schwarze Seidenbluse, und ihre weißen Hosen standen ihr wunderbar – keine modischen, ausgebeulten Pumphosen für Mrs. Helm jr. Ich sagte mir, daß ich große Blondinen mochte und die kräftigen kleinen Mädchen mit geschorenem Haar zum Teufel gehen sollten. Ich machte einen zweiten Anruf bei der Kontaktnummer und bat darum, das Treffen beschatten zu lassen. In diesem Stadium einer Mission war es, wenn man mit Leuten umging, die vorzugweise Restaurants in die Luft sprengten, unklug, eine Verabredung zum Essen einzugehen, ohne ein paar Vorsichtsmaßnahmen zu treffen.

»Alles bereit?« fragte Sandra, als ich zum Wagen zurückkehrte.

»Klar. Linda Asons Traummann erwartet uns zum Mittagessen. Ich frage mich, warum.«

Sandra runzelte die Stirn. »Was meinst du?«

»Wir haben keinen offiziellen Auftrag, von dem Elliot wissen könnte«, sagte ich, »und er müßte eigentlich die Schnauze voll von Leuten haben, die ihn nach dem Bombenanschlag vom letzten Frühling fragen. Warum sollte er uns die beste Stunde des Tages widmen? Selbst wenn er ein bißchen neugierig auf ein anderes Opfer ist und dich sehen möchte, warum sollte er ein Mittagessen daraus machen? Er hätte uns in sein Büro bitten, höflich unsere Fragen beantworten und uns nach zehn Minuten wieder los sein können.«

»Ich glaube nicht, daß du das verstehst.« Sandra war sehr ernst. »Es ist wie ein Klub, ein sehr exklusiver Klub.«

»Ich habe auch schon ein paarmal gesehen, wie alles wumm gemacht hat, Ma'am«, entgegnete ich.

»Für dich ist das anders, das ist dein Geschäft«, sagte sie. »Du spielst ständig mit . . . mit dem Tod. Für uns friedliebende Bürger ist dieser Blick in die Hölle eine sehr einschneidende Erfahrung. Sie verändert alles. Ich glaube, daß Jerome Elliot vielleicht mit jemandem sprechen möchte, der auch da war.« Sandra zögerte. »Laß mich mit ihm reden, Matt. Ich habe so einen Verdacht, nachdem ich all diese Hochglanzfotos bei den Ansons gesehen habe . . . Laß mich die Fragen stellen, bitte.«

»Ich streite nie gegen den Verdacht anderer. Übernehmen Sie, wie man bei der Navy sagt.«

Wir schlugen ein bißchen Zeit mit einer Rundfahrt tot. Dann suchte Sandra das Restaurant im Reiseführer und navigierte uns zu der angegebenen Adresse, aber wir hatten große Probleme, einen Platz zu finden, an dem wir den Wagen abstellen konnten; die Wahrscheinlichkeit, das Parkplatzproblem zu lösen, liegt in Newport in genauso weiter Ferne wie überall. Das ›Chowder Hut‹ entpuppte sich als ein selbstbewußt düsteres Etablissement mit einer langen altmodischen Bar und Schlachtbanktischen, die authentischer ausgesehen hätten, wären sie nicht in Plastik versiegelt gewesen.

Obwohl wir in der Zeit waren, punkt zwölf Uhr, war kein Elliot da, uns zu begrüßen. Er hatte zwar einen Tisch reservieren lassen, aber der gefiel mir nicht. Auch wenn Trasks Leute uns Deckung geben sollten, gefiel er mir nicht. Ich ließ uns in eine Ecke umziehen, wo ich meinen Rücken gegen eine Wand lehnen konnte. Wild Bill Hickok hatte einmal, nur einmal, den Fehler gemacht, mit dem Rücken zur Tür zu sitzen. Ich möchte nicht, daß er, wo immer er auch sein mag, das Gefühl hat, als wäre er umsonst gestorben. Obwohl wir langsam tranken, hatten wir Zeit, den Pegel in unseren Gläsern bedeutend zu verringern und zu beobachten, wie sich der Laden füllte, als ein gefönter junger Geschäftsmann energisch hereinmarschiert kam, den Oberkellner ansprach und in unsere Richtung geführt wurde. Ich stand auf und schüttelte seine Hand, und ich erfuhr, daß er Jerry hieß. Ich sagte ihm, ich sei Matt, und Sandra sei Sandra.

Neben seiner unbeschwerten Art, mit Vornamen umzugehen, besaß Elliot noch einige weitere zwanglose Angewohnheiten, und wir hatten Gelegenheit, ihm dabei zuzusehen, wie er sich zum Essen entkleidete, das Jackett seines teuren, grauen Anzugs auszog und es ordentlich über die Lehne seines Stuhls hängte, die Weste und den Hemdkragen aufknöpfte, die Krawatte auf Halbmast zog und sich schließlich mit einem Seufzer der Erleichterung setzte. Mir scheint es immer eine merkwürdige Aufführung zu sein, sich in einem öffentlichen Restaurant auszuziehen, aber mehr und mehr tun es. Eine Geste der Rebellion gegen den dreiteiligen Anzug, schätze ich.

Es muß schön sein, eine einfache Revolution zu finden, eine, die man gewinnen kann, indem man sich einfach mutig in Hemdsärmeln zum Essen an den Tisch setzt. Ein Kellner stellte einen Drink vor ihm ab. Er nahm einen tiefen Zug, wobei er Sandra interessiert ansah.

»Sie sind also das Mädchen, das letzte Nacht fast in die Luft gesprengt worden ist«, sagte er. Es lag ein seltsamer Eifer in der Art, wie er sie ansah, und ich erinnerte mich an ihre Bemerkung von einem exklusiven Klub. Ich nehme an, er suchte nach einem Anzeichen des gemeinsamen Traumas, das über die offensichtliche Narbe hinausging. »Es war das zweite Mal bei Ihnen, stand in der Zeitung. Na, mir hat einmal genügt, aber wir beide tragen das Brandzeichen der Terroristen, stimmt's? Meine rechte Schulter sieht aus, als hätte jemand mit einem scharfen Messer darauf rumgespielt.«

»Wenigstens leben Sie noch«, sagte Sandra. »Das heißt, wir haben Glück gehabt. Vielleicht erwischen die Scheißkerle mich beim nächsten Mal. Ich würde sie am liebsten alle an Stühle binden, die ganze Bande, in einem schönen Kreis, und eine große Bombe mitten in den Kreis legen, und sie da sitzen lassen, während die Zündschnur ganz, ganz langsam runterbrennt und ich aus sicherer Entfernung zusehe und mich totlache, wenn sie sich die Hosen vollmachen und um Gnade schreien. Gnade? Nachdem sie meinen Mann ermordet haben? Na, Sie müssen sie genauso hassen wie ich, nach dem, was mit Ihrem Mädchen passiert ist.«

Ihre Wildheit erstaunte mich. Sie entsprach nicht ihrem Charakter. Sie sah, daß ich sie anstarrte, und schloß ganz kurz die Augen. Ich merkte, daß sie ihren Verdacht ausspielte. Irgendetwas an der toten Linda Anson und dem lebendigen Jerry Elliot schien ihr vielversprechend zu sein.

Ich warf ihm einen prüfenden Blick zu. Er sah für mich ziemlich alltäglich aus, direkt aus dem Schubfach für junge, leitende Angestellte. Er hatte eine ganze Menge Haare, so peinlich genau arrangiert, daß ich mit Wehmut an Tallmans harten, humorlosen Bürstenschnitt denken mußte. Sie waren von einem hellen Braunton mit einem kastanienbraunen

Schimmer, der vielleicht – oder vielleicht auch nicht – echt war. Das gesicht, das sie so sorgsam umrahmten, war jungenhaft, mit einem niedlichen kleinen Spalt im Kinn und einer leichten Stupsnase. Woher die Haarfarbe auch stammen mochte, die Sommersprossen waren echt. Hätte er Gitarre spielen können, hätte er sein Vermögen als Rock-'n'-Roll-Idol der Gesunden – im Gegensatz zu den Degenerierten – machen können. Aber die haselnußbraunen Augen waren unruhig, er war ein bißchen zu hastig mit seinem Scotch, oder was es war, und seine Reaktion kam ein bißchen zu langsam.

»Haß? Na ja, natürlich hasse ich die Hurensöhne, aber das mit Linda haben Sie falsch verstanden. Sie war nicht mein Mädchen. Ich meine . . .« Elliot schnitt eine Grimasse. »Wir sind zusammen gegangen, sicher. Aber das war, als wir noch Kinder waren. Dieser Abend im Silver Conch war, na ja, nur eine freundschaftliche Verabredung um der alten Zeiten willen. Ich wollte einen Monat später heiraten.« Er zog noch eine Grimasse. »Verdammt, wie sich alle Welt hinterher benommen hat, könnte man glauben, ich wäre nicht mit einem Mädchen in die Luft gejagt, sondern mit ihr im Bett erwischt worden!«

»Was ist passiert?« fragte Sandra. »Mit der Hochzeit, meine ich.«

»Oh, die ging genau nach Plan.« Er schnitt wieder sein jungenhaftes Gesicht. »Schart euch um die Flaggen, Jungen und Mädchen, wenn auch das Bild des Bräutigams gerade neben dem des Stadtflittchens über die Titelseiten gegangen ist und er den Gang zum Altar mit einem Arm in der Schlinge machen muß, um alle an seine Taktlosigkeit zu erinnern. Janet ist ein sehr loyales Mädchen.«

»Das ist Ihre Frau?« fragte Sandra.

»Ja. Vormals Janet Whiteley. Sehr feine Familie, die Whiteleys, aber das alte puritanische Blut pulsiert kräftig durch ihre Adern.« Er nahm einen Schluck von seinem Drink, sah auf das Glas hinab und schüttelte trübselig den Kopf. »Ich werde dafür Buße tun müssen, ich hätte den Teufel Alkohol eigentlich von mir weisen sollen, aber ich konnte so nicht darüber sprechen . . . nicht nüchtern.«

»Über den Bombenanschlag?« fragte Sandra.

»Sie sind doch gekommen, um etwas darüber zu hören, oder?« Seine Stimme klang ein bißchen belegt. »Na, ich habe es allen anderen erzählt, warum nicht Ihnen? Soweit es mich betrifft, hat die ganze Sache nur eine oder zwei Sekunden gedauert. Wir haben da gesessen und geredet, den Rest von unserem Wein ausgetrunken und auf den Nachtisch gewartet, als mich irgendwas am Rücken und an der rechten Schulter traf. Es gab eine Art Hitze- und Schallwelle, keinen richtigen Krach, wenn Sie wissen, was ich meine, nur eine riesige, ohrenbetäubende, dumpfe Erschütterung.«

Er sah Sandra an, und sie sagte: »Ich weiß.«

»Es war wie ein Alptraum«, fuhr Elliot fort. »Ich meine, es war *unwirklich*. Im einen Augenblick unterhielten wir uns freundlich bei einem Glas Wein, im nächsten spürte ich, wie meine Schulter und mein Rücken von dieser unglaublichen Wucht getroffen wurden, und ich sah mit aufgerissenen Augen, wie Lindas Gesicht und ihr Kleid . . . na ja, beides wurde einfach von ihr abgerissen. So kam es mir jedenfalls vor: Haut- und Kleiderfetzen – und Blut, massenhaft Blut – flogen irgendwie weg von ihr wie bei einem von diesen Wesen, die sich in Horrorfilmen auflösen. Und Glas, massenweise Glas. Ich weiß noch, daß ich mich gefragt habe, wo all das Glas herkommt, sogar noch, als ich zusammen mit dem Tisch und allem, was darauf stand, über sie geschleudert wurde. Als nächstes weiß ich nur noch, daß ich im Krankenhaus war.« Er warf Sandra einen Blick zu. »Na, Sie wissen, wie das ist. Sie haben es durchgemacht.«

»Ja«, sagte sie. »Ich versuche, mich nicht daran zu erinnern.«

Er zuckte mit den Schultern. »Warum sollte man es versuchen? Es ist genauso da wie die Narben. Vielleicht wird es ein bißchen weniger, aber wir werden es nie ganz los. Ich sehe immer noch . . .« Er unterbrach sich, stürzte den Rest des Drinks hinab und gab einem Kellner das Zeichen, nachzufüllen. »Es war so«, fuhr er fort. »Ein bißchen rechts hinter mir stand eine dieser Anrichten, wissen Sie, eins von den Faltdingern mit einem Tablett obendrauf. Da standen ein paar schmutzige Teller und so auf dem Tablett, und ein großer Glaskrug mit Wasser. Die Explosion hat es in die Luft gerissen und auf uns geworfen. Ich wurde von dem rumfliegenden Porzellan zerhackt, und sie haben mir gesagt, eine Gabel hätte wie ein Speer in meiner Schulter gesteckt. Linda hat den Wasserkrug mitten ins Gesicht bekommen. Der ist irgendwie explodiert, als er aufschlug. Er hat ihr den Schädel gebrochen, zusätzlich zu den oberflächlichen Verletzungen, wenn man *das* oberflächlich nennen will. Sie haben sie zwei Tage am Leben gehalten, aber sie ist nicht mehr zu Bewußtsein gekommen. Vielleicht war es besser so, daß sie niemals erfahren hat, was mit ihr passiert ist.« Einen Moment lang war er still. Dann schüttelte er sich leicht und griff nach dem neuen Drink, den man vor ihm abgestellt hatte. Er probierte ihn und setzte ihn ab. »Vielleicht sollten wir besser bestellen. Ich muß mich um eins mit jemandem im Büro treffen. Es gibt Fischsuppe, Fischsuppe und noch mal Fischsuppe. Austern, Muscheln, Fisch, was Sie wollen. Sehr nahrhaft. Eine Schüssel voll ist soviel wie eineinhalb Mahlzeiten. Aber wenn Sie keine Fischsuppe mögen: Hier gibt es auch ziemlich gute Hamburger.«

Alle entschieden sich für Muschelsuppe. Sie stellte sich als sehr gut heraus, eher die sahnigere New-England-Variante als die dünnere Manhattan-Version. Wir sprachen nicht viel, während wir sie aus den überdimensionalen Schüsseln schaufelten.

»Erinnert mich an Picknicktage am Strand, als ich ein Junge war«, sagte Elliot schließlich und lehnte sich mit einem zufriedenen Seufzer zurück. »Wir haben die Muscheln selbst bei Ebbe ausgegraben und sie in Seetang gekocht.«

»War Linda ein Picknickmädchen?« fragte Sandra.

Elliot lachte kurz. »Nicht, daß man es gemerkt hätte. Janet ja – wir sind alle zusammen aufgewachsen –, aber Linda! Nörgel, nörgel, nörgel. Sand in den Schuhen. Käfer im Haar. Aber, bei Gott, sie war schon damals schön!«

»Wenn Ihnen jemand zeigen würde, wie Sie diesem Verein, der Caribbean Legion, einen Schlag versetzen könnten, um denen heimzuzahlen, was sie ihr angetan haben . . .« sagte Sandra vorsichtig.

Wieder lachte er, kurz und scharf. »Sie wissen nicht, wie lächerlich dieser Vorschlag ist!« Dann merkte er, daß er mehr verraten hatte als beabsichtigt, und hastig redete er weiter: »Ich meine . . .«

»Sie meinen, sie hat Sie erpreßt, stimmt's?« sagte Sandra.

Es folgte ein langes Schweigen. Am Ende leckte sich Elliot über die Lippen und fragte: »Woher wissen Sie das?«

»Ich habe ihre Bilder im Haus ihrer Eltern gesehen. Wunderhübsch, aber ziemlich unmoralisch und skrupellos. Gewöhnliche Maßstäbe für menschliches Verhalten waren nicht ihre Sache.« Sandra zuckte mit den Schultern. »Warum sollten Sie außerdem Ihre bevorstehende Hochzeit gefährden, indem Sie zulassen, mit einer Frau gesehen zu werden, die Sie selbst gerade das Stadtflittchen genannt haben? Das hätten Sie nie über sie gesagt, wenn sie Ihnen noch nahegestanden hätte, also konnte es wohl kaum der freundschaftliche Abschied gewesen sein, von dem Sie gerade gesprochen haben. Sie muß Sie irgendwie unter Druck gesetzt haben, bis sie von Ihnen in einem der besten Restaurants der Stadt zum Essen eingeladen wurde.«

Elliot schüttelte den Kopf. »Sie sind ein kluges Mädchen, Sandra, und im Prinzip haben Sie es richtig erfaßt, aber Sie haben ein paar Details ausgelassen. Eigentlich wollte Linda, daß wir uns in einem schäbigen, kleinen Rasthaus treffen, das sie kannte. Aber da meine Hochzeit nur einen Monat weit weg war, wollte ich mich nicht auf irgendwelche heimlichen Hinterhoftreffen mit einem Mädchen einlassen, das Janet verabscheute. Wenn ich Linda treffen mußte – und sie ließ es so klingen, als wäre es unumgänglich –, dann war es am sichersten, es direkt in aller Öffentlichkeit am Silver Conch zu tun.«

»Nicht so sicher, wie Sie glaubten«, sagte Sandra trocken, »aber Sie konnten ja nicht wissen, was für eine Bande karibischer Wahnsinniger an der Party teilnehmen würden.«

Elliot überging das. »Sie haben gut geraten«, sagte er. »Sie können genauso gut auch den Rest hören. Es war etwas, das vor einigen Jahren passiert ist. Linda wurde schwanger. Es hätte von mir sein können. Sie sagte, das wäre es auch. Ich habe meine Familie um Geld angehauen, damit ich die Abtreibung bezahlen konnte, ohne zu sagen, wofür ich es brauchte. Ich bin mit ihr dahin gefahren, wo es leicht und legal war, ganz egal wo. Linda hatte die Beweise, sämtliche Rechnungen mit meinem Namen drauf. Und Janet ist ziemlich gradlinig; ich habe Ihnen ja schon von den puritanischen Whiteleys erzählt. Sie hat sich schon immer stark für diese Recht-auf-Leben-Dinge eingesetzt, schon bevor man sie so genannt hat. Sie wußte natürlich von Linda und mir. Es muß damals ziemlich offensichtlich gewesen sein. Aber eine längst vergessene Affäre ist eine Sache. Eine heimliche Schwangerschaft und Abtreibung wären für sie vielleicht schwerer zu akzeptieren gewesen. Jedenfalls glaubte Linda, daß ich sie dafür bezahlen würde, die Information zurückzuhalten.«

»Wofür wollte sie das Geld haben?«

»Fünfunddreißigtausend Dollar«, sagte Elliot. Er warf mir einen Blick zu, als ich pfiff, und lächelte dünn. »Ja, Linda hat nie kleine Brötchen gebacken. Sie hat nicht genau gesagt, wofür sie es brauchte, aber ich hatte den Eindruck, als hätte sie eins von ihren Goldgräberspielchen mit einem Gentleman aus New York gespielt, der kein wahrer Gentleman war. In New York gibt es nur wenige davon. Aber was er gekauft und sie ihm verkauft hatte, war nicht ganz klar; so schön, wie sie war, glaube ich trotzdem nicht, daß jemand fünfunddreißig Riesen bezahlt, nur um mit ihr zu schlafen. Aber sie hat ihn irgendwie hingehalten, und er wollte sein Geld zurück, der Geizhals.«

»Können es Spielschulden gewesen sein?« fragte Sandra.

Elliot zuckte mit den Schultern. »Ich glaube schon. Als ich damals mit ihr ging, hatte sie *das* Laster noch nicht, aber sie hat es schnell aufgenommen.« Seine Stimme klang bitter, die desillusionierte Stimme eines Mannes, der sich an einen Engel mit abgenutzten Flügeln erinnert. Er sprach weiter. »Natürlich hatte sie das Geld schon ausgegeben. Der Mann hatte ihr offenbar gesagt, daß er ihr, wenn sie nicht bis zu einem bestimmten Termin zahlte, ein paar von seinen Freunden vorbeischicken wollte, die sie mit Schlagringen besuchen würden. Das war der Grund, warum sie aus New York geflohen und hierher gekommen war, in der Hoffnung, daß er sie nicht finden würde. Aber er hat sie trotzdem aufgespürt. Sie hatte gerade einen Anruf von ihm bekommen, in dem er sie daran erinnerte, daß die Zeit fast abgelaufen sei. Also bitte fünfunddreißigtausend, oder Janet erfährt das Schlimmste über den Mann, den sie heiraten will.« Er schnitt eine Grimasse. »Natürlich wußte man bei Linda nie. Dieser bedrohliche Gentleman in New York, der kein Gentleman war, könnte natürlich auch ausgedacht gewesen sein. Sie hatte vielleicht einfach ein spontanes Bedürfnis nach einem Zobel entwickelt.«

Er schluckte den Rest seines zweiten Drinks herunter und sah sich nach einem Kellner um, änderte seine Meinung jedoch und schob das Glas von sich. Die Leute gingen, sie waren fertig mit dem Essen.

»Ich muß zurück«, sagte Elliot mit einem Blick auf seine Uhr. »Ich habe ihr natürlich gesagt: keine Chance. Ich meine, ich konnte es nicht zur Gewohnheit werden lassen. Diese Abtreibung, für die ich vor langer Zeit bezahlt habe, war in Ordnung. Sie hat alle Hilfe bekommen, die sie unter den Umständen brauchte. Aber jetzt . . . Ich konnte nicht zulassen, daß sie glaubte, sie hätte mich in der Hand und könnte jedesmal kommen und die Hand aufhalten, wenn sie einen Pelzmantel wollte, oder mehr Geld zum Spielen oder sonstwas. Jedenfalls habe ich abgelehnt. Ich habe ihr gesagt, ich würde Janet noch am gleichen Abend treffen und ihr alles erzählen, und Miß Linda Anson wäre gut beraten, sich mit einem guten Abendessen abzufinden und die ganze Sache zu vergessen.«

»Ich wette, das hat ihr nicht gefallen«, sagte Sandra.

»Hat es nicht.« Elliots Stimme klang grimmig. »Ich hatte nicht erkannt, was für eine Art Mensch . . . Ich glaube, sie muß irgendwas genommen haben. Sie hatte nicht viel getrunken, nur den Wein, aber vielleicht hat der auf etwas reagiert, das sie genommen hatte, um sich auf das Gespräch vorzubereiten. Jedenfalls fing sie an, mit liebenswürdiger, tiefer Stimme auf mich einzureden, lächelte mich freundlich an und erzählte mir Dinge über mich und sie . . . Sie ließ alles klingen, als wäre es schmutzig, alles, was wir gemeinsam gehabt hatten, als wir jünger waren. Ich hatte sie sehr geliebt, und sie erzählte mir, für was für einen erstklassigen Einfaltspinsel sie mich gehalten hatte, der sie wie ein verliebter kleiner Hund anschmachtete. Dann fing sie an, Janet zu bearbeiten. Ich nehme an, sie war eifersüchtig. Sie hatte es noch nie gemocht, einen Mann an eine andere Frau zu verlieren, selbst, wenn sie ihn nicht mehr wollte, und sie hat ein paar ziemlich bösartige Dinge gesagt. Als sie damit fertig war . . . Na, was mich betraf, konnte dieser New Yorker Gangster sie ruhig haben, wenn er es schnell machte. Sonst würde ich den Job für ihn übernehmen.«

»Wirklich?« fragte Sandra.

Er starrte sie einen Augenblick lang an, dann lächelte er jungenhaft. »Na ja, wahrscheinlich nicht. Aber ich war ziemlich wütend, so wütend, daß ich mir einreden konnte, ich wollte sie umbringen. Und sie wußte, daß ich das dachte. Sie machte sich über mich lustig, weil sie wußte, daß ich es niemals fertigbringen würde. ich sehe sie noch vor mir, den Kopf nach hinten geworfen, lachend, als die Explosion . . . passierte. Sie muß mit dem Gedanken gestorben sein, daß ich es auf seltsame Weise, wütend wie ich war, am Ende doch geschafft hatte. Mach Elliot wütend genug, und er explodiert wie eine Bombe. Unwirklich!« Er schüttelte den Kopf. »Aber sie werden verstehen, warum ich nicht darauf brenne, an Ihrem Kreuzzug gegen diese Legionstruppen teilzunehmen. Irgendwie hat diese Bombe mein Leben wieder zurechtgebogen und die Geheimnisse weggeblasen, die meine Hochzeit hätten ruinieren können. Ich habe Janet alles erzählt, als ich im Krankenhaus aufgewacht bin. Natürlich gefiel es ihr nicht, aber sie ist darüber hinweggekommen, und wir kommen wunderbar miteinander aus.« Er stand auf und begann, seine Weste zuzuknöpfen. »Nun, es war nett, mit jemandem zu sprechen, der die gleiche gewalttätige Erfahrung durchgemacht hat, auch wenn sie den Leuten verdammt gut Geheimnisse aus der Nase ziehen kann. Auf Wiedersehen, Sandra . . . Matt.«

Wir sahen ihm zu, wie er sich auf den Weg machte, sein Jackett anzog und die Krawatte in Ordnung brachte, während er durch das Restaurant zur Kasse ging, bezahlte und durch die Tür verschwand. Ich entschuldigte mich in aller Stille für meine früheren Gedanken über die knauserigen Leute in New England.

20

Sandra schlürfte nachdenklich ihren Kaffee und betrachtete noch immer die Tür, durch die Elliot verschwunden war.

»Armer Kerl«, sagte sie. »Er liebt sie immer noch.«

Ich starrte sie an. »Dann möchte ich ihn nicht hören, wenn er über ein Mädchen spricht, das er haßt. Wenn man bedenkt, daß das Weibsbild tot ist, hat er nicht gerade viele Blätter vor den Mund genommen.«

»Das meine ich ja. Er versucht, jedem zu beweisen, sich selbst eingeschlossen, daß sie ihm nie wirklich etwas bedeutet hat. Aber er leistet dabei keine gute Arbeit, wenigstens nicht bei sich selbst.« Sie trank ihren Kaffee aus und stellte die Tasse ab. »Na, willst du mir nicht sagen, was für eine großartige Vernehmungsbeamtin ich wäre?«

»Du warst phantastisch. Jetzt muß man dich nur noch an der Folterbank und den Daumenschrauben testen, und mit der Scopolaminspritze, oder was sie heute benutzen.«

Sie verzog das Gesicht. »Was machen wir als nächstes?«

»Ich weiß nicht. Ich hatte gehofft, jemand würde sich rühren und uns eine Spur geben, der wir folgen können . . .«

»Mr. Helm?«

Ich blickte auf und sah den Oberkellner. Im Moment sah er nicht mich an, sondern Sandra, um sicherzugehen. Es war deutlich, daß man ihm gesagt hatte, nach einem Mann zu suchen, der in Begleitung einer jungen Dame mit lädierter Kopfhaut ist.

»Ja?« sagte ich.

Er widmete mir seine Aufmerksamkeit. »Sie sind Mr. Helm? Da ist ein Anruf für Sie. Sie können ihn an der Kasse entgegennehmen.«

»Danke.« Ich ging hin und nahm das Telefon, das mir die Kassiererin reichte. »Helm.«

Eine Stimme, die ich nicht kannte, nannte ein Kodewort, das ich kannte. Dann sagte sie: »Kontrollruf, ich wiederhole, Kontrollruf.«

»Verstanden.« Ich gab der Kassiererin das Telefon zurück, dankte ihr und kehrte an den Tisch zurück. Ich legte etwas Geld hin, da ich nicht wußte, ob sich Elliot um das Trinkgeld gekümmert hatte oder nicht. »Wir müssen los«, sagte ich.

»Ärger?« fragte Sandra, als sie aufstand.

»Wahrscheinlich. Ich muß eine Telefonzelle finden. Mal sehen, was der Mann zu sagen hat.«

Zehn Minuten später stand ich in einer Ecke der Lobby eines Motels, nicht weit draußen vor der Stadt, und hörte Trasks Stimme zu, die mir die neuesten Nachrichten mitteilte: Es hatte eine gewaltige Explosion in einem kleinen Haus in Old Saybrook, Connecticut, gegeben. Während ich zuhörte, sah ich durch das nahe Fenster hinaus auf den kleinen Parkplatz des Motels, aber die schattige Ecke, wo der Porsche stand, konnte ich nicht sehen.

»Ich schätze, ich weiß, welches Haus es war.«

»Ganz genau.«

»Schaden?«

»Total. Das Feuer hat dabei geholfen. Die Polizei versucht rauszufinden, ob die Leichen, die man in den Trümmern gefunden hat, die der offiziellen Besitzer sind, eines gewissen Matthew Helm jr. und seiner Frau Cassandra. Washington sagt, wir sollten das besser klarstellen, bevor zuviel falsche Reklame gemacht wird.«

»Wie viele Leichen?« fragte ich.

»Im Augenblick haben sie gerade genug Teile, um zu sagen, daß es keine Hunde und Katzen waren und es mehr als einer war, denn nur sehr wenige Menschen haben zwei linke Hände.

Es war eine ziemliche Detonation. Ein langer Ford-Lieferwagen, schwarz oder marineblau, mit diesen dunklen Fenstern, durch die man raus-, aber nicht reinsehen kann, ist in der Gegend rumgefahren. Die Nachbarn hatten ihn mehrmals gesehen und daran gedacht, die Polizei anzurufen. Er parkte vor der Explosion einen halben Block entfernt. Danach war er nicht mehr da. Eine Zeugin glaubt, er hatte ein auswärtiges Kennzeichen, aber sie ist nicht sicher, wie weit auswärtig. Mit anderen Worten: Wir wissen nur, daß es nicht Connecticut war, und auch dabei wäre ich mir nicht allzu sicher. Du weißt, wie Zeugen sind.«

»Wir sind gestern an dem Haus vorbeigefahren. Wenn die Cops fragen, sind wir nicht reingegangen, weil es spät wurde und wir noch ungefähr hundert Kilometer bis nach Newport fahren mußten, um unsere Hotelreservierung wahrzunehmen. Inoffiziell, ganz unter uns, haben wir uns ferngehalten, weil wir spontan hingefahren waren, ohne euch die Chance zu geben, das Haus zu untersuchen. Vielleicht war das klug von uns. Vielleicht war da schon eine Bombe in dem Haus versteckt. Oder vielleicht hat sich die CLL überlegt, als sie sah, daß wir nur einen schnellen Blick von außen drauf geworfen haben, daß Sandra darauf bestehen würde, später zu einer genaueren Inspektion zurückzukommen. Schließlich war es mehr oder weniger das Haus ihrer Flitterwochen. Und sie war schon seit Wochen weg. Also haben sie jemanden geschickt, der ihr ein verspätetes Hochzeitsgeschenk gebracht hat, aber er ist zu sorglos damit umgegangen und hat sich und einen seiner Freunde in die Luft gejagt. Oder *sie* war es. Es könnte auch wieder Angelita Johansen gewesen sein. Die Blonde ist viel unterwegs. Das ist eine Möglichkeit. Eine weitere ist, daß der Sprengsatz, egal, wann er für uns eingerichtet worden ist, wahrscheinlich von der CLL, von irgendwelchen unbefugten Besuchern ausgelöst wurde, vielleicht durch vom Pech verfolgte Einbrecher. Schließlich fordert ein Haus, das in diesen gesetzlosen Zeiten so lange leer steht, einen Einbruch geradezu heraus. Ein Lieferwagen wäre genau richtig, um die Fernseher und Mikrowellenherde wegzuschaffen.«

»Tja«, sagte Trask, »die Behörden werden eine Weile brauchen, bis sie die menschlichen Puzzles wieder zusammengesetzt und die Identifikation sichergestellt haben, vorausgesetzt, sie finden genügend Teile. Bis dahin, findet Washington, sollte Mrs. Helm auftauchen, natürlich furchtbar betrübt über die Zerstörung ihres Hauses, um dir so die Chance zu geben, mehr darüber rauszufinden.«

»Verstanden«, sagte ich. »Paß in der Zwischenzeit auf unser Hotelzimmer in Newport auf. Wir wollen nicht in Rauch und Flammen aufgehen, wenn wir heute abend zurückkommen und die Tür aufmachen.«

Als ich zum Porsche zurückkam, hatte Sandra die Fenster und ihren Sitz heruntergedreht. Sie schien zu schlafen, aber ihre Handtasche lag auf ihrem Schoß. Sie griff danach, als sie mich kommen hörte, und ließ ihre Hand hineingleiten. Trotz der gewaltlosen Einstellung, die sie aufrechtzuerhalten versuchte, zeigte das Mädchen einen gesunden Sinn für Selbsterhaltung, anders als die Filmheldinnen, die nicht im Traum daran denken würden, nach einer Waffe zu greifen, selbst, wenn sie von einem sabbernden Wahnsinnigen mit einem Hackebeil in der Hand und Mordgelüsten im Kopf durch ein Spukhaus gejagt werden.

»Oh, du bist es«, sagte sie, schloß die Handtasche und hob ihre Sitzlehne an. »Diese Sache mit diesen heimlichtuerischen Anrufen macht mich ganz zappelig . . . Was ist los?«

Ich zögerte, denn ich wußte nicht, wieviel ihr das Haus in Old Saybrook bedeutet hatte. Dann erzählte ich es ihr. Lange Zeit sagte sie nichts. Schließlich lächelte sie mich schief an.

»Na ja, das ist auch eine Möglichkeit, den Hausputz loszuwerden«, sagte sie. »Ich schätze, ich werde es mir wohl ansehen müssen. Oder was davon übrig ist. Fahren wir.«

Ziemlich bald hatten wir die Inseln von Rhode Island hinter uns gelassen und waren wieder auf dem Festland von Rhode Island. Wir nahmen den guten alten I-95, den Highway, der uns direkt von Florida hierhergeführt hatte. Er brachte uns zurück nach Connecticut, und wir fuhren an Mystic vorbei, wo die alten Segelschiffe liegen, und an New London, wo die

Unterseeboote sind. Connecticut hat ein merkwürdiges Gesetz: Man darf auf einem vierspurigen Highway nicht rechts überholen. Jeder langsame Arsch, dem danach ist, den ganzen Verkehr in einer Richtung aufzuhalten, braucht nur auf der linken Spur herumzurollen, um auf legale Weise eine Hälfte des Highways zu blockieren. Und viele tun das. Als wir uns dem Connecticut River näherten, mit Old Saybrook zur Rechten, am gegenüberliegenden Ufer beinah in Sicht, trafen wir auf einen Verkehrsstau: Die Brücke wurde repariert. Wir waren inzwischen gegen Highway-Baustellen einigermaßen abgehärtet, aber diese war ein ganz besonderes Exemplar, und sie hielt uns zwanzig Minuten auf.

Als wir westlich des Flusses wieder Geschwindigkeit aufnahmen, sah Sandra plötzlich auf und sagte: »Oh, du hättest diese Ausfahrt nehmen sollen!«

Ich sagte: »Ich weiß, aber – sieh dich nicht um – vier Wagen hinter uns ist ein großer schwarzer Lieferwagen mit dunklen Scheiben.«

Sie warf mir einen scharfen Blick zu. »Der, von dem du mir erzählt hast? Der, von dem man dir erzählt hat?«

Ich zuckte mit den Schultern. »Die Welt ist voll von schwarzen Lieferwagen, aber laß ihn uns überprüfen. Ich schätze, daß alle Straßen links von hier nur ein paar Kilometer weit bis zum Long Island Sound führen. Wir brauchen mehr Platz. Du hast hier gewohnt; denk mal nach. Sag mir eine nette, kleine, kurvige Straße rechts von hier, ohne allzu viele Orte und Häuser. Am besten eine, an die du dich gut erinnerst, damit du mir die Kurven ansagen kannst.«

»Kurvige, kleine Nebenstraßen sind das beste an Connecticut.« Sie dachte einen Moment lang nach. »Drei Ausfahrten von hier . . . nein, jetzt noch zwei. Da gibt es ein kleines Stück Vorstadt in der Nähe vom Turnpike, aber dann kommt man eine Zeitlang durch in eine ziemlich einsame Waldgegend . . . Da vorn, vor uns.«

»Ich sehe schon. Mach dir um den Kerl hinter uns keine Sorgen, bis ich es dir sage. Ich hab ihn im Spiegel. Paß nur auf die Straße vor uns auf, versuch, dich zu erinnern, was als nächstes kommt, und halt mich auf dem laufenden.«

»Fahr langsam die Ausfahrt runter. Unten am Ende steht ein Stoppschild. Es ist eine unübersichtliche Kreuzung, und die Leute fahren schnell.«

»Verstanden. Los geht's.«

Ich machte es nach Vorschrift, setzte den Blinker und bremste vorsichtig auf der Abbiegespur, bevor ich die Ausfahrt hinunterfuhr und am Stopschild stehenblieb. Der Fahrer des Lieferwagens, der uns folgte, hatte keine andere Wahl, als direkt hinter uns zu halten. Ich behielt die Rückspiegel im Blick, aber es wurden keine Fenster heruntergedreht und tauchten auch keine Waffen auf. Das dunkle Glas ließ den Wagen leer aussehen, als wäre tatsächlich niemand drin, als wäre nur ein Teil einer feindlich gesinnten Maschinerie, der uns aus eigenem, bösen Willen verfolgte. Wie ein braver Junge setzte ich wieder meinen Blinker, wartete darauf, daß ein Pickup-Truck mit örtlichen Kennzeichen vorbeifuhr, und folgte ihm über die zweispurige Straße nach Norden. Der Lieferwagen folgte uns.

»Sieht so aus, als sei es der richtige«, sagte ich. »Er fährt direkt hinter uns her.«

»Wie hat er uns gefunden?«

»Er muß sich überlegt haben, daß man uns zum Tatort rufen wird, wenn das Haus erst in die Luft geflogen ist. Es gibt nur eine Brücke, die man mit großer Wahrscheinlichkeit nimmt, um den Connecticut River zu überqueren, wenn man von Newport kommt. Es gibt nur einen Weg flußaufwärts. Er mußte nur irgendwo an den Zufahrtsstraßen darauf warten, daß ein auffälliger kleiner Sportwagen vorbeiflitzt.«

»Du mußt hier auf Kinder und Hunde aufpassen . . . Okay, jetzt kannst du ein bißchen Stoff geben, wenn du willst.«

Es war ein kleiner Laubwald voller Gestrüpp, mit ein paar Häusern, die hier und da entlang der Straße standen. Der Asphalt schien direkt auf die ursprünglichen Wagenspuren gelegt worden zu sein, die sich durch die Bäume gewunden hatten. Ich nahm ein bißchen Geschwindigkeit auf. Der

Lieferwagen blieb dran. Der Pickup-Truck bog vor uns in einen schmalen Weg ein und überließ uns die Straße.

Mit einem Blick in den Spiegel sagte ich: »Mach dich auf die alte Kinomasche gefaßt. Du weißt, wo der hintere Wagen in den vorderen knallt . . . Da kommt er schon, paß auf.«

Ich sah, wie das viereckige schwarze Vorderteil des Lieferwagens im Spiegel schnell näher kam. Aus Gewohnheit schaltete ich mit Zwischengas einen Gang zurück und wartete, bis uns seine schwere Stoßstange fast erreicht hatte, bevor ich aufs Gas trat. Der Porsche ging unter dem Aufbäumen der Pferdestärken in die Knie, die Reifen quietschten, und mit einem Satz hatten wir einige Zentimeter gewonnen. Ich ließ es ruckend und panikartig aussehen, mit viel Heckschleudern. Ich wurde so schnell wie möglich langsamer, als würden mich diese hohen Geschwindigkeiten – ich schätze, wir sind an einer Stelle mal hundert gefahren – auf der schmalen Straße furchtbar erschrecken.

»Wer wird das sein, Matt?« fragte Sandra leise.

Ich zuckte mit den Schultern. »Ich würde sagen, jemand, der uns nicht mag.«

»Witzig!«

Der Bursche hinter uns, wer es auch war, holte erneut auf, quälte den schweren Lieferwagen hinter uns. Es war aggressives Fahren, und es war schlechtes Fahren. Er beanspruchte übermäßig Reifen, Bremsen und Antrieb. In den Kurven legte er den großen Transporter wie ein Segelboot hart am Wind auf die Seite. Ich wußte, daß er in seinem Kopf sah, wie es immer im Fernsehen läuft: Der hintere Wagen greift immer wieder die Stoßstange des vorderen an, bis das Opfer die Kontrolle verliert, von der Straße fliegt und mitten in der Luft in Flammen aufgeht. Was einen Wagen brennen läßt, bevor er überhaupt den Boden berührt hat, habe ich nie rausfinden können, aber auf der Leinwand machen sie es ständig. Warum das hilflose Opfer dem Wagen nie Feuer unterm Hintern macht und so schnell wie möglich verschwindet oder seinem Verfolger nicht wenigstens ein möglichst gutes Rennen liefert, ist ein weiteres Rätsel, das ich nie gelöst habe. Diese Filmhelden sitzen immer einfach da, sind passiv und verzweifelt und warten auf den nächsten großen Knall von hinten.

»Was kommt als nächstes?« fragte ich, während ich ihn im Spiegel näherkommen sah und es geschehen ließ. »Weis mich ein.«

»Noch ein bis zwei Kiloemter kurvig wie hier, dann eine scharfe Rechtskurve am See . . . Na ja, es ist nur so ein schlammiger Teich, von denen gibt es hier Dutzende, aber an den kann ich mich erinnern, weil normalerweise ein Schwanenpärchen drauf ist.«

»Ich glaube nicht, daß wir heute viel Zeit haben, Vögel zu beobachten . . . He, da kommt er wieder!«

Wir zogen es noch einmal durch! Ich erweckte den Anschein, ein bißchen langsam im Kopf zu sein, und erst im letzten Moment entdeckte ich, Überraschung, Überraschung, daß der böse Mann immer noch versuchte, uns anzuschieben. Verzweifelt ließ ich ein paar Gänge krachen, trat auf das Gaspedal und entkam, wobei ich in meiner Panik über die ganze Straße schleuderte. Dann wieder das allmähliche Langsamerwerden, wenn ich von dieser fürchterlichen Geschwindigkeit abließ.

»Wie weit ist der See entfernt?«

»Ich kann schon das Kurvenschild sehen.«

»Halt dich fest. Ich will versuchen, ihn da loszuwerden. Komm schon, Baby!« flüsterte ich und beobachtete, wie der Lieferwagen ein weiteres Mal im Rückspiegel größer wurde. »Komm zu Papa, so ist es richtig.«

»Ich kann den See schon durch die Bäume sehen. Es ist eine *sehr* scharfe Kurve, Matt.«

»Hoffen wir, daß dein Wagen so gut ist, wie du sagst.« Ich sprach mit dem Bild im Spiegel: »Komm schon, *komm* schon, worauf wartest du denn da hinten? Nicht kneifen!«

Er kam geradewegs und treuherzig auf uns zu, wie eine junge Kanadagans auf einen guten Rufer mit überzeugenden Lockvögeln. In Gedanken kreuzte ich die Finger. Wenn im falschen Moment Gegenverkehr kam, würde es unangenehm werden. Ich konnte jetzt durch die Bäume vor uns das

Schimmern auf dem Wasser sehen. Ein Schild, das vor der Kurve warnte, schoß vorbei.

»*Jetzt* sieh dich um!« rief ich. »Ich bin zu beschäftigt, um ihn im Auge zu behalten. Sag Bescheid: Sag mir, wie nah er dran ist und wie schnell er aufholt.«

Sie dreht sich auf ihrem Sitz um. »Er kommt schnell näher . . . so ist es besser«, sagte sie, als ich dem Porsche Feuer machte. »Aber er holt immer noch auf. Drei Wagenlängen. Zwei. Er kommt sehr nahe, Matt . . .«

Die Kurve war wirklich scharf. Ich hielt meine Geschwindigkeit, solange ich es wagte, und betete wieder, daß die Straße frei war.

»*Matt!*«

Ich hatte längst runtergeschaltet. Ich gab Vollgas und riß das Lenkrad herum. Die Hinterräder brachen aus, und der kleine Wagen schwang wie ein sich öffnendes Tor hart herum und nahm dem Lieferwagen, was dieser treffen wollte, obwohl ich einen leichten Stoßstangenkontakt zu hören oder zu spüren glaubte, als er an uns vorbeistürzte. Dann brauchte der Porsche die ganze Straße, aber wir hatten Glück, daß nichts aus der Gegenrichtung kam, als ich ihn aus dem linken Graben holte und hinter der Kurve wieder unter Kontrolle hatte.

21

Ich fuhr an den Straßenrand und hielt den Wagen an. Eine oder zwei Minuten saßen wir da und versuchten, wieder zu Atem zu kommen, obwohl ich nicht weiß, warum. Der Wagen hatte die Arbeit für uns getan.

»Er ist direkt in den Teich gefahren«, sagte sie.

»Bestimmt hat er die Schwäne zu Tode erschreckt.«

»Na ja, ich hab mich nicht gerade nach Schwänen umgesehen, aber ich habe wirklich etwas Weißes aufblitzen sehen, das zur Seite gesprungen ist, als er am Wasser aufschlug. Matt?«

»Ja?«

Sie sah mich an. »Du hast das früher schon mal gemacht, oder?«

»Irgendwann sind sie immer so besessen davon, den Vordermann zu töten, daß sie vergessen, den Hintermann zu retten. Sich selbst.« Ich konnte sehen, daß sie noch immer eine gewisse Reaktion zeigte, daher redete ich weiter, um sie zu beruhigen – und vielleicht auch mich selbst. »Beim letzten Mal haben wir in meinem Mazda gesessen und sind eine Bergstraße in New Mexico runtergefahren. Die damaligen Gegenspieler haben uns einen großen Sattelschlepper hinterhergeschickt. Ihr Junge war genauso übereifrig wie dieser. Er hat dreißig Meter Leitplanke mitgenommen, als er über die Klippe flog.«

Sandra erschauderte. Nach einem Augenblick sagte sie: »Wir hätten lieber zurückfahren sollen, nicht wahr?«

»Warum?«

»Der Mann im Lieferwagen. Wahrscheinlich ist er verletzt.«

»Ich habe ihm genug Zeit zum Ertrinken gegeben. Ich hoffe, es ist ein schöner, tiefer See.«

Aber als wir ankamen, den Porsche abseits der Straße geparkt hatten und uns einen Weg durch die Büsche suchten, stellten wir fest, daß der Lieferwagen keineswegs versunken und nicht mehr zu sehen war. Er hatte sich etwa sieben Meter weit einen Weg durch den Teich gepflügt, bevor er sich zur Ruhe gelegt hatte, auf die linke Seite, wie ein müdes Pferd. Er mußte eine kleinere Flutwelle hervorgerufen haben, als er aufgeschlagen war. Schlamm und Unkraut sickerte noch immer daraus hervor, aber hinten war er mehr als halb versunken. Während ich nach Anzeichen suchte, daß jemand in der Nähe an Land gewatet war, fuhr auf der Straße hinter uns ein Auto vorbei, aber man konnte das Wrack von da oben nicht sehen, und der Schaden an der Vegetation hätte auch irgendwann in den letzten ein oder zwei Tagen passiert sein können.

»Sieht so aus, als ob er noch an Bord ist«, sagte ich. »Es sei denn, er ist über den See geschwommen. Ich kann keine

Spuren sehen, nach denen er hier rübergekommen ist . . . Wo gehst du hin?« Ich packte sie am Arm, als sie die Uferböschung hinunter wollte.

Sie sah mich erschrocken an. »Wir müssen ihn da rausholen, oder? So, wie der Wagen liegt, könnte er unter Wasser sein, bewußtlos, vielleicht ertrinkt er!«

»Und es könnte keinem netteren Menschen passieren. Der Scheißkerl hat versucht, uns umzubringen, weißt du noch?«

»Laß mich los!«

Sie machte einen plötzlichen Satz, der sie, als ich sie am Arm zurückriß, gegen mich prallen ließ. Ich packte sie an beiden Schultern und wollte etwas Verstand in sie hineinschütteln. Ich hatte die Kraft des Florence-Nightingale-Syndroms unterschätzt. Ich hatte keine Vorsichtsmaßnahmen getroffen, wie ich es bei einem Kampf mit einem Mann oder einer Frau, die ich für gefährlich hielt, instinktiv getan hätte. Sie hatte einen Versuch und nutzte ihn, trat mir mit dem Knie zwischen die Beine, nicht fest, aber das braucht es da unten auch nicht zu sein. Der Schmerz war der gleiche Schock wie immer. Ich nahm nur am Rande wahr, daß sie sich losriß. Ich fragte mich dunkel, wie zum Teufel ich es geschafft hatte, mich auf ein spinnertes Kind einzulassen, das den Mann kastrieren wollte, der ihr das Leben gerettet hatte, um einen Mann zu retten, der versucht hatte, sie zu ermorden.

Als ich es schaffte, mich aufzurichten, watete sie in den schlammigen Teich hinaus, ungeachtet ihrer hübschen weißen Hosen. Diesmal hatte ich meine 38er in der Hand, aber es war zu spät. Sie war in der Schußlinie und bewegte sich so unberechenbar auf ihrem Weg durch Morast und Unkraut, daß ich nicht riskieren konnte, an ihr vorbeizuschießen. Ansonsten hätte ich den Lieferwagen systematisch durchsiebt, um sicherzustellen, daß der Insasse unschädlich war, bevor sie bei ihm ankam. Natürlich hätte ich mutig hinterherstürmen können, um sie wieder in Sicherheit zu zerren, aber wenn sie mit dem armen hilflosen Opfer recht hatte, würde ich umsonst naß werden, und wenn ich mit dem mörderischen Scheißkerl recht hatte, wäre ich genauso tot wie sie. Mac beschäftigt keine selbstmörderischen Agenten.

Ich hob die Handtasche auf, die sie zu meinen Füßen fallengelassen hatte. Offensichtlich war ich etwas vorschnell gewesen, als ich ihren feinen Sinn für Selbsterhaltung bewundert hatte. Sie hatte auf diese idiotische Rettungsmission nicht mal ihre Waffe mitgenommen. Nachdem ich die Automatik als zusätzliche Feuerkraft mitgenommen hatte, dazu das Extramagazin, das dabei war, schleuderte ich den Beutel die Böschung hinunter zu den hochhackigen Schuhen, die sie weggeworfen hatte, bevor sie ins Wasser gegangen war. Ich suchte hinter einem Baum Deckung, von dem aus ich den Lieferwagen beharken konnte, sobald ich ein freies Schußfeld hatte. Sandra war nah dran, das Wasser stand ihr fast bis zur Hüfte, und sie kämpfte gegen den schweren Schlamm und den Wasserwiderstand an. Ich kämpfte den Impuls nieder, sie anzuschreien, daß sie zurückkommen sollte. Wozu den Atem verschwenden? Sie hatte längst schmerzhaft deutlich gemacht, wie ihre Antwort aussehen würde.

Als sie den Lieferwagen erreichte, legte sie eine kurze Pause ein, um zu Atem zu kommen. Dann versuchte sie, die großen Hintertüren zu öffnen, aber sie waren verschlossen oder verklemmt. Nachdem sie eine oder zwei Minuten am Griff herumgerissen hatte, gab sie es auf und beugte sich hinab, um durch das geschwärzte Glas des rechten Hinterfensters zu sehen. Das linke war mehr oder weniger unter Wasser.

Ich sah, daß sie sich plötzlich zur Seite warf. Offenbar hatte sie drinnen etwas gesehen. Das Geräusch des Schusses war gedämpft, aber ihr erschrockener Schrei war es nicht, als sie sich mit der Hand auf den linken Arm schlug. Sie versuchte wegzulaufen, aber der klebrige Morast hinderte sie daran, und sie fiel lang hin – ihre erste vernünftige Tat, seit sie mir mit dem Knie in die Hoden getreten hatte. Zwei weitere, gedämpfte Schüsse kamen aus dem Inneren des Lieferwagens, aber beide verfehlten sie. Einer machte ein sternförmiges Loch in das schwarze Glas der Tür, der andere schlug dreißig Zentimeter neben dem Austrittsloch des ersten Schusses, der

Sandra am Arm getroffen hatte, ein weiteres Loch in das schwarzgemalte Blech.

Ich hatte die Waffen getauscht, denn Punktgenauigkeit wurde hier nicht gebraucht: Ich hatte kein richtiges Ziel, auf das ich schießen mußte. Die 38er war die beste Waffe, die ich hatte, und ich wollte sie für den Showdown aufbewahren, wenn es einen gab. Daher benutzte ich Sandras Automatik und leerte ein halbes Magazin von 380ern in die Heckfenster des Lieferwagens, wobei ich mich tief hinhockte, um die Kugeln fast parallel zum Wasser zu schießen, und aus verschiedenen Winkeln schoß, um den ganzen Innenraum abzudecken. Es war eine bessere Waffe als die letzte, die ich mir von Sonny Vareks kleinem Mädchen ausgeborgt hatte. Jedenfalls schoß sie ziemlich genau in die Richtung, in die ihre Mündung blickte. Sie war nicht besonders wirkungsvoll, aber mir gelang ein ordentlicher Schuß auf die Türen des Lieferwagens, und selbst eine 22er kann aus diesem Winkel heraus ein Autoblech durchschlagen.

Natürlich hatte unser geheimnisvoller Mörder da draußen einen kugelsicheren Zufluchtsort. Er mußte nur in dem Wasser untertauchen, das seinen Wagen teilweise füllte, und keine Kugel konnte ihn erreichen. Aber wenn er nicht mit den Fischen verwandt war, würde er nicht sehr lange unter Wasser bleiben können. In dem Augenblick, als Sandra tropfend und spuckend auftauchte, schoß er jedenfalls nicht.

»Bleib unten!« rief ich. »Geh nach links rüber. Versuch, aus der Schußlinie zu kommen, aber bleib unten.«

Man hörte einen weiteren, dumpfen Knall aus dem Inneren des Lieferwagens, und eine Kugel kreischte aus den ohnehin durchlöcherten Türen hervor. Ein Hoffnungsschuß, der nichts traf, aber ein wirklich gemeines Geräusch machte, als er über mich hinweg ging. Ich gab ihm den Rest des ersten 380er Magazins, um Sandras unbeholfenen Rückzug zu decken, wobei ich bewußt Pausen zwischen den Schüssen ließ, damit es länger dauerte.

Als ich nachlud, ließ mich eine Bewegung in den Bäumen schnell herumfahren. Ein rotblonder, junger Mann in Jeans, T-

Shirt und Windjacke lief auf das Wasser zu und zog im Laufen seine Jacke aus. Na, es wurde auch Zeit, daß sich Trasks Agent an der Schlacht beteiligte, selbst, wenn sich seine momentanen Pflichten darauf beschränkten, uns nur zu folgen, um den Porsche davor zu schützen, sabotiert oder mit einem Sprengsatz versehen zu werden, wenn wir ihn irgendwo abstellten.

Er ließ seine Jacke am Ufer liegen und watete hinaus zu dem Mädchen, das sich dort abquälte. Ich gab ihm Feuerschutz, setzte die metallummantelten 380er Kugeln dahin, wo ich glaubte, sie würden am ehesten nützen, und variierte mein Ziel und mein Timing, um den Insassen des Lieferwagens unter Wasser zu halten. Trasks Junge half Sandra ans Ufer. Halb trug er sie, halb führte er sie in Deckung und kniete sich hin, um ihren verwundeten Arm zu untersuchen.

Die Situation schien unter Kontrolle zu sein. Es war Zeit, diesem Unsinn ein Ende zu machen, bevor die Gegend bis zum Arsch voller Cops war. Vorsichtig bewegte ich mich am Ufer entlang nach rechts und watete hinaus, bis ich einen guten Ausblick auf die Unterseite des Lieferwagens hatte, die offen einzusehen war, weil der Wagen auf der Seite lag. Der Benzintank war ein naheliegendes und leichtes Ziel. Ich nahm Sandras letzte beiden Kugeln, um ihn weit unten sauber zu durchlöchern, und sah, wie die brennbare Flüssigkeit aus den Löchern herausspritzte. Das Wasser hatte schon vorher um das Wrack herum einen regenbogenartigen Glanz angenommen. Jetzt breitete er sich schnell aus.

»He, du da im Lieferwagen«, rief ich. »Komm raus, bevor ich dich abfackeln muß.«

Es kam keine Antwort, aber er konnte das Zeug ebensogut riechen wie ich – besser, weil er näher dran war. Ich sah, wie der Wagen erzitterte, als er sich drinnen bewegte. Dann war er am Heck und bearbeitete die Doppeltüren. Er mußte die eine etwas anheben – die rechte, wenn der Lieferwagen aufrecht stand –, um die andere zu öffnen. Mit einem lauten Krachen, wie bei der waagerechten Hecktür eines Kombiwagens, schwang sie auf. Ein dunkles Objekt flog heraus und landete mit einem Platschen im Teich: eine große automatische Pistole.

Großartig, aber wer garantierte, daß er nicht noch eine andere hatte, groß oder klein?

Ich hatte die Smith & Wesson bereit, als er herausgerollt kam, sich mühsam aufraffte und zum Ufer watete, ein stämmiger, dunkler Mann in Jeans und einem grauen Arbeitshemd. Ich hatte nicht alles Blei verschwendet, das ich auf ihn abgeschossen hatte. Er humpelte, und ein Arm hing kraftlos hinab. Als er das trockene Ufer erreichte, fiel er erst auf die Knie, dann auf das Gesicht und rollte sich auf den Rücken, wo er mit weit ausgebreiteten Armen in einer Haltung vollkommener Hilflosigkeit liegenblieb. Er war als Schauspieler nicht besser, als er es als Fahrer gewesen war. Platschend kam ich an Land, umging den sich ausbreitenden Benzinfilm und ging vorsichtig zu ihm hinüber, um ihn in Schach zu halten.

Auf den ersten Blick war mir sein Gesicht vollkommen unbekannt, und ich fragte mich, wer dieser wutentbrannte Fremde war, der so sehr darauf bedacht gewesen war, mich zu ermorden. Dann merkte ich, daß ich sein dunkles Latinogesicht schon gesehen hatte, zweimal: einmal auf einem unscharfen Foto, das Trask mir gezeigt hatte, und davor . . . Ich erinnerte mich an einen Jungen namens Antonio Morelos, der mit einer Schußwunde im Bein verblutet war. Er hatte das gleiche Gesicht gehabt, nur fünfzehn Jahre jünger.

»Señor Dominic Morelos«, sagte ich. *El Martillo*, der Hammer.

Er leckte sich über die Lippen, aber brauchte einen Moment, bis er Kraft genug zum Sprechen hatte. Ich konnte die deformierten Finger an seiner linken Hand sehen, wo die Folterer von Gobernador seine Fingernägel bearbeitet hatten. Manchmal kann man nur schwer sagen, wer die Bösen sind. Und die Guten genauso. Ich drücke niemandem einen Stempel auf, soviel ist sicher.

»Sie haben meinen kleinen Bruder ermordet, Señor«, flüsterte er. »Die Frau war auch dabei . . .«

Haß in seinen Augen. Dann trat ein Blick erschrockener Überraschung an dessen Stelle. Er hustete zweimal, von Schmerzen verkrampft. Dickes, dunkles Blut lief ihm aus dem

Mund, und seine Augen wurden leer und sein Körper wurde schlaff. Einen Augenblick später beugte ich mich hinab und fand die versteckte Waffe, die er vor mir hatte verbergen wollen, als er auf den Rücken gerollt war: ein praktisches Messer, das am Nacken in einem Futteral steckte. Ich stellte fest, daß ich ihn tatsächlich fünfmal getroffen hatte. Die Kugel in der Lunge hatte ihn fertiggemacht. Ein weiteres Sternchen für Dana Delgado.

Als ich dort ankam, wo Sandra lag, fand ich eine Situation vor, die ich nicht erwartet hatte. Statt einem Mann, der auf sie aufpaßte, waren zwei Männer dort.

Einer war der rotblonde Bursche, der sie aus dem Teich gezogen hatte. Naß und schlammig lehnte er mit den Händen in der Luft an einem Baum und starrte durch eine dicke Hornbrille einen anderen Mann an. Zum Glück erkannte ich diesen anderen Mann, sonst hätte es ein unangenehmes Mißverständnis geben können. Ich hatte ihn in Savannah gesehen, einer von Trasks hageren, jungen Männern, sonnengebräunt und hartgesotten, in Khakis und mit einem 38er Revolver in der Hand.

»Gregertsen, Sir«, sagte er. »Der Erkennungscode ist . . .«

»Vergiß den Scheiß, ich erkenn dich wieder«, sagte ich. »Was ist hier los? Wer ist dieser Mann?«

Ich spürte dieses Frösteln, wenn man Dinge als sicher angenommen hat. Ich war davon ausgegangen, daß der rotblonde Junge einer von unseren Leuten war, der mir zur Hilfe kam, obwohl es ebensogut sein konnte, daß er Morelos hatte helfen wollen. Na ja, es war ein gutes Gegenmittel für das großspurige Agentensyndrom, das oftmals im Fahrwasser eines siegreichen Schußwechsels aufkommt.

Gregertsen sagte: »Mein Befehl war, Ihnen zu folgen und ein Auge auf den Porsche zu werfen, damit sich keiner daran zu schaffen macht, aber ich hab gesehen, daß dieser Bursche Ihnen seit Newport auf den Fersen gewesen ist. Dann hat der Lieferwagen an der Brücke die Verfolgung aufgenommen. Sie haben das gut im Griff gehabt, prima Fahrstil, aber als Sie und die Lady da runtergegangen sind, das Feuerwerk losging und ich sah, wie dieser Punk hinter Ihnen hergeschlichen ist, hab ich mir gedacht, ich laß den Sportwagen allein und seh nach, ob Sie Hilfe brauchen. Er ist übrigens sauber. Keine Waffe.«

Sandra rührte sich schwach. »Matt, das ist ein großer Fehler. Laß ihn gehen! Ich weiß nicht, wer er ist, aber er hat mir trotz der Schießerei geholfen. Sieh mal, er hat mir sogar mit seinem Taschentuch den Arm verbunden.«

Ich sah einen Augenblick lang auf sie herunter, sogar noch nasser und schlammiger als der junge Mann, der sie gerettet hatte, mit einem blutgetränkten Tuch um den linken Arm.

»Kein Mensch merkt, daß du eine ehrenwerte Witwe bist, wenn du dich immer so schmutzig machst«, sagte ich.

Sie schien es als einen Ausdruck der Vergebung zu nehmen, und vielleicht war es das auch. »Es tut mir leid, wenn ich dir wehgetan habe«, flüsterte sie. »Aber ich mußte es tun. Ich konnte mich von dir nicht aufhalten lassen, auch wenn es schiefgegangen ist. Aber bitte sag diesem Mann, er soll die Waffe wegnehmen.«

»Klar.« Ich gab Gregertsen ein Zeichen, und er steckte seine Kanone in den Halfter. Ich wandte mich dem anderen zu. »Wir sind dankbar für Ihre Hilfe«, sagte ich. »Aber wer zum Teufel sind Sie, und warum sind Sie uns gefolgt?«

Er leckte sich über die Lippen. »Ich bin Lester«, sagte er. »Lester Leonard. Ich habe in der Zeitung über Sie gelesen. Ich wollte mit Ihnen sprechen.«

Er hatte Probleme, ein Stück trockenes Hemd zu finden, an dem er seine Brille abwischen konnte. Ohne die Brille wirkten seine Augen offenherzig und unschuldig. Sie hatten eine undeutliche, graugrüne Farbe. Eine Tolle von feuchtem, rotblondem Haar fiel ihm auf die Stirn. Sein Gesicht wirkte unfertig, als hätte seine Mutter vor seiner Geburt nicht ganz geschafft, ihn fertigzustellen. Er war blaß und ein bißchen dicklich, und ganz bestimmt nicht das durchtrainierte Bewegungstalent wie Gregertsen. Ich hätte auf den ersten Blick sehen müssen, daß er keiner von uns sein konnte.

»Wer ist Lester Leonard?«

»Ich bin . . . war ein Freund von Linda Anson.« Er setzte

seine Brille wieder auf. Ich nehme an, sie half ihm, meinen zweifelnden Gesichtsausdruck zu erkennen. Er war nicht gerade, was ich für Lindas Typ hielt. »Na ja, nicht gerade ein *Freund*«, verbesserte er sich eilig. »Sie wußte kaum, daß es mich gibt, obwohl wir zusammen auf die Highschool gegangen sind. Aber ich . . . ich habe sie *bewundert*, ich habe sie jahrelang bewundert. Als sie so ermordet wurde . . .« Er legte eine Pause ein und räusperte sich. Ich wußte, daß seine schwachen Augen hinter den großen Gläsern feucht waren. »Durch die Geschichte in der Zeitung weiß ich, daß Sie die Leute jagen, die dafür verantwortlich sind. Ich möchte Ihnen helfen. Ich möchte Ihnen helfen, sie zu töten!« sagte er heiser.

Na, auf so eine Gelegenheit hatte ich doch gewartet, oder? Ich war den ganzen Weg nach Newport gekommen, um den Bombenanschlag auf das Silver Conch zu untersuchen, richtig? Der Umstand, daß ich einen kurzsichtigen Jungen bekommen hatte, der verrückt genug war, ein Flittchen wie Linda Anson jahrelang aus der Ferne anzubeten, war nicht der Punkt. Ich erinnerte mich daran, dasß der Junge vielleicht hilflos aussah, aber keineswegs ohne Mumm war. Er war Sandra hinterher gewatet, als geschossen wurde und Kugeln flogen, wenn ein Haufen bärenstarker Helden flach am Boden in Deckung gelegen und die Köpfe unten gehalten hätten. Er war ein seltsamer Racheengel, aber er würde genügen.

Die Schwäne kamen am gegenüberliegenden Ende des Teiches hervor und schwammen ein paar Minuten lang herum, aber dann wurden sie von den Polizeisirenen verscheucht.

22

Wir gingen über den Hotelparkplatz und wagten einen Vorstoß auf Newports stark befahrene Hauptstraße, wobei wir bewiesen, daß wir mutiger waren als viele der hier ankommenden Kleinbootsegler, die nur den Atlantik überquert hatten.

»Es liegt die Straße rauf«, sagte Dana Delgado und zeigte in die Richtung, als wir entgegen aller Wahrscheinlichkeit am anderen Ufer in Sicherheit waren. »Die ›White Horse Tavern‹. Ich habe reservieren lassen. Man könnte sagen, ich habe etwas zu feiern. Ich hatte mich schon gefragt, wie ich das Gör loswerden sollte. Da sie eine Verwandte von Ihnen ist, wenn auch nur angeheiratet, dachte ich mir, Sie hätten gegen eine Strangulierung etwas einzuwenden.«

Es war ein wunderschöner Abend. Der Abend eines jeden Tages, an dem jemand erfolglos versucht hat, einen umzubringen, ist immer wunderschön, einfach, weil man ihn noch erleben kann, aber dieser Ort war wirklich ein ziemlich gutes Beispiel für das feuchte und neblige New England. Als wir eine steile Seitenstraße hinaufkletterten, beleuchtete die untergehende Sonne direkt vor uns ein großes, sorgfältig restauriertes altes Fachwerkhaus mit einem Walmdach. Ich konnte die diskreten Schilder auf die Entfernung nicht lesen, aber ich hatte so eine Ahnung, daß sie unseren Zielort markierten. Die Delgado hätte auf ihren hochhackigen Schuhen nicht zu Fuß zum Restaurant laufen wollen, wäre es noch viel weiter entfernt gewesen.

»Ich dachte, Sie hätten sich auf unsere kleine *ménage à trois* in Puerto Rico gefreut«, sagte ich.

Sie lachte. »Mein lieber Mann, keine Frau möchte einen Mann mit einer anderen Frau teilen, nicht einmal, wenn es um den Beruf geht.« Einen Augenblick später fuhr sie fort. »Ich wünsche der jungen Mrs. Helm eigentlich nichts Schlechtes, aber ich bin genauso froh, daß man sie für ein paar Tage im Krankenhaus behält. Da ist sie in Sicherheit, und sie ist eine Zeitlang aus dem Weg . . . Reservierung für Delgado«, sagte sie zu dem dunkel gekleideten Herrn, der auf uns zukam, als wir das Restaurant betraten.

»Ja, Madam, hier entlang bitte.«

Das Haus war früher ein komfortables Herrenhaus gewesen. Die großen, hohen Räume im Erdgeschoß standen jetzt voller Tische, die mit weißen Tischtüchern und – diejenigen, die noch nicht besetzt waren – kompliziert gefalteten, weißen

Servietten ausgestattet waren. Als ich Dana Delgado folgte, während sie dem Oberkellner hinterherging, hatte ich dieses halbe stolze, halb eifersüchtige Gefühl, das einen Mann überfällt, der sich in Begleitung einer wirklich schönen Frau befindet, die von allen anderen anwesenden Männern wohlwollend bewundert wird, und ebenso von den Frauen – wenn auch vielleicht nicht ganz so wohlwollend.

Sie trug ein dunkelrotes Wollkleid, das teuer genug war, ihre Figur hervorzuheben – nicht, daß sie etwas brauchte, um ihre Figur hervorzuheben. Der Rock reichte als Reaktion auf das Diktat der momentanen Mode bis zur Wade, ein angenehmer Kompromiß, lang genug, um würdevoll und elegant zu wirken, ohne dabei allzuviel zu verbergen. Das Oberteil hatte lange Ärmel und war in seiner Schlichtheit eher schmucklos. Nun, sie war immer sehr schmucklos und geschäftsmäßig gewesen, wenn sie mit mir zu tun hatte. Die Tatsache, daß sie soweit aufgetaut war, in meinem Hotelzimmer anzurufen, als ich schließlich wieder in Newport zurück war, und mich zum Essen einzuladen, war eine angenehme Überraschung gewesen. Ich hatte erwartet, daß sie sich dem traditionellen Mann-Frau-Protokoll unterwerfen und darauf warten würde, daß ich den Vorschlag machte. Ihr dunkles Haar war so stilvoll frisiert wie immer.

»Wir würden gern einen Blick auf die Weinkarte werfen«, sagte sie, als man uns zu unseren Plätzen geführt hatte. Nachdem der Mann gegangen war, lächelte sie mich an. »Denken Sie, daß es entsetzlich ist, Gast einer bestimmenden Frau zu sein? Sollte ich Sie den Wein wählen lassen, damit Sie sich männlich fühlen?«

»Mir geht's gut. Machen Sie nur.«

Wir brachten die Formalitäten des Bestellens hinter uns, und das dauerte eine Weile. Sie hielt ziemlich langwierig Rücksprache über die Weinkarte, wonach der verhältnismäßige Frischegrad der verschiedenen Fischsorten auf der Karte zur Diskussion stand. Ich habe schon zu viele fragwürdige Mahlzeiten an zu vielen sonderbaren Orten direkt von meinem Schoß gegessen, allzu oft begleitet von seltsamen Getränken, um besonders kritisch zu sein, was Essen und Trinken angeht, aber es scheint ein beliebter Hallensport zu sein. Obwohl sie gut spielte und es offensichtlich genoß, hatte ich den Eindruck, als machte es ihr Spaß, mich auf meinen Platz zu verweisen, indem sie andeutete, daß ich nur ein tumber Bauer mit einer Kanone sei, dem man gezeigt hatte, wie zivilisierte Menschen leben.

Na ja, es war schön, sie anzusehen, und Besserwisser haben über mich schon früher die Nase gerümpft. Eigentlich störte sie mich nicht. Aber ich muß sagen, daß ich das kleine Mädchen vermißte und mir ein bißchen Sorgen um sie machte. Auch wenn sich Sandra in guten Händen befand, war die Wunde doch gemein. Die Kugel war beim Durchschlagen der Lieferwagentür offenbar verformt und gestaucht worden, und sie hatte alles ein bißchen aufgerissen, anstatt nur ein sauberes Loch zu bohren. Der Arzt mußte die Stelle außerdem auf Farbstücke und Reste der Patronenhülse hin untersuchen, und er war sich nicht ganz sicher, ob er sie alle gefunden hatte, was einer der Gründe war, warum er Sandra zur Beobachtung im Krankenhaus bezielt.

»Das ist typisch«, hatte sie geflüstert, als sie von ihrem Krankenbett in New Haven zu mir aufsah, wo sie nach einer Krankenwagenfahrt von dreißig Kilometern, die keinen großen Spaß gemacht haben dürfte, gelandet war. Ihr Gesicht wirkte blaß neben dem kurzen, dunklen Haar. Man hatte ihr so viel Schmerzmittel gegeben, daß ihre Augen einen leicht weggetretenen Eindruck machten und ihre Stimme etwas undeutlich war. »Gerade bin ich eine Schlinge losgeworden, und jetzt wollen sie mich in die nächste stecken!«

»Das kommt davon, weil du ein sentimentaler Trottel bist«, sagte ich. »Beim nächsten Mal bist du vielleicht so klug und läßt den Scheißkerl ertrinken.« Ich sah mir das Blumengesteck auf der Kommode an. »Wer hat dir Blumen geschickt?«

»Du nicht, das ist wohl klar.« Sie lächelte schwach. »Lester hat sie geschickt. Bist du eifersüchtig?«

»Lester? Oh, der Junge mit der Brille.«

Ihr Lächeln verging. »Bist du noch böse auf mich?«

»Wer ist böse? Es ist doch nicht mein Arm, in dem ein Loch

ist. Auf diese Weise komme ich dazu, ganz allein mit einer Dame nach Puerto Rico zu fahren, die zur Abwechslung noch alle Haare hat.«

»Die wird sie nicht mehr lange haben, wenn ich sie in die Finger kriege.« Sandra sah mich ärgerlich an. »Du willst also mit deiner bezaubernden Agentin durchbrennen und mich hier verkrüppelt und hilflos liegenlassen, damit mich jeder herumstreunende Bombenleger in die Luft sprengen kann!«

»Man wird dich Tag und Nacht bewachen.«

Es folgte eine kurze Stille, dann flüsterte sie: »Paß auf dich auf, Matt.«

»Du auch.«

Ich stand noch einen Moment am Bett. Es war etwas zwischen uns: die Tatsache, daß nichts zwischen uns stand, im allgemeinen Sinn des Wortes. Selbst wenn ich nach der Nacht, in der sie ihre Stiefmutter in meinem Zimmer gefunden hatte, als Objekt einer Romanze abgeschrieben war, mußte sie sich fragen, warum ich nicht wenigstens einen Versuch unternommen hatte, wenn ich so eine Art Mann war und man die Gelegenheiten bedachte, die ich auf unserer langen Reise gehabt hatte. Natürlich hatte ich ihr gesagt, ich würde mich verpflichtet fühlen, mich um Matthews willen um sie zu kümmern, aber das beinhaltete nicht unbedingt ein Keuschheitsgelübde. Jedenfalls hatte sie die richtige Einstellung, und sie würde nicht untergehen, weil ein bestimmter lüsterner Bursche ihr gegenüber nicht zudringlich geworden war.

»Matt?« Die Stimme der Delgado klang ein bißchen ungeduldig.

»Was? Oh, sicher, Lachs ist prima.«

Sie hatte mich nach Newport, Rhode Island, zurückgebracht. Ich wußte, daß wir uns schon auf irgendeine Sorte Blanc de Blanc geeinigt hatten, wenn ich den Namen richtig mitbekommen habe. Für dreißig Dollar die Flasche. Jetzt hatte ich dem besonders zubereiteten Lachs mit Beilagen zugestimmt. Als die Verhandlungen beendet waren und der letzte Kellner gegangen war, hob die Delgado ihr Weinglas auf mein Wohl.

»Snobistisch ist das Wort«, sagte sie sanft.

»Was?«

»Das denken Sie doch, oder? Eine snobistische Zicke, die mit ihrer feinen Lebensart angibt.«

»Vor einem blutrünstigen Rüpel, den man draußen in der Scheune mit dem übrigen Vieh füttern sollte, hab ich recht?«

Sie lachte. »Wenn wir uns erst besser kennen, werden wir zweifellos herausfinden, daß wir beide ganz wundervolle Menschen sind. Morelos war also hinter Ihnen her, um sich für seinen Bruder zu rächen, wie wir es erwartet hatten.«

»Ja, ich schätze, er hat gewartet, daß ich in das Haus in Old Saybrook gehe und dabei in die Luft fliege. Er wollte sehen, wie es passiert. Aber die falschen Leute haben sich ins Haus geschlichen und das Feuerwerk vorzeitig in Gang gesetzt. Hat schon jemand rausgefunden, wer sie waren?«

Die Delgado nickte. »Ja, es ist noch nicht veröffentlicht worden, aber ich habe die Information bekommen, um sie an Sie weiterzugeben, kurz bevor Sie drüben im Hotel an meine Zimmertür geklopft haben. Sie waren zu dritt. Ihre Namen waren Vance, Johnson und Spearman.«

Ich stieß einen leisen Pfiff aus. »Vance . . . Sie meinen diese Spezialeinheit für unerlaubte Rauschmittel? Die haben sich mit der CLL-Bombe in die Luft gesprengt, die für uns gedacht war? Tallmans kleine Schnüfflerbande?«

Die Delgado nickte. »Ja, sehr peinlich für bestimmte Leute in Washington. Sie haben große Schwierigkeiten zu erklären, was Tallman vorhatte, als er ohne Durchsuchungsbefehl in das Haus Ihrer Schwiegertochter eingedrungen ist. Sie versuchen festzustellen, was er da finden wollte.«

»Finden, Scheiße!« sagte ich. »Er hat schon einmal versucht, dem Mädchen was anzuhängen. Warum sollte er es schon nach dem ersten Versuch aufgeben? Oh, ich bin mir sicher, daß seine Jungs angewiesen waren, Haus und Grundstück zuerst gründlich zu durchsuchen, in der Hoffnung, irgendwas zu finden. Tallman hat die Vorstellung daß Sandra wegen ihrer Eltern einfach eine degenerierte Drogenabhängige sein muß. Allerdings möchte ich wetten, daß er ihnen für den Fall, daß sie mit leeren Händen dastehen würden, ein kleines chemisches

Beweisstück mitgegeben hat, das sie an einer nicht allzu offensichtlichen Stelle verstecken sollten, wo es später unter ordnungsgemäßen, belastenden Umständen gefunden werden sollte. Nur war ihnen jemand zuvorgekommen und hatte etwas Lauteres hinterlassen, und sie haben den Auslöser betätigt, als sie eingebrochen sind und rumzuschnüffeln anfingen. Tallman ist besessen von Sandras Vater, und es ist ihm egal, wen er in die Falle locken muß, wenn er nur eine Handhabe gegen Sonny Varek bekommt.«

Dana Delgado zögerte. »Sie müssen das verstehen, Matt. Robert Tallman hat einen bestimmten Grund, Drogen und die Leute, die damit handeln, so sehr zu hassen, ganz besonders Alexander Varek. Vor ein paar Jahren ist Tallmans Tochter Elissa verschwunden. Ein hübsches junges Mädchen, nach allem, was man hört. Sie sollte gerade ihren Collegeabschluß machen, aber plötzlich ging sie von der Schule und verschwand. Monate später hat er sie gefunden, in furchtbarem Zustand, im Sterben. Er verfolgte die Drogen, die sie genommen hatte, durch den Pusher und den Dealer zum Importeur zurück. Varek. Zu der Zeit war er noch im Geschäft.«

Das war eine so alte Geschichte, daß es mir schwerfiel, besonders viel Mitgefühl für Elissa Tallman aufzubringen. Sie hatte mit einem Zeug herumgespielt, vor dem man sie gewarnt hatte, daß es gefährlich sei. Schließlich war Tallman nicht der einzige, der ein Kind verloren hatte. Mein Sohn war genauso tot wie seine Tochter, aber Matthew hatte weder eine Wahl gehabt, noch hatte man ihn gewarnt.

»Scheint so, als ob jeder für irgend jemanden Rache nimmt«, sagte ich. »Tallman ist nicht mit den anderen in die Luft geflogen?«

»Nicht, wenn er nicht völlig zu Staub verfallen ist, was sie für unwahrscheinlich halten. Sie konnten aus dem, was sie in den Trümmern gefunden haben, nur drei Leichen rekonstruieren.« Sie schnitt ein Gesicht. »Kein besonders angenehmes Gespräch beim Essen!«

»Ich muß mich also nicht mehr ängstlich nach Dominic Morelos umdrehen«, sagte ich, »aber jetzt ist es Mr. Tallman, um den ich mir ernsthaft Sorgen machen muß. Bis jetzt war er nur eine potentielle Plage. Ich hoffe, er kommt nicht auf die verrückte Idee, ich hätte arrangiert, seine Jungs in Stücke zu reißen, aber eine Wette darauf abschließen würde ich nicht.«

»Das ist ziemlich weit hergeholt, Matt«, sagte die Delgado.

Ich zuckte mit den Schultern. »Deshalb bin ich noch am Leben. Ich male mir immer die weit hergeholten Möglichkeiten aus. Aber hoffen wir, daß Sie recht haben. Ich möchte keine weiteren internen Konflikte. Die rufen in Washington einen Mordskrach hervor.«

»Na ja«, sagte sie, »Morelos war eine größere Gefahr. Von dem sind Sie wenigstens befreit.«

Ich schnitt eine Grimasse. »Sicher, aber wir verlieren an Boden, statistisch gesehen.«

»Wie kommen Sie darauf?«

»Gestern stand die Leichenzählung bei sechs auf unserer Seite gegen dreizehn für die Legion. Heute haben wir einen Punkt gemacht, Morelos, aber die haben drei geschafft: Vance, Johnson und Spearman. Jetzt steht das Spiel also sieben zu dreizehn. Die haben ein bißchen aufgeholt.«

»Pfui. Ich mag das nicht als Spiel sehen.«

Ich grinste. »Genau das hat auch Sandra gesagt. Ihr Mädchen habt offenbar doch was gemeinsam. Den empfindlichen Magen.«

»Das war genug zum Geschäft«, sagte die Delgado entschlossen. »Ich möchte jetzt das Thema wechseln. Dies ist das älteste Gasthaus der Vereinigten Staaten, das noch in Betrieb ist. Es wurde 1673 als Herrenhaus gebaut . . .«

Als wir die ›White Horse Tavern‹ verließen, war es kühler geworden, ziemlich frisch, um die Wahrheit zu sagen, und so spät, daß alles Licht vom westlichen Horizont verschwunden war. Die Delgado nahm mich beim Arm, um sich auf ihren schmalen Absätzen festzuhalten, als wir den Hügel zu unserem Hotel hinuntergingen. Der Gehweg war nicht so ebenmäßig, wie er hätte sein können, und die Straßenlaternen hätten heller sein sollen. Ich war mir der Tatsache, daß sie neben mir ging, überaus bewußt. Ich dachte mir, sie wüßte es und beabsichtigte es vielleicht auch. Aber ich wußte nicht, ob es ein Fall von gegenseitiger Anziehung war, oder ob sie mich nur aufbauen wollte, damit sie mich dann später umhauen konnte. Ich traute ihr nicht besonders. Noch immer nahm ich die feindliche Ausstrahlung wahr, die ich schon bei unserem ersten Zusammentreffen in Macs Büro gespürt hatte.

»In manchen Gesellschaften würde ich jetzt laut rülpsen, um meiner Anerkennung eines sehr guten Essens Ausdruck zu verleihen«, sagte ich.

Die Delgado lachte. »Worte würden genügen«, sagte sie. »Höfliches Aufstoßen ist nicht vonnöten.«

Sie war zu meiner Linken gegangen. Da ich Rechtshänder bin, ziehe ich es vor, die Dame dort zu haben, und zwar aus dem gleichen Grund, aus dem die drei Musketiere darauf bestanden, ihren Degenarm zum Handeln frei zu haben, aber das brachte sie auf die Seite zur Straße hin, zwischen mich und den weißen Lieferwagen, der plötzlich neben uns fuhr. Es kam mir so vor, als würde heutzutage jeder diese sperrigen Kisten fahren, aber dieser war sehr viel kürzer als Morelos' verlängerter Wagen und hatte nur vorn Seitenfenster. Er war etwas älter und sah ein bißchen heruntergekommen aus.

Ich griff nach meiner Waffe und sah etwas Metallisches in dem offenen Fenster glänzen, als der Lieferwagen Seite an Seite mit uns hielt. Ich stieß die Delgado hinter mich und hörte, wie sie stolperte und fiel. Ich machte einen langen Schritt zur Seite, um mögliche Schüsse von ihr abzulenken, hob meine Waffe und suchte nach einem Ziel. Der Junge, Lester Leonard, steckte den Kopf aus dem Fenster und sah erschrocken aus, als er in die Mündung eines 38er Special blickte. Ich merkte, daß das, was ich im Dunkeln hatte glänzen sehen, eigentlich gar nicht metallisch gewesen war. Es waren seine Brillengläser gewesen.

»Es tut mir sehr leid, Sir«, sagte er entschuldigend. »Ich wollte Sie nicht erschrecken.«

Ich holte tief Luft, steckte meine Kanone in den Halfter und drehte mich zu der Delgado um. Sie saß auf eher unwürdige Weise auf dem Gehweg, die Beine weit gespreizt. Es waren hübsche Beine. Ein Büschel dunkler Haare hatte sich gelöst und fiel über ihr linkes Auge. Sie wischte es beiseite, suchte ihre Nylonstrümpfe im Sitzen nach Laufmaschen ab und ließ mich ihr auf die Beine helfen. Sie langte nach hinten, um ihren Hintern abzuklopfen und reckte den Hals, um nachzusehen, ob sie sich da einen Schaden zugezogen hatte.

»Verflucht, Helm, ich werde eine Woche lang blaue Flecken haben! Und wenn Ihretwegen das einzig gute Kleid ruiniert ist, das ich dabei habe, werde ich Sie verklagen!«

Tja, man kann es nicht allen Menschen recht machen.

23

Zwar war der Innenraum größer als bei den meisten Limousinen, aber Leonards Lieferwagen besaß nur begrenzte Sitzmöglichkeiten: zwei Schalensitze vorn. Dazwischen war eine Menge Platz, wahrscheinlich, damit der Fahrer zu dem Zeug durchkommen konnte, das er hinten transportierte, ohne draußen einmal um den ganzen Wagen laufen und sich mit den Hintertüren abmühen zu müssen.

Da ich größer war, bekam ich die äußeren zwei Drittel des rechten Vordersitzes. Die Delgado thronte auf dem inneren Drittel und schaffte es irgendwie, ihre Beine an der Konsole vor uns vorbeizubringen, die den Fußraum erheblich beeinträchtigte. Ich mußte sie festhalten, damit sie nicht jedesmal, wenn Lester um eine Rechtskurve fuhr, in den Gang zwischen den Sitzen abrutschte. Sie beschwerte sich nicht, obwohl sie wehmütig daran gedacht haben muß, daß sie ein schickes Kleid, hauchdünne Nylonstrümpfe und hochhackige Schuhe angezogen hatte, um in einem guten Restaurant zu Abend zu essen und nicht, um eine Bauchlandung auf der Straße hinzulegen und in einem Hippielaster durchgeschüttelt zu werden.

»Sie sind bei meinen Eltern im Haus, da wohne ich auch«, hatte Leonhard gesagt, als er mich bat, ihn zu begleiten. »Es gibt ein paar Sachen, an denen ich gearbeitet habe. Deswegen bin ich Ihnen gefolgt und habe versucht, Kontakt zu Ihnen aufzunehmen, Mr. Helm. Ich möchte, daß Sie sie sehen. Es ist nur ein kleines Stück draußen vor der Stadt. Wenn Miß Delgado will, können wir Sie am Hotel absetzen.«

Aber Miß Delgado wollte davon nichts wissen, auch wenn nicht zu übersehen war, daß wir keineswegs mit dem Luxus einer Limousine reisen würden. Der Lieferwagen war so alt, daß der Tachostand mindestens einmal die Runde gemacht haben mußte, aber ich stellte fest, daß alle Armaturen funktionierten und der Motor sich einigermaßen gesund anhörte. Zwei viereckige Knöpfe, schwarz und rot, ein Kippschalter und eine kleine Tastenkonsole, die Zahlen von eins bis sechs anzeigte, waren sauber in das Armaturenbrett installiert worden. Ich hatte nicht den leisesten Schimmer, wozu sie dienten.

Allerdings war das Blech der Karosserie verbeult, und das Weiß war hier und da mit einer Farbe übermalt worden, die nicht paßte, offenbar nicht aus kosmetischen Gründen, sondern nur, damit die Karosserie im feuchten Klima von New England nicht rostete. Die Vinylpolster hatten Risse und Sprünge. Der dunkle Hinterraum des Lieferwagens schien eine Art Labor oder Werkstatt zu beherbergen.

»Ach, das«, sagte Lester Leonard, während wir fuhren. »Ich habe nur meinen alten Atari da hinten eingebaut, als ich meinen neuen IBM-PC bekommen habe. Auf diese Weise muß ich nicht meine ganze Arbeit zu Hause machen. Da ist noch anderes elektronisches Zeug . . . Aber das wird Sie nicht interessieren.«

»Vielleicht aber Miß Delgado«, sagte ich. »Das waren doch Computer, von denen Sie da gesprochen haben, oder? Man sagt, sie wäre eine Computerhexe, obwohl man es ihr nicht beweisen kann. Ich muß meine Schuhe ausziehen, um bis zwanzig zu zählen.«

Leonard fragte höflich: »Was arbeiten Sie denn am Computer, Miß Delgado?«

»Nur Büroroutine«, sagte sie und klammerte sich an mich, als wir um eine Kurve fuhren. Auch diesmal versuchte ich, mich von ihrer Nähe nicht beunruhigen zu lassen, ohne großen Erfolg. Sie fuhr fort: »Leider nicht besonders interessant. Ich bin nur das Mädchen, das die Knöpfe drückt. Ist es das, was Sie uns zeigen wollen, Computer?«

»Oh, nein. Nein, es ist etwas, an dem ich schon gearbeitet habe, seit . . . seitdem Linda auf so entsetzliche Weise ermordet worden ist. Welches Tier würde wohl . . . Oh, oh!« Das Radio hatte plötzlich einen Piepton von sich gegeben, und die Senderanzeige fing an zu blinken. Leonard bremste eilig ab und beobachtete einen Streifenwagen, der vor uns auftauchte, ein bißchen abseits der Straße. Er fuhr mit zurückhaltender Geschwindigkeit daran vorbei und grinste. »Unsere Freunde, die Bullen.«

»Dieses Radio ist eigentlich ein Radarsuchgerät?« fragte die Delgado.

»Ja, ich selbst fahre nicht so schnell, aber ein Freund, der auf frisierte Wagen steht, hat sich immer über die Gesetze beschwert, die sie gegen solche Geräte verabschiedet haben, also hab ich ihm eins gebaut, das man nicht finden kann. Das hier ist das Pilotmodell, seins war eleganter. Man konnte damit sogar Mittelwelle empfangen.« Er zuckte mit den Schultern. »Ich habe das natürlich sowieso nie gehört. Nur Cassettenrecorder. Klassische Musik. Streng der Spießer.« Er kam wieder auf das vorherige Thema zurück. »Welches Tier würde so was Sinnloses und Gemeines tun? Ein Restaurant voller Menschen in die Luft zu sprengen, das Tausende von Meilen von dem Land entfernt ist, in dem sie was verändern wollen?«

»Gemein, aber nicht unbedingt sinnlos«, sagte die Delgado. »Es gibt heute eine Menge wilde Bestien da draußen, denen es egal ist, wen sie töten, wenn es sie ihren politischen Zielen etwas näher bringt.«

»Na, dann wird es Zeit, daß jemand den Spieß umdreht! Daran habe ich gearbeitet, aber ich möchte es Ihnen lieber zeigen, als davon zu erzählen, wenn es Ihnen nichts ausmacht. Sonst halten Sie mich noch für so einen Spinner. Viele Leute halten mich für einen.«

»Ich kann mir nicht vorstellen, warum«, sagte ich.

Er lächelte jungenhaft. »Ich schätze, ich bin in dieser Beziehung ein bißchen anormal, Mr. Helm. Ich habe noch nie gewußt, wer die World Series im Basketball gewonnen hat, und ich kann Ihnen nicht sagen, wer in einem von diesen Bowl-Games spielt. Aber ich habe einen Abschluß in Physik mit dem Nebenfach Chemie, und ich kenne mich ziemlich gut mit Computern aus, wenn ich das so sagen darf.« Er lachte unsicher. »Zuerst waren sie nur ein Hobby, bis . . . Na ja, irgendwie sind sie total wichtig geworden, und jetzt arbeite ich für die CCI, das bedeutet Computer Communications Incorporated, oben in Providence. Ich bin so was wie ihr ortsansässiger Denker, Nachwuchs, wenn Sie wissen, was ich meine. Sie wollen mich schon ziemlich bald wieder zur Schule schicken, um fortgeschrittenere Sachen zu machen. Fast jede Firma auf diesem Gebiet hat heutzutage ihr braves Genie, seitdem man festgestellt hat, daß Kinder schneller verstehen als Erwachsene, vielleicht, weil sie nicht von traditionellen Denkstrukturen aufgehalten werden. Es ist ein vollkommen neues Arbeitsfeld, und man braucht vollkommen neue Denkmuster . . . Na, Sie wissen natürlich alles darüber, Miß Delgado. Tut mir leid. Wollte nicht so vor mich hin plappern. Da sind wir. Die alte Heimstatt.«

Ich glaube, *déjà vu* ist der Ausdruck, der das Gefühl beschreibt, wenn man die gleiche Szenerie schon erlebt hat. Vor weniger als einer Woche hatte ich, tausendsechshundert Kilometer südlich von hier, einen anderen jungen Menschen durch das Tor der Auffahrt zu seinem alten Familienstammsitz begleitet, von dem er mit der gleichen befangenen Mischung aus Verlegenheit und Stolz gesprochen hatte. Hier gab es keine Wachen. Das verzierte Eisentor stand offen. Die erleuchtete Auffahrt führte über weite Rasenflächen zu einem mächtigen dreistöckigen Haus aus grauem Stein mit Lichtern an vielen der unteren Fenster. Der Bau war auf seine Weise ebenso eindrucksvoll wie das ausschweifende Anwesen des verblichenen Homer Ganson in Palm Beach, jetzt der Ruhesitz seines Gangster-Schwiegersohnes.

»Das ist aber eine ziemliche Villa, Lester«, sagte die Delgado.

»Ja, ist das nicht ein Koloß? Ich versuche es immer runterzuspielen.» Er warf mir einen Blick zu. »Ich sehe, meine Eltern sind zu Hause. Ich möchte ihnen lieber nicht erklären, wer Sie sind, wenn es Ihnen nichts ausmacht, Sir. Ich bringe oft Freunde mit in den Stall. Sie erwarten von mir nicht, daß ich mich jedesmal mit ihnen darüber in Verbindung setze.«

»In den Stall?« sagte die Delgado überrascht. »Sie haben uns doch bestimmt nicht hergebracht, damit wir Ihre Pferde bewundern!«

Er grinste. »Seit der Erfindung der pferdelosen Kutsche sind da keine Pferde mehr gehalten worden, Miß Delgado. Als ich einen Job bekommen und angefangen habe, nach einer Wohnung zu suchen, in der ich mich mit meiner Arbeit ein bißchen ausbreiten konnte, haben meine Eltern den alten Stall für mich umbauen lassen. Sie haben gesagt, es wäre eine Schande, all den Platz zu verschwenden, den sie da hatten. Ich zahle ihnen Miete . . . Ja, beide Autos sind da.«

Wir fuhren an einem sportlichen Merecedes und einem nagelneuen Ford Kombi vorbei, so einem mit nachgemachtem Holzfurnier. Als wir der Auffahrt um die Hausecke folgten, konnten wir sehen, daß sich der Rasen bis zum felsigen Ufer erstreckte. Wenn ich mich meiner Geographiekenntnisse recht erinnerte, gehörte das Wasser technisch zum Rhode Island Sound, aber die Trennungslinie zwischen diesem und dem Atlantischen Ozean scheint ziemlich verschwommen zu sein. Ich rechnete mir aus, daß man, wenn man geradewegs über den dunklen Horizont hinausfuhr, am Ende auf die Bermudas stoßen mußte, tausend Kilometer entfernt auf der anderen Seite des Golfstroms. Eine sich bewegende Lichtertraube, nicht allzu weit draußen, zeigte an, daß dort ein Boot lag.

»Fischer«, sagte Leonard, als er das Lichtmuster mit dem beiläufigen Blick eines Experten entziffert hatte.

»Haben Sie ein Boot?« fragte ich.

»Dad hat ein Fünfzehn-Meter-Boot im Jachtclub liegen. Er kämpft gerne mit Thunfischen und so. Ich fahre es für ihn, wenn ich Zeit habe. Mom ist auch eine ziemlich gute Seglerin, aber ich selbst angle nicht viel, außer, um ihm einen Gefallen zu tun. Er möchte gern, daß es *irgendeine* Sportart gibt, in der ich nicht absolut furchtbar bin.« Er warf uns einen schnellen Blick zu, offenbar ängstlich, daß wir die Bemerkung falsch verstehen könnten. »Oh, er ist nicht so zwanghaft damit wie die Väter von einigen anderen Jungs auf der Schule, die sie immer ins Team gedrängt haben, irgendein Team, und ihnen die Hölle heiß gemacht haben, wenn sie es nicht schafften.« Leonard lenkte den Wagen um eine scharfe Kurve, die uns vom Ozean wegführte, und brachte ihn vor einem langen, niedrigen Gebäude zum Stehen, das vor ein paar dunklen Bäumen schwarz wirkte. »Warten Sie, bis ich das Licht angemacht und die Alarmanlage ausgeschaltet habe.«

Er drückte auf den viereckigen schwarzen Knopf am Armaturenbrett, und Festbeleuchtung überflutete die Umgebung. Dann betätigte er den Kippschalter. Der rote Knopf leuchtete auf. Er drückte darauf, hielt ihn fest und tippte auf der danebenliegenden Tastatur eine Zahlenkombination. Als er den Knopf losließ, ging das rote Licht aus. Wieder betätigte er den Kippschalter und nickte uns zu.

»Alles klar. Es gibt ein furchtbares Spektakel, wenn ich es vergesse.«

Ich stieg aus und half der Delgado, von Bord zu gehen. Es war ein langer Schritt nach unten, und sie schaffte es nicht, ohne ihre Strümpfe und die hübsche Unterwäsche vorzuzeigen. Ich sah, daß der Saum ihres Unterkleids mit Spitzen besetzt war. Auf typisch weibliche Art glättete sie ihr Kleid und drückte ihr Haar zurecht. Leonard kam um den Lieferwagen zu uns.

»Brauchen Sie wirklich so viele Sicherheitsmaßnahmen?« fragte ich.

Er lachte. »Die Lichter? Ich transportiere ständig irgendwelche Sachen rein und raus, mit denen ich nicht gerne stolpern und hinfallen möchte. Das andere ist nur ein System, das ich für eine von Mutters Freundinnen gebaut habe, deren Mann gestorben war. Sie hatte furchtbare Angst, allein nach Haus zu kommen. Sie war sicher, daß ein Vergewaltiger in ihrem

Schlafzimmer wartet. Ein einfacher Einbrecheralarm hat nicht genügt. Irgend jemand hätte ihn überlisten und während ihrer Abwesenheit ausschalten können. Sie wollte es von ihrem Wagen aus überprüfen können. Wenn das rote Licht nicht angeht, bedeutet das, jemand hat sich an dem System zu schaffen gemacht. Ich würde nicht gerade sagen, daß sie eine vielversprechende Kandidatin für sexuelle Belästigung ist, sie ist über siebzig, aber ich nehme an, Vergewaltiger sind nicht wählerischer als Terroristen.«

Er zuckte mit den Schultern, als er zur Tür ging. »Eigentlich bin ich ganz froh, daß ich es habe. Nicht, daß ich Angst hätte, jemand würde mir was stehlen wollen, aber es garantiert, daß niemand das Labor betritt, wenn ich weg bin, auch nicht mit den besten Absichten der Welt. Solange ich nur an dem elektronischen Projekt gearbeitet habe, war es egal, aber als ich anfing, an dieser anderen Sache zu arbeiten . . . Na ja, ein paar von den Dingern waren in den frühen Experimentalphasen ziemlich empfindlich. Ich wollte zum Beispiel nicht, daß Mom etwas passiert, weil sie zufällig im Labor gegen etwas stößt, weil sie einen Becher sucht, den sie als Vase nehmen könnte, um mir ein paar Überraschungsblumen in mein Apartment zu stellen.« Wieder lachte er. »Natürlich haben sie sich daran gewöhnt, alle beide. Ich war ein verschwiegenes Kind. Als ich noch im Hauptgebäude gewohnt habe, wurden meine Zimmer immer abgeschlossen, wenn ich wegging, damit niemand meine Experimente stören konnte. Meine Eltern hatten Verständnis dafür, als ich sie erst mal davon überzeugt hatte, daß ich da drinnen keine Drogen nehme. Aber seitdem haben sie sich immer wieder gefragt, wie ein netter normaler Börsenmakler und eine nette normale höhere Tochter es fertigbringen konnten, einen komischen Kauz wie mich zu zeugen.«

Es lag eine Art nachsichtiger Zuneigung in der Art und Weise, wie er von seinen Eltern sprach. Offensichtlich hielt er sie für okay, aber nicht gerade für besonders intelligent. Dennoch war Zuneigung vorhanden. Angenehm, das in diesen Zeiten zu erleben, in denen der Generationenkampf oft ziemlich wütend geführt wird – wenn man zum Beispiel

Sandra und ihren Vater bedachte. Leonard schloß uns die Tür auf und machte drinnen das Licht an. Wir traten in einen Raum, der das Wohnzimmer eines kleines Apartments zu sein schien. Es sah so aus, als ob seine Mutter es unter Anweisung ihres Innenausstatters möbliert hatte, helles Holz, blasse Polster und ein beigefarbener Teppich; aber er hatte das Zimmer mit Computerausdrucken und Stapeln von Büchern vollgestopft. In mehreren Ecken standen geheimnisvolle Apparate. Ein Bild von Linda Anson in kräftigen Farben hing an einer Wand. Als ich näher kam, sah ich, daß es eine Seite aus einer Illustrierten war, sorgfältig gerahmt.

Leonard ging zu einer kleinen, hellen Bar hinüber, auf der ein spitz zulaufender Pyrex-Kolben stand, den mein Chemielehrer am College Erlenmeyer nannte – und fragen Sie mich nicht, warum ich mich nach all den Jahren daran erinnere. Der Kolben, mit einem schwarzen Gummipfropfen verschlossen, war mit einer blaßgrünen Flüssigkeit gefüllt, die wie etwas Bösartiges aus einem Science-fiction-Film aussah, das einen tötete, wenn man es berührt, oder in einen Zombie oder Werwolf verwandelt.

»Möchte einer von Ihnen einen Drink?« fragte er. »Ich selbst bin ein ›Gatorade‹-Trinker, aber da ist was von dem Zeug, das Dad rübergebracht hat. Er hat gesagt, der Schnaps, den ich meinen trinkenden Freunden anbiete, wäre eine Schande und würde unserem Haus einen schlechten Ruf einbringen. Er hat mir eine merkwürdig aussehende Flasche Scotch gegeben, von der er behauptet, sie wäre okay. Pinch?«

»Man hat mir noch nie nachsagen können, ich würde einen Pinch zurückweisen«, entgegnete die Delgado. »Ja, ich nehme einen kleinen, danke.«

»Dem schließe ich mich an«, sagte ich.

»Machen Sie das bitte, während ich das Eis hole, Mr. Helm.« Er stellte die Flasche heraus und zeigte mir die Gläser. Als er mit dem Eiskübel zurückkam, sagte er: »Sind Sie wirklich von der Regierung?«

Ich nickte. »Ich arbeite von Washington aus, ja.«

»Das bringt mich ein bißchen in Verlegenheit«, sagte er. »Als ich die Zeitung las, dachte ich, Sie wären aus persönlichen Gründen hier. Ich meine, wegen Ihres Sohnes, der außerdem, soweit ich es verstanden habe, der Mann von dem Mädchen im Krankenhaus war.«

»Nun, persönliche Gefühle sind sicher mit im Spiel«, sagte ich. »Mein Chef hat mich aus diesem Grund für den Auftrag ausgewählt. Übrigens dankt Ihnen das Mädchen im Krankenhaus für Ihre Hilfe bei der Schießerei. Und für die Blumen.«

Er lief leicht rosa an. »Das schien mir eine gute Idee zu sein. Ich meine, sie war so tapfer. Es muß schrecklich weh getan haben, aber sie hat keinen Laut von sich gegeben, auch nicht, als sie auf die Bahre gehoben wurde. Ich bin ein Waschlappen. Ich weiß, ich hätte geschrien wie am Spieß. Mr. Helm, wenn Sie auf etwas Illegales stoßen würden, wären Sie aufgrund Ihrer Stellung als Regierungsbeamter verpflichtet, es der Polizei zu melden?«

»Ich sollte mich darauf nicht einlassen, ohne ein paar Fragen zu stellen, aber ich tue es trotzdem«, sagte ich. »Die Antwort ist nein.«

»Ich habe lange hin und her überlegt, nachdem ich unten am See sah, daß Sie anscheinend berechtigt sind, eine Waffe zu tragen. Und die Art und Weise, wie Sie mit der Polizei gesprochen haben. Ich hatte mich fast entschlossen, Sie nicht anzusprechen. Es war anders, als ich dachte, Sie wären ein Privatmann. Ich dachte, ich konnte Ihnen etwas geben, das Sie für Ihre, na, Mission brauchen können. Wenn Sie mit der Regierung in Verbindung stehen, können Sie alles bekommen, was Sie wollen, stimmt's? Waffen oder . . . alles andere.«

»Das ist nicht unbedingt so«, sagte er. »Und es scheint, als hätten Sie sich entschlossen, Ihre Meinung zu ändern. Da wären wir. Auf Ihre Einladung hin.«

Er nickte. »Ja, ich habe hart daran gearbeitet, und ich sehe niemand anderen, dem ich es anbieten könnte, und es muß Verwendung finden. Vielleicht gibt es für Sie als Regierungsangestellten einige Dinge, zu denen Sie sich nicht durchringen können oder die Sie nicht tun dürfen. Es gibt absolut nichts, was ich nicht tun würde, Mr. Helm, um diese Fanatiker für ihr Verbrechen bezahlen zu lassen.«

Es war sehr still in dem vollgestopften Wohnzimmer. Die großen Brillengläser waren ruhig auf mich gerichtet. Ich erinnerte mich daran, daß ich geglaubt hatte, die Augen des Jungen hätten eine trübe und undeutliche Farbe gehabt, als ich ihn das erste Mal sah, aber jetzt waren sie klar und wild.

»Dieses Statement deckt einen großen Bereich ab, Lester«, sagte ich. »Das könnte Sie in ernste Schwierigkeiten bringen.«

»Sie müssen doch irgendeinen Plan haben«, sagte er. »Können Sie einen Helfer gebrauchen, der engagiert, einigermaßen intelligent und entbehrlich ist?«

»Soviel bedeutet es Ihnen?« fragte ich leise.

»Sie wissen nicht, wie das gewesen ist«, meinte er. »Ich bewahre ihre Bilder auf, um mich daran zu erinnern. Da ist eins davon. Die machen mir ständig Vorhaltungen, daß ich nicht . . . Na ja, es gab nie etwas, das ich für sie tun konnte, solange sie am Leben war, aber jetzt, wo sie tot ist, kann ich etwas für sie tun, und ich muß es tun. Dann kann ich vielleicht, falls ich es überlebe, die Bilder abnehmen, alle, außer vielleicht den besten zur Erinnerung, und wieder anfangen zu leben.« Er holte tief und stockend Luft. »Das Projekt, das ich mir selbst gestellt habe, ist fertig. Ich bin ziemlich geschickt mit meinen Händen, ich habe das Material, und ich weiß, wie ich es einsetzen muß. Ich lerne schnell, ich kenne mich in Chemie und Physik aus, und es ist wirklich kein besonders komplizierter Stoff. Aber ich weiß nicht, wo ich anfangen soll! Ich habe keine Ahnung, wie ich sie finden soll. Wenn Sie es mir zeigen können, tun Sie mir damit den größten Gefallen der Welt, egal, was mir daraufhin passiert.«

Ich sprach nicht gleich, als er fertig war. Jetzt hatte ich genau das gefunden, was ich in Newport gesucht hatte, und es gefiel mir nicht. Er war ein netter Junge, wenn auch ein bißchen überdreht, und wenn ich mich darauf einließ, überlebte er es vielleicht nicht. Ich sagte mir, daß er mir gerade die Absolution erteilt hatte. Das Gewissen ist ohnehin keine Ware, die in diesem Geschäft groß gehandelt wird.

»Okay, abgemacht«, sagte ich. »Dann zeigen Sie es uns mal.«

»Hier entlang.«

Es war ein erstaunliches Gebäude, das sich neben dem kleinen Apartment befand. Ein Raum führte in den anderen, nach der Art von Eisenbahnwaggons. Es gab einen überfüllten Raum voller Computerelektronik mit einer ganzen Reihe von geheimnisvollen Bildschirmen und Schaltern und Skalen, die der Delgado wahrscheinlich etwas bedeuteten, für mich aber nur Science fiction waren. Dann gab es etwas, das wie eine ziemlich gut ausgestattete, kleine Motorenwerkstatt aussah. Dahinter lag ein Chemielabor, komplett mit Ausgußbecken und steinbeschichteten Labortischen. Es gab Abzugshauben, um gefährliche Dämpfe abzusaugen, Ständer mit Reagenzgläsern und Borde mit chemischen Gläsern wie der Gatorade-Flasche. Außerdem waren verschiedene Schmelzöfen und Heizkessel in eine der Wände gebaut. Dahinter lag, was Leonard den Montageraum nannte, mit zwei großen Werkbänken, drei Waagen, die vom Pferd bis zum Moskito alles wiegen konnten, und einem großen Werkzeugkasten.

Leonard blieb vor der letzten Tür stehen. »Es ist alles hier drinnen«, sagte er. »Es ist absolut sicher, aber Sie sollten lieber nicht rauchen. Das meiste habe ich aus dem Computer. Sie wären überrascht, welche Quellen zur Verfügung stehen, wenn man weiß, wie man sich Zugang verschafft. Und es gibt Bücher, die manche Leute schockieren würden. Sie wissen schon, diese Leute, die meinen, daß eine bestimmte Art von Erkenntnissen vor anderen Leuten verborgen werden sollte.«

Dana fragte: »Welche Art von Erkenntnissen, Lester?«

Er lächelte jungenhaft. »Na ja, Sex zum Beispiel. Und natürlich möchten sie zum Beispiel ein Geheimnis darum machen, daß Dieselkraftstoff in Verbindung mit bestimmten Düngemitteln einen wirksamen Sprengstoff darstellt. Sie möchten nicht, daß es gedruckt wird, auch wenn jeder weiß, daß die Iren es bei ihren Autobomben schon seit Jahren verwenden. Sie wollen nicht, daß jemand weiß, daß sich aus Aspirin Pikrinsäure herstellen läßt, die man für selbstgebaute Sprengsätze verwenden kann. Aber das überrascht keinen, der einen Blick auf chemische Formeln wirft. Jeder, der wissen will, wie man altmodisches Schießpulver herstellt – Schwarzpulver –, braucht sich nur ein Geschichtsbuch zu nehmen. Die Pioniere haben sich ihr eigenes hergestellt, und es ist kein Geheimnis, wie sie es gemacht haben.« Er zuckte mit den Schultern. »Ich habe Mutters Komposthaufen als Stickstoffquelle genutzt und Holzasche aus dem Kamin genommen und meine eigene Holzkohle gemacht. Schwefel war etwas problematischer . . . Na, Sie interessieren sich nicht für die Details, und Schwarzpulver ist sowieso kein großartiger Sprengstoff. Ich hab nur damit angefangen, weil es so ein simpler Vorgang ist, und ich wollte ein Gefühl dafür bekommen, wie man mit diesen Materialien arbeitet.« Er lächelte uns schüchtern und entschuldigend an, als er die Tür öffnete. »Tut mir leid mit dem Vortrag, aber es war wirklich ein sehr interessantes Projekt, und, na ja, aus naheliegenden Gründen habe ich mit niemand anderem darüber sprechen können. Gehen Sie nur rein.«

Es war ein kleines, fensterloses Zimmer, kühl wie eine Höhle, was darauf hindeutete, daß die Temperatur von einem Thermostaten kontrolliert wurde. Irgendwo hörte ich das Schwirren eines Ventilators. An den Wänden waren Borde. Er hatte alles wie bei einer Schularbeit ordentlich aufgebaut und beschriftet, und es war alles da, von den kleinen, die einem den Fuß abreißen konnten, bis zu den großen, die eine ganze Wohnanlage zum Zusammenstürzen bringen würden. Die Arbeitsteile der letzteren mit den umfangreichen fehlenden Zutaten waren ordentlich aufgelistet. Es war das Warenlager einer Ein-Mann-Bombenfabrik.

Er stand an der Tür und sprach leise. »Ich dachte . . . Ich dachte, es wäre an der Zeit, daß diese Terroristen etwas über die andere Seite der Bomben lernen«, sagte er. »Ich dachte, es wäre an der Zeit, daß zur Abwechslung ein paar von ihnen in die Luft fliegen. Sagen Sie mir nur wer, Mr. Helm. Sagen Sie mir nur wo.«

24

Ein halbes Dutzend großer Wagen stand kreuz und quer vor dem Eingang des Hotels geparkt. Ein zweifellos bezeichnender Kommentar zu unserer Gesellschaft – wenn ich auch nicht weiß, was er bezeichnet – ist die Art und Weise, wie einer mit einem billigen Honda oder Käfer eher darauf achtet, wie er parkt, während der Mann mit dem teuren Caddy einfach weggeht und ihn mitten auf der Straße stehen läßt.

Leonard quetschte sich an den Automassen vorbei und ließ uns ein Stückchen weiter am Gehweg aussteigen. Wir sahen dem Lieferwagen hinterher, als er über den großen, beleuchteten Parkplatz davonfuhr und sich in den Verkehrsfluß auf dem vierspurigen Boulevard einfügte. Die Delgado wollte etwas sagen, wahrscheinlich einen Kommentar zu dem, was wir gesehen hatten, aber ich legte ihr warnend eine Hand auf den Arm und brachte sie zum Schweigen, als zwei Gestalten aus dem hellen Hoteleingang zielstrebig in unsere Richtung kamen.

Gegen das Licht konnte ich sie nicht erkennen. Die 38er bereit, aber verborgen, warf ich einen schnellen Blick in die Runde, etwas, das ich vor langer Zeit bei der Entenjagd gelernt hatte: Man konzentriert sich zu sehr auf einen Schwarm Krickenten, die sich direkt vor einem über den See hinweg den Lockvögeln nähern, und ein paar Stockenten schleichen sich aus dem Sumpf hinter der Deckung heran, schlagen einem fast die Jagdmütze vom Kopf und sind verschwunden, bevor man die Schrotflinte oben hat. Aber im Augenblick schlich sich niemand von hinten an.

Die Delgado sagte ruhig: »Wenn Sie wollen, daß ich runtergehe, sagen Sie einfach runter. Bitte schleudern Sie mich nicht wieder so zu Boden, wie Sie vorhin . . . Oh, es ist Trask. Den Mann, der bei ihm ist, kenne ich nicht.«

»Benison«, sagte ich. »Drogen.«

Ich steckte meine Waffe in das Halfter zurück und kam mir ein wenig albern vor. Es war der zweite Fehlalarm des Abends.

Vielleicht wurde ich ein bißchen paranoid. Na ja, besser ein warmer paranoider Körper als eine kalte angepaßte Leiche.

»Oh, einer von denen«, sagte die Delgado. »Ich möchte wissen, was der will.«

»Drogen, was sonst?« sagte ich. »Das wollen sie heutzutage doch alle, und langsam fangen sie an, den Leuten, die sich um andere Sachen bemühen, auf die Nerven zu gehen. Ich sage nicht, daß es nicht wichtig wäre. Ich gebe zu, daß es ein schlimmes Problem ist, aber die Art und Weise, auf die eine schlechte Angewohnheit zu einem nationalen Problem wird, macht mir wirklich Angst. Wenn wir schließlich doch noch von feindseligen Außerirdischen überfallen werden, werden die auf keine Gegner stoßen. Die Armee, die Navy und die Air Force werden dann allesamt unterwegs sein, Drogenschmuggler zu jagen. Miß Dana Delgado, Mr. Thomas Benison. Hi, Trask.«

»Du warst eine Weile weg«, sagte Trask. »Der Mann, den ich auf dich angesetzt hatte, sagte, ihr wäret freiwillig in einen Lieferwagen eingestiegen, aber wir haben angefangen, uns zu fragen, warum.«

»Der Junge hatte etwas, das er mir zeigen mußte«, sagte ich. »Was kann ich für Sie tun, Mr. Benison?«

Der gedrungene, braunhaarige Mann sprach bedächtig: »Sie haben Ihr Interesse an dem verstorbenen Mr. Pirate Williams zum Ausdruck gebracht. Stehen er oder sein Jachthafen auf wichtige Weise im Zusammenhang mit Ihrer augenblicklichen Mission?«

Ich schüttelte den Kopf. »Nicht, daß ich darauf gestoßen wäre. Ich war nur gründlich und habe beide Opfer des Bombenanschlags im Silver Conch überprüft. Der Mann ist tot, und wie es aussieht, ist das auch seine Schiffsanlage. Warum fragen Sie?«

»Weil ich Ihnen dankbar wäre, wenn Sie die Sache von jetzt an strikt in Ruhe ließen«, sagte Benison. Ich muß wohl eine feindselige Reaktion gezeigt haben, denn er schüttelte schnell den Kopf. »Seien Sie nicht gleich gekränkt, Helm. Ich gebe keine Befehle aus. Ich bitte Sie um einen Gefallen. Der Jachthafen und der Bootsplatz sind nicht so tot, wie sie aussehen. Wir glauben, daß sie bald wieder zum Leben erweckt werden, und zwar mit Geld, das auf Umwegen aus einer Quelle kommt, die uns interessiert – wenn besagte Quelle nicht von Anzeichen offizieller Neugier abgeschreckt wird. Wir sind schon lange hinter ihm hergewesen. Wir dachten, Williams würde uns zu ihm führen, aber Williams hat am falschen Ort zur falschen Zeit zu Abend gegessen und wurde von Terroristen ermordet. Jetzt sieht es danach aus, als würde Mr. Big seine Karten ein Stück weit aufdecken und da weitermachen, wo Williams aufgehört hat, um seine Verbindungen aufrecht zu erhalten.«

»Sie meinen das Boot von diesem Piraten. Für mich sah das wie eine Muschelfarm aus.«

Benison lachte. »Das war nur ein Ablenkungsmanöver, das Boot und die sinnlosen Fahrten aufs Meer. Williams dachte sich, daß wir, wenn wir ihn beobachteten, früher oder später Interesse an seinen Kurztrips zeigen wüden. Man würde ihn anhalten und durchsuchen, und man würde nichts finden, aber es wäre ein frühes Warnsignal, das ihm zeigte, daß er seine Operationen lieber etwas abkühlen lassen sollte, wenigstens für eine Weile. Aber solange man die *Montauk Maid* trotz ihrer seltsamen Spritztouren aufs Meer hinaus in Ruhe ließ – so hatte er es sich überlegt –, bedeutete es, daß ihn niemand im Verdacht hatte und er das Zeug sicher durchschleusen konnte – geschickt in Privatboote eingebaut, die zu Reparaturen auf seinen Bootsplatz gebracht wurden. Wissen Sie, mit Fiberglas kann man praktisch alles machen, und wenn man den Schiffsrumpf nicht mit einem Vorschlaghammer zerschlägt – und das ist nicht ganz einfach –, gibt es kaum eine Möglichkeit, etwas zu finden, das zum Bestandteil der Konstruktion geworden ist.«

»Schwierig«, sagte ich.

»Ja. Also ziehen wir es vor, unseren Mann nicht durch Leute beunruhigen zu lassen, die an diesem Hafen rumschnüffeln, besonders nicht durch irgendwelche Regierungsleute. Wir möchten, daß er sich sicher genug fühlt, seine Operationen wieder aufzunehmen. Ich wäre Ihnen dankbar, wenn Sie diesen toten Piraten und sein staubiges Versteck einfach vergessen würden.«

Ich betrachtete ihn einen Moment lang. Er benahm sich überraschend taktvoll und diplomatisch. Tallman hätte mir befohlen, verdammt noch mal zu verschwinden, sonst . . . und ich hätte wahrscheinlich ein paar Schlösser von Bootshäusern aufgestemmt, nur um ihm zu zeigen, daß ich von ihm keine Anweisungen entgegennahm. Aber dieser sanfte, sorgfältig gekleidete Mann – er trug einen anderen dreiteiligen Anzug, diesmal kohlengrau – spielte sich nicht nutzlos auf, was nicht bedeutete, daß er nichts aufzuspielen gehabt hätte.

»Wenn nicht irgend etwas Zwingendes auftaucht, das in diese Richtung deutet, und damit rechne ich nicht, komme ich Ihnen nicht mehr in die Quere«, sagte ich. »Und wenn irgendwas auftauchen sollte, nehme ich Kontakt zu Ihnen auf, bevor ich irgendwelche Schritte unternehme. Okay?« Er nickte, und ich sagte: »Für einen Drogenagenten sind Sie sehr freundlich.«

»Vielleicht habe ich Angst, Helm«, sagte er ernst. »Es ist ziemlich erschreckend, was den Leuten zustößt, die versuchen, Sie rumzuschubsen, sogar den Leuten, die für dieselbe Regierung arbeiten.« Er beobachtete mich genau.

»Sehen Sie mich nicht so an«, sagte ich, »ich habe in letzter Zeit niemanden in die Luft gesprengt. Diese Schnüffler von Tallman mußten ihre Füße unbedingt in anderer Leute Bärenfallen stecken. Erst haben sie eine von uns gesprengt, in Savannah, und jetzt scheint es, als wären sie in eine von unseren Gegnern gelaufen, in Old Saybrook. Außer, daß sie *wumm* und nicht *schnapp* gemacht hat.«

»Ich weiß«, sagte Benison und entspannte sich ein bißchen. Offensichtlich war er sich nicht ganz sicher gewesen, bis er es mich sagen hörte. Er fuhr fort: »Aber weiß Tallman Bescheid? Wenn nicht, wenn er Sie für die Falle verantwortlich macht, direkt oder indirekt, könnte er Ihnen Schwierigkeiten machen. Er ist keine besonders gefestigte Persönlichkeit. Unter seiner Führung sollte dieses Quartett von politisch bestellten Amateuren das schreckliche Problem illegaler Rauschmittel lösen, dem

Hunderte von uns Profis seit Jahren nicht gewachsen sind. Aber anscheinend war es ein Haus zuviel, in das sie ohne einen Durchsuchungsbefehl eingebrochen sind, und ihre eigenmächtigen und illegalen Methoden sind auf sie zurückgeschlagen, und zwar ziemlich buchstäblich. Manche Leute in Washington lachen, aber nicht allzu laut. Schließlich kamen die Anordnungen von ziemlich weit oben.«

»Aber Sie lachen nicht«, sagte ich.

»Nein. Genausowenig, wie ein Polizist lacht, wenn andere Cops getötet werden, selbst wenn sie nicht besonders schlau sind und ihr Anführer ein arrogantes Großmaul ist, das keiner mag. Also bin ich froh zu hören, daß Sie nicht dafür verantwortlich sind.« Die Drohung, die in seinen Worten lag, war nicht deutlich, aber sie war da: Er glaubte nicht, daß ich ihn angelogen hatte, aber wenn doch, würde ich es bereuen. Er sagte: »Gute Nacht, Helm. Miß Delgado. Trask.«

Er ging auf den Parkplatz und schloß einen unverdächtigen, mittelgroßen Wagen auf, der zwei Reihen zurück stand. Als ich beobachtete, wie er wegfuhr, sagte ich: »Es ist schön, jemanden zu kennen, der nicht ruppig reden muß, nur weil er es sein kann.«

»Trotzdem ist es ein gottverdammter Kreuzzug, und Kreuzritter gehen mir auf die Nerven.« Trask schüttelte den Kopf und schob das Thema beiseite. »Ich habe eure Flugtickets. Kennedy, American, morgen mittag zwölf Uhr dreißig. Ihr solltet eine Stunde vorher da sein. Im Hotel gibt es Frühstück um sechs Uhr dreißig. Packt vorher und eßt schnell, denn um sieben wird draußen ein Wagen warten. Es sind etwa zweihundertvierzig Kilometer, und wegen der ganzen Highway-Baustellen möchte der Fahrer gern etwas Spielraum haben. Laßt eure Waffen bei ihm. Ihr werdet in San Juan andere bekommen. Es hat keinen Sinn, den ganzen Papierkrieg wegen der Waffen mitzumachen, wenn es nicht sein muß. Mittagessen im Flugzeug. Ich glaube, es ist eine DC-10. Um vier kommt ihr an, aber das ist Atlantikzeit, eine Stunde voraus. Holt euch euren Wagen bei Avis am Flughafen. Hotel El Convento in der Innenstadt. Zwei nebeneinanderliegende Zimmer. Konnte euch so kurz vorher nicht im Howard Johnson drüben in Condado unterbringen, oder in irgendeinem anderen Kurhotel in der Nähe, aber in dem Restaurant gibt es ohnehin nicht viel zu sehen, die haben fast ein Jahr lang Zeit gehabt, das Durcheinander von dem Bombenanschlag aufzuräumen. Euer Kontakt hört auf den Codenamen Modesto. Miß Delgado kennt die Kontaktprozeduren. Sie steht schon in Verbindung mit unseren Leuten da unten. Modesto hat die Informationen bei sich, die du über die Opfer des Bombenanschlags haben wolltest. Er wird euch Waffen aushändigen und, wenn nötig, eine Beschattung zu eurem Schutz arrangieren.« Trask holte drei Umschläge von einem Reisebüro aus seiner inneren Manteltasche, sah hinein und gab mir zwei davon. »Ich kümmere mich darum, daß das hier storniert wird«, sagte er und steckte den dritten ein.

»Was gibt es Neues aus dem Krankenhaus?«

»Mrs. Helm schläft unter dem Einfluß von Beruhigungsmitteln. Lebenszeichen kräftig und positiv. Keine unerwünschten Symptome festgestellt.«

»Paß bitte gut auf sie auf, *amigo*«, sagte ich. »Wir dürfen sie nicht verlieren. Ein sicheres Haus wäre das beste, wenn man sie aus dem Krankenhausbett schmeißt. Versteck den Porsche erst mal irgendwo. Hier sind die Schlüssel. Und schick jemanden dem Jungen hinterher, der uns gerade abgesetzt hat. Ich habe mich schon mit Washington über ihn in Verbindung gesetzt. Wir werden ihn in Kürze brauchen, also paß auf, daß ihm nichts zustößt. Ich werde dich wahrscheinlich bitten, ihn mit zu mir runterzuschicken, zusammen mit Spielzeug, das Fluggesellschaften nicht transportieren wollen.«

»Klar. Ich muß sehen, ob uns Air Force One zur Verfügung steht.«

»Tu das. Na ja, wir atmen ja alle noch, trotz einiger gegenteiliger Bemühungen. Ohne die Anwesenheit deiner Kindermädchen hätte es zweifellos noch mehr gegeben. Richte ihnen meinen Dank aus.«

»Bleib sauber, mein Held.«

Die Delgado nahm meinen Arm, als wir den Weg entlang- und ins Hotel gingen. Wir sprachen nicht, bis wir im Fahrstuhl waren. Normalerweise spricht mich Parfüm nicht besonders an. Um ehrlich zu sein, wenn eine Lady zuviel davon genommen hat, frage ich mich immer, ob sie nicht den Umstand verbergen möchte, daß sie lange nicht gebadet hat. Aber dies war nur ein schwacher, faszinierender Duft, den ich sehr stark wahrnahm – genau wie sie selbst. Aber ich hatte mich schon den größten Teil des Abends in diesem quälenden Zustand der Wahrnehmung befunden.

Sie brach unser Schweigen. »Glauben Sie, Mr. Benison prüft seine hübsche Seidenkrawatte im Spiegel und kämmt sein hübsches braunes Haar, bevor er seine Kanone zieht und einen Drogendealer erschießt?«

»Machen Sie sich nichts vor«, sagte ich. »Es ist ein Schauspiel. Er macht sich die Tatsache zunutze, daß eine Menge ruppiger Burschen in schmuddeligen Jeans unmöglich glauben kann, ein schicker Knabe mit einer Krawatte und einer Bügelfalte in der Hose könnte eine Bedrohung für sie sein. Sie beurteilen die Größe der Gefahr, die ein Mann darstellt, nach den Barthaaren an seinem Kinn und dem Dreck unter seinen Fingernägeln. Ich habe den Eindruck, als hätten schon eine ganze Menge schmutziger Gestalten feststellen müssen, daß unser Mr. Clean eine sehr unangenehme Überraschung sein kann.«

»Na, wir haben heute abend aber wirklich ein paar schräge Vögel kennengelernt«, sagte sie. »Dieser Lester ist auch so ein Exemplar für sich.«

»Wenn Sie einen Börsenmakler mit einer höheren Tochter kreuzen, wissen Sie nie, was dabei rauskommt.«

Ich merkte, daß beiläufiges Geplauder kaum möglich war. Der Fahrstuhl hielt an, und die Türen glitten auf. Ich folgte ihr auf den Flur und fühlte mich wie ein Junge von der High-School, der sich bei seiner ersten Verabredung fragt, ob das Mädchen erwartet, daß er es küßt, und wie er es rausfinden soll, ohne ihr zu nahe zu treten, und wie er weitermachen soll, wenn er es wußte. Ich meine, die Signale waren nicht deutlich. Sie gab sich sehr höflich und heiter, aber immer noch spürte ich einen kleinen Rest ihrer alten Feindseligkeit, eine leichte

Zurückhaltung, als würde sie es anstrengend finden, einem mörderischen Kerl wie mir gegenüber freundlich zu sein. Zumindest war das die Erklärung, die sie mir einmal gegeben hatte. Ich war nicht sicher, inwieweit ich das glaubte.

An der Tür zu ihrem Zimmer blieb sie stehen und drehte sich zu mir um. Die Ereignisse des Abends hatten keine Spuren hinterlassen, außer, daß sie irgendwie nicht mehr so ernst und unberührbar wirkte wie sonst. Wie dem auch sei, ich erwartete halb, daß sie mich wegschickte, und das wußte sie. Sie lächelte schwach.

»Ich habe eine kleine silberne Flasche da drinnen«, sagte sie. »Chivas Regal. Gerade noch genug für einen Schlummertrunk, ich meine, zweimal einen Schlummertrunk.«

»Mann, heute abend tun wir uns aber wirklich an der Scotch-Abteilung gütlich«, sagte ich. »In dem Fall werde ich kein Wort über meine alte Arbeitsflasche J & B verlieren. Somit haben Sie einen Kunden, Ma'am.«

Sie schloß die Tür auf und ging vor mir ins Zimmer, das eine Kopie des Raumes am anderen Ende des Flures war, den Sandra und ich in der vorangegangenen Nacht auf platonische Weise geteilt hatten. Auf dem nächsten der beiden Betten lag ein offener Koffer. Die Delgado holte eine kleine, schimmernde Flasche heraus und drehte sich zu mir um.

»Das ist ziemlich albern, oder?« fragte sie leise. »Sie wollen doch eigentlich gar keinen Drink, oder?«

Entschlossen sagte ich: »Niemand soll sagen können, daß Helm das Zimmer einer Lady unter Vortäuschung falscher Tatsachen betreten hätte. Ich werde einen Drink runterwürgen, wenn Sie es wollen.«

Sie lachte, ließ die Flasche wieder in den Koffer fallen und sah mich an. »Das kleine Mädchen hat es Ihnen angetan, stimmt's?«

»Ich hatte gehofft, man würde es nicht sehen.«

»Man kann es sehen. Aber das ist nicht gerade schmeichelhaft, Matt. Ich meine, Sie scheinen von meiner einzigartigen Eleganz und Schönheit nicht gerade überwältigt zu sein. Nach einer keuschen Woche auf der Straße mit diesem mannbaren

Kind, inklusive einer Nacht im selben Schlafzimmer, würden Sie so doch auf jede einigermaßen vorzeigbare Frau reagieren, oder?« Dazu gab es nichts zu sagen, also blieb ich still. Sie fuhr fort und sah mich neugierig an. »Sie sind ein erfahrener, älterer Mann. Ich bin sicher, Sie hätten sie . . . überreden können, wenn Sie es wirklich versucht hätten.«

»Verführen können, meinen Sie?«

Die Delgado zuckte mit den Schultern. »Wie auch immer. Aber Sie haben es nicht versucht?«

»Genau.« Ich räusperte mich. »In einem altmodischen Kostümfilm würde ich großmütig sagen, daß ich am Grab meines Sohnes einen Eid geleistet hätte. Na ja, ich hege keine sentimentalen Gefühle für Gräber wie manche andere Leute, und ich habe sein Grab noch nicht einmal gesehen, aber als ich erfuhr, daß Matthew tot ist, ist mir aufgefallen, daß ich nie viel für ihn getan hatte, obwohl er mein Sohn war. Dann habe ich gemerkt, daß es etwas gibt, was ich *jetzt* für ihn tun kann. Ich kann dafür sorgen, daß es seiner jungen Witwe gut geht.«

»Ein sehr interessantes Projekt, wie Lester Leonard sagen würde«, entgegnete die Delgado trocken.

»Seien Sie nicht so abfällig«, sagte ich. »Ich bin mir der Tatsache sehr wohl bewußt, daß mein Widerstand gegen junge Witwen sehr gering ist. Außerdem war mir von Anfang an klar, daß es dem Mädchen als Allerletztes förderlich sein würde, irgendwie mit einem ausgedienten Geheimdienstveteranen zusammenzukommen, besonders wenn er durch Heirat mit ihr verwandt ist und ein bißchen wie ihr Mann aussieht, den sie verloren hat, und wahrscheinlich auch einige seiner Unarten besitzt. Selbst wenn man diese merkwürdige Beziehung technisch gesehen nicht als Inzest bezeichnen kann, würde es sie mit Matthews Geist zwischen uns zerreißen, und mich vielleicht auch. Daher der Eisenmann Helm.«

Es folgte eine kurze Stille, dann sagte die Delgado: »Sie sollten darauf achten, daß sich nicht herumspricht, daß Sie eigentlich ein netter Mensch sind, Matt. Es würde Ihren Ruf in unserem Laden verderben.« Sie wandte sich um, ging zur Ankleidekommode und begann, mit Hilfe des großen Spiegels, die Klammern aus ihrem Haar zu ziehen. Während sie mir den Rücken zudrehte, sprach sie mit meinem Abbild im Spiegel: »Man sagt, eine Frau, die ihr Haar öffnet, sei sehr sexy. Bin ich das?«

»Sie wollen mich reizen«, sagte ich.

Sie drehte sich nicht um. »Was erwarten Sie? Bei einem jungen Mädchen sind Sie aufgedreht wie eine Uhr, und Sie kommen aus ziemlich offensichtlichen Motiven in mein Zimmer, und dann darf ich Sie nicht ein bißchen reizen? Sie haben Glück, daß ich es nicht als tödliche Beleidigung nehme und Ihnen ins Gesicht schlage.« Sie schüttelte den Kopf, und dunkles Haar fiel über ihre Schultern. Es war mehr, als ich gedacht hatte. Sie langte mit beiden Händen nach hinten und hob es an, um den Reißverschluß auf ihrem Rücken freizumachen. Immer noch drehte sie sich nicht um und sagte: »Und jetzt dürfen Sie mir aus dem Kleid helfen. Bitte werden Sie nicht ungeduldig und machen Sie es nicht kaputt. Es hat heute abend eine ganze Anzahl von Demütigungen über sich ergehen lassen müssen, einen Sturz auf dem Gehweg eingeschlossen. Es verdient, vorsichtig ausgezogen und aufgehängt zu werden.«

Ich ging näher heran, um den langen Reißverschluß zu betätigen. Als ich mich über sie beugte, sagte ich: »Ich weiß nicht, ob ich diese furchtbare Strafe ertragen kann. Sie sind ein grausames, sadistisches Weib, Delgado.«

»Ich bin eine Frau, und mein Name ist Dana.« Sie stand vor dem Spiegel und half mir dabei, das rote Kleid von ihren Schultern und Armen zu ziehen. Es fiel zu Boden. »Und jetzt hängen Sie es bitte auf.«

»Ja, Dana.«

»Nein, nicht an den Haken. Ich sagte, ordentlich. Nehmen Sie einen Bügel.«

»Ja, Dana.«

Als das Kleid ordentlich in einem Schrank verstaut war, kehrte ich zu ihr zurück. Sie war das hübscheste Ding auf der Welt, in ihrem spitzenbesetzten Unterkleid und dem offenen Haar über ihren Schultern. Sie war klug genug zu wissen, daß es für eine Frau schwer ist, ernst und unberührbar zu wirken, wenn sie halb ausgezogen ist. Sie hatte sich entschlossen, atemberaubend begehrenswert auszusehen.

»So ist es besser«, sagte sie. »So ist es viel besser, mein Lieber. Ich wollte, daß Sie mich *sehen*. Jetzt sehen Sie mich als mich selbst, und nicht als einen praktischen Ersatz für das kleine Mädchen, von dem Sie sich selbst verboten haben, es anzufassen.«

»Ich sehe Sie, Dana«, sagte ich. »Sie haben meine volle Aufmerksamkeit.«

Sie lächelte, als sie zu mir kam. »Noch nicht ganz, aber bald.«

Und genauso war es dann auch.

25

Nachts wachte ich auf und hörte sie weinen. Es überraschte mich. Ich hatte sie nicht für ein Mädchen gehalten, das weinte. Es war kein wilder Ausbruch von Schmerz oder Reue oder so, nur ein gelegentliches, stilles kleines Schniefen oder ein ersticktes Schluchzen.

Ich lag im Dunkeln neben ihr und sagte: »Was es auch war, ich habe es nicht so gemeint.«

»Da sind Kleenex auf dem Tisch neben dir. Ja?«

»Licht?«

»Ist mir egal.«

Ich machte es an, gab ihr einen Stoß Taschentücher und betrachtete sie, während sie tupfte und wischte und schneuzte.

»Habe ich was gesagt?« fragte ich.

»Nein.«

»Kann ich irgendwas tun?«

»Nein. Tut mir leid, daß ich dich geweckt habe.«

»Ist schon in Ordnung. Ich sollte mich sowieso bald auf den Weg in mein Zimmer machen. Ich muß noch duschen und packen.«

Sie weinte adrett und sah hinterher nicht so zerstört aus, wie es sonst manchmal der Fall ist. Eine wunderschöne Frau, die Probleme hatte. Na ja, wer hat die nicht? Ich dachte an eine andere dunkelhaarige Lady, die ebenfalls im Bett geweint hatte, wenn Lia Varek ihre Tränen auch eher vorher als hinterher vergossen hatte. Es war keine angenehme Erinnerung. Es gab mir das Gefühl, untreu zu sein, wenn ich auch nicht sagen konnte, wem gegenüber. Vielleicht mir selbst. Don Juan Helm. Ich tröstete mich mit der Tatsache, daß ich wenigstens meine Finger von dem Mädchen gelassen hatte. Ich schien nicht besonders viel Widerstandskraft zu haben, aber soviel doch. Dana war sich meiner Aufmerksamkeit bewußt, schob eine Locke von ihrem Haar beiseite, die feucht an einer Wange geklebt hatte, und zog einen verrutschten Träger des Unterkleides hoch, das sie immer noch trug. Nachdem sie sich vergewissert hatte, daß sich ihr Kleid in Sicherheit befand, hatte sie sich entspannt und den Rest ihrer Kleider sich selbst überlassen. Die Pumps, die sie von sich geschleudert hatte, waren vermutlich unbeschädigt, aber mit der Strumpfhose war ich mir nicht so sicher. Soweit ich mich erinnerte, hatte das Ausziehen eine Gemeinschaftsbemühung erforderlich gemacht, die von atemlosem Gelächter begleitet wurde – sie hatte sie eine alberne Hülle genannt. Danach war die Situation ziemlich dringlich geworden, so daß wir keine Zeit damit verschwendet hatten, das Unterkleid weiter als nötig zu verschieben.

»Schade«, sagte Dana und zerrte im Liegen das verknitterte Kleid gerade. »Ich habe ein hübsches Nachthemd mitgebracht, nur für den Fall, daß ich jemand Unwiderstehlichen treffen sollte. Und dann lande ich mit jemandem im Bett und habe noch meine Unterwäsche an!«

»Aber es ist hübsche Unterwäsche.« Ich küßte sie sanft. »Wieder besser?«

Sie nickte. »Es tut mir leid. Es war wirklich sehr schön. Ein bißchen . . . na ja, heftig, aber schön. Ich weiß nicht, worüber ich beim Aufwachen so traurig war. Nur die altbekannte *tristesse,* nehme ich an. Ja, jetzt ist es wieder gut. *Mußt* du gehen?«

Unter solchen Umständen gibt es nur eine akzeptable Erwiderung auf diese Frage, wenn sie einem so gestellt wird. Und dafür brauchte ich eine Weile. Später, nachdem ich mich in meinem Zimmer aufgeweckt, rasiert, mir die Zähne geputzt, geduscht, mich angezogen und gepackt hatte, brachte ich meine Tasche in die Lobby hinunter und stellte fest, daß mich der Hunger zehn Minuten zu früh heruntergelockt hatte. Manche Menschen werden hinterher traurig, andere werden nur hungrig. Jedenfalls gab es in einer Ecke eine Kaffeemaschine für Frühaufsteher, komplett mit Styroporbechern, Zuckerpäckchen und kleinen Plastiktöpfen mit dem löslichen Talkumpuder, das einem den Kaffee aufhellen und den Augen weißmachen soll, daß wirklich Sahne drin ist, auch wenn die Geschmacksknospe nein sagt. Zum Glück trinke ich ihn meistens schwarz.

Als ich die heiße, braune Weckflüssigkeit heruntergespült hatte, ohne mich allzusehr zu verbrühen, ließen sie die Leute in den Frühstücksraum. Ich nahm an einem Tisch für zwei Platz. Es war eine Veranda mit großen Fensterscheiben, die mich an die Glasveranda der Vareks erinnerte – und an Lia Varek selbst, in ihrem scharlachroten Sonnenkleid mit den kleinen Schleifen an den Schultern. Ich wünschte, sie würde weggehen und aufhören, mich zu quälen. Ich schätze, ich fühle mich mit der Promiskuität einfach nicht wohl. Dann tauchte Dana auf, schlank und wunderschön in den weinfarbenen Hosen und dem Pulli, in dem ich sie schon einmal gesehen hatte, und ich spürte, wie sich meine auf strengen Grundsätzen beruhenden Schuldgefühle auflösten.

»Ich habe meinen Koffer runtergebracht«, sagte sie, nachdem ich an ihrem Stuhl meinen Pflichten als Gentleman nachgekommen war. »Er steht neben deinem in der Lobby.«

»Schön«, sagte ich und setzte mich ihr gegenüber. Es überraschte mich, daß sie wie ein junges Mädchen rot wurde, als hätte ich etwas sehr Intimes gesagt.

Sie leckte sich über die Lippen. »Matt.«

»Ja, Dana.«

»Wir sollten nicht . . . wir sollten nicht zulassen, daß es zu wichtig wird.«

Ich sah sie einen Moment lang an. »Klar«, sagte ich. »Verdammt, von deiner Seite aus betrachtet war es nur ein Gnadenakt. Mein endokrines Gleichgewicht war völlig im Eimer, und du hast es großzügigerweise wieder hergestellt, wofür ich dir danke. Okay?«

»Ja«, sagte sie und lächelte schwach. »Klar, okay. Ich bin sehr froh, daß dein Gleichgewicht wieder hergestellt ist.« Eher hastig redete sie weiter. »Es sieht aus, als hätten wir gutes Flugwetter. Natürlich kann man nicht sagen, wie es da ist, wo wir hinfliegen. Egal, was die Reisebücher sagen: Es sind keine Inseln des ewigen Sonnenscheins. Einmal war ich in Santo Domingo, und es hat einen Monat lang nicht aufgehört zu regnen.«

»Wäre die Frage diplomatisch, was du in Santo Domingo getan hast?«

Sie schüttelte den Kopf. »Nein.«

»Ich habe den Eindruck, als wärest du ein bißchen mehr als nur eine Computerspezialistin, Dana.«

»Mehr? Oder weniger?« Sie zuckte mit den Schultern. »Ich bin keine ausgebildete Agentin, wenn es das ist, was du fragen willst. Na, das weißt du. Du hast dich einmal darüber beschwert, daß ich so hilflos sei und nicht mal wüßte, wie man schießt, und du würdest auf mich aufpassen und meine Hand halten müssen, wenn wir dahin fahren.«

»Irgendwie scheint sich meine Einstellung geändert zu haben«, sagte ich. »Es wird mir eine Freude sein, auf dich aufzupassen und deine Hand zu halten. Aber es ist nicht fair.«

»Was nicht?«

»Da Mac dich hierher geschickt hat, damit du mit mir arbeitest, hat er dir wahrscheinlich soviel über mich erzählt, wie er es für gerade ausreichend erachtete. Aber er hat mir keine einzige verfluchte Einzelheit über dich erzählt.«

»Da gibt es nur sehr wenig zu erzählen«, sagte sie. »Ich bin auf den Inseln da unten geboren und habe sie ziemlich gut kennengelernt. Als ich aufwuchs, habe ich einige nützliche Leute kennen- und ein paar nützliche Sachen gelernt, wie zum Beispiel, einen Computer zu bedienen, und als der Job angeboten wurde, Informationen über eine da unten ansässige Terroristengruppe aufeinander abzustimmen, war ich die erste Wahl unter denen, die zur Verfügung standen.«

»Das erklärt mir nicht, wie du dazu gekommen bist, dich um den Job in dem Laden zu bewerben – oder bist du rekrutiert worden? Die meisten Leute wissen nicht, daß es uns gibt.«

Sie lächelte gelassen. »Nein, das erklärt es nicht, und ich werde es nicht. Mir hat auch niemand erklärt, wie du dazu kommst, hier zu arbeiten, und ich frage auch nicht.«

Ich grinste. »Die alte Antwort der Huren ist: Glück gehabt, nehme ich an.«

»Laß es uns dabei belassen, Matt«, sagte sie.

»Sicher.« Ehrlich gesagt war es ein schlechter Stil, wie die Engländer sagen, einen Kollegen nach seinen Ursprüngen und Motiven zu fragen. Ich sah, daß die Kellnerin mit einem schwerbeladenen Tablett in unsere Richtung kam, und warf einen Blick auf meine Uhr. »Na, da kommt es ja. Wir sollten es besser runterschlingen. Unsere Limousine wird jeden Moment am Eingang sein.« Ich schnitt eine Grimasse. »Es gefällt mir nicht, die Fahrt nackt zu machen, auch nicht von Tür zu Tür, von Flughafen zu Flughafen.«

»Nackt?«

»Unbewaffnet. Ich bin sehr unglücklich ohne meine kleinen, aber umfassenden Sicherheitsmaßnahmen vom Kaliber achtunddreißig. Na ja, laß uns hoffen, daß unser Freund Modesto, wer zum Teufel das auch immer sein mag, da unten in San Juan am Ball ist und nicht zuläßt, daß man auf uns schießt, bevor wir etwas haben, mit dem wir zurückschießen können.«

»Ich kenne diesen Modesto«, sagte Dana etwas mißbilligend. »Er ist äußerst verläßlich. Ich bin sicher, daß er nicht zuläßt, daß uns etwas passiert.«

»Nur Gott ist derart verläßlich«, sagte ich, »und bis jetzt haben wir Ihn noch nicht rekrutieren können. Aber es liegt nicht daran, daß wir es nicht versucht hätten.«

Es war gut, daß Trask uns ausreichend Spielraum gegeben hatte, denn wir mußten auf der Fahrt zum Kennedy Airport einen Spießrutenlauf von Baustellen hinter uns bringen. Als wir dort ankamen, war es das gleiche Tollhaus wie immer, und es ist ziemlich egal, zu welchem Flugliniengebäude man verurteilt wird. Nachdem wir unsere Taschen abgegeben und unsere Bordkarten in Empfang genommen hatten, hatten wir immer noch fast eine Stunde totzuschlagen, da wir trotz der Verzögerungen auf der Fahrt so früh wie angewiesen dagewesen waren.

Wir wanderten ein bißchen herum. Ich kaufte an einem Zeitschriftenstand zwei Jagd-und-Angel-Magazine. Dana, intellektueller als ich, suchte sich eine Nachrichtenillustrierte und ein Meinungsmagazin aus, das etwas rechts von der Mitte lag. Na ja, heutzutage wird wohl jeder konservativ, außer mir. Ich habe gelernt, unpolitisch zu bleiben, da uns Mac nie nach unserer Meinung fragt. Er ist ebenso geneigt, uns einem fanatischen Rechtsradikalen hinterherzuschicken wie einem glutäugigen Linksradikalen. Ich führte Dana durch die Halle zu einer offen einsehbaren Coffee-Bar, wo sie einen Kaffee und ich einen Kaffee und ein äußerst pappiges Zimtröllchen bekam.

Nachdem wir eine Weile auf unseren Hockern gesessen und angemessen geschlürft und gekaut hatten, warf sie mir einen neugierigen Blick zu. »Warum schinden wir Zeit?« sagte sie. »Warum gehen wir nicht einfach zum Flugsteig und lesen unsere Zeitschriften bequem in richtigen Sesseln, bis sie ein Flugzeug für uns haben? Ich glaube nicht, daß du diese zuckrige Teigmasse wirklich haben wolltest. Wir werden bald ein Mittagessen an Bord bekommen.«

»Sch«, sagte ich. »Du störst meine außersinnliche Wahrnehmung.«

»Was?«

»Jemand interessiert sich für uns«, sagte ich. »Ich habe aus den Augenwinkeln Aktivitäten erkennen können, Bewegungen, die nicht in das Massenmuster passen. Jemand folgt uns, mehrere Jemande, um genau zu sein. Nach ausreichenden Jahren im Geschäft lernt man, das zu spüren, selbst wenn man es gar nicht sehen oder hören kann. Aber ich habe noch kein Gesicht festmachen können . . .«

Dann sah ich ihn, der mit den langsamen Bewegungen eines Kranken oder Alten durch die Menge schlurfte, ein gebückter, alter Mann mit einem Spazierstock. Er trug einen schäbigen schwarzen Anzug mit Hut und hatte eine abgewetzte altmodische Reisetasche aus schwarzem Leder bei sich. Der Stock war genauso altmodisch, genauso schwarz, und ich fragte mich, ob der halbe Meter Stahl, der darin war, auf den Flughafen-Scannern erscheinen würde. Wenigstens hatte ich ihn, als ich ihn zuletzt getroffen hatte, als den potentiellen Stockdegen-Typ eingeschätzt. Es schien mir unwahrscheinlich, daß er in einem Aufzug, der einen Gehstock verlangt, mit einem einfachen Holzstock zufrieden gewesen wäre. Allerdings war das Gesicht, das ich sah, nicht mehr ganz das, an das ich mich erinnerte. Es war faltig von all dem Leid, und es war merklich ausgezehrt, wie sein ganzer Körper. Er sah aus wie ein Krebspatient, dem man es langsam ansah, obwohl es wahrscheinlich kein Krebs war. Natürlich konnte manches davon Make-up und Schauspielerei sein. Aber wir hatten eine Krankheit vermutet, als er nach der Sache in Costa Verde mit den Operationen aufgehört hatte. Herman Heinrich Bultman, bekannt als ›der Kraut‹, einer der besten Mietkiller im ganzen Geschäft. Der Mann, der beabsichtigte, die Landkarte der Karibik zu verändern, weil jemand mit einem Maschinengewehr eine alte Schäferhündin getötet hatte, die nach Marlene Dietrich benannt war.

Es war nicht mein Job, ihn aufzuhalten. Ich hatte diesen Job abgelehnt. Soweit es mich anging, hatte Bultman die Freiheit, den unabhängigen Staat Gobernador umzuformieren oder vollkommen zu zerstören, ganz wie es ihm gefiel, solange er mir nicht bei meinem Job, der Zerstörung der CLL, dazwischen kam. Das war der Deal, den ich mit Mac abgeschlossen hatte. Ich wollte den Kraut nur jagen, wenn er sich über mich hermachte. Aber jetzt war er da.

Ich schüttelte den Kopf, als Dana zu sprechen anfing. »Trink deinen Kaffee aus und benimm dich ganz normal. Dann nimm deine Handtasche und die Zeitschriften, komm mit zum Flugsteig und rede fröhlich weiter.«

Sie leerte die Tasse und glitt von ihrem Hocker. »Der alte Mann mit dem Stock?« fragte sie, als sei das alles ein Witz.

»Der ist es, und einem tödlicheren Herrn wirst du kaum begegnen können. Deinen Begleiter natürlich ausgenommen.«

»Bescheidenheit«, sagte sie. »Das ist es, was ich an der Arbeit in diesem Laden so mag. Man trifft soviele scheue und zurückhaltende Herren . . . Aber er sah nicht besonders gefährlich aus.«

»Es muß zum größten Teil Verkleidung sein. Ich meine, dem letzten Bericht zufolge hat er eine harte Kommandoeinheit in Montego ausgebildet. Das würde er kaum schaffen, wenn er so altersschwach wäre, wie er im Moment aussieht. Allerdings wissen wir, daß er bei einem seiner letzten Jobs schwer verletzt worden ist, und obwohl er sich anscheinend wieder ziemlich gut davon erholt hat, abgesehen von dem Verlust eines Fußes, könnte er sich irgendwas anderes zugezogen haben. Jetzt sage ich was komisches, ha-ha.«

Sie lachte gehorsam. »Bultman?« sagte sie. »Das ist er, oder? Herman Bultman? Ich erinnere mich daran, daß er ein paarmal auf dem Computerbildschirm aufgetaucht ist, immer in Verbindung mit diesem militärischen Blödsinn in Montego, zu dem die CLL Männer beigesteuert hat, dreiundneunzig, nach dem letzten, was ich gehört habe.« Sie warf mir einen Blick zu. »Witzig, witzig, witzig. Du bist dran mit dem Lachen.«

»Lach, lach, lach«, sagte ich und lachte. »Warum sagst du Blödsinn dazu?«

»Was?«

»Du glaubst nicht, daß Bultmans Invasionstruppen eine echte Bedrohung sind?«

»Sei nicht albern«, sagte sie. »Hast du denn gar nichts nachgeprüft? Dein Freund, der Kraut, hat nur ein paar hundert Mann. Vielleicht sind sie sehr einsatzfreudig, vielleicht hat er sie gut ausgebildet. Aber der Präsident von Gobernador, dieser Yankee-Liebling, den sie hassen, hat eine Bürgerwehr von mehreren tausend Mann, genauso gut ausgebildet, mit ausreichend Waffen und Ausrüstung mit freundlicher Genehmigung von Uncle Sam. Und es ist in diesen aggressiven Zeiten nicht gerade unvorstellbar, daß unsere Marines ihn raushauen, wenn er wirklich in Schwierigkeiten gerät. Washington hält die Anlagen auf Isla del Sur für lebenswichtig.« Dana schnitt im Gehen eine Grimasse. »Eine schöne Hoffnung, daß die heldenhafte Gesinnung der Patrioten, die ihr Land zurückfordern, sie unweigerlich zum Sieg über die feigen Unterdrücker führen wird, die es ihnen gestohlen haben, und die Menschen sich erheben werden, um ihnen dabei zu helfen. Das reden sich Bultmans Männer zweifellos ein, aber in der Schweinebucht ist es nicht passiert, und auch hier im Kleinen wird es nicht passieren, es sei denn, Bultman hat eine Geheimwaffe im Ärmel, von der niemand etwas weiß. Ansonsten führt er nur einen Haufen tapferer Männer in den Tod – vorausgesetzt, daß es auch dem fanatischen CLL-Kontingent nicht an Mut mangelt.«

Das war ein neuer Blickwinkel auf die Situation, aber wir hatten jetzt keine Zeit, darüber nachzudenken. »Gehen wir durch die idiotischen Scanner«, sagte ich. »Mach dich auf was gefaßt. Sie werden sich wie üblich über mein Wechselgeld, die Schlüssel und meine Gürtelschnalle aufregen.«

»Tja, wenn du nicht so reich wärst und nicht diese riesigen Texasgürtel tragen würdest . . .«

Wir ließen die Routine über uns ergehen und traten beiseite, um andere durchgehen zu lassen, während ich den Gürtel, den ich hatte ausziehen müssen, wieder durch die Schlaufen meiner Hose fädelte.

»Der Langhaarige in den Jeans und dem zerrissenen T-Shirt ist unsere persönliche Eskorte«, sagte ich.

»Welcher Langhaarige in Jeans und zerrissenem T-Shirt? Du hast etwa die Hälfte der Passagiere beschrieben.«

»Der große Dunkelblonde, hat eine Jeansjacke bei sich und eine große Papiertüte, in der wahrscheinlich eine UZI und ein halbes Dutzend geladener Magazine sind. Die Scanner kümmern sich nicht um solche Kleinigkeiten, nur um Gürtelschnallen.«

Tatsächlich schien es, als wären die Maschinen sehr empfindlich eingestellt, und ich schwitzte ein bißchen, als ich ein zweites Mal durch den gewölbten Gang gehen mußte, mit all meinen zulässigen Metallgegenständen auf einem Plastiktablett.

»Du glaubst, er ist mit Bultman hier?« fragte Dana. »Warum?«

»Keine Anzeichen von Ärger, als ich die Schlange aufgehalten habe, kein Ausdruck von Belustigung oder Mitgefühl, als er an dem komischen großen Mann vorbeigegangen ist, der seinen Gürtel wieder anzog. Nur unbewegt, Augen nach vorn, und trotz seiner Hippieverkleidung, falls man sie heute noch Hippies nennt, konnte er nicht verbergen, daß er irgendwo militärisches Training genossen hat. Wenn man so lange im Geschäft ist wie ich, kann man die Killertypen erkennen, sogar die jungen. Dieser Junge hat Mordgedanken.« Ich lachte aus vollem Herzen. »Witz, Witz, Witz.«

Sie lachte ein bißchen verunsichert. »Ha-ha, ha-ha. Was hat er wohl vor?«

»Improvisieren. Ich glaube nicht, daß er das Spiel bestreiten soll. Er ist nur die Rückendeckung, falls die Sache im Flughafen nicht wie geplant ablaufen sollte. Jetzt ruht die Verantwortung auf seinen Schultern, und er versucht verzweifelt herauszufinden, was er tun soll. Na, er weiß, was er tun muß. Er muß nur eine Möglichkeit finden, es zu tun.«

Sie erschauerte. »Was meinst du damit, ›wenn die Sache nicht wie geplant ablaufen sollte‹?« Dann runzelte sie plötzlich die Stirn. »Laufen wir nicht direkt in eine Falle? Wenn wir erst mal im Flugzeug sind . . . Was ist, wenn sie eine Bombe an Bord gebracht haben?«

»Und einen Burschen schicken, der mit uns in die Luft gesprengt wird, damit wir nicht ohne Gesellschaft sind?«

»Dann eine Entführung? Sie kapern einfach das Flugzeug und . . .« Sie hörte auf zu sprechen, als wir den Raum betraten.

»Wir setzen uns da drüben hin, wo er uns im Auge behalten kann«, sagte ich. »Es hat keinen Sinn, dem armen Kerl das Leben schwer zu machen. Er könnte glauben, wir hätten ihn entdeckt.« Als wir saßen, sagte ich: »Das ist der Moment, in dem eine Zigarette praktisch wäre, oder besonders eine Pfeife, damit wir friedlich und unverdächtig aussehen. Ich habe schon damit aufgehört, als ich noch ein unausgegorener Fotojournalist war, weil es die Dunkelkammer vernebelt hat, lange, bevor sie eine Religion daraus gemacht haben. Aber es gibt immer noch Zeiten, wo ich es vermisse, mit der alten Pfeife, dem Tabak und den Streichhölzern rumzuspielen. Man könnte mit diesen Streichhölzern wirklich eine neue Karriere aufbauen . . .«

»Matt! Hör auf, wie ein Idiot rumzuplappern. Was ist, wenn sie das Flugzeug entführen?«

»Hast du dir jemals den Sitzplan einer DC-10 angesehen?« fragte ich.

»Nein, warum?«

»Das ist ein verflucht großes Flugzeug. Klar, entschlossene Männer und Frauen könnten es in ihre Gewalt bringen. Entschlossene Männer und Frauen haben das sicher schon getan, oder andere, genauso große Flugzeuge. Ich bin nicht auf dem laufenden, welche Flugzeugtypen entführt worden sind und welche nicht, wenn überhaupt. Aber es ist eine große Operation, wie das Besetzen eines großen Theatersaals voller Leute, und selbst wenn Bultman in der Lage wäre, das zu organisieren: Was hätte er davon? Er will nur zwei Leute haben: uns. Eigentlich will er nur eine Person: mich. Und möglicherweise Sandra, aber die ist nicht hier. Wenn er eine ganze DC-10 an sich bringt, um mich zu bekommen, was macht er dann mit den anderen dreihundert Passagieren, angenommen, die Maschine ist voll besetzt? Ganz zu schweigen von der Besatzung?«

»Er und seine Freunde haben unschuldigen Zuschauern bisher nicht viel Beachtung geschenkt, Matt.«

Ich schüttelte kurz den Kopf. »Wir sprechen von der Caribbean Legion of Liberty. Sicher ist das eine Bande von Bluthunden, die auf Publicity aus sind, alles, um den Leuten Angst zu machen und die Aufmerksamkeit auf ihre heilige Sache zu lenken. Außerdem scheinen sie sich bisher auf

Restaurants als die geeignetsten Orte für Bombenanschläge konzentriert zu haben, wenngleich ich bezweifle, daß sie ein Flugzeug ignorieren würden, falls es sich anbietet. Aber Bultman ist eine vollkommen andere Sorte von Bluthund. Er ist ein Profi, er hat die Invasion im Sinn, und im Augenblick will er als letztes auf der Welt öffentlich mit einer Flugzeugentführung in Verbindung gebracht werden. Das könnte sein Asyl in Montego zu heiß werden lassen und seine Pläne versauen, bevor er bereit ist, seinen Angriff auf Gobernador zu starten. Aber deine Reaktion ist genau das, worauf Bultman hofft.«

»Ich verstehe nicht.«

»Ich habe dir doch gesagt, daß wir von einem Experten sprechen«, erklärte ich. »Ich kann dir eine lange Liste von toten Männern geben: Bultmans Trefferparade, wenn du den Ausdruck entschuldigst. Wenn du das also bedenkst, dann sag mir, was an dieser Vorstellung, deren Zeuge du gerade gewesen bist, so seltsam sein soll. Was fällt einem dabei zuerst auf?«

Dana zögerte. »Na ja, war er nicht ein bißchen zu plump? Zuerst hat er uns seine Leute sehen lassen, und dann ist er selbst an uns vorbeimarschiert. Um sicherzugehen, hat er sich verkleidet, aber es war keine besonders gute Verkleidung. Du hast sie jedenfalls durchschaut. Das scheint mir nicht gerade das Verhalten eines Experten zu sein.«

»Du irrst dich«, sagte ich. »Es war absolut das Verhalten eines Experten. Er hat mich damit gewarnt, daß er mir ein paar Leute zuviel und ein bißchen zu nah hinterhergeschickt hat. Alles, damit ich die richtige Show nicht versäume: Herr Bultman höchstpersönlich führt sein Rentnerschauspiel auf, kostümiert. Wie soll ich wohl darauf reagieren? Ich nehme an, genau so, wie du es getan hast: *Oh, mein Gott, es ist der finstere Kraut höchstpersönlich, und er hat uns umzingelt. Wenn wir in dieses Flugzeug steigen, sitzen wir in der Falle und müssen sterben!*«

»Aber warum . . . Du meinst, er will eigentlich gar nicht, daß wir in das Flugzeug steigen?«

»Jetzt machen wir eine Agentin aus dir«, sagte ich. »Ganz genau, das letzte, was er will, ist, daß wir in diesem Flugzeug sind, wenn ich ihn richtig verstanden habe. Als sie uns auf die

Pelle gerückt sind, uns so offensichtlich zum Flugsteig in Richtung Flugzeug getrieben haben, sollte ich den Gedanken an den Flug nach Puerto Rico vergessen und nur noch an meinen Selbstschutz denken. Ich sollte in Panik ausbrechen, wie ein Ochse, der aus der Rutsche ausbricht, die ihn zu dem Herrn mit dem großen Holzhammer führt. Erinnere dich, Bultman mag *große* Operationen, die den Einsatz vieler Menschen erfordern. Wahrscheinlich hat ihn die CLL um Hilfe gebeten, weil sie es nicht geschafft haben, Sandra und mich umzubringen. Wir sind ihrem Hinterhalt in Miami Beach entkommen, Angelitas Bombe hat Sandra in ihrem Hotelzimmer in Newport verfehlt, die Bombe in ihrem Haus in Old Saybrook hat die falschen Leute in die Luft gesprengt, Dominic Morelos ist umgekommen, als er uns in den Wäldern von Connecticut ans Leder wollte, und sein toter Bruder blieb ungerächt. In der Zwischenzeit sterben anderswo andere Mitglieder der Legion auf mysteriöse Weise. Sonny Vareks Leute haben die beiden Männer weggepustet, die Angelitas Partner bei dem Mariposa-Ding gewesen waren, und wenn wir auch bei dieser Strafexpedition eigentlich gar nicht auftauchen sollten – es sollen wirklich nur Privatleute sein, die sich auf eigene Kappe zur Rache aufschwingen –, habe ich die Gelegenheit genutzt, daß sich Louis' Killerteam ganz diskret um die beiden Ratsmitglieder kümmert, die du an uns verpfiffen hast.«

Dana erschauerte leicht. »Ja, ich nehme an, ich habe sie verpfiffen. Na, das ist mein Job, oder? Also gut. Die Morde an Koenig und Galvez kamen in den Computer, und es wird dich freuen, daß die Täter unbekannt geblieben sind und es keine Nachwirkungen in unsere Richtung geben wird.«

»Louis' Täter liefern immer einen ordentlichen, sauberen Job ab. Natürlich haben die Cops wahrscheinlich ziemlich gute Informationen über Arthur Galvez und Howard Koenig. Wenn sie die vorher noch nicht hatten, wird Mac sie an sie weitergegeben haben, und sie werden sich nicht allzu große Sorgen darum machen, wie zwei Topterroristen zu Tode gekommen sind.« Ich zuckte mit den Schultern. »Soweit es uns hier betrifft, ist es wahrscheinlich folgendermaßen abgelaufen: Die hohen CLL-Offiziere haben angefangen, den Druck zu spüren, und deshalb haben sie Bultman ihr Problem vorgetragen. Wenn er sich auch wahrscheinlich lieber auf seine Militärgeschichten konzentriert hätte, konnte er es sich doch nicht leisten, sie zurückzuweisen, weil er die Rekruten braucht, die er von ihnen bekommt, und wahrscheinlich auch die Informationen über sein Zielgebiet auf Gobernador, mit denen sie ihn versorgen. Es sollte mich überraschen, wenn er sie nicht sowohl als Nachrichten- wie auch als Soldatenquelle benutzen würde.«

»Ja, das stimmt«, sagte Dana. »Aber hat es nicht eine Verlagerung der . . . laß es uns Schwerpunkte nennen gegeben? Die Caribbean Legion wollte anfangs doch nur eine bestimmte peinliche Zeugin eliminieren, Mrs. Helm. Du warst doch nur in Gefahr, weil du sie begleitet hast. Jetzt scheint es so, als hätte die CLL Bultman angewiesen, sie zu vergessen und sich auf dich zu konzentrieren. Jedenfalls schleicht er nicht um ihr Krankenhaus in Connecticut herum. Er ist hier am Flughafen in New York und widmet dir persönlich seine Aufmerksamkeit.«

Ich grinste. »Das ist Bultmans Schwerpunktverlagerung, nicht die der Legion. Es ist ein Kompliment. Er kennt mich. Er weiß, daß es kein Zufall ist, wenn ich in der Nähe bin und es Mordprobleme gibt. Man sollte sich meiner schnellstens entledigen. Außerdem habe ich ihn einmal fast erwischt, und obwohl wir bei dieser Operation als Verbündete gearbeitet haben, hat er diese Niederlage nicht vergessen. Wenn er mit seinem Invasionsprojekt eine Pause einlegen muß, um seine panischen Genossen zu beruhigen, dann wird er keine Zeit mit Sandra verschwenden, wenn er mich erwischen kann. Er hat eine persönliche Rechnung zu begleichen. Um kleinere Details wie Zeugen und junge Mädchen wird er sich kümmern, wenn ich tot bin.«

»Und beweisen, daß er der schnellste Schütze östlich des Hudsons ist, nehme ich an«, sagte Dana trocken.

»Was ist falsch daran, der Topexperte auf seinem Gebiet zu

sein?« sagte ich. »Wettbewerb ist der Lebensnerv Amerikas, oder? Es gefällt dir nur nicht, weil das Gebiet zufällig Mord ist.« Ich schüttelte traurig den Kopf und fuhr fort: »Als der Job erst zugesagt war, hat Bultman wahrscheinlich seinen härtesten Kommandotrupp zusammengetrommelt und ihn hier raufgeflogen, um sich so schnell wie möglich um Sandra und mich zu kümmern, damit er wieder zu seinem eigentlichen Geschäft in Montego und Gobernador zurückkehren kann. Wie ich schon sagte, er zieht große Operationen vor. Ich wette, ein oder zwei Scharfschützen haben jeden Ausgang dieses Gebäudes im Blick, den ich vielleicht nehmen könnte. Er hat sie da postiert und natürlich angewiesen, sich ganz normal zu verhalten und nicht die Aufmerksamkeit der Flughafensicherung auf sich zu ziehen. Dann ist er mit seinem absichtlich plumpen Beschattungsteam hineingegangen und hat sein Schauspiel mit dem verknöcherten Alten abgezogen, um mich von dem Flugzeug abzulenken und aus dem Gebäude und in die Visiere seiner wartenden Heckenschützen zu treiben. Ein Mord nach Gangstermanier am Boden, oder sogar zwei, wenn du ins Kreuzfeuer geraten wärst, würde nicht annähernd soviel Aufmerksamkeit erregen wie etwas, das in der Luft passiert. Dann würde er sich um Sandra kümmern, um den Job abzuschließen, aber ich setze darauf, daß er mir die höchste Priorität einräumt, und wenn es nur um der alten Zeiten willen ist.«

Dana schien an der Frage von Sandras Sicherheit nicht sonderlich interessiert zu sein. »Also ist unsere einzige Möglichkeit, hier rauszukommen, ohne uns den Weg freizuschießen, das Flugzeug zu nehmen.«

Ich nickte. »Wenn ich es richtig verstanden habe, gibt es für uns im Augenblick nur einen sicheren Ort, und das ist unsere langersehnte DC-10.«

»Und wenn du es falsch verstanden hast?« Dana schnitt eine Grimasse und stand auf. »Na, wir werden es bald wissen. Los geht's, sie lassen uns an Bord.«

Es gab die übliche Verspätung am Boden, dann waren wir in der Luft. Dana krallte sich in meinen Arm, als uns die Turbinen in die Sitze preßten. Ich fühlte, wie sich ihre Finger bei dem leichten Rumpeln und Rucken verkrampften, als die Räder eingeholt wurden. Viereinhalb Stunden später landeten wir in Puerto Rico.

26

Es war nicht Kennedy oder Heathrow oder Orly, und auch nicht Stockholms Arlanda, aber San Juans Isla Verde International Airport war auch keine kleine Landebahn in der Wildnis. In dem geräumigen, modernen Gebäude stellten wir fest, daß die Einreise kein Problem war, da wir amerikanische Bürger waren, die U.S.-Territorium betraten, aber wir mußten unser Gepäck zurückbekommen, und das brachte das übliche Warten an dem schlangenähnlichen Förderband mit sich, das sich durch die Halle der Gepäckausgabe wand. Zwar war der Raum groß, aber seine Kapazität war mit den Passagieren einer DC-10 fast erschöpft.

Ich bemerkte, daß sich unser Schatten in einer Ecke der überfüllten Halle herumdrückte. Jetzt hatte er seine verschlissene Jeansjacke angezogen, anstatt sie bei sich zu tragen, vielleicht, um sein Äußeres leicht zu verändern. Allerdings trug er immer noch die gleiche, braune Einkaufstüte. Es war eine feste Papiertüte, aber trotzdem war sie beim Transport leicht eingerissen. Er war Ende zwanzig, ein großer, junger Mann, über einsachtzig, mit knochigen, männlichen Zügen, die auf seltsame, eher unangenehme Weise im Widerspruch zu seinem langen, weiblichen Haar standen. Ich meine, wenn hübsche Jungen hübscher aussehen wollen, ist das verständlich, aber daß ein Bursche mit einem Gesicht wie der Kilimandscharo sich für fettige goldene Locken begeistern konnte, war mir unverständlich und wirkte von daher störend.

Er war nicht besonders gut in unauffälliger Beschattung. Er hatte uns lange Zeit ignoriert, dann warf er einen panikartigen Blick in unsere Richtung, um sicherzugehen, daß wir nicht verschwunden waren. Das paßte. Bultman hatte sicher eine Menge hartgesottener Dschungelkämpfer, aus denen er wählen konnte, aber nur wenige geschulte und erfahrene Geheimagenten, als er in aller Eile sein Killerteam da unten im Ausbildungslager in Montego ausgesucht hatte – na ja, so weit war es von Puerto Rico gar nicht mehr entfernt.

Das Gepäckförderband kam schließlich rumpelnd in Bewegung, und wie alle anderen im Raum gingen wir ein Stück weit nach vorn, um die Sachen besser sehen zu können, die an uns vorüberglitten.

»Halte unseren langhaarigen Freund im Auge und paß auf, ob er sich mit jemandem trifft«, sagte ich zu Dana. »Und weißt du, wie Modesto aussieht, oder müssen wir darauf warten, daß er sich von selbst zu erkennen gibt?«

»Ich kenne ihn.«

»Okay, wenn du ihn siehst, gib ihm das Zeichen für sofortige Kontaktaufnahme, und versuche nicht, besonders clever dabei zu sein. Ich will eine Waffe. Ich bin keiner deiner wählerischen Geheimagenten, die grobes Arbeitsgerät wie Schußwaffen verabscheuen und alle mit bloßen Händen erledigen, oder vielleicht mit Samthandschuhen. Das ist ein Riesenbursche, und die Wahrscheinlichkeit ist groß, daß er einiges an intensivem Kampftraining hinter sich gebracht hat, während ich in letzter Zeit nur geübt habe, auf meinem Hintern in einem Sportwagen zu sitzen. Er versucht, sich zu irgendwas zu entschließen. Ich möchte gern bewaffnet sein, wenn er soweit ist.«

Trocken fragte sie: »Was willst du tun, solange ich auf all diese Leute aufpasse?«

»Dumm und unverdächtig aussehen«, sagte ich. »Damit ich ihnen eine furchtbare Überraschung bereite, wenn ich meine geheimen Kräfte freisetze.«

»Da kommt meine Tasche. Die graue da . . . Na, du hast sie vorhin schon gesehen.«

Es dauerte eine Weile, bis meine kam. Dann gingen wir in die Halle hinaus, nachdem wir uns durch eine ziemlich dichte

Menschenmenge gedrängt hatten, die darauf wartete, Freunde zu begrüßen.

»Da vorn ist er . . . Matt!«

»Was?«

»Hast du jemals was von einer selbstheilenden Papiertasche gehört?«

Ich warf ihr einen scharfen Blick zu. »Bist du sicher?«

»Ich bin sicher, daß die Papiertasche, die er bei sich hatte, eine mit festgeklammerten Kordeln . . .«

»Ja, ich habe sie gesehen.«

»Sie hatte einen sichtbaren Riß neben einem der Griffe. Er mußte sie vorsichtig am Boden festhalten, damit sie nicht aufreißen konnte, aber ich bin mir fast sicher, daß sie jetzt nicht mehr eingerissen ist. Ich konnte sie gut sehen, als er sie abstellte, um sie in dem großen Rucksack zu verstauen, den er vom Laufband nahm . . . Jetzt geht er um die Ecke. Er geht. Er ist weg.«

Ich war damit beschäftigt, eine auffällig bunte Touristenkarte anzusehen, als versuchte ich mich zu entscheiden, wie wir dorthin kommen würden, wohin wir wollten. »Modesto?« fragte ich.

Dana schüttelte den Kopf. »Ich kann mir natürlich nicht absolut sicher sein. Der ganze Laden ist voll mit kleinen, dunklen Hispano-Männer mittleren Alters. Aber wenn er hier wäre, hätte er uns inzwischen entdeckt. Er würde versuchen, unauffällig unsere Aufmerksamkeit zu erregen.«

»Na, dann müssen wir eben ohne ihn auskommen«, sagte ich. »Entweder hat Blondie jemanden auf mich angesetzt, oder er ist zurückgeschlichen, um mich im Auge zu behalten. Er kann es sich nicht leisten, mich zu verlieren. Ich gehe jetzt auf das Klo dahinten. Wenn er will, gibt ihm das Gelegenheit, mich in die Ecke zu drängen, ohne daß der ganze Flughafen dabei zusieht. Du paßt hier auf unser Gepäck auf. Du bist wohl in Sicherheit, denn sie wollen ja mich. Halte die Augen offen. Jemand könnte vorbeikommen und eine zerrissene Papiertüte tragen. Natürlich könnte auch derjenige, der die heile Tüte gebracht hat, die zerrissene mitgenommen und längst weggeworfen haben. Wahrscheinlich war nur Blondies schmutzige Wäsche drin. Aber vielleicht auch nicht. Ich möchte gern wissen, wie ihr lokaler Kontaktmensch aussieht.«

Dana sah mich fragend an. »Matt, sei vorsichtig. Du hast gesagt, du bräuchtest eine Waffe, um mit ihm fertig zu werden.«

»Da sollten wir etwas genauer sein. Ich habe gesagt, ich *wollte* eine Waffe, um mit ihm fertig zu werden. Ich will eine Waffe, Punkt. Da Modesto nicht da ist, muß ich mir woanders eine holen. Wünsch mir Glück.«

»Viel Glück, Liebling.«

Ich spürte, daß sie mich besorgt beobachtete, als ich mich auf den Weg zur Herrentoilette machte. Na, es ist immer schön, jemanden zu haben, der sich um einen sorgt. Ich stellte fest, daß der Raum im Augenblick leer war. Er war ziemlich neu und einigermaßen sauber. Die sanitären Anlagen schienen in gutem Zustand zu sein. Ich nahm das Pinkelbecken ganz rechts und ließ mir mit meinem Geschäft Zeit. Wenn ich ein bißchen zurücktrat und aus größtmöglichem Abstand pinkelte, konnte ich im Augenwinkel die Tür sehen, durch die Blondie kommen mußte.

Natürlich war es ein Wagnis. Wahrscheinlich hatte er jetzt eine Waffe, sonst machte der Papiertütentausch keinen Sinn. Diese Waffe wollte ich haben, da meine Versorgungsquelle anscheinend ausgetrocknet war, aber erst mußte ich sie daran hindern, auf mich zu schießen. Es würde in diesem glänzenden, gekachelten Raum nicht leicht werden, ohne irgendeine Deckung außer den Kabinen, die nicht kugelsicher waren, und dem Marmorsockel neben mir, der die Pissoirs von den Waschbecken trennte und vielleicht eine Deckung bieten konnte, wenn er aus richtigem Stein war. Heutzutage kann man wirklich täuschend echte Sachen aus Erdöl machen. Zu meinen Gunsten sprach der Umstand, daß er kein Profi war. Es würde ihm nicht gefallen, daß ich das sagte, und protestieren, was für ein harter Söldner er sei, aber dies hier war keine Sache für Soldaten. Jede Wette, daß er wie ein Amateur ein bißchen mit den Füßen scharrte, bevor er an die Arbeit ging, anstatt einfach reinzukommen, drei gezielte Schüsse abzugeben und wieder rauszugehen.

Die Tür öffnete sich, aber der Mann, der hereinkam, war klein und dunkel. Er kam herüber und stellte sich neben mich. Dann kam der, den ich erwartet hatte, und blieb an der Tür stehen. Er sah mich, aber er konnte wegen der Marmortrennwand keinen sicheren Schuß landen, und er war ohnehin noch nicht soweit, solange ein Zeuge neben mir stand. Er kam nur ganz langsam vorwärts, wartete darauf, daß der Mann neben mir fertig wurde und zu den Waschbecken ging. Ein nervöser Augenblick entstand, als Blondie hinter mir vorbeiging, aber er wollte, daß wir allein waren, und er trat einfach neben mich und stellte sich vor das freigewordene Pinkelbecken.

Mir fiel auf, daß er seine Sachen abgelegt hatte. Der Rucksack und die Papiertüte waren irgendwo zurückgeblieben, zusammen mit der Jeansjacke. Das T-Shirt, das rundherum festgestopft gewesen war, hing jetzt locker über der Jans. Als er neben mir stand, ließ er sich mit dem Öffnen seiner Hosen Zeit, wahrscheinlich aus dem gleichen Grund, aus dem ich mich mit dem Schließen meiner Hose beeilte: Es ist peinlich, den Kampf zu beginnen, wenn er raushängt. Der kleine, dunkle Mann mit den saubergewaschenen Händen ging hinaus, ohne jemals zu erfahren, was er alles versäumte.

Die Tür schloß sich automatisch hinter ihm. Als wäre es ein Signal des Schießbahnaufsehers auf einem Übungsplatz gewesen, bewegten wir uns gleichzeitig. Blondie langte unter das verhüllende T-Shirt und griff nach der Waffe, die er vorn in seine Jeans gesteckt hatte. Ich hielt in meiner rechten Hand schon das kleine Gerber-Messer versteckt, das ich ein weiteres Mal durch die Flughafensensoren geschmuggelt hatte, obwohl es mich auf dem Kennedy ganz schön ins Schwitzen gebracht hatte. Ich streckte meine linke Hand aus . . .

Meine beabsichtigte Taktik war praktisch einwandfrei. Pack das lange, praktische Haar von hinten und reiß fest daran. Das würde ihn aus dem Gleichgewicht werfen und daran hindern, zu mir herumzuschwenken und seine Waffe zu benutzen. Ich hatte vorher gesehen, daß er Rechtshänder war, und mich absichtlich so hingestellt, daß er von meiner Linken aus angreifen mußte. Das Reißen an den Haaren würde außerdem seinen Kopf nach hinten kippen und seine Kehle dem Messer aussetzen. Diese Art von akribischer Planung ist das Kennzeichen des wahren Professionellen. Es gab dabei nur einen Haken. Das Haar, an dem ich riß, war nicht sein eigenes.

Ich hielt es in der Hand. Das Fehlen des Widerstands, den ich erwartet hatte, warf mich an seiner Stelle aus dem Gleichgewicht. Meine Rettung war, daß ich zu seiner Rechten stand. Mir blieb einen Augenblick, mich zu fassen, während er, als er das Glänzen des Messers sah, den linken Arm herumriß, um seine Kehle zu bedecken, und zur gleichen Zeit versuchte, den Pistolenlauf auf mich zu richten. Bei der Waffe handelte es sich um eine schallgedämpfte 22er Automatik, die mir vertraut vorkam. Es war eine relativ schwache Mordwaffe, aber eine, die mit Sicherheit ihre Wirkung tun würde, wenn man sie ließ.

Einen Augenblick lang grenzte die Situation ans Lächerliche: Zwei bewaffnete Männer versuchten sich gegenseitig umzubringen, wobei ihre Waffen beide in die falsche Richtung wiesen. Ich drängte vorwärts, damit er seine Kanone nicht umdrehen konnte, aber mein Messer war für einen Aufwärtshieb an seine inzwischen geschützte Kehle bereit gewesen, und ich wußte, daß ich keine Zeit für einen Abwärtshieb gegen sein rechtes Handgelenk hatte. Ich stach trotzdem zu, zum Teufel mit der Klinge. Ich hämmerte mit der Faust einen Schlag gegen die Hand mit der Waffe. Das Heft des Messers gab ihr Kraft und schlug die Waffe aus seiner Umklammerung.

Er kannte sich mit Waffen aus. Er wußte für diese Situation genug über Schußwaffen. Er konnte nichts gegen eine instinktive, kleine Pause machen, in der er darauf wartete, ob die fallende Waffe losgehen würde, wenn sie aufschlug. Mir blieb ein Moment, indem ich nochmals zuschlagen konnte – man hat uns beigebracht, Dinge zu ignorieren, an denen wir nichts ändern können, wie zum Beispiel herunterfallende Schießeisen. Ich hielt auf die Brust, weil sie das beste Ziel war, das mir zur Verfügung stand, obwohl acht Zentimeter Stahl an dieser Stelle, wenn sie auch zufällig töten könnten, wahrscheinlich niemandem augenblicklich außer Gefecht setzten, außer jenen Menschen, die bei dem bloßen Gedanken, sich irgendwo zu schneiden, in Ohnmacht fallen. Ich brachte es fertig, das Brustbein zu verfehlen, und mit etwas Glück auch die Rippen. Die Klinge drang ganz ein, aber ich verlor sie beinah, als sich Blondie, der nicht mehr blond war, ungeachtet der Tatsache, daß er jetzt eine durchstochene Lunge hatte, auf die Waffe stürzte, die ohne loszugehen über die Fliesen geklappert war.

Ich schaffte es, ihm einen hilfreichen Stoß mit der linken Hand zu geben, und streckte den rechten Fuß aus, um ihn stolpern zu lassen, so daß er härter zu Boden ging, als er es vorgehabt hatte. Pech für Blondie, dem man beigebracht hatte, Schußwaffen allzu ernst zu nehmen. Wenn er stehengeblieben wäre, um die Sache mit den Fäusten zu regeln, hätte er eine Chance gehabt, sogar mit einem Loch in der Brust. Platt auf dem Boden und verzweifelt nach der Pistole hangelnd, hatte er keine. Ich landete hart auf ihm, schlug sein Gesicht gegen die Fliesen und trieb ihm die Spitze der birnenförmigen Klinge zwischen die richtigen Rückenwirbel. Es folgte eine Art allgemeiner Verkrampfung unter mir. Dann war er schlaff und ruhig.

Es soll danach einen Moment der Reue oder so geben, aber das gilt nur für Amateure. Wenn sie kommen, um mich zu töten, fühle ich keine Reue bei ihrem Tod. Manchmal spüre ich so etwas wie einen Sinn für Vollendung, wenn die Aufgabe schwierig war und ich sie gut ausgeführt habe, und danach eine gewisse Genugtuung, noch am Leben zu sein. Aber jetzt war nichts davon zu spüren. Ich ekelte mich nur über meine eigene immense Dummheit. Mein Unterbewußtsein hatte mir die ganze Zeit über gesagt, daß mit dem Haar irgendwas faul war. Mein Gott, dies war eins von Bultmans Kommandos! Wann wurden – seit den Zeiten der Wikinger – Männer mit schulterlangem Haar in die Schlacht geschickt?

Als er so am Boden lag, sah er aus, wie er aussehen sollte, wenn man bedachte, woher er kam: Ein harter Mann mit braunem Bürstenschnitt. Aus der Brustwunde trat nicht viel Blut, und aus der Nackenwunde kaum etwas. Ich zerrte ihn in die nächste Kabine, setzte ihn auf den Topf und hastete hinaus, um die Waffe und die Perücke einzusammeln. Die Tür zur Halle öffnete sich, und ich konnte mir nicht mehr die Zeit nehmen, die kleinen verschmierten Blutflecken auf den Fliesen wegzuwischen, aber irgend jemand blutet in Waschräumen immer.

Ich drückte mich wieder in die Kabine. Ich hoffte, daß niemand die Anzahl der Füße zählte, die man unter den Trennwänden sehen konnte, aber ich wollte ihn nicht allein lassen, für den Fall, daß er umkippte. Ein Mann kam herein, dann noch einer. Eine Zeitlang war der Betrieb lebhaft, aber alle wollten nur pinkeln und waren bald fertig. Als der Raum wieder leer war, stützte ich ihn so gut wie möglich ab. Ich wollte ihm die Perücke auf den Kopf setzen, ließ sie aber statt dessen auf seinem Schoß liegen. Er war ein Krieger, der angestrengt versucht hatte, ein tödliches Spiel zu spielen, mit dem er nicht vertraut war, und er hatte verloren. Warum sollte ich ihn albern aussehen lassen?

Es gab keine Möglichkeit, die Kabine von draußen zu verschließen, aber ich rollte das Taschentuch auf, das ich in seiner Tasche gefunden hatte, und klemmte es in den Spalt, damit es die Tür zuhielt. Ich überzeugte mich davon, daß die Pistole, die ich geerbt hatte, sicher in meinem Hosenbund steckte, knöpfte meine Jacke darüber und ging hinaus.

27

Dana stand neben unserem Gepäck an der Wand. Sie war offensichtlich angespannt und besorgt und gab sich große Mühe, wie eine gelangweilte Reisende zu wirken, die sich fragte, was zum Teufel ihren Begleiter so lange auf der Toilette aufhielt. Montezumas Rache? Als sie mich sah, richtete sie sich abrupt auf und machte ein paar schnelle Schritte in meine Richtung.

»Matt!« rief sie erleichtert. »Es hat so lange gedauert! Ich sah, wie er nach dir reingegangen ist, und dachte, ich müßte sterben vor Ungewißheit, wer von euch . . . Ist alles in Ordnung?«

»Mach dir keine Gedanken«, sagte ich. »Sind irgendwelche beschädigten Papiertüten vorbeigekommen?«

»Ja, sie ist da drüben um die Ecke gegangen, von wo er kam.«

»Eine Frau?«

»Ein Mädchen, knapp über zwanzig. Spanisch oder Latino oder Chicano, oder wie sie heute genannt werden wollen. Ich kümmere mich nicht darum. Sie ändern es morgen sowieso. Nicht Pachuco, das ist abfällig. Hispano? Matt . . .?«

»Beschreibung?«

Dana zeigte einigen Unmut gegenüber meiner hartnäckigen Befragung, zuckte dann jedoch mit den Schultern und sagte: »Sie war ganz hübsch. Olivfarbene Haut, guter Teint. Beträchtliches Make-up, aber ziemlich gut gemacht. Schwarzes Haar, sorgfältig frisiert, einigermaßen kurz, gefönt. Nicht so groß wie ich, aber auch nicht klein.« Ich hatte um eine Beschreibung gebeten, und bei Gott, sie würde mir eine geben, mit allen Details. »Gute Figur, aber einen Hauch zu feminin, wenn du weißt, was ich meine, oder vielleicht waren es auch die Jeans, die sie trug. Modisch ausgeblichen. Modisch abgetragen. Modische Löcher an Knien und Hinterteil. Und eng, mein Gott. Man fragt sich, wie die da reinkommen, und warum sie nicht zerreißen, wenn sie es geschafft haben! Aber sauber, und sie trug eine saubere weiße Fiestabluse, du weißt schon, diese verzierten mit den vielen Rüschen, bis hierher offen oder noch darüber hinaus. Dekolleté hat man es früher genannt, *mucho* Dekolleté. Hochhackige weiße Schuhe. Sie hat die Tasche mit Sicherheit bei sich gehabt, wenn du entschuldigst. Die richtige Tasche mit dem Riß. Genügt dir die Beschreibung?«

»Das reicht«, sagte ich. »Jetzt . . .«

»Matt, was ist da drinnen *passiert*?«

»Jetzt ist nicht der richtige Moment für eine Zeitlupenwiederholung, Süße«, sagte ich ungeduldig. »Du bist die Verbindungsfrau. Such dir ein Telefon und hol schnell die Totengräber her. Sag ihnen, er sitzt auf dem Topf, die letzte Kabine links, direkt an der Wand. Die Tür ist nicht abgeschlossen, nur zugeklemmt, ein fester Stoß wird genügen. Sag ihnen, sie sollen ihn rausholen und tief vergraben. Falls sie zu spät kommen und man ihn schon entdeckt hat, wenn sie kommen, werden sie sich jemand Einflußreiches suchen müssen, der für uns Druck auf die Behörden ausübt. Wenn du sie angewiesen hast, ruf in Washington an und melde, daß Bultman sich eingemischt hat und ich mich wohl um ihn kümmern muß, bevor ich fertig bin. Dabei müßte Mac ganz warm ums Herz werden, wenn er eins hat. Er hat gesagt, der Kraut würde mich den Job nicht in Ruhe machen lassen, und wie immer hatte er recht, verdammt. Gib ihm alle Einzelheiten. Dann mach dich schnell auf zu Avis und hol unseren Wagen. Wo kannst du mich hier abholen?«

»Du hast ihn also umgebracht?« Danas Stimme klang ausdruckslos.

Es war eine ziemlich knappe Angelegenheit in diesem gekachelten Waschraum gewesen, und ich merkte, daß ich nicht viel Verständnis für blutende Herzen und Mädchen hatte, die ihre verfluchten kleinen Köpfe zu keiner Entscheidung bringen konnten. Erst war da Sandra gewesen, die wie ein Tennisball zwischen ihren humanitären Impulsen und ihrem Rachedurst hin und her gesprungen war, und jetzt hatte ich diese hübsche Lady, die sich anscheinend nicht entscheiden konnte, ob sie mich dafür liebte, daß ich am Leben war, oder dafür haßte, daß ich den anderen Mann getötet hatte.

»Hätte ich lieber zulassen sollen, daß er *mich* tötet?« fragte ich säuerlich.

Dana schnitt eine Grimasse. »Ich weiß. Es tut mir leid. Ich schätze, ich bin es einfach nicht gewohnt, Matt. Ich schätze, in der Tiefe meines Herzens bin ich nur ein Büromädchen. Aber ich bin sehr froh, daß du nicht zugelassen hast, daß er dich tötet.« Sie lächelte schief. »Ich hole dich da drüben in der Ladezone hinter den Autovermietungen ab. Werde nicht ungeduldig. Die Wagen stehen auf einem Parkplatz, der fast einen Kilometer weg ist. Ich werde ihren Bus nehmen müssen, um dahin zu kommen, wenn der gerade mal vorbeikommt, es sei denn, ich kann einen Taxifahrer bestechen, eine so kurze Tour zu fahren.« Sie zögerte. »Was hast du vor?«

»Ich will sehen, ob ich Blondies Freundin finden kann«, sagte ich. »Ich möchte sie fragen, woher sie dieses Spezialspielzeug hat, das sie ihm gegeben hat.« Ich klopfte auf Taillenhöhe an meine Jacke. »Vorrichtung zum Töten, schallgedämpft, Kaliber zweiundzwanzig. Ich glaube, das ist der momentane Jargon in Washington. Heute sind sie großartig mit ihren neuen ›Vorrichtungen‹. Sie würden nicht im Traum ein häßliches Wort wie ›Schußwaffe‹ oder ›Pistole‹ auf ihren technischen Beschreibungen verwenden. Übrigens ist es eine Ruger, nicht zu verwechseln mit einer Luger. Die hatte Blondie bei sich. Beinah sicher eine von uns.«

Dana sah mich fragend an. »Glaubst du . . . Modesto?«

»Er ist die wahrscheinlichste Antwort, ja. Entweder hat er sie verkauft . . .«

»Modesto würde uns nicht verraten!«

Ich sah sie neugierig an. »So gut kennst du unseren Kontaktmann? Okay, er hat sie nicht verkauft. Sagen wir, sie haben ihn einfach geschnappt und ihm die Waffe weggenommen, die er mir herbringen sollte. Das bedeutet wahrscheinlich, daß er entweder tot ist oder irgendwo lebend festgehalten wird, und dann sollte ich besser rausfinden, wie und wo. Aber erst sollte ich die Puppe mit den engen Hosen finden, die du gesehen hast, wenn sie diesmal nicht endgültig verschwunden ist.«

Aber das Mädchen war nicht verschwunden. Ich entdeckte es sofort am Rande der Halle, als ich das Gebäude am gegenüberliegenden Ende wieder betrat, nachdem ich draußen einen großen, schnellen Umweg gemacht hatte, auf dem ich an der Ladezone vorbeigekommen war, an der mich Dana abholen wollte, und an den Taxenständen und Bushaltestellen. Es war offensichtlich der Beobachtungspunkt, von dem aus Blondie gesehen hatte, daß ich aufs Klo gegangen war, eine kleine Nische, eine passende Einbuchtung in der Wand. Sein Rucksack stand da, und sie saß darauf. Sie hatte beide

Papiertüten – eine zerrissene und eine unbeschädigte – neben sich am Boden stehen, außerdem seine Jacke.

Ich sah sie mir aus der Entfernung kurz an, bevor ich mich ihr näherte, und wunderte mich über die Inkonsequenz ihrer Verkleidung. Sie war eine junge Klassefrau, von dem akribisch gefönten, dunklen Haar bis zu den makellosen, weißen Absätzen – mit der krassen Ausnahme der Jeans, abgewetzt, zerrissen und ausgefranst, die sie von der Taille zu den Fesseln wie ein Tramp aussehen ließ. Naja, ich schätze, ich verstehe eben den geheimnisvollen, modernen Nimbus der Jeans einfach nicht, nachdem ich als Junge zu viele Paar Levi's auf der Ranch meiner Eltern in New Mexico verschlissen habe. Für mich werden sie immer nur Hosen zum Graben von Pfahllöchern und zum Scheißeschaufeln sein.

Sie merkte nicht, daß ich mich ihr von hinten näherte. Sie war zu sehr damit beschäftigt, in Richtung der Toilettenschilder zu sehen und sich zu wünschen, daß Blondie wieder auftauchte. Wahrscheinlich hatte sie mich lebendig und gesund herauskommen sehen, aber sie wartete immer noch zwischen den Sachen des Mannes und hoffte offenbar, daß er seine mörderische Mission zumindest überlebt hatte, wenn sie auch offensichtlich fehlgeschlagen war.

»Er wird nicht zurückkommen, Señorita«, sagte ich sanft. Sie zuckte zusammen und drehte sich zu mir um. Ich sagte: »Nein, bleib bitte still sitzen und nimm die Finger von deiner Handtasche.«

Sie starrte auf die Waffe, die ich auf sie gerichtet und durch meinen Körper vor den Passanten verborgen hatte. »Er ist tot? Er muß tot sein, wenn Sie seine Waffe haben!«

Es war nicht der richtige Ort, um näher auf die Frage einzugehen, wessen Waffe es eigentlich war. Wahrscheinlich hatten sie sie von Modesto, und wahrscheinlich bedeutete das, sie wußten, daß Modesto für uns arbeitete. Aber ich wollte mich nicht zu sehr auf Wahrscheinlichkeiten einlassen und die falschen Fragen stellen, über die Waffe oder sonstwas. Ich wollte dem Mädchen keine Informationen verraten, die es nicht kannte. Wütend sah die Kleine zu mir auf. Sie war ziemlich hübsch, mit breiten Wangenknochen, weißen Zähnen und großen, braunen Augen, hervorgehoben von dem sorgfältig aufgetragenen Make-up, das Dana aufgefallen war. Die schwarzen, krausen Augenwimpern waren so aufsehenerregend wie die, die Lia Varek zur Schau getragen hatte, als wir zum ersten Mal zusammengetroffen waren. Die Augen leuchteten haßerfüllt.

»Der Mann da drinnen hat dir viel bedeutet?« fragte ich. »Wenn ja, tut es mir leid. Er hat mir keine Wahl gelassen.«

Es war die gleiche Gefühlsregung, die ihren Mund häßlich und ihre Augen schön machte. »Sie bedeuten mir alle viel, unsere tapferen Soldaten der Befreiung, Sie imperialistisches Schwein!«

Ich wußte nicht, daß echte Menschen solche Sachen sagten. Ich sagte: »Gib mir bitte für einen Moment deine Handtasche.«

Sie wollte sich weigern, aber dann zuckte sie statt dessen übertrieben mit den Schultern. Ich nahm die Handtasche mit der linken Hand und überprüfte sie. Keine Waffe. Falls sie irgend etwas anderes als sich selbst in diesen Hosen versteckte, würde sie es niemals in aller Eile hervorholen können. Die lockere, tiefgeschnittene weiße Bluse schaffte es kaum, ihre ungestützten und einigermaßen bewundernswerten Brüste zu verbergen. Ich war ziemlich sicher, daß sie nichts anderes verbargen.

Ich gab ihr die Handtasche zurück und nahm die Papiertüte auf, die nicht zerrissen war, immer noch mit der linken Hand. Sie enthielt ein paar Kleidungsstücke, und, wie ich gehofft hatte, da bei Blondie nichts ähnliches zu finden gewesen war, zwei harte Gegenstände, die sich als ein zusätzliches, zehnschüssiges Magazin für die Ruger, geladen, und eine Schachtel mit fünfzig Patronen 22er Munition, mehr als halbvoll, herausstellte. Remington, wenn das wichtig ist. Fünfzig 45er Patronen würden einem die Hosentaschen ziemlich ausbeulen und einen O-beinig gehen lassen, aber fünfzig 22er passen in einen Behälter, der kaum größer als eine Streichholzschachtel ist. Ich steckte die Sachen ein und stellte die Tasche mit den Kleidern neben dem Mädchen auf den Boden.

»Du wirst diese Taschen tragen«, sagte ich. »Ich trage den Rucksack und die Jacke. Wir gehen raus zur Ladezone. Da werden wir von einem Wagen abgeholt, aber vielleicht müssen wir darauf warten. Bitte komm nicht auf falsche Gedanken, während wir warten. Glaub nicht, ich würde zögern zu schießen, weil drumherum Leute stehen. Die Pistole ist schallgedämpft. Ich knalle dich ab, bevor du zwei Schritte tun kannst, und jeder wird glauben, das arme Mädchen sei einfach in Ohnmacht gefallen.«

»Ich werde Ihnen nicht die Freude machen, noch einmal töten zu können, Sie blutrünstiger, faschistischer Mörder!«

»Also gut. Gehen wir.«

Ich legte die Jacke über meinen Arm mit der Waffe und hievte den Rucksack auf meine linke Schulter. Er brach mir nicht gerade das Rückgrat, aber ich würde ihn nicht auf irgendwelche hohen Berge schleppen wollen. Wir gingen durch die Halle und hinaus unter das helle Betondach, das die Passagiere schützte, die darauf warteten, daß ihre Bodentransportmittel aus dem dahinterliegenden grellen Sonnenschein zu ihnen herüberkamen. Es war ein tropischer Anblick, komplett mit Palmen. Ich hielt das Mädchen an einem großen, runden Pfeiler nahe dem Kantstein an und setzte den Rucksack ab.

»Du kannst dich wieder hinsetzen«, sagte ich. »Das ist ein Befehl, Süße.«

»Ich scheiße auf Ihre Befehle!«

Auch dabei hatte ich nicht gewußt, daß echte Menschen so was sagen, aber nachdem sie es gesagt hatte, ließ sie sich nieder, wie man sie angewiesen hatte. Ich stand neben ihr, ließ mir alles, was passiert war, durch den Kopf gehen, ganz sorgfältig. Ich hatte die verfluchte Perücke übersehen. Ich konnte es mir nicht erlauben, noch etwas zu übersehen. Wie zum Beispiel eine hübsche, fanatische Frau, die eine falsche spanische Hausdrachen-Nummer abzog?

»Wie heißt du?«

»Ich bin La Margarita.«

»Das ist kein Mädchen, das ist ein Drink.« Ich grinste. »Okay, ein hübscher Drink. Ein gefährlicher Drink. Zuviel La

Margarita lassen einen Mann hilflos werden – vor Liebe oder Alkohol, bei beidem gleich. Stimmt's?«

Wieder zeigte sie ihr übertriebenes Schulterzucken und antwortete nicht. Ich fragte: »Bist du von den Islas Gobernador?«

»Ha, die zwei kleinen Punkte im Meer!« höhnte sie. »Nicht nur die sind Opfer der Yankee-Unterdrückung. Ich bin Mitglied der FFPR.«

»Noch mehr schwachsinnige Abkürzungen«, sagte ich. »Übersetz bitte. Was ist eine FFPR?«

»Ihr *norteamericano*-Schweine macht euch nicht einmal die Mühe, euch über eine Insel zu informieren, von der ihr behauptet, sie würde euch gehören! Wir sind die Freedom Force of Puerto Rico. Wie das freiheitsliebende Volk von Gobernador werden wir in unserem Kampf für die Unabhängigkeit von der CLL unterstützt. Ich hoffe, Sie wissen, was das ist!«

»Ja, ich weiß. Die Caribbean Legion of Liberty hat euch also geholfen, und jetzt helft ihr denen. Helft ihnen wobei?«

»Wir helfen ihnen, die revolutionäre Gerechtigkeit einem Regierungsmörder zukommen zu lassen, der brutaler Verbrechen gegen das Volk schuldig ist. Ihnen!«

Ich lachte rauh. »Genau das bin ich, Süße. Ich bin so schuldig wie nur was. Schuldig brutaler Verbrechen gegen die Leute, die meinen Sohn ermordet haben. Haben sie dir das erzählt? Haben sie dir erzählt, daß sie ein Restaurant voll unschuldiger Menschen in die Luft gesprengt haben, meinen Sohn eingeschlossen?«

Einen Augenblick war sie aus der Fassung gebracht und leckte sich über die Lippen. »Nein, ich weiß nicht . . .« Sie fing sich wieder und erholte sich schnell. »Aber es gibt keine unschuldigen Yankees! Ihr seid alle verantwortlich für die Unterdrückung, die mein armes, besetztes Land erdulden muß!«

»Sieh es, wie du willst«, sagte ich. »Wenn du wahllos die Verantwortung verteilst . . . Wenn wir alle verantwortlich sind, dann seid ihr das auch. Verantwortlich für den Mord an

Matthew. Ihr ganzen armseligen Pseudopatrioten. Was habt ihr eigentlich zu nörgeln? Ihr habt euren großen Knall gehabt, oder die CLL jedenfalls. Erwartet ihr, daß ihr damit davonkommt? Glaubt ihr, ihr könnt für euch das Recht in Anspruch nehmen, meinen Jungen in die Luft zu sprengen, ohne mir das Recht zuzugestehen, euch mit einer Waffe in der Hand zu verfolgen?«

»Aber Sie sind ein Agent der imperialistischen Yankee-Regierung!«

»Ich hatte mich zur Ruhe gesetzt, Baby«, sagte ich. »Ich hatte gekündigt. Ich war ein friedlicher Bürger – und dann haben deine CLL-Freunde diesen Bombenanschlag in West Palm Beach inszeniert, und Washington hat mich zurückgerufen. Und jetzt werde ich eure Scheißlegion auslöschen, alles, was davon wichtig ist. Und wenn mir deine lausigen FFPR-Mitglieder in den Weg kommen, knipse ich sie auch aus . . . Da kommt unser Wagen. Sei vorsichtig. Denk daran, daß ich direkt oder indirekt schon sieben von deinen halbgaren Revolutionären auf dem Gewissen habe, acht, wenn ich deinen Freund auf dem Klo mitzähle. Wenn du willst, daß es neun werden, versuch einfach wegzulaufen. Oder laß deine Freunde über mich herfallen oder ihre Waffen ziehen. Du bist die erste, die stirbt. Und das ist ein Versprechen.«

Ich hievte den schweren Rucksack wieder auf meine Schultern und trieb La Margarita auf den kleinen braunen Zweitürer zu, der gerade mit Dana am Steuer gehalten hatte. La Margarita! He, vielleicht sollte ich mich El Wodka Martini nennen? Ich hoffte, etwas Eindruck auf sie gemacht zu haben. Man kann es auf zwei Arten versuchen, sanft oder großmäulig. Das Sanfte, Bedrohliche ist oft wirkungsvoll, aber man läuft Gefahr, daß sie den Eindruck bekommen, man wäre so sanft wie seine Stimme, unfähig, wirklich jemandem weh zu tun. Wenn man natürlich statt dessen die Angebermasche abzieht, die ich gerade angewandt hatte, gibt es immer die Gefahr, es zu übertreiben und sie glauben zu lassen, daß man vielleicht nur blufft.

Ich hoffte, sie glaubte es nicht. Soweit ich wußte, stand sie auf keiner von unseren Listen, und außer den revolutionären

Klischees, die sie mir ins Gesicht gespuckt hatte, hatte ich nichts gegen sie in der Hand, kein Kapitalverbrechen. Na ja, wie ich ihr schon klargemacht hatte, war ihr Überleben von ihrem Benehmen abhängig, und dem ihrer Freunde. Ich hoffte, sie hatten alle ihre Hausaufgaben gemacht und wußten genug über unsere Sorte von Regierungsattentätern – Gegenattentäter nennen wir uns gern selbst –, um zu wissen, worauf wir trainiert waren.

Wenn ich darüber nachdachte, hatte ich doch etwas gegen sie in der Hand. In vollem Bewußtsein dessen, was damit gemacht werden sollte, hatte sie Blondie mit der Waffe versorgt, mit der er mich töten sollte. Aber ich hoffte immer noch, sie und ihre Freunde wären vernünftig und würden sich daran erinnern, daß ich schon in diesem Geschäft gewesen war, als die meisten von ihnen noch nicht die Jungs von den Mädchen unterscheiden konnten. Ich hoffte, keiner von ihnen würde eine Dummheit begehen.

28

Dana fuhr den kleinen braunen Wagen geschickt und ruhig – na ja, so ruhig, wie es das automatische Getriebe erlaubte. Es schaltete immer wieder unerwartet, jedesmal mit einem erschreckenden Ruck, wenn der lahme Motor seine Maschinenkobolde um Erlösung vom Getriebe bat. Sie sprach während des Fahrens und folgte meinen Anweisungen. Es gab eigentlich nicht viel zu diskutieren, aber es gibt nichts Nervenaufreibenderes als jemanden, der in einem Augenblick vor sich hinschnattert, wenn man schweigend über seine Ängste nachsinnen möchte. Also plapperte sie zwanghaft im Interesse unserer Gefangenen, gab mir scheinbar Informationen über Puerto Rico, von denen sie glaubte, daß ich sie kennen sollte.

Sie erzählte mir, die Insel sei 1493 von Columbus auf seiner zweiten Reise entdeckt worden. Sie sagte, sie sei von den

Spaniern unter Ponce de Leon besetzt worden, wahrscheinlich, bevor er nach Florida abgewandert war, auf der Suche nach dem Jungbrunnen, der ihn tötete. Sie informierte mich darüber, daß die Insel im Spanisch-Amerikanischen Krieg von 1898 von den USA übernommen worden war und die Puertorikaner 1917 amerikanische Bürger geworden waren. Sie sagte, Puerto Rico sei grob geschätzt hundertachtzig Kilometer lang und sechsundfünfzig Kilometer breit und habe eine Fläche von ungefähr 5500 Quadratkilometern und eine Bevölkerung von knapp über drei Millionen Menschen, von denen eine halbe Million in der Hauptstadt San Juan lebten. Als die kleinste der Großen Antillen liegt sie gleich westlich von Hispaniola, was gleich westlich von Kuba liegt, was gleich südlich unter Florida liegt. Auf der anderen Seite von Puerto Rico sind die Jungferninseln und der Rest der langen Kette der Kleinen Antillen, die nach Südamerika hinunterführen.

Die Kleine, mit der ich mir den engen Rücksitz teilte, sagte nichts, obwohl manche von Danas politischen Beobachtungen ihre revolutionären Prinzipien gekränkt haben mußten. Ich hatte sie links neben mir, den Lauf der automatischen Pistole – eigentlich das Ende des Schalldämpfers – an ihren Rippen, nicht gerade die sicherste Technik, einen Gefangenen zu transportieren, und bei einem kräftigen oder trainierten Mann hätte ich es nicht so gemacht. Aber sie war ein kleines Mädchen, und ich nahm an, mit ihr fertig zu werden, wenn sie abzuhauen versuchte. Sie hatte offensichtlich keine Zweifel an meinen Absichten, und das brachte sie zum Schwitzen. Ihre sorgfältige Frisur wurde allmählich ein bißchen zottelig, ihr Gesicht glänzte, und ihr kunstvolles Make-up schmolz trotz der Klimaanlage des Wagens vor Schweiß langsam dahin.

Ich hatte Dana gebeten, uns eine ruhige Stelle zu suchen, wo wir eine Weile ungestört reden konnten. Schließlich brachte sie uns zu einem kleinen Park am Meer, einer grünen Oase, umgeben von hohen Gebäuden, von denen mindestens zwei Hotels waren. Sie fand eine Parkbucht am Bordstein, wo auch andere Wagen standen. Mir fiel auf, daß sie alle in ziemlich gutem Zustand waren, oft ziemlich neu, wie unser Mietwagen.

Es gab keine von diesen altertümlichen Klapperkästen, die man zum Beispiel in Mexiko findet. Von dem stehenden Wagen aus konnten wir über eine Rasenfläche und weit auf den Atlantischen Ozean hinaus sehen, aber nicht den nahen Strand, weil dazwischen eine hohe Staumauer stand, die verhindern sollte, daß der Sand sich der Küstenstraße bemächtigte.

Es war keine ideale Stelle, aber es herrschte nicht viel Verkehr, weder Autos noch Fußgänger, und man lernt, sich mit dem zufriedenzugeben, was sich einem bietet. Dana hatte mich darüber informiert, daß unsere Behörde in dieser Gegend keine Verhörteams hatte. Da Modestos Leben auf dem Spiel stand, blieb keine Zeit, eins einfliegen zu lassen. Also würde ich die schmutzige Arbeit selbst tun müssen. Nun, es war nicht so, als hätte ich in der Vergangenheit nicht schon ähnlich unangenehme Aufgaben ausgeführt, aber ich ziehe es vor, die Verhörteams zu benutzen, nicht weil ich besonders zartbesaitet bin, sondern weil sie geschickter sind als ich und Drogen haben, die es erlauben, ein Thema aus jemandem herauszupumpen, ohne daß er hinterher in allzu schlechtem Zustand ist. Wenn das Kind neben mir eine typische sture Fanatikerin war, bereit, für ihre Sache zu sterben, würde ich vielleicht sehr ruppig werden müssen.

Dana öffnete die Tür auf ihrer Seite und räusperte sich. »Ich glaube, ich mache einen kleinen Spaziergang«, sagte sie. Sie spielte immer noch die Rolle, um die ich sie gebeten hatte, aber jetzt war es nicht mehr ausschließlich eine Rolle. Sie sah ein bißchen blaß aus. »Ich habe einen sehr schwachen Magen«, sagte sie, als sie ausstieg.

»Bleib in der Nähe«, sagte ich. »Komm zurück, wenn ich dreimal auf die Hupe drücke.«

»Verstanden.«

Wir beobachteten, wie sie wegging, groß und schlank in ihren weinroten Hosen mit dem Pulli darüber. Dann wechselte ich meine Waffe in die andere Hand, holte mein kleines Messer hervor und ließ es einigermaßen nach Vorschrift mit einer Hand aufschnappen. Wie die meisten Gesetze, die uns vor leblosen Dingen schützen sollen, wurden die Bestimmungen für Schnappmesser schon bald von genialen Burschen umgangen, die sich überlegt haben, wie man ein gewöhnliches Klappmesser einhändig öffnen kann. Man braucht nur ein leicht öffnendes Messer wie mein Gerber, ein bißchen Gleitmittel und einen leichten Ruck aus dem Handgelenk. Es ist ein praktischer Trick, und er beeindruckt die Leute. Das Mädchen, das auf den unsinnigen Namen La Margarita hörte, starrte mit großen Augen auf die kleine, birnenförmige rostfreie Klinge, die ich so geschickt hervorgezaubert hatte. Sie übersah auch nicht die Blutspuren daran. Ich hatte sie mit einem Stück Toilettenpapier hastig abgewischt, aber etwas Blut war noch daran.

La Margarita leckte sich über die Lippen. »Woher haben Sie . . . Er sagte, Sie wären unbewaffnet!«

»Ein echter Held!« sagte ich. »Hat sich sorgfältig mit einer Kanone bewaffnet, um mit einem unbewaffneten Mann fertig zu werden!«

Darauf hatte sie keine Antwort. Sie führte nur wieder ihr großes Latino-Schulterzucken vor und sagte ärgerlich: »Diese Frau da, die redet zuviel!«

»Diese Dinge machen sie immer nervös. Schlagen ihr sogar auf den Magen. Aber meine Nerven und meine Verdauung sind prima in Form, Süße.« Ich piekte sie mit der Ruger. »Woher hast du diese Waffe?«

»Man hat sie mir gegeben, um sie an Raoul weiterzugeben.« Als ich sie fragend ansah, sagte sie: »Raoul Bonnette, der Mann, den Sie gerade ermordet haben. Man hat mich ausgewählt, ihm die Waffe zu geben, weil ich ihn vom Sehen kannte. Um die Wahrheit zu sagen, ich . . . ich kannte ihn sehr gut, bevor er nach Montego gegangen ist, um mit der Armee zu trainieren und die Islas Gobernador vom Joch der Yankees zu befreien. Es wird ein Anfang sein. Letzten Endes werden wir die gesamte Karibik von den imperialistischen Unterdrückern und ihren sklavischen Marionettenregimen befreien und eine neue Nation formen, eine großartige ozeanische Föderation freier Inseln.«

»Entscheide dich«, sagte ich. »Entweder sind sie Sklaven

oder Marionetten. Beides können sie nicht sein.« Sie sah mich wütend an und sagte nichts. Ich fuhr fort: »Der Typ auf dem Flughafenklo war also doch ein Freund von dir. Tut mir leid. Bonnette. Das ist ein französischer Name, oder?«

»Ja, wir ziehen alle an einem Strang, ob unsere Wurzeln nun französisch, spanisch, holländisch, portugiesisch, britisch oder sogar amerikanisch sind. Wir durchtrennen die Nabelschnur des Imperialismus. Die Karibik wird ein Meer der Freiheit sein, kein Ozeangehege für kapitalistische Ausbeutung!«

»Wer wird dieses Meer der Freiheit organisieren, die Kubaner oder die Russen?«

»Ach, ihr Yankees sucht die bösen Kommunisten unter jedem Bett! Und wenn es Fidel sein sollte, er ist wenigstens einer von uns, ein Insulaner wie wir.«

Es lag ein gewisses Maß an Ironie in dem Umstand, daß Bultman, der bei dem Versuch, Fidel Castro per Auftrag zu töten, einen Fuß und seine Gesundheit verloren hatte, jetzt damit beschäftigt war, eine Militärtruppe für eine Operation zu rekrutieren und zu trainieren, die möglicherweise zu einer Inselmacht unter Vorherrschaft eben jenes Mannes mit Bart führen konnte. Ich erinnerte mich daran, daß Dana nicht viel von Bultmans Chancen gehalten hatte, aber die Durchführbarkeit des grandiosen Plans war nicht wirklich wichtig. Terroristen und fanatische Patrioten haben selten einen Draht zur Realität. Und wenn sie jemanden für einen unmöglichen politischen Traum umbringen, ist er trotzdem tot. Wie Matthew Helm jr.

»Dir von wem gegeben?« fragte ich.

»Was?«

»Wer hat dir diese Waffe gegeben? Das ist alles äußerst faszinierend, aber ich will immer noch hören, *wie* du sie bekommen hast.«

»Ich habe Ihnen nicht mehr zu sagen, mörderisches Yankeeschwein!«

Sie saß auf dem engen Rücksitz des kleinen Wagens und sah mich trotzig an. Nächstes Mal, dachte ich, würde ich eine Limousine ordern. Unbeholfen verstaute ich die Pistole in meiner rechten Jackentasche, die von ihr abgewandte Seite, von der aus sie nicht danach greifen konnte, brachte das kleine Messer nah an ihr Gesicht und erinnerte mich, daß ich gerade erst vor kurzem damit gedroht hatte. Wenn die Rede von Helden war: Ich schien den Großteil meiner Zeit damit zu verbringen, Kindern Angst einzujagen. Erst dem Morelos-Jungen in West Palm Beach, und jetzt diesem jungen Mädchen in San Juan. Ich sah, wie sich die Blickrichtungen ihrer Augen auf eine Weise kreuzten, die unter anderen Umständen hätte komisch sein können, als sie sich die scharfe Klinge ansah, die nur ein paar Zentimeter weit entfernt war.

»Einer der Indianerstämme drüben im Westen kannte einen hübschen Trick«, sagte ich. »Als Strafe für einen Ehebruch haben sie der Squaw die Nase aufgeschlitzt. Natürlich schneiden sie sie, soweit ich weiß, in anderen Gesellschaften ganz ab, aber das scheint mir sehr drastisch zu sein, und wir sparen es uns für einen wirklichen Notfall auf.«

La Margarita fuhr sich mit der Zunge über die Lippen. »Sie hätten mit den anderen Nazi-Bestien in Auschwitz arbeiten sollen! Aber Sie werden mich niemals zum Reden bringen . . .«

Das sagen sie immer, es sei denn, sie sind wirklich hartgesotten. In diesem Fall sagen sie gar nichts. Trotz ihrer Hausdrachen-Masche entpuppte sie sich als nicht besonders hart. Ehrlich gesagt war ich überrascht, wie schnell sie aufgab. Man braucht nur ein bißchen Blut und ein paar weitergehende Drohungen, die in dem Versprechen einer Nasenamputation gipfeln. Ich gebe zu, daß ich erleichtert war. Wie die meisten Männer habe ich meine sexuellen Ticks – ich wage nicht, für die Frauen zu sprechen –, aber an hübschen Mädchen herumzuschnitzen, gehört nicht dazu.

Trotzdem störte es mich ein bißchen, daß sie nach all ihrem tapferen Trotz keinen größeren Widerstand aufgebracht hatte, bevor sie zusammenbrach und meine Fragen tränenreich beantwortete. Ich erinnerte mich daran, daß ich heute schon eine andere Überraschung erlebt hatte, die beinahe mein Ende gewesen war, und ich mir besser darüber im klaren blieb, daß die Dinge nicht das waren, was sie zu sein schienen.

Nichtsdestoweniger war Dana keine zehn Minuten weg, als ich mit der Hupe das Rückkehrsignal gab. Sie kam über den Rasen des Parks zurück, näherte sich dem Wagen argwöhnisch und rang nach Atem, als sie die roten Flecken auf der Bluse des jüngeren Mädchens und das tränenüberströmte und blutverschmierte Gesicht sah.

»Nur die Ruhe, sie hat bloß ein paar kleine Schnitte abbekommen«, sagte ich. »Ihr scheint Gleichgesinnte zu sein. Sie kann auch kein Blut sehen, jedenfalls nicht ihr eigenes. Aber vergiß nicht, das ist das gleiche kleine Mädchen, das durchaus dazu in der Lage war, ihrem Freund ein Schießeisen zu geben, damit er mein Blut vergießen konnte. Gib mir ein paar Kleenex, damit ich ihr das Gesicht abwischen kann.«

»Fassen Sie mich nicht an!« Das war das kleine Mädchen. Bevor ich sie abwischen konnte, hatte sie das lose Vorderteil ihrer Bluse hochgerissen und sich selbst damit abgewischt, wobei sie eine blutige Sauerei auf den Rüschen hinterließ. Es schien sie auf masochistische Weise zu befriedigen. »So, das ist gut genug für meine Leiche, oder?« sagte sie. »Du hast, was du wolltest, jetzt bring deinen schweinischen Job zu Ende. Töte mich!«

»Ich werde dich nicht umbringen, wenn du keine Dummheiten machst, oder deine Freunde«, sagte ich. Ich reichte ihr die Taschentücher, die Dana mir gegeben hatte. »Hier, halt dir das an die Nase. Das hört gleich wieder auf. Es ist alles innen im Nasenloch, falls du darüber nachgedacht hast. Man wird es nicht sehen können. Jetzt werden wir nachsehen, ob die Adresse stimmt, die du mir gegeben hast. 427 Pacheco Street«, sagte ich zu Dana. »Weißt du, wo das ist?«

»Nein. Pacheco Street? Nie gehört.«

»Sag ihr, wie sie dorthin kommt«, befahl ich La Margarita und lauschte einigen in die Tücher genuschelten Anweisungen, die mir nichts sagten. Dann fuhren wir los. Nach einer Weile sagte ich, zu Danas Hinterkopf gewandt: »Da gibt es offenbar einen lokalen Geschäftsmann namens Paul Encinias. Groß in Damenbekleidung. Ein Flüchtling des gegenwärtigen Regimes in Gobernador, der es fertiggebracht hat, mit genug

Geld abzuhauen, um sich hier vor einigen Jahren gemütlich niederzulassen. Offensichtlich hatte Gobernador guten Grund, ihn zu vertreiben, auch wenn sie sich darüber nicht im klaren waren. Er war ein heimliches Mitglied der Caribbean Legion of Liberty, sogar ein Mitglied des Rates der Dreizehn. In letzter Zeit haben seine Terroristenkollegen allerdings den Verdacht, daß er an jemanden in Washington Informationen weiterleitet. Sie wissen nicht, an wen, aber sie bemühen sich schwer, es rauszufinden.«

Dana drehte sich nicht um. »Weiter.«

»Da sie ihn des Verrats verdächtigen, hat die CLL Paul Encinias natürlich mit Hilfe von La Margaritas Leuten, der FFPR, diskret im Auge. Heute hat ein FFPR-Mitglied, das Paul beschattete, gesehen, wie er Kontakt mit einem bekannten amerikanischen Agenten hatte und ein Paket in Empfang nahm. Die FFPR hielt Rücksprache mit der CLL – mein Gott, deren Buchstabensuppe ist genauso dick wie die in Washington – und wurde angewiesen, den lausigen Verräter zu schnappen. Das haben sie getan und entdeckt, daß dieses Paket eine kunstvoll, schallgedämpfte Waffe enthielt, komplett mit Ersatzmagazin und Munition. Sie haben aus ihm rausgeholt, daß das Ding für einen amerikanischen Agenten gedacht war, der bald per Flugzeug in San Juan ankommen würde. Für mich. Dann bekamen sie einen Anruf vom Kennedy International. Herman Heinrich Bultman war dran. Bultman sagte, er hätte einen Mann im Flugzeug, der mich beschattete. Raoul Bonnette, der bei seiner Ankunft ein Schießeisen bräuchte, um mich endgültig fertigzumachen. Trefft ihn und bewaffnet ihn bitte. ETA. Papiertütenmasche. Das kleine Mädchen hier hat den Job bekommen, weil sie Bonnette vom Sehen kannte, und umgekehrt. Sie haben ihr die Waffe gegeben, die sie gerade von Encinias konfisziert hatten, damit sie diese weitergab. Schußwaffen sind nicht leicht zu bekommen, und warum sollten sie ein Gratisgeschenk verschwenden?«

Dana sah immer noch geradeaus und fuhr. »Was ist mit Paul Encinias?«

»Sie sagt, er war noch am Leben, als sie ihn zuletzt gesehen hat, aber nicht in besonders guter Verfassung. Ich nehme an, sie sparen ihn sich für weitere Verhöre auf. Sie glauben – den verratenen Informationen zufolge –, daß er auch anderswo in der Bewegung Komplizen haben muß, ein ganzes Netz. Sie hoffen, mit seiner unfreiwilligen Hilfe alles wie Unkraut rausreißen zu können.

»Aber seinen Kontakt in Washington hat er noch nicht verraten?«

»Noch nicht, aber sie hoffen darauf.«

»Wir müssen ihn da rausholen!«

»Wir müssen überhaupt nichts, Baby. Und ganz bestimmt müssen wir das nicht vor einer Gefangenen diskutieren. Wenn du ihr zuviel erzählst, mußt du sie erschießen. Ich habe versprochen, es nicht zu tun, wenn sie sich benimmt, aber von dir habe ich nichts gesagt.«

»Leg ihr Fesseln an, und ich will sehen, ob ich eine Parkbank finden kann, wo wir reden können.«

29

Das alte San Juan ist eine ummauerte Stadt, die von mehreren alten Forts verteidigt wird. Es hat zahlreiche Belagerungen gegeben, von denen die erste die von El Castillo de Felipe del Morro, bekannt als El Morro, durch Sir Francis Drake im Jahre 1595 war. Als wir über die Küstenstraße zu dem Fort kamen, versuchte sich Dana zu erinnern, ob Queen Elizabeths liebster Pirat – na, ich schätze, Sir Walter Raleigh hatte da den besten Stand – es geschafft hatte oder abgeschlagen worden war. Sie nahm das Letztere an. Sie sagte, die alte Stadt wäre, wie ich sehen könnte, auf einer Halbinsel gelegen, die fast eine Insel war. Dämme und Brücken verbanden sie mit dem Festland, wenn man Puerto Rico als Festland bezeichnen wollte.

Sie sagte, »Morro« würde einfach Landzunge oder Steilküste bedeuten, und sie hätte uns nicht bis ganz zu der Stelle hinausfahren wollen, wo El Morro lag, aber es sei schon eine Weile her, daß sie zum letzten Mal hierher gefahren war, und sie hätte die Abzweigung verpaßt, die sie gesucht hatte. Um ihren Fehler zu korrigieren, folgte sie der Küste und chauffierte uns dann durch ein Labyrinth von sehr engen Einbahnstraßen zwischen schäbigen Gebäuden, die mehrere Stockwerke hoch waren, kleine, städtische Canyons, an deren Fuß die Straßen nur so breit wie zwei Autos waren. Auf einer Seite war das Parken erlaubt, und das ließ nur eine Fahrspur für den Verkehr. Wenn jemand anhielt, um etwas abzuliefern oder mit einem Freund auf dem Gehweg zu plaudern, kam alles zum Stehen, aber das ist in allen lateinamerikanischen Ländern der Normalzustand. Ich hatte lange genug in New Mexico gelebt, um zu wissen, daß es einem Fahrer mit spanischem Akzent niemals in den Sinn kommt, jemand hinter ihm könnte in Eile sein, da er selbst es auch niemals ist.

In der Zwischenzeit schüchterte ich unsere Gefangene soweit ein, sich ein bißchen sauber zu machen, indem ich ihr sagte, daß sie, wenn sie darauf bestand, wie das Opfer einer Schlacht auszusehen, auf dem Boden würde mitfahren müssen, wo man sie nicht sehen konnte, und daß ich meine Füße auf ihr abstellen würde. Zum Glück hatte Dana zwei von diesen kleinen plastikumhüllten Waschlappen mit Seife in ihrer Handtasche. Selbst gewaschen war La Margaritas Gesicht nicht so hübsch wie zuvor. Man sah einige Schwellungen und Entzündungen. Die waren nicht bleibend, sie würden verheilen, wenn man ihnen Zeit ließ, aber ich fühlte mich trotzdem schuldig. Ich schickte den Gedanken zum Teufel. Ritterlichkeit war altmodisch und heutzutage nicht erwünscht. Wäre sie ein Mann gewesen, hätte mich der Zustand ihres Gesichts kein bißchen gestört, oder?

Ich ließ sie sich in die Jacke des toten Raoul Bonnette hineinwinden und den Reißverschluß zuziehen, um ihre fleckige Bluse zu bedecken. Sie war ihr natürlich viel zu groß, aber wenn man heutzutage Frauen wegen ihrer sackartigen Kleidung verhaften wollte, säße die halbe Bevölkerung im Gefängnis. Dann verschnürte ich ihre Handgelenke mit meinem Taschentuch und zog meinen Gürtel um ihre Knöchel, in der Hoffnung, daß meine Hose auch ohne ihn oben bleiben würde.

»Hier hinten ist alles klar«, sagte ich zu Dana. »Wohin fahren wir?«

»Ich suche einen anderen Park, an den ich mich erinnere, mit Bänken und allem, was dazugehört«, sagte sie über die Schulter hinweg. »Es ist nicht sehr weit von der Adresse entfernt, die sie uns gegeben hat. Da ist es, und es sieht so aus, als ob gegenüber gerade ein Wagen rausfährt. Mal sehen, ob ich den Parkplatz kriegen kann, bevor jemand anders ihn besetzt.«

Sie konnte es, und zwei Minuten später saßen wir nebeneinander auf einer Bank unter den Bäumen. Wir brauchten nur noch einen Picknickkorb. Die kleine grüne Oase zog sich einen langen Block weit in die eine Richtung und zwei kurze Blocks in die andere. Dem Park gegenüber lagen an einer Ecke ein kleines Kaufhaus und verschiedene andere Einzelhandelsgeschäfte inklusive eines Haushaltwaren- und eines Kleiderladens. Sie sahen ihren Pendants in amerikanischen Kleinstädten sehr ähnlich. Ich fragte mich, ob es das Bekleidungsgeschäft war, das Paul Encinias gehörte. Es hieß ›The Fashion‹, und das Schaufenster zeigte ein mageres Mannequin in einem schimmernden blauen Jerseykleid mit einem ungleichmäßigen Saum, den der Designer wahrscheinlich nicht eingeplant hatte, aber so ist das mit Jersey nun mal.

Wir redeten nicht sofort. Statt dessen beobachteten wir eine Polizistin, die vorüberschlenderte. Sie sah ganz gut aus mit ihrem breitkrempigen Hut und der enganliegenden, gelbbraunen Uniform, aber man würde sie nie mit einem männlichen Beamten verwechseln, obwohl sie Hosen trug. Ein poliertes ledernes Koppel hielt die übliche Polizistenausrüstung, inklusive einer großen, automatischen Pistole.

»Beruhige dich«, sagte ich zu Dana, die besorgte Blicke zu unserem geparkten Wagen hinüberwarf. »Das Mädchen wird schon nicht an die Wagenfenster schlagen und um Hilfe schreien. Sie braucht die Bullen genausowenig wie wir.«

»Leicht gesagt, daß ich mich beruhigen soll.«

»In diesem Geschäft verschleißt du dich nur, wenn du es nicht tust. Sag dir einfach, daß es in hundert Jahren immer noch genauso sein wird. Okay, der Kriegsrat ist jetzt zur Ordnung gerufen. Dieser Clown Encinias, der sich hat einfangen lassen, ist wohl unser Modesto.«

»Ja, aber er ist kein . . .«

»Kein Clown? Jeder Agent, der sich dabei erwischen läßt, wenn er einen wichtigen Kontakt macht, ist meinem Verständnis zufolge ein Clown. Wenn er sich lebendig mit wichtigen Informationen im Kopf einfangen läßt, die die ganze Organisation bedrohen und andere Agenten in Gefahr bringen können, ist er ein richtiger Komödiant. Zum Teufel, selbst wenn er keine Kapsel bei sich hatte, hatte er doch eine Waffe, oder?«

Aufgebracht sagte sie: »Du kannst Paul nicht nach den brutalen Regeln beurteilen, nach denen du arbeitest! Er ist kein geschulter Agent, genausowenig wie ich. Wir sind beide Freiwillige, Matt. Der Mann, der hierher kam, um uns zu rekrutieren – dein Mr. Trask übrigens –, wußte ganz genau, daß wir nur sehr wenig über Waffen und Gewalt wissen, und ich bin mir sicher, daß er niemals von uns erwartet hätte, patriotischen Hara-Kiri zu begehen.«

»Encinias/Modesto ist also unser Mann in der Caribbean Legion«, sagte ich, »und du bist sein Kontakt in Washington.«

»Genau.«

»Dann ist das alles am Ende nur eine simple Überläufer-Operation? Wo kommt deine wohlpropagierte Computer-Fachkenntnis ins Spiel?« Ich schüttelte schnell den Kopf. »Sag es nicht, laß mich raten. Ich wette, dein Paul Encinias hat sein Kleidergeschäft ziemlich gut computerisiert, stimmt's? Anstatt sich vollkommen auf seine Angestellten zu verlassen, hat er gelernt, welche Knöpfe er drücken muß. Als er sich dann also entschloß, zu uns zu kommen, aus welchem Grund auch immer, wurde es so arrangiert, daß er seine Büroanlage zur Übermittlung benutzen soll, in den Überstunden, wenn keiner mehr da ist – wahrscheinlich hatte er sowieso die Angewohnheit, länger zu bleiben. Die meisten erfolgreichen Geschäftsleute legen eine Menge unbezahlter Überstunden ein. Er übermittelt die Informationen über normale Geschäftskanäle, Compuphone oder Telecom oder wie sie sonst heißen, indem er irgendeinen unschuldig aussehenden Kode oder Schlüssel benutzt. Sagen wir, er hat bei einem bestimmten Lieferanten in den USA, der zufällig du warst, soundsoviele Paar Strumpfhosen und soundsoviele Paar Jeans für seinen Laden bestellt, und das bedeutete dann, daß die Rotröcke um Mitternacht in Omaha landen würden. Dann hast du Macs Anweisungen auf dem gleichen Weg zurückgeschickt.«

Sie lächelte schwach. »Na ja, ganz so war es nicht, schon etwas komplizierter, aber so ungefähr liegst du richtig.«

Mir ging etwas im Kopf herum. »Was für Instruktionen hast du weitergegeben? Hat Mac Modesto jemals angewiesen, seinen Einfluß auf die CLL zu benutzen, um einen Bombenanschlag auf ein bestimmtes Ziel zu verüben?«

Dana sah mich schockiert an. »Gott im Himmel, nein! Mac würde nicht . . .«

»Vielleicht gibt es etwas, das Mac nicht tun würde, aber darauf bin ich noch nicht gestoßen«, sagte ich. »Wenn jemand aus dem Weg geräumt werden müßte und er es nicht offiziell machen will, indem er einen regulären Agenten verwendet, und eine Bande von einfältigen Terroristen zur Verfügung hätte, dann würde er nicht zögern, sie zu benutzen, indem er sie in diese Richtung weist.«

»Nun, durch mich hat er niemals solche Befehle weitergeleitet.« Dann zögerte sie. »Ich meine, von denen ich wüßte. Natürlich war da noch der B-Kode.«

»Was ist ein B-Kode?«

»Normalerweise haben wir den A-Kode verwendet. Ich habe dann die Mitteilung persönlich zur Übermittlung verschlüsselt. Manchmal allerdings, wenn es besonders sicher sein mußte, hat man den B-Kode genommen, mir die Mitteilung im fertigen Zustand gegeben und befohlen, sie genauso abzuschicken, wie sie aufgeschrieben war, und nicht neugierig zu werden.«

»Ist das oft passiert?«

»Dreimal, seitdem wir die Operation begonnen haben. Das letzte Mal vor ein paar Wochen. An das genaue Datum kann ich mich nicht erinnern.« Sie verzog das Gesicht. »Es gefiel mir nicht. Es gab mir das Gefühl . . . nicht vertrauenswürdig zu sein, wenn man mich so überging. Als hätten sich Mac und Modesto gegen mich verbündet.«

»Willkommen im Club«, sagte ich. Es war Zeit, fallenzulassen, was eigentlich eine sehr persönliche Frage zwischen mir und Mac war, und zu der anliegenden Sache zu kommen: »Was glaubst du, wie ich das finde, wenn ich erfahre, daß du die ganze Zeit über einen ganz normalen alten persönlichen Kontakt zum Rat der Dreizehn gehabt hast? Während ich geglaubt habe, du würdest all diese feinsinnigen Informationen mit deinem Computer aus dem hohlen Bauch hervorzaubern.«

Sie lachte. »Ich bezweifle stark, daß du das wirklich geglaubt hast, Matt.«

»Na ja, das war der Eindruck, den du und Mac unbedingt vermitteln wolltet, oder? Daß du eine Art wahnsinniges Elektronik-Genie bist, das nur ein paar Melodien auf den Tasten zu spielen braucht, um mit einem detaillierten Bild dessen aufzutauchen, was unsere Gegner gerade machen. Es war eine gewisse Tarnung, und vielleicht hat es sogar ein paar Leute davon abgehalten, allzu neugierig in bezug auf deine Informationsquelle zu werden, aber ich habe mir schon gedacht, daß es irgendwo reinkommen muß, damit es in Washington wieder rauskommt. Computer konstruieren keine Informationen aus dem Nichts. Wie man so sagt: Reingeschissen, rausgeschmissen.«

Dana sagte: »Wir bevorzugen das Wort ›Abfall‹.«

»Ich weiß. GIGO.«

Unruhig, mit einem Blick auf den Wagen, sagte Dana: »Während wir hier reden, könnte sich das Mädchen befreien.«

»Bleib bei deinen Computern«, sagte ich. »Überlaß das Mädchen mir. Das ist mein Job. Aber da wir gerade von Vertrauenswürdigkeit sprechen: Falls Modesto ein Mitglied des Rates ist, muß er dir die Namen der anderen Mitglieder gegeben haben, es sei denn, sie treffen sich maskiert und verwenden Decknamen. Wie Señor Primo, Señor Segundo, Señorita Tercero . . . Tercera?«

Dana lachte. »So würde sie sich kaum nennen. Das ist ein Slangwort für ›Madame‹, in einem Puff zum Beispiel.« Sie schüttelte den Kopf. »Nein, sie haben keinen Sinn für solchen verschwörerischen Unsinn. Nur für den explosiven. Warum hast du das Gefühl, man mißtraut dir, Matt?«

»Wenn Modesto alle Namen kennt, und du alle Namen kennst, und Mac alle Namen kennt, warum kenn ich nicht alle Namen? Ich soll doch der Mann sein, der sich um die Burschen kümmert, denen sie gehören. Aber du hütest sie wie die letzte Tasse Trinkwasser in einem Rettungsboot, das unter der tropischen Sonne treibt. Einmal habe ich dich unter Druck gesetzt und Dominic Morelos aus dir rausgeholt, und Angelita Johansen und ihre beiden Bomben-Freaks . . .«

»Angelita ist ein Ratsmitglied, aber die beiden Männer gehörten nur der Basis an.«

»Wie auch immer«, sagte ich. »Du hast mir ihre Namen nie gegeben, aber offensichtlich hast du Sonny Varek die Information anvertraut, denn er hat zweimal erfolgreich zugeschlagen. Dann hast du mir widerstrebend Galvez und Koenig genannt, später auf meinen Befehl hin von Louis entfernt. Aber warum hältst du welche zurück, wenn du sie alle kennst?«

Sie zögerte und sagte widerwillig: »Leider hast du den Ruf, ein Hitzkopf zu sein, Matt, und schließlich haben sie deinen Sohn getötet. Man fürchtet, du würdest die Kontrolle verlieren, wenn du alle Namen kennst, und dann blindlings losstürmen, um sie zu stellen, einen nach dem anderen. Das schien nicht besonders effizient zu sein. Es gab bessere Möglichkeiten. Also hat man sich entschlossen, dir genug Namen zu geben, um genug Druck auf die Legion auszuüben, aber eben nur gerade genug, daß sie dich ernst nehmen und ein Treffen des Rates einberufen, auf dem sie überlegen wollen, wie sie mit dir fertig werden. Nicht so viel, daß sie sich zerstreuen und abtauchen. Nicht so viel, daß sie ein Leck in den eigenen Reihen vermuten.«

»Kompliziert«, sagte ich. »Ihnen genug Angst zu machen, daß sie zusammenkommen, aber nicht genug, um sie zu versprengen. Ich weiß, woher diese ausgeklügelte Idee kommt.

Ich habe schon genug von seinen Ideen gesehen. Aber wenn ihre Leute auf der Strecke bleiben, würden diese Fanatiker nicht unausweichlich merken, daß jemand sie verpfiffen hat? Solche Banden sind höllisch paranoid.«

Dana schüttelte den Kopf. »Die Namen, die dir gegeben wurden, waren sorgfältig ausgewählt. Die junge Mrs. Helm hatte einen guten Blick auf Angelita und ihre Laufburschen werfen können, oder es wurde zumindest verbreitet, daß es so war. Also würde alles, was ihnen zustieß, ihr angelastet werden, nicht Modesto. Wir haben Arthur Galvez und Howard Koenig ausgewählt, weil sie schwere Trinker waren, die regelmäßig an den falschen Orten zuviel redeten. Wenn sie getötet wurden, würden die anderen Mitglieder des Rates annehmen, daß sie sich einfach selbst verraten hatten, als sie betrunken waren. Und du warst, wie erwartet, schlau genug, Dominic Morelos zu dir kommen zu lassen, anstatt ihn zu verfolgen. So hatte die CLL keinen Grund, an einen Verräter zu glauben. Aber wenn wir dir mehr Namen gegeben hätten, wenn mehr Ratsmitglieder gestorben wären, hätten sich die Überlebenden mit Argwohn betrachtet und sich gefragt, wer der Verräter ist. Das wollten wir nicht. Modesto mußte bleiben, wo er war, unverdächtig, bis er uns Datum, Zeit und Ort der geplanten Ratsversammlung mitteilen konnte. Also hat man es dir überlassen, dem Bombenanschlag von Newport nachzuspüren und der Dynamitspur etappenweise nach Puerto Rico zu folgen. Wie es sich herausstellt, ist dein Timing perfekt. Du bist genau in dem Augenblick hier, in dem du gebraucht wirst. Wir müssen Modesto rausholen, wo er auch sein mag.«

»Für mich ist er immer noch ein Clown«, sagte ich. »Aber gut, erzähl mir von diesem fabelhaften Modesto. Mein Gott, er hört sich an wie ein Zirkusartist!«

Sie sprach nicht gleich, und ich fuhr grimmig fort: »Komm schon, Dana, laß uns Schluß machen mit den Geheimnissen. Wer ist dieser Kerl, in den du soviel Vertrauen setzt, um den du so zärtlich besorgt bist? Dein Mann, dein Vater, dein Bruder, dein Liebhaber . . . Oh, ich verstehe«, sagte ich, als ich ihr Gesicht sah.

»Das glaube ich kaum, Matt«, sagte sie scharf.

»*Deshalb* hast du nachts geweint, nachdem du mir einen großen Gefallen getan hattest«, sagte ich. »Es war notwendig, weil ich ein praktischer Bursche mit einer Kanone bin und du mich vielleicht brauchen könntest – so, wie du mich jetzt brauchst – aber es hat dir das Herz gebrochen, als du daran denken mußtest, daß du deinen wundervollen Mann in San Juan betrogen hast.«

»So war es nicht!« protestierte sie. »Ich habe geweint, weil . . . Ach, vergiß meine albernen Tränen. Ich scheine mich in letzter Zeit in einen ständig tropfenden Schwamm verwandelt zu haben. Matt, hättest du dir das Mädchen nicht genauer ansehen sollen? Es ist jetzt schon etwas her.«

Irritiert sagte ich: »Erklär mir nicht meinen Job, dann erklär ich dir nicht deinen. Das Mädchen bleibt da, verlaß dich drauf. Das Thema heißt immer noch Modesto, Miß Delgado.«

Sie sagte: »Nein.«

»Was meinst du damit, nein? Modesto . . .«

»Ich meine, ich bin nicht Miß Delgado. Ich bin Mrs. Delgado. Mrs. Roger Joaquin Delgado. Ich sehe ein bißchen spanisch aus, aber eigentlich bin ich es nicht. Mein Mädchenname war Dana Kingsbury.«

Ich sah sie einen Moment lang an. »Ich verstehe. Du warst also mit Delgado verheiratet, hast aber mit Encinias geschlafen.«

»Ja.« Ihre Stimme war ausdruckslos.

»Tja, das passiert. Es ist eine unmoralische Welt voller unmoralischer Menschen. Aber du hast mir den Eindruck vermittelt, Modesto wäre ein kleiner, unförmiger Herr mittleren Alters . . .«

»Ich habe nicht ›unförmig‹ gesagt. Und auch, wenn du es bei deiner Größe kaum glauben kannst: Es gibt auch ein paar nette Männer, die sich nicht bücken müssen, wenn sie durch eine Tür gehen. Was sein Alter betrifft . . . na ja, nachdem ich viel zu lange mit Roger verheiratet gewesen war, war ich bereit für einen älteren Mann, einen erwachsenen Mann, der weiß, wie man zärtlich und rücksichtsvoll ist, anstatt . . . O Gott, das wird ja eine richtige Gesprächstherapie, was?«

»Der übliche Spruch ist, daß du Ehebruch begangen hast, weil dein Mann ein Rohling war.«

Sie schüttelte den Kopf. »Ich hätte es ertragen können, mit einem Rohling verheiratet zu sein, wenn er ein erwachsener Rohling gewesen wäre. Aber statt dessen mußte ich feststellen, daß ich mit einem kleinen Jungen verheiratet war. Einem mürrischen kleinen Jungen, wenn ich ihn nicht richtig bemutterte. Oh, er war hübsch anzusehen und ziemlich gut im Bett, wenn man ihm seinen Willen ließ und ihm schmeichelte und die Bewunderung zukommen ließ, auf die er ein Anrecht zu haben glaubte. Und er war gut darin, Dinge zu verkaufen. Wir waren nicht arm. Nach so manchen Maßstäben ein idealer Ehemann. Wir sind einigermaßen gut miteinander ausgekommen, solange ich mir vollkommen darüber im klaren war, daß ich nur existierte, um ihm dienlich zu sein, genau wie seine Mutter. Aber wenn ich nur eine Spur von Unabhängigkeit zeigte . . . Zum Beispiel war ich an der Universität sehr gut in Mathematik. Als ich beschloß, mehr über Computer lernen zu wollen, als ich sagte, ich wolle vielleicht sogar einen Job annehmen, sobald ich das Baby bei jemandem alleinlassen konnte, wenn ich eine gute Stellung bekommen könnte, wenn meine Kurse zu Ende wären . . . Wie würde es dir gefallen, mehrere Jahre mit einem Fall von fortgeschrittenem Schmollen zuzubringen, Matt?«

»Da war ein Kind?« fragte ich.

»Ja. Das einzig Gute, was aus der Ehe hervorgegangen ist. Dolores. Ich wollte sie nicht so nennen, stell dir vor, ein Mädchen zu verdammen, ein Leben lang Dolly genannt zu werden, aber es war der Name seiner Mutter, und das war's dann. Ein süßes und wundervolles Kind, und nachdem ich angefangen hatte zu arbeiten, rächte er sich, indem er bewußt eine Kampagne startete, sie von mir zu entfremden, sie vollkommen zu verderben und ihr zu erzählen, wie gemein es von mir sei, auf ein paar Grundregeln zu bestehen. Indem er ihr sagte, wie sehr ich die beiden vernachlässigen würde, und daß er und sie allein gegen die Welt kämpften. Er bestand darauf, daß sie in die Kirche gingen, um ihr zu beweisen, was für eine Heidin ich sei, die vorgab, so müde zu sein, daß sie zu Hause bleiben mußte, nachdem sie die ganze Woche über in ihrem albernen Job rumgespielt hatte. So ist es . . . passiert.«

»Es?«

Langsam bekam ich eine ziemlich gute Vorstellung von dem, worauf sie hinaus wollte, aber sie brauchte ein bißchen Hilfe, um dorthin zu kommen.

Dana fuhr sich mit der Zunge über die Lippen. »Es war eine Art religiöser Brauch. Welcher, weiß ich immer noch nicht genau. Ich bin eigentlich Katholikin, aber keine praktizierende außer zu Ostern und Weihnachten. Du weißt schon. Aber sie haben sich alle fein angezogen, wofür auch immer, und Dolly war glücklich und aufgeregt, weil es nach der Kirche ein Festessen geben sollte, Kinder und Eltern, im . . . im . . .« Sie stockte.

Ich sagte: »Im Restaurant vom Howard-Johanson-Hotel?«

Sie nickte stumm. Es folgte ein kurzes Schweigen. Schließlich sagte sie: »Es ist sonntags geöffnet, und es war praktisch, nehme ich an. Jedenfalls, sie sind nicht nach Hause gekommen. Schließlich hat mich jemand angerufen, um mir zu sagen . . .« Tief und erschauernd holte sie Luft. Dann fuhr sie mechanisch fort: »Später, nachdem ich beim . . . beim Identizieren gewesen war, obwohl es eigentlich nichts mehr zu identifizieren gab, außer einem kleinen Partyschuh und einer kleinen Handtasche und einer Männerbrieftasche, habe ich ein großes Messer aus der Küche unserer Wohnung geholt. Es wollte nicht in meine Handtasche passen, also hab ich es mir mit Klebestreifen unter der Hose ans Bein gekelbt und bin losgegangen, um ihn zu töten. Paul. Meinen Liebhaber. Meinen zärtlichen, rücksichtsvollen Liebhaber. Eine große Nummer in dieser wunderbaren patriotischen Organisation, die Kinder in die Luft sprengt!«

»Er hat dir von der CLL erzählt?«

Sie nickte. »Ich hatte ihn kennengelernt, als wir seine Büroanlage installiert haben. Er wollte etwas Unterricht in der Bedienung. Das Mädchen, das er eingestellt hatte, war ganz fähig, daran zu arbeiten, aber unmöglich als Lehrerin. Am letzten Tag hat er mich zum Essen ausgeführt, um zu feiern, und . . . na ja, er war ein liebenswerter Mann, ein Witwer, und ich hatte mit Roger schon wieder Streit gehabt. Danach sagten wir, es sei ein Versehen gewesen, und es dürfte nie wieder passieren. Aber natürlich passierte es doch. Und in dieser zweiten Nacht, als klar war, daß wir nicht damit aufhören würden, sagte er, es gäbe etwas, das er mir von sich erzählen müßte, und er erzählte mir von dem brutalen Regime auf den Islas Gobernador, von denen er hatte fliehen müssen, und von dem tapferen Trupp Patrioten, dem er angehörte, die daran arbeiteten, ihr Land von der yankeeunterstützten Diktatur zu befreien . . . Tja, die Welt ist voll von Menschen, die etwas befreien wollen. Man trifft sie überall. Ich fand es irgendwie faszinierend, einen Liebhaber zu haben, der ein heimlicher Revolutionär war. Aber als die Polizei mir erzählte, daß Pauls ehrenhafte Legion of Liberty das Verdienst – *Verdienst* – für sich beanspruchte, habe ich mich total betrogen gefühlt, und ich habe ihn blindlings angegriffen, um meine Tochter zu rächen, doch meine Rache verwandelte sich zu einer Farce. Ich hatte große Schwierigkeiten, das Messer vom Klebestreifen zu lösen, und Paul starrte mich an, als sei ich verrückt geworden, was natürlich stimmte. Er griff danach und schnitt sich in die Hand. Das Blut schoß nur so heraus. Mir wurde so schlecht, daß ich ins Badezimmer laufen und mich übergeben mußte, das blutige Messer noch immer in der Hand. Es war nur eine lächerliche Schweinerei statt einer großen Tragödie.«

»Da du ihn immer noch zu mögen scheinst«, sagte ich, »hat er dir wohl eingeredet, er habe nicht gewußt, was geplant war.«

»Ja«, sagte Dana. »Als ich wieder bei Sinnen war und ihm erzählt hatte, warum ich ihn umbringen wollte, ihm das mit Dolly erzählt hatte, war er furchtbar schockiert. Er hatte nicht gewußt, daß eine Aktion in San Juan geplant gewesen war. Er hat mir erklärt, daß Entscheidungen über Anschläge nicht vom Rat der Dreizehn als Ganzes getroffen werden. Eine kleine Gruppe von Ratsmitgliedern, ausgewählt wegen ihrer Erfahrung auf dem Gebiet, treffen solche Entscheidungen im Geheimen und enthüllen sie dem Rat oder allen Mitgliedern erst, wenn es an der Zeit ist, einen weiteren großen Sieg für die Sache der karibischen Befreiung zu verkünden. In diesem Fall ein Sieg über drei kleine Kinder und zwei Eltern. Diese kleine Gruppe nennt sich selbst Exekutive. Ihr Vorsitzender ist *El Martillo.*«

»Clever. Exekutive wie in exekutieren, ha ha. Hat dir dein Paul die Identität von *El Martillo* verraten?«

»Ich habe es dir gesagt. Dominic Morelos. Aber jetzt glaubt Paul, daß *El Martillo* sozusagen eigentlich ein gewähltes Amt ist. Da Dominic tot ist, werden sie also inzwischen jemand anderen zum Vorsitzenden gewählt haben. Der Hammer. Vorsitzender des Mörderrates!« Ihre Stimme klang bitter. »Jedenfalls habe ich Paul gefragt, ob er die Absicht habe, Mitglied einer Organisation zu bleiben, die Krieg gegen Kinder führt. Er sagte, es sei ihm in letzter Zeit immer schwerer gefallen, mit der CLL-Politik des zufälligen Terrorismus' klarzukommen, aber die CLL sei kein Freizeitklub, aus dem man austreten könnte, wenn man wollte. Ich habe gesagt, na ja, vielleicht sollte er nicht austreten. Wenn er mich wirklich lieben würde, sollte er vielleicht drinbleiben und von innen heraus eine Möglichkeit finden zurückzuschlagen. In der Zwischenzeit habe ich mich nach einem Kontakt in den USA umgesehen. Ich wollte weder das FBI noch die CIA. Die sind zu groß und haben zu viele Bestimmungen. Ich wollte eine kleine Regierungsbehörde, die nicht an Regeln gebunden war. Ich hörte, daß ein cleverer Reporter von einer Zeitung in Miami hier unten sei und etwas über die puertorikanischen Freiheitsbewegungen schrieb. Mir fiel ein, daß er vielleicht etwas von einer solchen Behörde wissen könne. Ich schaffte es, mit ihm zu sprechen, und er sagte, ein großer, hagerer Mann von genau so einem Verein würde ihn manchmal wegen ein paar Informationen anrufen.«

»Spud Meiklejohn. *Miami Tribune.*«

»Ja. Er hat gesagt, du wärst ein ziemlich erfolgreicher Mann, wahrscheinlich der Beste in deiner Organisation, was eigentlich keine Empfehlung war, wenn ich an vorbildlicher Moral und tadellosen Bürgerrechten interessiert gewesen wäre. Sollte ich allerdings in etwas Gewalttätiges verwickelt sein, könnte ich keinen Besseren finden. Mr. Meiklejohn sagte, deine Behörde sei nicht an Öffentlichkeitsarbeit interessiert, und ich würde die Nummer nicht im Telefonbuch von Washington finden, aber rein zufällig sei er vor einiger Zeit darauf gestoßen und habe sie in seinem kleinen schwarzen Buch notiert. Er sagte, es sei nett, wenn ich ihm einen Vorsprung mit der Geschichte lassen würde, wenn und falls sie veröffentlicht werden könnte.« Sie holte tief Luft. »Also habe ich die Nummer angerufen und hatte schon Angst, man würde mich als Verrückte abtun, aber der Mann, mit dem ich sprach, hörte sich interessiert an, und am nächsten Tag war Mr. Trask hier unten. Inzwischen hatte ich Paul . . . na ja, überredet. Jedenfalls haben wir es so eingerichtet, wie du es schon weißt, indem wir seinen Bürocomputer verwenden. Aber ich könnte es nicht ertragen, wenn ihm etwas zustoßen sollte, denn ich hab ihn unter Druck gesetzt und gezwungen, mir zu helfen . . .«

Mir schmeichelte der Gedanke, daß Spud Meiklejohn so viel von mir hielt, oder wenigstens von meinen Fähigkeiten, daß er mich an Damen in Not weiterempfahl. Ich sah, wie sie neben mir auf der Parkbank saß, und stellte fest, daß ich sehr wenig von Frauen verstand. Ich hatte das wütende Feuer nicht erkannt, das in ihr brennen mußte, um einen derart ausgeklügelten Racheplan auf die Beine zu stellen.

»Okay«, sagte ich. »Superagent Helm eilt zur Rettung. Wir werden es jedenfalls versuchen. Die Frage ist nur, wie. Hat uns das Mädchen die richtige Adresse gegeben?«

»Woher soll ich das wissen?«

»Hör auf damit«, sagte ich. »Wenn Modesto dem Rat angehört, weiß er so sicher wie das Amen in der Kirche, wo sich das Hauptquartier der Legion in San Juan befindet, und es gibt keinen Grund, warum er die Information nicht weitergeben sollte.«

»Tut mir leid. All diese Intrigen . . . Ich habe gar keinen Überblick mehr, wer was wissen darf. Ich verkrampfe mich jedesmal instinktiv, wenn es um Sicherheit geht . . . Ja, Pacheco Street ist richtig.«

»Warum ist der Laden noch nicht hochgenommen worden, wenn jeder weiß, wo er ist?«

»Nicht jeder. Mac hält die Information zurück, bis die Sache ordentlich gemacht werden kann.«

»Ordentlich? Du meinst, von mir?«

»Nein, von aufgebrachten Bürgern, die das Bollwerk der Terroristen aus Rache für ihre Toten zerstören. Diese Fanatiker haben überall auf den Antillen eine ganze Menge Unterstützung gefunden. Wenn sie in einer Regierungsaktion ausgelöscht würden . . . Na ja, Mrs. Gandhi hat den Tempel der Sikhs zerstört, und seitdem befindet sich Indien in Aufruhr. Niemand möchte die ganze Karibik in Brand setzen. Deswegen hat man dich angewiesen, ein paar glaubwürdige Sündenböcke unter den Privatleuten zu finden. Du hast dich sehr gut gemacht. Sie sind sehr zufrieden in Washington.«

»Danke für die Blumen«, sagte ich säuerlich. »Alle Welt ist so clever, daß ich es kaum aushalten kann.«

Dana warf einen unruhigen Blick auf den Wagen. »Ich kann sie nicht sehen. Was macht sie da?«

»Warten«, sagte ich. »Sie wartet nur darauf, ihren Job zu tun. Mach dir um sie keine Sorgen, Dana. Die ist auch clever. Sie wird nicht weglaufen. Sie würde nicht im Traum daran denken, ohne uns irgendwo hinzugehen.«

Dana sah mich fragend an. »Ich verstehe nicht. Was willst du damit sagen? Was für einen Job muß sie machen?«

»Verdammt, das müßte doch offensichtlich sein«, sagte ich. »Sie ist ein hartes, kleines Mädchen, das wie ein Softie tut, unsere La Margarita. Sie wartet geduldig und nimmt Erniedrigungen und Mißhandlungen in Kauf, damit sie uns in eine hübsche, kleine Falle locken kann, die ihre Freunde für uns in der Pacheco Street parat haben.«

30

Als wir zum Wagen zurückkehrten, lag La Margarita beinah auf dem Rücksitz, so bequem, wie sie es sich auf dem beengten Raum machen konnte. Nichts deutete darauf hin, daß sie versucht hatte, sich von ihren Fesseln zu befreien. Sie schob sich in eine sitzende Position und streckte die Handgelenke vor. Da ich mir ziemlich sicher gewesen war, daß sie im Augenblick keine Houdini-Ambitionen hatte, waren sie vorn zusammengebunden. Ich schüttelte den Kopf.

»Das Taschentuch bleibt dran, aber wenn du deine Füße hier rüberschwingst, nehme ich dir den Gürtel ab.« Ich nahm ihn an mich, fädelte ihn durch die Schlaufen meiner Hose und zog ihn fest. »Okay, rutsch rüber.«

»Fertig?« fragte Dana über die Schulter hinweg, als ich mich richtig hinsetzte.

»Noch nicht. Laß mich kurz mit dem Kind reden. Ich glaube nicht, daß sie weiß, in was für eine Sache ihre Freunde sie reinziehen wollen. Für mich sieht sie nicht wie ein Kamikaze aus.«

Das Mädchen neben mir lachte schroff. »Sie können mir keine Angst machen, Yankee-Schwein!«

»Ich habe dir versprochen, daß du am Leben bleibst, wenn du dich benimmst«, sagte ich. »Und wenn deine Freunde sich benehmen. Aber das haben sie gar nicht vor, stimmt's?« Einen Moment lang sah ich sie traurig an. »Paß auf, ich werde dir eine Chance geben. Ich werde dir genau sagen, was passieren wird, wenn du mich zu der Adresse führst, die du mir geben solltest. Ich habe dir doch mit dem Messer nicht wirklich Angst gemacht, oder? Du hast nur lange genug ausgehalten, daß es glaubhaft wirkte. Dann hast du mir genau das erzählt, was du mir erzählen solltest. Aber deine Freunde haben dir nicht gesagt, was mit dir passieren wird, wenn wir zur 427 Pacheco Street kommen und reingehen wollen.«

Sie funkelte mich an. »Dann erzählen Sie mir doch, was passieren wird, Faschistenhund!«

»Ich kann gar nicht erwarten, was ich als nächstes sein werde«, sagte ich. »Ein Naziwurm vielleicht? Wenn wir zu dem Haus kommen, werde ich natürlich meine Waffe in deinem Rücken haben. Bonnettes Waffe. Encinias Waffe. Und wessen davor? Sie ist weit gereist, diese Pistole, und sie hungert nach Taten. Nun, wenn du mich in das Haus bringst, gibt es zwei Möglichkeiten. Entweder schießen mir deine Freunde in den Rücken. Dann werde ich sterben und dabei *dir* ein paar Kugeln in den Rücken pumpen. So arbeiten wir nun mal. Es gibt nur sehr wenige Scharfschützen, die einen Mann so schnell und treffsicher erschießen können, daß er nicht mehr abdrücken kann. Und ich werde abdrücken, glaub mir. Und zwar so lange, bis ich nicht mehr atme. Es würde mich sehr überraschen, wenn ich nicht noch zwei oder drei Kugeln abfeuern kann, bevor ich sterbe.«

Das Mädchen starrte mich verwirrt an. »Aber warum? Hassen Sie mich so sehr? Warum sollten Sie sich so große Mühe geben, mich umzubringen?«

»Ich hasse dich nicht«, sagte ich, »und ich habe zwar Befehle, die die CLL betreffen, aber niemand hat mir gesagt, ich soll hinter deiner FFPR her sein. Aber keiner von uns stirbt allein, Baby. Das ist die Regel in diesem Geschäft. Sie soll Leute mit mörderischen Absichten entmutigen. Oft tut sie das auch, wenn diese Leute ihre Nachforschungen angestellt haben und wissen, mit wem sie es zu tun haben, was ihr offenbar nicht getan habt. Wir sind nicht kugelsicher. Wir sind nicht unsterblich. Aber niemand kriegt einen von uns umsonst. Wir nehmen uns immer Gesellschaft mit in die Hölle, und in diesem Fall bist du die logische Kandidatin. Wenn deine Freunde mich also kriegen, kriege ich dich, und wir werden zusammen eine lange, schwarze Reise machen, Señorita Margarita.«

Sie zögerte. »Meine Freunde schießen Menschen nicht in den Rücken!«

Ich lachte verächtlich. »Nein, sie sprengen nur Menschen in Restaurants in die Luft. Aber angenommen, du hast recht. Angenommen, sie erschießen mich nicht. Angenommen, sie sagen mir nur, ich soll die Waffe fallenlassen und meine Hände hochnehmen, die alte Fernsehmasche. Das ist die zweite Möglichkeit. In diesem Fall drücke ich einmal ab, werfe mich hin und rolle mich zur Seite, was mir gerade am vielversprechendsten erscheint, und hoffe, daß ich mindestens einen von ihnen erwische, wenn ich wieder hochkomme. Aber du wirst eine von meinen Kugeln im Rücken haben und vielleicht eine oder zwei von ihren, weil die Jungs so aufgeregt sind, wenn die Schießerei losgeht.« Ich sah La Margarita an. »Nun?«

»Nun, was?«

»Letzte Chance, Süße. Hast du mir nichts zu sagen? Keine Möglichkeit, es einfacher zu machen? Keine Möglichkeit für mich, in das Haus zu gelangen und Paul Encinias zu befreien, ohne großes Feuerwerk, in dem Menschen sterben müssen, von denen einer bestimmt du bist? Wenn erst die Waffen sprechen, bist du tot, meine Liebe. Darum werde ich mich kümmern, und wenn es das einzige ist. Wenn du also irgendeine Möglichkeit weißt, in das Haus zu kommen und den Job zu erledigen, ohne geschnappt zu werden . . . Ansonsten marschieren wir durch die Eingangstür und sehen, wie weit wir kommen. Du wirst nicht sehr weit kommen, aber ich habe mir den Weg schon aus schwierigeren Fallen freigeschossen, als sich ein Haufen hinterhältiger, bombenwerfender Scheißer erträumen kann. Na, wir werden es sehen. Oder ich werde es sehen. Du wirst nicht mehr da sein, um irgendwas zu sehen. Wie heißt du eigentlich richtig?«

Das Mädchen zögerte und zuckte mit den Schultern. »Margarita, das stimmt schon. Margarita Bustamente. Vorher war es Rita. Aber ich habe mir den anderen ausgesucht, als ich der FFPR beitrat.« Einen Moment später sagte sie ein bißchen trotzig: »Vielleicht möchte ich nicht sterben. Sie haben mir nicht gesagt, wie es laufen würde. Was wollen Sie wissen?«

»Ich will wissen, wo ein ungesichertes Oberlicht ist und wie man aufs Dach kommt. Oder ein ungeschützter Kellereingang. Oder ein offenes Fenster, eine unverschlossene Kellertür, irgendeine Möglichkeit, reinzukommen, ohne entdeckt zu werden. Und ich muß wissen, wo in dem Gebäude sie Encinias festhalten.« Ich wartete, aber sie sagte nichts. Ich zuckte mit den Schultern. »Okay, Rita Margarita. Es ist deine Beerdigung. Fahren wir, Dana . . .«

»Warten Sie!«

Es folgte eine lange Pause. Schließlich sagte ich: »Sie hält uns hin, Dana. Fahr los.«

»Nein!« Das Mädchen fuhr sich mit der Zunge über die Lippen. »Ihr Freund ist in einer kleinen Kammer in der Pachero 427, in einem Schrank. Ich weiß nicht, wozu er da ist. Im zweiten Stock auf der Rückseite. Sie öffnen die Tür zur Straße und da sind ein Flur und eine Treppe. Sie steigen die Treppe rauf und sind im Korridor des oberen Stockwerks. Sie gehen weiter zur Rückseite des Gebäudes, und die Tür ist die zweite rechts.«

»Abgeschlossen?«

»Es gibt ein Vorhängeschloß. Ich weiß nicht, wer die Schlüssel hat, aber ich schätze, es dürfte nicht schwierig sein, mit dem alten Eisen fertig zu werden. Es ist ein sehr altes Gebäude.«

»Dann müßte ich vorn rein«, sagte ich. »Ist die Tür zur Straße abgeschlossen?«

»Nein, nicht um diese Tageszeit. Die ist nur nachts zu.«

»Irgendeine andere Möglichkeit, ins Haus zu kommen?«

»Ich weiß nichts von Oberlichtern oder Kellern, aber es gibt eine Hintertür, die zum Hof führt. Die kann man von der nächsten Straße aus erreichen, der San Remo. Die Seitenstraße ist sehr schmal, keine Autos, nur ein Durchgang. Man muß zu Fuß gehen. Der Hof ist nicht sehr groß. Wenn Sie ihn überqueren, ist der Eingang, den Sie suchen, ganz rechts. Er führt Sie zum Flur im Untergeschoß, gleich bei der Hintertreppe.«

»Keine Feuerleiter?«

»Nein.«

»Hintertür abgeschlossen?«

Sie schüttelte den Kopf. »Auch die nur nachts.«

»Gutgläubige Menschen, diese Puertorikaner.«

»Vielleicht haben wir nichts mehr, was man uns stehlen

könnte. Vielleicht ist uns schon alles von den *Norteamericanos* gestohlen worden.«

Ich grinste und hörte wieder auf zu grinsen. »Dana, bitte laufe rüber in den Haushaltswarenladen und kaufe ein Stück Wäscheleine«, sagte ich. »Nein, wenn ich so drüber nachdenke, lieber eine Rolle von diesem silbernen Klebeband, wenn du es finden kannst. Sonst die Wäscheleine. Oder sonst ein paar elektrische Verlängerungsschnüre. Und eine kleine Brechstange, keins von diesen Riesendingern, mit denen man Häuser demolieren kann. Irgendwas, um mit dem Schloß fertig zu werden, einigermaßen kurz, damit ich sie mir in die Hose stopfen kann. Einen großen Schraubenzieher, wenn du keine Brechstange in der richtigen Größe finden kannst. Hast du Geld?«

»Ja. Bin gleich zurück.«

Sie stieg aus, ging durch den kleinen Park und verschwand in dem Laden. Rita Bustamente zappelte unruhig neben mir.

»Was haben Sie mit mir vor?«

»Dich festbinden, damit du ihr keine Schwierigkeiten machen kannst, wenn ich weg bin, um nachzuprüfen, was du mir erzählt hast. Um unserer beider willen hoffe ich, daß es die Wahrheit ist. Die Lady, die gerade weggegangen ist, hat ihren Mann und ihre kleine Tochter bei einem Bombenanschlag der CLL verloren, hier in San Juan. Sie hat auch einen ausgesprochenen Haß gegen die Legion, aber sie hat ganz allgemein für Terroristen nicht viel übrig, selbst wenn sie sich Patrioten oder Freiheitskämpfer nennen. Sie wird Befehl haben, dich zu töten, wenn ich nicht nach angemessener Zeit zurück bin, weil das bedeuten wird, daß du mich angelogen hast.«

Das Mädchen protestierte: »Das ist nicht fair! Wenn Sie so blöd sind und sich erschießen oder fangen lassen . . .«

»Dann stirbst du trotzdem, das ist verdammt schade. Was meinem Sohn Matthew zugestoßen ist, war auch nicht gerade sehr fair. Oder Danas Tochter Dolly. Der Ehemann war kein großer Verlust, schätze ich, aber das Kind hat sie abgöttisch geliebt. Du kannst nur hoffen, daß du mir genug korrekte Informationen gegeben hast, damit ich es sicher schaffe.«

Sie schwieg kurz, dann sagte sie: »Die werden hinter der Eingangstür auf Sie warten. Darauf warten, Sie zu töten.«

»Ja, das hab ich mir gedacht«, sagte ich.

Dann kam Dana mit einer Papiertüte zurück. Ich legte die Minibrechstange vorerst beiseite und machte mich mit dem silbernen Band an den Knöcheln des Mädchens zu schaffen. Als sie verschnürt waren, nahm ich ihr das Taschentuch von den Handgelenken, drehte sie um – nicht einfach auf dem engen Raum – und klebte ihre Handgelenke hinter dem Rücken zusammen. Schließlich nahm ich das Taschentuch als Knebel und zwängte sie zwischen die Sitze. Zum Glück war sie ziemlich klein.

»Ich verstehe das nicht«, sagte Dana. »Bisher hast du dir nicht die geringsten Sorgen gemacht, daß sie weglaufen würde.«

»Bisher hatte sie mir auch nicht alles erzählt, was sie mir erzählen wollte«, sagte ich. »Sie wollte nicht weglaufen, bis sie mir alles gesagt hat. Aber jetzt gibt es für sie keinen Grund mehr, hierzubleiben.« Ich reichte ihr mein kleines Messer, das ich herausgeholt hatte, um das Klebeband zu bearbeiten. »Hier. Es öffnet sich automatisch, aber du mußt diesen kleinen Bolzen zurückziehen, wenn du es schließen willst.«

»Was soll ich damit?«

»Du hast mir erzählt, daß dieser kleine Park ziemlich nah an der Adresse ist, die sie uns gegeben hat«, sagte ich.

Dana deutete mit einem Kopfnicken eine Richtung an. »Ich glaube, die Straße liegt drei oder vier Blocks in dieser Richtung, aber vielleicht mußt du einen oder zwei Blocks weit gehen, um die richtige Nummer zu finden.«

»Okay, du wartest hier im Wagen. Ich hab gehört, die Insel hat ein paar ziemlich wilde Gegenden im Inland. Wenn ich in einer Stunde nicht zurück bin, bring das kleine Miststück irgendwo dahin, wirf es in die Büsche und schneid ihm mit dem Messer die Kehle durch. Denn das bedeutet, daß sie mich reingelegt hat.« Ich zwinkerte Dana beim Sprechen zu, aber ich hatte den Rücken unserer Gefangenen im Blick, auf der Suche nach einem Zeichen, daß sie nachträglich noch ein paar nützliche Einfälle hatte. Ich sah keine. Ich fuhr fort: »Wenn du sie losgeworden bist, mußt du allein zurechtkommen. Es war nett, dich kennengelernt zu haben.«

»Das wird eine lange Stunde«, sagte Dana. »Sei vorsichtig, Matt.«

»Sicher. Immer.«

Man konnte es kaum als Straße bezeichnen. Fünf Blocks lang verlief sie von einem geschäftigen Boulevard bis zu einer kleinen Kirche und endete da. Vor der Kirche stand eine Statue von einem Mönch oder Priester mit einer Kapuze und einer langen Robe. Wenn man sich überlegt, wie diese religiösen Jungs es geschafft haben, daß sie in diesen Breiten die Sonne überstehen konnten, eingewickelt in dicke, kratzige Wolle, dann versteht man auch, wie ihre militärischen Gegenspieler in ihren Eisenwesten und Stahlhelmen dem Hitzeschlag entkommen können. Ich nehme an, damals waren die Männer einfach von anderem Schlag, und die Frauen, die dieses tropische Klima mit mehreren Unterröcken ertragen mußten, waren auch keine Waschlappen.

Nachdem ich die Straße gefunden und festgestellt hatte, wo die Nummer 427 sein mußte, ohne ihr allzu nah zu kommen, erkundete ich die dahinterliegende San Remo Street und fand den Durchgang, den Miß Bustamente beschrieben hatte. Es war eine schäbige, abgelegene Ecke des alten San Juan, aber niemand schien mir irgendeine Beachtung zu schenken. Herumschlendernde Touristen gab es hier wie Sand am Meer.

Es war ein interessantes Problem, überlegte ich, als ich an der Kirche wieder stehenblieb, um meine Gedanken zu ordnen. Es war in etwa so, als wollte man raten, unter welcher Walnuß die Erbse lag. Die Frage war, wie durchtrieben das Kind war, und für wie durchtrieben es mich hielt. Ich hatte mit einem Messer vor ihr herumgewedelt, und sie hatte mir bestimmte Sachen erzählt. Dann hatte ich ihr mit dem Tod gedroht, und sie hatte mir ein paar zusätzliche Dinge erzählt. Die große Frage war: Hatte ich es am Ende geschafft, ein Stück Wahrheit aus ihr herauszuholen, oder war alles, was sie mir erzählt hatte, nur das, was man mir zu erzählen ihr aufgetragen hatte?

Ich runzelte die Stirn, als mir etwas verspätet eine Frage in den Sinn kam: Welchen Grund hatte ich zur Annahme, daß Rita Bustamente nur ein kleines, fehlgeleitetes Mädchen war, das den Befehlen anderer gehorchte? Oder daß ihr Name Rita Bustamente war? Den einen hatte ich erahnt, und den anderen hatte sie mir genannt. Ha-ha. Sie hatte sicher eine ziemlich gute Darstellung eines unwichtigen, etwas dummen weiblichen Soldaten der Freiheits-Untergrundarmee abgegeben, die großmäulig abgedroschene Schlagwörter aus schlechtgedruckten Aktivistenhandbüchern von sich gab, aber ich hatte ihre Vorführung nicht wirklich überzeugend gefunden, genausowenig, wie ich an ihre kriecherische Kapitulation vor meinen Drohungen geglaubt hatte. Was glaubte ich also? Angenommen, daß das kleine Mädchen schlauer war, als es schien, und noch wichtiger: Wer war sie wirklich?

»Himmel noch mal!« sagte ich leise. Dann warf ich einen Blick auf die Statue vor mir und sagte: »Entschuldigen Sie, Padre.«

Ich meine, verdammt noch mal, wie lange braucht ein Mann, bis er erkennt, was direkt vor seiner Nase passiert? Ein kleinwüchsiges Mädchen war in Montego gesehen worden, als es als leicht zu beeindruckende, junge Touristenlady Kontakt zu Dominic Morelos aufnahm. Ein kleinwüchsiges Mädchen war in West Palm Beach gesehen worden, als es dabei half, das Restaurant namens La Mariposa in die Luft zu sprengen. Sandra hatte ein kleinwüchsiges Mädchen in einer Dienstmädchenuniform gesehen, als es eine Bombe in ihrem Zimmer zurückließ, die als Blumenvase getarnt war. Und jetzt hatte ein kleinwüchsiges Mädchen Raoul Bonnette eine Mordwaffe gebracht, außerdem Mordanweisungen, und sich gefangen nehmen lassen, um mir irreführende Instruktionen zuspielen zu können.

Bei früheren Überlegungen hatten wir angenommen, daß das blonde Mädchen in Montego in West Palm eine dunkle Perücke getragen hatte und in Newport wieder natürlich blond gewesen war, aber es war höchste Zeit, daß ich von vernünftigen Annahmen ausging, was die Haare anderer Leute betraf.

Einmal hatte es mich fast das Leben gekostet. Wir konnten es genausogut mit einem dunklen Mädchen zu tun haben, das gelegentlich eine blonde Perücke aufsetzte. Angelita Johansen mußte keine Blondine sein, nur weil ihr Name skandinavisch klang. Falls es ihr Name war. Vielleicht war sie wirklich Margarita Bustamente. Oder vielleicht war ihr richtiger Name noch nicht gefallen. Jedenfalls war jetzt nicht der richtige Moment, seine Zeit an Namen zu verschwenden.

Ich war schon wieder auf dem Weg zu dem kleinen Park, an dem ich Dana zurückgelassen hatte – eine unerfahrene Agentin, die eine Gefangene bewachen sollte, die viel gefährlicher war, als sie dachte. Als ich dort ankam, stand der Kantstein voll von geparkten Autos, aber der braune Zweitürer war nicht darunter. Langsam ging ich vorwärts. Etwas Schimmerndes lag auf dem Gehweg, ein Streifen von silbernem Klebeband, eigentlich mehrere Schichten, mit einem scharfen Messer sauber durchgeschnitten. Ein weiterer, ähnlicher Streifen lag im Rinnstein. Er besaß immer noch die Form der Handgelenke und Knöchel, die er gefesselt hatte, wie eine Hülle, abgeschüttelt von einem Insekt. Einem tödlichen Insekt.

31

Ich überlegte, ob ich bis nach Einbruch der Dunkelheit warten sollte, um das taktische Problem in der Pacheco Street zu lösen, entschloß mich jedoch dagegen. Ich hatte noch kein klares Bild von der Feindlage, und es war ihre Stadt, nicht meine. Die Dunkelheit wäre ganz allein zu ihrem Vorteil. Abgesehen davon hatte ich nur eine 22er, mit der ich schießen konnte, eine Waffe, die absolut keine Durchschlagskraft hatte. Als Ausgleich zu dem kleinen Kaliber war exakte Schießkunst erforderlich, bei Nacht schwer zu schaffen.

Außerdem wollte ich nicht bis zum Sonnenuntergang warten. Das würde noch zwei Stunden dauern, und ich wollte auf keinen Fall warten. Mir gingen diese Fetzen von Isolierband nicht aus dem Sinn. Tatsächlich hatte ich sogar die Rolle selbst gefunden, die unter dem Auto lag, wo vorher unser Mietwagen gestanden hatte. Ich erinnerte mich, daß ich, als ich das Mädchen bewegungsunfähig gemacht hatte, den letzten Streifen, den ich brauchte, mit einem Messer abgeschnitten und dann das übrige Band ordentlich festgeklebt hatte, aber seitdem war weiteres Klebeband abgerissen woden, und die letzten paar Zentimeter waren lose und verklebten sich auf der Rolle, ganz faltig und mit einem ausgefransten Ende.

Das alles war eine Botschaft für mich von Margarita Bustamente oder Angelita Johansen, oder wie ihr richtiger Name sonst sein mochte. Sie lautete: *»Ich habe deine Frau voll verklebt, Yankeeschwein. Hast du wirklich gedacht, so eine schöne Frau könnte mich aufhalten?«*

Na ja, wenigstens lebte Dana noch. Niemand würde sich die Mühe machen, eine tote Gefangene zu fesseln. Ich machte mir keine Gedanken darum, welche Pläne Rita/Angelita mit ihr hatte. Ebensowenig vergeudete ich meine Zeit damit, mir zu überlegen, wie das Mädchen es geschafft hatte, sich zu befreien und die Oberhand zu gewinnen. Das passiert eben, wenn man ungeschulten Leuten die Verantwortung über gefährliche Gefangene überläßt, und es war hundertprozentig mein Fehler. Ich war kriminell langsam darin gewesen zu begreifen, wen wir da bei uns hatten. Natürlich war es möglich, daß Angelita, wie ich beschloß, sie zu nennen, jetzt von mir erwartete, daß ich zu dem Hotel ging, in dem wir reserviert hatten – wenn sie unsere Vorkehrungen nicht kannte, würde sie sie von Dana erfahren – und darauf warten, daß sie anrief und irgendeinen Handel vorschlug. Aber wir handeln nicht. Die Geiselfrage ist ein Problem, dem sich jede Organisation wie die unsere stellen muß, und Mac hatte eine einfache, aus einem Wort bestehende Antwort gefunden: *Ignorieren.* Wir spielen dieses Spiel nicht, niemals, in keiner Variation. Allerdings ist es uns erlaubt zu versuchen, die Geisel oder die Geiseln zu befreien, vorzugsweise mit größtmöglichen Verlusten der gegnerischen Truppen.

Aber zuerst mußte ich herausfinden, wo. Da meine Computerlady von der Außenwelt abgeschnitten war, würde ich meine CLL-Informationen aus anderer Quelle bekommen müssen, wie etwa von den Terroristen, die momentan in der 427 Pacheco Street residierten. Es schien mir, als hätte ich keine andere Wahl, als dorthin zu gehen, höflich an die Tür zu klopfen und die Jungs nett zu fragen, wohin Angelita Dana vielleicht gebracht worden ist.

Bald war ich wieder an der kleinen Kirche. Als ich an dem großen, steinernen Mönch oder Priester vorbeiging, oder was zum Teufel er gewesen war, grüßte ich ihn und dachte, wie schön das Wissen sein muß, daß Gott gleich neben einem steht, wenn man sich in einem fremden Land in Gefahr befindet. Meine Religion ist so unklar wie meine politische Einstellung, aber ich war – bei ein paar Milliarden Seelen, um die er sich kümmern muß – nie eingebildet genug, mir vorzumachen, daß Gott ein besonderes Interesse an meinen Angelegenheiten zeigt, wenn es auch manchmal so scheint, daß dieser andere Bursche mit den Hörnern die Dinge gern erschwert.

Ich sah die Pacheco Street der Länge nach entlang, als ich über den Gehweg vor der Kirche schlenderte. Ich konnte den starken Verkehr sehen, der am anderen Ende auf dem Boulevard vorüberfuhr, fünf Blocks weit entfernt. Es war eine heruntergekommene Straße, hauptsächlich Wohnhäuser – ich weiß nicht genau, wann ein Apartmenthaus ein Mietshaus wird, aber diese Gebäude waren nah dran – mit ein paar Eckläden. Außerdem gab es ein kleines Restaurant in der Mitte des dritten Blocks auf der rechten Seite, mein Orientierungspunkt. Ich hatte schon herausgefunden, daß die Nummer 427 gleich gegenüber auf der anderen Seite der engen Straße lag. Beide Gebäude waren drei Stockwerke hoch. Ich ging weiter, ohne stehenzubleiben, prägte mir aber den Anblick des schäbigen, weit entfernten Eingangs ein. Die Tür, von der mir Angelita gesagt hatte, sie wäre nicht verschlossen. Die Tür, hinter der, wie sie mir gesagt hatte, man auf mich warten würde.

Und wenn ich das alles glaubte, dann konnte ich ebensogut

an eine gute Fee glauben. Wenn sie ›unverschlossen‹ sagte, war die Tür wahrscheinlich nicht nur abgeschlossen, sondern auch verriegelt. Wenn sie ›drinnen‹ sagte, war anzunehmen, daß sie draußen auf mich warteten. Wenn sie ›davor‹ sagte, lagen sie zweifellos hinten auf der Lauer. Oder doch nicht? Das alte Nußschalenspiel. Wie clever war sie, und für wie clever hielt sie mich? Sie hatte mir gesagt, die Vorderseite wäre gesichert. Bedeutete das, sie erwartete von mir, daß ich ihr Wort für bare Münze nehmen und die möglicherweise ungesicherte Rückseite wählen würde? Oder glaubte sie, ich würde glauben, es sei ein doppelter Bluff, und durch die Vordertür gehen, vor der sie mich gewarnt hatte, da ich annahm, daß sie gelogen hatte?

Ich verzog das Gesicht. Man kann sich verrückt machen, wenn man versucht, es auf diese Weise herauszufinden. Also vergaß ich Angelistas Information, ob richtig oder falsch, vergaß die Walnußschalen und die Erbse, gebrauchte meinen Verstand. Erinnerte mich, daß Bultman von New York aus angerufen hatte, damit die Jungen und Mädchen sich das alles meinetwegen ausdachten. Tja, wie geht man vor, wenn man einen großen, etwas dümmlichen, aber bewaffneten und gefährlichen Gringo eliminieren muß, und es mit angemessener Bestimmtheit und Sicherheit auch schaffen will? Sicher versucht man nicht, ihn nach drinnen zu locken, auf kurze Distanz, in einen engen Flur, wo die CLL-Schützen sich gegenseitig im Weg stehen und er bestimmt irgend jemandem ein paar Kugeln verpassen wird, bevor er zu Boden geht.

Außerdem mußten sie das Wohlergehen des weiblichen Gefangenen des Yankees bedenken, einer wichtigen Person, einem Mitglied der Legion und sogar des Rates der Dreizehn. Es gab keine Möglichkeit, ihre Sicherheit in einem wilden Handgemenge im dämmrigen Flur zu gewährleisten. Diese Überlegung traf natürlich nicht mehr zu, aber sie war zweifellos ein Faktor gewesen, der die Pläne beeinflußt hatte, selbst wenn die Jungs, die das Haus bewachten, die Mitteilung von Angelitas Flucht bekommen hatten, würden sie jetzt wahrscheinlich keine drastischen Veränderungen in ihrem Arrangement vornehmen.

Wichtig an dem, was Angelita mir erzählt hatte, war das, was sie für sich behalten hatte. Sie hatte mir eine detaillierte Beschreibung vom Inneren des Hauses gegeben, mit Vorder- und Hintertreppe und der Kammer mit dem Vorhängeschloß. Sie hatte mit mir praktisch eine Führung durch die San Remo Street auf der Rückseite des Hauses und den engen Durchgang gemacht, und dann über den kleinen Hof zu dem Eingang ganz rechts. Aber sie hatte kein einziges Mal die vordere Straße erwähnt, oder das Gebäude gegenüber mit dem Restaurant, oder die Straße dahinter . . .

Einen kurzen Block weiter befand ich mich der fraglichen Straße gegenüber. Es war kaum mehr als eine Gasse, ein schmaler, dunkler Durchgang namens Sebastian's Lane. Ich wollte ihn gerade überqueren und ihn mir genauer ansehen, aber etwas ließ mich geradeaus weitergehen: Irgendwas war faul. In meinem Hinterkopf flackerte vage eine kleine rote Lampe. Die Sensoren bekamen keine deutlichen Informationen, nahmen aber irgendeine feindselige Ausstrahlung wahr, warnten mich, daß die Bedingungen am Ende der Gasse für ein Überleben ungünstig wären. Wenn ich darüber nachdachte, merkte ich, daß ich das gleiche beunruhigende Gefühl gehabt hatte, als ich die Pacheco gesehen hatte. Daher ging ich weiter. Ich bin schon zu lange in dem Geschäft, um dieses vage Unbehagen zu ignorieren. Es hatte mir in der Vergangenheit schon allzuoft das Leben gerettet. Ich beschloß, lieber einen großen Bogen um das ganze Zielgebiet zu machen, um ein Gefühl für die Nachbarschaft zu bekommen und nachzusehen, ob sich alle natürlich verhielten und ob es irgendwo eine auffällige Konzentration von geparkten Fahrzeugen gab.

Sebastian's Lane. Wer zum Teufel war Sebastian, und wen kümmerte es? Ich sagte mir, sie konnten nicht unbegrenzt Leute haben. Wenn sie sich auf das Haus in der Pacheco Street konzentrierten, Vorder- oder Rückseite, oder beide, falls sie zu der Mörderschule gehörten, die gelernt hatte, die Schlinge zuzuziehen, würden sie wahrscheinlich nicht genug Leute übrig haben, um alle umliegenden Straßen und Gassen zu bewachen. Nicht bei einem einfachen Hinterhalt. Und trotzdem . . . und trotzdem, als wir auf dem Weg hierher durch das alte San Juan gefahren waren, hatte ich den Eindruck geschäftigen Lebens gehabt. Aber dieser Stadtteil kam mir tot, tot, tot vor. Die wenigen Passanten, die zu sehen waren, machten einen ängstlichen, hastenden Eindruck, als wollten sie so schnell wie möglich aus dieser Gegend verschwinden. In einer Stadt wie dieser, zumindest in den weniger wohlhabenden Vierteln, haben die Menschen ihre eigenen Frühwarnsignale, und anscheinend machte das stille Wort die Runde: *›Bleib drinnen oder hau ab!‹*

Das war es natürlich, was mich hatte wachsam werden lassen, obwohl ich es nicht gleich gemerkt hatte: Die Leere der Straßen, in die ich hineingesehen hatte, und die Spannung in der Luft, das Gefühl am Vorabend einer Revolution. Jeder wartete darauf, daß die Schüsse erklangen. Der Gedanke, das alles würde nur meinetwegen passieren, wäre schmeichelhaft, aber es schien mir unwahrscheinlich, daß ein ganzes Viertel von San Juan wegen eines einzigen Mordes den Atem anhielt, auch wenn es meine Ermordung war.

Ich machte einen großen Bogen und beendete ihn vier Blocks weiter an der Kirche. Dann arbeitete ich mich etwas heran und machte die Runde noch einmal, indem ich vorsichtig im Zickzack durch die kleinen Gassen und Durchgänge lief und mich in einem Radius von ungefähr drei Blocks an das Haus heranmachte. Zwei nebeneinander parkende Transporter, einer neu und blau, der andere weiß und alt, nahmen mich kurz in Anspruch, vielleicht, weil mich der blaue an Dominic Morelos verlängerte Kiste erinnerte, aber wenn es Fluchtwagen sein sollten, wären sie bewacht gewesen. Also hielt ich mich fern. Ich wußte nicht, wonach ich eigentlich suchte, bis ich es fand: ein vertrauter, kleiner brauner Zweitürer, der zwischen zwei eng zusammenstehenden Häusern geparkt war. Angelita war mit ihrer Gefangenen nicht weit gefahren. Anscheinend war sie direkt hierher gekommen, um ihr Entkommen zu melden, damit die Jungs wußten, daß sie, wenn ich auftauchte, feuern konnten, ohne jemanden aus ihren eigenen Reihen zu gefährden.

Die Gegend war immer noch unnatürlich ruhig. Vorsichtig ging ich weiter, mit dem bekannten Gefühl – da unten zwischen den Häusern –, daß mich von oben Augen beobachteten, vielleicht sogar mit einem Fadenkreuz in meinem Rücken. Ich beruhigte mich mit dem Gedanken, daß die CLL bisher keine weitreichenden Waffen benutzt hatte. Sie hatten ihre selbstgebaute Minikanone aus kürzester Entfernung verwendet, um mit Vareks gepanzerten Mercedes fertigzuwerden, und Morelos hatte seine Waffe ohne große Geschicklichkeit geschwungen. Abgesehen davon hatten sie sich ausschließlich auf Sprengstoffe beschränkt.

Ich behielt diesen Sprengstoff im Sinn, als ich mich dem Mietwagen näherte, und ich unternahm keinen Versuch, ihn zu öffnen. Ich faßte ihn nicht einmal an. Ich stellte nur fest, daß niemand drin war, indem ich hineinsah – es war einer von diesen neuen ohne richtigen Kofferraum. Es gab nur einen leeren Raum hinter den Rücksitzen, die Abdeckung fehlte. Das einzige Blut, das ich sehen konnte, waren ein paar Spritzer, die noch von meiner Befragung von Angelita stammten . . . Ein Geräusch hinter mir ließ mich mit der schallgedämpften Ruger in der Hand herumfahren.

»Matt, nein! Ich bin's. Nicht schießen!«

Ich stand da und starrte die entschlossene junge Frau an, die mir gegenüberstand, in weißen Hosen und einem großen blauen Hemd, das über der Hose von einem Gürtel gehalten wurde. Hochhackige blaue Schuhe ließen sie ein bißchen größer wirken, als es ihr zustand, aber sie war noch immer ein kleines Mädchen. Obwohl es nur einen Tag her war, daß ich sie gesehen hatte, schien das geschorene schwarze Haar merklich gewachsen zu sein, so daß man die Narbe kaum noch wahrnahm. Aber jetzt trug sie ihren linken Arm in einer Schlinge. Es kam mir vor, als erinnerte ich mich daran, daß der rechte stillgelegt gewesen war, als ich sie zum ersten Mal getroffen hatte. Neigung zu Unfällen. Aber dennoch eine attraktive junge Dame.

Jetzt konnte ich es mir das Eingeständnis erlauben, wie attraktiv sie war. Jetzt mußte ich mir nicht mehr immer wieder sagen, daß sie nur ein stämmiges, kleines Kind war, klug und liebenswürdig, aber nicht wirklich hübsch, und meine Schwiegertochter. Eine andere Frau hatte die Gefahr ausgeräumt, daß ich einen dummen Fehler in dieser Richtung machte.

»Sandy, du solltest im Krankenhaus sein. Was zum Teufel machst du hier?« fragte ich.

32

Die junge Mrs. Helm führte mich zwei Blocks weiter und dreieinhalb Blocks zurück, also weg vom Zielgebiet. Die Tür, an der sie stehenblieb, unterschied sich in nichts von irgendeiner anderen Tür in dieser heruntergekommenen Gegend, aber ein kleiner, dunkler Mann in schmutzigen Jeans und einem zerrissenen T-Shirt hockte daneben an der Wand und rauchte eine Zigarette. Ich kannte ihn nicht, aber ich wußte, daß er nicht der Tagedieb aus dieser Gegend war, den er darzustellen versuchte, und ahnte, daß er bewaffnet war. Er sah so aus. Sandra warf einen Blick in seine Richtung. Er nickte ihr zu, und wir gingen zwei Stufen hoch und hinein.

»Es ist im dritten Stock«, sagte sie über die Schulter hinweg und ging vor mir die Treppe hinauf.

»Ich glaube, ich kann es schaffen, wenn ich Pause machen und mal verschnaufen darf«, sagte ich.

»Ich hoffe, ich auch«, sagte sie. »Mir scheint, ich bin noch nicht wieder voll auf den Beinen.«

»Es ist doch prima, daß du überhaupt wieder auf den Beinen stehen kannst«, sagte ich. »Nur im Kino wird auf die Leute geschossen, und am nächsten Tag gehen sie Rock'n'Roll tanzen.«

»Das größte Problem ist, mir die Hosen mit einer Hand anzuziehen«, sagte sie.

Ich hatte nicht gefragt, wohin sie mich brachte, und sie hatte die Information nicht freiwillig herausgerückt. Natürlich hätte sie mich in eine Falle locken können. Es gibt immer Möglichkeiten, auf so gut wie jeden Druck auszuüben, so gut wie alles zu tun. Aber ich glaubte nicht, daß es eine Möglichkeit gäbe, dieses Mädchen in eine überzeugende Schwindlerin zu verwandeln. Verflucht, außerdem muß man ja irgend jemandem trauen.

»Hier rein«, sagte sie und öffnete eine Tür.

Der Korridor war schäbig gewesen, aber das Apartment, das wir betraten, sah – obwohl keineswegs neu – sauber, wenn auch etwas vollgestopft aus. An der Tür stand ein Mann Wache, den ich erkannte.

»Willard«, sagte ich, um ihn wissen zu lassen, daß ich mich an seinen Kodenamen erinnerte. Wir hatten mal zusammengearbeitet; es war aber schon eine ganze Weile her.

»Geh ruhig rein, Eric. Das Wohnzimmer. Die Tür rechts.«

Es war kein schlechtes Wohnzimmer, wenn man kräftige Farben, kleine Statuen von Maria und Josef, massenweise Schnickschnack, Verzierungen und mit Möbeln vollgestopfte Räume mochte. Ich meine das nicht ironisch. Es war nicht mein Geschmack, aber es sah aus wie ein wohnliches Zimmer, in dem sich Menschen wohlgefühlt hatten und glücklich gewesen waren zwischen all ihren Souvenirs und Erinnerungen. Vielleicht würden sie mal wieder glücklich drin sein, sobald jemand das große Walkie-Talkie mit ausgezogener Antenne entfernt hatte, das auf dem Badehandtuch stand, das man ausgebreitet hatte, um den niedrigen, glänzenden Tisch vor dem Sofa zu schützen, und die beiden Maschinenpistolen daneben, und die vier zusätzlichen Zwanzig-Schuß-Magazine. Um es wirklich wieder nett und gemütlich zu haben, mußten sie auch den Mann auf dem Sofa loswerden. Er ist einer der ungemütlichsten Typen, die ich kenne.

Die Waffen waren die kleinsten ihrer Art, die ich je gesehen hatte. Ich halte mich über Neuheiten gern auf dem laufenden und hatte mir einiges über die jugoslawische Skorpian angelesen, als sie vor ein paar Jahren auftauchte. Allerdings war ich, obwohl ihre Kompaktheit sie ziemlich populär gemacht hatte, nie auf eine gestoßen. Ich erinnerte mich, daß die beste Version

– wobei es sich bei dieser zu handeln schien, obwohl es sie in verschiedenen Kalibern gab – mit den guten alten 32er ACP-Patronen schießt, einer kraftlosen, veralteten Munition, die nur etwa ein Drittel der Mündungsenergie einer gewöhnlichen Polizei-38er hat. Das Wiederaufgreifen dieser schwachen und überholten Munition stimmt mit der modernen Waffentheorie überein, die behauptet, daß man bei einer vollautomatischen Waffe keine kraftvolle Munition für ›Sozialfunktionen‹ auf kurze Distanz benötigt, weil man mehrere schwache Kugeln ins Ziel setzen kann. Wenn man einfach immer weiter abdrückt, häufen sich die zahlreichen Einschläge schließlich zu einem größeren Schockfaktor, als man ihn mit einem einzigen kraftvollen Treffer erzielen könnte.

Die Wahrheit ist natürlich, daß sie diese Kugelspritzen heutzutage austeilen, damit sie den Leuten nicht beibringen müssen, wie man eine Kugel da anbringt, wo es zählt.

»Seien Sie vorsichtig, Eric«, sagte Mac, als ich beim Eintreten in das Zimmer gegen einen zerbrechlichen kleinen Tisch neben der Tür stieß, auf dem ein paar Souvenir-Aschenbecher, eine raffinierte Vase mit künstlichen Blumen und eine kleine Statue standen, vielleicht ein Heiliger. »Werfen Sie nichts um. Diese netten Leute haben mir die Wohnung als vorübergehenden Kommandoposten nur geliehen. Ich möchte nicht, daß irgend etwas von ihren Schätzen kaputtgeht.«

Ich sah ihn einen Moment lang an. Ich nehme an, ich hätte überrascht sein sollen, ihn zu sehen, da er nicht oft rauskommt. Allerdings überrascht mich von dem, was er tut, eigentlich nichts wirklich.

»Was ist ein B-Kode, Sir?« fragte ich. »Unser B-Kode?«

»So etwas wie einen B-Kode gibt es bei uns nicht«, sagte er.

»Da hat man mir etwas anderes erzählt.«

»Dann sollten Sie lieber Rücksprache mit Ihrem Informanten halten.«

»Das werde ich, wenn ich sie erreichen kann«, sagte ich.

Ich hatte keine Ahnung, ob er mir eine wahrheitsgemäße Antwort gegeben hatte oder nicht. Er hatte nicht den Eindruck gemacht, als hätte ihn die Frage überrascht, aber er verrät nie viel. Ich betrachtete ihn noch einen Augenblick länger. Wir waren niemals richtig Freunde geworden, obwohl wir schon so viele Jahre zusammenarbeiteten, aber es hatte Zeiten gegeben, in denen wir freundlicher miteinander umgegangen waren als jetzt. Zu meiner Überraschung stellte ich fest, daß ich das bedauerte. Ich erinnerte mich, daß alles mit einem Streit um einen Hund angefangen hatte. Du meine Güte! Wie albern konnte man sich anstellen? Ich drehte mich um und zog einen Stuhl für Sandra heran.

»Setz dich lieber. Du siehst ein bißchen zitterig aus.«

»Mir geht's gut.« Aber sie setzte sich.

Ich wandte mich wieder Mac zu. Er trug einen seiner üblichen grauen, dreiteiligen Anzüge, vielleicht ein bißchen leichter im Gewicht als der letzte, mit dem ich ihn in Washington gesehen hatte. Er wählt sie so aus, daß sie zum Klima passen. Sein Haar war genauso grau wie immer, seine Augenbrauen genauso schwarz und seine Augen genauso kalt.

Mit einer Geste auf das tragbare Funkgerät sagte er: »Man hat mir berichtet, Sie würden schon seit einer Stunde hier im Viertel die Runde machen, wie ein verirrter Hund auf der Suche nach einem Zuhause.«

»Sandra sollte im Bett liegen«, sagte ich. »Der Arm tut ihr weh.«

»Es war ihre Entscheidung, sich aus dem Krankenhaus zu entlassen und mit uns zu kommen, um uns zu helfen.«

»Und ohne Schutz herumzulaufen? Die haben schon zwei Geiseln in ihrer Gewalt, angenommen, daß die beiden noch leben. Wollen wir ihnen ein dritte überlassen?«

»Es gab da eine gewisse Gefahr«, sagte er. »Ich wußte, Sie würden den Wagen am Ende finden, also habe ich sie hier stationiert. Ich wollte, daß Sie hergebracht werden, und ich hatte niemand anderen übrig, der Sie vom Ansehen her kannte. Willard wurde hier gebraucht. Ich fand es nicht ratsam, daß sich ein Ihnen unbekannter Agent an Sie heranschleicht. Unter Streß neigen Sie zur Schießwütigkeit.«

»Danke für die Anerkennung.«

Er lächelte dünn. »Ich habe absolut keine Einwände gegen

schießwütige Agenten, Eric. Ich bin nur vorsichtig, wenn ich mich ihnen nähere. Jedenfalls war Mrs. Helm einigermaßen sicher, weil sich der Großteil des Rates der Dreizehn dieser Caribbean Legion, oder was Sie davon übriggelassen haben, in ihrem Hauptquartier in der 424 Pacheco Street verschanzt hat, neben einigen Basismitgliedern, die ihren Wachpflichten nachkommen und Posten schieben, während sie sich organisieren und ihr Treffen abhalten. Modesto hat es geschafft, die Nachricht zu übermitteln, bevor sie ihn geschnappt haben. Das Treffen ist für morgen angesetzt.«

Ich entschuldigte mich in aller Stille bei Paul Encinias, alias Modesto, dem Mann, den ich nie getroffen hatte, obwohl wir eine gemeinsame Bekannte hatten. Ich hatte ein paar harte Worte über ihn gesagt, aber man kann einem unerfahrenen Agenten ein paar Schnitzer verzeihen, wenn er seinen Job zu Ende bringt, bevor er sich schnappen läßt.

Ich sah Mac fragend an. »Sie sagten 424? Die Nummer, die man mir gegeben hat, ist 427.«

»Das ist das Gebäude auf der anderen Straßenseite. Es steht leer, und ich glaube nicht, daß sie jemanden da haben, obwohl da natürlich ein Posten sein kann, den wir noch nicht entdeckt haben. Das hier ist eine notleidende Gegend, und das Gebäude auf dieser Seite der Straße soll wohl ebenfalls unbewohnt sein. Das Restaurant im Erdgeschoß, Café Ernesto, ist außer Betrieb. Wie Sie vielleicht bemerkt haben.«

»So nah bin ich gar nicht rangekommen«, sagte ich. »Ich habe nur das Schild aus der Entfernung gesehen.«

»Das verlassene Café ist ihr Versammlungsort«, sagte Mac. »Sie campieren in den leeren Zimmern und dem Apartment darüber. Das ganze Gebäude ist von ihnen in Beschlag genommen. Ich nehme an, sie bewachen es ziemlich gut. Ich hoffe es jedenfalls.«

Ich warf ihm einen scharfen Blick zu. »Sie hoffen es?«

Er nickte. »Ich möchte, daß sie sich da drinnen sicher fühlen. Der Umstand, daß sie noch da sind, obwohl sie sich darüber im klaren sind, daß Modesto sie verraten hat, deutet darauf hin, daß sie San Juan, und besonders dieses Viertel, als ihren

Zufluchtsort betrachten. Sie haben das Gefühl, daß sie sich in freundlich gesonnener Umgebung befinden, unter Leuten, die ihrer Sache wohlwollend gegenüberstehen, der Sache der Freiheit für das kleine Gobernador jetzt, für das größere Puerto Rico später, und schließlich die ganze Karibik, mit Ausnahme der wenigen Gegenden, die ihnen gefallen – wie das befreite demokratische Kuba.« Er zog eine Grimasse. »Diese selbsternannten Patrioten neigen immer dazu, das Volksempfinden zu ihren Gunsten zu überschätzen. Sie redeten sich ein, daß ihr fanatischer Glaube umfassend ist. Sie erwarten jedesmal einen größeren Volksaufstand, wenn sie eine Fahne schwenken.«

»Genau wie wir an der Bahia de Cochinos«, sagte ich trocken.

»Genau. Übermäßiger Optimismus ist ein allgemeines Phänomen, das nicht nur auf Terroristen beschränkt ist.« Er schüttelte den Kopf, ging über meinen belanglosen Kommentar hinweg und fuhr fort: »Auf jeden Fall hatte die Legion bis zum letzten Jahr einige lokale Unterstützung, bis sie diese Kinder umgebracht haben. Jetzt haben selbst die Leute, die stark an die puertorikanische Unabhängigkeit glauben, nur noch wenig Sympathien für diese Bande von Babykillern. Und dann hat es immer auch diejenigen gegeben, die es vorziehen, Amerikaner zu sein, wie die Familie, die mir das Apartment überlassen hat.« Er sah mich einen Moment lang an. »Man hat beobachtet, wie Dolores aus ihrem Mietwagen in das Café Ernesto gebracht wurde.«

»Dolores?«

»Miß Delgados Arbeitsname. Sie hat ihn selbst gewählt, eigentlich sogar darauf bestanden.«

Ich bekam ein unbehagliches Gefühl bei dem Gedanken, daß Dana darauf bestanden hatte, ihren Rachefeldzug unter dem Namen ihrer ermordeten kleinen Tochter zu unternehmen. Es deutete wiederum auf tiefliegende Emotionen, die dem Bild widersprachen, das unsere kühle Computerlady so sorgfältig aufgebaut hatte. Ich fragte nicht, warum keine Versuche unternommen worden waren, sie zu befreien, solange sie noch draußen auf der Straße und einigermaßen erreichbar gewesen war. Egal, was er hier geplant hatte: Mac würde niemals seine

Anwesenheit oder die Operation zum Wohl eines lausigen Agenten verraten.

»Haben Sie Ihre Begleitung erkannt?« fragte ich.

»›Eine kleine dunkelhaarige junge Dame mit einem Messer‹ war die Beschreibung, die wir hier bekommen haben.«

»Wahrscheinlich war es mein Messer, Sir«, sagte ich. »Ich habe es Dana, ich meine Dolores, geliehen. Mein Messer und mein Fehler. Ich habe das Mädchen ein bißchen überschätzt, nehme ich an, aber hauptsächlich habe ich das Kind unterschätzt, das wir geschnappt hatten. Wenigstens dachte ich, es wäre nur ein Kind, irgendein entbehrlicher Helfer, den sie ausgesucht hatten, um dem Kerl, der mich vom Kennedy aus beschattet hatte, eine Nachricht und eine Waffe zu überbringen. Jetzt glaube ich, sie ist ein bißchen älter, als ich dachte, und bestimmt viel schlauer und wichtiger.«

»Erklären Sie mir das mal.«

Ich nannte ihm die Einzelheiten, von meiner Entdeckung Bultmans am Kennedy bis zu meiner verspäteten Einsicht, daß unsere junge Gefangene eine wichtigere Figur in der CLL sein mußte, als ich angenommen hatte, und dann meine eilige Rückkehr zu dem kleinen Stadtpark, wo ich feststellte, daß unser Wagen und die beiden Mädchen verschwunden waren.

»Das Mädchen hat das Band, mit dem sie gefesselt war, liegengelassen, um mir mitzuteilen, daß sie frei und es aus mysteriösen Gründen nicht Dana gewesen war, die den Wagen weggefahren hatte. Eine Drohung oder eine Warnung, so könnte man es nennen.«

Sandra rührte sich. »Ich verstehe nicht. Wie hat sie sich befreien können, wenn sie so gefesselt war?«

»Kein Problem«, sagte ich. »Dana hat sie offensichtlich losgeschnitten.«

Sandra sah schockiert aus. »Du meinst . . . Du meinst, daß Miß Delgado auf deren Seite ist?«

Ich grinste. »Teufel, nein. Aber die süße kleine Angelita hat ihren Atem angehalten, bis ihr Gesicht schwarz wurde und sie in dramatische Zuckungen verfiel, oder sie hat einfach in ihren Knebel gestöhnt und geächzt und sich vielleicht sogar etwas übergeben und ist aufsehenerregend an ihrem Erbrochenem erstickt, bis Dana es nicht mehr ertragen konnte, sie leiden zu sehen, und sich mit dem Messer an die Arbeit gemacht hat. Sei nicht stolz, kleiner Fisch. Du hättest genauso gehandelt.«

»Hätte ich nicht!«

Ich zuckte mit den Schultern. »Vielleicht hast du recht, aber ich möchte es bezweifeln. Ich sag' es nicht gern, denn es war mein Fehler, daß sie entkommen ist, aber sie ist wahrscheinlich die junge Frau, die für den Bombenanschlag von West Palm Beach verantwortlich ist, bei dem Matthew getötet wurde, ganz zu schweigen von der Bombe in Newport und möglicherweise sogar für die hier in San Juan.«

»Ich verstehe«, sagte Mac. »Sie sind also einigermaßen sicher, daß hinter allen Anschlägen dasselbe Mädchen steht, oder zumindest daran beteiligt war, und daß sie dieses Mädchen ist?«

Ich zuckte mit den Schultern. »Es ist eine Vermutung, aber ich halte es für nicht sehr wahrscheinlich, daß sie eine ganze Sammlung von tödlichen jungen Damen dieser Größe haben und dazu eine Sammlung von Perücken, die sie ihnen aufsetzen können. Es ist wirklich schade, daß ich Sandra nicht bei mir hatte, als ich sie am Flughafen geschnappt habe. Sandy hätte mit Sicherheit sagen können, ob sie das bombenlegende Dienstmädchen aus unserem Hotel in Newport war. Aber ich glaube nicht, daß es große Zweifel daran geben kann. Hätte sie gedacht, daß ein großes Risiko bestünde, wäre sie natürlich nicht gekommen, aber sie war sich darüber im klaren, daß weder Dana noch ich sie jemals gesehen hatten.« Ich runzelte die Stirn. »Aber was ich nicht ganz verstehe, Sir: Warum hat sie mir diese Adresse gegenüber ihrer Terroristenfestung genannt? Hätte sie sicher sein können, daß ich allein dorthin ging, okay. Aber was, wenn ich in eine Telefonzelle gehen und um Verstärkung bitten würde? Es hätte doch sein können, daß sie plötzlich von einer puertorikanischen SWAT-Einheit umzingelt gewesen wären, falls es so was gibt. Oder von den Marines.«

»Sie vergessen, sie hat gewußt, daß Modesto die Adresse schon verraten hat«, sagte Mac. »Sie hat keinen Schaden damit angerichtet, sie Ihnen zu nennen. Und zweifellos wußte sie außerdem, daß wir nicht oft um Polizei- oder Militärbeistand bitten.« Er schüttelte den Kopf. »Sie trauen diesen Leuten zuviel Umsicht und gesunden Menschenverstand zu, und zu wenig Überheblichkeit. Wie ich schon gesagt habe: Obwohl sie in ihrer Mitte einen Informanten entdeckt haben, halten sie immer noch an einer Adresse fest, von der sie wissen, daß sie verraten wurde. Es sind leichtsinnige und gewalttätige Aktivisten, denken Sie daran. Die haben genug Erfolg gehabt, um ein übersteigertes Selbstvertrauen zu haben. Sie halten sich selbst für clever und mächtig und unbesiegbar. Außerdem haben sie Verbindung zu einer verwegenen militärischen Operation, von der sie erwarten, daß sie siegreich endet . . . Was ist, Eric?«

»Wegen dieser Invasion«, sagte ich. »Dana/Dolores hat das Gefühl, es wird ein Fiasko. Sie glaubt nicht, daß Bultmans kleine Streitmacht eine Chance hat, eine erfolgreiche Landung auf Gobernador zu bewerkstelligen. Und selbst wenn die Jungs es so weit schaffen, werden sie niemals von ihrem Brückenkopf aus durchbrechen können. Es sei denn, der Kraut hat irgendeine Geheimwaffe oder einen Trick im Ärmel, wie massive Verstärkung, von der wir nichts wissen. Dana sagt, er wird zusammen mit seinen CLL-Verbündeten geschlachtet.«

Mac runzelte die Stirn. »Das ist komisch. Ich bin davon ausgegangen . . . Bultman ist kein Fanatiker, der sich selbst betrügt. Ich bin noch gar nicht darauf gekommen, einen Militär die Durchführbarkeit seines Projekts prüfen zu lassen. Er hat eine ganze Reihe von Jahren als Söldner verbracht, bevor er sich auf seine Mord-gegen-Geld-Karriere eingelassen hat. Er hat schon eine Menge Kriege gesehen. Ich ging davon aus, daß er sich nicht auf ein militärisches Unternehmen einläßt, das keine Aussicht auf Erfolg hat. Warum hat Miß Delgado das mir gegenüber nicht erwähnt?«

»Bultmans kleine Armee lag außerhalb ihres Zuständigkeitsbereichs, Sir, abgesehen davon, daß sie teilweise aus CLL-Freiwilligen besteht. Ihre Sache waren die Legion und die Informationen, die Modesto ihr darüber geben konnte. Wahrscheinlich dachte sie, Sie wären sich der militärischen Situation bewußt. Aber sie kennt die Gegend, und sie weiß in groben Zügen, welche Verteidigungstruppen auf Gobernador zur Verfügung stehen. Zuviel, meinte sie, um von Bultmans wenigen hundert Männern und ihrer beschränkten Ausrüstung überwältigt zu werden.« Ich zuckte mit den Schultern. »Ich glaube, sie ist einfach davon ausgegangen, daß der Kraut nur ein visionärer Hitzkopf ist, der sich auf ruhmreiche, aber aussichtslose Fälle spezialisiert hat. Als ich ihr gesagt habe, er sei ein harter, professioneller Soldat, war sie überrascht und verwirrt und fragte sich, mit welchem militärischen Wunder er angesichts der weit übermächtigen Truppenstärke und Feuerkraft der Regierung erwartet, seine Westentaschenarmee an Land und weiter ins Inland zu bringen.« Ich runzelte die Stirn. »Hat es irgendeinen Hinweis darauf gegeben, daß er eine Art Überraschung vorbereitet?«

Mac zögerte. »Na ja, der LCT fehlt.«

»Mein Gott, gibt es immer noch welche von diesen Relikten aus dem Zweiten Weltkrieg?«

»Er hat eine ganze Anzahl verschiedenartiger Boote«, sagte Mac, »von denen manche ziemlich offen an den Küsten Montegos zu Übungslandungen benutzt wurden. Der *Landing Craft Tank* war eines der größten Schiffe der kleinen Flotte, fast vierzig Meter lang. Normalerweise ist er mit einem Offizier und einem Dutzend Unteroffiziers- und Mannschaftsgraden besetzt. Reichweite 1100 Kilometer, Höchstgeschwindigkeit acht Knoten.«

»Nicht gerade ein Rennboot«, sagte ich.

»Nein, aber er kann fünf Dreißig-Tonnen-Panzer transportieren. Bis jetzt sind noch keine Panzer gesichtet worden, aber wenn sie im richtigen Moment geliefert werden, könnten sie den Verteidigungstruppen eine unangenehme Überraschung bereiten. Allerdings wird Bultmans LCT offenbar von mechanischen Problemen geplagt, was bei seinem Alter nicht überrascht. Vor kurzem hat unser lokaler Mann gemeldet, daß er nicht mehr in Montego ist. Seine Vermutung war, daß Bultman ihn entweder aufgegeben hat, weil er zu unzuverlässig ist, oder ihn irgendwohin gebracht hat, wo man ihm besondere

Aufmerksamkeit zukommen läßt. Wir prüfen sämtliche Werftanlagen, die er vielleicht benutzen könnte, bisher ohne Ergebnis. Natürlich kann er seine nautische Antiquität auch versenkt haben, um sie loszuwerden.«

»Vielleicht«, sagte ich. »Und vielleicht sammelt sie eine Ladung ratternder Stahlmonster auf, um im richtigen psychologischen Moment über die Bürgerwehr von Gobernador herzufallen.« Ich zuckte mit den Schultern. »Na, das ist nicht das unmittelbare Problem. Ich möchte gern wissen, was es ist, Sir.«

»Was meinen Sie, Eric?«

»Ich dachte, ich hätte einen einfachen Auftrag«, sagte ich steif. »Ehrgeizig, aber im Grunde einfach. Ich dachte, ich sollte die dreizehn Mitglieder des obersten Rates der Caribbean Legion of Liberty aufspüren und eliminieren, oder ihre Eliminierung vorbereiten. Dazu kamen noch drei Personen, die an dem Bombenanschlag auf das La Mariposa beteiligt waren. Ich sollte mich darum kümmern, daß diese Auslöschungen nicht der amerikanischen Regierung angelastet werden. Im Interesse der Beziehungen zur Öffentlichkeit sollten sie, wenn möglich, Privatleuten vor die Tür gelegt werden. Man erachtete es als wünschenswert, diese und alle Terroristen wissen zu lassen, daß normale Leute zurückschlagen, wenn sie nur weit genug gereizt werden. Jeder, der sich einmischte, war zusätzliches Jagdwild, besonders Herman Heinrich Bultman – soweit ich mich erinnere, waren die Regeln meiner Befugnisse, was Bultman betraf, eher weit gefaßt, denn er wird schon lange von Leuten gesucht, die ungenannt bleiben sollen. Habe ich die Richtlinien meiner Mission treffend beschrieben, Sir?«

»Wir wissen beide, wie Ihre Instruktionen lauten«, sagte Mac. »Wir brauchen sie nicht zu wiederholen . . .«

»Offensichtlich doch, Sir«, sagte ich bitter. »Lassen Sie mich den augenblicklichen Stand meiner Mission zusammenfassen. Der Kraut ist auf den Plan getreten, wie Sie es erwartet hatten, aber er wird sich zurückhalten, bis ich mich um ihn kümmere. Zwei der Bombenleger vom Mariposa sind tot. Leider gab es, als ich gerade die dritte geschnappt hatte, ein Identitätsproblem, und ich habe sie wieder verloren. Drei der Ratsmitglieder sind tot. Nachdem ich von dem geplanten Treffen erfahren hatte, habe ich verschiedene Pläne gefaßt, wie man mit dem Rest fertig werden kann, aber ich dachte, ich käme besser her und sondiere die Gegend, bevor ich meine Ideen in die Tat umsetze. Als ich ankomme, finde ich allerdings einige unserer Leute längst am Boden liegen, inklusive des Meisters persönlich. Ich frage also mit allem Respekt: Wessen gottverdammte Mission ist das hier eigentlich?

»Es gibt keinen Grund, sich aufzuregen, Eric«, sagte Mac. »Sich die alten Bluttaten der CLL anzusehen, war eine gute Idee, und Sie haben mit Erfolg genug Druck auf sie ausgeübt, daß sie dieses Krisentreffen einberufen haben. Ich hätte Sie allein weitermachen lassen, aber Modestos Nachricht deutete die notwendige Eile an, und es war klar, daß Sie umgehend Verstärkung brauchen würden . . .«

Er wurde vom Walkie-Talkie unterbrochen« »Trask an Zentrale.«

Mac nahm das Gerät auf. »Zentrale.«

»In Stellung. Schlage mit allem Respekt vor, Sie leiten Ablenkungsmanöver ein, sobald es ein bißchen dunkler wird. Werde melden, wenn Aufstellung komplett. Bestätigung E-Zeit bitte.«

»Exekutionszeit bestätigt. Ablenkung demnächst. Wie macht sich der Junge?«

»Amüsiert sich, Sir. Wickerman sagt, seine Geräte seien ein bißchen ungehobelt, aber wirklich ganz genial. Die sollten keine Probleme darstellen, also benutzen wir sie anstelle von dem Zeug, das Wicky als Reserve mitgebracht hat. Weitere Anweisungen?«

»Keine.«

»Trask out.«

Mac setzte den Apparat wieder neben die häßlichen kleinen Schießeisen auf das schützende Handtuch. Er sah zu mir auf. »Für den Fall, daß Sie sich nicht mehr an ihn erinnern, Eric, Wickerman ist unser Sprengstoffexperte.«

Ich verzog das Gesicht. »Ich erinnere mich an ihn. Irgendwie scheine ich nicht mit Leuten auszukommen, die laute Geräusche mögen – erinnern Sie sich noch an diesen Kerl namens Monk, draußen auf Hawaii? Ich nehme an, der Junge, von dem Sie gesprochen haben, ist Lester Leonard.«

Mac nickte. »Ja. Ich erkannte Ihren Plan, als man mir sein Hobby beschrieb. Ich habe nur Ihren Zeitplan ein bißchen verkürzt und Wickerman hergebracht, um sicherzustellen, daß die Sachen von dem jungen Leonard auch wirklich ihre Arbeit tun, und daß sie auch wirklich in die richtige Position gebracht werden.«

Ich schämte mich ein bißchen für meinen Ausbruch. Niemand mag es, wenn seine Operation von jemand anderem übernommen wird, auch nicht vom Chef, aber diese Erklärung war vernünftig. Ich hatte nicht erwartet, daß die Dinge sich so schnell entwickeln würden.

»Ich hatte die Absicht, um einen Experten zu bitten, der dem Jungen zur Hand gehen solle«, sagte ich. »Ich bin froh, daß Wicky hier ist, um ihm zu helfen.« Halbherzige Entschuldigungen sind reine Zeitverschwendung, also fuhr ich fort: »Okay, Sir, Sie hatten recht, die Dinge zu beschleunigen. Ich dachte, ich hätte mehr Zeit. Wir werden den Job also beenden, indem wir Lesters Feuerwerk benutzen, um sie und ihr Café-Hauptquartier zu zerstören?«

»Das ist korrekt. Wenn man die Menge vor Restaurants bedenkt, die sie bombardiert haben, erscheint es einem wie die ausgleichende Gerechtigkeit, finden Sie nicht?« Macs Lächeln war dünn und flüchtig. Er fuhr fort: »Danach werden wir verschwinden, und Mr. Leonard und Mrs. Helm werden sich den Behörden stellen und gestehen, diesen Racheakt an Terroristen begangen zu haben, die das Traummädchen des jungen Mannes und den Ehemann der jungen Frau getötet haben. Wenn man den lokalen Aufruhr wegen des Bombenanschlags auf das Howard Johnson bedenkt, bezweifle ich sehr, daß sie große rechtliche Folgen zu fürchten haben, besonders im Hinblick auf den diskreten Druck, den wir zu ihren Gunsten ausüben werden. Und die bedrohliche Legion of Liberty wird ein internationaler Witz sein. Ihr furchteinflößender Rat der Dreizehn von zwei wütenden Jugendlichen zerschlagen!

Andere Opfer ähnlicher Fanatiker könnten vielleicht ermutigt werden, ähnliche Vergeltungsmaßnahmen zu unternehmen. Es ist wirklich eine ausgezeichnete Idee, Eric, und ein äußerst befriedigender Abschluß Ihrer Mission. Ich gratuliere Ihnen.«

Wenn er eine Menge Lob verteilt, bedeutet das immer, daß er einen sehr schmutzigen Job bereit hat.

»Sparen wir uns die Glückwünsche auf, bis wir das Ergebnis des großen Knalls sehen«, sagte ich. »Und selbst, wenn er erfolgreich verläuft, ist da immer noch Bultman.«

»Ich bin sicher, daß Sie mit dem noch richtig fertig werden.«

»Wann soll das Feuerwerk stattfinden?«

»Die E-Zeit steht auf acht Uhr. Wickerman ist sicher, daß seine Gruppe bis dahin die Sprengladungen legen und sich verziehen kann. Das ist eine Stunde vor der New Yorker Zeit, wenn Sie Ihre Uhr noch nicht gestellt haben.«

»Die ist gestellt.« Ich betrachtete ihn einen Augenblick lang. »Was ist mit Dolores und Modesto?« Als er nicht gleich antwortete, sagte ich: »Ich glaube, wir können davon ausgehen, daß sie beide in der Nr. 424 sind, und daß mich Angelita zu dem Gebäude gegenüber geschickt hat, damit ihre Freunde aus den Fenstern ihres Hauptquartiers bequem auf mich schießen können.«

Mac nickte. »Wir haben von Modesto nichts gesehen, aber ich glaube, Ihre Annahme ist richtig. Das ist sehr günstig für uns.«

»Günstig?«

Leise fuhr er fort: »Ja, wir haben großes Glück, daß zwei unserer Leute drinnen gefangen sind. Ansonsten hätten sich die Bandenmitglieder trotz ihrer übermäßigen Selbstsicherheit vielleicht verteilt. Aber jeder kennt die amerikanische Besessenheit, was Geiseln betrifft. Große militärische Expeditionen wurden eingeleitet, glänzende politische Karrieren zerstört, ganze Regierungen sind gescheitert, alles wegen ein paar unwichtigen Bürgern, die zufällig zur falschen Zeit am falschen Ort waren. Mit zwei Geiseln, auf die sie ihre Kanonen richten können, fühlen sich unsere Terroristen vollkommen sicher. Sie wissen, daß unter diesen Umständen kein weichherziger Amerikaner das Gebäude angreifen wird, jedenfalls nicht ohne tagelange, nutzlose Verhandlungen.«

Seine Stimme war trocken. Das ist eins dieser Themen, bei denen er auf seine unbarmherzige Art und Weise leicht unvernünftig wird. Seine Lösung des Problems der Fluzeugentführungen wäre, Kampfbomber raufzuschicken, die alle entführten Flugzeuge abschießen. Er behauptet, wenn es auch ein bißchen hart für die betroffenen Passagiere sei, würde es die potentiellen Entführer immerhin davon überzeugen, es hätte für sie keine Zukunft, im Luftverkehr herumzupfuschen, und das würde auf lange Sicht mehr Menschenleben retten.

Ich sprach ohne Ausdruck in der Stimme. »Werden wir einen Versuch unternehmen, sie rauszuholen, bevor der Laden in die Luft fliegt?«

Wieder schenkte er mir sein dünnes Lächeln. »Das ist eine dumme Frage, Eric«, sagte er. »Sie wissen doch, daß Sie, sentimental, wie Sie sind, mit oder ohne Befehl, oder sogar dagegen, den Versuch wagen würden, egal, ob es sich dabei um Hunde oder Menschen handelt. Aber zufällig ist das der Grund, weshalb ich Mrs. Helm geschickt habe, Sie zu holen. Sie sind das Ablenkungsmanöver, von dem wir gesprochen haben. Sie werden die Gegner ablenken, während Trasks Team den Sprengstoff legt. Die schallgedämpfte Pistole, die ich an Ihrem Gürtel sehe, ist für diesen Zweck unangemessen. Wir wollen eine laute und überzeugende Störung. Nehmen Sie die Waffen auf dem Tisch. Die werden von der CLL bevorzugt, und die Behörden werden über die Patronenhülsen oder die Waffen selbst nichts erfahren, falls Sie sie zurücklassen müssen. Willard hat sich freiwillig gemeldet, Ihnen Deckung zu geben, soweit es nötig ist.« Mac legte eine kurze Pause ein und fuhr fort: »Wie Sie vorgehen und wen Sie rausbringen, bleibt Ihnen überlassen. Der Sprengstoff geht um acht Uhr los, egal, wer im Gebäude ist.«

»Mich eingeschlossen«, sagte ich. Es war keine Frage.

Er nickte. »Sie eingeschlossen. Hier ist eine Zeichnung über alles, was wir über die Räumlichkeiten erfahren konnten. Gibt es noch etwas, das Sie wissen müssen?«

»Nichts, Sir«, sagte ich.

Er hatte sich klar ausgedrückt. Das macht er immer.

33

Willard war hager und einigermaßen groß, wenn auch drei oder vier Zentimeter kleiner als ich. Er war außerdem eine ansehnliche Zahl von Jahren jünger als ich. Er trug Jeans und einen schwarzen Rollkragenpullover mit einer dunkelblauen Baseballmütze, die den größten Teil seiner blonden Haare verdeckte. Gut für den Nachtkampf. Er hatte eine der Skorpians bei sich und die Hälfte der Ersatzmagazine irgendwo eingesteckt. Wahrscheinlich hatte er noch andere Waffen an seinem Körper versteckt.

Ich war versucht, ihn um sein Messer zu bitten, da ich annahm, daß er eins hatte, aber das wäre ungefähr so, als würde man sich von jemandem die Zahnbürste leihen. Schießeisen kann man weitergeben, Messer sind persönlich. Abgesehen davon trug ich immer ein raffiniertes kleines Gürtelschnallenmesser bei mir, das im Notfall genügen würde. Aber ich vermißte mein Gerber, das ich Dana geliehen hatte, jetzt verloren in Feindeshand. Ich erinnerte mich daran, daß ich noch eine zweite lautlose Waffe zur Verfügung hatte, zusätzlich zu der 22er: die Minibrechstange, die Dana gekauft hatte, so gut wie ein Totschläger für jeden, der keine strengen Vorurteile gegen Schädelbrüche hat. Die Möglichkeit, daß ich sie vergaß, war nicht sehr groß. In meine Hose gestopft, das gebogene Ende über meinen Gürtel gehakt, bohrte sie sich in mich hinein.

Ich flüsterte: »Da ist die Nr. 427, Vorderseite.« Wir hatten uns durch eine enge Gasse, die uns über die Straße hinweg und eineinhalb Blocks weitergeführt hatte, an die Pacheco Street herangeschlichen. »Zweiter Block, zweiter Eingang. Kein Willkommenslicht, wie du feststellen wirst. Vielleicht erwarten sie mich auf der Rückseite, aber ich bezweifle es. Ihre Angelita hat mir erzählt, dahinter sei alles ungedeckt und unverschlossen. Ich sollte einfach reingehen und mich wie zu Hause fühlen. Bei ihr hörte es sich so gut an, daß ich sehr bezweifeln möchte, daß sie wirklich von mir erwartete, ich würde ihr glauben. Ich schätze, sie wollte, daß ich denke, sie lügt, um dann durch die Tür zu gehen, von der sie mich fernhalten wollte.«

»Ich kümmere mich um die Vorderseite«, sagte Willard sanft.

»Zieh den Kopf ein«, flüsterte ich. »Laß sie nur glauben, daß du reingehen willst. Oder, um genau zu sein, daß ich reingehen will. Du kannst wohl mit Sicherheit davon ausgehen, daß sie auf dieser Straßenseite hinter einem der Fenster im zweiten Stock über dem geschlossenen Restaurant sind. Vom Erdgeschoß aus hätten sie keinen freien Ausblick. Irgend jemand könnte ein Auto parken und ihnen die Sicht versperren, und wie soll man aus diesen großen Restaurantfenstern schießen? Vom dritten Stock hätten sie einen zu engen Winkel, um nach unten zu schießen. Also zweiter Stock, und ich nehme an, daß sie einen Haufen Waffen auf den Eingang von 427 gerichtet haben, bereit, mich unter Beschuß zu nehmen, wenn ich reinzugehen versuche. So eine Falle haben sie schon einmal für uns aufgestellt, in West Palm Beach, und die Menschen neigen dazu, ihre besten Tricks zu wiederholen.«

Er nickte. »Angenommen, ich finde eine geschützte Stelle und halte einfach mit diesem Spielzeugding voll auf den Eingang? Ich hätte sechzig Schuß, mit denen ich spielen könnte. Sie werden sich denken, daß du das Haus für einen mörderischen Angriff über die Straße sturmreif schießt. Selbst, wenn ich schon längst nicht mehr schieße, werden sie noch eine Weile den Atem anhalten und darauf warten, daß du deinen todesverachtenden Vorstoß machst.«

»Hört sich gut an«, sagte ich. »Das sollte unserem kleinen Drei-Mann-Sprengstoff-Trupp die Möglichkeit geben, ihr Zeug auf der Rückseite anzubringen, und mir die Chance, die Seitentür aufzubrechen, die auf der Zeichnung zu sehen ist, und reinzuschleichen, um die Geiseln zu holen. Aber du nimmst dir besser zwei Extramagazine für diese 32er-Spritze. Ich werde drinnen wahrscheinlich nicht soviel schießen. Ein Ersatz reicht mir. Hier.«

Er nahm die Magazine, die ich ihm gab. »Wenn ich richtig bin, werde ich versuchen, mich zur anderen Seite des Gebäudes vorzuarbeiten und deine Flucht zu decken.«

»Falls du es so leicht schaffen kannst«, sagte ich. »Aber denk dran: Wenn alles klar geht, wird da ein Mädchen rauskommen, ziemlich groß, dunkles Haar. Rote Hosen und Pulli, wenn sie ihr nicht was anderes angezogen haben. Dana Delgado, Kode Dolores. Und ein kleiner, stämmiger dunkler Bursche, den ich noch nie gesehen habe, Kleidung unbekannt. Könnte ein bißchen angeschlagen sein. Paul Encinias, Kode Modesto. Und egal, wer rauskommt oder nicht, mich eingeschlossen, paß auf, daß du um acht weg bist. Die Knaller von diesem Leonard könnten wirksamer sein, als er glaubt, und das da ist kein Stahlbetonbunker. Vielleicht fällt es zusammen wie ein Kartenhaus.«

»Du bist derjenige, der sich Sorgen machen sollte, daß er weg ist. Du wirst drinnen sein.«

Ich grinste in die Dunkelheit. »Nur eins noch, bevor wir die Uhr anstellen. Egal, welches Loch du dir suchst, paß auf, daß es stabil ist. In West Palm hatten sie eine höllisch große Kanone. Die war einschüssig, langsam und plump. Sie brauchten fünf Sekunden oder mehr, um sich von dem Rückschlag zu erholen und ein neues Geschoß einzuführen, aber sie hat aus dem Mercedes ein echtes Sieb gemacht. Also paß auf dich auf. Ich weiß nicht, ob sie das Ding nach Puerto Rico geschmuggelt haben, aber sie wüßten wie, und wenn man sich so eine Spezialkanone gebaut hat, giert man danach, sie zu benutzen.«

»Ich werde dran denken. Wir sehen uns in der Kirche.« Aber als ich mich abwandte, sagte Willard: »Matt, hast du schon mal eins von diesem Baby-MGs geschossen?«

Ich blieb stehen und sah mich um. »Es ist das erste Mal, daß ich so eine in Fleisch und Blut sehe.«

»Nimm den Klappstock«, sagte er. »Schieß von der Schulter.

Der kleine Scheißer wirft direkt nach oben aus. Wenn du einen Rambo versuchst und ihn unten an der Hüfte hältst, hast du das Gesicht voll mit heißem Blei.«

»Danke.«

Ich hatte ein gutes Gefühl, als ich ging. Eine Menge jüngerer Menschen würden es nicht wagen, älteren einen Rat zu geben und Gefahr zu laufen, dafür getadelt zu werden, weil der Ältere zu stolz ist, ihn anzunehmen. Die Tatsache, daß Willard das Risiko eingegangen war, mich auf die Eigenheiten einer ungewohnten Waffe hinzuweisen, die für mich hätten peinlich werden können, zeigte, daß er ein ziemlich netter Kerl war und, nachdem er schon mit mir zusammengearbeitet hatte, auch mich für einen netten Kerl hielt. Okay, aber es war an der Zeit, die Nettigkeiten zu vergessen. Ich würde irgendwie in dieses lausige Gebäude gehen müssen, und ich ging nicht hinein, um nett zu sein.

Ich suchte mir vorsichtig den Weg durch die engen Straßen und Sträßchen und Gassen, die mir langsam einigermaßen vertraut waren. Die Gegend strahlte immer noch dieses angespannte, stille, wartende Gefühl aus. In vielen Fenstern war Licht, aber ich sah keine Umrisse von Köpfen. Jeder, der so neugierig war, daß er hinaussehen wollte, spürte, daß er erst das Zimmer hinter sich verdunkeln mußte. Ich fragte mich, wie viele von diesen Leuten ein freies Puerto Rico wollten. Na, die politische Zugehörigkeit war ihre Sache, solange sie es dabei beließen und nicht meine Familienmitglieder in die Luft sprengten. Dann wurde es zu meinem Problem. Ich hatte meinem Sohn nie nahegestanden und bis jetzt nicht um ihn geweint, aber da war ein seltsames dunkles Loch in meinem Inneren, wo er gewesen war, wie ein offenes Grab. Ich konnte es nicht auffüllen, bis ich mich um seine Mörder gekümmert hatte.

Natürlich ging mir auch Dana Delgado durch den Sinn. Ich versuchte, nicht an sie zu denken oder ihre Angst und Sorge, die sie als Gefangene eines Haufens politischer Wirrköpfe erdulden mußte . . .

Neben der Seitentür des Restaurants war ein Posten. Er stand unter einem kleinen, hängenden Schild, auf dem wahrscheinlich ERNESTO stand, auch wenn ich es im Dunklen nicht lesen konnte. Oder vielleicht hatte der Laden einen speziellen Schankraum, und auf dem Schild stand LOUNGE oder BAR oder CERVEZA. Die enge Gasse war voll von zerbeulten Mülleimern und losem Abfall. Ich ging hinter einem der Eimer in Deckung und wartete mit der kleinen Schnellschuß-32er über der Schulter und der schallgedämpften 22er in der Hand. Ich wollte keinen großen Lärm machen, wenn ich hineinging, aber ich erwartete viel Lärm, wenn ich herauskam. Falls ich herauskam. Ich sah auf meine Uhr: Noch vier Minuten. Drei. Zwei. Eine . . .

Obwohl sie sich weit entfernt von meinem Versteck und um die Ecke befand, machte Willards Skorpian einen erschreckenden Radau, als sie losging. Man hätte glauben können, es wäre ein richtiges ausgewachsenes Maschinengewehr statt einer besseren Taschenpistole. Die undeutliche Gestalt, die ich beobachtete, rührte sich und trat in die Mitte der Gasse hinaus, um in die Richtung des Lärms zu sehen. In einer Hand glänzte etwas, aber ich konnte die Art der Waffe nicht erkennen. Die Umrisse des Mannes waren vor der erleuchteten Straße dahinter gut zu erkennen. Mit dem verbeulten Mülleimer als Stütze zielte ich mit meiner Ruger auf seinen Kopf, wobei ich große Schwierigkeiten hatte, das Visier zu erkennen. Ich drückte vorsichtig ab. Der Krach der Maschinenpistole in der Straße, die nette, kleine, dreischüssige Salven abgab, überdeckte das leise Geräusch der schallgedämpften 22er. Nur durch den leichten Rückschlag wußte ich, wann sie losgegangen war. Der Mann fiel um.

Ich lief vorwärts. Er lag mit dem Gesicht nach unten und war eindeutig tot. Ich sah mich nach seiner Waffe um – es ist ein schlechter Stil, lebende Männer oder geladene Schießeisen zurückzulassen –, aber in der Dunkelheit konnte ich sie nicht entdecken, und ich wollte keine Zeit mit der Suche vergeuden.

Ich hastete zu der Tür, die der Tote bewacht hatte. Sie war unverschlossen. Drinnen stand ich in einem kleinen Vorraum. Auf einer Art Schwingtür geradeaus stand in undeutlichen

Buchstaben BAR. Dahinter konnte ich laute alkoholisierte Stimmen hören. Obwohl der Laden außer Betrieb war, benutzten sie ihn offensichtlich zu seinem ursprünglichen Zweck, zum Teufel mit den lausigen, imperialistischen Schweinen! Wenn sie die Schießerei da drinnen überhaupt gehört hatten, glaubten sie anscheinend, daß es nur ihre Freunde im oberen Stock waren, die sich um den dummen Regierungsagenten kümmerten, für den eine ausgeklügelte Falle aufgebaut worden war. Laßt uns zur Feier des Tages was trinken!

Rechts führte eine Treppe nach oben. Ich konnte Willard draußen immer noch hören, der seine sauberen, kleinen Salven losließ, *brrrrp, brrrrp, brrrrp,* aber hier drinnen schien das Geräusch aus einiger Entfernung zu kommen. Ich starrte die Treppe hinauf, drehte mich dann schnell um, als die Barstimmen plötzlich lauter wurden. Die Tür hatte sich geöffnet, und eine Frau stand da: Eine große, bleiche Lady in ausgebeulten Jeans mit einem riesigen, fleckigen Khakihemd darüber. Sie hatte eine automatische Pistole in der Hand, eins von diesen Fünfzehn-Schuß-Dingern, eine 9-mm-Beretta oder eine Imitation. Ritterlichkeit ist tot, aber sie kann einen immer noch töten. Ich brauchte einen Moment, bis ich mich entschlossen hatte, daß es geschehen müsse.

Wäre sie nicht betrunken gewesen, hätte sie mich erwischt, als ich zögerte. Wäre ihre Waffe gespannt gewesen, hätte sie mich auch erwischt. So, wie die Dinge standen, mußte sie darauf warten, daß die Automatic aufhörte, ziellos hin und herzuschwenken, und dann hatte sie mit dem Doppelzug zu kämpfen, der den Hahn zum ersten Schuß spannt. Die weiteren Schüsse fallen einem leichter, wenn der Rückstoß die meiste Arbeit macht, aber soweit kam sie gar nicht. Sie gab nicht eimal den ersten ab, nicht ganz. Ich verpaßte ihr gleich drei 22er, denn ich traute den kleinen Kugeln nicht zu, daß sie mit dem massigen Körper fertig wurden. Sie fiel auf ihre Pistole, das strohfarbene Haar widerspenstig, an den Wurzeln dunkel.

Ich wartete ein oder zwei Sekunden, um zu sehen, ob ihr jemand folgte. Niemand kam. Irgend jemand erzählte da drinnen einen Witz, der alle zum Lachen brachte. Als ich die Stufen hinauflief, dachte ich daran, daß fünf Kugeln aus dem zehnschüssigen Ruger-Magazin fehlten. Ich schob das Ersatzmagazin hinein, um sicherzugehen. Kein Problem, es durch Tasten, schmal und gerade, in der Dunkelheit von dem Ersatzmagazin der Skorpian zu unterscheiden, das dick und gebogen war. Draußen hatte Willard ebenfalls die Magazine gewechselt und war mit seinem zweiten beschäftigt. Ich war froh, daß ich ihm zwei zusätzliche gegeben hatte. Bei der Menge von Blei, die er ausstieß, würde er sie brauchen. Der obere Flur war leer und hatte einen splitterigen Holzfußboden, der früher einmal braun gestrichen gewesen war, mit grüner Leimfarbe gestrichene Wände und eine einzelne, hängende Fünfundzwanzig-Watt-Birne als Beleuchtung.

Auf beiden Seiten des Flurs waren Türen, allesamt verschlossen, bis auf die zweite rechts, auf der Straßenseite. Vorsichtig machte ich mich auf den Weg dorthin. Es lag immer noch ein Stockwerk über mir, und oben konnte ich Stimmen hören, aber offensichtlich war jeder in dem Laden gewarnt worden, daß es eine Schießerei geben würde. Also keine Panik, fangt nicht an, herumzulaufen und dumme Fragen zu stellen und den Vollstreckern in die Quere zu kommen. Dennoch verließ ich die Treppe nicht gern. Jeden Moment konnte jemand herunterkommen, oder herauf, und feststellen, was für eine wundervolle Zielscheibe ich abgab, ohne Fluchtmöglichkeit gefangen im engen Flur.

Ich zwang mich dazu, auf die offene Tür rechts zuzugehen. Dann blieb ich stehen, weil links eine verschlossene Tür war, die mir seltsam vertraut vorkam. Es war eine kleine Tür, vielleicht eine Schranktür mit dem üblichen Drehknopf aus altmodischem Porzellan, aber sie war außerdem weiter oben mit einem Loch, einer Klappe und einem Vorhängeschloß ausgestattet. So eine Tür hatte man mir beschrieben, wenn man auch gesagt hätte, sie wäre in einem anderen Gebäude. Vielleicht hatte meine raffinierte Informantin diese im Sinn gehabt und sie einfach dorthin verlegt, wo sie sie für ihre

Geschichte brauchte. Es war ein Zufall, den ich nicht vorübergehen lassen konnte.

Ich klopfte leise. »Modesto«, sagte ich. »Freund hier. Keine Gewalt, wenn ich öffne.«

Vielleicht hatte es drinnen ein Geräusch gegeben, aber Willard wählte diesen Augenblick, um eine seiner kontrollierten Dreiersalven abzugeben; deshalb konnte ich nicht sicher sein. Ich steckte die 22er weg, holte die Brechstange hervor und fühlte mich sehr clever und umsichtig, daß ich sie mitgebracht hatte. Dann sah ich, daß das Vorhängeschloß nicht eingeschnappt war, und warum sollte es auch? Selbst unverschlossen hielt es jeden drinnen fest, und auf diese Weise mußten sie nicht jedesmal einen Schlüssel herausholen, wenn sie hineinwollten. Ich packte die kleine Brechstange und hielt sie jetzt am Ende des Hartmeißels, das zum Aufhebeln gedacht ist – das gebogene Ende ist zum Herausziehen von Nägeln da –, für den Fall, daß irgend etwas Feindseliges über mich herfallen sollte. Ich zog dass Vorhängeschloß mit der Linken heraus und öffnete die Tür.

Es war tatsächlich ein Schrank. Er war ziemlich leer, abgesehen von einem Mann, der gleich hinter der Tür auf Händen und Knien lag. Er war nackt bis zur Taille, blutig und schmutzig, und das Gesicht, das er mir entgegenhielt, war so übel zugerichtet, daß ich ihn selbst dann nicht wiedererkannt hätte, wenn ich ihm vorher schon einmal begegnet wäre. Aber er versuchte, auf die Beine zu kommen. Ich half ihm und stützte ihn.

»Modesto?« sagte ich.

Er mußte zwei Versuche machen, bis die richtigen Geräusche aus seinem kaputten Mund kamen, aber dann war seine Sprache, obwohl er nuschelte, ganz gut verständlich und sogar ein bißchen formell.

»Ja, ich bin Paul Encinias, genannt Modesto. Was von ihm übrig ist.«

»Können Sie gehen?«

»Wenn es mich fort von hier bringt, kann ich es, auch wenn

ich wie eine Schlange kriechen muß.« Dann schüttelte er schnell den Kopf. »Nein. Dana.«

»Wo?«

»Das Teufelsmädchen hat sie geholt. Angelita. Der kleine Engel. Was für ein Name für so ein Monster!« Er schüttelte kurz den Kopf. »Sie nennen sie jetzt *El Martillo*. Das ist das falsche Geschlecht, aber ein sehr viel passenderer Name.«

Das Mädchen war also in die Position des Hammers gewählt worden, die nach dem Tod von Dominic Morelos freigeworden war. Das würde Mac interessieren, aber ich hatte andere Sorgen.

»Was ist mit Dana? Ist sie okay?«

»Ja. Okay. Mehr oder weniger okay. Aber wir müssen sie finden, sie retten . . .«

Ich spürte eine Bewegung hinter mir, fuhr herum und sah einen großen Mann mit einem langen Messer angreifen, einem schmalen, spitz zulaufenden Dolch nach Art der Arkansas-Zahnstocher, das – wie ein Bowiemesser – zum Schneiden nicht zu gebrauchen ist, dafür um so mehr zum Stechen, was genau die Betätigung war, die er dafür vorgesehen hatte. Ich schlug rückhändig mit der Brechstange nach ihm. Er sprang zurück und lachte, warf das Messer von einer Hand in die andere, während er sich duckte, einen Angriff vortäuschte und versuchte, mich zu einem weiteren Angriff auf seinen Schädel zu verleiten. Der spielerische Typ. Der großspurige Typ, zu selbstsicher, um im Haus Alarm zu schlagen, ein Eindringling sei da. Er wollte mein Fell ganz allein an die Wand nageln, bevor er seine Freunde zusammenrief, um ihnen seine blutige Trophäe zu zeigen.

Ich holte ein weiteres Mal zaghaft aus, und als er tänzelnd auswich, schleuderte ich die Stange nach ihm, indem ich sie mit dem sanften Schwung eines Messerwerfers losließ. Der gebogene Stahl drehte sich um hundertachtzig Grad in der Luft, und grub sich mit dem Hartmeißel zuerst in seine Brust. Er ließ das Messer fallen, taumelte gegen die Wand und setzte sich schwerfällig hin, starrte an sich herunter, schien sehr verwirrt von dem Stahl, der aus seinem dreckigen Hemd herausragte wie der gebogene Griff eines Regenschirmes.

»Ich suche Dana«, sagte ich zu Modesto. »Gehen Sie den Flur und die Treppe runter und dann raus. Hier.« Ich gab ihm die Ruger. »Schießen Sie auf alles außer einen jungen Burschen in Jeans, schwarzem Pullover und Baseballmütze, mit Namen Willard. Die Kanone ist schallgedämpft. Sie werden also niemanden stören. Sie haben elf Schuß, zehn im Magazin und einen in der Kammer. Okay, ab die Post, bevor wir noch mehr Gesellschaft bekommen.«

Er lief los, blieb aber stehen und sah auf die Pistole in seiner Hand. »Schallgedämpft, sagten Sie?« Dann hob er die Waffe und schoß dem sitzenden Mann mit der Brechstange in der Brust eine gut gezielte Kugel in den Kopf. Er sah entschuldigend in meine Richtung. »Nur ein Versprechen, das ich gemacht habe, als er mich geschlagen hat. Ich habe ihm gesagt, ich würde ihn umbringen. Ich halte mein Wort gerne.«

Nun, wir beglichen hier alle alte Rechnungen. Er hatte einen schweren Tag gehabt und sich die kleine Rache verdient, aber das gab mir einen neuen Blickwinkel auf stämmige Männer mittleren Alters, die Damenkleidung verkaufen. Ich wartete, um sicherzugehen, daß er es den Flur hinunter schaffte, wenn auch ein bißchen unsicher. Draußen hatte Willard aufgehört zu schießen. Ich drehte mich um und ging vorsichtig auf die Tür zu, die auf der anderen Seite des Flurs lag. Ich hörte die Stimme eines Mädchens.

»Nicht so ungeduldig, *amigos*. Bleibt bei der Kanone. Wartet. Ich habe gesagt, er kommt zur Vordertür, oder nicht? Mit seiner *ametralladora* hat er den Eingang, zu dem ich ihn gelenkt habe, ordentlich bearbeitet. Da drüben hätte nichts diesen Kugelhagel überlebt. Jetzt glaubt er sich in Sicherheit, und er wird über die Straße gehen und das Gebäude betreten. Wartet!«

Das war mein Stichwort, und ich trat ein und sagte: »Er ist hier.«

Ich sah ein Standbild des Zimmers. Zwei Fenster. An dem rechten eine große Waffe auf einem schweren dreibeinigen Gestell. Ein glänzendes Geschützrohr aus Militärbeständen war auf einem primitiven Bolzenmechanismus befestigt, der aussah, als wäre er bei irgend jemandem im Keller gefertigt worden, was wahrscheinlich auch stimmte. Ein kleines Standard-Teleskopvisier auf einer eher zerbrechlich wirkenden Halterung ragte links heraus, hinter dem der Kanonier am Boden hockte und etwas hielt, das wie ein Kameraauslöser am Kabel aussah, anscheinend die Abschußvorrichtung. Der Lader stand rechts hinter der Waffe, und die Munition, die er bereit hatte, bestand aus, wie ich annahm, Standard-50er-Maschinengewehrpatronen. Ich dachte daran, wie ich Angelita bedroht und ihr versprochen hatte, daß ich sie kriegen würde, ganz egal, was für Kugeln ihre Freunde mir verpassen würden. Die übliche heiße Helm-Luft. Wenn mich eins von diesen massiven, eineinviertel Zentimeter dicken Geschossen umgehauen hätte, wie ich es in West Palm Beach gesehen hatte, wäre ich nicht mehr in der Lage gewesen, irgend jemanden zu erwischen.

Angelita, oder *El Martillo* oder *La Martilla*, wenn es im Spanischen so etwas wie einen weiblichen Hammer gibt – stand am Fenster zu meiner Linken und hielt genau wie ich eine Skorpian, bereit, den schweren Kaliber-50-Kugeln mit einem Schauer von Mini-32ern Rückendeckung zu geben. Sie hatte ihre geborgte, übergroße Jacke abgelegt, aber sie trug immer noch die hübsche blutverschmierte Bluse und die engen zerrissenen Jeans. Dana kniete neben ihr, zwischen uns. Offenbar hatte man sie so plaziert, daß sie das Vergnügen hatte, aus dem Fenster und mich in die Falle laufen und sterben zu sehen. Ihr Haar war unsauber, und ihre Kleider waren staubig, aber sie war nicht so in sich zusammengesackt wie jemand, der schwer verletzt war. Ihre Beine waren frei, aber ihre Handgelenke hinter dem Rücken verschnürt. Als sie mich sah, lag plötzlich Hoffnung in ihrem Gesicht.

Das Mädchen mit dem Schießeisen traf ihre Entscheidung sofort: Als sie mich sah, richtete sie ihre Waffe mit einer Hand auf Dana, bevor ich schießen konnte, und langte mit der anderen Hand nach unten, um sie als Schutzschild zu benutzen. Angelitas Mund bewegte sich, als sie mir gegenüberstand. Zweifellos befahl sie mir, die Waffe fallenzulassen, sonst würde sie Dana erschießen, das übliche Filmdrehbuch, aber sie hatte nichts zu sagen, was ich hören wollte. Dieses Spiel spielen wir nicht, und sie vergessen immer, daß man nicht zwei Leute mit derselben Waffe zur selben Zeit erschießen kann, jedenfalls nicht mit einem Würstchen wie der 32er, die fast überhaupt keine Durchschlagskraft hat.

Ich hatte keine Zeit, eine lange, stilisierte Unterhaltung darüber zu führen, wer wen erschießen würde, wenn ich was nicht tat. Wir lassen es alle darauf ankommen, und der Laden würde mit Sicherheit innerhalb von zehn Minuten oder weniger hochgehen. Dana würde ein paar Einschußlöcher vielleicht überleben, aber die Explosion nicht, wenn ich sie nicht hier rausholte, verwundet oder unverwundet, und unser junger Freund Lester etwas von seinem Fach verstand. Und weder sie noch ich würden irgendwohin gehen, wenn ich nicht zuerst einen kleinen Job lokaler Ausmerzung vornahm. Ich hatte schon einen Schwung nach links gemacht, als mir diese Gedanken durch den Kopf gingen, und die kleine Skorpian ratterte schon mit sieben – oder achthundert Schuß pro Minute vor sich hin. An die genaue Zahl konnte ich mich nicht erinnern.

Ich nahm zuerst den Lader, weil er am weitesten entfernt war und vielleicht hinter seiner großen Waffe in Deckung gehen konnte, wenn ich ihm Zeit ließ. Dann wandte ich die Maschinenpistole dem Mann am Teleskopvisier zu. Es war wirklich eine erstaunliche kleine Waffe. Mit den schwachen Patronen hatte sie kaum Rückschlag und keine Neigung, den Lauf bei schnellem Feuer ansteigen zu lassen, ganz anders als die kraftvolleren 9 mm oder, Gott helfe uns, die bockigen, um sich schlagenden 45er Thompsons. Man hielt sie einfach in die Richtung, wohin die Kugeln sollten, und sie flogen dahin, und flogen immer weiter dahin.

Ich hatte keine so gute Kontrolle über den Abzug wie Willard. Ich brauchte sechs für den einen Mann und vier für den anderen. Reine Verschwendung. Aber sie machten, was sie sollten. Die leeren Hülsen spritzten oben heraus, wovor man mich schon gewarnt hatte, und sie hüpften und klapperten im Zimmer herum. Ich war mir darüber im klaren, daß links neben mir Schüsse abgefeuert worden waren. Die Kugeln waren nicht in meine Richtung gekommen, und das Rattern war seltsam dumpf gewesen, so daß Dana wahrscheinlich verletzt war, vielleicht auch tot, aber ich hatte keine Zeit für Schuld oder Trauer. Ich nahm mir nicht einmal die Zeit, in ihre Richtung zu sehen. Ich warf mich einfach hin und rollte zur Seite, als ich Angelitas Skorpian wieder rattern hörte, das Geräusch jetzt ungedämpft von einem menschlichen Körper.

Kugeln zerrten an meiner Schulter und meinem Bein, als ich mein Ausweichmanöver versuchte, auch hier keine sauberen Salven. Der kleine Engel krallte sich einfach in seinen Abzug und spritzte mit der Waffe wie mit einem Schlauch. Ich glaube, sie traf ein paarmal ihre Freunde, als sie versuchte, mich zu erwischen, aber ihr Schwung war seltsam ungleichmäßig. Als ich mich aufrichtete, sah ich den Grund: Sie hatte die Waffe gegen ihre Hüfte gestützt, Lady Rambo, und ihre Augen waren fast zugekniffen, um sich gegen den Regen von rauchenden, kleinen Patronenhülsen zu schützen, die sie bombardierten. Ich richtete das Visier auf sie und gab ihr einen kleinen Feuerstoß, und dann noch einen, um sicherzugehen. Langsam lernte ich, sie in netten, kleinen Dreiersalven abzuschießen wie Willard. Es wurde auch Zeit.

Irgendwo anders im Gebäude wurde jetzt auch geschossen. Ich stand auf und ging vorwärts. Das Mädchen lag natürlich am Boden, war aber noch nicht ganz tot. Ihre braunen Augen starrten zu mir herauf, haßten mich, aber sie starb, bevor ich meine Waffe auf Einzelschuß umstellen und den *Martillo*-Teil meiner Mission erfüllen konnte – mir fiel auf, daß dies schon der zweite von ihren *Martillos* war, den ich auslöschte. Ich hoffte, sie hatten nicht noch mehr. Sie war ein hartes, schlaues, kleines Mädchen gewesen, und es war schade. Es ist immer schade.

Ich ging zu Dana, die zu einer kleinen Kugel zusammengekrümmt am Boden lag und die Arme um sich gelegt hatte, aber als ich sie sanft umdrehte, entspannte sie sich ein bißchen und sah zu mir herauf. Obwohl mich manche Frauen dafür verantwortlich gemacht hätten, daß man so auf sie geschossen hatte, war kein Haß in ihren Augen. Zumindest nicht auf mich.

Sie leckte sich über die Lippen. »Hast du . . . sie erwischt?«

Ich nickte. »Ich habe sie erwischt.«

»Sie hat hinter dem Bombenanschlag auf das Howard Johnson gesteckt, Matt, genau wie hinter all den anderen. Sie hat damit angegeben. Na, wenn sie tot ist, ist das wohl geklärt, oder? Soweit man es überhaupt klären kann.«

Ich schob das Ersatzmagazin in die Skorpian. »Komm, bringen wir dich hier raus, bevor der ganze Laden hochgeht.«

»Matt, du darfst mich nicht hassen«, flüsterte sie. »Es tut mir leid. Es tut mir schon so leid, seitdem ich dich kenne . . .«

Ich wußte nicht, wovon sie sprach, und ich hatte keine Zeit, es herauszufinden. Mir blieb auch keine Zeit, eine medizinische Diagnose vorzunehmen oder ein Pflaster aufzukleben, wo sie Schmerzen hatte. Ich machte mir nicht einmal die Mühe, herauszufinden, ob sie gehen konnte. Ich schwang sie auf meine unversehrte Schulter und hörte einen unterdrückten Schmerzensschrei.

»Matt, Matt, haben Sie sie?« Es war Modestos Stimme am anderen Ende des Ganges, nuschelnd, weil sein Mund kaputt war. »Sie können rauskommen, der Flur ist frei.«

»Ich komme.«

Mit Dana über der linken Schulter und der Maschinenpistole in der rechten Hand marschierte ich auf den Gang hinaus – na ja, schwankte ich auf den Gang hinaus. Ich mache nicht genug Muskeltraining, um eine kräftige Lady so einfach zu tragen. Draußen lag noch ein Toter zusätzlich zu dem, den ich mit der Brechstange aufgespießt und den Modesto mit der 22er erschossen hatte. Der Neuling schien ebenfalls ein 22er Loch in seinem umgedrehten Gesicht zu haben. Als ich aus dem Zimmer trat, hörte ich hinter mir einen ungeheuren Krach. Einen Moment lang dachte ich, Lester Leonards Sprengladungen gingen los. Dann merkte ich, daß der Schütze an dem großen Gewehr, der sich immer noch an seinen Kabelauslöser klammerte, diesen noch im Sterben fest genug heruntergedrückt haben mußte, um sein Artilleriegeschütz blindlings aus dem Fenster zu feuern.

»Hier entlang«, rief Modesto. Er stand auf dem Treppenabsatz und hielt die Ruger mit beiden Händen. Als ich näherkam, feuerte er die Treppe hinauf. Meine Ohren summten von dem Geschützfeuer, und daher hörte ich kein Geräusch von der schallgedämpften Pistole, sah aber, wie sie ruckte. Modesto warf mir einen Blick zu. »Gehen Sie runter. Ihr Freund hält sie draußen in Schach. Geben Sie mir lieber Ihre Waffe. Ich glaube, die hier ist bald leer.«

Er folgte nicht genau den Anweisungen, die ich ihm gegeben hatte, aber ich war in keiner Lage, mich zu beschweren. Ich versuchte mich daran zu erinnern, ob ich ihm von den Sprengsätzen erzählt hatte oder nicht, aber um mich herum wurde alles etwas unscharf. Ich gab ihm die Skorpian und packte meine Last etwas fester.

»Sie haben ein neues Magazin, aber bleiben Sie nicht hier oben«, sagte ich. »Ein paar Spengladungen sind schon gelegt, und wir haben nicht viel Zeit.«

»Ich komme gleich nach.«

Als ich die Treppe hinunterging und meine Knie von dem Gewicht auf meinen Schultern nachgaben, sah ich Willard unten stehen. Während ich ihn betrachtete, schoß er eine seiner für ihn typischen kleinen Salven in die Tür der Bar. Hinter mir feuerte Modesto die Treppe hinauf. Er hatte auch eine ziemlich gute Kontrolle über den Abzug. Man weiß nie, wen man heutzutage alles so trifft, der für irgend jemanden im Krieg gewesen ist. Vielleicht sollte ich mich zur Ruhe setzen und Damenunterwäsche verkaufen. Ich verabscheute den Gedanken, daß alle außer mir schießen konnten. Ich mußte nur ein Mädchen tragen, das mich vollblutete. Oder blutete ich mich selbst voll? Ich konnte es nicht sagen. Es schien eine Ewigkeit zu dauern, bis ich es diese endlose Treppe hinunter geschafft hatte, eine abschüssige Stufe nach der anderen . . .

Dann nahm mir jemand Dana ab und sagte, wir müßten uns beeilen. Irgendwann später gab es ganz in der Nähe eine ungeheure Explosion. Sie schien ewig zu dauern. Irgend jemand rief jemand anderem zu, er solle aufpassen. Die gesamte Rückwand des Gebäudes brach zusammen. Mit Bedauern dachte ich an die große Fünfziger: Ich mag verschrobene Waffen, und es hätte Spaß gemacht, ein paar Schüsse mit dem verrückten Ding abzugeben. Ich dachte an das Mädchen mit Namen La Margarita und Angelita und ein paar andere Dinge. Ich dachte an das kleine Gerber-Messer. Na, das konnte jedenfalls ersetzt werden.

Jetzt brannte es. Das Licht flackerte an der Wand, neben der ich lag. Fragen Sie mich nicht, an welcher. Ich sah das zerschlagene Gesicht von Modesto über mir.

Ich fuhr mir mit der Zunge über die Lippen. »Dana?« flüsterte ich.

Er schüttelte den Kopf. »Es tut mir leid. Sie konnten die Blutung nicht aufhalten.«

Jemand in einem weißen Kittel machte eine Bestandsaufnahme und sagte mir, ich würde durchkommen, auch wenn ich drei Kugeln in mir hätte. Es ärgerte mich, daß ich nur zwei gezählt hatte.

34

Hermann Heinrich Bultmans Invasionstruppen landeten zwei Wochen später auf Gobernador. Bestimmte hochgestellte Optimisten, mit denen Mac in Kontakt stand, hatten ihrer Überzeugung Ausdruck verliehen, daß die Zerstörung des Hauptquartiers der Caribbean Legion in San Juan den Kraut zweifellos dazu bringen würde, seine Pläne zu verschieben oder sogar aufzugeben. Mac hatte mich als lokalen Bultman-Experten befragt, und ich hatte ihm gesagt, sie sollten besser aufhören zu träumen. Bultman war weder ein Patriot noch ein Fanatiker. Er war nur ein alter professioneller Mietkiller, der seine Fähigkeiten, seine Ausbildung und seine Erfahrung nutzte, um einem Haufen schießwütiger uniformierter Scheißkerle beizubringen, und den Offiziellen, die hinter ihnen standen, und der Nation, die hinter *ihnen* stand, wie wenig ratsam es war, einen Freund, selbst einen hündischen Freund, von Herman Heinrich Bultman zu töten.

Emotionale Gründe waren sicher ein Faktor, aber im Grunde war es ein arrogantes, abschließendes Statement eines alternden und kränkelnden Attentäters, behaupte ich, eine Erinnerung an die Welt, daß man sich selbst nicht mit dem Kraut im Ruhestand anlegen sollte. Was in San Juan geschehen war, hatte auf ihn keine Auswirkungen. Er empfand keine Liebe oder Loyalität für die CLL. Für ihn war sie nur *eine* Quelle für Soldaten und Informationen gewesen. Er hatte mehrere. Natürlich hatten die Leute oben ihre eigenen Experten. Zum Teufel mit der Meinung eines Burschen, der den fraglichen Mann kannte. So war es für sie eine scheußliche Überraschung, als eines Morgens da unten in der Karibik die Sonne aufging und an einem eher einsamen und geschützten Strand der Isla del Norte auf die Jungs des Krauts herabschien, die sich zielstrebig in Richtung Inland bewegten. Offenbar waren die Regierungstruppen, da sie sich auf die amerikanischen Geheimdienstberichte verlassen hatten, dabei mit ihren Hosen auf Halbmast erwischt worden.

Als mich der Hubschrauber der US Navy morgens an der Kampfzone vorbeiflog – in einiger Höhe und diskretem Abstand vom Strand –, konnte ich durch das 7x50-Fernglas, das sie mir geliehen hatten, den winzigen Zusammenstoß sehen, der da drüben hinter den angelandeten Booten stattfand, von denen zwei brannten. Abgesehen von der tropischen Umgebung – dem blauen Wasser, dem weißen Sand, dem grünen Dschungel – sah es aus wie ein Film über die Landung der Alliierten in der Normandie, den man auf einem kleinen Fernseher sah, der am anderen Ende des Zimmers stand und bei dem man den Ton abgedreht hatte.

»Sie scheinen über den Strand hinausgekommen zu sein, aber sie werden schwer bombardiert«, sagte ich zu dem Hubschrauberpiloten. »Habe ich da zwei Jets gesehen?«

»Ja, diese kleinen Länder kaufen immer die protzigen Jets,

wenn sie verdammt besser mit ein paar Arbeitspferden wie Kampfhubschraubern dran wären. Was zum Teufel kann man mit einem Jet schon anfangen, außer eine Menge Lärm zu machen und die Mädchen zu beeindrucken?« Er warf mir einen Blick zu. »Wir gehen an der Küste besser runter, bevor uns einer von den Regierungs-Zoom-Zooms zu nahe kommt. Wir haben zwar eine Durchfluggenehmigung, aber die Raketenjokkeys werden gern schießwütig. Was suchen wir denn eigentlich?«

»Einen rostigen alten LCT. Da drüben hab' ich ihn nicht gesehen.«

Der Pilot sah zu dem weit entfernten Strand hinüber. »Da drüben ist nichts, was so groß ist. Sie haben sich eine ruhige Nacht ausgesucht und sind mit einem Haufen kleiner Dinger von Montego rübergekommen, das sind nur neunundzwanzig Kilometer. Ruhig oder nicht, ich wette, die meisten von den Jungs waren höllisch seekrank, aber jetzt scheinen sie sich ganz gut zu machen. Egal. Ich werde froh sein, daß ich nicht dazu gehöre, wenn die Regierung ihren Arsch in Gang kriegt.«

»Irgendwie erinnere ich mich daran, daß jemand das gleiche über die Maginot-Linie gesagt hat.«

Der Pilot betrachtete noch einen Moment lang die sonnige Szenerie in der Ferne und zuckte dann mit den Schultern. »Nun, wie dem auch sei, wie mein alter Vater immer zu sagen pflegte: Es ist ein guter Tag zum Sterben.«

Wir ratterten die Küstenlinie entlang. Ich sah den hübschen Strand unter uns vorbeifliegen und dachte an einen anderen guten Tag zum Sterben – zumindest hatten ihn eine Menge Leute zu diesem Zweck genutzt. Am nächsten Morgen war Modesto ins Krankenhaus gekommen, um mich zu besuchen. Sie hatten ihn gewaschen, zusammengeflickt und gehen lassen. Offenbar hatte er keine schweren Brüche oder Risse erlitten, als man ihn geschlagen hatte, aber er konnte sich immer noch auf einige Zahnarzttermine freuen. Wir hatten uns nicht besonders viel zu sagen, und ganz bestimmt tauschten wir keine Erfahrungen über die Lady aus, die wir verloren hatten. Ich stellte ihm ein paar Fragen, und er beantwortete sie.

Schließlich sagte er: »Sie hat mit mir gesprochen. Kurz bevor . . . Sie sagte, Sie sollten sich nicht schuldig fühlen. Sie wußte, daß es so gemacht werden mußte.«

»Danke.«

»Vaya con Dios, amigo.«

Ich sah ihm hinterher, als er aus dem Zimmer ging, ein untersetzter kleiner Mann mit einem Laden, um den er sich kümmern mußte. Wo er gelernt hatte, mit Pistolen und automatischen Waffen umzugehen, war seine Sache. Ein bißchen später steckte Sandra den Kopf vorsichtig durch die Tür, merkte, daß ich wach war, und vergrößerte die Öffnung, damit auch ihr Begleiter eintreten konnte. Lester Leonard trug Hosen und ein auffälliges Sporthemd, aber dieselbe dicke Brille rutschte ihm die Nase herunter. Meine Schwiegertochter trug ein sommerliches Kleid. Zum ersten Mal hatte ich sie in einem Kleid gesehen, als sie mich am Flughafen in Miami Beach abgeholt hatte. Sie stellte die üblichen, albernen Krankenbett-Fragen, und ich gab die üblichen, tapferen Krankenbett-Antworten.

Dann sagte ich: »Ich dachte, ihr solltet im Gefängnis sein.«

»Ich fühle mich wie eine Betrügerin«, sagte Sandy. »Lester war der eigentliche Held. Ich hab nur dagesessen und der Schießerei zugehört, und alle Reporter wollen eine antiterroristische, heilige Johanna von Orleans aus mir machen, so tapfer mit meinem armen, verwundeten Arm, obwohl, Süße, glaubst du eigentlich, daß es *richtig* ist, das Gesetz so in die eigenen Hände zu nehmen?« Sie verzog das Gesicht. »Man will uns exportieren.«

»Deportieren«, sagte der Junge.

Sie schüttelte den Kopf. »Sie wollen nichts mit uns zu tun haben und schicken uns nach Haus in die USA, und das ist immer noch dasselbe Land, oder? Es muß ein anderes Land sein, wenn es als Deportation gelten soll, stimmt's? Wir werden aus Puerto Rico exportiert.« Sie warf mir einen Blick zu. »Oh, ich habe Elizabeth angerufen und ihr alles . . . erzählt. Sie läßt dich grüßen.«

Meine ehemalige Frau, die Mutter meines Sohnes, wußte

also, daß die Rache, die sie gefordert hatte, ausgeführt war. Ich fragte mich, ob sie, da sie Zeit zum Abkühlen gehabt hatte, die Rache noch immer wollte. Ich sah die beiden jungen Leute am Bett an. Beide schienen das scheußliche Gechäft mit der Vergeltung über Nacht hinter sich gelassen zu haben. Es war vorbei, und sie würden sich über die Toten, geliebt oder verhaßt, nicht länger den Kopf zerbrechen. Eine gefühllose Einstellung vielleicht, aber jugendlich und gesund. Ich fragte mich, ob sie nur gut miteinander auskamen, weil sie nette Kinder waren, die unter aufregenden Umständen zusammengekommen waren, oder ob sie sich ernsthaft füreinander interessierten. Na ja, er war schon ein ganz schöner Spinner, aber ein cleveres Mädchen konnte eine Menge aus ihm machen, und wenn sie fertig war, hatte sie vielleicht ein Genie in Händen. Ich bin sicher, daß Matthew nicht gewollt hätte, daß seine junge Witwe ewig trauert. Dann, als ich gerade daran dachte, wandte sich Sandra ein Stück weit um, und ich sah, daß sie eine schwarze Trauerbinde um den Arm trug.

»Wofür ist die?« fragte ich.

Sie zögerte, und ihr Gesichtsausdruck wurde ernst. »Ehrlich gesagt, ein Polizist hat sie mir gegeben, weil ich keine Zeit hatte, ein schwarzes Kleid zu kaufen, und er meinte, ich sollte doch etwas haben, das zeigt . . . Das ist einer der Gründe, warum sie uns freilassen, Matt. Das war die Entschuldigung, nach der sie gesucht haben. Sie konnten großherzig sein und uns gehen lassen, damit wir an Daddys Beerdigung teilnehmen können.« Sie schüttelte schnell den Kopf. »Nein, nicht die Caribbean Legion. Es war dieser Drogenjäger, der mich zu einem Striptease gezwungen hat, erinnerst du dich? Der Typ, dessen Agenten mit unserem Haus in Old Saybrook in die Luft geflogen sind. Ich werde nicht so tun, als wäre ich total am Boden zerstört. Du weißt, daß wir nie miteinander ausgekommen sind, aber er war immerhin mein Vater, und es ist ein Schock. Man wünscht immer, man hätte sich ein bißchen mehr Mühe gegeben . . .« Ihre Stimme erstarb. Dann schnitt sie eine Grimasse. »Ich wette, Lia sieht in Schwarz großartig aus.«

»Bob Tallman«, sagte ich.

»Ja, das war sein Name. Die Dobermänner haben ihn getötet.«

»Sandy«, sagte Lester, »wir sollten besser gehen, wenn wir dieses Flugzeug noch kriegen wollen. Es würde ihnen nicht gefallen, wenn wir es verpassen. Wie heißt es noch, *persona non grata?* Auf Wiedersehen, Sir. Ich hoffe, Sie sind bald wieder gesund.«

Sandra sagte mir ebenfalls, ich sollte bald wieder gesund werden. Ich wünschte ihnen eine gute Reise. Vielleicht hätte ich dem Jungen gratulieren sollen, wie gut seine selbstgebrauten Sprengsätze funktioniert hatten, aber ich war nicht sicher, ob er sich der Tode, für die er die Verantwortung trug, wirklich bewußt war. Es war ein interessantes technisches Problem gewesen, und er hatte es gelöst. Die Leidenschaft, die ihn soweit getrieben hatte, würde ihm jetzt merkwürdig und ein bißchen peinlich vorkommen. Es war besser, ihn seinen eigenen, seltsamen Weg gehen zu lassen, ohne ihm die Realität unter die Nase zu reiben.

Mac kam nach dem Mittagessen, in demselben oder einem anderen grauen Sommeranzug. Er sagte mir, ich wäre auf dem Weg der Besserung und könnte wahrscheinlich in ein paar Tagen entlassen werden. Wenn ich die schlechte Nachricht bekomme, die in diesem Geschäft auf jeden wartet, und schon auf dem Weg nach draußen bin, werde ich wahrscheinlich aus Gewohnheit warten, bis er mir offiziell erklärt, daß ich sterbe.

»Sie scheinen die Kinder in Rekordzeit losgeeist zu haben, Sir«, sagte ich.

»Unter diesen Umständen waren sie nicht auf eine Anklage bedacht, da sie wußten, daß es unweigerlich zu einem neuen Zirkus kommen würde.«

»Ich habe gehört, bei Tallman sei so richtig eine Sicherung durchgebrannt.«

»Ja. Natürlich war Mr. Alexander Varek längst überfällig. Es herrscht keine Trauer in den Kreisen der Gesetzeshüter, außer über den Umstand, daß die Tat von einer Art Polizist ausgeführt wurde. Sie nennen es eine zeitweilige Geisteskrankheit.«

»Ich nehme an, es ist auf dem Anwesen passiert, und die Hunde haben ihn getötet. Aber wie ist er reingekommen? Die Sicherheitsmaßnahmen waren ziemlich streng, als ich da war.«

Mac zuckte mit den Schultern. »Mr. Tallman war trotz allem ein Profi, Eric, und er ist professionell eingedrungen. Wenn nicht jemand früher als üblich die Dobermänner losgemacht hätte . . . Eigentlich haben die Hunde ihn nicht getötet, auch wenn das die erste Meldung war, die wir bekommen haben. Die haben ihn einfach eingekesselt und entwaffnet. Eine der Wachen hat ihn erschossen.« Mac unterbrach sich, lächelte dünn und fuhr fort: »Als Hundeliebhaber wird Ihnen das gefallen. Mr. Tallman hätte die beiden Tiere ohne weiteres erschießen können, als sie angelaufen kamen, aber er hat nicht geschossen. Bevor er starb, sagte er, es wären gute Hunde, die nur ihren Job machen, und er hätte das Biest erwischt, hinter dem er her war. Warum hätte er sie also erschießen sollen?« Mac schüttelte den Kopf. »Sie brauchen sich jedenfalls keine Sorgen mehr zu machen, daß er hinter Ihnen her ist, wie er es angedroht hat.« Er zog den Stuhl, den er sich genommen hatte, näher an das Krankenbett. »Nun, gibt es da noch etwas, das Sie mit mir besprechen möchten, bevor ich nach Washington zurückkehre? Soweit ich mich erinnere, hatten Sie nach einem Kode gefragt, der nicht existiert. Würde es Ihnen etwas ausmachen, näher darauf einzugehen?«

»Ich habe gerade mit Paul Encinias gesprochen«, sagte ich. »Modesto. Er hat mir erzählt, er hätte vor ein paar Wochen eine Nachricht aus Washington erhalten. Sie war über Computer gekommen, von Dana – Dolores. Sie betraf einige Verhandlungen, die die Legion of Liberty mit Sonny Varek geführt hat, oder hatte führen wollen. Es scheint, als ob die CLL einen Großteil ihrer Finanzen aus dem Drogenhandel bezogen hat. Und weit entfernt davon, die glutäugigen, politischen Fanatiker zu sein, die wahllos Leute in die Luft sprengen, haben sie ihre Politik meist mit Geschäften verbunden, auch wenn sie uns einen anderen Eindruck vermitteln wollten. Mit anderen Worten: Wenn man die Legion bei einem Drogendeal betrog, konnte man sich rein zufällig mitten in einem lauten, patriotischen Protest wiederfinden. Wumm.«

»Dessen bin ich mir sehr wohl bewußt«, sagte Mac. »Modesto hat verschiedene Berichte zu dem Thema geschickt. Es war eine Einzelheit, die Sie nicht wissen mußten, um Ihre Mission zu erfüllen.«

»Das gute alte Nicht-wissen-Müssen«, sagte ich. »Jedenfalls hat dieser exzentrische alte Drogenhändler oben in Newport, Pirate Williams, die Legion mit dem Zeug übers Ohr gehauen, das er von ihnen bekommen hatte. Also endete er als Opfer eines Terroranschlages, als Studienobjekt für andere, die gierig werden sollten.«

»Da fällt mir etwas ein«, sagte Mac. »Ein gewisser Mr. Benison von einer gewissen Drogenbehörde hat angerufen, um Sie wissen zu lassen, daß ein gewisser großer Fisch in dieser Nachbarschaft angebissen hat. Er dankt Ihnen dafür, daß Sie ihm nicht das Wasser verdreckt haben.«

»Na ja, ich hatte keinen Grund, ihm in seinem Fall in die Quere zu kommen, also habe ich gar nicht soviel Dank verdient. Ich bin für die Zusammenarbeit von Behörden, solange sie mich nicht stört.« Ich legte eine Pause ein und fuhr fort: »Die Explosion in Newport war also eigentlich eine geschäftsmäßige Strafaktion. Modesto wußte nichts über den wirtschaftlichen Hintergrund des Bombenanschlags hier in San Juan, der Danas Mann und ihr Kind getötet hat. Vielleicht gab es keinen. Die ›Exekutive‹, die sich um die aktive Seite der Dinge kümmerte, hat nicht immer den gesamten Rat konsultiert. Vielleicht ist ihnen langweilig geworden, und sie haben nur so aus Spaß einen Feuerwerkskörper losgehen lassen, damit die Leute nicht vergaßen, daß es die Legion noch gab. Aber die Sache in West Palm Beach war wie in Newport eine Geschäftsangelegenheit.«

»Um Mr. Varek zu beeinflussen?«

»Um ihn zu bestrafen, weil er sich weigerte, mit ihnen Handel zu treiben. Varek war inzwischen ein respektabler Bürger, so sagte er ihnen, der sich vom Importgeschäft zurückgezogen habe. Er wollte keinen Handel mit der CLL, er wollte mit niemandem mehr einen Handel. *Nein*, ich wiederhole: *nein*. Es gab einige Unstimmigkeiten im Rat darüber, was man mit ihm anstellen sollte. Normalerweise hätten sie ihm härter auf die Finger geklopft, aber einige der Mitglieder hatten das Gefühl, Sonny Varek sei mit seiner Verbindung zum Syndikat zu groß, um ihn anzurühren, und sie sollten die ganze Sache vergessen. Modesto sagte, daß die Nachricht, die er aus Washington erhalten habe, unterzeichnet mit Elsie, ihn instruierte, sich für eine Strafaktion einzusetzen und Vareks Tochter als passendes Zielobjekt vorschlug.« Ich räusperte mich. »Wie wir wissen, hat Modesto die Abstimmung erfolgreich in dieser Richtung beeinflußt. Angelita machte sich mit ihrer Bombentruppe über Sandra her und verfehlte sie nur knapp. Aber sie hat meinen Sohn erwischt.«

Mac sprach ohne Ausdruck in der Stimme. »Dieser Befehl kam angeblich aus Washington? Er wurde per Computer übermittelt?«

»Richtig.«

»Gezeichnet Elsie. Konnte Modesto Elsie identifizieren?«

»Ja«, sagte ich. »Die Routinekommunikation, die Modesto aus Washington bekam, war unterzeichnet mit Dolores. Dana. Spezielle Handlungsanweisungen waren Elsie vorbehalten. Es war ein privater Scherz zwischen Dana und Encinias. Irgendwie hatte einer von ihnen den vollen Namen des Mannes an der Spitze dieses Vereins herausgefunden. Arthur McGillivray Borden. Bordens Milch. Elsie, die Kuh. Also haben sie diesen Namen gewählt, um Befehle zu identifizieren, die direkt von Ihnen kamen.«

Draußen fuhr jemand einen Karren vorbei. Er hatte ein quietschendes Rad. Als ich Mac ansah, dachte ich darüber nach, daß die medizinische Ausrüstung eines jeden Krankenhauses unbedingt eine Ölkanne einschließen sollte.

»Sind Sie von meiner Schuld überzeugt, Eric?« fragte Mac leise.

»Das war ziemlich idiotensicher«, fuhr ich fort. »Es gab keinen logischen Grund für die CLL, Matthew zu töten, also war es nicht möglich, es ihr direkt anzuhängen. Aber sie bevorzugten Restaurants für ihre schmutzige Arbeit, und wenn Sandra zum Essen ausging, wer würde wohl bei ihr sein? Falls die Bombe sie beide beim Schlemmen erwischen würde, auch gut, dann wäre ich wütend genug, um wieder für Sie zu arbeiten. Falls sie nur Matthew erwischen sollte, wie geschehen, dito. Und falls sie nur Sandy erwischten, schien es sehr gut möglich, daß ihr junger Ehemann davon betroffen genug war, seinen Agentenpapi aufzusuchen und ihn zu überreden, die Schurken zu jagen. Eigentlich war Matthew ein gewaltloser Typ und hätte wahrscheinlich nicht so reagiert, aber das war der Person nicht bekannt, die sich das ausgedacht hat, und das Problem tauchte niemals auf.«

Mac lächelte dünn. »Wann kann ich damit rechnen, erschossen zu werden, Eric?«

Nachdenklich betrachtete ich ihn. »Wir arbeiten schon lange zusammen«, sagte ich. »Ich weiß, Sie würden meinen Sohn opfern, oder mich, oder Ihren Sohn, oder sich selbst, wenn das Schicksal dieses Landes wirklich davon abhängen sollte. Aber nicht für ein lausiges Antennenfeld auf einer lausigen Insel. Nicht nur, um einen miserablen Haufen Terroristen aufzuspüren, wenn die ganze Welt voll davon ist. Nicht nur, weil wir Streit um einen Hund hatten.« Ich holte tief Luft und grinste ihn an. »Jedenfalls sagte Dana als letztes zu mir, es täte ihr leid.«

Er beobachtete mich einen Moment und sagte nachdenklich: »Mrs. Delgado? Dolores? Ja, natürlich hatte sie die Gelegenheit. Die Nachricht wurde durch sie übermittelt.«

»Eigentlich von ihr, auch wenn Modesto das nicht wußte«, sagte ich. »Sie muß auf ihre stille Art vor Trauer und Wut ganz verrückt gewesen sein. Sie wollte es den Leuten heimzahlen, die ihr Kind getötet hatten. Sie ist von einem Reporter, Spud Meiklejohn, zu uns geschickt worden, der eine übertriebene Vorstellung von meinen Fähigkeiten hatte. Offenbar hat er mich übergroß dargestellt. So hat sie die Idee gehabt, der unbesiegbare Superagent Helm sei der einzige Mann für ihren Rachefeldzug, doch dann fand sie heraus, daß ich einen Streit mit Ihnen gehabt und gekündigt hatte. Einen dummen Streit um einen Hund, und ihr Baby war tot! Damals kannte sie mich natürlich überhaupt nicht. Ich war nur eine wandelnde Waffe, ein scheußliches Instrument der Rache, das sie im Stich gelassen hatte. Als sie also ihre Computerinformationen über die CLL durchsah, sah sie eine Möglichkeit, mich zu dem zurückzubringen, was sie erledigt wissen wollte. Warum sollte ich nicht lernen, wie sie es gelernt hatte, was es hieß, ein Kind zu verlieren? Sie gab Modesto in Ihrem Namen Anweisungen, was er im Rat der Dreizehn durchdrücken sollte. Als wir uns danach in Ihrem Büro kennenlernten, benahm sie sich, als würde sie mich hassen. Das mußte sie, nach allem, was sie mir angetan hatte. Natürlich haßte sie sich selbst am meisten.«

»Und diese Kode-Sache?«

»Nur irgendwas, das sie in ihrer Verzweiflung gesagt hat, um mich auf einen Seitenweg zu lenken, als sie spürte, daß ich der Wahrheit näher kam. Ich glaube, sie hätte mir bald alles erzählt, aber sie hatte keine Gelegenheit mehr dazu.«

Und sie hatte in der Nacht geweint, als wir zusammen geschlafen hatten, weil sie wußte, daß wir nach dieser unverzeihlichen Sache, die sie getan hatte, nie mehr als das gemeinsam haben konnten. Aber das erzählte ich Mac nicht . . .

Die Stimme des Hubschrauberpiloten zerstreute die Erinnerungen, die mich plagten. »Da vorn ist Rauch. Sieht wie ein Frachter aus, der gestrandet ist. Brennt.«

Es war der gebogene Halbmond eines Strandes an der Spitze einer geschützten Bucht. Das altmodische Landungsschiff war auf dem Sand aufgelaufen, nachdem es zuerst den großen Anker am Heck gesetzt hatte, der es wieder ins tiefe Wasser ziehen sollte, wenn seine Ladung an Land war. Aber das Leben des alten Frachters hatte schließlich ein Ende gefunden, und er würde nie mehr schwimmen. Die Jets der Regierung hatten ihn gefunden, zerschlagen und in Brand gesetzt. Es mußte schon vor einigen Stunden passiert sein, gegen Morgengrauen vielleicht, denn es waren keine Flammen mehr zu sehen, nur der dicke, schwarze, schmierige Rauch.

Ich sah, daß die Bugrampe unten war. Vielleicht hatte

Bultmans Skipper Zeit gehabt, vor dem Luftangriff eine Ladung Panzer zu entladen, obwohl das hier weit weg vom Ort der Landung zu sein schien. Dann, als wir dicht darüber hinwegflogen, konnte ich sehen, daß keine Panzer dagewesen waren. Die explodierte Ladung war voll von verbogenem schwarzen Draht, der wie ein entstellter Flechtzaun aussah, wenn das auch keinen großen Sinn machte.

»Können Sie mich absetzen?« fragte ich.

»Ich hatte befürchtet, daß Sie das sagen würden. Klar, dieser Strand ist wie ein Billardtisch. Aber lassen Sie sich nicht soviel Zeit. Diese Regierungsflieger sollen ein paar von diesen hochexplosiven Dingern haben, von denen ich gelesen habe, und die will ich nicht abkriegen.« Einen Moment lang schwieg er, dann warf er einen Blick zurück auf das Wrack und sagte: »Armes, altes Mädchen. Na, sie ist in ihren Stiefeln gestorben. Ich frage mich, ob sie sich noch an die Normandie erinnert hat, als sie getroffen wurde.«

Na ja, manche Leute werden bei Hunden sentimental, andere bei Schiffen. Dann landeten wir und kletterten in den Sand hinab. Ich hatte noch genug Schmerzen an verschiedenen Stellen, die mir die Aufgabe gehörig erschwerten.

»Vielleicht bleiben Sie besser hier und passen auf Ihren Vogel auf«, sagte ich zu dem Piloten. »Sie sollen hier auf keinen Fall in die Kämpfe eingreifen. Wenn es Probleme gibt, hauen Sie schnell ab. Wenn ich tot bin, braucht keiner meine Leiche, wenn ich lebe, kann ich ins Unterholz verschwinden. Bringen Sie nur Ihren Brummkreisel mit den US-Markierungen hier weg.«

»Verstanden.« Aber er ging mit mir noch ein paar Schritte zu dem angelandeten Schiff. »Teufel, das sind Käfige!« sagte er plötzlich. »Alle zerschlagen, aber das waren mal Tierkäfige. Der alte Eimer war eine verfluchte Arche Noah. Und da ist ein Hund . . . Komm her, mein Junge!«

Jäger, die Hunde haben, achten ein ungeschriebenes Gesetz: *Niemals einen fremden Hund anfassen oder ihm Befehle geben.* Diejenigen, die keine abgerichteten Hunde haben, scheinen jedoch den unwiderstehlichen Drang zu haben, auf einen Köter zuzulaufen und sich mit ihn anzufreunden. Ich packte den Piloten am Arm.

»Langsam, das sieht nach einer ziemlich verstörten Töle aus, *amigo.* Sie gehen besser wieder zu Ihrem Hubschrauber zurück, während ich mich umsehe.«

Er ging nur widerwillig. Er wollte immer noch das hübsche Hündchen streicheln. Ich hatte keinen derartigen Wunsch. Ein großes, zottiges Vieh wie die Huskies, ein Tier, das vor einem Schlitten auf einem Schneefeld in Alaska großartig ausgesehen hätte. In diesem tropischen Klima machte es in etwa soviel Sinn wie ein Iglu. Es sabberte ein bißchen, als es dastand, und ich hörte das tiefe, argwöhnische Knurren, das ganz deutlich sagte: *Hau ab, Mann, das ist mein Territorium.*

Aber das rauchgeschwärzte Drahtgewirr hinter ihm war mit Sicherheit eine Art Käfig gewesen, bevor die Bomben eingeschlagen und sie zerstört hatten. Eine Menge Käfige mit einer Menge Tieren. Wie der Mann gesagt hatte: Eine verfluchte Arche Noah, in der wir eine Schiffsladung mit geheimen Waffen vermutet hatten. Es waren keine Tiere zu sehen, außer dem lebendigen Hund, der die Bugtür des Schiffes bewachte.

Ich sagte: »Ruhig, Freund, keiner wird dein Eigentum betreten.«

Ich humpelte weiter und sah mir die üppige grüne Vegetation an, die den feinen Sand des Strandes begrenzte. Irgend etwas bewegte sich in den Büschen rechts von mir. Ich sah den Hund zuerst, eine kleine gelockte Terrier-Art mit einem Stummelschwanz, der hart arbeitete, während er – pardon, sie – versuchte, mit etwas oder jemandem zu spielen, der sich im Unterholz versteckt hatte. Die kleine Hündin hörte mich und kam zu mir gelaufen, wo sie glücklich auf zwei Beinen tanzte. Beinahe hätte ich sie gestreichelt und ihr die Ohren gekrault, aber es schien mir besser zu sein, nicht allzu freundlich zu werden, bis ich wußte, was vor sich ging. Als der kleine Hund keine Zuneigung von mir bekam, lief er zu seinem vorherigen Freund zurück. Da ich nicht wußte, was sich da versteckte, Mensch oder Tier, näherte ich mich vorsichtig, die Waffe in der Hand.

»Ich habe Sie erwartet, Mr. Helm«, sagte eine Stimme. »Ist in Ordnung. Ich habe keine Waffe.«

Natürlich erkannte ich die Stimme. »Sie werden entschuldigen, wenn meine normale Paranoia mich daran hindert, Sie beim Wort zu nehmen, Mr. Bultman«, sagte ich.

Aber als ich eine Stelle erreichte, von der aus ich ihn dort liegen sehen konnte, hatte er nichts in seinen Händen. Er war eine seltsame, schwarze Gestalt in einer Art Schutzanzug. Nach einem Moment merkte ich, daß er in schweres Motorradleder gekleidet war, komplett mit Schutzhandschuhen und Stiefeln. Außerdem hatte er einen Helm auf. Er hatte das Plastikvisier hochgeklappt. Offensichtlich war er bei einer der Explosionen verletzt worden, die das LCT zerstört hatten, und das Leder war entlang seinem rechten Bein über die ganze Seite bis zum Arm aufgerissen. Unter ihm war Blut im Sand. Ich sah, wie er dem kleinen Terrier linkshändig im Liegen die Ohren kraulte und ihm das Leder seines Schutzhandschuhs hinhielt, damit er daran zerren konnte, was ihm großen Spaß machte. Einen Moment später beschloß er jedoch, mir wieder seine Aufmerksamkeit zuzuwenden.

»Nein, nein«, sagte Bultman, als ich mich herunterbeugte, um ihn an meiner Hand schnüffeln zu lassen. »Schade, sie ist eine nette, kleine Hündin, aber sie hat die Injektion bekommen. Fassen Sie sie nicht an. Würden Sie mir bitte helfen, den Helm abzunehmen?« Als ich ihn abgenommen und dabei seine Hände im Auge behalten hatte, falls er Tricks versuchen wollte, sagte er: »Schutz. Ich wußte nicht, in welchem Stadium der Krankheit sie sein würden, wenn ich sie freiließ, und ich habe es vorgezogen, nicht gefressen zu werden, obwohl . . . Wenn ich an meine letzte medizinische Untersuchung denke, macht das wohl kaum einen Unterschied mehr. Ich habe sowieso nur noch sehr wenig Zeit.«

Man konnte es in seinem ausgezehrten, faltigen Gesicht sehen. Natürlich spielten auch die Verletzungen eine Rolle. »Sie haben diesen Eimer nicht allein hierher gebracht«, sagte ich.

»Eimer? Oh, das Schiff. Die Mannschaft ist ins Inland

vorgedrungen, das war die Abmachung. Sie wollten mit meiner Ladung kranker Hunde nichts zu tun haben. Ich mußte sie allein ausladen. Ich habe die Flugzeuge gehört, als ich gerade fertig wurde, aber es waren immer noch ein paar in den Käfigen, und ich konnte sie nicht eingesperrt lassen.« Wieder lachte er, ein kurzes Bellen. »Wir haben alle unsere Schwächen, nicht wahr, mein Freund?«

Ich stand da und sah auf ihn hinab. Also hatte er am Ende doch eine Geheimwaffe gehabt. »Sie haben eine Ladung Hunde nach Gobernador gebracht?«

»Was haben Sie gedacht? Daß ich eine Ladung Panzer herbringe, um diesen patriotischen Schwachköpfen zu helfen, die dreißig Kilometer von hier sterben?« Er sah die Antwort auf meinem Gesicht und schüttelte den Kopf über meine Dummheit. »Das Volk von Gobernador wollte meinen gesunden Hund nicht akzeptieren«, sagte er. »Die Beamten haben ihn erschossen, also habe ich ihnen statt dessen meine kranken Hunde gebracht. Die armen Tiere werden nicht lange leben, die Inkubationszeit beträgt zehn Tage, und danach geht es viel schneller. Aber ich habe sichergestellt, daß sie lange genug leben, um die gesamte Insel zu infizieren.«

»Tollwut?«

»Natürlich Tollwut. Das ist in vielen Ländern eine Krankheit. Wir haben in Deutschland damit gelebt. Sie leben in den Vereinigten Staaten damit. Sollen die Leute hier lernen, damit zu leben, wenn sie ihre Quarantänebestimmungen nicht vernünftig überwachen können.«

»Und Ihr ganzer Invasionsplan war einfach ein Ablenkungsmanöver . . .«

Er hob die Schultern und zuckte vor Schmerz. »Ein guter Plan. Sie haben eine Chance, diese einfältigen Helden, aber höchstwahrscheinlich werden sie Selbstmord begehen, wenn sie darum kämpfen, wer sie jetzt anführen soll, und dabei ins Meer gedrängt werden. Aber sie werden viele Soldaten von Gobernador töten, bevor sie gehen, und die Regierungstruppen zu sehr beschäftigen, als daß die sich um ein paar infizierte Hunde kümmern könnten. Wenn Maßnahmen ergriffen werden, haben sich meine Hunde zerstreut . . .« Er zuckte zusammen, als ihn der Schmerz durchfuhr. Als es nachließ, war sein Gesicht noch grauer als vorher. Er fuhr sich mit der Zunge über die Lippen und sagte: »Tun Sie mir einen Gefallen, Herr Helm.«

»Bin ich Ihnen was schuldig?«

»Es ist der Gefallen, den wir einander in diesem Geschäft alle schulden. Ich würde es vorziehen, nicht von Regierungstruppen oder meinen Hunden getötet zu werden. Das ist es doch, weshalb Sie hergekommen sind, nicht? Ich bitte Sie jetzt, es zu tun . . .«

Als ich zum Hubschrauber zurückkehrte, sah mich der Pilot merkwürdig an, und auf dem Weg zurück zur Basis sprach er nicht, obwohl er mir auf dem Hinweg die Ohren vollgequatscht hatte. Zwischen mir und Washington lagen verschiedene andere Flugmaschinen, aber sie schafften es alle, anders als die Invasionstruppen. Es dauerte drei Tage lang, aber aufgehalten von den Bodentruppen der Regierung und vernichtet von den Jets gaben sie am vierten Tag nach der Landung auf.

35

In Texas freute sich der große gelbe Labrador sehr, mich zu sehen. Am Morgen nach meiner Ankunft freute er sich sogar noch mehr darüber, auf die Jagd zu gehen. Es war ein guter Tag für Wasservögel, düster und windig, aber ohne richtigen Regen, der die Sache allzu ungemütlich machte. Bert Hapgood brachte uns zu der gleichen Deckung hinaus. Die Enten flogen gut. Ich schoß gut, und auch Happy machte seine Arbeit wirklich gut, aber wie gewöhnlich konnte er nicht verstehen, warum wir so bald wieder aufhören mußten, wenn so viele Vögel noch immer um die Lockenten herumschwirrten.

Ich saß auf dem Damm und säuberte meine Enten, als ich den Allrad-Pickup hörte. Er blieb hinter mir stehen.

»Ich bin in einer Minute fertig«, sagte ich, ohne mich umzusehen.

»Hat keine Eile«, sagte die Stimme einer Frau.

Ich drehte mich schnell um. Mrs. Rosalia Varek trug enge taillierte Jeans und eine dazu passende Jacke. Die Jeans steckten in kleinen Stiefeln mit hohen Absätzen. Ihr Haar war unbedeckt, und heute trug sie es offen bis auf die Schultern, schwarz und schimmernd, so wie ich es in einer Nacht in Palm Beach gesehen hatte, mit Zustimmung ihres Mannes.

»Nein, nein«, sagte sie. »Du bist ein gutes Hundchen, aber ich brauche keine Gesichtswäsche.«

»Happy, aus.« Ich ging hinüber und nahm ihn von ihr. »Ich sagte *aus!* Was tust du hier, Lia?«

»Ich bin jetzt Witwe«, sagte sie.

»Ich weiß«, sagte ich.

»Ich habe nicht die Absicht, wieder zu heiraten«, sagte sie. »Ich habe die Sicherheit, die ich brauche.«

»Du bist hergekommen, um mir das zu sagen?« fragte ich.

»Beim letzten Mal hat er mich zu dir geschickt«, sagte sie leise. »Diesmal gehöre ich mir selbst, und ich bin aus eigenem Willen hier. Aber wenn du nicht rausfinden kannst, warum, bin ich offenbar umsonst gekommen.«

Ich fand es heraus.

ENDE

Band 13 253

Ovid Demaris

Contis Vergeltung

Deutsche Erstveröffentlichung

Antonio Allio darf sich als der unumschränkte Herrscher über den Mob von Atlantic City fühlen. Nachdem er seinen Vater ausgeschaltet hat, lenkt der Cosa-Nostra-Boß ganz allein die einträgliche Glücksspiel-Szene. Nur einen Wunsch hat er sich noch nicht erfüllen können: endlich jenen Mann in die Enge zu treiben, der ihn einmal vor aller Welt gedemütigt hat – Frank Conti, Banker, Vietnam-Veteran und Sohn eines Polizisten. Und Conti scheint erpreßbar, denn seine Frau hat sich nach einem schweren Schicksalsschlag in die Spielsucht geflüchtet und einen riesigen Schuldenberg angehäuft. Aber ›aufgeben‹ ist ein Fremdwort für Frank Conti: Im Gegenteil, immer, wenn er rettungslos verloren scheint, holt er zu einem überraschenden Gegenschlag aus.

BASTEI LÜBBE

Sie erhalten diesen Band im Buchhandel, bei Ihrem Zeitschriftenhändler sowie im Bahnhofsbuchhandel.